KB163192

여인의 초상 2

The Portrait of a Lady

세계문학전집 298

여인의 초상 2

The Portrait of a Lady

헨리 제임스

최경도 옮김

민음사

차례

여인의 초상 7

1권 차례

31

이사벨이 피렌체에 돌아온 건 몇 개월 후였고, 그동안 많은 사건이 일어났다. 우리는 이 기간의 그녀 행적에 대해 상세히 알지 못한다. 그리하여 우리 관심은 다시 늦은 봄의 어느 날, 그녀가 팔라초 크레셴티니에 돌아온 지 얼마 되지 않은 무렵, 즉 앞에서 서술한 사건으로부터 일 년이 조금 지난 뒤의 일로 거슬러 올라간다. 이사벨은 터쳇 부인이 사교 용도로 사용하던 많은 방들 가운데 비교적 작은 방에 홀로 있었고, 그녀의 표정이나 태도로 보아 그곳에 올 손님이 있는 것 같았다. 높다란 창문은 열려 있었고 초록빛 덧문은 조금 닫혀 있었으나, 열린 창문을 통해 정원의 상쾌한 공기가 실내로 들어와 방 안에는 따스함과 좋은 향기가 감돌았다. 우리의 젊은 숙녀 이사벨은 얼마 동안 양손을 뒤로 포개고 창가에 서 있었다. 그녀는 뭔가 넋을 잃은 듯 시선을 허공에 던지며 주의 산만한 태도로 공연히 실내를 빙빙 돌고 있었다. 그러나 집에 들어서는 한 남자 방문객을 힐끗 보려고 그렇게 서 있었던 건 아니었다. 왜냐하면 이 집 입구는 정원과 연결돼 있지 않은 탓에 정원이 항상 고요하고 남의 눈을 피하기에 좋았기 때문이다. 오히려 그녀는 그가 집 안에 들어서면 어떤 일이 일어날까 이런저런 짐작을 하는 편이었다. 그녀 표정으로 판단하건대 상상할 만한 일은 얼마든지 있었다. 그녀 표정은 너무 엄숙했다. 슬프다고는 할 수 없어도 세상을 두루 여행한 지난 일 년 동안의 체험이 그랬듯이 무척이나 진지했던 것이다. 그녀는 여러 곳을 돌아다니며 많은 사람들을 관찰했을 것이다. 그래서 이제는 자신의 눈으로 보아도 이 년 전 가든코트의 잔디밭에서 처음으로 유럽을 판단했던, 올버니에서 건너온 들뜬 아가씨와는 너무나 다른 인물이었다. 그녀는 경박했던 자신이 생각했던 것보다 더 많은 지혜를 쌓고 인생을 엄청나게 배웠다고 우쭐대고 있었다. 지금 그녀가 현재의 일에 대해 신경질적으로 날개를 퍼덕거리는 대신 지난 일을 회상하는 쪽으로 마음을 기울인다면 그녀는 흥미진진한 많은 그림을 떠올릴 수 있을 것이다. 이 그림들은 풍경화도 인물화도 될 수 있겠지만 인물화 쪽이 더 많을 것이다. 여기에 등장할 수 있는 몇몇 인물들을 우리는 이미 안다. 예를 들면 뉴욕을 떠나 이사벨과 오 개월을 함께 산 이사벨의 언니이자 에드먼드 러들로의 아내인 너그러운 릴리언이 그 인물일 수도 있었다. 그녀는 남편을 두고 왔지만, 자식들은 데리고 왔기에 이사벨은 조카들을 후하고 다정하게 대해 주며 결혼 안 한 이모 역할을 톡톡히 했다. 그러다 마침내 러들로 씨가 어느 소송에서 이기자 몇 주간 시간을 낼 수 있게 되어 다급히 대서양을 건너와 두 숙녀와 함께 파리에서 한 달을 보낸 후 부인을 데리고 귀국했다. 러들로의 아이들은 미국인 관점에서 볼 때조차 아직 혼자 여행할 나이가 되지 않아, 언니와 함께 머무는 동안 이사벨의 행동 범위가 좁아졌다. 릴리와 아이들은 7월에 스위스에서 이사벨과 합류하여 날씨 좋은 알프스 계곡에서 한여름을 보냈다. 그곳 목장 지대에는 꽃들이 만발하여 러들로 부인과 아이들이 오후 햇빛을 즐기며 여기저기 산을 헤매노라면 커다란 밤나무 그늘이 그들의 휴식처가 되어 주었다. 그 후 그들은 파리로 갔다. 릴리에게는 파리가 허례허식 때문에 돈이 많이 드는 경탄할 만한 도시였고, 이사벨에게는 야단스럽고 텅 빈 도시였다. 그 무렵 이사벨의 머리에는 덥고 혼잡한 방에서 손수건으로 감춘 자극적인 약병을 다룰 때와 같은 느낌처럼 로마의 기억이 강렬했다.

러들로 부인은 파리에 혼을 빼앗길 정도였지만 의구심과 경탄은 떨쳐 버릴 수 없었다. 더욱이 남편이 이곳에 온 후로 이런 복잡한 감정에 남편이 동참할 수 없었기 때문에 분노가 더했다. 그들은 모두 이사벨을 화제로 삼았으나, 에드먼드 러들로는 항상 그랬듯이 이사벨이 무엇을 하든 하지 못하든 놀라거나 괴로워하거나 이상하게 생각하거나 기분이 고무되지 않았다. 반면 러들로 부인의 생각은 여러 갈래였다. 어떤 때는 어린 동생이 고국에 돌아와 뉴욕에 있는 집을 지키는 것이 당연하리라(예를 들어 로시터스의 집이라면 예쁜 온실도 있고 그녀 집에서 얼마 떨어져 있지 않았다.) 생각했다. 또 어떤 때는 왜 동생이 훌륭한 귀족 가운데 한 명과 결혼하지 않는가 해서 놀라움을 감출 수 없었다. 이미 말한 것처럼 그녀는 상당히 가능성이 높은 일들을 멀리하고 있었다. 그녀는 이사벨이 재산을 상속받은 것에 대해 자신이 상속받은 것보다 더 기뻐했으며, 그 재산이 자질이 뛰어나지만 형편이 약간 어려웠던 여동생에게 진정 어울리는 배경을 제공해 주었다고 생각했다. 그러나 이사벨은 언니인 릴리가 생각한 것만큼 발전하지는 않았다. 발전이라는 것은 릴리가 생각하기로는 이유는 알 수 없지만 오전에 남의 집을 방문하고 밤에는 파티에 참석하는 불가사의한 삶을 의미했다. 물론 이사벨은 지성적인 면에서는 장족의 발전을 했으나, 릴리가 기대했던 사교 면에서는 그다지 성공을 거둔 기미가 보이지 않았다. 성취에 대한 릴리의 그런 인식은 대단히 막연했지만, 곧 그녀가 이사벨에게 절실히 바라는, 형식과 내용을 모두 구비하는 것이기도 했다. 이사벨은 뉴욕에서 그랬듯이 여기서도 성공을 거둘 수 있을 터였다. 러들로 부인은 이사벨이 뉴욕 사교계에서도 특권을 얻을 수 없었는데, 어떻게 유럽에서 특권을 누릴 수 있을까 하고 남편에게 토로했다. 우리는 이사벨이 사교계를 정복했다는 사실을 안다. 그녀가 미국에서 얻었을지도 모를 성취와 비교해 유럽에서 거둔 성취가 뒤졌는지 아닌지는 쉽게 결정할 수 없는 문제일 것이다. 또한 여기서 다시 한 번 그녀가 자신의 명예로운 승리를 공개하지 않았다고 서술하는 일이 반드시 만족스러운 느낌을 주는 것만은 아니다. 그녀는 언니에게 워버튼 경과 얽힌 이야기를 하지 않았고, 오스먼드가 품고 있는 마음도 암시하지 않았다. 침묵을 지키는 데는 스스로 말하고 싶지 않은 것보다 더 좋은 이유가 없다. 아무 말도 하지 않는 편이 그녀에게는 더욱 낭만적이었고, 혼자만의 이야기로 영구히 감추고 남몰래 로맨스를 깊이 음미하고 싶을 뿐, 릴리에게 충고를 부탁할 마음은 별로 생기지 않았다. 그러나 릴리는 동생이 비밀로 한 일들을 전혀 몰랐기 때문에, 동생의 유럽 생활에 큰 기대를 했지만 막상 와 보니 실망스럽다고 말했다. 그녀가 받은 이런 인상은 예컨대 이사벨이 오스먼드에 대해 침묵하는 것이 그만큼 그가 이사벨 생각을 지배한다는 직접적인 증거라는 사실로 확인되는 것이다. 동생이 생각에 잠기는 일이 많았기 때문에 러들로 부인은 가끔 동생이 정말로 과거의 용기를 상실한 것이 아닌가 하는 생각이 들었다. 사람의 기분을 들뜨게 하는 유산 상속이라는 사건이 이토록 이상한 결과를 가져오자, 쾌활한 릴리는 당연히 몹시 당혹스러워했다. 게다가 그녀는 동생이 다른 사람들과 무척 다르다는 자신의 생각을 더욱 굳히게 되었다.

이사벨의 용기는 언니 가족이 미국에 돌아간 후 최고조에 도달한 것으로 보였다. 그녀는 파리에서 겨울을 보내는 것보다(파리는 뉴욕과 흡사하며 재치 있고 깔끔하게 쓴 산문과도 같은 곳이었다.) 더 대담한 일을 상상할 수 있었다. 뿐만 아니라 마담 멀과 긴밀하게 연락을 취할 수 있다는 사실이 그녀의 대담함을 더욱 부채질했다. 11월 말 어느 날, 배를 타기 위해 리버풀 행 기차를 타는 릴리 언니 부부와 조카들을 배웅한 뒤 런던의 유스턴 역 플랫폼을 나서자 그녀는 오랜만에 절실한 자유를 되찾은 기분이 들어 이제부터 무엇이든 대담하고 자유분방

한 행동을 할 수 있을 것 같았다. 언니 일행을 극진히 대접하는 일은 유익했고, 그녀는 이 사실을 확실히 의식했다. 이미 말한 대로 그녀는 무엇이 자신에게 유익한가를 세심하게 고려하는 여성이었고, 또한 끊임없이 노력하여 자신에게 도움이 될 만한 일을 탐색하고자 했다. 그녀는 자신에게 주어진 유익한 기회를 최후의 순간까지 이용하려고 누구에게 흠모의 대상이 되는 신분이 아닌 언니 가족과 함께 파리에서 왔던 것이다. 그녀는 리버풀까지 함께 가려고 했으나 형부인 에드먼드 러들로가 그만두라고 간곡히 부탁했다. 동생의 호의를 남편이 거절하자 언니는 어쩔 줄 몰라하면서 대답하기 곤란한 여러 가지 질문을 했다. 이사벨은 기차가 미끄러져 가는 모습을 가만히 지켜보면서 큰조카를 향해 손으로 입맞춤을 보냈다. 설치기 좋아하는 그 아이는 위험할 정도로 창밖으로 몸을 내밀어 이별 장면을 흥분의 도가니로 만들어 버렸다. 이렇게 배웅이 끝나자 그녀는 안개 낀 런던 거리로 다시 걸어 나왔다. 세상이 그녀 앞에 펼쳐진 기분이 들었고, 하고 싶은 일을 마음껏 할 수 있을 것 같았다. 이 모든 분위기에 깊은 전율이 일었지만, 그녀는 신중히 생각한 끝에 유스턴 광장에서 호텔까지 걸어가기로만 마음먹었다. 11월 오후의 어둠은 일찍 찾아들었고, 안개 낀 갈색 대기 속에 가로등도 희미하게 깜빡였다. 그녀에게는 동반자가 없었고, 유스턴 광장은 피카딜리에서 멀리 떨어져 있었다. 그러나 이사벨은 혼자 걷는 위험을 적극 즐기면서 길을 걸었고, 더욱 흥분을 느끼기 위해 일부러 길을 잃고 헤맸다. 친절한 경찰이 길을 가르쳐 주자 그녀는 실망하고 말았다. 그녀는 세상 사람들이 사는 모습을 구경하기를 무척 좋아했기 때문에 어둠이 다가오는 런던 거리를 바라보는 것조차 즐거웠다. 움직이는 군중, 바삐 달려가는 마차, 불을 밝힌 가게와 환한 노점상, 이 모든 것이 어둡고 축축한 안개 속에 빛났다. 그날 밤 호텔에서 그녀는 마담 멀에게 하루 이틀 내에 로마로 떠나겠노라고 편지를 썼다. 그녀는 피렌체에 들르지 않고 로마로 곧장 내려갔다. 일단 베네치아로 가서 앙코나*를 지나 계속 남쪽으로 내려간 것이다. 그녀는 이 여행에서 하인 외에 어느 누구의 도움도 받지 않았으며, 사실상 옆에서 그녀를 지켜 줄 사람은 아무도 없었다. 랠프 터챗은 코르푸 섬**에서 겨울을 보내고 있으며, 헨리에타는 이미 지난 9월에 전보로 《인터뷰어》의 호출을 받아 미국으로 가고 없었다. 이 잡지는 예리한 통신원이 재능을 발휘할 수 있도록, 스러져 가는 유럽 도시들보다 더 생생한 현장을 제시했던 것이다. 헨리에타는 귀국 도중 밴틀링 씨로부터 곧 그녀를 만나러 미국에 건너가겠다는 약속을 받고 무척 즐거워했다. 이사벨은 터챗 이모에게 이번에는 피렌체에 들르지 못한다는 변명의 편지를 보냈다. 그러자 이모는 과연 그녀다운 회답을 보내왔는데, 변명이라는 건 비누 거품처럼 아무 쓸모 없으며, 자기는 그런 것에 구애받지 않는다는 내용이었다. 어떤 일을 하든가 하지 않든가가 문제이지, '하고 싶었다'는 건 마치 미래 삶이나 사물의 기원에 대한 생각처럼 부적절

---

* 이탈리아 중부 해변 도시.
** 그리스의 휴양지.

한 영역에 속한다는 것이었다. 편지 내용은 솔직했으나(터쳇 부인에게도 드문 사례였다.) 사실 솔직한 척 흉내만 냈을 뿐이었다. 그녀가 조카딸이 피렌체에 들르지 않는 것을 쉽게 용서했던 것은 그녀와 길버트 오스먼드 사이에 아무 일도 없다고 간주했기 때문이었다. 물론 그녀는 이번에 오스먼드도 로마에 갈 예정이 아닌지 알고 싶었고, 그가 집을 비우지 않았다는 것을 알고 어느 정도 안심했다.

한편 로마에 와서 이 주일도 되기 전에 이사벨은 마담 멀에게 둘이서 잠시 동양으로 순례 여행을 하지 않겠느냐고 제안했다. 이 제안을 듣고 마담 멀은 이사벨에게 침착하지 못하다고 말했지만, 아테네와 콘스탄티노플을 방문하는 것은 늘 자신의 간절한 소망이라고 덧붙였다. 이렇게 해서 두 여자는 순례 여행을 떠나 삼 개월 동안 그리스, 터키, 이집트 등지에서 지냈다. 이사벨은 이들 나라의 많은 것에 흥미를 가졌으며, 마담 멀은 가장 고전적인 유적지(안식과 명상을 불러일으키는 장소)에서 어떤 모순된 생각이 떠오른다고 계속 말했다. 이사벨은 바쁘게 앞뒤를 가리지 않고 여행했으며, 갈증이 나는 사람처럼 연거푸 잔을 비우며 목을 축였다. 한편 마담 멀은 순회 여행을 하는 미지의 공주를 헐떡이며 따라다니는 시녀 같았다. 그녀는 이사벨의 요청으로 동행했기 때문에 외톨이 신세인 숙녀의 품위를 잃게 할 염려는 없었고, 자신에게 기대되는 만큼 빈틈없이 처신하고 눈에 띄지 않게 행동했다. 더욱이 그녀는 막대한 여행 경비를 지원받는 여행 동료의 위치를 고스란히 받아들였다. 그러나 이런 상황은 전혀 어렵지 않았고, 눈에 띄기는 하지만 고상한 이들 두 사람을 여행 중에 만난 사람들은 어느 쪽이 후원자이고 어느 쪽이 손님인지 알아맞힐 수 없었을 것이다. 마담 멀을 알게 될수록 그녀가 점점 좋아졌다고 말해 버린다면, 처음부터 그녀를 매우 풍요롭고 느긋한 존재로 보았던 이사벨이 받은 인상을 잘못 전달하는 셈이 된다. 삼 개월 동안 함께했던 여행이 끝날 무렵, 이사벨은 그녀를 더 잘 알게 되었다고 느꼈다. 마담 멀의 성격이 드러난 데다, 자신이 살아온 길을 본인의 관점에서 이야기해 주겠다는 약속을 마침내 지켰던 것이다. 타인의 관점에서 한 그녀의 이야기를 이미 들은 적이 있었던 이사벨에게 이것은 더욱더 바람직한 결과를 가져왔다. 그녀 자신에 대한 이야기는 무척이나 슬펐다.(고인이 된 멀 씨와 관련해서 본다면 그는 처음에는 그럴듯해 보였지만 굉장히 모험을 즐기는 사람이었고, 그녀를 아는 사람이라면 믿기 힘들 만큼 미숙했던 젊은 시절의 마담 멀을 이용했다는 것이다.) 그리고 놀랍고 가슴 아픈 사건들이 잇따라 일어났다. 이사벨이 볼 때는 그토록 세상 풍파를 겪은 사람이 지금껏 이만큼 생기를 잃지 않고 삶에 흥미를 보인다는 것이 경이로울 정도였다. 마담 멀의 새로운 면을 꿰뚫어본 이사벨은 결국 그것이 직업적이고 약간은 기계적이라는 느낌이 들었다. 마치 그런 과거를 거장의 바이올린처럼 케이스에 넣어 운반하거나 경마 기수가 '애호하는' 경기용 말처럼 담요로 감싸고 다니는 것 같았다. 그래도 이사벨은 여전히 그녀에게 호감이 있었지만, 커튼 한쪽 자락을 한 번도 들어 올려 본 적이 없어서 마담 멀이 언제나 등장인물의 의상을 걸치고 나오는 대중 배우 같다는 느낌이 들었다. 그녀는 자기가 먼 곳에서 왔으며, '낡고 낡은' 세계에 속한 사람이라고 말한 적이 있었다. 이사벨 역시 그녀가 도덕적으로나 사회적으로 자기와 다른 나라에서 태어났고 다른 별빛을 받으며 자라난 사람이라는 인상을 버린 적이 없었다.

이사벨은 마담 멀에게 근본적으로 자기와 다른 도덕성이 있다고 믿었다. 물론 문명인의 도덕에는 언제나 공통된 부분이 많은 법이지만, 이사벨은 그녀의 가치가 잘못되었거나 상점에서 흔히 말하듯 에누리된 것 같다는 인상을 받았다. 이사벨은 자신이 젊다는 가정 아래 자기와 다른 도덕은 틀림없이 시대에 뒤떨어졌다고 여겼다. 그리고 이런 확신 때문에 세심하게 친절을 몸에 익혔고 자만심이 너무 강해 기만이라는 좁은 길을 갈 수밖에 없는 부인과의 대화에서 이따금 번쩍이는 잔인함과 때로는 솔직하지 못한 점 등을 놓치지 않을 수 있었다. 인간의 동기에 대한 그녀의 인식은 어떤 면에서는 어느 퇴폐적인 왕국의 정원에서 습득한 것처럼 보였다. 게다가 그녀가 생각하는 동기 중에는 이사벨이 들어 보지도 못한 것도 몇 가지 있었다. 물론 이사벨이 모든 것에 대하여 들은 것은 아니었다. 그리고 확실히 이 세상에는 듣지 않는 편이 더 나은 일들도 분명히 있었다. 이사벨은 한두 차례 너무 큰 공포감을 느끼고 그녀에게 너무 놀란 나머지 "세상에, 마담 멀은 나를 정말 이해하지 못해!"라고 외친 적도 있었다. 어리석게 보일는지 모르지만 이런 발견은 하나의 충격이 되어 이사벨에게 불길한 예감이 드는 희미한 실망감을 안겨 주기도 했다. 마담 멀의 뛰어난 지성이 갑자기 입증되는 순간이면 이런 실망감도 완화

되었지만, 그것은 두 사람이 나눈 신뢰의 부침(浮沈)에서 하나의 정점이 되었다. 언젠가 마담 멀은 우정이란 계속되지 않으면 곧 쇠퇴하기 마련이라고, 더 좋아하는 것과 덜 좋아하는 것 사이에는 균형점이 없기 때문이라고 자신의 신념을 말한 적이 있었다. 바꾸어 말하면, 애정이 고정된다는 건 불가능하며 어느 쪽이든 움직이게 마련이라는 것이다. 이런 신념이야 어찌 되었든, 이사벨은 최근 들어 지난 어느 때보다 낭만적인 것에 대한 자신의 생각을 한껏 발휘할 수 있었다. 카이로를 여행하는 도중에 거대한 피라미드를 보았을 때나 아테네의 무너진 아크로폴리스 돌기둥 사이에 잠시 서서 살라미스 해협*이라고 명시된 지점을 가만히 주시했을 때, 그 순간이 준 깊고 인상적인 감흥이 마음속에 남았다 하더라도 그것이 준 충동은 언급할 수 없으리라. 이사벨은 3월 말에 이집트와 그리스에서 돌아와 로마에 여장을 풀었다. 그녀가 도착하고 며칠 후 길버트 오스먼드가 피렌체에서 내려와 로마에 삼 주간 머물렀다. 그사이 이사벨은 오랜 친구가 된 마담 멀과 함께 그녀 집에 머물렀기 때문에 어쩔 수 없이 그와 매일 만날 수밖에 없는 형편이었다. 4월 말이 되자 그녀는 터쳇 이모에게 편지를 써서 오래전에 이미 하신 초대에 이번에는 기꺼이 응하겠다는 뜻을 전한 뒤 곧 팔라초 크레센티니의 이모 집을 방문했다. 마담 멀은 이번에는 로마에 그대로 머물렀다. 이사벨이 가 보니 이모 혼자였고, 랠프는 아직 코르푸 섬에 있었다. 그러나 이모는 매일 그

---

* 그리스 반도 서편의 해협.

가 돌아오기를 기다리는 형편이었다. 일 년 넘게 랠프를 만나지 못한 이사벨은 마음속으로 애정 넘치는 환영 준비를 하고 있었다.

32

그러나 이사벨이 조금 전부터 창가에 서서 생각하고 있는 것은 랠프에 관한 일이 아니었으며, 또한 방금 앞 장에서 언급한 어떤 문제도 아니었다. 그녀는 과거에 관한 것이 아니라 당장 임박할 일에 골몰했던 것이다. 자신이 바라지 않더라도 한바탕 소란이 일 거라고 그녀가 생각할 만한 근거가 있었다. 그녀는 자기를 찾아온 방문객에게 무슨 말을 해야 할지 스스로에게 묻지 않았다. 이미 결정되어 있었기 때문이다. 상대가 무슨 말을 할 것인가 하는 것은 흥미로운 문제였지만, 유쾌한 말을 할 가능성은 전혀 없었다. 그녀는 이 사실을 굳게 믿었고, 이마에 그림자가 드리운 것도 틀림없이 이러한 확신 때문이었다. 그러나 그녀는 슬픈 표정은 떨쳐 버리고 본래의 밝은 표정을 지으며, 젊음의 광휘를 뿜내며 실내로 들어섰다. 그녀는 나이가 든 것 같은 기분이 들었다. 지금까지 그랬듯이, 그리고 마치 골동품 수집가가 소장한 진기한 물건처럼, 세월이 흐른 것만으로도 '가치가 더욱 커진' 기분이 들었다. 아무튼 그녀는 이런저런 상념에 잠길 겨를이 없었다. 하인이 쟁반 위에 명함을 얹어 들고 그녀 앞에 우뚝 서 있었기 때문이다. "그분을 안으로 들여보내 줘요." 이사벨이 말했다. 그리고 하인이 물러나자 그녀는 창밖을 계속 응시했다. 이윽고 그 사람이 들어와 문을 닫는 소리가 들리자 그녀는 비로소 방 안을 둘러보았다.

캐스파 굿우드가 거기에 서 있었다. 그녀는 밝지만 무표정한 눈빛으로 그가 서 있는 모습을 머리에서 발끝까지 잠시 바라보았다. 그녀의 눈은 인사를 하려는 게 아니라 오히려 인사를 사양하고 있었다. 이사벨이 그가 성숙했다고 느꼈는지 어떤지는 곧 밝혀질 테지만, 일단 이사벨의 비판적인 눈에 세월이 그에게 준 상처의 흔적이 전혀 들어오지 않았다는 것만은 미리 밝혀 두자. 똑바른 자세, 늠름한 기골과 외모에서는 젊다는 느낌도, 나이가 든 흔적 같은 것도 전혀 찾아볼 수 없었다. 그는 순진하지도 않고 그에겐 약점도 없었지만 이렇다 할 철학도 없었던 것이다. 그의 턱은 예전과 마찬가지로 자유 의지를 드러냈지만, 물론 지금 같은 상황에서는 엄숙한 면모도 엿보였다. 그는 여행하느라 지친 듯한 표정으로 처음에는 숨이 찬 듯 아무 말도 하지 않았다. 그래서 이사벨은 여유를 두고 생각에 잠겼다. '안됐군. 엄청난 일을 할 능력이 있는 사람인데 그 훌륭한 힘을 이렇게 헛되이 낭비하다니 애석한 일이야! 한 사람이 모든 사람의 마음을 충족해 줄 수 없다는 것도 그렇고!' 이런 생각은 그녀에게 더 여유를 가져다주었다. 일 분쯤 지나자 그녀가 입을 열었다. "오시지 않기를 얼마나 바랐는지 몰라요!"

"틀림없이 그랬을 거라고 생각해요." 그는 이렇게 말하며 앉을 자리를 찾느라 주위를 두리번거렸다. 그는 단지 방문만 한 것이 아니라 뭔가 결론을 내리고 싶은 눈치였다.

"무척 피곤하시겠네요." 그가 앉을 구실을 찾도록 이사벨은 인사치레로 말을 건네며 자리를 잡고 앉았다.

"아니, 조금도 피곤하지 않아요. 내가 피곤해하는 걸 본 적이 있어요?"

"한 번도 없었어요. 하지만 그런 모습을 보고 싶네요! 언제 오셨죠?"

"어젯밤 늦게요. 완행이나 다름없는 급행열차로 왔답니다. 이탈리아 기차는 미국의 장례식처럼 천천히 움직이더군요."

"그 말은 적절하네요. 내 장례식에 온 것 같은 느낌이 드셨겠어요!" 그녀는 분위기를 편하게 하려고 억지로 웃었다. 그녀는 사태를 면밀히 추론하며 자기가 그를 배반하거나 약속을 위반한 게 아니라는 점을 분명히 했다. 그럼에도 그녀는 자기를 찾아온 이 방문객이 두려웠다. 그런 두려움이 부끄러웠지만, 달리 아무것도 부끄러워할 게 없다는 점에 대해 속으로 감사했다. 그는 수완이 부족하고 완고한 집요함으로 그녀를 지켜보았다. 특히나 그의 어둡고 둔한 눈빛이 육중하게 그녀를 짓누르는 듯했다.

"아니, 그런 기분은 들지 않았어요. 당신이 죽었다고 생각할 순 없으니까. 그런 생각이 들었다면 좋았을 텐데!" 그는 솔직하게 마음을 털어놓았다.

"무척이나 고맙군요."

"당신이 다른 남자와 결혼하느니 차라리 죽었다고 생각하고 싶거든요."

"그건 너무 이기적이에요!" 이사벨은 상당한 확신이 담긴 열정으로 대답했다. "당신이 행복하지 않다 하더라도, 다른 사람들에겐 행복할 권리가 있는걸요."

"이기적이라고 할 수도 있죠. 그러나 당신이 그런 말을 해도 조금도 상관하지 않아요. 지금 무슨 말을 해도 좋아요. 난 아무 생각도 없으니까. 당신이 생각할 수 있는 가장 잔인한 말이라 할지라도 지금 나에게는 그저 바늘로 찌르는 정도입니다. 당신이 나를 거절한 뒤부터 난 아무것도 느낄 수 없어요. 그 일 말고는 말이에요. 평생 잊을 수 없을 겁니다."

굿우드는 딱딱하고 느린 미국인 말투와 무감각한 태도로 심사숙고하며 체념에 가깝게 이렇게 말했다. 투박한 서술에 전혀 정감을 주지 않는 말투였다. 그의 어조는 이사벨을 감동시키기는커녕 화나게 하고 말았지만, 덕분에 그녀가 자제할 구실을 더해 주었다는 점에서 아마도 다행이었을 것이다. 그녀는 잠시 후 이런 자제심을 발휘해 지금 상황과 상관도 없는 말을 했다. "언제 뉴욕을 출발하셨죠?"

굿우드는 날짜를 계산하듯 머리를 들고 말했다. "십칠 일 전입니다."

"열차 속도는 느려도 꽤 빨리 오셨네요."

"가능한 한 빨리 왔어요. 오 일 전에 올 수도 있었는데."

"그랬다고 해도 별수 없었을 거예요, 굿우드 씨." 그녀는 냉정하게 미소를 지었다.

"당신에게는 그렇겠지만 내게는 아닙니다."

"당신은 아무것도 얻지 못하는걸요."

"그건 내가 판단할 일이에요!"

"물론 그렇겠죠. 하지만 내가 보기에 당신은 고생을 사서 하는 것 같아요." 이 말을 하고 나서 그녀는 화제를 바꾸기 위해 헨리에타 스택폴을 만났느냐고 물어보았다. 하지만 그는 헨리에타 이야기를 하기 위해 보스턴에서 피렌체까지 온 게 아니라는 표정이었다. 그러나 미국을 떠나기 직전에 그녀를 만났노라고 아주 명료하게 대답했다. 이사벨이 물었다. "그녀가 당신을 만나러 왔어요?"

"그래요. 그녀는 보스턴에 있었고, 내 사무실로 찾아왔더군요. 당신 편지를 받은 날이었죠."

"그 편지 이야기를 그녀에게 해 주었나요?" 이사벨은 약간 불안한 듯이 물었다.

"아, 아닙니다." 그가 짤막하게 말했다. "그런 말은 하고 싶지 않았어요. 금방 듣게 되겠죠. 그녀는 모든 걸 듣는 사람이니까."

"내가 편지를 쓰죠. 그러면 그녀는 편지로 나를 꾸짖을 거예요." 이사벨은 이렇게 말하며 다시 미소를 지으려고 했다.

그러나 캐스파 굿우드는 여전히 엄숙하고 무거운 표정이었다. "그녀가 금방 올 거예요."

"날 꾸짖기 위해서요?"

"잘 모르겠어요. 아직 유럽을 제대로 보지 못했다고 생각하는 것 같던데."

"그런 사실을 알려 줘서 다행이에요." 이사벨이 말했다. "나도 각오하고 있어야겠네요."

굿우드는 잠시 마루 위에 시선을 고정하다가 이윽고 시선을 들어 물었다. "그녀도 오스먼드 씨를 아나요?"

"조금은요. 그런데 마음에 안 들어 하죠. 하지만 난 헨리에타를 기쁘게 해 주려고 결혼하는 게 아니에요." 이사벨이 말했다. 그녀가 헨리에타를 기쁘게 해 주려고 좀 더 신경을 쓰는 편이 굿우드에게는 좋았겠지만, 그는 그런 말은 입 밖에 내지 않았고 결혼은 언제 하느냐고만 물었다. 이사벨은 아직 모른다고 대답했다. "곧 할 거라는 것밖에 말씀드릴 수가 없네요. 이 사실도 당신과 또 다른 사람, 오스먼드 씨의 옛 친구에게만 말한걸요."

"친구들이 반대하는 결혼 말입니까?" 그가 물었다.

"정말 알 수 없는 노릇이네요. 난 친구들을 위해 결혼하는 게 아니랍니다."

그는 절규하지도, 이사벨의 항변에 대꾸하지도 않은 채 질문만 계속했다. 그런데 그 질문이라는 것도 꽤나 눈치가 부족했다. "길버트 오스먼드 씨는 대체 어떤 사람입니까?"

"어떤 사람이라뇨? 정말 좋고 훌륭한 사람이라는 것밖에 말씀드릴 수 없네요. 사업을 하지는 않아요." 이사벨이 말했다. "부유하지도, 특별한 일로 알려진 사람도 아니에요."

그녀는 굿우드가 한 질문이 마음에 들지 않았지만, 가능한 한 만족시킬 대답은 해야 된다고 다짐했다. 그러나 굿우드는 그다지 만족스럽지 못하다는 듯이 등을 똑바로 세우고 앉아 그녀를 응시했다. "출신은 어디죠? 어디에 소속된 사람인가요?"

이사벨은 '어디에 소속된'이라는 표현이 몹시 거슬렸다. "어디라고는 꼬집어 말할 수는 없어요. 대부분의 삶을 이탈리아에서 보내니까요."

"당신 편지에는 그 사람이 미국인이라고 했던데, 고향도 없어요?"

"있지만 잊어버렸대요. 어릴 적에 떠났으니까요."

"한 번도 고향에 돌아가 본 적도 없고요?"

"무엇 때문에 돌아가야 하죠?" 이사벨은 얼굴을 붉히며 전적으로 변호하듯이 물었다. "직업이 없는걸요."

"놀이 삼아 돌아갈 수도 있는데 미국이 싫은 모양이군요?"

"그분은 미국을 잘 알지 못해요. 게다가 무척 조용하고 단순한 편이라 이탈리아에 만족해요."

"이탈리아와 당신이겠지요." 굿우드는 침울하고도 단순하게 말했지만, 경구를 섞어 말하려는 눈치는 보이지 않았다. "여태껏 그 사람이 무엇을 했습니까?" 그가 불쑥 말을 던졌다.

"왜 그 사람과 결혼해야 하느냐고요? 그 사람은 아무것도 하지 않았어요." 이사벨은 이렇게 대답하면서 인내심을 발휘하여 마음을 약간 굳게 먹었다. "그 사람이 뭔가 대단한 일을 했다면 나를 조금은 용서해 주겠어요? 굿우드 씨, 나를 단념해 주세요. 난 보잘것없는 사람과 결혼하려고 해요. 그러니 그 사람에게 관심을 갖지 마세요. 당신은 그런 일을 할 수 없어요."

"난 그 사람을 제대로 이해하지 못한다고 말하고 싶어요. 게다가 당신은 그 사람이 보잘것없는 사람이라고 전혀 생각하지 않을 테고. 다른 사람들이 뭐라고 하든 당신은 그가 훌륭하고 위대한 사람이라고 생각하겠지요. 아무도 그렇게 생각하진 않겠지만."

이사벨은 더욱 얼굴을 붉히고 말았다. 그가 던진 이 말에 날카로운 데가 있다고 느꼈기 때문이다. 열정이 그녀가 섬세하다고 생각해 본 적 없었던 인식을 변화시킬 수 있다는 구원의 증거였다. "왜 항상 다른 사람 생각에 관심을 갖는 거죠? 나는 오스먼드 씨에 대해 당신과 논쟁할 수 없어요."

"물론 그렇겠죠." 굿우드는 알아들었다는 듯이 말했다. 그리고 어쩔 수 없다는 듯 서먹한 기분으로 그곳에 잠시 앉아 있었는데, 마치 오스먼드의 일은 토론할 수 없을 뿐 아니라 더 이상 토론할 것도 없다는 기색이었다.

곧이어 그녀가 불쑥 외쳤다. "더 이상 얻을 게 별로 없다는 걸 아시겠죠. 나는 별 위안도 만족도 드릴 수 없어요."

"당신이 내게 많은 걸 줄 거라 기대한 건 아니에요."

"그러면 왜 오셨는지 궁금하네요."

"내가 온 건 한 번 더 당신을 만나고 싶어서죠. 지금 그대로의 당신일지라도 말입니다."

"그 점에는 감사해요. 그러나 당신이 조금만 더 기다려 준다면 조만간 우린 반드시 만날 텐데요. 이런 식으로 만나는 것보다 각자에게 훨씬 더 즐거웠을지도 몰라요."

"당신이 결혼한 다음까지 기다려야 했다는 건가요? 그런 일은 정말 하고 싶지 않았어요. 당신의 마음이 그때는 변할 수도 있으니까."

"별로 변하지 않을 거예요. 예전과 똑같이 좋은 친구로 남아 있을 거예요. 두고 보세요."

"그러면 점점 더 곤란해져요." 굿우드가 음울하게 말했다.

"어머, 상당히 완고하시네요! 당신이 스스로 단념하도록 미움을 사게 하는 약속은 할 수 없답니다."

"그렇게 해 줘도 괜찮아요!"

이사벨은 초조한 마음을 억제하듯 자리에서 일어나 창가로 걸어가서 잠시 창밖을 보며 서 있었다. 그녀가 다시 뒤돌아보니 굿우드는 아직 꼼짝도 하지 않고 그 자리에 있었다. 그녀는 다시 그의 곁으로 돌아가 발을 멈추고 방금 자신이 앉았던 의자의 등받이에 손을 얹었다. "단지 나를 보기 위해 이곳까지 오셨다는 거예요? 그렇다면 나를 위한 일이라기보다 당신을 위한 일이겠죠."

"당신의 목소리라도 듣고 싶었어요."

"벌써 들었잖아요. 그리고 달콤한 말은 한 마디도 듣지 못했고요."

"그래도 기쁩니다." 그는 이렇게 말하며 자리에서 일어났다.

그날 아침 이사벨은 굿우드로부터 피렌체에 와 있는데, 허락한다면 한 시간 내에 그녀를 만나러 가겠노라는 소식을 받고 고통과 불편함을 느꼈다. 편지를 가지고 온 하인에게 언제든 오고 싶을 때 와도 좋다는 회답을 보내긴 했으나, 그녀는 초

초한 마음으로 가슴을 조이며 기다렸다. 그래서인지 그를 봐도 조금도 기쁘지 않았고, 그가 있다는 사실만으로도 무거운 느낌이 충만했다. 그것은 자신이 결코 동의할 수 없는 것들, 권리, 비난, 항의, 질책, 그녀의 의도를 변화시키려는 기대 등을 암시했다. 그러나 이런 것은 암시는 하더라도 입 밖에 꺼낼 수는 없었다. 이제 이사벨은 퍽 이상하게도 방문객의 놀랄 만한 자제심에 분개하기 시작했다. 그가 말없이 참담해했기 때문에 그녀는 초조해졌다. 또한 그가 남자답게 손을 꽉 쥔 모습을 보니 그녀의 가슴이 더욱 빨리 고동쳤다. 자신이 점점 더 흥분하고 있는 것을 느끼자 그녀는 자신이 잘못된 처지에 있는 여자처럼 화를 내고 있다고 혼자 중얼거렸다. 물론 그녀 처지는 잘못되지는 않았다. 다행히 이런 괴로움 때문에 고민할 필요는 없었지만 그래도 그가 조금은 자기를 비난해 주기를 바랐다. 그녀는 그가 곧 돌아가 주기를 원했다. 그의 방문에는 아무런 목적도 타당성도 없었다. 하지만 막상 그가 돌아갈 기미를 보이자 자신에게 한마디 변명할 기회도 주지 않고 떠나 버리는 것에 갑작스러운 공포감을 느꼈다. 한 달 전에 어휘를 절제하여 자신의 약혼을 알리는 편지를 그에게 썼을 때보다 더욱 변명하고 싶은 마음이었다. 그러나 그녀가 잘못을 저지르지도 않았는데 도대체 왜 변명하지 않으면 안 된단 말인가? 굿우드가 화를 내 주면 좋겠다고 생각한 건 그녀의 지나친 관용 때문이다. 그리고 한편으로 그가 냉담한 자세를 취하지 않았더라도, 마치 그녀가 자신을 나무란 그를 다시 나무라듯 갑작스레 외쳤다면 그도 냉담하게 보였을지도 모른다. "난 당신을 속이지 않았어요! 난 완전히 자유로우니까요!"

"그렇죠. 알고 있습니다."

"하고 싶은 대로 한다고 사전에 충분히 말했잖아요."

"하지만 결코 결혼하지 않을 거라고 했잖아요. 분명히 그렇게 말했기 때문에 난 완전히 믿어 버리고 말았습니다."

한순간 이사벨은 이 말을 곰곰이 생각했다. "나도 지금 나 자신의 의도에 누구보다 놀라고 있어요."

"당신이 약혼했다는 소식을 들어도 그걸 믿어선 안 된다고 했잖아요." 굿우드는 계속 말했다. "이십 일 전에 당신한테서 약혼 소식을 직접 들었지만 난 이전에 당신이 한 말을 기억하고 있었어요. 그래서 뭔가 잘못된 거라고 생각했고, 내가 온 이유 중 하나가 그것입니다."

"내 입으로 되풀이해 말해 달라고 하신다면 바로 그렇게 할게요. 잘못된 건 아무것도 없으니까요."

"이 방에 들어오자마자 알았어요."

"내가 결혼하지 않는 게 당신에게 무슨 도움이 될까요?" 이사벨은 맹렬한 기세로 물었다.

"지금보다는 낫겠죠."

"무척 이기적이네요. 아까 말한 대로."

"그건 알고 있어요. 난 무쇠처럼 이기적인 사람입니다."

"무쇠조차도 때로는 녹잖아요! 당신이 합리적인 분이라면 다시 만나게 될 거예요."

"지금 내가 합리적이지 않은가요?"

"무슨 말을 해야 할지 모르겠네요." 갑자기 그녀는 겸손한 투로 대답했다.

"오랫동안 성가시게 굴진 않겠습니다." 그가 말했다. 그는 문 쪽으로 한 걸음 옮기다 갑자기 그 자리에 우뚝 섰다. "여기 찾아온 또 다른 이유는 당신 마음이 변한 것에 대해 직접 설명을 듣고 싶었기 때문이에요."

이 말에 이사벨은 갑자기 겸손한 태도를 떨쳐 버렸다. "설명이라고요? 내가 설명하지 않으면 안 된다고 생각하세요?"

그는 한참 동안 말없이 그녀를 쳐다보았다. "당신은 매우 확고했어요. 난 그걸 믿었고."

"나도 마찬가지예요. 내가 마음먹으면 설명할 수 있다고 생각해요?"

"아니, 그렇진 않겠죠. 자, 이제." 그가 덧붙였다. "하고 싶었던 일은 다 했어요. 당신을 만났으니."

"상당히 힘든 여행을 하셨는데 별 소득이 없네요." 이사벨은 당장 떠오르는 말이 없어서 이렇게 말했다.

"내가 기진맥진했을 거라 생각했다면 이제는 마음을 편히 가져요." 그리고 그는 발길을 돌렸는데, 이번에는 진지한 태도였고, 악수도 이별의 표시도 나누지 않았다. 문간에 다다르자 그는 한 손으로 문고리를 잡고 서 있었다. "난 내일 피렌체를 떠날 겁니다." 그는 조금도 떨지 않고 말했다.

"그 말을 들으니 기쁘군요!" 그녀가 열정적으로 대꾸했다. 그가 떠나고 오 분쯤 지나자 그녀는 갑자기 흐느끼기 시작했다.

33

그러나 이사벨은 갑작스러운 흐느낌을 곧 진정시켰다. 그래서 한 시간 후 이모에게 결혼 소식을 밝힐 때는 눈물 자국이 완전히 사라지고 없었다. 밝혔다는 표현을 쓴 것은 터챗 부인이 기뻐하지 않을 거라고 이사벨이 확신했기 때문이다. 또한 그녀는 굿우드와 만날 때까지 이모에게 이야기하는 것을 미루었다. 그녀는 자신의 약혼에 대한 굿우드의 반응을 듣기 전에 그것을 미리 공개하는 것은 옳은 일이 아니라는 기묘한 생각을 하고 있었다. 막상 굿우드가 자신이 예견했던 말을 하지 않았기 때문에 이사벨은 시간을 낭비한 것 같은 생각이 들어 다소 화가 났다. 하지만 그녀는 더 이상 이런 일에 시간을 헛되이 보내고 싶지는 않았다. 그녀는 늦은 아침 식사 전에 터챗 부인이 응접실로 들어오기를 기다리고 있었다. 이윽고 그녀가 들어오자 이사벨은 "리디아 이모님, 드릴 말씀이 있어요."

라고 말했다.

터쳇 부인은 약간 놀란 표정으로 이사벨을 노려보듯 쳐다보았다. "얘기할 필요 없어. 다 아니까."

"어떻게 아셨는지 궁금하네요."

"창문이 열려 있으면 열린 틈 사이로 들어오는 바람을 느끼는 법이지. 그 사람과 결혼하려는 거냐?"

"무슨 말씀이세요?" 이사벨이 초연한 태도로 물었다.

"마담 멀의 친구 오스먼드 씨 말이야."

"어째서 마담 멀의 친구라는 식으로 부르시는지 알 수 없네요. 그게 그 사람의 으뜸가는 점이에요?"

"그 사람이 멀의 친구가 아니라면 반드시 그렇게 돼야지. 마담 멀이 그 사람을 위해 노력했으니!" 터쳇 부인이 소리쳤다. "마담 멀이 이런 짓을 하리라고는 생각하지 않았어. 정말 실망했어."

"마담 멀이 제 약혼과 무슨 관계가 있다고 생각하신다면 당치 않은 오해예요." 이사벨은 다소 냉정하게 말했다.

"그 남자가 다른 사람의 권유도 없이 너의 매력만으로 너에게 반했다고 생각하니? 하긴 네 말에도 일리는 있어. 대단하구나, 너의 매력. 마담 멀이 그 남자를 충동질하지 않았다면 그 남자는 너에게 절대로 관심을 보이지 않았을 거야. 스스로 대단한 사람이라고 생각하지만 힘들여 무슨 일을 할 인물은 아니지. 마담 멀이 대신 수고를 했겠지."

"그분 자신도 상당한 노력을 했어요!" 이사벨이 자발적으로 외쳤다.

터챗 부인은 분명하게 고개를 끄덕였다. "그랬겠지. 결국 너의 호감을 얻기 위해서지만."

"이모님의 호감도 얻었다고 생각해요."

"한때는 그랬지. 그것 때문에 화가 났지만."

"저에게 화풀이하세요. 그분한테 하시지 말고."

"아, 너라면 언제든 그렇게 할 수 있지. 하지만 그래 봐야 아무런 소용 없어! 워버튼 경을 거절한 것도 이 때문이었니?"

"제발 옛날 얘기는 끄집어내지 마세요. 어째서 제가 오스먼드 씨를 좋아해서는 안 돼요? 다른 사람들도 다 좋아하는데."

"그 사람들은 광란의 순간에도 그 남자와는 절대로 결혼하려고 하지 않았어. 그 남자는 너무 보잘것없으니까." 터챗 부인이 설명했다.

"그렇다면 제 마음을 상하게 하진 않겠네요."

"넌 행복할 거라고 생각하니? 그런 생각이라면 이 세상에 행복할 사람은 아무도 없단다."

"그렇다면 제가 모범을 보일게요. 대체 사람들은 무엇 때문에 결혼할까요?"

"네가 무엇 때문에 결혼하는지는 아무도 모르지. 결혼이란 대개 서로 협력해서 하는 법이야. 집을 갖기 위해서랄까. 그러나 네 경우에는 모든 걸 갖고 들어가야 할 형편이야."

"오스먼드 씨가 가난해서 하시는 말씀인가요? 이모님의 생각은 바로 그거죠?"

"그 사람에겐 돈도, 이름도, 영향력도 없지. 난 이런 것들을 소중하게 여기고 이런 말을 할 용기도 있어. 이런 것들은 아주 소중한 거란다. 많은 사람들이 나와 같은 생각을 하고, 그런 생각을 겉으로 나타내지. 하지만 그들은 다른 이유를 들고 나오거든."

이 말에 이사벨은 약간 주저했다. "전 가치 있는 건 무엇이든 존중하려고 해요. 돈도 대단히 소중하다고 생각해요. 그래서 오스먼드 씨에게도 돈이 약간 있으면 좋겠다고 생각한답니다."

"그렇다면 그 남자에게 돈을 주고 다른 사람과 결혼하렴."

"제겐 그분 이름만으로 충분해요." 이사벨이 계속 말했다. "아주 멋진 이름이잖아요. 제 이름도 그렇게 멋진가요?"

"그럴수록 너의 이름을 더 빛내야지. 미국인들 이름 가운데 소수만 그래. 넌 자선할 셈으로 그와 결혼할 거니?"

"이모님께 말씀드리는 게 제 의무지만, 사정을 설명하는 건 제 의무가 아니에요. 설령 의무라 해도 저는 도저히 설명할 수가 없어요. 그러니 제발 충고하진 마세요. 이 문제를 말씀드리게 되면 곤란한 건 바로 저예요. 말씀드릴 수는 없지만요."

"충고하려는 게 아니야. 단지 네 질문에 답하는 거지. 어른으로서 지혜는 전해야 되잖아. 생각이 떠올랐지만 아무 말도 하지 않았어. 난 결코 참견하는 법이 없거든."

"절대로 참견하지 않으시겠죠. 그건 정말 감사해요. 이모님은 무척 사려 깊은 분이니까요."

"사려 깊은 게 아니란다. 그게 편하기 때문이야." 터쳇 부인이 말했다. "그러나 마담 멀에게는 얘기하겠어."

"왜 항상 마담 멀의 이름을 꺼내시는지 알 수 없네요. 제게는 아주 좋은 친구인데."

"아마 그렇겠지. 그러나 나에게는 그렇지 않아."

"그 부인이 이모님에게 무슨 잘못이라도 했나요?"

"나를 속였지. 네가 약혼하지 못하게 하겠다고 내게 약속한 거나 다름없었는데."

"그분이 그런 일을 할 수는 없었을 거예요."

"그녀는 무슨 일이든 할 수 있는 사람이야. 그래서 내가 늘 그녀를 좋아했지만. 그녀가 무슨 역할이든 해낼 수 있다는 걸 나는 알고 있었지. 그러나 한 번에 한 가지씩만 한다고 알고 있었어. 한꺼번에 두 가지 역할을 할 거라고 예상하지는 않았던 거야."

"그분이 이모님께 어떤 역할을 했는지 저는 알 수 없어요." 이사벨이 말했다. "그건 두 분 사이 일이에요. 제겐 정직하고 친절하고 헌신적으로 대해 주셨어요."

"물론 헌신적이었겠지. 네가 자기가 권유한 사람과 결혼해 주기를 바랐으니까. 너를 지켜보다가 적당한 기회에 끼어들겠 다고 말했거든."

"이모님을 기쁘게 해 드리기 위해 그런 말을 했을 거예요." 이사벨은 이렇게 대답했으나 이치에 맞지 않는 말이라는 것을 의식하고 있었다.

"나를 속이고도 기쁘게 해 줄 수 있겠어? 내가 그런 일을 좋 아하지 않는다는 걸 잘 아는데. 오늘 내가 기뻐해야겠니?"

"그다지 기뻐하시진 않네요." 이사벨은 마지못해 대답했다. "이모님이 진실을 아시게 될 거라고 생각했다 해도 그분이 자신의 불성실한 언행으로 무슨 이득을 얻겠어요?"

"시간을 벌었겠지. 그녀가 네 일에 참견하는 걸 내가 기다리는 동안 넌 일을 진행했을 테고, 그녀는 옆에서 북 치며 장단을 맞추었겠지."

"그걸로 충분해요. 그러나 이모님은 스스로 인정하신 대로 제가 일을 진행하는 걸 보셨을 테고, 그분이 위험 신호를 보냈다 할지라도 저를 멈추려고 하시진 않았겠죠."

"그건 사실이야. 그러나 다른 누군가가 했겠지."

"누구 말씀인가요?" 이사벨은 이렇게 반문한 뒤 터챗 부인을 매우 유심히 바라보았다.

터챗 부인의 작고 환한 눈은 평소처럼 활기를 띠고 있었으나, 조카딸의 시선을 받아넘긴다기보다는 견뎌 내겠다는 기색이었다. "랠프의 의견을 들어 봤어?"

"오스먼드 씨를 매도한다면 듣지 않겠어요."

"랠프는 사람을 매도하진 않아. 그 점은 너도 잘 알겠지. 그 애는 널 정말 소중하게 생각해."

"그 점은 알아요." 이사벨이 말했다. "지금이야말로 그게 얼마나 고마운지 알겠어요. 랠프 오빠는 제가 하는 일이라면 무엇이든 이유가 있다는 걸 알거든요."

"그 애는 네가 그런 일을 하리라고는 생각조차 하지 않았지. 난 네가 그럴 거라고 했지만 그 애는 그 반대였어."

"오빠는 논쟁 삼아 그렇게 말한 거예요." 이사벨은 웃음을 지었다. "이모님은 오빠에게 속은 것은 비난하지 않고 어째서 마담 멀만 비난하세요?"

"그 애는 네 약혼을 막을 기미를 결코 보이지 않았거든."

"그건 다행스럽네요!" 이사벨은 명랑하게 외치다가 덧붙였다. "오빠가 오면 제일 먼저 제 약혼 사실을 알려 주시면 정말 좋겠네요."

"물론 말해야지." 터쳇 부인이 말했다. "이 문제에 대해 더 이상 너에게 왈가왈부하진 않겠어. 그리고 다른 사람들에게 네가 약혼할 거라고 미리 말해 두겠어."

"좋도록 하세요. 약혼 발표는 제가 하는 것보다 이모님이 하시는 게 더 낫다는 의미일 뿐이에요."

"네 생각이 맞아. 그렇게 하는 편이 훨씬 더 나을 거야!" 이 말이 끝나자 두 사람은 아침 식사를 하러 갔다. 터쳇 부인은 약속한 대로 길버트 오스먼드에 관한 언급은 단 한 마디도 하지 않았다. 그러나 잠시 침묵이 흐른 뒤, 그녀는 한 시간 전에 찾아온 사람이 누구냐고 물었다.

"옛 친구이자 미국 신사예요." 이사벨은 뺨을 붉히며 대답했다.

"물론 미국 신사겠지. 아침 10시에 찾아오는 사람은 미국 신사뿐이거든."

"10시 30분이었어요. 시간이 촉박했기 때문이죠. 오늘 밤에 돌아간대요."

"어제 올 수는 없었다니? 통상적인 시간에?"

"어젯밤에 도착한걸요."

"피렌체에 하루밤에 머물지 않는다고?" 터쳇 부인이 언성을 높였다. "과연 미국 신사로구먼."

"그럼요." 이사벨은 이렇게 말하며 캐스파 굿우드가 그녀에게 했던 행동을 괴이하게도 찬미하는 기분을 느꼈다.

이틀 후 랠프가 도착했다. 이사벨은 터챗 부인이 자신의 약혼 사실을 지체 없이 랠프에게 전달할 거라고 확신했지만 처음에 그는 이 사실을 아는 기미를 보이지 않았다. 두 사람이 나눈 이야기는 자연스럽게도 그의 건강에 관한 것이었고, 이사벨은 그가 머물렀던 코르푸 섬에 대해 이것저것 물어보았다. 그러나 이사벨은 방에 들어선 그의 모습을 보고 놀라고 말았다. 그가 그렇게도 병색이 짙은지를 잊고 있었던 것이다. 코르푸 섬에서 요양하고 왔는데도 오늘은 특히나 건강이 좋지 않은 듯했다. 이사벨은 그의 상태가 실제로 악화되었는지, 아니면 자신이 단지 환자와 함께 있는 것에 익숙하지 못해서 그런 것인지 궁금해졌다. 가엾게도 랠프는 나이가 들수록 풍채가 더 나빠졌고, 지금은 확실히 건강을 완전히 잃었기 때문에 태어날 때부터의 이상한 자태가 별로 변하지 않은 것 같았다. 쇠약하고 지쳐 버렸지만 여전히 민감하고 아이러니한 그의 얼굴은 마치 환한 등불을 종이로 감싸 단단히 들고 있는 것 같았다. 듬성듬성 난 구레나룻이 여윈 뺨에 힘없이 붙어 있는 데다, 코언저리의 이상한 곡선이 더욱 날카롭게 보였다. 몸이 바짝 야위고 축 늘어져 관절 부분이 헐거운 상태인지라 느슨해진 몸의 각도가 마치 우연히 결합된 느낌을 주었다. 그가 입고 있는 갈색 벨벳 웃옷은 이제 평상복이 되었고, 두 손을 늘 호주머니에 넣은 채 넘어질 듯 비틀거리며 발을 질질 끄는 모습은 건강을 완전히 상실했음을 드러내 주었다. 지금까지보다 더욱 익살스러운 환자의 특징을 드러내 준(가끔은 무기력한 모습마저 웃음을 자아낸다.) 것은 바로 이 변칙적인 걸음걸이였다. 사실 랠프는 자신의 무기력이 세상을 진지하게 보지 못하는 주된 이유일지도 모른다고 생각했으며, 그래서 세상에 자신이 계속 존재해야 될 이유를 더 이상 찾지 못했다. 그러나 이사벨은 보기에 딱한 그의 모습을 좋아했고, 그의 어색한 모습에서 매력을 발견했다. 그와 계속 교제하는 동안 그의 자태는 풍미를 더했고, 또한 이런 것이 모두 그의 매력의 기본 바탕이라는 느낌이 들었다. 그에게는 우아한 구석이 무척 많았기 때문에 그녀는 그가 환자라는 생각을 하면서도 지금껏 그 속에서 어떤 위안을 느꼈던 것이다. 그의 건강 상태는 제약이 아니라 오히려 일종의 지적 장점이 된 듯했다. 그는 건강이 좋지 않기 때문에 직업적이고 공적인 감정을 갖지 않을 수 있었고, 지극히 개인적으로 산다는 사치스러운 감정을 가질 수도 있었다. 결과적으로 이런 유쾌한 성품 때문에 그에게서는 환자라는 느낌이 전혀 들지 않았다. 물론 유감스럽게도 병약한 몸이었지만 어쨌든 겉으로 볼 때 환자라는 느낌은 들지 않았던 것이다. 사촌 오빠에 대한 이사벨의 인상이 이러했기 때문에 그녀가 그를 측은하게 여길 때는 생각을 깊이 할 때뿐이었다. 깊은 상념에 잠길 때 그녀는 그를 동정하는 마음을 떨칠 수 없었다. 그러나 이사벨은 동정심을 지나치게 발산하는 것을 늘 두려워했다. 동정심은 소중한 것이며, 다른 누구보다 그것을 소유한 사람에게 더욱 가치 있다. 그런데 가엾게도 지금 랠프의 삶이 얼마 남지 않았다는 느낌은 누가 봐도 분명했다. 그는 밝고 자유로

우며 너그러운 기질인 데다, 머리는 지혜로 번득였고 아는 체하는 기미는 조금도 없었건만, 애석하게도 죽을 운명이었다.

이사벨은 삶이란 어떤 사람에게는 너무 가혹하다는 것을 생생히 깨달았다. 더욱이 지금 자신의 삶이 밝아진다는 느낌이 들자 묘하게도 부끄러운 생각이 들었다. 그녀는 랠프가 자신의 약혼을 못마땅하게 여기는 것에 대처할 각오였지만, 사촌 오빠에게 애정이 있다 하더라도 이런 일로 사태를 그르칠 마음의 준비는 되어 있지 않았다. 더욱이 그가 자신의 약혼에 동조하지 않는다고 해서 분개할 마음은 조금도 없고 그럴 생각도 없었다. 그녀가 결혼을 위해 어떤 행동을 하는 것을 보고 랠프가 흠을 잡는 것은(그렇게 하는 것이 당연히 그의 기질에 어울리기에) 그의 특권일 수 있었기 때문이다. 사촌 오빠가 사촌 여동생의 남편을 미워하는 건 전통적이고 고전적인 모습이다. 사촌 오빠가 항상 사촌 여동생을 좋아하는 것과 같은 이치다. 그리고 비판적인 성격은 랠프의 특징이었다. 그녀는 다른 조건이 같다면 다른 누구보다 랠프가 기뻐해 주는 결혼을 하고 싶었지만, 그녀가 택한 남편감이 랠프의 마음에 들어야 된다는 것은 어리석은 생각이었다. 랠프의 생각은 대체 무엇일까? 그는 이사벨이 워버튼 경과 결혼하는 것이 낫다고 생각하는 듯했다. 그러나 그것은 그녀가 그 훌륭한 남자의 청혼을 거절했기 때문이지 다른 이유는 없었다. 만일 그녀가 영국 귀족의 청혼을 수락했다면 랠프는 다른 태도를 보여 주었을지도 모른다. 그는 항상 반대 태도를 취했던 것이다. 누구든 어떤 결혼이라도 비판할 수 있으며, 결혼에는 항상 비판의 소리가 붙어 다

닌다는 것이 결혼의 핵심이다. 그녀 자신도 마음만 먹으면 이런 결혼을 비판하고 나설지도 모를 일이 아닌가! 그러나 이사벨에게는 다른 일이 있었기 때문에 랠프가 그녀의 수고를 덜어 준다면 그것 또한 환영할 만한 일이었다. 이사벨은 지극한 끈기와 관용으로 기다릴 태세였다. 그녀의 이런 생각을 그가 아는데도 아무 말도 하지 않는 것이 더욱 이상했다. 그가 아무 말도 하지 않은 채 사흘이 지나자, 이사벨은 마침내 기다리다 지치기 시작했다. 아무리 싫더라도 적어도 축하 인사 정도는 할 수 있는 것 아닌가. 랠프를 이사벨보다 더 잘 아는 사람이라면 그가 팔라초 크레센티니에 도착하고 몇 시간 동안 이사벨에 대한 인사말을 마음속으로 여러 가지 생각하고 있었다는 것을 쉽게 알 수 있었다. 사실 그의 어머니는 아들을 만나자마자 이사벨의 약혼 소식을 알려 주었는데, 이 소식은 그가 어머니로부터 받은 입맞춤보다 더 섬뜩했다. 랠프는 충격과 굴욕감을 한꺼번에 맛보았다. 그의 예상은 빗나갔고, 그가 가장 관심을 가지고 있었던 인물을 잃어버리게 된 것이다. 그는 암석이 많은 강에서 길을 잃고 헤매는 배처럼 집 안을 서성거리거나, 정원에 놓인 큰 등의자에 앉아 긴 다리를 쭉 뻗고 머리를 뒤로 젖힌 뒤 머리에 쓴 모자를 눈 위까지 끌어 내리기도 했다. 그는 심장이 차가워지는 것을 느꼈다. 이처럼 기분이 좋지 않은 적은 한 번도 없었다. 그가 무엇을 할 수 있고 무슨 말을 할 수 있을까? 사촌 여동생이 그의 곁을 영영 떠나 버린다면 그래도 좋다는 시늉이라도 해야 될까? 그녀를 되찾는다는 것은 그런 시도가 성공할 경우에만 가능한 일이었다. 그녀를 깊은 술

책에 빠지게 한 남자는 심보가 고약하고 괴팍한 남자라고 그녀를 설득해 보는 건 그녀가 설득되는 경우에만 신중한 행위가 될 것이다. 게다가 그녀가 설득되지 않는다면 그는 자신을 비난해야만 할 것이다. 자신의 생각을 말로 나타내는 것과 시치미를 떼는 것 역시 노력이 필요했다. 그리고 그는 성의를 가지고 그녀 일에 찬성하거나 희망을 품고 반대하는 것 가운데 어느 것도 할 수 없었다. 한편 그는 약혼한 두 사람이 매일 서로의 맹세를 새롭게 하고 있다는 사실을 눈치챘다. 어쨌든 그는 그런 상상을 했다. 오스먼드는 이 무렵 팔라초 크레센티니에 거의 얼굴을 내밀지 않았으나, 이사벨은 약혼 사실이 알려진 후 매일 근처에서 자유롭게 그를 만났다. 그녀는 터칫 부인의 신세를 지지 않기 위해 마차를 월세로 빌려서 터칫 부인이 별로 탐탁지 않게 여기는데도 외출을 했다. 이런 식으로 이사벨은 오전 중에 카시네 공원으로 갔다. 교외에 있는 이 공원은 이른 아침에는 침입자들이 없었기 때문에 이사벨은 가장 조용한 곳에서 애인과 함께 어스름한 이탈리아의 그늘 속을 잠시나마 거닐며 나이팅게일의 노랫소리에 귀를 기울일 수 있었다.

34

어느 날 오전 이사벨은 점심 시간 삼십 분쯤 전에 외출에서 돌아와 저택 뜰 안에 멈춘 마차에서 내렸다. 그녀는 커다란 계단을 오르지 않고 뜰을 가로질러 아치 밑 통로를 지나 정원으로 나갔다. 이 순간 그녀는 이곳만큼 감미로운 장소를 상상하지 못했을 것이다. 한나절의 적막함이 주변에 감돌고, 주위에 드리운 고요하고 따스한 그늘이 널찍한 동굴과도 같은 휴식처를 만들어 주었다. 랠프는 선명한 그늘 밑 테르프시코레* 상(像) 좌대에 앉아 있었다. 이 춤의 여신 조각상은 베르니니** 양식으로, 손가락이 가늘고 두툼한 휘장을 두르고 있었다. 랠프는 편안하게 푹 쉬는 자세였으므로, 이사벨은 그가 잠들었다

---

* 그리스 신화에 나오는 춤과 음악의 여신.
** 17세기 로마의 건축가이자 유명한 조각가.

고 생각할 정도였다. 그녀가 잔디 위를 가볍게 걸어와도 그는 알아차리지 못했다. 발길을 돌리기 전에 그녀는 잠시 그를 응시하며 서 있었다. 순간 그가 눈을 떴고, 그녀는 랠프가 앉아 있는 의자와 비슷한 녹슨 의자 위에 자리를 잡았다. 그녀는 마음이 쓰였고 랠프의 무관심한 태도를 질책해 왔으나 그가 눈에 띌 정도로 뭔가에 깊이 골몰해 있었기 때문에 모른 체할 수 없었다. 그가 깊이 골몰하는 주제는 아마도 점차 악화되는 건강에 대한 답답함과 아버지로부터 상속받은 재산 처리에 관한 문제일 거라고 이사벨은 생각했다. 그의 유별난 재산 처리에 터쳇 부인은 동조하지 않았고, 이사벨에게 들려준 대로 은행 협력자들의 반대에 직면했다고 했다. 터쳇 부인 말에 따르면, 랠프는 피렌체로 오는 대신 영국으로 돌아갔어야 했다는 것이다. 몇 달 동안 그의 마음은 파타고니아*만큼이나 먼 곳에 있었을 뿐, 은행 일에는 전혀 관심이 없었던 것이다.

"잠을 깨워서 미안해." 이사벨이 말했다. "그런데 오빠 너무 피곤해 보여."

"그래, 너무 피곤해. 하지만 잠들었던 건 아니야. 널 생각하고 있었어."

"그런 생각 하면 피곤하지 않아?"

"정말 그렇지. 생각해 봤자 아무 소용이 없으니까. 길은 먼데 결코 도달할 수가 없어."

"어떤 곳에 도달하고 싶은데?" 그녀가 양산을 접으면서 말

---

* 남아메리카의 최남단 지역.

했다.

"너의 약혼을 내가 어떻게 생각하는지 제대로 말할 수 있는 곳."

"그런 일에 너무 신경 쓰지 마." 이사벨은 대수롭지 않다는 듯 대꾸했다.

"내가 알 바 아니라는 거야?"

"어떤 점에서는 그렇기도 하고."

"그 점을 분명히 하고 싶은 거야. 내가 예의범절을 모른다고 생각하겠지. 네가 약혼하는데 축하의 말 한마디 안 했으니까."

"그렇긴 해. 오빠가 왜 잠자코 있을까 생각했어."

"이유는 얼마든지 있어. 이제 말해 볼까?" 랠프가 말했다. 그는 모자를 벗어 바닥에 놓고 자리를 고쳐 앉은 뒤 그녀를 쳐다보았다. 그는 베르니니의 조각상을 등받이로 삼고 머리를 대리석 좌대에 기댔다. 그리고 두 팔을 옆으로 쭉 뻗고 두 손은 넓은 의자 옆에 얹었다. 그는 난처하고 불편한 표정을 지으며 얼마 동안 주저하는 듯했다. 이사벨은 아무 말도 하지 않았지만 다른 사람들이 곤혹스러워할 때면 늘 안타깝게 생각하곤 했다. 그러나 그녀는 오스먼드와 결혼한다는 놀라운 결정을 그가 비판하지 않도록 하겠다고 결심했다. 마침내 그가 입을 열었다. "아직도 놀라움이 진정되지 않은 것 같아. 네가 그 남자에게 사로잡히리라고는 꿈에도 상상하지 못했거든."

"어째서 내가 사로잡혔다고 말하는지 모르겠어."

"네가 곧 새장에 갇힐 운명이기 때문이지."

"난 새장이 마음에 드니까 걱정하지 않아도 돼."

"그 점이 놀라워. 난 그 점을 계속 생각하고 있었어."

"그걸 생각하고 있었다면 내가 어떤 생각을 하는지도 알겠네! 난 제대로 하고 있다는 생각에 만족스러운걸."

"넌 무척 많이 변했어. 일 년 전에는 무엇보다 자유를 그렇게 존중하더니. 세상을 보고 싶다고 했잖아."

"난 세상을 보았어." 이사벨이 말했다. "무척 매력적이고 넓은 세상을 본 것 같지는 않지만."

"나는 세상이 그렇다고 생각하진 않아. 다만 네가 세상을 정겹게 보고 총체적으로 살펴보기를 바랐던 건데."

"누구나 그렇게 할 수는 없다는 걸 알게 됐어. 사람은 어떤 구석을 선택해 그것을 가꾸어 나가야 된다고 생각해."

"나도 그렇게 생각해. 하지만 가능한 한 좋은 구석을 선택해야지. 지난겨울 내내 네가 보내온 즐거운 편지를 읽는 동안, 네가 무엇을 선택하는지 도무지 알 수 없었어. 그 문제에 대한 언급이 전혀 없었기 때문에 내가 방심한 거야."

"쉽게 언급할 문제가 아니었어. 게다가 미래에 대해서 아무것도 몰랐지. 모두 최근에 일어난 일이니까. 하지만 오빠가 방심하지 않았다면 무슨 행동을 했을까?"

"좀 더 기다려 보라고 했을 테지."

"무엇을?"

"글쎄, 좀 더 밝은 빛을." 랠프가 대답했다. 그는 다소 불편한 미소를 지으며 두 손을 호주머니에 집어넣었다.

"내 빛은 어디서 나와? 오빠에게서?"

"나도 한두 줄기 정도 빛을 내뿜을지 모르지."

이사벨은 장갑을 벗어 무릎 위에 얹고 손으로 주름을 폈다. 그녀의 표정이 부드럽지 않았기 때문에 이 평온한 동작은 우연한 행동처럼 보였다. "오빠는 변죽만 울리고 있어. 오스먼드 씨가 마음에 들지 않는다고 말하는 게 두려운 거잖아."

"상처를 주고 싶은데 충돌할까 봐 두려워한다는 뜻인가? 그럼 그 사람에게 상처를 주겠어. 하지만 너에게는 아니야. 내가 두려워하는 건 너지 그 사람이 아니야. 그리고 네가 만일 그 사람과 결혼한다면 너에게 달갑지 않은 말을 한 셈이 되기 때문이지."

"만일 그 사람과 결혼한다고! 내가 결혼을 단념하게 만들 수 있을 것 같아?"

"물론 그건 너에겐 너무나 어리석은 일로 보이겠지."

잠시 후 이사벨이 말했다. "아니, 무척 감동적인 일일 것 같은데."

"그것도 마찬가지지. 네가 나를 측은하게 보는 건 나를 너무나 우습게 만드는 거야."

그녀는 긴 장갑의 주름을 다시 폈다. "오빠가 나에게 호감이 크다는 걸 잘 알아. 난 거기서 벗어날 수 없겠지."

"제발 그런 말은 하지 마. 명심해. 네가 현명하게 행동하기를 내가 얼마나 원했는지."

"나에 대한 믿음은 별로 없었지!"

잠시 침묵이 흘렀다. 따스한 한낮의 대기가 두 사람 이야기에 귀를 기울이는 듯했다. "난 너를 믿지만 그 사람은 믿지 못해." 랠프가 말했다.

그녀는 눈을 들어 그를 자세히 쳐다보았다. "이제야 털어놓았네. 오빠가 속마음을 분명히 말해 주니 나도 기뻐. 그러나 후회할 거야."

"네가 정당하다면 후회하진 않아."

"난 정말 정당해." 이사벨이 말했다. "오빠에게 화를 내지 않으니 이보다 나은 증거가 어디 있겠어? 나한테 무슨 문제가 있는지 모르지만 화를 내지는 않아. 오빠가 말을 꺼냈을 때는 화가 났지만 지금은 다 풀린걸. 화를 내야 될지도 모르지만 오스먼드 씨는 그렇게 생각하지 않을 거야. 그분은 내가 모든 걸 알기를 바라지. 그게 마음에 들어. 오빠가 얻을 게 아무것도 없다는 걸 난 알아. 내가 처녀로 남아 오빠의 호감을 불러일으키기를 바랄 아무런 근거가 없잖아. 지금까지 이따금 좋은 충고도 해 주었는데. 아니, 난 무척 조용한 성격이고 오빠의 지혜를 항상 믿었거든." 이사벨은 조용하면서도 흥분을 자제하는 투로 말했다. 정당한 사람이 되는 것은 그녀의 열렬한 소망이었고, 그것은 상처 준 사람에게 애무를 받는 것처럼 랠프를 마음속까지 감동시켰다. 그는 이사벨의 말을 가로막고 그녀를 안심시켜야겠다는 기분이 드는 바람에 잠시나마 일관성 없이 어색한 기분이 들었고, 자신이 한 말을 철회하고 싶어졌다. 그러나 이사벨은 그런 기회를 주지 않았고, 자신이 말하는 것이 당당하다고 여기고는 그 방향으로 밀고 나가겠다고 결심했다. "오빠에게 뭔가 특별한 생각이 있는 모양인데, 그걸 꼭 듣고 싶어. 틀림없이 개인적 감정을 초월한 것일 거라고 봐. 논쟁을 벌이는 건 이상한 노릇이야. 물론 말은 분명히 해야겠지만 내 생각을 바꾸고 싶다면 단념하는 편이 좋겠어. 내 마음을 움직일 순 없으니까. 이미 늦었어. 오빠 말대로 난 사로잡힌 거야. 이런 생각을 하면 틀림없이 불쾌하겠지만 오빠는 마음속으로 괴로워할 뿐이야. 그래도 나는 오빠를 결코 비난하지 않을 거야."

"네가 그럴 거라고 생각하진 않아." 랠프가 말했다. "난 네가 이런 결혼을 할 거라고는 결코 생각하지 않았어."

"그럼 내가 어떤 결혼을 할 거라고 생각했어?"

"글쎄, 지금 말하기는 좀 그래. 분명 긍정적이진 않았어. 오히려 부정적이었어. 그런 남자와 결혼하리라고는 생각하지 않았으니까."

"만일 유형이 중요하다면 오스먼드 같은 남자에게는 무슨 문제가 있는데? 내가 그 사람에게 관심 있는 건 그가 너무나 자립적이고 개성적이기 때문이야." 이사벨이 말했다. "그 사람의 문제가 뭔데? 아무것도 모르면서."

"그래, 거의 모르지." 랠프가 말했다. "고백하자면 그가 악한이라는 점을 증명할 사실도 근거도 없어. 하지만 네가 중대한 모험을 하고 있다는 생각은 내내 떨쳐 버릴 수 없어."

"결혼이란 언제나 중대한 모험이야. 그분도 나와 똑같은 모험을 하고 있어."

"그거야 그 사람 일이지! 걱정되면 지금이라도 물러서면 되잖아. 제발 그렇게 해 주면 좋겠는데."

이사벨은 의자에 등을 기대고 팔짱을 낀 채 사촌 오빠를 가만히 보았다. 이윽고 그녀가 쌀쌀한 태도로 말했다. "오빠의 마음은 알 수가 없어. 무슨 말을 하는지 알 수가 없다고."

"난 네가 좀 더 중요한 사람과 결혼할 거라고 믿었지."

그녀의 말투는 냉랭했으나 이 말을 듣고 갑자기 얼굴이 불타듯 빨개졌다. "누구에게 중요해야 한다는 거지? 자기가 남편을 중요하게 여긴다면 그것으로 충분해!"

랠프도 얼굴을 붉혔다. 이런 태도는 그를 당황스럽게 했다. 그는 자세를 바꾼 뒤 상반신을 쭉 펴고 앞으로 몸을 숙인 채 손을 양 무릎 위에 놓았다. 시선을 바닥에 고정하고 정중한 자세로 뭔가 골똘히 생각하는 모습이었다. 이윽고 그가 입을 열었다. "곧 내 속마음을 털어놓을게." 그는 마음의 동요를 느끼고 몹시 흥분했다. 이야기를 하기 시작한 이상, 생각하고 있는 바를 숨김없이 털어놓고 싶었지만 최고로 부드러운 태도를 취하고 싶었던 것이다.

잠시 후 이사벨은 위엄 있는 태도로 계속 말했다. "사람의 마음을 살핀다는 점에서 보면 오스먼드 씨는 뛰어난 인물이야. 좀 더 기품 있는 사람이 있을지는 모르지만 불행하게도 난 그런 사람을 만난 적이 없어. 오스먼드 씨는 내가 아는 최상의 남자야. 나한테 과분하고, 흥미롭고, 무척 현명한 분이지. 난 그 사람의 결점보다 그 사람이 갖춘 것과 그 사람이 풍기는 것에 훨씬 더 좋은 인상을 받았어."

"나는 네 장래에 대해 우아한 기대감이 있었어." 랠프는 그녀 말에 대구하지 않고 자신의 생각을 털어놓았다. "너의 고상한 운명을 설계하면서 기뻐했지. 이런 결혼은 너의 운명에는 없었어. 이렇게 쉽게, 이렇게 빨리 추락할 일이 아니야."

"추락하다니?"

"글쎄, 너에게 생긴 일에 대한 내 견해를 말하는 거야. 너는 파란 창공을 높이 솟아올라 찬란한 햇빛을 뚫고 남자들의 머리 위로 항해하는 것처럼 보였거든. 그런데 갑자기 누군가가 시든 장미꽃 봉오리를 너에게 던져 올렸어. 물론 그런 짓을 해도 너에게 도달하지 못할 것 같았지. 그런데 그 꽃봉오리가 널 곧장 지상으로 추락시키는 거야. 그걸 보니 내 마음이 아픈걸." 랠프가 입심 좋게 말했다. "마치 나 자신이 추락한 것처럼!"

고통과 곤혹의 표정이 이사벨의 얼굴에 깊이 새겨졌다. "무슨 말인지 도무지 모르겠어." 이사벨이 되풀이했다. "내 장래 계획을 세우며 기뻐한다고 했는데, 무슨 말이지? 혼자서 너무 기뻐하지 마. 아니면 나를 희생하려는 거라고 생각할 테니까."

랠프는 고개를 흔들었다. "내가 너에 대한 원대한 생각을 한다는 걸 네가 믿어 주지 않아도 난 두렵지 않아."

"내가 솟아오른다느니, 항해한다느니 하는 건 무슨 뜻이야?" 그녀가 물었다. "난 지금보다 높은 곳에 가 본 적이 없는걸. 여자는 좋아하는 사람과 결혼하는 것이 하늘로 솟아오르는 것과 같아." 이사벨이 교훈적인 어조로 말했다.

"내가 감히 비판하려는 건 네가 그렇게 좋아하는 사람에 대해서야. 네가 결혼할 남자는 좀 더 활동적이고, 자질이 좋고, 기질이 자유로운 사람이어야 한다고 말하고 싶었어." 랠프는 망설이다가 덧붙였다. "오스먼드는 어딘가 자질이 부족한 사람 같은 느낌을 지울 수 없어." 그는 이 말을 아무런 확신이 없는 듯이 말했다. 이사벨이 또다시 항변하지 않을까 걱정되었으나, 놀랍게도 그녀는 아무 말 없이 뭔가를 깊이 생각하는 기색이었다.

"부족하다고?" 그녀가 매우 심각하게 물었다.

"옹색하고 자기중심적이야. 자기 자신을 무척 진지하게 여기잖아!"

"그분은 자부심이 대단해. 난 그걸 비난하지 않아." 이사벨이 말했다. "그건 우리가 다른 사람을 더욱 존중하는 이유가 되잖아."

랠프는 그녀의 합리적인 어조에 잠시나마 마음을 놓았다. "그렇지. 하지만 모든 건 상대적이니 자신과 다른 것들과의 관계를 생각해야지. 그런데 오스먼드 씨는 그러는 것 같지 않아."

"난 주로 그분과 나의 관계에만 신경을 써. 그 점에서는 훌륭한 분이야."

"취향의 화신이지." 랠프는 계속 말했다. 길버트 오스먼드를 비방하는 듯한 말을 하면 자기도 비난을 받게 될 테지만, 그렇게 하지 않고 어떻게 그의 음험한 자질을 잘 표현할 수 있을까 하는 생각에 깊이 잠겼다. 그는 오스먼드를 인간적인 방법이 아니라 과학적인 방법으로 설명하고 싶었다. "그 사람은 모든 걸 취향에 따라 판단하고, 측정하고, 인정하고, 비난하지."

"그렇다면 그분 취향이 정교한 게 다행이네."

"사실 정교하지. 그래서 널 신부로 택했으니까. 그러나 그런 취향이, 사실은 정교한 취향이 구겨진 걸 본 적 있어?"

"난 남편의 취향을 만족시키지 못할 위인은 결코 되지 않을 거야."

이 말을 듣고 랠프가 갑자기 격한 말을 했다. "아, 그것 참 제멋대로인 생각이군. 너답지 않아! 넌 그렇게 측정되어야 할 사람이 아니거든. 넌 따분한 딜레탕트의 비위나 맞추는 것보다는 더 나은 일을 해야 할 사람이야."

이사벨이 급히 일어서자 랠프도 따라 일어섰다. 두 사람은 잠시 서로 마주 보며 서 있었다. 마치 그가 그녀를 도발하거나 모욕적인 말을 던진 것 같았다. 하지만 그녀는 그저 숨을 내쉬며 말했다. "아주 심한 말을 하네."

"생각하던 것을 말했을 뿐이야. 너를 사랑하기 때문에 그랬어!"

이사벨의 얼굴이 창백해졌다. 랠프도 그 따분한 구혼자들의 명단에 끼어 있었던가? 갑자기 그 명단에서 그를 지워 버리고 싶었다. "어쩜, 그러니까 오빠는 자기 감정에 사로잡혀 있었군!"

"너를 사랑하지만 희망이 없어." 랠프는 재빨리 말했다. 그는 억지웃음을 지었으나 마지막 말은 자신이 의도한 것 이상이었다고 느꼈다.

이사벨은 발길을 돌려 햇빛이 고요히 비치는 정원을 내려다보고 서 있다가 잠시 후 그가 있는 곳으로 돌아왔다. "그렇다면 오빠 얘기는 절망의 황무지야! 나는 이해가 되지 않아. 아무래도 좋아. 말싸움을 하자는 게 아니고, 그런 건 할 수도 없고, 단지 오빠 얘기를 경청하려고 애쓴 것뿐이니까. 어쨌든 설명하려고 애써 줘서 정말 고마워." 그녀는 방금 끓어올랐던 분노가 이미 진정된 듯 부드럽게 말했다. "정말로 놀라서 내게 경고하는 건 무척 고마운 일이지. 하지만 그 말을 고려해 보겠다는 약속은 할 수 없어. 가능한 빨리 잊어버릴 거야. 오빠도 잊도록 해 봐. 오빠는 자기 의무를 다했고, 어느 누구도 그 이상은 할 수 없으니까. 내가 무엇을 느끼고 무엇을 믿는지 오빠에게 설명할 수 없고, 할 수 있다 해도 하고 싶지 않아." 이사벨은 잠시 멈추었다가 말을 이었는데, 그 말에는 뭔가 타협하려고 하는, 열망 가운데서도 랠프가 관찰한 모순 같은 것이 있었다. "오스먼드 씨에 대한 오빠 의견에 동의할 순 없어. 난 그런 생각이 정당하다고 판단할 수 없어. 나는 그 사람을 아주 다르게 보거든. 그 사람은 중요한 인물이 아니야. 그래, 중요하다는 게 뭔지 전혀 관심 없는 사람이니까. 그 사람이 '자질이 부족하다'고 말한 게 그런 뜻이라면 그는 정말 그런 사람이지. 그런데 그 사람 자질은 아주 훌륭해. 그만큼 훌륭한 사람을 난 알지 못해. 하지만 내가 결혼할 사람에 대해 오빠와 논쟁을 벌일 생각은 없어." 이사벨은 계속해서 말했다. "오스먼드 씨를 변호할 생각은 추호도 없어. 그분은 내 변호가 필요할 만큼 나약한 사람이 아니니까. 마치 그분이 딴 인물인 것처럼 이렇게 조용하고 냉정하게 얘기하는 게 오빠 입장에서는 묘하다는 생각이 들 거야. 그 사람에 관해서라면 오빠 외의 다른 누구와도 얘기하고 싶지 않아. 오빠는 많은 말을 했지만 난 그저 한 번만 대답할 수 있어. 오빠는 내가 돈을 목적으로 하는 결혼, 세상 사람들이 흔히 말하는 정략적인 결혼을 하면 좋겠어? 내 야심은 단 하나, 좋은 감정을 자연스럽게 따르는 것뿐이야. 한때는 다른 야심도 있었지만 모두 어디론가 사라져 버렸어. 오스먼드 씨가 돈이 없다는 게 불만이야? 난 바로 그 점이 마음에 들어. 다행히 내게 돈이 많다는 게 지금처럼 고마운 적이 없었어. 이모부의 무덤에 가서 무릎이라도 꿇고 싶은 마음이 들 때도 있어. 이모부는 생각하시지도 못했을 만큼 좋은 일을 하신 거야. 내가 돈이 없는 남자, 상당한 위엄과 무관심으로 가난을 견뎌 온 남자와 맺어질 수 있도록 해 주신 거니까. 오스먼드 씨는 다른 사람과 다툰다든가 투쟁을 벌인 적이 없어. 세상 사람들이 부러워하는 것에는 전혀 관심을 두지 않았고. 그것 때문에 속이 좁다든가 이기적이라고 한다면 그래도 좋아. 난 그런 말에 놀라지 않고 싫어하지도 않을 테니까. 오빠가 잘못 보고 있는 게 유감일 따름이야. 다른 사람 같으면 그럴 수도 있겠지만 오빠가 그런다는 게 놀라워. 신사는 보기만 해도 알 수 있는 건데. 오빠는 그 섬세한 마음을 알 테지. 오스먼드 씨는 어떤 실수도 하지 않아! 모든 걸 알고 이해하며, 더없이 친절하고 온화하며, 정신이 고상한 분이야. 오빠는 뭔가 착각을 하고 있어. 유감스러운 일이지만 나도 어쩔 수가 없네. 나에 관한 일이라기보다 오빠 자신에 관한 일이니까." 이사벨은 잠시 말을 끊고 차분히 가라앉은 태도와는 상반되는 감정(그의 말이 불러일으킨 격한 고통과 그녀가 고상하고 순수하다고만 느낀 것을 변호해야 하는 입장 때문에 상처 받은 자존심이 반반씩 합쳐진 복잡한 감정)을 느끼며 빛나는 눈빛으로 사촌 오빠 쪽을 바라보았다. 그녀가 말을 그쳤지만 랠프는 아무 말도 하지 않았다. 그녀가 하고 싶은 말이 더 있음을 알았기 때문이다. 그녀는 당당했지만 뭔가 간절히 바라는 듯했다. 그녀는 무관심한 체했지만 정열로 가득 차 있었다. 갑자기 그녀가 물었다. "내가 어떤 유형의 남자와 결혼하길 바랐어? 오빠는 솟아오른다든가 항해한다든가 하는 말을 했지만, 사람이 결혼을 하려고 하면 현실적이 돼. 사람에겐 인간적인 감정과 요구가 있고, 가슴에는 심장이 있고, 게다가 결혼은 특정한 사람과 해야 하거든. 이모님은 내가 워버튼 경과 좀 더 친숙하게 지내지 못하는 걸 용서하시지 않았어. 이모님은 내가 아무런 장점이 없는, 재산도 칭호도 명예도 집도 땅도 지위도 명성도, 그러니까 뭔가 훌륭한 소유물이라고는 하나도 없는 사람에게 만족한다는 데 경악하셨어. 그런데 내 마음에 드는 건 이런 게 하나도 없다는 점인걸. 오스먼드 씨는 무척 외롭고, 교양 넘치고, 정직한 남자야. 막대한 재산가도 아니고."

랠프는 그녀 말을 경청한 뒤 그녀의 말 한마디 한마디가 깊게 고려할 만한 가치가 있다고 생각했다. 하지만 사실은 그녀가 한 말에 반신반의하고, 이사벨이 오스먼드를 굳게 믿고 있다는 절대적인 인상이 준 중압감을 묵묵히 견딜 뿐이었다. 그녀는 실수를 저지르고 있지만 자신을 믿었다. 그녀는 망상에 빠졌지만 참담하게도 생각을 바꾸지 않았다. 그녀다운 개성이 있었기에 길버트 오스먼드가 이런 사람이라고 하는 멋진 이론을 머릿속에 그리고 있었던 것이다. 이사벨이 오스먼드를 사랑하는 건 실제로 그가 소유한 어떤 것 때문이 아니라, 가난을 명예로 미화하는 점 때문이었다. 랠프는 이사벨이 상상력의 요구를 충족할 수 있도록 그녀에게 힘을 주고 싶다고 아버지에게 말했던 것을 상기했다. 그가 그렇게 했기 때문에 그녀가 호사를 누리게 된 것이다. 가엾게도 랠프는 괴롭고 참담하여 견딜 수 없었다. 이사벨은 마지막 말을 확신에 찬 엄숙하고 나지막한 어조로 했기 때문에 사실상 그들의 논의는 끝난 것 같았다. 그녀는 방향을 바꾸어 집 쪽으로 걸어가면서 아무 말도 하지 않았다. 랠프는 그녀와 함께 걸어 뜰 안으로 들어가 높은 계단 앞에 당도했다. 랠프가 거기서 걸음을 멈추었다. 이사벨도 따라서 걸음을 멈추고는 확고하고 괴팍한 감사의 표정을 띤 의기양양한 얼굴을 그에게 돌렸다. 그가 그녀의 결혼에 반대하자 자신의 행동에 대한 인식이 더욱 뚜렷해졌기 때문이다. "아침 식사 하러 가지 않을래?" 그녀가 물었다.

"아니, 생각이 없어. 전혀 배가 고프지 않은걸."

"그래도 먹어야 해." 그녀가 말했다. "오빠는 공기나 마시며 살고 있어."

"하긴 그렇지. 정원에 돌아가 공기를 들이마셔야겠어. 이곳까지 온 건 단지 이걸 말하고 싶어서야. 작년에 내가 너에게 말했지. 만일 네가 곤경에 빠지면 심한 배신감을 느낄 거라고. 나는 지금 그런 기분을 느껴."

"내가 곤경에 빠졌다고 생각해?"

"실수를 저지르는 사람은 곤경에 빠진 거야."

"좋아, 하지만 난 곤경에 빠지더라도 절대로 불평하진 않겠어!" 이사벨은 이 말을 남기고 계단을 올라갔다.

랠프는 두 손을 호주머니에 넣은 채 그녀의 모습을 바라보며 그곳에 서 있었다. 그러자 높은 담에 둘러싸인 뜰의 은은한 냉기가 닿아 몸이 약간 떨렸기 때문에 그는 피렌체의 햇볕을 받으며 아침 식사를 하려고 다시 정원으로 돌아갔다.

35

오스먼드와 카시네 공원을 산책할 때 이사벨은 팔라초 크레센티니에서 그의 평판이 그다지 좋지 않다는 말을 할 마음이 전혀 없었다. 그녀의 결혼에 대한 이모와 사촌 오빠의 신중한 반대는 그녀의 마음을 크게 움직이지는 못했다. 그녀가 얻은 교훈은 단지 그들이 길버트 오스먼드를 혐오한다는 점이었다. 이사벨은 이러한 혐오에 놀라지 않았으며, 그것을 원망하는 일조차도 거의 없었다. 그녀가 자기만족을 위해 결혼한다는, 어느 모로 보나 부끄럽지 않은 사실을 한층 부각하는 결과가 되기 때문이었다. 다른 사람들을 기쁘게 하려고 하는 일도 있지만, 결혼이란 지극히 개인적인 만족을 위해서 하는 행위다. 애인이 사랑스러울 정도로 처신을 잘해 주어서 이사벨은 분명한 만족감을 느꼈다. 길버트 오스먼드는 사랑에 빠졌으며, 그의 소망이 달성될 때까지 이 고요하고 밝은 나날들을 마음속에 새기고, 자신이 랠프로부터 받은 가혹한 비판이 가당치 않다는 것을 보여 주었다. 그러한 비판이 이사벨에게 가져다준 커다란 인상은 열정적인 사랑이란 사랑하는 사람을 사랑받는 대상 외 모든 사람들로부터 무섭게 떼어 놓는다는 점이었다. 예전에 알고 지내던 모든 사람들로부터 자신이 유리되고 있다는 느낌이 들었다. 두 언니들은 행복을 빈다고, 그리고 다소 애매한 투로 그녀가 좀 더 화제가 풍부한 유명 인사를 남편으로 택하지 않은 것에 놀랐다고 말하는 정중한 편지를 보내왔다. 헨리에타도 틀림없이 매우 늦게 충고하러 그녀를 찾아올 것이다. 분명 자신을 달래고 있을 워버튼 경과 그러지 않을 캐스파 굿우드, 그녀가 경멸할 정도로 냉담하고 천박한 결혼관을 가진 이모, 그리고 그녀에게 큰 기대를 가졌다고 하면서도 개인적인 실망감을 변덕스럽게 감추고 있는 랠프, 이 모든 사람들로부터 이사벨은 멀어지고 있었다. 랠프는 그녀에게 결혼 같은 건 하지 말아 주었으면 하는 소망을 명백히 피력했다. 정말이었다. 그는 독신 여성으로서 그녀가 어떤 모험을 하게 될까 하는 것을 궁금해했기 때문이다. 그는 실망한 나머지 그녀가 택한 남자에 울분을 금치 못한다는 말까지 했다. 이사벨은 랠프가 분노하는 거라고 생각하며 어깨를 으쓱했다. 그렇게 믿는 편이 그녀에게 훨씬 편했던 이유는 이미 말한 대로 그녀가 이제는 그다지 중요하지 않은 일에 한가하게 신경을 쓸 수 없었기 때문이다. 사실 그녀는 장신구 고르듯 길버트 오스먼드를 택한 것이 다른 사람들과의 인연을 모두 끊게 한다는 것을 운명의 사건으로 받아들였다. 그녀는 이러한 선택의 기쁨을 누렸으며, 이것은 자신이 사랑에 빠진 것이 갖는 전통적인 명예와 남들에게 가져다주는 미덕이 아무리 크더라도 매혹되고 소유된 상태에 따르는 불공평하고 잔인한 물결을 새삼스레 의식하게 만들었다. 이것은 행복이 가진 비극적인 면으로, 한 사람의 권리는 언제나 누군가 다른 사람의 잘못에서 잉태되는 법이다.

한편 이제 마음속에서 성공의 기쁨이 높이 솟구친 오스먼드는 활활 타오르는 표정을 겉으로 별로 드러내지 않았다. 만족이라는 것은 그의 경우 결코 속된 형태를 취하지 않았고, 감격이라는 것도 자의식이 강한 이 남자에게는 자기 억제의 황홀경에 지나지 않았다. 이런 기질이 그를 남보다 뛰어난 애인이되게 했고 스스로 반할 만큼 헌신적인 상태를 유지하게 했다. 이미 앞에서 말한 것처럼 그는 결코 자신을 망각하지 않았다. 그래서 기품과 온화함, 설레는 느낌과 깊은 의도가 담긴 표정을 짓는 것(사실 이것은 전혀 어렵지 않았다.)을 결코 잊지 않았다. 그는 이사벨에게서 한없는 기쁨을 누렸다. 마담 멀은 그를헤아릴 수 없을 만큼 소중한 선물로 만든 것이다. 부드러움과조화된 높은 기상을 구비한 사람과 함께 생활한다는 건 얼마나 멋진 일인가? 그 부드러움은 모두 자신을 위한 것이며, 그활력은 당당한 태도를 칭송하는 사회를 위한 것이 아닐까? 아내가 될 사람의 두뇌 회전이 빠르고 상상력이 풍부해서 같은것을 되풀이해 말해 줄 필요가 없고, 광택을 낸 우아한 표면에자신의 생각을 반영해 준다면 이보다 고마운 노릇이 어디 있겠는가? 오스먼드는 자신의 생각이 그대로 재현되는 것을 싫어했다. 그러면 자신의 생각이 진부하고 어리석은 것으로 보이기 때문이었다. 그는 음악에 의해 재현된 것처럼 자신의 생각이 '말'로서 생생하게 표현되기를 바랐다. 그의 이기심은 우둔한 아내를 맞이한다는 조잡한 형태로는 결코 나타나지 않았다. 그의 아내가 될 사람의 지성은 도기가 아니라 은 접시라야만 했다. 그는 이 접시를 장식품 삼아 그 위에 잘 익은 과일을 쌓아 올릴 것이며, 아내와의 대화는 그에게 일종의 후식이 될 것이다. 그는 이사벨이 은 접시의 특질을 완벽히 갖추었다고 보았고, 그가 손가락 마디로 두드리면 그녀의 상상력이 울려 퍼질 수 있었다. 그는 뚜렷이 들은 바는 없지만 그들의 결합이 이사벨의 친척들로부터 별 호응을 얻지 못한다는 점도 잘 알고 있었다. 그러나 그는 항상 그녀를 완전히 독립적인 인물로 간주했기 때문에 그녀 가족들의 태도에 유감을 표할 필요는 거의 없을 터였다. 그럼에도 어느 날 아침 그는 갑자기 이 문제를 언급했다. "우리들의 재산 차이가 많이 나기 때문에 그 사람들이 좋아하지 않는 거요." 그가 말했다. "내가 당신 재산을 탐내는 것처럼 생각하거든."

"제 이모님에 대해 말씀하시는 건가요, 아니면 사촌 오빠인가요? 그들이 그렇게 생각하는 걸 어떻게 아셨죠?"

"그들이 기뻐한다는 얘기를 당신한테 들은 적도 없거니와, 요전 날 터챗 부인에게 편지를 보냈는데도 전혀 답장이 없었기 때문이오. 그들이 기뻐했다면 당연히 내가 눈치를 챘을 거요. 내가 가난하고 당신이 부유하다는 사실은 분명 그들이 반응을 유보하는 이유가 돼요. 돈이 없는 남자가 부유한 여자와 결혼할 경우 물론 비난받을 각오는 해야죠. 비난 같은 건 개의 치 않지만 걱정은 단 하나, 당신이 이런 의구심을 과연 수용할 수 있느냐 하는 거요. 나와 아무 상관 없는 사람들이 뭐라고 생각하든 알 바 아니오. 알고 싶은 생각도 없고 마음에 새겨 둔 적도 없으니 하느님도 용서하시겠죠. 모든 것에 대한 보상을 손에 넣은 지금 어째서 내가 이런 말을 해야 하오? 당신이 부자라서 유감스럽다는 말은 하지 않겠소. 나는 기뻐요. 돈이든 미덕이든 당신이 가진 모든 것이 기뻐요. 돈이란 따라다니기는 지겹지만 맞이하기는 즐거운 법이오. 어쨌든 나는 돈에 대한 갈망의 한계를 충분히 증명한 셈이라고 봐요. 난 평생 한 푼이라도 내 힘으로 벌려고 애써 본 적이 없어요. 그러니만큼 애써 돈을 취하거나 움켜쥐고 있는 대부분의 사람들보다 더 떳떳해야 돼요. 떳떳하지 못한 건 당신 집안 문제로, 전체적으로 볼 때 당연히 그럴 수 있어요. 그들도 언젠가 나를 좋아하게 될 테고, 그 점에서는 당신도 그렇게 될 거요. 내 임무는 스스로를 불화의 원인으로 만들지 않고 평생 사랑할 수 있다는 것에 감사하는 것뿐이오." 그는 다른 때에 이렇게도 말했다. "당신을 사랑하면서 난 더 좋아졌소. 현명해지고 마음도 편안해지고. 정말 이런 점을 부정하고 싶진 않아요. 성격이 밝아지고, 멋지고, 강인해졌어요. 전에는 무척 많은 것을 탐냈고 그걸 얻지 못하면 화를 내기도 했소. 이미 말한 것처럼 이론적으로만 만족을 느끼고 욕망을 억제했다는 데 자부심을 느꼈어요. 하지만 초조감을 억제하지 못했고, 굶주림과 욕망 때문에 병적으로 쓸데없이 증오심이 치밀어오르기도 했소. 그러나 이제는 정말 만족해요. 이보다 더 좋은 걸 생각할 수 없기 때문이오. 마치 황혼 무렵에 찬찬히 책을 읽으려고 하는데 갑자기 누군가가 등불을 들고 들어오는 격이오. 나는 생명의 책을 읽느라 시력까지 잃고 고통을 보상받을 길이 전혀 없었소. 하지만 이제는 그 책을 제대로 읽을 수 있게 되었고, 그것이 유쾌한 이야기라는 것을 알게 되었소. 당신에게 제대로 설명할 순 없지만, 우리 앞에 드넓은 삶이 전개되는 듯해요. 긴 여름 오후가 우리를 기다려요. 황금빛 안개가 드리우고, 긴 그늘이 뻗쳐 있으며, 빛 속에 성스러운 신묘함이 넘쳐나는 대기와 풍경. 내가 평생 그토록 사랑했고 당신도 지금 사랑하는 이탈리아의 오후는 이렇게 멋져요. 맹세컨대 어째서 우리가 함께 살아갈 수 없는지 이유를 모르겠소. 우리는 우리들이 좋아하는 걸 가졌어요. 서로를 소유하고 있는 건 말할 필요도 없고. 우리에겐 찬양할 힘이 있고 뛰어난 신념도 얼마간 있어요. 우리는 우둔하지도 비열하지도 않으며, 무지나 침울함 따위에 억눌려 있지도 않소. 당신은 더할 나위 없이 젊고, 나 또한 한창때요. 내 아이도 우리의 즐거움이 될 테고. 그 아이를 위해 함께 즐거운 생활을 하도록 합시다. 온통 부드럽고 감미로운 것, 이것이 이탈리아의 색깔이오."

두 사람은 상당히 많은 계획을 세웠지만 많은 것을 그대로 남겨 두기도 했다. 당분간 그들이 이탈리아에 살아야 하는 건 너무나 당연했다. 그들이 만난 곳은 이탈리아였고, 서로의 첫인상도 이탈리아와 관계가 있었기 때문에 이탈리아는 그들 행복의 일부분이 되어야만 했다. 오스먼드는 옛날부터 알던 이곳에 애착이 있었고, 이곳이 이사벨에게도 새로운 자극이 되어 미에 대한 드높은 의식으로 미래를 보장해 주는 것 같았다. 끝없이 확장되고 싶은 그녀의 소원은 인간의 에너지를 한 곳으로 모아 줄 수 있는 사적인 일거리가 없다면 삶이 공허하다는 생각으로 기울어졌다. 그녀는 랠프에게 한두 해 사이에 '세상을 다 둘러보았고,' 행동하는 삶이 아닌 관찰하는 삶에 이미 싫증이 났다고 말했다. 그녀의 열의, 포부, 인생 이론, 스스로 높이 평가했던 독립심, 결코 결혼하지 않겠다던 애초의 신념, 이런 것들은 어떻게 된 것일까? 이런 것들은 보다 근원적인 필요성에 흡수되었고, 이 필요성은 무수한 질문들을 깡그리 해소하면서도 무한한 욕망을 충족하는 답변이 되었다. 그것은 단숨에 상황을 단순하게 만들었고, 별빛처럼 위에서 내려와 어떤 설명도 요구하지 않았다. 오스먼드가 그녀의 애인이자 그녀 자신이었고, 그녀가 그에게 도움이 될 수 있다는 사실만으로 충분한 설명이 되었다. 그녀는 겸손하게 그에게 몸을 맡길 수 있었고 긍지를 갖고 결혼할 수 있었기 때문에, 받는 것은 물론 뭔가 주고 싶었던 것이다.

그는 두세 번 카시네 공원에 팬지를 데리고 나타났다. 팬지는 일 년 전보다 그다지 키가 크지 않았으며, 별로 어른스럽지도 않았다. 오스먼드는 자신의 딸이 언제까지나 어린아이로 남을 거라고 확신했다. 그는 열여섯 살이 된 딸의 손을 잡고 아름다운 숙녀와 잠시 앉아 있다가 아이에게 다른 곳에 가서 놀다 오라고 일렀다. 팬지는 길이가 짧은 옷에 긴 외투를 입고 있었다. 모자도 쓰고 있었는데, 그녀가 쓰는 모자는 항상 너무 커

보였다. 소녀는 즐거운 듯 샛길 끝까지 민첩하고 또박또박한 걸음으로 걸어갔다가 돌아왔다. 얼굴에 칭찬을 받고 싶어 하는 미소가 퍼지자 이사벨이 충분히 칭찬해 주었다. 이것은 천성이 다감한 이 소녀가 내심 바라던 인간적 마음의 표현이었다. 이사벨은 자신의 운명이 크게 달려 있다는 듯이 소녀의 반응을 지켜보았다. 팬지는 이미 이사벨이 줄 수 있는 보살핌과 이사벨이 떠맡아야 될 책임의 대상이 되었다. 오스먼드는 자신의 딸을 어린애로 취급했기 때문에 그와 아름다운 이사벨의 새로운 관계에 대해 아직은 딸에게 설명해 주지 않았다. "저 아이는 아직 모르오." 그가 이사벨에게 말했다. "아직 눈치를 채지 못한 터라, 당신과 내가 이런 곳에 와서 친한 친구 사이로 함께 산책하는 게 당연하다고 생각해요. 그런 점에서는 놀랄 만큼 순진한 구석이 있어요. 그런 게 내가 바라는 거고. 난 늘 습관적으로 생각하던 것처럼 실패자는 아니오. 두 가지 일은 성공한 셈이니까. 흠모하는 여자와 결혼하게 되었고, 딸을 내 소원인 옛날 방식대로 키워 놓았고."

그는 모든 일에서 '옛날 방식'을 굉장히 좋아했다. 이사벨은 이것이 그의 성격이 섬세하고 차분하며 진지한 일면이라고 생각했다. "저 아이에게 말을 할 때까지는 당신이 성공했는지 아닌지 알 수 없다고 봐요." 그녀가 말했다. "당신이 전하는 소식을 저 아이가 어떻게 받아들일지 지켜봐야 돼요. 겁을 먹을 수도 있고 질투할 수도 있으니까요."

"그 점은 걱정 없어요. 저 아이는 이미 당신을 무척 좋아하오. 저 아이를 아무것도 모르는 채로 좀 더 놓아두고 우리가 약혼해야 된다고 생각하는지 보도록 합시다."

이사벨은 오스먼드가 팬지의 순진성을 예술적이고도 조형적으로 보는 것에 감동했다. 반면 이사벨은 그 아이의 도덕적인 면이 걱정스럽다고 느꼈다. 그래도 이사벨은 며칠 후 그로부터 딸에게 사실을 밝혔다는 말을 듣고 기뻐했다. 팬지는 "어머나, 그러면 예쁜 여동생이라도 생기겠네요!"라고 꽤나 깜찍한 말을 했다는 것이다. 그러나 이 말을 듣고 이사벨은 놀라지도 당황하지도 않았으며, 그의 예상처럼 울음을 터뜨리지도 않았다.

"아마 그 아이가 짐작을 했겠죠."

"그런 말은 하지 마요. 정말 그렇다면 정이 떨어져요. 약간 충격 받을 거라고 생각은 했지만, 그 애가 그 소식을 받아넘기는 것을 보면 행실이 대단하다는 걸 알 수 있어요. 그건 내가 바라는 바이기도 하고. 당신 눈으로 직접 확인해 봐요. 내일 그 애가 당신에게 직접 축하 인사를 할 테니."

이튿날 두 사람은 제미니 백작부인 집에서 만났다. 팬지도 아버지를 따라와 있었다. 오스먼드는 시누이 올케 사이가 된다는 사실을 알고 백작부인이 이사벨을 방문했던 일에 대한 답례로 이사벨이 그날 오후에 백작부인 집을 찾아온다는 것을 알고 있었다. 전에 백작부인이 터쳇 가를 방문했을 때 이사벨은 없었다. 그러나 이번에 그녀가 백작부인의 응접실에 안내되어 들어서자 팬지가 나와서 잠시 후 고모가 나오신다고 말했다. 팬지는 그날 내내 백작부인과 함께 있었으며, 백작부인은 팬지가 이제 손님 맞이하는 법을 배울 나이가 되었다고 생각했다. 이사벨은 이 소녀가 고모에게 예절 교육을 받아도 좋겠다고 생각했다. 두 사람이 함께 백작부인을 기다리는 동안 팬지가 보여 준 태도는 이사벨의 이런 확신을 충분히 뒷받침해 주었다. 오스먼드는 일 년 전 결국 팬지를 수녀원 학교로 다시 보내 마지막 과정을 마치게 했고, 수녀원 학교의 캐서린 선생은 이제 팬지가 넓은 세상으로 나가기에 적합하다는 자신의 판단을 실행한 게 틀림없었다.

"아빠 말씀으로는 아줌마가 결혼해 주신다면서요." 팬지가 말했다. "정말 기쁜 일이에요. 아주 잘 어울릴 거라고 생각해요."

"내가 아가씨와 잘 어울릴 거라고 생각해?"

"아줌마는 저와 멋지게 어울릴 거예요. 그러나 제가 말씀드린 건 아줌마와 아빠가 잘 어울린다는 뜻이에요. 두 분 다 조용하고 진지한 분이니까요. 아줌마는 아빠만큼, 아니면 멀 아줌마만큼 조용한 분은 아니지만, 다른 사람들과 비교하면 훨씬 조용해요. 아빠는 예를 들면 제 고모 같은 분을 아내로 맞이하면 안 돼요. 고모는 항상 돌아다니시고 들뜬 상태인데 오늘은 특히 더 그래요. 고모가 들어오면 아실 거예요. 수녀원에서는 나이 많은 분들에 대해 이러쿵저러쿵 얘기하면 안 된다고 했지만, 좋게 평하는 건 괜찮다고 생각해요. 아줌마는 아빠에게 즐거운 상대가 되실 거예요."

"아가씨에게도 그렇겠지."

"일부러 아빠에 대해 먼저 말씀드리고 있어요. 제가 아줌마를 어떻게 생각하는지 아빠에게 벌써 말씀드렸답니다. 처음부터 좋았거든요. 너무나 훌륭한 분으로 보았죠. 그래서 항상 같이 있게 된다면 아주 행운이라고 생각해요. 아줌마를 거울삼아 보려고 해요. 잘 안 되겠지만 따라 해 볼 거예요. 아빠한테 정말 다행이에요. 아빠에겐 저 말고 다른 분이 필요하거든요. 아줌마가 아니라면 부족한 부분을 메워 줄 사람이 없어요. 아줌마는 저의 의붓어머니가 되시겠지요. 이런 단어를 쓰면 안 되겠지만요. 이런 말은 항상 심술궂게 들리지만 아줌마는 저를 못살게 굴거나 학대하진 않을 거라고 봐요. 조금도 걱정하지 않아요."

이사벨이 부드러운 어조로 말했다. "귀여운 팬지 아가씨, 난 항상 너를 따뜻하게 대해 줄 거야." 묘하게도 언젠가 자신에게 팬지의 친절이 필요할지도 모른다는 막연하고 엉뚱한 생각이 들어서 그녀는 오싹한 기분을 느꼈다.

"고마운 말씀이에요. 그렇게 해 주신다면 조금도 걱정이 없는걸요." 팬지가 기다렸다는 듯 신속하게 대답했다. 이러한 행동은 소녀가 어떤 교육을 받아 왔는지를 암시했다. 아니면 그렇게 행동하지 않을 때 가해지는 처벌을 얼마나 두려워하는 걸까!

이 소녀가 자기 고모에 대해 설명한 것은 틀리지 않았다. 제미니 백작부인은 여느 때보다 더 들떠 있었다. 그녀는 펄럭거리며 방에 들어와 마치 옛날부터 내려온 의식에 따르듯 먼저 이사벨의 이마에 입맞춤을 한 다음 양쪽 뺨에 다시 입맞춤을 했다. 그녀는 이사벨을 소파에 끌어당겨 이리저리 머리를 돌려 바라보며, 마치 붓을 들고 이젤 앞에 앉아 이미 밑그림이 그려진 인물화에 계속 가필을 하는 것처럼 연거푸 말을 걸었다.
"축하 인사를 기대했다면 용서해 줘야겠어요. 내가 축하 인사를 할지 안 할지에 대해 신경을 쓰지는 않으리라 봐요. 당신은 무척 영리하니까 온갖 시시한 일들에 일일이 신경 쓰지 않으리라 믿어요. 난 입에 발린 거짓말을 하면 마음에 걸려요. 뭔가 이득이 될 만한 일이 아니라면 그런 거짓말은 하지 않죠. 당신에게 이득 되는 일이 있을지 나로서는 알 수 없네요. 하지만 당신은 내 말을 믿지 않을 테니까. 난 종이꽃을 만들든가 주름 장식이 있는 갓등을 만드는 것 따위의 일은 하지 않아요. 그런 건 할 줄도 몰라요. 내가 만든 갓등에 불이 날 수도 있고, 종이로 만든 장미꽃과 거짓말이 실제보다 더 부풀려질 수도 있어요. 당신이 내 오빠 오스먼드와 결혼하려는 건 나로선 아주 기뻐할 일이에요. 그러나 당신을 위해서는 기쁜 일이 아니에요. 당신은 아주 총명해요. 사람들이 언제나 그렇게 말하니 잘 알겠죠. 유산도 있고, 얼굴도 아주 예쁘고, 생기 있고, 개성이 강하잖아요. 그러니 당신이 우리 가문에 들어오는 건 좋은 일이죠. 오스먼드 오빠가 얘기했겠지만 우리 가문은 체통 있는 가문이랍니다. 내 어머니는 꽤나 유명한 분으로 미국의 코린으로 불렸죠. 그러나 이제 우리 가문은 형편없이 기운 것 같아요. 아마도 당신이 우리 가문을 회복해 주겠죠. 나는 당신을 굉장히 신뢰하기 때문에 얘기하고 싶은 게 엄청나게 많아요. 난 처녀가 결혼하게 되면 축하 인사는 절대로 하지 않는답니다. 결혼이 무섭고 단단한 올가미가 되지 않도록 해야 한다고 봐요. 팬지는 이런 말을 다 들어서는 안 된다고 생각하지만, 저 애가 내게 온 건 이런 얘기를 듣기 위해서, 세상이 어떤 곳인지 알기 위해서랍니다. 저 애가 세상살이의 무서움을 알아도 전혀 나쁜 건 아니에요. 사실 오빠가 당신을 마음에 두고 있다는 걸 알자마자 당신에게 편지를 해서 오빠에게 마음이 기울지 않도록 강하게 충고하려고 했죠. 하지만 그건 오빠를 배신하는 일이라는 생각이 들었고, 그런 일은 죽기보다 싫었어요. 게다가 앞에서 말한 대로 나 자신이 당신에게 반해 버린걸요. 결국 난 이기적인 사람인 셈이죠. 그러니 난 당신한테 한 치도 존경을 받을 수 없을 테고, 우리는 친해질 수도 없겠죠. 난 그러고 싶지만 당신은 그러지 않을 거예요. 그래도 언젠가 우리는 당신이 처음 생각한 것보다는 좋은 친구가 될 거예요. 내 남편이 와서 인사라도 해야겠지만, 당신이 짐작하듯 오스먼드 오빠와 친한 사이가 전혀 아니에요. 남편은 예쁜 여자들을 만나는 걸 아주 좋아하지만, 당신 같으면 걱정하지 않아도 돼요. 첫째, 남편이 무슨 일을 하든 난 상관하지 않고, 둘째, 당신은 우리 남편 같은 사람은 거들떠보지도 않을 테니까. 그 사람은 언제든 당신과 관련될 사람은 조금도 아니거든요. 그리고 바보처럼 보여도 당신이 자기에게 관심 갖지 않는다는 걸 안답니다. 당신이 거북하지 않으면 언젠가 그 사람에 대해 모두 얘기해 주겠어요. 조카딸을 밖으로 내보내는 게 좋다고 생각해요? 팬지, 나가서 내 방에서 피아노나 치고 있으렴."

"여기 있게 해 주세요." 이사벨이 말했다. "팬지가 들어서 안 되는 이야기는 저도 듣고 싶지 않아요!"

36

1876년 가을 어느 날 해 질 무렵, 호감을 주는 외모의 청년 하나가 오래된 로마 가옥 3층에 있는 작은 방의 초인종을 눌렀다. 문이 열리자 그는 마담 멀이 안에 있느냐고 물었다. 이 말을 들은 산뜻한 차림의 수수하게 생긴, 얼굴 생김새가 프랑스인 같은 하녀가 특유의 몸짓으로 그를 아주 작은 응접실로 안내한 뒤 그의 이름을 물었다. 젊은이는 "에드워드 로지어입니다."라고 대답하고는 자리에 앉아 안주인이 나타나기를 기다렸다.

독자들은 로지어가 파리의 미국인 사회에서 독특한 존재라는 것을 기억하겠지만, 그가 이따금 파리에서 자취를 감추는 것은 알지 못하리라. 그는 몇 해에 걸쳐 포*에서 겨울을 보냈으

---

*프랑스 남서부에 있는 휴양지.

며, 그것이 그에게는 습관으로 굳었기 때문에 그 후 몇 년 동안 겨울이 되면 계속해서 그 아름다운 휴양지를 찾았는지도 모른다. 그러나 1876년 여름 그에게 어떤 사건이 생겼고, 그 사건은 그의 생각뿐 아니라 습관적인 논리의 흐름까지 바꾸어 놓고 말았다. 그는 스위스의 고원 휴양지 앵가딘에서 여름 한 달을 보내는 동안 생 모리츠라는 마을에서 매력적인 아가씨를 만났다. 그는 이 어린 아가씨에게 즉각 특별한 관심을 베풀기 시작했는데, 그녀야말로 그가 오랫동안 찾던 바로 그 천사라는 느낌이 들었다. 그는 결코 분별없는 청년은 아니며 신중한 것이 최대 장점이었기 때문에 자신의 열정을 분출하는 일은 잠시 보류했다. 그러나 그 아가씨는 이탈리아에 가야 했고 그는 제네바에 가서 다른 친구들을 만나기로 했기 때문에, 두 사람이 헤어지게 되자 다시 그녀를 만날 기회가 없다면 정말 마음이 아플 것 같았다. 그 아가씨를 만나는 가장 손쉬운 방법은 가을에 로마로 가는 것이었다. 오스먼드 양은 그곳에서 가족과 함께 살고 있었기 때문이다. 로지어는 이탈리아의 수도 로마를 향해 순례 여행을 떠나 11월 1일에 도착했다. 즐거운 여행이었으나 이 청년으로서는 약간 용기가 필요한 시도이기도 했다. 그는 계절에 맞지 않게 로마의 대기에 감도는 독소에 자신을 노출한 셈이었다. 11월은 악명 높은 그 독소가 잔뜩 잠복하는 시기였다. 그러나 운명은 용감한 사람의 편인지라 모험을 좋아하는 이 청년은 매일 세 알의 키니네를 먹고 한 달 후에는 자신의 만용을 후회하지 않아도 되었다. 그는 이 한 달을 꽤나 유용하게 보냈으며, 팬지 오스먼드의 성격에 결점이라고는 하나도 없다는 것을 알게 되었다. 그녀는 훌륭하게 완성된 인물, 마지막 손질까지 멋지게 된 완성품이나 다름없었다. 그는 사랑에 흠뻑 빠져 그녀의 일밖에 생각하지 않았고, 그녀가 드레스덴 도자기에 그려진 양치기 처녀와 많이 닮았다고 생각하게 되었다. 정말이지 오스먼드 양은 실제로 한창 피어나는 꽃 같은 처녀로 로코코 풍 분위기를 풍겼고, 그런 풍을 대단히 좋아하는 로지어는 그것을 높이 평가하지 않을 수 없었다. 그가 비교적 경박한 로코코 시대 작품들을 애호한 것은 마담 멀의 응접실에 관심을 갖게 된 것과 관련 있는지도 몰랐다. 그녀의 실내는 모든 양식의 견본으로 장식되어 있었지만, 특히 지난 두 세기 작품들이 많았다. 그는 곧 단안경을 끼고 방 안을 둘러본 후, "정말 근사한데!"라고 동경하듯 중얼거렸다. 작은 방은 가구로 가득 차 있었고, 빛바랜 면직물이나 작은 조각상들은 사람이 움직이면 흔들릴 듯한 인상을 주었다. 로지어는 자리에서 일어나 조심스레 배회하면서 몸을 구부려 골동품과 왕가의 문장이 새겨진 쿠션을 얹어 놓은 책상을 보았다. 마담 멀이 방에 들어왔을 때 그는 벽난로 앞에 서서 선반 위에 깔아 둔 다마스크 천에 붙어 있는 커다란 레이스 자락에 코를 바싹 붙이고 있었다. 마치 레이스 자락을 살짝 들어 올려 냄새를 맡는 듯 보였다.

"오래된 베네치아제 레이스랍니다." 마담 멀이 말했다. "별 것 아니죠."

"선반에 깔아 놓기엔 아깝군요. 몸에 둘러야 될 것 같네요."

"당신은 파리에 같은 제품으로 이것보다 더 좋은 것을 가지고 있다던데요."

"하지만 레이스를 몸에 두르고 다닐 수는 없죠." 로지어가 미소를 지었다.

"왜 그렇게 하면 안 될까요! 난 몸에 두르기에 더 나은 것을 가지고 있는데."

그는 눈을 휘둥그레 뜨며 방 안을 다시 둘러보았다. "정말 훌륭한 것을 소유하고 있군요."

"맞아요, 그러나 모두 싫은 것들뿐이에요."

"처분하고 싶으세요?" 청년이 급히 물었다.

"아뇨, 마음에 들지 않는 것을 소유하는 것도 괜찮아요. 화풀이라도 할 수 있으니까!"

"전 제 물건들을 좋아해요." 로지어는 모든 것을 감식할 수 있다는 듯 얼굴을 붉히고 자리에 앉으며 말했다. "그러나 오늘 제가 말씀드리려고 온 건 제 물건이나 부인의 물건에 대한 것이 아닙니다." 그는 잠시 말을 끊고 더 부드러운 어조로 말했다. "제게는 유럽 전체의 골동품보다 오스먼드 양이 더 소중하답니다!"

이 말을 듣고 마담 멀은 눈을 크게 떴다. "그 얘기를 하려고 왔어요?"

"조언을 구하려고 찾아왔습니다."

그녀는 다정하게 얼굴을 찡그리고 커다란 하얀 손으로 턱을 만지며 그를 바라보았다. "사랑에 빠진 남자는 조언을 구하지 않는 법인데."

"어려움에 빠졌을 경우엔 그렇게 해야 되지 않나요? 사랑에 빠진 남자에겐 흔히 있는 일이죠. 전에도 사랑한 적이 있기 때문에 안답니다. 하지만 이번처럼 깊이 사랑해 본 적은 없어요. 정말 이번처럼 깊이 사랑하진 않았어요. 제 앞날에 대해 어떻게 생각하시는지 정말 알고 싶어요. 오스먼드 씨에게 저는, 글쎄요, 진짜 수집 품목은 아니거든요."

"내가 중매라도 해 주길 바라나요?" 마담 멀은 가는 두 팔을 팔짱 낀 채로 보기 좋은 입을 왼쪽으로 틀면서 물었다.

"저를 위해 한마디라도 변호해 주신다면 무척 감사하겠습니다. 오스먼드 씨의 동의를 얻을 가능성이 없으면 아가씨를 괴롭혀 보았자 소용이 없을 테니까요."

"상당히 사려 깊군요. 그게 당신 장점이죠. 그러나 내가 당신을 좋은 신랑감으로 생각한다고 착각하는군요."

"저를 아주 친절하게 대해 주셨잖아요." 청년이 말했다. "제가 찾아온 건 바로 그것 때문입니다."

"나는 루이 14세 시대의 훌륭한 장식품을 가진 사람들에게는 언제나 친절해요. 그런 건 요즘 무척 희귀한 물건이라 얼마에 팔릴지 모르거든요." 이 말을 할 때 그녀 왼쪽 입가에 농담이라는 표정이 떠올랐다.

그럼에도 그는 그녀가 한 말을 있는 그대로 받아들이고 자신의 생각을 굽히지 않는 눈치였다. "아, 저 같은 인간에게 호감을 갖고 계신다고 생각했어요!"

"아주 대단한 호감이 있어요. 그러나 제발 분석은 그만두었으면 해요. 이런 말은 실례 같지만, 당신이 완벽한 신사라고 생각해요. 그렇지만 팬지 오스먼드의 결혼은 나로선 어쩔 수가 없네요."

"그렇게 생각하지 않습니다. 부인이 그쪽 가족과 친하게 지내시니 부인 말씀이 통할 거라고 생각했어요."

마담 멀은 생각에 잠겼다. "가족이란 누구를 지칭하는 거죠?"

"그야 물론 그녀 아버지와…… 영어로는 어떻게 부르나요? 그녀의 벨메르*죠."

"오스먼드 씨는 그녀의 아버지예요. 그건 틀림없죠. 그러나 부인 쪽은 거의 그녀의 가족이라고 볼 수 없어요. 오스먼드 부인은 팬지의 결혼과 전혀 관계 없어요."

"유감이군요." 로지어는 유순하게 한숨을 쉬면서 말했다. "오스먼드 부인은 제 편이 되어 주실 거라고 생각합니다만."

"틀림없이 그럴 거예요. 남편이 반대하지 않는다면."

그는 눈길을 들어 올렸다. "그 부인은 남편과 반대되는 입장을 취하고 있습니까?"

"모든 점에서 그래요. 두 사람은 생각이 아주 달라요."

"그렇습니까." 로지어가 말했다. "그건 유감이지만 제게는 상관없어요. 오스먼드 부인은 팬지 양을 매우 좋아하더군요."

"맞아요. 아주 좋아하죠."

"팬지 쪽에서도 애정이 깊고요. 마치 친어머니처럼 사랑한다고 했거든요."

"당신은 그 애와 상당히 친밀한 얘기를 나누었군요." 마담

---

* 프랑스어로 '의붓어머니'라는 뜻.

멀이 말했다. "당신의 감정을 고백했나요?"

"그런 일은 없었어요!" 로지어는 단정하게 장갑을 낀 손을 치켜들며 목소리를 높였다. "부모님의 생각을 확인하기 전까지 그런 말은 절대로 하지 않을 겁니다."

"부모의 승낙을 항상 기다리는 편인가요? 훌륭한 원칙인데요. 예의가 바르군요."

"절 비웃으시는군요." 로지어는 중얼거리듯 말하고 의자 등에 다시 기대면서 입가에 난 작은 수염을 만지작거렸다. "부인의 비웃음을 사게 될 줄은 미처 몰랐네요."

마담 멀은 사실을 있는 그대로 보고 있는 사람처럼 고개를 가만히 저었다. "그 말은 좀 지나쳐요. 당신의 처신은 정말 훌륭하고 당신이 취할 수 있는 최상의 것이에요. 맞아요, 이게 내 생각이죠."

"저는 공연히 그녀를 심란하게 하진 않을 겁니다. 그러기엔 그녀를 너무나 사랑해요." 네드 로지어가 말했다.

"아무튼 나한테 얘기해 줘서 기뻐요." 마담 멀이 계속 말했다. "내게 잠시 맡겨 줘요. 도와줄 수 있을 테니까."

"그러게 부인을 찾아오면 해결의 실마리가 있을 것 같았다고 말씀드렸잖습니까!" 청년은 기쁨에 겨워 소리쳤다.

"아주 현명했어요." 마담 멀이 더욱 무미건조한 목소리로 대답했다. "도와주겠다고 한 건 일단 당신 명분이 좋다는 걸 전제로 한 거예요. 생각할 시간을 좀 가져야겠어요."

"저는 무척 의젓한 남자랍니다." 로지어는 진지하게 말했다. "결점이 전혀 없다고 할 수는 없지만 악한 사람은 절대 아니에요."

"모든 게 소극적이네요. 그건 사람들이 악덕이라고 말하는 것과도 서로 통해요. 적극적인 면은 없어요? 장점이 뭐죠? 에스파냐제 레이스나 드레스덴제 찻잔 외에 가진 게 뭔가요?"

"제게도 풍족한 재산이 있답니다. 연 4만 프랑 정도죠. 재산을 관리하는 재능이 있기 때문에 이 정도의 수입이면 멋지게 살 수 있을 거예요."

"멋지다고는 할 수 없지만 그 정도면 충분하다는 생각은 드네요. 어디에 사느냐에 달렸겠지만."

"그야 파리죠. 파리에서 신혼 살림을 시작하고 싶어요."

마담 멀의 왼쪽 입이 빨개졌다. "떠들썩한 생활은 힘들 것 같네요. 그 찻잔을 잘 사용해야겠어요. 찻잔이란 깨어지기도 하니까."

"떠들썩한 생활은 바라지 않아요. 오스먼드 양이 예쁜 건 무엇이든 가지고 싶어 한다 해도 그 정도로 충분할 거예요. 그렇게 예쁜 아가씨라면, 글쎄요, 값싼 도자기 정도는 마련할 수 있어요. 저와 결혼하면 꽃 문양이 없는 견직물 옷밖에 입을 수 없겠지만요." 로지어는 생각에 잠긴 듯 말했다.

"당신은 그 아가씨에게 그런 옷조차도 입힐 수 없어요? 어쨌든 그녀는 당신의 그런 생각을 무척 고맙게 여기겠지만."

"바로 그거예요. 그녀도 틀림없이 찬성할 거고 이해해 줄 거예요. 그래서 그녀를 사랑하거든요."

"정말 좋은 아가씨죠. 아주 단정하고, 아주 우아하기도 하고. 그러나 내가 아는 한 그녀 아버지는 아가씨에게 아무것도 줄 수 없어요."

로지어는 이 말에 별로 이의를 달지 않았다. "아가씨의 아버지한테 그런 건 조금도 원하지 않습니다. 하지만 그래도 그분은 부자처럼 생활하시는 걸로 알아요."

"아내 돈으로 사는 거예요. 아내가 많은 재산을 가지고 왔으니까."

"오스먼드 부인은 의붓딸을 무척 좋아하시니 뭔가 해 주실지도 모르겠네요."

"상사병을 앓는 시골 젊은이치고는 빈틈이 없군요!" 마담 멀이 웃으며 외쳤다.

"지참금은 대단히 존중하는 편이죠. 없어도 살아갈 수 있지만 존중하긴 해요."

"오스먼드 부인은 아마 자기 자식들을 위해 돈을 갖고 있고 싶겠죠." 마담 멀이 말했다.

"자기 자식들이라니요? 아이들은 없잖아요?"

"앞으로 생기겠죠. 사내아이가 있었는데, 이 년 전 생후 육 개월 만에 죽고 말았어요. 하지만 다른 아이들이 생길 테죠."

"생기면 좋겠네요. 그 편이 행복하다면. 정말 훌륭한 부인인데."

마담 멀이 갑자기 말을 쏟아냈다. "참, 그 사람에 대해 얘기할 게 많아요. 당신 말대로 정말 훌륭한 사람이에요! 어쨌든 우리들로서는 당신이 적당한 남편감이라는 결론은 정확히 나지 않아요. 악한 사람이 아니라는 것이 수입과 연결되는 건 아니거든요."

"실례지만 그럴 수 있다고 생각합니다." 로지어가 아주 분명하게 말했다.

"감동적인 부부가 되겠네요. 순진함을 먹고 살아가겠다니!"

"저를 과소평가하시는군요."

"그 정도로 순진하진 않다는 건가요?" 마담 멀이 말했다. "연 4만 프랑의 수입과 호감 가는 성격이 결합되었으니 물론 한번 생각해 볼 일이죠. 욕심을 내 덤벼들 정도라고 볼 수는 없지만 더 나쁜 제안도 있을 법해요. 그러나 오스먼드 씨는 아마 더 나은 사윗감을 구할 수 있다고 보겠죠."

"그럴 수도 있겠죠. 그러나 아가씨는 어떨까요? 자기가 사랑하는 남자와 결혼하는 게 가장 좋을 텐데. 아가씨는 저를 거절하지 않을 겁니다." 로지어는 진지하게 말했다.

"그럴 거예요. 알고 있죠."

"그것 보세요." 젊은이가 외쳤다. "부인을 찾아오면 도움이 될 거라고 제가 말했잖습니까."

"하지만 당신이 아가씨에게 물어보지 않았다면 어떻게 그렇게 생각하는지 모르겠네요." 마담 멀이 말을 이었다.

"이런 경우에 묻는다든가 대답한다든가 하는 건 아무 필요가 없어요. 말씀하신 대로 우리는 둘 다 순진하니까요. 그런데 부인은 그걸 어떻게 아십니까?"

"내가 순진하지 않다는 건가요? 난 아주 능수능란하니 나한테 맡겨요. 방법을 찾아볼 테니."

로지어는 일어서서 모자를 만지작거렸다. "다소 냉정한 말씀이네요. 찾아보겠다고만 하지 마시고 확실한 길을 찾아 주세요."

"최선을 다해 보겠어요. 당신 장점을 한껏 활용해 보죠."

"정말 감사해요. 그건 그렇고 오스먼드 부인에게 한마디 해야겠어요."

"그런 건 생각도 하지 마요!" 마담 멀은 프랑스어로 이 말을 내뱉고 자리에서 일어났다. "그 사람이 움직이면 모든 게 엉망이 되니까."

로지어는 모자 속을 들여다보며 과연 이 사람에게 와서 상의해야 했을까 생각했다. "무슨 말씀인지 잘 모르겠네요. 오스먼드 부인은 저와 오래전부터 잘 아는 사이라 제가 성공하기를 바랄 텐데요."

"가능한 한 옛 친구와 잘 지내요. 옛 친구가 많을수록 그녀에게도 좋은 일이니까. 그녀는 새로 알게 된 몇몇 친구들과는 그다지 마음을 터놓고 지내는 사이가 아니거든요. 어쨌든 지금으로서는 당신 때문에 논쟁에 휩싸이게 해선 안 돼요. 그녀 남편은 견해가 다를지도 모르고, 그녀에게 호감을 가진 사람으로서 난 당신이 부부간 거리를 더 이상 벌어지게 하지 않으면 좋겠어요."

가엾게도 로지어의 얼굴에는 놀란 표정이 역력했다. 팬지 오스먼드에게 구혼의 손길을 뻗는 일은 어떤 거래에서 발휘되는 그의 감식력으로는 생각할 수도 없을 만큼 복잡한 일이었다. 그러나 사려 깊은 소유자가 가진 '최고의 작품'에 대한 감식력이 말해 주듯, 겉모습 아래 감춰진 매우 탁월한 감각은 그에게 도움이 되었다. "제가 오스먼드 씨를 그렇게까지 고려해야 된다고 생각하진 않아요!" 로지어가 소리쳤다.

"그렇겠죠. 하지만 오스먼드 부인의 입장은 고려해 줘야 해요. 예전부터 잘 아는 사이라면서 곤경에 빠뜨릴 셈인가요?"

"그건 아니죠."

"그렇다면 정말 주의하세요. 그리고 내가 사태를 좀 알아볼 때까지 가만히 놔두세요."

"가만히 놔두라고요? 부인, 제가 사랑에 빠졌다는 걸 알아주십시오."

"저런, 사랑의 불길이 쉽게 꺼질 리는 없겠죠! 내가 말한 걸 염두에 두지 않을 거라면 무엇 때문에 찾아왔나요?"

"친절하게 여러 말씀을 해 주시니 정말 좋습니다." 청년이 말했다. 그는 문 쪽으로 걸어가면서 온화한 목소리로 한마디 덧붙였다. "그러나 오스먼드 씨는 꽤나 완강하겠지요."

마담 멀은 가볍게 웃었다. "전에도 누군가 그런 말을 한 적이 있어요. 그러나 부인 쪽도 호락호락하지 않아요."

"아, 부인은 참으로 훌륭한 분이죠!" 네드 로지어는 이 말을 되풀이한 뒤 떠났다.

그는 이미 상당히 분별력 있는 모범적인 청혼자에 걸맞은 처신을 하기로 결심했다. 하지만 가끔씩 오스먼드 양의 집을 방문해 자신의 기분을 북돋우는 것은 마담 멀에게 한 맹세를 조금도 손상하지 않는다고 보았다. 그는 마담 멀이 한 말을 끊임없이 되씹으며, 약간은 용의주도한 그녀의 어조에서 받은 인상을 이모저모 생각했다. 그가 파리 사람들이 말하듯 이 부인에게 비밀리에 갔지만, 어쩌면 조급했는지도 모른다. 그는 이런 비난을 받는 일이 좀처럼 드물었기 때문에 자신이 조급했다는 것을 쉽게 알아차리지 못했다. 그렇다 하더라도 그가 마담 멀을 알게 된 건 한 달도 채 되지 않았다. 비록 그가 가능한 방법을 다 동원해 우아한 태도로 팬지에게 구혼의 손길을 뻗을지라도, 또 그가 마담 멀을 유쾌한 여자로 생각할지라도 곰곰이 생각해 보면 그녀가 팬지 오스먼드를 그의 품에 안겨 주기를 열망할 거라고 상상할 이유는 전혀 없는 것도 사실이었다. 마담 멀은 분명 그에게 자비의 손길을 뻗쳤고, 팬지의 가족들은 그녀를 존중했다. 그녀는 그 가족들과 친밀하진 않아도 허물없는 사이라는 인상(로지어는 그녀의 이런 장점에 여러 번 감명을 받았다.)을 꽤 강하게 풍겼다. 아마도 그는 이런 면들을 과대평가했는지도 모른다. 그녀가 그를 위해 애써야 할 특별한 이유도 없었거니와, 매력적인 여성이라면 누구에게나 유쾌한 사람으로 보이는 법이다. 그녀가 자기에게 특별한 관심을 갖고 있다고 생각한 나머지 그녀에게 간청을 했다는 생각이 들자 로지어는 자신이 바보짓을 했다고 느꼈다. 틀림없이 (그녀는 농담하는 것 같은 눈치였지만) 그녀가 생각한 건 그의 골동품뿐이었는지도 모른다. 그가 골동품 중에서 값비싼 것 두세 점을 그녀에게 줄 거라고 생각했을까? 오스먼드 양과의 결혼을 그녀가 정말로 도와준다면 자신의 수집품 전부를 주어도 좋았다. 그러나 이런 말을 그녀에게 노골적으로 하기는 어렵고, 그것이 너무나 추한 뇌물처럼 보일 수도 있었다. 하지만 그는 부인이 그렇게 믿기를 원했다.

로지어는 이런 생각을 하며 다시 오스먼드 부인을 찾아갔다. 그녀는 '손님을 맞이하는' 시간이 정해져 있었고(매주 목요일 저녁이었다.) 이때쯤이면 그가 나타나도 의례적인 방문으로 간주될 터였다. 로지어가 감정을 잘 조절하여 사랑하는 대상은 로마 한가운데 위치한 높은 저택에 살고 있었다. 그 어둠침침하고 거대한 건물은 파르네세 궁전* 옆에 있는 양지바른 작은 광장을 내려다보고 있었다. 로마 기준으로 본다면 팬지도 궁전에 사는 셈이지만, 로지어의 불안한 마음에는 그곳이 지하 감옥 같았다. 그가 결혼하고 싶어 하는 젊은 아가씨가 그는 도저히 호감을 살 수 없을 것 같은 성미 까다로운 아버지의 성(城) 같은 집에 감금되었다는 건 그에게 불길한 예감을 가져다주었다. 이 웅장한 건물에는 오래전부터 엄격하게 들리는 로마 이름이 붙어 있었고, 역사적 사건, 범죄, 술책, 폭력 등의 분위기를 풍겼다. 이 건물은 여행 평론가 머레이 씨가 쓴 책에도 나와 있고, 이곳을 방문하는 관광객은 대충 쳐다보고 실망과 낙담의 빛을 감추지 못했으나, 2층에는 카라바조**가 그린 프레스코화가 있으며, 품격 있는 아치 모양의 넓은 로지아***에는 팔다리가 없어진 조각상과 먼지 덮인 도자기가 이끼 낀 정원 안물을 내뿜는 분수가 있는 축축한 뜰 위로 가지런히 돌출해 있었다. 그의 마음이 사랑에 사로잡히지 않았다면 그도 이곳 팔라초 로카네라****의 아름다움을 인정할 수 있었을 것이다. 또한

---

* 16세기에 건립된 로마의 궁전.
** 17세기 초 바로크풍의 이탈리아 화가.
*** 한쪽 벽이 없는 복도 모양 방.
**** '검은 요새'라는 뜻.

로마에 정착할 무렵 이곳 분위기에 흠뻑 빠져 남편과 함께 이 저택을 선택했다고 언젠가 말했던 오스먼드 부인의 마음도 이해할 수 있었을 것이다. 이 건물은 확실히 로마풍이었으며 그는 건축에 대해서라면 리모주* 유약밖에 몰랐으나, 창의 균형이나 처마의 세세한 부분에 이르기까지 꽤나 당당한 분위기를 풍기고 있음을 알 수 있었다. 그러나 로지어는 옛날 화려했던 시대에 젊은 처녀들이 연인과 헤어져 이런 곳에 갇히고, 말을 듣지 않으면 수도원에 집어넣어 버린다는 위협을 받으며 애정도 없는 결혼을 강요당했을 거라는 확신에 시달리게 되었다. 그러나 2층에 있는 따스하고 보기에도 호화스러운 오스먼드 부인의 응접실에 들어가자 로지어는 한결같은 환대를 느꼈다. 그는 이 집안 사람들에게 '좋은 물건'에 대한 비상한 감식력이 있음을 인정했다. 오스먼드 씨의 취향이지 부인의 취향은 전혀 아니었다. 처음 이곳을 방문했을 때 그녀로부터 들은 사실이며, 그때 그는 이들이 파리에 있는 자신의 물건보다 훨씬 뛰어난 '프랑스 물건'을 가졌는지 십오 분 정도 속으로 생각해 본 후, 그들이 소유한 것을 즉각 인정하고 질투심 같은 건 팽개친 뒤 신사답게 그녀의 보물에 대해 마음에서 우러난 찬사를 보냈던 것이다. 그는 오스먼드 부인으로부터 그녀의 남편이 결혼 전 광범위하게 물건들을 수집했다는 것을 알게 되었다. 그리고 최근 삼 년에 걸쳐 많은 미술품을 추가했지만, 가장 뛰어난 물건들은 그녀의 조언을 얻기 전에 그가 직접 손에 넣

---

* 도자기 제조로 유명한 프랑스 중부 도시.

은 거라고 했다. 로지어는 그녀의 이런 설명을 자신의 주관에 따라 해석하며 '조언'을 '돈'으로 간주했다. 그리고 길버트 오스먼드가 가난한 시절에 자신의 최고 수집품들을 손에 넣었다는 사실은 그가 가장 신봉하던 신조(수집가에게 인내심만 있으면 가난은 문제가 되지 않는다는 것)를 확인해 주었다. 목요일 저녁 이곳에 오면 대체로 로지어는 거실 벽 쪽에 가장 먼저 눈길이 갔다. 그곳에는 그가 진심으로 갈망하는 물건이 서너 점 있었기 때문이다. 그러나 마담 멀을 만난 이후로 그는 자신의 입장이 매우 심각하다고 느꼈다. 이제 문지방을 들어서면서 미소를 짓고 늘 마음을 편하게 하는 행동은 신사로서 너무나 당연했기에 그는 진지한 표정으로 이 집 아가씨를 찾았다.

37

팬지는 로지어가 들어간 첫 번째 방에는 없었다. 그곳은 천
장이 오목하고 벽에는 붉고 오래된 다마스크 천이 덮인 큰 방
으로, 오스먼드 부인이 늘 앉아 있거나(오늘 밤엔 그녀가 없었지
만) 친밀한 사람들과 함께 떼를 지어 난로 옆에 모이는 곳이기
도 했다. 방에는 차분하게 햇빛이 퍼져 있었고, 다른 방보다 큰
물건들이 놓여 있었으며, 거의 언제나 꽃향기가 났다. 팬지는
나란히 붙은 바로 옆방, 젊은 방문객들이 붐비고 차를 대접하
는 방에 가 있는 것 같았다. 오스먼드는 벽난로 앞에 뒷짐을 지
고 기대어 서서 한쪽 발을 들고 구두창을 불에 쬐고 있었다. 대
여섯 명의 사람들이 그의 주변에 흩어져 대화를 나누고 있었
으나 그는 대화에 가담하지 않았다. 자주 깜빡거리는 그의 눈
은 어떤 대상을 억지로 쳐다본다기보다 볼 만한 가치가 있는
대상에 몰두했다는 느낌을 주었다. 로지어는 살며시 들어왔기

때문에 그의 시선을 끌지 못했다. 그러나 젊은이는 자기가 만나려는 사람이 이 집 바깥주인이 아니라 안주인이라는 것을 유난히 의식하면서도 무척 꼼꼼히 격식을 차려 오스먼드와 악수를 하려고 다가갔다. 오스먼드는 자세를 바꾸지 않은 채 왼손을 내밀었다.

"안녕하시오? 아내는 근처에 있을 거요."

"걱정 마십시오. 제가 찾아보겠습니다." 로지어가 명랑하게 대답했다.

그러나 오스먼드가 그를 눈여겨보자 그는 이처럼 예리하게 자기를 쳐다본 사람이 여태껏 없다는 것을 느꼈다. '마담 멀이 이미 얘기했겠지. 그래서 나를 마음에 안 들어 하는 것 같아.' 로지어는 혼자서 추론했다. 그는 마담 멀이 그곳에 있으면 좋겠다고 생각했으나 그녀 모습은 보이지 않았다. 아마 다른 방에 있거나 나중에 올 것 같았다. 그는 길버트 오스먼드가 너무 잘난 체한다는 생각이 들어 호감이 가지 않았다. 그러나 그는 화를 내지 않았고, 예절과 관계될 경우 무척 바르게 행동해야 한다는 느낌을 강하게 받았다. 그는 주위를 둘러본 후 상대방으로부터 아무런 반응도 얻지 못하는 미소를 지었다가 이윽고 말을 꺼냈다. "오늘 좋은 카포디몬테* 한 점을 보았답니다."

오스먼드는 처음에는 아무 대꾸도 없었으나 잠시 후 다시 구두창을 불에 덥히면서 청년의 말을 받았다. "카포디몬테 같은 건 상관없소!"

---

* 나폴리 부근에서 만들어지는 장식용 도자기.

"흥미를 잃은 건 아니시겠죠?"

"오래된 도자기나 접시에 대해서 말이오? 그럼, 점차 흥미가 없어지는걸."

로지어는 자신의 미묘한 입장을 잠시 망각했다. "한두 점 내놓을 생각은 없으신가요?"

"아니, 그런 생각은 전혀 없소이다, 로지어 씨." 오스먼드는 여전히 상대방의 눈을 주시하면서 말했다.

"아, 내놓는 것도 싫고 더 구입하는 것도 싫다는 말씀이군요." 로지어가 밝은 표정으로 말했다.

"바로 그거요. 내가 가지고 있는 것과 비슷한 가치를 가진 건 원치 않거든."

가엾게도 로지어는 얼굴이 붉어짐을 느꼈고 태연자약할 수 없다는 게 안타까웠다. "그런데 전 가지고 있거든요!" 겨우 이런 말을 중얼거릴 뿐이었다. 그는 자리를 뜨면서 이 말을 했고, 이 말이 오스먼드에게 잘 들리지도 않았을 거라고 생각했다. 그가 옆방으로 가려고 할 때 장중한 출입문으로 오스먼드 부인이 들어오고 있었다. 검은 벨벳 옷을 입은 그녀는 고상하고 찬란했으며, 그가 말한 대로 무척 눈부신 온화함을 드러내고 있었다! 독자들은 로지어가 그녀를 어떻게 생각하며, 또한 마담 멀에게 그녀를 어떤 말로 찬미했는지도 안다. 그녀의 귀여운 의붓딸 팬지를 칭찬하는 것과 마찬가지로 그녀에 대한 칭찬은 화사한 인물을 알아보는 그의 안목과 진짜를 식별하는 본능에서 비롯되었지만, 그것과 함께 알려지지 않은 가치, 즉 상실되었거나 재발견된 어떤 것들의 너머에 있는 '반짝임'의 비밀을 판독하는 감각에 기인하기도 했다. 그것은 깨어지기 쉬운 도자기에 몰두하여 그 진가를 식별하는 능력과도 같았다. 오스먼드 부인은 지금도 그러한 취향을 충분히 만족시켜 줄 수 있었다. 세월은 그녀를 더욱 풍요롭게 했을 뿐이고, 아직 시들지 않은 젊음의 꽃은 더욱 견고하게 줄기에 매달려 있었다. 하지만 그녀는 그녀의 남편이 속으로 반대하던, 민첩하게 발휘되던 어떤 열렬함을 상실했으며, 뭔가를 기다릴 수 있다는 태도가 몸에 배어 있었다. 아무튼 지금 그녀는 금박을 입힌 문지방을 배경으로 삼은 그림 속 우아한 여인처럼 이 젊은 청년에게 강렬한 인상을 주었다. "자주 들르게 되네요." 그가 말했다. "하지만 내가 오지 않는다면 누가 오겠어요?"

"그럼요, 당신은 여기 있는 그 누구보다 오랜 친구인걸요. 하지만 달콤한 추억담에만 잠겨선 안 돼요. 당신에게 젊은 여성을 소개하고 싶은데."

"아, 그래요. 어떤 여성인가요?" 로지어는 무척 정중했지만 그가 여기 온 건 다른 목적 때문이었다.

"분홍색 옷을 입고 난로 옆에 앉아 있는데 대화 상대가 없어요."

로지어는 잠시 머뭇거렸다. "오스먼드 씨는 그 여성의 대화 상대가 안 되나요? 바로 옆에 있잖아요."

오스먼드 부인은 주저했다. "그다지 생기 넘치는 여자가 아니에요. 남편은 생기 없는 사람을 싫어하고요."

"하지만 나는 적임자란 말인가요? 설마, 좀 심하군요!"

"당신은 다른 사람을 배려하려는 마음을 가졌다는 뜻이에요. 아주 정중하기도 하고."

"남편도 그러시겠죠."

"아니, 그렇지 않아요. 내게는." 이렇게 말하고 나서 오스먼드 부인은 애매한 미소를 지었다.

"그렇다면 다른 여자들에게 곱절이나 친절하다는 뜻이군요."

"나도 남편에게 그렇게 말하죠." 그녀는 여전히 미소를 띠며 말했다.

"차 한 잔 마시고 싶은데." 로지어는 이렇게 말하며 생각에 잠겨 안쪽을 살폈다.

"좋아요, 저 여자 손님에게도 드려야겠네요."

"알겠습니다. 하지만 그다음엔 정말 어떻게 할지 모르겠네요. 사실 팬지 양과 잠깐만이라도 얘기하고 싶어 못 견딜 지경이랍니다."

"어머, 그런 일이라면 도움을 줄 수 없어요!" 이사벨이 자리를 뜨면서 말했다.

오 분 후 그는 분홍색 옷을 입은 낯선 아가씨에게 찻잔을 건네고 다른 방으로 안내하면서 아까 오스먼드 부인에게 그런 고백을 한 것이 마담 멀과의 약속을 위반한 것이 아닌가 생각했다. 이 질문은 청년의 마음속에 상당히 오랫동안 남을 수도 있었지만, 결국 그는(상대적으로 말하자면) 별로 마음에 두지 않았다. 마담 멀과의 약속 같은 건 깨뜨려도 상관없다는 생각이 들었기 때문이다. 그는 분홍색 옷을 입은 아가씨에게 억지로 차 시중을 들 필요가 없었다. 팬지가 그 아가씨에게 대접

할 차를 그에게 건네준 뒤(그녀는 항상 차 끓이는 일을 즐겼다.)
곧 다가와 그 아가씨에게 말을 걸었기 때문이다. 두 사람이 다
정하게 이야기를 하자, 에드워드 로지어는 별 참견을 하지 않
고 옆에 시무룩히 앉아 팬지를 물끄러미 응시했다. 독자들은
지금 로지어의 눈을 통해 팬지를 보는 것은 삼 년 전 피렌체의
카시네 공원에서 그녀의 아버지와 아처 양이 어른들의 신성한
문제를 얘기하는 동안 조금 떨어진 곳에 가서 놀다 오라는 아
버지의 지시에 고분고분 따랐던 소녀를 상기하는 데 별 도움
이 안 된다고 얼핏 생각할지도 모른다. 그러나 열아홉 살 팬지
는 젊은 숙녀로 성장하긴 했지만 그런 역할에는 어딘가 불충
분한 구석이 있었고, 무척 예뻐지긴 했지만 여성 특유의 맵시
로 간주되는 특징이 불만스러울 만큼 부족했다. 또한 말끔히
옷을 차려입고 있어도 산뜻한 의복이 닳을까 봐 걱정된다는
듯한 태도 때문에 마치 오늘의 모임을 위해 빌린 옷을 입고 있
는 것 같았다. 에드워드 로지어는 이러한 결함들을 식별할 수
있는 인물이었고, 사실상 이 아가씨의 특징에서 무엇이든 놓
치고 있는 점은 없었다. 단지 그는 그녀의 특징을 자기 식으로
받아들였으며, 그 가운데는 실제로 잘 들어맞는 것도 있었다.
"아, 저 아가씨는 독특해. 정말로 독특해." 그는 속으로 중얼
거리곤 했다. 그는 비록 짧은 순간일지라도 그녀에게 스타일
이 없다는 따위의 말은 틀림없이 인정하지 않았을 것이다. 스
타일이라고? 그녀에게는 어린 공주 같은 스타일이 있는데 그
걸 모른다면 안목이 없는 거나 다름없지. 현대적 스타일도 아
니고, 의식적인 스타일도 아니며, 브로드웨이에서 아무런 감

명을 주지 않는 스타일이지. 틀에 박힌 귀여운 옷차림을 한 조그맣고 진지한 그녀는 벨라스케스*의 그림에 나오는 어린 공주처럼 보일 뿐이었다. 에드워드 로지어는 그런 그녀가 굉장히 고풍스럽다고 생각했고 그것으로 충분했다. 그녀의 근심스러운 눈매, 매력적인 입술, 가녀린 몸집은 기도하는 어린아이처럼 감동을 주었다. 그는 지금 이 소녀가 자기를 얼마나 좋아하는지 알고 싶어 안달이 났고, 그래서 의자에 앉은 채 안절부절 애만 태우고 있었다. 그는 얼굴이 달아올라 손수건으로 이마를 두드렸다. 이토록 불편한 적은 한 번도 없었다. 그녀는 더할 나위 없이 완벽한 아가씨인지라 그런 질문을 이 아가씨에게 할 수는 없었다. 이 아가씨는 로지어가 항상 꿈에 그리던 상대였지만, 프랑스 아가씨라면 받아들이기 어려웠다. 왜냐하면 그녀가 프랑스 국적이라면 문제가 복잡해진다고 느꼈기 때문이다. 그는 팬지가 신문 같은 것을 본 적이 없으며, 소설이라면 월터 스콧** 정도는 읽었을 거라고 확신했다. 미국 아가씨라면 이 이상 좋을 수 있겠는가? 그녀는 솔직하고 명랑하지만 혼자서 걷지는 않을 것이며, 뭇 남성들로부터 연애편지를 받지도 않을 것이며, 수준 낮은 풍속 희극을 보러 극장에 가지도 않을 것이다. 지금으로서는 이 순진한 아가씨에게 직접 청혼하는 것이 자신에 대한 환대를 배신하는 일임을 부인할 수 없었지만, 그런 환대가 과연 신성한 것인지 아닌지를 스스로에게 묻

---

* 17세기 에스파냐의 화가.
** 19세기 초 영국의 낭만주의 소설가.

는 절박한 상태에 처해 있었다. 그보다는 오스먼드 양을 마음 편하게 해 주는 편이 훨씬 더 중요하지 않을까? 그에게 중요한 건 맞지만 집주인으로서는 그렇지 않을지도 모른다. 위안이 될 일이 하나 있었다. 그것은 비록 오스먼드 씨가 경계를 늦추지 않을지라도, 팬지에게까지 그런 언급을 하지는 않을 거라는 점이었다. 즉 호감을 주는 청년이 그녀를 사랑하고 있다는 말을 딸에게 알리는 따위의 방법을 취하지는 않을 것이다. 그러나 그는 아가씨를 사랑하기에 이 모든 상황이 주는 제약이 그의 마음을 조바심치게 했던 것이다. 길버트 오스먼드는 그가 인사로 내민 손에 왼손 손가락 두 개를 내밀었는데, 어떤 의미였을까? 오스먼드가 무례한 태도로 나온다면 그도 대담하게 맞설 것이다. 장미색 옷으로도 자신의 우둔함을 감추지 못한 아가씨는 그녀의 어머니가 들어와 로지어를 향해 눈에 띄도록 억지웃음을 보내며 관심의 표적이 되도록 다른 장소로 데리고 가야 되겠다고 하자 극도로 대담해졌다. 어머니와 딸이 함께 자리를 뜨자 이제 그는 자신의 태도 여하에 따라 사실상 팬지와 단둘이 남게 되었다. 그는 예전에 한 번도 팬지와 둘이서 자리를 함께한 적이 없었으며, 젊은 아가씨와 단둘이 있어 본 적도 없었다. 이 절호의 기회에 가엾게도 로지어는 손수건으로 이마를 다시 두들기기 시작했다. 두 사람이 서 있는 방 건너편에 방이 또 하나 있었다. 작은 방으로 문이 활짝 열려 있고 등불도 켜져 있었지만, 방문한 손님 수가 많지 않아 저녁 내내 빈 상태였다. 아직도 텅 빈 채 연한 노란색 커튼으로 장식된 이 방에는 등불이 몇 개 켜져 있고, 열린 문으로 들여다보면 정식으로 허가된 사랑의 사원처럼 보였다. 로지어는 열린 문을 통해 잠시 방 안을 응시하며, 팬지가 도망가지 않을까 걱정되어 손을 내밀어 그녀를 붙잡아야 될 것 같은 기분이 들었다. 그러나 팬지는 장미색 옷을 입은 젊은 아가씨가 있는 방 저편에 있는 한 무리 손님들 쪽에 합류할 기미는 보이지 않았다. 잠시 그는 그녀가 두려워서, 너무나 두려워서 움직이지 못하는 게 아닌가 하는 생각이 들었다. 그러나 다시 한 번 얼굴을 쳐다보고 그런 기색이 없다는 것을 알게 되자 순진무구한 그녀에게 두려움이란 있을 수 없다고 생각했다. 그는 극도로 머뭇거리다가 팬지에게 안에 들어가 노란색으로 장식된 방을 구경해도 좋으냐고 물었다. 그 방은 너무나 매혹적이라 여태 아무도 들어간 적이 없는 것 같았다. 예전에 그는 오스먼드와 함께 그 방에 들어가 나폴레옹 1세의 가구를 구경한 적이 있었다. 그는 그 가구를 칭찬하진 않았지만 그 당시에 사용되었던 고전적 구조의 커다란 시계를 특별히 칭찬했다. 그래서 자신이 지금 교묘한 계략을 꾸미려 한다는 느낌이 들었다.

"들어가도 돼요." 팬지가 말했다. "괜찮으시다면 제가 안내해 드리죠." 그녀는 두려워하는 기색이 조금도 없었다.

"그렇게 말해 주기를 바랐습니다. 정말 친절하네요." 로지어는 중얼거리듯 말했다.

그들은 함께 방 안으로 들어갔다. 사실 로지어는 그 방이 아름답기는커녕 썰렁하다는 느낌이 들었고, 팬지도 그렇게 생각하는 눈치였다.

"겨울철 저녁에는 맞지 않네요. 여름철이라면 몰라도." 그녀가 말했다. "아빠의 취향이죠. 취향이 참 다양하시거든요."

로지어도 오스먼드 씨의 취향이 상당하다고 생각했으나 그 속에는 괴팍한 면도 있었다. 그는 주위를 둘러보다 이럴 땐 뭐라고 말해야 하는지 막막한 기분이 들었다. "오스먼드 부인은 방 치장 같은 데 관심이 없나요? 아무 취향도 없어요?" 그가 물었다.

"물론 취향이 상당하시죠. 그러나 문학 쪽이에요." 팬지가 말했다. "그리고 대화를 좋아하시는 편이에요. 아빠도 그런 걸 좋아하시죠. 전 아빠가 무엇이든 아신다고 생각해요."

로지어는 잠시 그대로 있었다. 이윽고 그가 말을 시작했다. "아버님께서 알고 계신 게 하나 있어요! 내가 이곳을 찾은 것은 아버님은 물론 너무나 우아한 오스먼드 부인에게 경의를 표하기 위해서라는 걸 아시죠. 실제로는 당신을 만나기 위해서고요!"

"절 만나기 위해서라고요?" 팬지는 난처한 듯 눈매를 위로 올렸다.

"당신을 만나려고 찾아온 거랍니다." 로지어는 되풀이하며 극도의 흥분을 당당하게 느꼈다.

팬지는 대놓고 그를 빤히 쳐다보았으며, 조심성 있게 보이도록 얼굴을 붉히지는 않았다. "그것 때문이라고 생각했어요."

"불쾌하지는 않았겠죠?"

"말씀드릴 수 없네요. 저는 몰랐거든요. 한 번도 저에게 그런 말을 하지 않았잖아요."

"화를 낼까 봐 걱정했답니다."

"그렇진 않아요." 그녀는 천사로부터 입맞춤을 받은 것처럼 미소를 지으며 중얼거렸다.

"그렇다면 내가 좋은가요?" 로지어는 무척 행복감을 느끼며 부드럽게 물었다.

"그럼요, 당신이 좋아요."

그들은 크고 차가운 느낌을 주는 로마 제국 시대 시계가 놓인 벽난로 쪽으로 걸어갔다. 두 사람은 방 안 깊숙이 들어가 밖에서 보이지 않는 곳에 자리를 잡았다. 그녀가 방금 한 말은 그에게 자연의 숨결 그 자체처럼 들렸고, 그는 단지 그녀의 손을 잡고 그대로 있을 수밖에 없다는 생각이 들었다. 그러다가 그는 팬지의 손을 자신의 입술에 갖다 댔다. 그녀는 형용할 수 없을 만큼 수동적인 태도와 순수하고도 신뢰감 어린 미소로 자신의 손을 맡겼다. 그녀는 그를 좋아했다. 지금까지 줄곧 그랬다. 그렇다면 이제 무슨 일이 생겨도 상관없지 않은가! 그녀는 언제나 그랬던 것처럼 마음의 준비가 되어 있으며, 그가 이야기를 꺼내길 기다리고 있었다. 만일 그가 말을 꺼내지 않는다면 그녀는 영원히 기다릴지도 몰랐다. 하지만 그가 말을 꺼내자 그녀는 흔들리는 나무에서 떨어지는 복숭아처럼 무너지고 말았다. 그는 그녀를 끌어당겨 가슴에 안으면 틀림없이 그녀가 아무 말 없이 그의 가슴에 안길 거라는 느낌이 들었다. 그런 일은 노란색으로 치장된 로마 제국 시대의 응접실에서 경솔한 실험이 될 수도 있었다. 팬지는 그가 온 것이 자기 때문이라는 것을 알고 있었다. 그렇지만 그녀는 완전무결한 숙녀 같은 태도를 취하지 않는가!

결국 그는 환대 같은 것이 있을 거라 믿고서 속삭이듯 말했다. "당신은 내게 정말 소중한 사람이에요."

그녀는 입맞춤을 받은 자기 손을 잠시 바라보았다. "아빠가 아신다고 했죠?"

"모든 걸 다 아신다고 당신이 방금 말했잖아요."

"당신이 확인해야만 돼요."

"아, 그러죠. 일단 당신 마음을 확인한 뒤에!" 로지어는 그녀의 귓가에 속삭였다. 그러자 그녀는 다른 방 쪽으로 몸을 돌려 자신들이 간청이라도 해야 될 것 같은 태도를 취하려 했다.

이 무렵 다른 방 사람들은 마담 멀이 온 것을 의식하고 있었다. 그녀는 어디를 가든 방에 들어설 때 사람들의 시선을 끌었다. 그것이 무엇 때문인지 주의를 집중해서 관찰해도 이유를 알 수 없었다. 왜냐하면 그녀는 떠들지도, 마구 웃지도, 민첩하게 움직이지도 않았으며, 화려한 의상을 걸친 것도 아니고, 조금이라도 감지할 수 있을 만큼 사람들의 흥미를 끄는 자태를 연출한 것도 아니었기 때문이다. 몸집이 크고 매력적이며 차분하게 미소를 띤 그녀는 어떤 평온함을 발산했고, 사람들이 쳐다보는 것은 그런 고요함 때문이었다. 이번에도 그녀는 더 이상 고요할 수 없을 정도로 처신했다. 그녀는 오스먼드 부인을 끌어안은 다음(다소 눈에 띄는 행동이었지만) 집주인과 이야기하기 위해 작은 소파에 앉았다. 두 사람 사이에는 일상사에 대한 가벼운 대화가 오갔고(그들은 항상 공식적으로 일상사를 터놓았다.) 잠시 후 마담 멀은 주위를 두리번거리며 오늘 저녁에 로지어가 왔느냐고 물었다.

"한 시간 전쯤에 왔소. 지금은 어디론가 사라져 버렸지만." 오스먼드가 말했다.

"팬지는요?"

"다른 방에 있소. 그곳에도 몇 사람이 있거든."

"아마 그 청년도 거기 있겠죠." 마담 멀이 말했다.

"만나고 싶소?" 오스먼드가 아무렇지도 않은 어조로 자극하듯 말했다.

마담 멀은 그를 잠시 쳐다보았다. 그녀는 그의 어조의 미세한 부분까지 파악하고 있었던 것이다. "그럼요, 그의 소망을 당신에게 전했지만 당신이 그다지 흥미를 보이지 않더라고 그 청년에게 말하고 싶네요."

"그런 말은 하지 마시오. 그 친구가 내 흥미를 더 끌려고 할 테니. 그것만은 사양하겠소. 대신 그의 제안을 싫어한다고 전해 주시오."

"그 제안을 싫어하진 않잖아요."

"그런 게 중요한 게 아니고, 마음에 들지 않았소. 오늘 저녁에 내가 그걸 알게 해 주었지. 일부러 무례하게 대했거든. 무척 따분한 일이지. 뭐, 서둘 일은 아니지만."

"당신이 천천히 생각할 거라고 전해 주죠."

"그만둬요. 그 청년은 매달릴 테니까."

"희망이 없다고 말해도 마찬가지일 거예요."

"그렇겠지. 한편으로는 변명을 늘어놓을 테고. 그렇게 되면 몹시 성가실 거요. 다른 한편으로는 아마 잠자코 있다가 뭔가 더욱 음흉한 음모를 꾸밀 테고. 나한테는 그 편이 좋겠군. 바보와 얘기하는 건 질색이거든."

"로지어 군이 바보라고 보세요?"

"아, 만날 때마다 마졸리카 도자기 얘기만 늘어놓으니 짜증이 나지."

마담 멀은 눈을 떨구고 희미한 미소를 지었다. "그 청년은 신사이고 매력적인 성품인 데다 연수입이 4만 프랑이나 돼요!"

오스먼드가 불쑥 말했다. "그 정도라면 비참하지. '품위 있는' 비참함이랄까. 내가 팬지를 위해 소망한 건 그런 게 아니오."

"그렇다면 좋아요. 그 청년은 팬지에게 고백하지 않겠다고 나에게 약속했어요."

"그 친구를 믿소?" 오스먼드가 건성으로 물었다.

"완벽하게 믿죠. 팬지의 머릿속엔 그 청년 생각밖에 없는걸요. 하지만 당신은 그것이 문제가 된다고 보지는 않겠죠."

"전혀 문제 될 게 없어요. 하지만 딸애가 그 친구를 마음에 두고 있다고 보지도 않소."

"그렇게 생각하시는 편이 좋겠어요." 마담 멀이 조용히 말했다.

"딸애가 그 친구를 사랑한다고?"

잠시 후 마담 멀이 덧붙여 물었다. "도대체 팬지를 어떻게 생각하세요? 그리고 나를 어떻게 생각하시죠?"

오스먼드는 한 쪽 발을 들어 가느다란 발목을 다른 쪽 무릎 위에 얹고 익숙하게 손으로 눌렀고, 길고 잘생긴 집게와 엄지 손가락으로 딱딱 소리를 냈다. 그는 잠시 앞을 바라보았다. "이런 일을 예상하지 않은 건 아니오. 딸애의 교육은 다 이런 걸 위해 시킨 거지. 이런 일이 생길 때 딸애를 내 마음대로 하기 위해서 말이오."

"팬지는 당신 뜻대로 하겠죠."

"그렇다면 걸리는 게 뭐요?"

"아무것도 찾을 수 없네요. 그래도 로지어를 쫓아내지는 마세요. 가까이 두고 보면 쓰임새가 있을 테니까요."

"난 가까이 둘 수가 없어. 당신이 그렇게 해요."

"좋아요. 그를 한쪽 구석에 몰아 놓고 매일 상당한 일을 시키겠어요." 대개 마담 멀은 둘이서 이야기할 때 주위를 살피곤 했다. 그것은 그녀의 습관이 되어, 방금도 그랬듯이 멍한 표정으로 말을 멈출 때가 무척 많았다. 마지막으로 그녀가 말한 뒤 두 사람 이야기는 오래도록 중단됐고, 대화가 끝나기 전 그녀는 팬지가 옆방에서 나오고, 에드워드 로지어가 그 뒤를 따라 나오는 것을 목격했다. 팬지는 몇 걸음 앞으로 나오다가 발을 멈추고 마담 멀과 아버지를 바라보며 서 있었다.

"저 청년이 팬지에게 말했나 봐요." 마담 멀이 오스먼드에게 말했다.

오스먼드는 결코 외면하지 않았다. "그러니 저 친구가 약속을 지킬 거라고 너무 믿지 마요. 저 친구 혼쭐을 내 줘야겠는데."

"아니면 고백을 할 모양이에요. 가엾게도!"

오스먼드는 자리에서 일어나면서 이번에는 매서운 표정으

로 딸을 바라보았다. "상관없는 일이야." 그는 이렇게 중얼거리면서 자리를 떴다.

잠시 후 팬지는 평소와 달리 별로 예의를 차리지 않는 태도로 마담 멀에게 다가갔다. 그녀가 팬지를 맞이하는 태도 역시 그렇게 다정하지 않았고, 단지 소파에서 일어나 친절한 미소를 지을 뿐이었다.

"상당히 늦으셨네요." 팬지가 부드럽게 말했다.

"얘야, 나는 마음먹은 것보다 늦는 일은 없단다."

마담 멀은 팬지를 맞이하기 위해 일어선 게 아니었다. 그녀는 에드워드 로지어 쪽으로 다가갔다. 그녀를 보려고 온 로지어는 순식간에 자신의 마음을 털어놓으려는 듯이 속삭였다. "저 아가씨에게 말했습니다!"

"알아요, 로지어 씨. "

"아가씨가 말했나요?"

"그럼요, 말해 주었죠. 오늘 저녁은 얌전히 있고 내일 5시 15분쯤 날 보러 와요." 그녀의 말투는 엄했고, 그에게 등을 돌리는 태도에는 경멸의 기미가 보였다. 로지어는 점잖게 저주의 말을 중얼거렸다.

그는 오스먼드와 이야기할 마음이 전혀 없었고, 지금은 그럴 때와 장소도 아니었다. 그는 본능적으로 어느 노부인과 자리에 앉아 이야기하고 있는 이사벨에게 다가갔다. 그녀 맞은 편에 앉은 그는 그 노부인이 이탈리아 사람이니 당연히 영어를 전혀 모를 거라고 여겼다. 그가 이사벨에게 말을 걸었다. "방금 나를 도와주지 않겠다고 했죠? 하지만 사정을 알면 아마 다른 기분이 들 거예요!"

그가 이 말을 하고 잠자코 있자 이사벨이 반응을 보였다. "내가 뭘 알아야 한다는 거예요?"

"아가씨는 안심이라는 겁니다."

"그게 무슨 뜻이죠?"

"서로 잘 이해했다는 뜻이죠."

"아가씨는 그러지 못해요. 두고 보세요."

가엾게도 로지어는 반은 애원하는, 그리고 반은 화가 난 시선으로 그녀를 응시했다. 모욕을 당했다는 느낌이 들자 그의 얼굴이 갑자기 붉어졌다. 그가 말했다. "그런 말을 듣기는 처음이네요. 내 잘못이 뭔가요? 바깥에서는 나를 그렇게 보지 않아요. 난 스무 번이라도 결혼할 수 있었습니다."

"그러지 못한 게 유감이네요. 스무 번까지는 아니더라도 한 번이라도 좋으니 만족할 만한 결혼을 하면 좋겠어요." 이사벨이 다정한 미소를 지으며 덧붙였다. "당신은 팬지를 차지할 만큼 부유하지 않아요!"

"그녀는 돈 같은 건 아무렇지도 않게 생각해요."

"본인은 그래도 아버지는 그렇지 않은걸요."

"아, 그렇군요. 그건 이미 입증하신 셈이죠!" 청년이 외쳤다.

이사벨은 자리에서 일어나 노부인에게 예의를 차리지도 않고 그의 곁을 떠났다. 로지어는 십 분가량 가지런한 작은 벨벳 칸막이에 보기 좋게 널려 있는, 오스먼드가 수집한 세밀화를 보는 척했지만, 눈에는 아무것도 들어오지 않았다. 그는 뺨이 발갛게 달아올랐고, 모욕당했다는 느낌을 한껏 맛보았다.

지금까지 이런 취급을 받은 적이 없었고, 제대로 평가받지 못하는 것에 익숙하지도 않았다. 그러나 그는 자기 값어치를 알고 있었기 때문에 자신의 결점이 치명적인 정도가 아닌 한 웃어넘길 수 있었다. 그는 다시 팬지의 모습을 찾았지만, 그녀가 보이지 않았기 때문에 이 집을 나가려던 참이었다. 그러기 전에 그는 다시 한 번 이사벨에게 말을 걸었다. 방금 그녀에게 무례한 말을 했다는 생각이 들어 마음이 편치 않았던 것이다. 스스로 모자라는 남자라고 해도 어쩔 수 없는 노릇이었다.

그가 말했다. "좀 전에 오스먼드 씨에 대해 결례를 해 버린 것 같네요. 그러나 내 처지를 기억해 줘요."

"무슨 말을 했는지 생각나지 않아요." 이사벨은 냉담하게 대답했다.

"기분이 상했군요. 이제 나를 절대 도와주지 않겠네요."

그녀는 잠시 침묵을 지키다가 어조를 바꾸어 말했다. "도와주지 않는 게 아니라 도와줄 수가 없는 거예요!" 그녀의 태도는 거의 열정적이었다.

"조금이라도 도와준다면, 앞으로 바깥분에 대해 얘기할 때 천사 같은 분이라고 하겠어요."

"설득력이 대단하군요." 이사벨이 무겁게 대꾸했다. 하지만 나중에 그는 이 말이 불가해하다고 생각했다. 그녀는 그의 눈을 똑바로 바라보았지만 그 표정 또한 불가해했다. 그 표정은 로지어가 어릴 적부터 그녀를 알고 있었다는 점을 다소간 상기시켰지만 그가 좋아했던 표정보다 더 날카로웠다. 그래서 그는 자리에서 물러났다.

38

이튿날 로지어는 다시 마담 멀을 보러 갔으나 의외로 그녀
는 별로 심하게 나오지 않았다. 하지만 뭔가 결정이 내려질 때
까지 더 이상 찾아오지 말라고 당부했다. 오스먼드는 좀 더 큰
기대를 하고 있었고 딸에게 지참금을 줄 생각도 없었다. 그러
한 기대는 마음을 먹는다면 응당 비웃음을 받을 수 있었고, 비
판받아도 어쩔 수 없었다. 그러나 마담 멀은 로지어에게 그런
마음은 갖지 않는 게 좋겠고, 가만히 참고 기다리면 그의 소원
이 성취될 수 있다고 했다. 오스먼드는 청년의 구애에 호감을
보이지 않았지만 그의 마음이 서서히 돌아설 가능성도 없지
않았다. 팬지가 아버지 뜻을 거역하지 않을 것은 확실하니 공
연히 서둘다가는 일을 그르칠 수도 있었다. 그리고 오스먼드
는 여태껏 생각하지 못했던 딸의 결혼 문제에 익숙해질 필요
가 있었다. 일은 자연스럽게 이루어져야 하고, 무리하게 시도

했다가는 일이 제대로 풀리지 않을 수도 있었다. 이에 로지어는 당분간 자신의 입장이 말할 나위 없이 거북할 거라고 했고, 마담 멀은 그의 편이 되어주겠다고 안심시켰다. 그러나 그녀가 말한 대로 사람은 바라는 것을 모두 얻을 수 없고, 그녀 역시 이 교훈을 스스로 알게 되었다. 따라서 로지어가 길버트 오스먼드에게 직접 편지를 보내도 소용없는 노릇이었다. 오스먼드는 마담 멀에게 이 청년의 구혼을 거부하라고 요구했고, 앞으로 몇 주간은 이 문제를 염두에 두지 않을 작정이었다. 그러고 나서 혹 로지어에게 반가운 소식이 될 만한 일이 있으면 자기 쪽에서 먼저 편지를 하겠다는 뜻을 비쳤다.

"그분은 당신이 팬지에게 그걸 말한 것이 마음에 들지 않았나 봐요. 몹시 마음에 안 들었나 보던데." 마담 멀이 말했다.

"그분이 제게 그렇게 말씀하실 기회를 기꺼이 드리고 싶습니다!"

"당신이 그렇게 한다면 듣고 싶지 않은 것까지도 듣게 될 거예요. 그러니 앞으로 한 달 동안 될 수 있는 대로 그 집에 자주 가지 말도록 해요. 뒷일은 내게 맡기고."

"될 수 있는 대로 자주 가지 말라고요? 그걸 누가 결정하는 거죠?"

"내가 결정하도록 하죠. 목요일 저녁에는 다른 손님들이 함께 있으니 가요. 그러나 다른 때에는 절대로 가면 안 돼요. 그리고 팬지 양 때문에 애태우지 마요. 그 아가씨에게는 내가 알아듣도록 말할 테니까. 조용한 성격이니 담담히 받아들일 거예요."

에드워드 로지어는 팬지 때문에 무척 안절부절못했지만 마담 멀이 충고한 대로 그다음 목요일 저녁까지 팔라초 로카네라에 가지 않았다. 그날에는 만찬이 있었기 때문에 일찍 나섰는데도 꽤나 많은 손님들이 벌써 와 있었다. 오스먼드는 여전히 첫째 방 난로 가까이에서 출입문 쪽을 똑바로 주시하고 있었다. 그래서 로지어는 무례하다는 말을 듣지 않기 위해 그에게 다가서며 말을 건넸다.

"내 뜻을 알아차린 것 같아 다행이오." 오스먼드가 이렇게 말하며 날카롭고 의미심장한 눈을 살며시 감았다.

"아무것도 알아차린 게 없는데요. 그러나 전해 주신 말씀은 들었습니다. 그런 말씀을 하신 거라면요."

"전해 듣다니? 누군한테 들었소?"

가엾게도 로지어는 모욕당하고 있다는 느낌이 들었으나 잠시 마음을 진정하고 참된 연인이라면 얼마만큼 참고 견뎌야 하는지 자문해 보았다. "마담 멀이 전해 주었죠. 그것이 아버님의 전갈인 것으로 압니다. 제가 바라는 기회를 거절하셨다는 취지였죠. 그래서 직접 뵙고 제 소원을 말씀드리고 싶었어요." 로지어는 자신의 말이 다소 엄숙하다는 생각이 들어서 우쭐했다.

"마담 멀이 그것과 무슨 관계가 있는지 알 수 없군. 어째서 그 사람을 찾아갔소?"

"의견을 물어보았을 뿐이죠. 그분이 아버님을 굉장히 잘 알고 있는 것 같아 그렇게 했어요."

"그 사람은 본인이 생각하는 만큼 나를 잘 알지 못하는데."

오스먼드가 말했다.

"그건 유감이네요. 마담 멀이 조금은 희망을 가질 이유를 주셨거든요."

오스먼드는 잠시 난롯불을 가만히 들여다보고 있었다. "나는 내 딸을 굉장히 소중히 여긴다오."

"저보다 더 소중히 여기시진 않겠죠. 제가 결혼을 원한다는 게 그 증거가 아니겠습니까?"

"난 그 애를 훌륭하게 결혼시키고 싶단 말이오." 오스먼드는 냉정하고 오만한 태도로 말을 이었다. 지금과 다른 상황이라면 로지어도 감탄했을지 몰랐다.

"저와 결혼하면 훌륭한 결혼이 될 거라고 봅니다. 저만큼 그녀를 사랑하는 남자도 없을 거고요. 이런 말씀을 드려도 팬찮을지 모르지만, 저 이상으로 그녀를 사랑하는 남자도 없거든요."

"내 딸이 누구를 사랑하는가에 대한 당신 이론에 내가 따를 필요는 없지." 오스먼드는 민첩하고 차가운 미소를 지으며 청년을 쳐다보았다.

"제 이론을 펼치려는 게 아닙니다. 따님이 그렇게 말한 거죠."

"나한테 얘기한 건 아니지." 오스먼드는 이렇게 말하고는 고개를 약간 앞으로 숙이며 구두 끝에 시선을 떨구었다.

"따님의 약속을 받아 놓았어요!" 로지어가 분노한 듯 날카롭게 소리쳤다.

지금까지 매우 낮은 목소리로 대화하고 있었기 때문에 로지어의 고함 소리는 주위 사람들의 시선을 끌었다. 오스먼드는 사람들의 주의가 가라앉기를 기다리다가 조금도 당황하지 않은 태도로 말했다. "내 딸은 당신에게 한 약속 같은 건 기억도 못 하던데."

두 사람은 난로 쪽으로 얼굴을 향하고 서 있었고, 오스먼드는 마지막 말을 내뱉은 후 다시 방 쪽으로 몸을 돌렸다. 로지어가 그의 말에 대답하기도 전에, 처음 보는 신사가 로마식으로 하인의 호명도 없이 들어와 집주인에게 인사를 했다. 오스먼드는 침착하게 미소를 지었으나 표정에 어딘가 공허감이 스쳤다. 손님은 미남에 키가 크고 수염이 수려한 영국인이었다.

"저를 몰라보시는군요." 그 신사는 오스먼드보다 더 뚜렷한 미소를 띠며 말했다.

"아, 이제 알겠소. 다시 만나리라고 생각하지 않았기 때문에 금방 기억해 내지 못했소."

로지어는 그 자리를 떠나 곧장 팬지를 찾아갔다. 전처럼 그녀를 찾으러 옆방을 기웃거리다가 오스먼드 부인과 다시 마주치고 말았다. 그는 안주인에게 인사조차 하지 않았다. 그리고 매우 분노가 치밀어올라 "바깥분은 너무 냉담하군요."라고 무례하게 내뱉고 말았다.

그녀는 그가 전에 목격한 것과 똑같은 불가사의한 미소를 지었다. "누구나 당신처럼 정열을 불태우고 있다고 생각하지마요."

"나는 냉담하지 않고 냉정합니다. 바깥분은 딸에게 뭐라고 했죠?"

"글쎄요."

"흥미가 없는 겁니까?" 로지어는 그녀도 짜증스럽다고 느끼며 추궁했다.

오스먼드 부인은 잠시 동안 아무 대답이 없었다. 그러다 갑자기 "맞아요!"라고 대답했지만, 말과는 정반대로 눈이 반짝거리며 빛났다.

"실례지만 그런 말은 믿고 싶지 않네요. 팬지 양은 어디 있죠?"

"저쪽 구석에서 차를 따르고 있어요. 가만히 놔둬요."

로지어는 찾아오는 손님들 때문에 보이지 않았던 팬지를 즉시 발견했다. 그는 팬지를 지켜보았으나 그녀는 차 따르는 일에 온통 몰두하고 있었다. "도대체 그분이 딸에게 어떻게 한거죠?" 그는 재차 애원하듯 물었다. "바깥분이 팬지 양이 나를 단념했다고 통고했거든요."

"그 애는 당신을 단념하지 않았어요." 이사벨이 그를 쳐다보지도 않고 낮은 목소리로 말했다.

"그렇군요. 감사합니다! 그렇다면 부인이 좋다고 생각할 때까지 가만히 놔두겠어요!"

그는 이 말을 하자마자 부인의 안색이 변한 것을 눈치챘고, 오스먼드가 방금 들어온 신사를 데리고 그녀 쪽으로 다가오고 있는 것을 알았다. 로지어는 그 신사가 좋은 외모에 사교계 경험도 풍부한 듯 보이지만 약간 당황했다고 느꼈다. "이사벨, 당신 옛 친구를 모시고 왔소이다." 오스먼드가 말했다.

오스먼드 부인은 얼굴에 미소를 띠었으나 그녀의 친구처럼 어딘가 자신 없는 표정이 엿보였다. "워버튼 경, 뵙게 되어 반갑네요." 그녀가 인사를 했다. 로지어는 그 자리를 떠났으나, 그녀와의 이야기가 중단되고 보니 앞서 했던 약속에서 해방된 느낌이 들었다. 불현듯 그가 무엇을 하든 오스먼드 부인이 눈치채지 못할 거라는 느낌이 들었다.

사실 이사벨은 뭔가 구실을 주려고 잠시 동안 로지어 쪽에는 관심도 두지 않았다. 그녀는 너무 놀라 자신이 기뻐하는지 괴로워하는지조차 잘 모를 정도였다. 그러나 워버튼 경은 상대방을 알아보고 자기 마음을 입증하는 원래의 섬세한 특질을 아직도 엄격하리만큼 진지하게 간직하면서도 이사벨과 직접 대면한 뒤 사태가 어떻게 돌아가는지 분명히 알게 되었다. 그는 예전보다도 '더 건장하고', 더 나이 들어 보였으며, 매우 당당하고 침착한 태도로 그 자리에 서 있었다.

"설마 내가 나타나리라고는 예상하지 못하셨죠?" 그가 말했다. "방금 도착했어요. 오늘 저녁에 이곳에 도착했답니다. 아시다시피 지체하지 않고 당신을 보러 왔습니다. 목요일에는 집에 계신다는 걸 알기 때문이죠."

"당신의 목요일 파티 명성이 영국까지 알려졌군그래." 오스먼드가 아내에게 말했다.

"이렇게 곧장 와 주셔서 정말 감사해요. 우리에겐 영광이에요." 이사벨이 말했다.

"아무렴, 지긋지긋한 호텔에 머무는 것보다는 마음에 들 거요." 오스먼드가 말했다.

"호텔은 상당히 좋은 것 같습니다. 사 년 전에 부인을 만났던 호텔 같아요. 우리가 처음 만난 게 이곳 로마였죠. 무척 오래되었어요. 내가 작별 인사를 한 곳이 어디였는지 기억하세요?" 귀족이 안주인에게 말했다. "카피톨리노 언덕 호텔 첫째 방이었어요."

"나도 기억합니다." 오스먼드가 말했다. "그때 함께 있었으니까."

"그렇죠, 당신도 거기 있었어요. 그때는 로마를 떠나는 게 무척 서운했습니다. 너무 서운해서 어쩐지 우울한 추억 비슷하게 되었어요. 그래서 지금까지 이곳을 방문할 생각이 없었던 겁니다. 그러나 두 분이 여기에 산다는 걸 알고 있었어요." 워버튼 경이 이사벨에게 말했다. "장담하는데, 자주 부인을 생각했어요. 이 집은 살기에 멋진 곳이로군요." 그는 이사벨이 정착해서 살고 있는 집을 둘러보면서 말했다. 그녀는 워버튼 경의 눈빛에서 그의 지나간 슬픔의 희미한 흔적이라도 발견했을지도 모른다.

"언제라도 환영이오." 오스먼드가 정중하게 말했다.

"정말 감사합니다. 나는 그 후 영국을 떠난 일이 없었어요. 한 달 전까지만 해도 이제 여행은 끝났다고 생각할 정도였지요."

"소식은 가끔 들었어요." 이사벨이 말했다. 그녀는 남들이 갖지 못한 내적 간파력을 발휘해 그를 다시 만나게 된 것이 자신에게 무슨 의미인지 이미 헤아리고 있었다.

"설마 나쁜 소문은 아니었겠죠. 나는 이렇다 할 일도 없이 살아왔거든요."

"평화로운 시대에는 다 그렇지요." 오스먼드가 말했다. 그는 집주인의 임무는 이것으로 다 끝났다고 생각하는 것 같았다. 사실 그는 매우 성의껏 임무를 다했던 것이다. 아내의 옛 친구에 대한 그의 태도는 정중하고, 더할 나위 없이 적절하고, 꽤나 신중했다. 세심하면서도 노골적이었으나 자연스러움은 부족했다. 이런 결함은 대체로 자연스러움이 몸에 밴 워버튼 경에게 감지되었을 것이다. "당신들 두 사람을 남겨 두고 가겠소. 내가 이해하지 못할 추억담이 있을 테니까." 오스먼드가 말했다.

"추억담이 잔뜩 있는데 놓치게 될걸요!" 오스먼드가 떠나자 워버튼 경이 뒤를 보고 외쳤다. 그의 말투는 오스먼드의 배려에 지나치게 감사하는 듯했다. 그러다가 그는 잠시 이사벨을 바라보았고, 그 깊고도 깊은 의식이 담긴 표정은 점차 심각하게 변해 버렸다. "다시 뵙게 되어 정말 기뻐요."

"저도 정말 기뻐요. 그렇게 말씀해 주시니 고맙네요."

"부인이 조금 변한 걸 알겠죠?"

이 말에 그녀는 머뭇거렸다. "네…… 많이 변했답니다."

"물론 나쁜 의미는 아니지요. 그렇다고 어떻게 감히 예전보다 좋다는 말을 할 수 있겠어요?"

"전 당신에게 서슴없이 그런 말을 할 수 있는걸요." 그녀가 과감하게 대답했다.

"아, 그렇군요. 나는 워낙 오랜만이라서. 하지만 그걸 드러낼 일마저 없다면 유감이겠지요." 함께 자리에 앉은 뒤 이사벨은 다소 의례적인 다른 질문들과 함께 그의 누이동생에 대해 물어보았다. 워버튼 경은 이사벨의 질문에 흥미를 느끼는 듯 성의 있게 대답해 주었고, 얼마 후 그녀는 그에게서 예전의 숨 막힐 것 같은 중압감이 사라지고 있음을 알았고 그렇다고 믿었다. 세월이 마음에 생기를 불어넣어 준 탓에 그의 마음은 시들지 않고 소생되어 느긋한 느낌을 주었던 것이다. 이사벨은 시간에 대한 평소 경외감이 갑자기 밀려오는 것을 느꼈다. 워버튼 경의 태도는 분명 삶에 만족하는 사람 같은 태도였고, 다른 사람들이(최소한 그녀만이라도) 그런 사실을 알아 주기를 바랐다. "좀 늦었지만 말씀드릴 게 있어요." 그가 계속 말했다. "랠프 터챗이 함께 왔어요."

"함께 왔다고요?" 이사벨은 너무나 놀랐다.

"호텔에 있어요. 너무 지쳐 외출도 못 하고 누워 있지요."

"만나러 가겠어요." 이사벨이 다급히 말했다.

"꼭 그래 주셨으면 해요. 부인이 결혼한 후 당신들이 별로 만나지 못한 걸로 알아요. 사실 당신들은 약간 형식적인 관계 죠. 그래서 말 꺼내기를 주저했어요. 어색한 영국인처럼."

"저는 랠프 오빠를 여전히 좋아해요." 이사벨이 대답했다. "그런데 무슨 일로 로마에 왔을까요?" 극히 온화한 여운이 담겨 있었지만 질문은 조금 날카로웠다.

"병세가 많이 악화되었기 때문입니다, 오스먼드 부인."

"그렇다면 로마에 와서는 안 돼요. 외국에서 겨울을 지내는 습관은 그만두고 영국 실내에 머물면서 자신에게 알맞은 온도로 지내기로 했다고 들었는데."

"가엾은 노릇이죠. 그렇게 해도 병에는 도움이 안 돼요! 삼

주 전에 그를 만나러 가든코트에 갔는데 상태가 무척 좋지 않았어요. 매년 조금씩 악화되어 지금은 기력조차 없답니다. 이제 담배도 끊었어요! 실제로 집 안 온도를 높여 놓았기 때문에 집 안이 마치 캘커타처럼 더웠죠. 그런데도 갑자기 시칠리아에 가겠다고 마음먹은 겁니다. 나는 찬성하지 않았고, 의사들도 그의 친구들도 모두 같은 생각이었어요. 아시는 대로 터챗 부인은 미국 체류 중이라 그의 결정을 말릴 사람이 아무도 없었답니다. 그는 카타니아*에서 겨울을 보내면 좀 더 살 수 있을 거라고 생각한 모양입니다. 하인을 대동하고 가구도 가져가면 쾌적한 생활을 할 수 있을 거라고 말했건만 아무것도 가져오지 않았어요. 최소한 피로라도 덜기 위해 배로 오자고 했지만, 바다는 싫고 로마에 들르고 싶다고 했어요. 그 말을 듣고 어리석은 짓이라고 생각하면서도 함께 오기로 작정했습니다. 내 역할은(미국에서는 그걸 뭐라고 하나요?) 조정자 같은 것입니다. 불쌍한 터챗은 지금 스스로 몸을 조정하고 있어요. 우리 일행은 이 주 전에 영국을 떠났는데, 도중에 그의 건강이 무척 악화되어 몸을 제대로 간수할 수 없었죠. 남쪽으로 올수록 더 한기를 느꼈어요. 상당히 좋은 의사가 있었지만 인간 힘으로는 이미 한계에 도달한 것 같아요. 난 그가 현명한 사람과 동행하기를 바랐어요. 젊고 뛰어난 의사 말입니다. 그러나 그는 내 말을 들으려고 하지 않았어요. 말하기가 좀 그렇긴 하지만 이렇게 절박할 때 터챗 부인이 미국에 가신 건 이해할 수 없군요.”

---

* 시칠리아 동부 휴양지.

이사벨은 워버튼 경의 말을 경청했다. 그녀의 얼굴이 고통과 놀라움으로 가득 찼다. "이모님은 정기적으로 미국에 가시기 때문에 무슨 일이 있어도 계획을 바꾸지 않아요. 날짜가 정해지면 어김없이 출발하는 성미이신지라, 설령 랠프 오빠가 죽더라도 출발했을 거예요."

"가끔 그가 죽을 것 같은 생각이 들어요."

이사벨은 자리에서 일어섰다. "지금 곧 가야겠네요."

그가 이사벨을 만류했다. 자신의 말이 당장 영향을 끼치자 조금은 당황했던 것이다. "오늘 밤에 그런 생각이 들었다는 건 아닙니다. 오히려 오늘 기차 안에서는 상태가 꽤 괜찮았어요. 로마에 도착했다는 생각이(그는 로마를 너무 좋아하니까요.) 힘이 나게 한 것 같습니다. 한 시간 전에 그의 방에 들렀을 때 무척 피곤하긴 해도 기분은 굉장히 좋다고 했어요. 내일도 괜찮으니 내일 아침에 가십시오. 여기에 온다는 말은 하지 않았어요. 헤어진 후에야 생각이 났죠. 그러다 부인이 손님을 맞이하는 날이 정해졌고, 그날이 마침 목요일이라고 그가 말했던 것이 기억났어요. 그래서 여기로 찾아와 그가 로마에 있다는 사실을 말하고, 그가 방문할 때까지 기다리지 않는 편이 좋을 거라고 알려 드리고 싶었지요. 그가 부인에게 편지로 미리 알리지 않았다고 말한 걸로 알아요." 워버튼 경이 일러 준 대로 하겠다는 이사벨의 답변을 군이 상세히 서술할 필요는 없을 것이다. 그녀는 마치 날개를 접고 망설이는 동물 같은 표정으로 그곳에 앉아 있었다. "물론 내가 부인을 직접 뵙고 싶었다는 건 두말할 나위도 없지만요." 워버튼 경이 정중하게 덧붙였다.

"랠프 오빠의 생각을 이해할 수 없네요. 너무 무모한 것 같 아요." 그녀가 말했다. "가든코트의 두꺼운 벽 안에 그냥 있어 주었다면 좋았을 텐데."

"그곳에서 완전히 외톨이라 두꺼운 벽만 보고 있었어요."

"일부러 오빠를 만나러 가 주셨다니 정말 고마운 일이에요."

"아닙니다. 별로 할 일도 없고 해서 간 것뿐인데."

"천만에요! 훌륭한 일을 하신다는 소식을 들었어요. 모든 사 람들이 당신이 훌륭한 정치가라고 말하고,《타임스》에 항상 이 름이 나던데요. 그런데 그 신문은 당신을 존경하지 않는 것 같 아요. 정말 당신은 옛날과 똑같이 대담한 급진파이시더군요."

"내가 그렇게 대담하다는 생각은 별로 들지 않아요. 세상은 돌고 도니까요. 터쳇과 나는 런던을 떠나 여행하는 동안 줄곧 의회 토론 같은 것을 해 왔어요. 내가 그에게 최후의 보수파라 고 공격하자 그는 나를 고트족* 우두머리라고 반격했답니다. 내 인상의 세세한 부분들까지 들먹이며 야만족의 흔적이 모두 있다고 하더군요. 아직은 그에게 기력이 남았다는 증거죠."

이사벨은 랠프에 관해 많은 것을 물어보고 싶었지만 다 묻 는 것은 그만두었다. 이튿날 직접 확인하고 싶었던 것이다. 그 녀는 곧 워버튼 경이 랠프 문제에 싫증이 나서 다른 화제를 꺼 낼 거라고 예상했다. 이사벨은 워버튼 경이 과거 상처에서 회 복되었다고 확신할 수 있었고, 더욱 중요한 건 그녀가 쓰디쓴 마음 없이 그렇게 확신할 수 있다는 것이었다. 이사벨이 기억

---

*3~5세기 로마 제국에 침입하여 남유럽 등지에 왕국을 세운 야만족.

하는 옛날의 그는 집요하고 자기 주장이 강하며 저항하고 논박하지 않으면 안 될 사람의 이미지였기 때문에, 그가 다시 나타나자 처음에는 새로운 걱정거리가 생기지 않을까 하는 우려가 들었지만 지금은 안심해도 좋았다. 이사벨은 그가 그녀를 이미 용서했으며, 단지 좋은 관계로 지내기를 바랄 뿐 신랄한 언급 따위를 늘어놓는 악취미 같은 행동은 하지 않을 거라는 것도 깨달았다. 물론 그것은 복수 같은 것이 아니었다. 그녀는 그가 환멸감을 드러내며 그녀를 응징하려고 마음먹었다고는 꿈에도 생각하지 않았다. 이제 그녀가 좋은 감정을 품고, 그가 체념했다는 사실에 관심을 기울일 거라는 생각이 워버튼 경에게 떠오른다면 그에게도 좋은 일이었다. 감상적인 상처가 결코 스며들 수 없는 건강하고 남자다운 체념이었다. 영국 정치가 그를 치유한 셈인데, 그녀는 그렇게 될 것을 이미 알고 있었다. 남자들은 행동이라는 물속에 자유롭게 뛰어들면 상처가 치유되므로 그들의 운명이 행복하다는 생각이 들자, 그녀는 부러운 느낌이 들었다. 물론 워버튼 경은 옛날 일을 언급했지만 암시적인 말은 없었고, 심지어 예전에 로마에서 만났던 일을 무척 즐거운 추억으로 이야기하기도 했다. 또한 그는 이사벨의 결혼 소식에 대단히 관심 있었으며, 오스먼드와 가까워지게 되어 매우 기쁘다고 말했다. 지난번에는 지금처럼 친하다고 할 수 없었다는 것이다. 사실 그는 이사벨이 결혼할 때 축하 편지조차 보내지 않았지만, 그것에 대한 변명은 하지 않았다. 그가 한 유일한 말은 두 사람이 옛 친구이며 친한 사이라는 것뿐이었다. 그가 마을 축제 마당의 순박한 퀴즈 게임에 참

가한 사람처럼 즐거운 표정으로 주위를 둘러보며 잠시 침묵을 지키다가 갑자기 그녀에게 말을 건넨 것은 그들이 전적으로 절친한 친구 사이이기 때문이었다.

"그런데 부인은 정말 행복한 모습인데, 모든 게 순조롭다는 뜻인가요?"

"행복하지 않다면 제가 당신에게 그런 말을 할 거라고 생각하세요?" 이사벨이 재빨리 웃으며 대답했다. 그의 말투가 희극이나 다름없는 억양을 풍겼기 때문이다.

"글쎄요, 모르겠군요. 안 될 이유도 없잖아요."

"그렇다면 말하죠. 다행히 정말 행복하답니다."

"정말 좋은 집이로군요."

"네, 아주 유쾌하죠. 그러나 그건 저 때문이 아니라 남편 덕택이죠."

"남편이 직접 손을 봤다는 건가요?"

"그렇죠. 처음 왔을 때는 이런 상태는 아니었거든요."

"상당히 재능이 많은 분이군요."

"실내 장식에는 천재랍니다."

"요즘 그런 것이 대단히 유행하죠. 그러나 당신만의 취향을 갖출 필요가 있어요."

"전 일이 마무리되면 즐기지만 아이디어 같은 건 전혀 없어요. 제안 같은 것도 할 수 없고요."

"그럼 다른 사람의 제안을 그대로 받아들인다는 건가요?"

"기꺼이 받아들이죠. 대개는요."

"좋은 말이군요. 나도 부인에게 뭔가 제안을 하겠어요."

"아주 고마운 말씀이네요. 하지만 저에게도 말할 것이 조금은 있어요. 예를 들면 여기 계신 분들 중에 소개하고 싶은 사람이 있어요."

"아니, 제발 그런 일은 하지 마세요. 나는 여기 그냥 앉아 있는 편이 더 나으니까요. 저기 푸른 드레스를 입은 아가씨라면 문제가 다르지만. 귀여운 표정이군요."

"얼굴이 불그스름한 청년과 얘기를 나누는 아가씨 말인가요? 그 애는 남편의 딸이랍니다."

"당신 남편은 운이 좋은 분이로군요. 정말 어여쁜 아가씨예요!"

"사귀어 보세요."

"좀 더 있다가 기꺼이 하죠. 여기서 바라보는 것만으로도 좋군요." 하지만 그는 순식간에 아가씨를 바라보는 것을 멈추고 다시 오스먼드 부인 쪽으로 시선을 돌렸다. "아까 부인이 변했다고 한 내 말이 실수였다는 걸 아시겠지요?" 그는 다시 말을 이었다. "결국 예전과 다름없는데."

"그래도 결혼하면 많이 변한다는 걸 알았어요." 이사벨이 명랑한 얼굴로 부드럽게 말했다.

"대부분의 사람들은 그렇겠지만 부인은 그렇지 않아요. 그점엔 찬성하지 않아요."

"뜻밖이네요."

"그런 건 이해해야죠, 오스먼드 부인. 그러나 나도 결혼하고 싶어요." 그는 더욱 단순하게 덧붙였다.

"그건 무척 쉬워요." 이사벨은 이렇게 말하며 자리에서 일어났다. 자신은 이런 말을 할 자격이 없다는 생각이 들자 아마도 눈에 띌 만큼 고통의 표정이 드러났던 것이다. 워버튼 경은 이사벨의 고통을 알아차렸는지 너그럽게도 그녀가 융통성을 발휘하지 못한 것에 관심을 두지 않았다.

한편 에드워드 로지어는 팬지의 차 탁자 옆 긴 의자에 앉아 처음에는 사소한 화제로 그녀와 이야기하는 체했다. 그러던 중 팬지가 자신의 의붓어머니와 이야기하는 낯선 신사가 누구냐고 물었다.

"영국 귀족이겠죠." 로지어가 말했다. "그 이상은 모르겠어요."

"저분이 차를 드실지 모르겠네요. 영국 사람들은 차를 아주 좋아하는데."

"그런 걱정은 하지 마요. 내가 특별히 하고 싶은 말이 있거든요."

"그렇게 큰 소리로 말씀하시면 안 돼요. 모두가 듣잖아요."

"들리지 않아요. 당신이 시선을 계속 그렇게 두고 있으면요. 찻주전자에 물 끓이는 일 말고는 다른 생각이 없는 것처럼 말이에요."

"방금 찻주전자에 물을 가득 채웠는걸요. 하인들은 절대로 할 줄 몰라요!" 그런 다음 그녀는 차 끓이는 일의 책임감을 느끼며 한숨을 쉬었다.

"아버님이 방금 내게 무슨 말씀을 하셨는지 알아요? 당신이 일주일 전에 한 말은 진심이 아니었대요."

"제가 말한 게 모두 진심이라고 할 수는 없어요. 젊은 처녀로서는 그렇게밖에 할 수 없잖아요? 하지만 당신에게 한 말은 진실이에요."

"아버님은 당신이 날 잊었다고 하시던데."

"아, 아니에요. 잊지 않았어요." 팬지가 예쁜 치아를 드러내고 분명한 미소를 지으며 말했다.

"그렇다면 모든 게 전과 똑같아요?"

"아니요, 완전히 똑같지는 않아요. 아빠는 무척 엄하시거든요."

"뭐라고 하시던가요?"

"당신이 제게 무슨 얘기를 했느냐고 물으셔서 죄다 말씀드렸죠. 그랬더니 당신과 결혼하면 안 된다고 하셨어요."

"그런 일에 신경 쓸 것 없어요."

"아니에요, 사실 그렇게 해야 돼요. 아빠의 뜻을 거역할 순 없잖아요."

"나처럼 당신을 사랑하는 사람, 당신도 사랑하는 사람을 위해서도 할 수 없어요?"

팬지는 찻주전자 뚜껑을 열어 잠시 내부를 들여다보다가 향기로운 냄새가 나는 주전자를 향해 짧은 말을 던졌다. "전 변함없이 당신을 사랑해요."

"그게 나한테 무슨 도움이 될까요?"

"글쎄요." 팬지는 감미롭고 애매한 눈길을 들어 올리며 말했다. "그 점은 모르겠어요."

"실망스럽네요." 가엾게도 로지어는 신음하듯 말했다.

그녀는 잠시 말이 없다가 찻잔을 하인에게 건네주었다. "제발 더 이상 말하지 마세요."

"이 정도로 만족하란 얘긴가요?"

"아빠는 당신과 얘기하지 말라고 하셨어요."

"그런 식으로 나를 희생하려는 겁니까? 정말 너무하네요!"

"조금만 기다려 주세요." 그녀는 자신이 떨고 있다고 충분히 알 수 있을 만한 목소리로 말했다.

"희망을 준다면 물론 기다리겠어요. 그러나 당신 손에 모든 게 달렸어요."

"당신을 단념하지는 않겠어요. 그런 일은 없어요!"

"아버님은 당신을 다른 사람과 결혼시킬 텐데요."

"절대로 그렇게 하시진 않을 거예요."

"그렇다면 우린 무엇 때문에 기다려야 하죠?"

이 말에 그녀는 다시 망설였다. "오스먼드 부인에게 말씀드리겠어요. 그러면 우리를 도와주시겠죠." 그녀는 의붓어머니를 보통 이렇게 불렀다.

"그분은 큰 도움을 주진 않을 거예요. 두려워하니까."

"무엇을 두려워해요?"

"아마 당신 아버지겠지요."

팬지는 조그만 머리를 가로저었다. "그분은 누구도 두려워하지 않아요. 우리는 참을성 있게 기다려야 돼요."

"아, 정말 끔찍한 말이군요." 로지어는 너무나 당황하여 신음하듯 말했다. 그는 상류 사회 관습도 잊어버리고 두 손으로 머리를 감싼 채 슬픔에 잠겨 가만히 앉아 양탄자를 응시했다. 이윽고 그는 주위에서 사람들이 웅성대는 것을 깨닫고 눈을

들었고, 팬지가 오스먼드 부인에게 소개받은 영국 귀족을 향
해 무릎을 굽혀 인사하는 모습을 보았다. 수녀원 학교 시절의
변함없이 귀여운 인사법이었다.

39

사려 깊은 독자라면 놀랄 일이 아니겠지만 랠프 터쳇은 사촌 여동생 이사벨이 결혼한 후부터 전에 비해 자주 만나지 않게 되었다. 이 결혼에 대한 그의 견해는 두 사람 사이의 친밀감을 확인해 줄 만한 것이 아니었다. 우리가 이미 아는 대로 그는 자신의 생각을 표출했고, 그 후에는 침묵을 지켰다. 이사벨로서는 그들 관계에서 전환점이 되었던 논쟁을 그와 계속할 마음이 없었다. 그 논쟁은 그들 사이의 차이점(그가 희망했다기보다는 두려워했던)을 부각했다. 이 논쟁으로 인해 약혼을 이행하려는 그녀의 열의는 식지 않았고, 오히려 두 사람의 우정이 위험할 만큼 틀어질 뻔했다. 랠프가 오스먼드를 어떻게 생각하는지에 대해서는 이후 두 번 다시 그들은 언급하지 않았다. 이 화제에 관해 성스러울 만큼 침묵을 지킴으로써 그나마 두 사람은 서로 솔직한 태도를 보였던 것이다. 그러나 이따금 혼자서 말했듯이 랠프에게 변화가 일어나기 시작했다. 그건 틀림없는 변화였다. 이사벨은 그를 용서하지 않았고, 절대로 용서하지 않을 것이다. 이것이 그가 내린 결론이었다. 반면 이사벨은 스스로 그를 용서한 것으로 생각하며 마음에 두지 않았다고 믿었다. 그녀에겐 매우 너그러운 마음과 자존심이 함께 있었기 때문에 이 확신은 어떤 실체를 띠고 있었다. 그러나 랠프의 의견이 옳았음을 결과가 증명하든 증명하지 않든 그는 사실상 그녀에게 잘못을 범했을지도 모르며, 이런 잘못은 여자로서 여간해서는 잊기 힘든 일이었다. 오스먼드의 아내가 된 지금 그녀는 두 번 다시 랠프의 친구가 될 수 없다. 오스먼드의 아내로서 자신이 행복감을 기대할 때 미리 나서서 소중한 축복을 훼손했던 사람에게 경멸감을 갖는 건 당연했다. 반면에 그의 경고가 자신의 불행을 결코 알리지 않겠다던 그녀의 맹세를 합리화한다면 그것은 그녀의 마음을 무겁게 짓눌러 그를 증오하게 만들 것이다. 사촌 여동생의 결혼 후 일 년간 랠프는 이처럼 어두운 미래를 예측했다. 설령 그의 생각이 병적으로 보인다 해도 그의 건강이 온전하지 않다는 사실을 잊어서는 안 된다. 그는 가능한 아름답게 처신함으로써(그는 그렇게 생각했다.) 자신을 달래고 6월에 피렌체에서 거행된 이사벨과 오스먼드의 결혼식에 참석했던 것이다. 어머니 터쳇 부인으로부터 들은 바에 의하면, 이사벨은 처음엔 자신의 조국인 미국에서 결혼식을 올리려고 생각했으나 간소하게 하고 싶다는 소박한 생각도 들었고, 오스먼드가 혼례를 위해 어디든 기꺼이 가겠다고 말했음에도 당장 가까운 곳에 있는 목사의 주례로 결혼하는 것이 가장 간소한 형식이라는 결론에 이르게 되었다. 이렇게 해서 결혼식은 몹시 더운 날 미국인들이 예배를 드리는 작은 교회에서 거행되었는데, 참석자는 터챗 부인과 랠프, 그리고 팬지 오스먼드와 제미니 백작부인뿐이었다. 결혼식이 이렇듯 쓸쓸하게 진행된 것은 부분적으로 볼 때 그 장소에 참석해 행사를 빛내 줄 만한 두 사람이 참석하지 않았기 때문이다. 마담 멀은 초대를 받았지만 로마를 떠날 수 없다며 정중한 사과의 편지를 보내왔고, 헨리에타 스택폴은 초대받지 않았다. 이사벨은 그녀가 미국을 떠나는 것은 일 때문에 사실상 무리라고 굿우드로부터 들었다. 그녀는 마담 멀만큼 정중한 투는 아니었지만, 만일 대서양을 건널 수만 있다면 증인으로서뿐만 아니라 비판자로서 참석하고 싶다는 편지를 보내왔다. 그녀는 다소 늦게 유럽으로 다시 건너와 가을에 파리에서 이사벨과 재회해 자신의 비판 솜씨를 (아마 조금 지나칠 정도로) 발휘했다. 그러나 이 비판의 주요 대상이었던 가련한 오스먼드가 날카롭게 항의했기 때문에 헨리에타는 이사벨에게 그녀의 결혼이 그들 두 사람 사이에 장벽을 만들었다고 토로하지 않을 수 없었다. "결코 네가 결혼했기 때문이 아니야. 저 사람과 결혼했기 때문이지." 헨리에타는 이렇게 말하는 것이 자신의 임무라고 생각했으며, 랠프처럼 주저하거나 양심의 가책을 받지는 않았어도 뜻밖에 그와 의견이 일치한 셈이었다. 그러나 헨리에타의 두 번째 유럽 방문이 아무 소득이 없었던 것은 아니었다. 오스먼드가 이 여기자의 생각에 반대한다고 단언하고 이사벨이 헨리에타에게 자기 남편에게 심하게 구는 것 같다고 말한 바로 그 순간, 선량한 밴틀링이 현장에 나타나 둘이서 에스파냐로 여행을 떠나자고 제안했기 때문이다. 헨리에타가 에스파냐에서 보낸 통신문은 그녀가 지금까지 발표한 것들 가운데 독자들의 반응이 가장 좋았는데, 특히 알람브라 궁전*에서 발신된 '무어인과 달빛'이라는 제목의 글이 일반적으로 그녀의 걸작이라고 평가되었다. 이사벨은 남편이 헨리에타의 일을 단순히 재미로 치부하지 않은 것에 남몰래 실망하기도 했다. 그래서 남편이 재미있는 일들에 대한 감각(유머 감각이라고 해야 할까?)이 부족하지는 않은지 궁금증을 품기까지 했다. 물론 이사벨은 자신의 행복 때문에 헨리에타가 멋대로 행동하는 것을 시샘할 생각은 조금도 없는 입장에서 사태를 주시했다. 이사벨과 헨리에타의 유대 관계가 기괴하다고 생각한 오스먼드는 그들에게 대체 어떤 공통점이 있는지 상상할 수 없었다. 그가 보기에 밴틀링의 여행 동반자는 천박하기 이를 데 없는 데다 매우 파렴치한 여자였다. 그녀를 파렴치한 여자라고 몰아붙인 것에 대해 이사벨이 맹렬히 항의하자, 그는 아내에게 괴상한 취향이 있는 것을 알고 깜짝 놀라고 말았다. 이사벨은 변명조로 자신은 가급적 자신과 다른 사람들과 사귀고 싶다는 반응만 보일 뿐이었다. "그렇다면 왜 세탁부와 친구가 되지 않는 거요?"라고 오스먼드가 따지자, 이사벨은 세탁부는 자기 같은 사람에게 관심을 쏟지는 않을 거라고 대답했다. 그런데 지금 헨리에타는 너무나 많은 관심을

---

*에스파냐의 그라나다에 무어 왕족이 세운 궁전.

쏟았던 것이다.

랠프는 이사벨이 결혼한 지 이 년이 넘도록 그녀를 전혀 만나지 않았다. 그녀가 로마에 살기 시작한 겨울, 그는 다시 산레모에서 겨울을 지냈고, 봄에도 같은 곳에서 자기 어머니와 함께 지냈다. 그 후 그의 어머니가 아들을 데리고 영국으로 돌아간 것은 그녀가 아무리 권유해도 아들에게 시킬 수 없었던 일, 즉 은행 경영 상태를 알아보기 위해서였다. 랠프는 산레모에 작은 빌라를 빌려 다시 한 번 겨울을 보내고 나서, 체류 이 년째가 되던 늦은 4월 로마로 내려왔다. 이사벨이 결혼한 후 그가 그녀와 직접 얼굴을 마주치는 건 그때가 처음이었고, 그녀를 다시 만나 보고 싶은 마음이 매우 절실했다. 그녀는 가끔 랠프에게 편지를 보냈지만, 그 편지 속에는 그가 알고 싶은 내용은 하나도 언급되지 않았다. 그는 자신의 어머니에게 이사벨이 어떻게 사느냐고 물었지만, 그의 어머니는 "잘해 나가겠지."라고 대답할 뿐이었다. 터쳇 부인은 눈앞에 보이지도 않는 사람과 친교하는 상상력이 부족한지라 조카딸과 정을 나누는 기미는 보이지 않았으며, 좀처럼 만나지도 않았다. 이사벨은 부족함 없이 훌륭하게 사는 것 같았지만, 터쳇 부인은 조카딸이 참담한 결혼을 했다는 생각을 버리지 않았다. 매우 문제가 많았다고 확신하는 이사벨의 결혼을 생각하면 속이 상했다. 가끔 그녀는 피렌체에서 제미니 백작부인을 마주치긴 했으나, 그 부인과 만나는 일은 되도록 피하려고 했다. 백작부인을 만나면 오스먼드가 떠오르고 이사벨을 생각하게 되기 때문이었다. 백작부인은 요즘은 사람들 입에 그다지 오르내리지 않았으나, 과거 그녀에 대하여 지독한 소문이 떠돌았기 때문에 터 쳇 부인은 그녀에 대해 왈가왈부하지 않았다. 마담 멀 역시 좀 더 직접적으로 이사벨을 생각나게 하는 데가 있었지만 그녀와 터쳇 부인의 관계는 눈에 띄게 변해 버렸다. 이사벨이 터쳇 이 모에게서 들은 노골적인 말에 의하면 마담 멀이 교묘한 술책 을 부렸다는 것이다. 그런데 마담 멀은 누구와도 다툰 적이 없 으며, 그럴 가치가 있는 사람은 아무도 없다고 생각하는 것 같 았다. 마담 멀은 몇 년간에 걸쳐 터쳇 부인과 그럭저럭 지내 오 며 전혀 짜증을 내지 않는 놀라운 수완을 보여 주었던 것이다. 그녀는 이제 매우 고자세를 취하며, 이런 트집에 자신을 낮추 어 가면서 변명할 수는 없다고 단언했다. 하지만 자신을 낮추 지 않은 채 그녀가 한 일은 사심이 없었으며, 그녀는 오직 눈 에 보인 것만 믿었고, 이사벨은 그다지 결혼을 열망하지 않았 으며, 오스먼드도 애써 즐거움을 찾으려고 하지 않았다는 말 을 덧붙였다.(오스먼드가 몇 번이고 이사벨을 방문했어도 얻은 것 은 아무것도 없었으며, 그는 단지 언덕 위 자신의 집에서 매우 따분 했기 때문에 기분 전환 삼아 방문한 것뿐이라는 것이었다.) 이사벨 은 속마음을 털어놓은 적이 없었고, 그녀가 그리스와 이집트 로 여행한 것은 마담 멀을 교묘히 속인 꼴이 되었다. 마담 멀은 두 사람의 결혼을 기정사실로 받아들였고 그것을 추문이라고 할 생각은 없었다. 그러나 그녀가 두 사람 역이든 한 사람 역이 든 뭔가 음모를 꾸몄다는 것에 대해서는 당당히 항의했다. 그 후 마담 멀이 자신의 평판이 조금도 손상되지 않는 영국에서 몇 개월을 보내려고 한 것은 의심할 나위 없이 터쳇 부인의 태도와 더불어 화창한 계절로 말미암아 가꾸어진 습성에 그녀의 태도가 끼친 상처 때문이었다. 터챗 부인은 그녀에게 잘못을 범했고, 뭔가 용서받을 수 없는 일이 있었다. 그러나 마담 멀은 조용히 견뎠고, 그녀의 위엄에는 항상 어딘가 절묘한 데가 있었다.

랠프는 앞에서 서술한 대로 자기 눈으로 직접 보고 싶다고 했지만, 그런 목표를 추구하면서도 이사벨이 경계심을 품도록 만든 것은 정말 어리석은 짓이었다고 새삼 느꼈다. 그는 패를 잘못 내밀어 결국 게임에서 진 꼴이 되었다. 그는 아무것도 보지도, 알지도 말아야 했다. 왜냐하면 이사벨이 그에게 항상 가면을 쓰고 있었기 때문이다. 그의 진심은 그녀의 결혼을 기뻐하는 것이어야 했기에 랠프가 표현했듯이 훗날 결혼의 토대가 무너졌을 때 그녀는 그가 멍청이 같은 짓을 했다고 즐겁게 말할 수 있을 것이다. 그 역시 이사벨이 처한 실제 상황을 알기 위해서라면 멍청이라는 소리를 들어도 기꺼이 감수했을 것이다. 그런데도 지금 이사벨은 그의 잘못을 비웃지 않았으며, 자신의 확신이 증명되었다는 시늉도 하지 않았다. 그녀가 가면을 쓰고 있다면 그것은 그녀의 얼굴을 완전히 감추는 셈이 된다. 그녀의 얼굴에 나타난 평온함에는 어딘가 딱딱하고 기계적인 구석이 있었다. 그런데 이것은 랠프의 말대로 표정이 아니고 연출이며, 심지어 홍보였던 것이다. 그녀는 아이를 잃었고 그것은 슬픔이었지만, 그녀는 그 슬픔에 대해 좀처럼 말하지 않았다. 그것은 랠프에게 말할 수 없을 정도의 사건이었고, 더욱이 이미 과거의 일이었다. 육 개월 전에 일어난 사건으로,

이미 슬픔의 흔적이 엷어졌다. 이사벨은 이제 세속적인 삶을 영위하는 듯하며, 그녀가 '우아한 지위'에 있다는 소문이 랠프의 귀에도 들어왔다. 특히 그녀가 선망의 대상이라는 인상을 풍기며, 심지어 그녀를 아는 것이 많은 사람들 사이에서 특전으로 간주된다는 것도 랠프는 알고 있었다. 그녀의 집은 누구에게나 개방되지 않았고, 매주 손님을 접대하는 날이 정해져 있었다. 그녀는 매우 호화로운 생활을 했지만, 그것을 알아보려면 손님으로 초대받지 않으면 안 되었다. 왜냐하면 오스먼드 부부의 일상생활에는 경탄할 만한 것도 비판할 만한 것도 없으며, 칭송할 만한 것마저 전혀 없었기 때문이다. 랠프는 이 모든 데서 오스먼드의 탁월한 솜씨를 인정했다. 이사벨에게는 의도적으로 자연스러움을 연출하는 술책이 전혀 없다는 것을 알고 있었기 때문이다. 그녀는 활동을 무척 좋아하고 번잡함을 사랑하며, 밤늦게까지 대화에 열중한다든가 멀리 마차를 타고 나갔다가 피로에 지쳐 돌아오는 것을 무척 좋아한다는 느낌이 들었다. 그녀는 사람들로부터 환대와 관심을 받는다든가, 심지어 싫증이 나더라도 지인을 만들고 세상의 화제가 되고 있는 사람들을 만난다든가, 로마 근처를 돌아본다든가, 오래된 사교계의 곰팡내 나는 유물 같은 진부한 사람들과 관계 맺는 일 따위에 열성적이었다. 이 모든 일에는 그가 예전에 재치를 발휘했던 포괄적 진보에 대한 욕망과 비교해 훨씬 분별력이 없었다. 랠프는 그녀의 충동에 격한 면이 있고, 어떤 실험적인 시도에는 생경한 면이 있다는 점에 놀라움을 느꼈다. 그가 보기에는 이사벨이 결혼 전에 비해 빠르게 이야기하고, 동작도 숨소리도 빨라진 것처럼 보였다. 확실히 이사벨에게는 과장하는 버릇이 생겼다. 때묻지 않은 진실을 소중히 여기던 그녀였지만, 그리고 예전에는 명랑한 토론과 지적 유희(다정하게 토론하는 도중에 정통으로 결정타를 맞고서도 아무렇지도 않은 듯이 흘려버릴 때보다 그녀가 더 우아하게 보일 때는 없었다.)에 큰 즐거움을 느꼈지만, 지금은 사람들이 반대하든 찬성하든 아무런 가치가 없다고 생각하는 것 같았다. 과거에 이사벨은 호기심이 많았지만 지금은 무관심했고, 그러한 무관심에도 불구하고 예전보다 훨씬 더 활동적인 면이 있었다. 늘씬한 몸매는 아직도 그대로 간직했고 예전보다 훨씬 사랑스러운 태도였지만, 사물을 보는 데 있어서는 어떤 성숙도 찾을 수 없었다. 그렇지만 그녀의 미모가 살짝 오만하게 느껴지도록 하는 몸매에서는 충만함과 함께 교만함을 볼 수 있었다. 가련하고 인정 많았던 이사벨. 무슨 심술이 그녀의 마음을 좀먹게 했는가? 그녀의 경쾌한 발걸음은 길게 늘어진 옷자락을 끌고 있었으며, 지적인 머리에는 찬연한 장식품이 붙어 있었다. 자유분방하고 예리한 숙녀가 완전히 다른 사람이 되어 버린 것이다. 랠프가 본 것은 뭔가를 재현하는 듯한 멋진 부인이었다. 이사벨은 무엇을 재현하는 것일까? 랠프는 혼자 의문을 품어 보았지만, 그녀가 길버트 오스먼드를 재현하고 있다고 대답할 수밖에 없었다. "맙소사, 이게 무슨 일이지!" 그는 근심스럽게 외치며 세상의 불가사의에 혼미해 했다.

이미 이야기한 것처럼 랠프는 그 배후에 오스먼드가 있다는 것을 알고 있었고, 항상 그를 인정했다. 오스먼드가 어떻게 매사를 자신의 손아귀에 틀어쥐고 두 사람 삶의 행태를 조절하고 규제하고 활기를 불어넣는지 랠프는 알 수 있었다. 오스먼드로서는 마치 물고기가 물을 만난 격이며, 마침내 역량을 발휘할 수 있는 소재를 잡은 것이다. 그는 언제나 효과를 염두에 두고 있었으며, 그 효과는 냉철히 계산되었다. 결코 야비한 방법으로 그 효과를 만들어 내지는 않았지만, 그 동기는 효과를 만들어 내는 솜씨가 뛰어난 만큼 야비한 데가 있었다. 샘이 날 정도의 고결함으로 자신의 내면을 감싼다든가, 초연한 느낌으로 감질나게 하여 사람들로 하여금 그의 집이 다른 모든 곳과 구별된다고 믿게 만들고, 세상에 내민 그의 얼굴에 냉정한 독창성이 있다는 것을 보여 주었다. 이것이 바로 이사벨이 뛰어난 도덕성을 갖추었다고 본 인물이 기울인 정교한 노력이었다. "이 남자는 언제나 뛰어난 재료로 일하는군." 랠프는 중얼거렸다. "예전 자산과 비교해 볼 때 넘칠 정도로 풍부해졌어." 랠프는 본래 현명한 사람이었지만, 오스먼드가 본질적 가치만을 추구하는 체하면서 오직 세상의 표면만을 위해 산다고 판단했을 때만큼 자신이 영리하다고 생각한 적이 없었다. 오스먼드는 세상 주인공처럼 행동하지만 주인공은커녕 충실한 종 역할에 적합했고, 그에게 유일한 성공의 척도는 세상에서 얼마나 관심을 받는가였다. 그는 아침부터 밤까지 세상에서 눈을 떼지 않았고, 세상은 어리석게도 그런 책략을 의심조차 하지 않았다. 그가 하는 일은 모두 허세였지만, 너무나 정교하게 계산되었기 때문에 아둔한 사람들은 그것을 자연스러운 충동에서 비롯된 행동이라고 착각했다. 랠프는 지금껏 오스먼드만큼 계산적인 생활을 하는 인물을 본 적이 없었다. 그의 취향, 연구, 업적, 수집품 등에는 모두 어떤 목적이 있었다. 피렌체의 언덕 꼭대기에서 산 것도 오랫동안 의도적으로 한 행동이었다. 그의 고독, 권태, 딸에 대한 애정, 정중한 태도, 사악한 태도 등은 그의 마음에 끊임없이 번득이던 오만하고 기만을 일삼는 인물의 여러 이미지의 재현이었다. 그의 야망은 세상을 기쁘게 하는 것이 아니고, 우선 세상 호기심을 자극한 다음 그것을 충족해 주기를 거부함으로써 스스로 희열에 빠지는 것이었다. 오스먼드는 늘 세상을 기만함으로써 자신이 훌륭하다고 느꼈다. 지금까지 그가 가장 직접적으로 자신을 기쁘게 하려고 했던 일은 이사벨 아처와의 결혼이었다. 이 경우 어떻게 보면 쉽게 속아 넘어가는 세상은 그에게 완전히 매혹되어 버린 가엾은 이사벨로 구체화된 것이다. 물론 랠프는 초지일관으로 행동하는 것이 좋다고 생각했다. 그에겐 신조가 있었고, 그것 때문에 고통을 받는 이상 명예를 걸고서라도 그것을 버릴 수 없었다. 그 신조의 조항들을 당시에 가치가 있던 그대로 조금 서술할 필요가 있다. 확실히 랠프는 사실을 자신의 이론에 맞추는 데 매우 능수능란했고, 이 당시 로마에 머무는 동안 자신이 사랑했던 여성의 남편이 자신을 조금도 적대시하지 않는 듯한 사실마저도 이론에 끼워 맞췄던 것이다.

지금으로서는 길버트 오스먼드에게 랠프가 그다지 중요하지 않았다. 그는 친구로서 중요한 것이 아니라, 오히려 아무런 중요성이 없는 존재였던 것이다. 그는 이사벨의 사촌 오빠였고 다소 언짢은 병을 앓으며, 오스먼드는 이러한 토대 위에서 그를 대했다. 오스먼드는 그의 건강이나 터쳇 부인의 안부, 겨울철 기후에 대한 견해와 호텔 생활이 쾌적한지에 대하여 적당히 묻기도 했다. 오스먼드는 가끔씩 만날 때 불필요한 말은 한마디도 건네지 않았지만, 그의 태도에는 언제나 성공을 의식하는 사람이 패배를 의식하는 사람 앞에서 취하는 적당히 세련된 면이 있었다. 이 모든 점에도 불구하고 결국 랠프는 오스먼드가 아내에게 사촌 오빠를 계속 만나지 못하게 할 거라는 사실을 꿰뚫어보았다. 오스먼드가 질투를 하는 것은 아니었다. 그에게 그런 구실은 없었다. 아무도 랠프를 질투할 수는 없었기 때문이다. 그러나 오스먼드는 아직도 이사벨에게 많이 남아 있는 랠프에 대한 예전의 다정한 감정 때문에 아내를 괴롭혔다. 랠프는 그녀가 많이 고생하는 것을 전혀 몰랐지만, 의구심이 날카롭게 발동하자 스스로 손을 떼고 말았다. 그리하여 이사벨은 매우 흥미로운 일거리를 잃게 되었다. 사실 그녀는 랠프가 삶의 어떤 원동력에 의해 살고 있는지 언제나 궁금하게 생각했던 것이다. 그녀는 그 원동력이 대화를 즐기는 그의 성품에 있다고 결론지었고, 그의 대화는 종전보다 더 훌륭했다. 그는 산책을 중단했고, 더 이상 재미있게 어슬렁거리는 일도 없었다. 그는 하루 종일 의자에 앉아 있었다. 어떤 의자라도 좋았다. 랠프는 사람들이 자신을 상대해 주는 것에 너무 의지했기 때문에 그의 이야기가 고도의 명상에 빠지지만 않으면 맹인이라고 오해받을 정도였다. 이미 독자들은 이사벨 이상으로 랠프를 잘 아니, 그의 불가사의한 심경을 알려 주는 열쇠를 손에 넣을 수도 있을 것이다. 랠프에게 생기를 준 것은 자신이 무척 호기심을 가지고 있는 세상에서 유일한 인물에 대해 아직 제대로 알지 못했다는 단순한 사실이었다. 즉 그는 아직도 만족할 수 없었던 것이다. 아직도 일이 남아 있었고, 그는 그것을 간과하지 않기로 했다. 그는 이사벨이 남편을 어떻게 할지, 혹은 남편이 그녀를 어떻게 할지 알고 싶어 했다. 이것은 연극 1막에 불과하며, 그는 최후의 막이 내릴 때까지 공연을 지켜보겠다고 다짐했다. 이 결심이 효과를 거두어 그는 이후 십팔 개월가량이나 살아남아 워버튼 경과 함께 로마에 돌아올 수 있었다. 실제로 이 결심으로 인해 끝까지 살아남겠다는 의지를 가졌고, 이로 말미암아 터쳇 부인은 보상할 수 없고 보상받지도 못한 아들의 이상한 상태에 과거 어느 때보다 머리가 혼란스러워지긴 했지만, 우리가 이미 아는 대로 주저 없이 먼 외국으로 여행을 떠났던 것이다. 랠프가 이사벨의 운명을 끝까지 지켜보려는 긴장감 때문에 살아 있다면, 워버튼 경으로부터 랠프가 로마에 도착했다는 소식을 전해 들은 다음 날 이사벨이 랠프의 방으로 가려고 계단을 올라설 때의 심정(대체 랠프의 건강이 어떨까 하는 궁금증이 가져다준 흥분) 또한 그와 비슷했다.

이사벨은 한 시간 정도 그의 곁에 머물렀고, 그 후에도 몇 차례 더 방문했다. 길버트 오스먼드는 시간을 엄수하여 랠프를 방문했고, 그들이 마차를 보내 랠프를 초대해 랠프도 여러 번 팔라초 로카네라를 방문했다. 이 주쯤 지나자 랠프는 시칠리아에 가지 않는 편이 좋겠다는 생각을 워버튼 경에게 통고했다. 그날 워버튼 경이 캄파냐* 부근을 돌아다니다가 돌아온 후, 두 사람은 함께 저녁 식사를 했다. 워버튼 경은 식사를 마치고 난로 앞에서 담배에 불을 붙였으나 곧 입에서 담배를 빼냈다.

"시칠리아에 가지 않겠다고요? 그러면 어디로 갈 작정입니까?"

"글쎄요, 아무데도 가지 않을 거예요." 랠프는 소파에 앉은 채 아무렇지도 않게 대답했다.

"영국으로 돌아갈 생각인가요?"

"아니에요, 로마에 있겠습니다."

"로마는 건강에 좋지 않을 텐데요. 따뜻하지도 않고."

"좋아질 거예요. 나도 조심할 테고. 이 정도면 건강한 상태 아닌가요."

워버튼 경은 담배를 피우면서 잠시 랠프를 쳐다보았고, 과연 건강이 좋은지 확인하려는 듯한 표정을 지었다. "확실히 여행 다닐 때보다는 좋아졌어요. 그런데 그런 상태로 어떻게 버틸지 궁금하단 말입니다. 당신 상태는 알 수가 없으니까요. 시칠리아에 가 보라고 권하고 싶은데."

"그렇게 하진 않을 거예요." 가엾은 랠프가 말했다. "지금까지 그렇게 했으니 더 이상은 못 해요. 여행할 마음도 없고. 스킬라와 카리브디스**에게 겪을 끔찍한 일을 생각해 봐요! 난 시칠리아 평원에서 죽는 것도 싫습니다. 그곳에서 잡혀 황천길

---

* 로마 인근에 위치한 산악 지대.
** 그리스 신화에 나오는 용어로, 각기 바다 괴물과 시칠리아 바닷속의 여자 괴물을 지칭한다.

로 끌려간 페르세포네*처럼 되기도 싫고."

"그러면 대체 무엇 때문에 이곳에 온 건가요?"

"마음이 내켰기 때문이죠. 그래 봤자 소용없다는 걸 알았지만, 지금으로선 내가 어디에 있든 상관없는 일입니다. 난 할 수 있는 치료는 다 받았고 여러 곳의 공기를 다 맡아 보았으니까. 일단 여기에 왔으니 머물러야죠. 시칠리아에는 미혼의 사촌이라고는 없어요. 물론 기혼자도 없겠지만."

"사촌 여동생이 여기 있으니 머물고 싶은 거겠지요. 그건 그렇고, 의사는 뭐라고 하던가요?"

"물어보지도 않았어요. 의사의 말 같은 건 상관없으니까. 여기서 죽으면 오스먼드 부인이 나를 묻어 주겠지요. 하지만 여기선 죽지 않을 겁니다."

"나도 그러길 바랍니다." 워버튼 경이 생각에 잠기며 담배를 계속 피워 댔다. "그런데 할 말이 있어요." 그가 말했다. "당신이 시칠리아에 가지 않겠다는 계획은 대환영이에요. 그곳 여행은 끔찍하거든."

"하지만 당신하고는 상관없는 일이에요. 내 수행원으로 데려갈 생각은 없었으니까."

"당신을 혼자 보낼 생각도 없었어요."

"워버튼 경, 당신이 여기서 더 멀리 동행해 주는 것은 정말 바라지 않아요."

"함께 가서 당신이 안정되는 걸 보려고 했는데."

---

* 저승의 왕 하데스에 의해 지하 세계로 끌려가 그의 왕비가 된 인물.

"당신은 과연 좋은 사람입니다. 정말 고마운 노릇이에요."

"그러고 나서 돌아오려고 했어요."

"영국에 돌아가려고 했다는 건가요?"

"아니, 이곳에 머무를 작정이었습니다."

"그것 봐요." 랠프가 말했다. "우리 두 사람 다 같은 생각에 매달리고 있잖아요. 시칠리아 같은 건 끼어들 여지가 없지!"

워버튼 경은 난롯불을 바라보며 가만히 앉아 있다가 눈을 들고 불쑥 말했다. "그런데 우리가 영국을 출발할 때 정말 시칠리아에 갈 생각이었나요?"

"정말 너무 많은 질문을 하는군요!" 랠프가 프랑스어로 대답했다. "내가 먼저 질문하겠어요. 당신이 나와 함께 온 건 정말 사심 없는 마음에서였어요?"

"무슨 뜻인지 모르겠네요. 나는 외국으로 떠나고 싶었어요."

"우리는 서로 속이고 있는 게 아닐까요."

"무슨 생각을 하는지 말해 봐요. 내가 잠시 여기 머물고 싶은 이유가 무엇이든 내게 비밀이란 없으니까요."

"맞아요. 난 당신이 외무부 장관을 만나고 싶다고 말한 걸 기억해요."

"세 번이나 만났어요. 아주 재미있는 사람이던데."

"당신이 무엇 때문에 이곳에 왔는지 스스로 잊어버린 것 같아요."

"그럴지도 모르지요." 워버튼 경이 다소 무겁게 대답했다.

이 두 신사는 격의가 없다는 점에서 서로 다르지 않은 부류였지만, 런던에서 로마까지 함께 여행하면서 각자 마음속 깊이 묻어 둔 일은 언급하지 않았다. 예전에 두 사람이 토론을 벌이던 화제가 있었지만, 지금 그 화제는 옛날만큼 관심을 끌지 못했다. 로마에 도착한 이래로 그런 화제를 들추어낼 일이 많았는데도 그들은 여전히 반쯤은 조심스럽게, 반쯤은 자신이 있는 듯이 침묵을 지켰다.

잠시 후 워버튼 경이 갑자기 말을 꺼냈다. "그래도 의사의 동의를 얻도록 권하고 싶어요."

"의사의 동의는 일을 엉망으로 만들 거예요. 동의 없이 지낼 수 있을 때는 그런 게 필요하지 않고요."

"그렇다면 오스먼드 부인은 어떻게 생각할까요?" 워버튼 경이 물었다.

"얘기한 적은 없어요. 그녀는 로마가 너무 춥다는 말을 할 테고, 카타니아까지 동행하겠다고도 할 거예요. 충분히 그럴 수 있는 사람이니까."

"내가 당신 처지라면 기꺼이 그렇게 할 텐데요."

"남편이 좋아하지 않을 겁니다."

"참, 그렇지. 그래도 당신은 그런 일을 걱정할 필요가 없다고 봐요. 그건 그 사람 일이니까."

"두 사람 사이에 더 이상 성가신 일을 만들고 싶지 않아요."

"벌써 그런 일이 많이 생겼다는 뜻입니까?"

"각오를 단단히 해야 할 거예요. 그녀가 나와 함께 가 버리면 남편의 감정이 폭발할 테니까요. 오스먼드는 아내의 사촌 오빠를 마음에 들어하지 않거든요."

"그렇다면 당연히 한바탕 소동이 일어나겠는데요. 그러나 여기 있다고 해서 소동이 일어나지 않을까요?"

"그 점이 어떻게 될지 궁금해요. 지난번 내가 로마에 왔을 때 그가 소란을 피웠거든요. 그래서 내가 사라져 주는 게 의무라고 생각했지요. 하지만 지금은 이곳에 머물면서 그녀를 지켜 주는 게 의무라고 봐요."

"당신의 방어력은 참으로 놀라워요!" 워버튼 경은 미소를 지으며 말하기 시작했다. 하지만 그는 친구의 얼굴에서 심상치 않은 기색을 발견하고 말을 끊었다. "이런 상황에서 당신 의무를 논하는 건 한가한 행동 같습니다." 그가 대신 말했다.

랠프는 잠시 아무 대답도 할 수 없었다. 이윽고 그가 입을 열었다. "내 방어력에 문제가 있는 건 사실이에요. 하지만 공격력은 더욱더 형편없으니 필시 오스먼드는 나 같은 건 공격을 퍼부을 상대가 되지 않는다고 생각하겠죠." 그가 덧붙였다. "어쨌든 이 눈으로 보고 싶은 게 있습니다."

"그렇다면 호기심 때문에 건강을 희생할 생각이에요?"

"난 내 건강 같은 것엔 별 흥미가 없지만 오스먼드 부인에게는 대단한 흥미가 있어요."

"나도 그래요. 물론 옛날만큼은 아니고." 워버튼 경이 재빨리 말했다. 그가 기회가 없어서 지금까지 언급한 적이 없는 말이었다.

"그녀가 행복하다고 생각합니까?" 랠프는 상대방의 고백에 용기를 얻어 물었다.

"잘 모르겠어요. 생각해 본 적이 없으니까. 요전 날에는 행복하다고 말하던데."

"물론 그렇게 말할 수밖에요." 랠프가 웃으며 말했다.

"그걸 잘 모르겠습니다. 그녀가 나한테 투정을 부린다는 생각은 들었어요."

"투정이라고요? 그녀는 투정 같은 건 절대로 부리지 않아요. 자신이 저지른 일을 잘 알 테니까. 그녀는 당신에게 결코 투정하지 않을 거예요. 매우 세심하거든요."

"그럴 필요 없어요. 나도 다시 사랑을 호소할 생각은 없으니까."

"그 말을 들으니 안심입니다. 적어도 당신 의무감에는 의심의 여지가 없군요."

"물론이지요." 워버튼 경이 진지한 얼굴로 말했다. "절대로 없지!"

"물어보고 싶은 게 있어요." 랠프가 계속 말했다. "당신이 저 어린 아가씨에게 무척이나 공손한 이유는 오스먼드 부인에게 사랑을 호소하지 않을 거라는 사실을 분명히 해 두고 싶기 때문인가요?"

이 질문에 워버튼 경은 약간 움찔했다. 그는 자리에서 일어나 벽난로 앞에 서서 불길을 유심히 바라보았다. "그게 당신에게는 그렇게도 우스운가요?"

"우습다니요. 천만에요. 진정으로 그녀를 좋아한다면 그럴 리가 있겠습니까."

"귀여운 아가씨라고 생각해요. 저 정도 나이의 아가씨가 이토록 마음에 든 적은 없었는데."

"우아한 사람입니다. 적어도 가짜는 아니죠."

"물론 나이 차이는 있지요. 스무 살 이상 되겠지만."

"이봐요!" 랠프가 말했다. "진심으로 하는 말이에요?"

"진심이에요. 지금까지는."

"정말 다행입니다. 그런데 이런." 랠프가 소리쳤다. "그 여자의 아버지는 얼마나 기쁠까!"

이 말에 워버튼 경은 얼굴을 찡그리며 말했다. "그런 말은 하지 마요. 아버지를 기쁘게 해 주려고 딸에게 청혼하는 게 아니니까."

"그 남자는 성질이 괴팍해요. 그래도 기뻐하겠죠."

"나를 그 정도로 좋아하지는 않아요."

"그 정도라니? 이봐요, 워버튼 경! 당신 위치가 불리한 건 사람들이 당신과 관계를 맺기 위해 당신을 좋아할 필요가 전혀 없다는 것 때문이에요. 만일 내가 그런 입장이라면 사람들한테 사랑받을 느긋한 자신이 있는데."

그러나 워버튼 경은 일반론을 펼칠 생각이 별로 없는 눈치였다. 그는 특별한 경우를 생각하고 있었다. "그녀가 기뻐할 거라고 생각합니까?"

"그 아가씨 말이에요? 틀림없이 기뻐하겠죠."

"아니, 오스먼드 부인 말입니다."

랠프는 잠시 상대를 바라보았다. "이봐요, 오스먼드 부인이 무슨 상관이 있습니까?"

"상관 있어요. 그 아가씨를 무척 좋아하니까요."

"그건 사실입니다. 정말 그래요." 랠프는 천천히 자리에서 일어났다. "흥미로운 문제로군요. 당신이 팬지를 좋아한다고는 하지만 어디까지 몰고 갈 건지." 그는 두 손을 호주머니에 넣고 잠시 그곳에 서서 다소 어두운 표정을 지었다. "당신도 잘 알고 있으리라고 보지만…… 이것 참!" 그는 말을 중단했다. "어떻게 말해야 될지 모르겠네요."

"괜찮으니 무슨 말이든 해요."

"그런데 그게 난처하단 말입니다. 오스먼드 양의 장점 가운데 의붓어머니와 가깝다는 것이 주요 장점이 아니라고 확신할 수 있겠어요?"

"제발 엉뚱한 이야기는 하지 마요!" 워버튼 경이 화를 내며 외쳤다. "대체 나한테 어쩔 셈입니까?"

40

　이사벨은 결혼한 다음 마담 멀을 별로 만나지 않았다. 마담 멀이 로마를 자주 비웠기 때문이다. 그녀는 어느 때는 영국에서 육 개월을, 또 어느 때는 파리에서 겨울을 보냈다. 그녀는 먼 곳에 있는 친구들을 자주 방문하여 앞으로는 예전처럼 로마에 상시적으로 머물지 않겠다는 뜻을 은근히 비쳤다. 그녀는 지금까지 핀초 언덕의 양지바른 한쪽 구석에 있는 아파트에 계속 살았지만 집을 자주 비워 둔 형편이었고 앞으로도 계속 비워 둘 작정이었다. 이사벨은 그렇게 되면 큰일이라고 강하게 생각했다. 가깝게 지내 온 탓에 마담 멀에 대한 첫인상이 어느 정도 수정되긴 했어도 근본적으로는 변하지 않았고, 이사벨은 아직까지도 상당히 감탄하는 마음을 그대로 간직했다. 마담 멀은 모든 면에서 무장되어 있었고, 사교적 투쟁에서 그처럼 완벽한 장비를 갖춘 사람을 바라보는 것도 즐거운 일이었다. 그녀는 신중하게 깃발을 내걸고 있었지만, 그녀가 가진 무기의 칼날은 예리했다. 더욱이 그녀가 무기를 휘두르는 솜씨를 보노라면 이사벨은 노장의 솜씨라는 느낌이 더 강하게 들었다. 그녀는 지치는 일도, 싫증 내는 일도 없었고, 휴식이나 위로를 필요로 하는 기색을 보인 적도 없었다. 그녀에겐 자신만의 독특한 생각이 있었다. 그녀는 예전에 그 많은 생각들을 이사벨에게 숨김없이 말해 주었고, 이사벨은 이 고도로 세련된 인물이 겉으로는 지극히 자제심 있는 것처럼 보이지만 실은 풍부한 감수성을 감추고 있다는 것을 알게 되었다. 의지를 자신의 삶 깊은 곳까지 발휘해 눈부시게 일을 추진하는 면도 있었다. 그녀는 마치 삶의 비밀을 터득한 것 같았고, 삶의 기술은 그녀가 생각하는 어떤 교묘한 술책 같았다. 이사벨은 나이가 들어 감에 따라 혐오감과 역겨움을 알게 되었고, 세상이 암흑 같다는 느낌이 들 때면 무슨 목적으로 살아가야 하는지 스스로 날카로운 질문을 던지기도 했다. 과거 그녀는 새로운 모험에 뛰어든다는 마음으로 열의를 갖고 생활했고, 가능성이 있다고 생각되는 일에 심취했다. 그녀는 젊은 아가씨로서 의기양양한 마음으로 이런저런 일에 관심을 보였기 때문에 따분할 틈이 별로 없었다. 그러나 마담 멀은 열렬한 마음을 억제하고 이제는 무슨 일에 몰입하는 일도 없이 오직 이성과 지혜에 의존해서 살았다. 이사벨은 가끔 이런 기술을 가르쳐 주기만 한다면 무엇을 바쳐도 좋다고 여길 때가 있었다. 훌륭한 친구인 마담 멀이 가까이 있다면 서슴없이 가르침을 받으려고 했을 것이다. 그녀는 이와 같은 태도를 취하는 것(은으로 만든 갑옷처럼 자아를 단단하게 감싸는 것)이 유리하다는 것을 예전보다 더욱 잘 알게 되었다.

하지만 마담 멀이 다시 로마에 상시적으로 체류한 건 이사벨의 모습이 다시 보이게 된 그해 겨울부터였다. 이사벨은 결혼한 후 어느 때보다 더 그녀를 자주 만났지만, 이때쯤 그녀의 요구나 사고 경향은 상당히 바뀌어 있었다. 이제 이사벨이 가르침을 받고 싶은 인물은 마담 멀이 아니었고, 그 부인의 교묘한 책략을 알고 싶은 마음도 사라졌다. 고민이 있더라도 가슴에 묻어 두어야 했으며, 스스로 패배를 인정한다고 해서 어려운 세상살이가 더 쉬워지는 것도 아니었다. 마담 멀은 확실히 그녀에게 큰 도움이 되었으며 어디를 가든 매력적인 대상이었다. 그러나 과연 그녀는 진정으로 곤혹스러운 시기에 있는 사람들에게 도움이 될 만한 인물일까? 마담 멀로부터 얻을 수 있는 최상의 것은 그녀를 모방하여 그녀처럼 확고하고 영리한 태도를 취하는 일이었다. 사실 이사벨은 언제나 그렇게 생각했다. 이사벨은 그것이 당혹스러운 일이 아니라는 것을 알았기 때문에 이 점을 깊이 생각하고 자신의 당혹감을 무시하려고 수없이 결심했다. 마담 멀과의 교분은 사실상 중단된 상태였지만, 다시 만나고 보니 지금까지와 다를뿐더러 거의 초연한 듯 보였다. 그래서 이사벨은 그녀가 사려 깊지 못하다는 것에 대한 두려움을 인위적으로 만들어 극한까지 몰고 갔다고 생각했다. 이미 아는 대로 랠프 터쳇은 마담 멀이 과장하는 버릇과 함께 다른 사람들의 주의를 강요하는 습관, 속된 말로 표현하면 도를 넘는 경향이 있다고 여겼다. 그러나 이사벨은 이런 비난을 인정하지 않았고 그것이 어떤 의미인지 잘 알지도 못했다. 그녀가 보기에 마담 멀의 행동에는 항상 고상한 취향의 흔적이 배어 있었고 언제나 '차분했다.' 그러나 이사벨은 오스먼드 집안 내부의 일을 침범하고 싶지 않아 하는 면에서 그녀가 조금은 도가 지나치다는 느낌이 들었다. 그것은 최상의 처신이라고 할 수 없었고 오히려 부자연스러웠다. 그녀는 이사벨이 결혼했다는 것과 이제는 자신의 관심이 다른 데 있다는 것을 지나치게 의식했다. 그녀는 길버트 오스먼드와 그의 딸 팬지를 누구보다 잘 알고 있었지만, 결국 자신이 그들 집안 일원은 아니라는 사실도 유념하고 있었던 것이다. 그녀는 조심했으며, 자신의 의견이 필요해서 질문을 받는다든가 조언을 요구받을 때까지는 결코 그들의 가정 일에 참견하지 않았다. 그녀는 참견한다는 인상을 줄까 봐 두려워하고 있었다. 마담 멀은 어느 날 이런 걱정을 솔직하게 이사벨에게 털어놓았다.

"난 조심하지 않으면 안 돼요." 마담 멀이 말했다. "의식하지 못하는 사이에 너무나 쉽게 당신을 화나게 할지도 몰라요. 내 의도가 순수하다 할지라도 당신이 화내는 건 당연하겠죠. 내가 당신보다 훨씬 먼저 당신 남편을 알았다는 걸 잊어선 안 되겠죠. 그런 일로 내가 과오를 범해서도 안 되고. 당신이 어리석은 사람이라면 나를 질투할지도 몰라요. 물론 당신이 그렇지 않다는 걸 너무나 잘 안답니다. 하지만 나도 어리석은 사람은 아니에요. 그래서 성가신 일을 만들지 않으려고 작심했어요. 대수롭지 않은 실수가 일어나기 쉽고, 과오란 자신도 모르는 사이에 범하는 거예요. 물론 내가 당신 남편에게 사랑 고백을 하려고 했다면 할 수 있는 기간이 십 년이나 있었고, 누구 하나 방해하는 사람도 없었어요. 게다가 이렇게 나이가 들어 버렸는데 새삼 그런 일을 다시 시작할 리 있겠어요. 만약 내가 나와 상관없는 일에 간섭하여 당신에게 불쾌감을 주더라도 당신은 그리 비난하지는 않을 거예요. 단지 내가 어떤 차이점을 잊고 있다고 말하겠죠. 나는 그걸 잊어선 안 된다고 작심했어요. 물론 좋은 친구는 항상 그런 것을 걱정하진 않아요. 자신의 친구가 나쁜 짓을 한다고 의심하지 않으니까요. 나 역시 당신을 조금도 의심하지 않아요. 다만 인간의 성품 같은 건 의심할 수 있어요. 내가 속 좁은 생각을 한다고 여기지 마세요. 사람이 항상 자기를 감시할 수는 없으니까요. 지금에야 얘기하지만, 당신에겐 내 속마음을 충분히 털어놓을 수 있다고 봐요. 그러나 내가 말하고 싶은 건, 당신이 질투하고 있다면(질투가 되겠죠.) 그건 약간은 내 결점 때문이라고 생각해야만 된다는 거예요. 결코 당신 남편 탓은 아니에요."

이사벨은 마담 멀이 자신과 길버트 오스먼드의 결혼에 관여했다는 터쳇 부인의 생각을 삼 년 동안이나 생각해 왔다. 그녀가 처음 이 말을 듣고 어떤 반응을 보였는지는 이미 서술한 바 있다. 마담 멀은 길버트 오스먼드의 결혼에 관여했는지는 모르지만 이사벨 아처의 결혼에 일조한 건 결코 아니었다. 어떤 힘이 작용해서 그렇게 되었는지 이사벨은 알 수 없었다. 자연의 힘일까, 신의 뜻일까, 운명의 힘일까, 아니면 세상사의 영원한 불가사의일까? 터쳇 부인의 불만은 마담 멀이 이사벨의 결혼에 간섭하지는 않았다 하더라도 그녀가 표리부동했다는 점이었다. 그녀는 결혼을 주선해 놓고서 자기는 죄가 없다고 시치미를 뗀 것이다. 이사벨은 그런 죄는 별것 아니라고 생각했다. 자신이 경험하지 못했던 가장 값진 우정을 가져다준 마담멀을 탓할 수는 없었다. 이것은 그녀가 결혼 직전 터쳇 이모와 잠시 토론을 벌인 다음 떠오른 생각이었다. 이사벨이 냉정한 역사가와 다름없는 태도로 자신의 보잘것없는 젊음의 연대기를 아직 넓고 심원하게 들여다볼 수 있었던 시기의 일이었다. 마담 멀이 그녀의 결혼을 원했다 할지라도 이사벨로서는 매우 좋은 생각이었다고 말할 수밖에 없었다. 더욱이 마담 멀은 그녀에게 철저하게 솔직한 태도를 취했고, 길버트 오스먼드를 높이 평가한다는 것을 결코 감추려고 하지 않았다. 결혼 후 이사벨은 남편이 마담 멀을 다소 불편해하는 것을 깨달았다. 가장 둥글고 미끈하게 생긴 사교의 묵주 알 같은 그녀를 거의 언급하지 않았던 것이다.

한번은 이사벨이 오스먼드에게 물었다. "마담 멀이 싫으세요? 그분은 당신을 아주 좋게 생각하던데요."

"이번만 말하겠소." 오스먼드가 대답했다. "그 사람을 지금보다 좋아했던 적도 있었소. 하지만 이제는 넌더리가 나 오히려 부끄러울 지경이오. 이상하리만큼 좋은 사람이지만! 지금 그 사람이 이탈리아에 있지 않은 게 다행이지. 내 마음이 아주편안하니까. 일종의 정신적 휴식인 셈이오. 그 사람 얘기를 자주 꺼내지 마시오. 그런 이야기를 자주 하다 보면 추억을 불러일으키게 되니까. 시간이 많이 흐르면 다시 나타날 사람이지."

실제로 마담 멀은 뭔가 잃어버린 것을 찾기에 너무 늦지 않을 정도로 곧 돌아왔다. 그러나 앞에서 말한 대로 그녀는 현저하게 변한 한편, 이사벨의 감정 역시 예전과 같지 않았다. 상황에 대한 이사벨의 의식은 예전처럼 예리했지만 훨씬 만족스럽지 못했다. 불만스러운 데는 모두 이유가 있는 법이고, 그것은 마치 6월에 핀 미나리아재비처럼 무성했다. 마담 멀이 길버트 오스먼드의 결혼에 관여했다는 사실은 더 이상 그녀를 존중해야 될 근거가 되지는 못했다. 결국 그녀에게 감사해야 될 일이 그다지 없다는 점도 명기해야 하리라. 시간이 흐르자 감사의 마음은 점차 줄었고, 이사벨은 아마 그녀가 없었더라면 이런 일은 생기지 않았을 거라고 생각한 적이 있었다. 그러나 그 생각은 순식간에 사라졌기 때문에 이사벨은 자신이 이런 생각을 했다는 데 일순 공포를 느꼈다. "나에게 무슨 일이 일어나도 부당한 짓은 하고 싶지 않아." 그녀는 중얼거렸다. "내 부담은 내가 직접 져야지 남에게 떠넘겨서는 안 돼!" 마담 멀이 아까 자신의 행동에 대해 말해 두는 편이 좋겠다며 했던 교묘한 변명으로 말미암아 이사벨의 이런 기질은 결국 시험대에 오르게 되었다. 왜냐하면 마담 멀의 기민한 분별력과 확신에 찬 태도에는 뭔가 짜증스러운, 거의 사람을 조롱하는 태도가 섞여 있었기 때문이다. 요즘 이사벨은 무엇 하나 손에 잡히는 일이 없었고 곤혹스러운 후회와 공포가 마음속에 뒤엉켜 있었다. 이사벨은 그녀의 영리한 변명을 듣고 난처한 기분에 빠지고 말았다. 이 사람은 상대가 무슨 생각을 하는지 거의 모르는 게 아닌가! 게다가 그녀 자신도 자기 마음을 어떻게 설명해야 좋을지 몰랐다. 그녀는 이사벨을 질투할까? 길버트 때문에 질투할까? 이런 생각에 빠져들어도 그 순간에는 눈앞의 현실처럼 여겨지지 않았다.

질투라도 할 수 있으면 좋겠다고 생각할 정도였다. 그러면 화풀이라도 되니까. 질투란 어떻게 보면 행복하다는 징표가 아닐까? 그러나 마담 멀은 현명했고, 이사벨이 자신에 대해 아는 이상으로 이사벨을 아는 것 같았다. 젊은 이사벨은 항상 많은 결심을 하고 있었다. 그중에는 고상한 것이 많았지만, 오늘만큼 그 결심이 (그녀의 마음속에) 풍요롭게 피어난 적은 없다. 과연 그 결심에는 서로 닮은 데가 있었다. 비록 그녀가 불행해진다 하더라도 자신의 과실 때문이어서 안 된다는 결심으로 요약될 수 있을 것이다. 가련한 날개를 단 그녀의 정신은 항상 최선을 다하겠다는 커다란 소망을 품어 왔고 지금까지 심각할 정도의 실망감을 맛본 적은 없었다. 따라서 그녀는 어디까지나 올바른 입장에 서려고 했고, 하찮은 복수를 통해 스스로를 만족시키는 짓은 하지 않았다. 실망감을 마담 멀의 탓으로 돌린다는 것은 하찮은 복수가 될 터였다. 특히 이런 짓을 통해 얻는 즐거움이란 완벽한 기만이 될 수도 있었다. 그렇게 하는 건 그녀의 괴로운 마음에 기름을 붓는 격이며, 속박의 밧줄을 늦추어 주지는 않을 터였다. 그녀가 두 눈을 똑바로 뜨고 행동을 취하지 않았다고 볼 수는 없었다. 한 사람의 여성으로서 자유로운 행동을 할 수 있을 경우 그렇게 행동했던 것이다. 사랑에 빠진 여성은 분명 자유로운 행동을 할 수 없지만, 그녀가 저지른 오직 한 가지 과오의 원인은 그녀의 마음속에 있었다. 어떤 책략도 함정도 없었으며, 오직 자신의 눈으로 보고 심사숙고한 끝에 선택한 것이다. 여성이 이런 실수를 범했을 때 그것을 만회하는 길은 오직 한 가지뿐이다. 바로 실수를 제한 없이(극도로 당당하게!) 받아들이는 것이다. 실수는 한 번으로 충분하다. 특히 그것이 계속 꼬리를 이을 경우 두 번째 실수가 첫 번째 것을 충분히 상쇄하지는 못할 것이다. 자신의 실수에 침묵을 지키겠다는 이런 맹세에는 뭔가 숭고한 데가 있어서 이사벨을 지탱해 주었다. 하지만 그럼에도 마담 멀이 그녀에 관해 조심했던 것은 적절한 일이었다.

랠프가 로마에 온 지 한 달쯤 된 어느 날, 이사벨은 팬지와 산책을 한 후 집으로 돌아왔다. 그녀가 지금 팬지에 대해 매우 고맙게 생각하는 이유는 전체적으로 정당한 입장을 취하고 싶다는 결심 때문만이 아니라, 순수하고 약한 것에 대한 애정이 작용했기 때문이었다. 팬지는 그녀에게 사랑스러운 존재였고, 이사벨의 삶에는 팬지의 애착처럼 정당하다고 생각되는 것이나 확고한 마음의 감미로움을 불러일으키는 것이 아무것도 없었다. 팬지는 부드러운 존재, 즉 그녀 손에 쥐어진 작은 손 같았고, 팬지 편에서 본다면 애정 이상의 강력하고 열렬한 믿음이었다. 자신이 팬지가 의지하는 존재라는 느낌은 이사벨 입장에서 본다면 즐거움을 넘어 삶의 동기가 자신을 위협할 때도 확고한 구실이 되었다. 이사벨은 어떤 것이 자신의 의무라고 생각될 때는 그 의무를 다하지 않으면 안 될 뿐만 아니라, 될 수 있는 대로 그런 의무를 찾아야 한다고 생각했다. 팬지의 공감은 그 직접적인 경고로서 지금 뚜렷하게 부각되지는 않지만 앞으로의 기회를 알리는 것 같았다. 그것이 어떤 기회인지는 이사벨 자신도 잘 몰랐지만, 대체로 팬지가 혼자 설 수 있도록 하기보다 그녀가 팬지를 위하게 되는 편이 더 많았다. 이즈음 이사벨은 과거의 팬지가 어딘지 애매모호한 데가 있었음을 상기하고 미소를 지었으나 이제는 팬지의 모호함이 단지 자신의 상상력에서 비롯된 것임을 알게 되었다. 주위 사람을 기쁘게 해 주려고 이토록, 이만큼 특별히 애를 쓰는 사람이 있다는 것을 이사벨은 믿을 수 없었다. 그러나 그 후 이사벨은 팬지가 사람들을 기쁘게 해 주려고 정성을 기울이는 것을 보고 그것을 어떻게 생각해야 될지 깨달았다. 그것은 전인적인 것이며 일종의 천재성이었다. 팬지에게는 자만심 같은 것이 없었기 때문에 이런 성품이 손상되는 일이 없었으며, 그녀에게 매혹되는 사람이 점점 늘어났지만 그것을 자신의 미덕으로 생각하지 않았다. 두 사람은 언제나 함께 있었다. 오스먼드 부인이 의붓딸을 데리고 있지 않은 경우는 거의 없었다. 이사벨은 팬지와 함께 있는 것을 좋아했다. 그것은 같은 꽃들로 만들어진 꽃다발을 들고 있다는 기분을 그녀에게 안겨 주었다. 뿐만 아니라 그녀는 팬지를 소홀히 하지 않는다는 것, 아무리 눈에 거슬리는 일이 있어도 소홀히 하지 않는다는 것을 종교 신조처럼 삼았다. 팬지는 자신의 아버지를 제외하고는 누구보다 이사벨과 함께 있을 때 즐거운 모습을 보여 주었다. 오스먼드에게도 부성애라는 것은 절묘한 기쁨이어서 그가 딸에게 항상 넘칠 듯 다정하게 대해 준다는 사실에 팬지는 마음으로부터 감복했다. 이사벨은 팬지가 그녀와 함께 있는 것을 좋아하고 그녀를 기쁘게 해 줄 방법을 이것저것 생각하고 있다는 것을 알았다. 그녀는 이사벨을 기쁘게 하는 최선의 방법은 소극적인 태도로 걱정을 끼치지 않는 것이라고 생각했다. 그리고 이런 생각은 이미 존재하는 걱정거리를 언급할 수 없다는 확신을 가져다 주었다. 그래서 그녀는 교묘하게 수동적인 자세를 취하며 상상하기 어려울 만큼 순종적인 태도를 취했다. 팬지는 이사벨의 주장에 동의하면서도 속으로는 달리 생각하는 것을 진지하게 조절하느라 애를 쓰기도 했다. 그녀는 결코 남의 이야기를 가로막는다든가 사교적 질문을 해 대는 법이 없었고, 다른 사람의 칭찬을 받으면 얼굴이 창백해질 만큼 기뻐하는 성격이었지만 칭찬받으려고 일부러 손을 뻗치는 일은 결코 하지 않았다. 다만 염려스러운 듯 그것을 기대하는 표정이었고, 이러한 태도는 나이가 들어 감에 따라 그녀의 눈망울을 세상에서 가장 영롱하게 만들었다. 팔라초 로카네라에서 보낸 두 번째 겨울, 그녀가 파티나 무도회에 등장할 무렵 그녀는 오스먼드 부인이 피곤해지지 않도록 항상 너무 늦기 전에 돌아가자는 말을 먼저 꺼냈다. 이사벨은 팬지가 밤늦게까지 춤추고 싶은 마음을 단념하는 것을 고맙게 여겼다. 그녀는 팬지가 열정적으로 춤추는 것을 좋아하며, 선한 요정처럼 음악에 맞추어 스텝을 밟는 것을 알고 있었기 때문이다. 더욱이 사교계는 그녀에게 불리할 것이 없었다. 무도장의 열기, 지루한 만찬, 출입구의 혼잡, 지루하게 마차를 기다리는 일, 이런 피곤한 일들마저 그녀는 싫어하지 않았던 것이다. 그날 그녀는 마차에 올라 이사벨 옆에 나란히 앉아 깜찍하면서도 무척 즐거운 듯한 자세로 상체를 내밀며 웃음을 잃지 않고 있었다. 마치 처음으로 마차를 타고 따라온 것 같은 모습이었다.

이날 두 사람은 로마의 성문을 나섰고, 약 삼십 분이 지난후에 마차를 길가에 대기시킨 다음 겨울인데도 고운 꽃들이 흩날리고 있는 캄파냐 고원의 초원으로 걸어 나갔다. 이사벨은 산책을 좋아해서 이런 일이 거의 습관화되어 있었고, 비록 유럽에 처음 왔을 때만큼 빠른 걸음은 아니었지만 신속하게 걸음을 옮겼다. 팬지는 산책이라는 운동이 그렇게 마음에 들지는 않았지만, 무엇이든 좋아하는 성격이었으므로 이런 산책도 싫어하지 않았다. 그녀는 의붓어머니와 나란히, 가볍게 숨을 헐떡이며 움직였다. 이사벨은 나중에 로마로 돌아오면서 자신이 좋아하는 핀초 언덕이나 보르게세 공원을 한 바퀴 돌았다. 팬지는 로마 성벽에서 멀리 떨어진 양지바르고 움푹 팬 땅에 피어난 꽃을 한 움큼 꺾어 들고 집으로 돌아와 곧장 자기 방으로 들어가 꽃에 물을 흠뻑 주었다. 이사벨은 자신이 늘 사용하는 응접실로 들어갔다. 이 응접실은 계단으로 통하는 넓은 대기실에서 두 번째 방이었는데, 이곳의 다소 황량한 분위기는 길버트 오스먼드의 풍부한 솜씨로도 어쩔 수 없었다. 응접실 문지방을 막 넘다가 이사벨은 발길을 멈추었다. 이상한 느낌이 엄습했기 때문이다. 정확히 말해 지금까지 이런 느낌을 받아 보지 않은 건 아니었다. 하지만 이때는 뭔가 새로운 느낌을 받았고, 그녀의 소리 없는 발걸음 덕분에 그 광경이 중단되기 전에 충분히 볼 시간 여유가 있었다. 마담 멀이 모자를 쓴 채 그곳에 있었고, 길버트 오스먼드가 그녀에게 말을 건네고 있었던 것이다. 잠시 동안 두 사람은 그녀가 들어온 것을 눈치채지 못했다. 이사벨은 이런 광경을 전에도 몇 번 본 적이 있었지만, 지금껏 그녀가 보지 못한 것, 혹은 적어도 알아차리지 못한 것은 두 사람 대화가 잠시 동안 말하자면 친밀한 침묵으로 빠져들었다는 점이었다. 그래서인지 자기가 들어가면 두 사람이 깜짝 놀랄 거라는 생각이 들었다. 마담 멀은 벽난로에서 조금 떨어진 깔개 위에 서 있었고, 오스먼드는 의자에 깊숙이 앉아 등을 뒤로 기대고 마담 멀을 보고 있었다. 마담 멀은 평소대로 얼굴을 똑바로 들고 있었지만 눈을 아래로 내리뜨면서 상대를 보고 있었다. 처음에 이사벨이 이상하게 생각한 건 그가 앉아 있고 마담 멀은 서 있다는 것이었다. 이러한 변칙적인 모습이 그녀 주의를 끌었다. 그들의 대화는 일관성이 없었고, 서로 얼굴을 마주 보며 생각에 잠겨 있었는데, 그들이 허물없는 오랜 친구 사이로, 말로 표현하지 않아도 이따금 서로의 생각을 교환할 수 있는 사이임을 뜻한다는 것을 이사벨은 깨달았다. 그들은 실제로 오랜 친구 사이이기 때문에 이런 일은 충격적이진 않았다. 그러나 그런 광경은 일순간이긴 했지만 갑자기 섬광이 번쩍이는 것처럼 이미지 하나를 만들어 냈다. 서로를 바라보는 그들의 자세, 서로에게 푹 빠진 눈빛 등은 이사벨에게 뭔가 간파할 것 같은 느낌을 주었다. 하지만 그녀가 다시 그 광경을 봤을 때는 그 느낌은 완전히 사라지고 말았다. 마담 멀은 이사벨을 발견하고는 움직이지도 않은 채 인사를 건넸지만, 남편인 오스먼드는 자리에서 벌떡 일어났다. 이윽고 그는 산책을 하고 싶다느니 하는 말을 중얼거리며 마담 멀에게 실례한다는 말을 남기고 자리를 떠났다.

"이미 돌아왔을 거라는 생각에 찾아왔어요. 아직 도착하지 않았다고 해서 기다리고 있었죠." 마담 멀이 말했다.

"남편이 앉으라고 하지 않던가요?" 이사벨이 미소를 띠며 물었다.

마담 멀은 주위를 둘러보고는 말했다. "아, 물론 그러셨죠. 하지만 곧 떠나려던 참이라."

"이제는 계셔야죠."

"그러네요. 실은 볼일이 있어서 왔어요. 마음에 걸리는 일이 있어서."

"전에도 한 번 말씀드린 적이 있죠." 이사벨이 말했다. "부인은 뭔가 특별한 일이 없다면 이곳에 오시지 않는다고요."

"그럼 내가 말한 것도 기억하겠네요. 이곳을 방문하든 안 하든 내겐 항상 똑같은 동기가, 당신에 대한 애정이 있다는 것을요."

"그래요, 그런 말을 하셨지요."

"지금은 내 말을 믿지 않는 표정이네요."

"어머." 이사벨이 대답했다. "부인의 동기가 얼마나 심오한 지 꿈에도 의심하지 않는걸요!"

"그래도 내 말의 진실성은 의심한다는 말이군요."

이사벨은 정색을 하며 고개를 저었다. "항상 친절하게 대해 주신 걸 잘 알아요."

"당신이 허락하는 만큼만 한 거예요. 당신이 그런 친절을 언제나 받아 주지는 않았고, 그럴 때는 그냥 내버려 둬야죠. 그러나 오늘은 친절을 베풀려고 찾아온 게 아니고 전혀 다른 일 때문에 왔어요. 내 걱정거리를 털어 버리고 당신에게 넘겨주려고요. 당신 남편과 그 일을 얘기하고 있었죠."

"뜻밖이네요. 그분은 걱정거리를 싫어하는데."

"다른 사람의 걱정거리라면 특히 그렇죠. 잘 알아요. 당신도 그럴 거라고 생각해요. 그렇지만 당신이 싫든 좋든 도와주지 않으면 곤란해요. 저 측은한 로지어 씨의 일이에요."

"아." 이사벨은 생각에 잠기며 말했다. "그렇다면 그 사람 걱정거리이지 부인 걱정거리는 아니네요."

"그 사람이 그걸 내게 떠넘기고 말았어요. 일주일이면 열 번쯤은 찾아와 팬지 얘기를 한답니다."

"그래요, 팬지와 결혼하고 싶겠죠. 저도 다 알아요."

마담 멀은 멈칫했다. "당신 남편은 당신이 모를 거라고 하던데."

"제가 안다는 걸 남편이 알 리가 있겠어요? 그 일에 관해서 저에게 한 번도 얘기해 주지 않은걸요."

"어떻게 얘기해야 좋을지 몰라서 그랬을 거예요."

"하지만 그런 문제라면 남편은 좀처럼 실수하지 않아요."

"맞아요. 대개는 어떻게 해야 될지 너무나 잘 알기 때문이겠죠. 그러나 오늘은 그렇지 않던데."

"어떻게 해야 될지 아까 얘기하고 있지 않았어요?"

마담 멀은 일부러 밝게 미소 지었다. "당신 좀 냉담하다는 걸 알아요?"

"알아요. 하지만 어쩔 수 없어요. 로지어 씨도 그런 말을 하더군요."

"거기에는 이유가 있어요. 당신은 팬지와 가까운 사람이니까요."

"아." 이사벨이 말했다. "저는 그 청년에게 최대로 친절을 베풀었는데! 당신이 제가 냉담하다고 생각할 정도라면 그 청년은 어떻게 생각할까요?"

"당신이 더 성의를 보일 수 있을 거라고 생각하겠죠."

"저는 아무것도 할 수 없답니다."

"최소한 나보다는 잘할 수 있어요. 나와 팬지 사이에 어떤 연관성을 발견했는지 모르지만 그 청년이 먼저 나를 찾아왔어요. 마치 내가 자신의 운명을 움직이고 있다고 생각하는 것처럼 말이에요. 요즘은 계속 찾아와 나를 윽박지르기도 하고, 희망이 있는지 탐색도 하고, 속마음을 털어놓기도 해요."

"사랑에 깊이 빠졌겠죠."

"깊이 빠진 거예요. 그는."

"팬지도 마찬가지라고 해도 되겠죠."

마담 멀은 잠시 눈을 아래로 떨구었다. "팬지가 매력적이라고 생각하지 않아요?"

"그만큼 귀여운 아가씨도 드물죠. 하지만 무척 부족한 부분도 있고요."

"그래서 로지어 씨가 더 쉽게 사랑하게 되었겠죠. 로지어 씨는 툭 트인 남자는 아닐 거예요."

"그럼요." 이사벨이 말했다. "손수건만큼이나 속 좁은 남자예요. 레이스 테두리가 달린 작은 손수건 말이에요." 그녀는 요즘 무척 빈정대며 유머를 구사하곤 했으나, 곧 팬지의 구혼자처럼 순진한 남자에 대해 빈정댄 것이 부끄러워졌다. "그 청년은 매우 친절하고 정직하답니다." 그녀는 서둘러 한마디 덧붙였다. "게다가 보기와 달리 그렇게 바보는 아니에요."

"아가씨가 자기에게 호감이 있다고 장담하던데요."

"모르겠어요. 팬지에게 물어보지 않았으니까요."

"속마음을 좀 떠보지 않았어요?"

"제가 나설 일이 아니고 아버지 몫이지요."

"너무 융통성이 없군요!"

"저는 혼자서 판단하지 않으면 안 돼요."

마담 멀이 다시 미소를 지었다. "당신을 도와주기가 힘드네요."

"저를 도와준다고요?" 이사벨이 매우 심각하게 말했다. "그게 무슨 뜻이죠?"

"당신을 언짢게 하는 건 쉬운 일이네요. 내가 조심하는 게 얼마나 현명한지 알겠어요? 아무튼 오스먼드 씨에게 통고했듯이 난 팬지와 에드워드 로지어의 사랑 문제에서 손을 떼겠어요. 어쩔 수가 없어요! 그 청년에 관한 얘기를 팬지에게 말할 수 없으니까요." 마담 멀이 덧붙였다. "특히 그 청년은 이상적인 신랑감이 못 돼요."

이사벨은 잠시 생각에 잠겼다가 미소를 지으며 말했다. "그렇다면 손을 떼시는 게 아니로군요!" 이렇게 말한 후 그녀는 어조를 바꾸어 다시 한마디 덧붙였다. "부인은 그러지 못할 거예요. 이미 너무나 깊이 관여했거든요!"

마담 멀은 천천히 자리에서 일어나 조금 전 이사벨의 뇌리에 번쩍였던 암시처럼 재빠르게 이사벨을 바라보았다. 이번에 이사벨은 아무것도 간파하지 못했다. "다음에 그 청년에게 물어봐요. 그러면 알 수 있을 테니까."

"물어보지 않겠어요. 이제는 더 이상 이 집에 찾아오지도 않아요. 길버트가 환영하지 않는다고 알아듣게 얘기했답니다."

"그랬군요." 마담 멀이 말했다. "깜빡 잊고 있었네요. 그러잖아도 그 청년이 서운해하던데. 오스먼드 씨가 자기를 모욕했다고 말이에요. 그렇긴 하지만." 그녀가 말을 이었다. "오스먼드 씨는 자신이 생각하는 만큼 그를 싫어하진 않아요." 그녀는 말을 끝내려는 듯 자리에서 일어섰지만, 주위를 둘러보며 서성거리는 것이, 분명히 뭔가 할 말이 더 있는 것처럼 보였다. 이사벨은 그것을 알아차렸고 상대가 무슨 생각을 하는지도 짐작했지만, 이야기를 꺼내고 싶지 않은 그녀 나름의 이유가 있었다.

"그걸 그 청년에게 얘기해 줬다면 틀림없이 기뻐했을 텐데요." 이사벨이 미소를 지으며 말했다.

"물론 얘기했죠. 그 점에 관해 희망을 갖게 해 주었어요. 인내심이 중요하다고 설득도 하고, 입을 다물고 조용히 있는다고 해서 절망적인 것은 아니라는 말도 했어요. 그런데 불행히도 그 사람이 질투를 느꼈나 봐요."

"질투라니요?"

"그 청년이 워버튼 경을 질투해요. 워버튼 경이 항상 여기에 와 있다고 하던데요."

이사벨은 피곤해서 앉은 채로 있었으나 이 말을 듣고 자리에서 일어섰다. "어머나!" 그녀는 이렇게 외치며 벽난로 쪽으로 천천히 걸어갔다. 마담 멀은 이사벨이 자기 앞을 지나 벽난로 앞 장식 거울 앞에 잠시 서서 흐트러진 머리를 손질하는 것을 가만히 바라보았다.

"가련한 로지어 씨는 워버튼 경이 팬지를 사랑하는 게 불가능한 일은 아니라고 줄곧 말해 왔어요." 마담 멀이 말했다.

이사벨은 잠시 말이 없다가 거울에서 얼굴을 돌렸다. 그녀는 마침내 입을 열어 무겁지만 전보다 다정한 어조로 말했다. "정말이에요. 불가능한 일은 아니죠."

"나도 로지어 씨에게 그렇다고 말할 수밖에 없었어요. 당신 남편도 그렇게 생각하고."

"그건 몰라요."

"물어보면 알 수 있어요."

"그러진 않겠어요."

"용서하세요. 나한테 그걸 지적했다는 걸 깜빡 잊고 있었네요. 물론." 마담 멀이 덧붙였다. "나보다는 당신이 워버튼 경의 행동 하나하나를 더 잘 보잖아요."

"그분이 팬지를 무척 좋아한다고 당신에게 이야기 못 할 이유는 없다고 봐요."

마담 멀은 다시 민첩한 눈길을 보냈다. "좋아한다고요? 로지어 씨와 같은 생각이란 말인가요?"

"로지어 씨의 경우는 어떤 생각인지 모르지만, 워버튼 경은 팬지에게 반했다고 하더군요."

"그런데도 남편에게 한 번도 얘기하지 않았어요?" 마담 멀의 입에서 이 말이 성급하게 튀어나왔다.

이사벨은 마담 멀을 빤히 쳐다보았다. "머지않아 알게 되겠죠. 워버튼 경에게도 입이 있으니 자신의 생각을 표현하는 방법을 알 거예요."

마담 멀은 평소에 비해 앞질러 말을 뱉은 것을 금세 의식하고 반사적으로 뺨이 달아올랐다. 그녀는 위험한 충동이 진정될 때까지 기다렸다가, 그 일을 잠시 생각하고 있었다는 투로 말했다. "그렇다면 가엾은 로지어 씨와 결혼하는 것보다 낫겠네요."

"훨씬 낫다고 생각해요."

"그렇게 되면 무척 좋을 텐데. 대단한 결혼이 될 거고. 정말 고마운 분이네요."

"고맙다뇨?"

"순진한 애송이 처녀에게 눈독 들이는 것 말이에요."

"전 그렇게 보지 않아요."

"그런 말을 들으니 고맙군요. 하지만 결국 팬지는……."

"팬지는 그분이 지금까지 만난 사람 가운데 가장 매력적인 아가씨죠!" 이사벨이 외쳤다.

마담 멀은 이사벨을 유심히 보면서 무척 난처한 표정을 지었다. "어머, 조금 전에는 팬지를 별로 좋지 않게 말하더니."

"그 아이에게 부족한 부분이 있다고 말했죠. 확실히 그렇답니다. 워버튼 경도 그렇고요."

"그 점에서는 우리 모두 마찬가지예요. 팬지한테 과분한 사람이 아니라면 오히려 잘된 일이죠. 그런데 팬지가 로지어 씨를 마음에 두었다면 로지어 씨는 그런 대접을 받을 자격이 없다고 봐요. 그런 사람을 택하다니 팬지의 호기심이 지나쳐요."

"로지어 씨는 귀찮은 사람이에요!" 이사벨이 갑자기 소리 쳤다.

"나도 꽤 동감이랍니다. 게다가 그 청년에게 힘을 보태 주지 않아도 된다는 걸 알고 나니 기뻐요. 앞으로 그 청년이 내 집 문을 두드려도 박대할 것 같네요." 마담 멀은 망토 자락을 여미며 돌아갈 채비를 했다. 그러나 출입구에서 잠시 걸음을 멈추었을 때 이사벨로부터 이치에 맞지 않는 부탁을 받았다.

"그렇긴 해도 그 사람에게 다정하게 대해 줘요."

마담 멀은 어깨와 눈썹을 치켜들고 상대를 바라보며 서 있었다. "아까와 반대되는 말을 하네요! 난 절대로 그 청년을 다정하게 대하지 않을 거예요. 거짓 친절이 되는 셈이잖아요. 팬지가 워버튼 경과 결혼하는 걸 보고 싶군요."

"그분이 청혼할 때까지 상황을 지켜보는 게 좋겠어요."

"당신 말이 진실이라면 청혼할 거예요. 특히." 마담 멀이 곧 이어 말했다. "당신이 그분을 도와준다면."

"도와주라는 말인가요?"

"오직 당신 능력에 달렸어요. 그분에 대한 영향력이 엄청나 니."

그러자 이사벨이 얼굴을 약간 찌푸리며 말했다. "어디서 그 런 말을 들었죠?"

"터쳇 부인에게 들었어요. 당신은 말하지 않았죠. 절대로!"

마담 멀이 웃으며 말했다.

"그래요, 저는 부인에게 그런 얘기는 분명히 안 했어요."

"우리가 서로 마음을 터놓고 얘기할 수 있었을 때 말해 줬어도 좋았을 텐데요. 기회가 닿았을 때 말이에요. 하지만 당신은 실제로 내게 별로 이야기를 하지 않았어요. 요즘 자주 그런 생각이 들었답니다."

이사벨도 그런 생각이 들었으나 때로는 오히려 그것이 낫다고 여겨졌다. 그러나 지금 그런 기분이 들지 않은 건 아마도 의기양양한 기분을 드러내고 싶지 않았기 때문일 것이다. "이모님에 대해 모든 것을 아는군요." 그녀가 짧게 대답했다.

"당신이 워버튼 경의 청혼을 거절했다고 알려 주셨죠. 부인은 몹시 속이 상해 그 일로 머리가 복잡해졌거든요. 물론 나는 당신이 거절하길 잘했다고 생각해요. 당신 자신이 워버튼 경과 결혼하고 싶지 않았다면 누군가 다른 사람을 소개해 그분에게 보상을 해야죠."

이사벨은 마담 멀처럼 얼굴에 밝은 표정을 나타내려고 하지 않은 채 이 말에 귀를 기울였다. 그러나 곧 합리적이고 부드러운 어조로 말했다. "팬지에 관한 일이 잘 마무리되면 정말 좋겠네요." 이 말을 들은 마담 멀은 앞으로 일이 순조롭게 진행될 거라는 징조로 여겼는지, 예상했던 것보다 한층 다정하게 이사벨을 포옹한 후 당당하게 집을 떠났다.

41

오스먼드는 아내가 혼자 앉아 있던 응접실에 밤늦게 들어
와 그제야 비로소 이 문제를 언급했다. 두 사람은 그날 저녁을
집에서 보냈고, 팬지는 이미 잠자리에 든 후였다. 저녁 식사 후
오스먼드는 책을 정리하면서 자신이 서재라고 부르는 작은 방
에 앉아 있었다. 10시에 워버튼 경이 찾아왔다. 그는 이사벨로
부터 집에 있을 거라는 말을 들으면 항상 찾아왔는데, 어딘가
일을 보러 들를 곳이 있다면서 삼십 분 정도 앉아 있었다. 이사
벨은 랠프의 소식을 물어본 후 일부러 별말을 하지 않았고, 그
가 팬지와 이야기를 나눠 주었으면 하고 생각했다. 그녀는 책
을 읽는 체하다가 잠시 후 피아노 쪽으로 가서 방을 나가 버
릴까 하는 생각도 해 보았다. 그녀는 조금씩 팬지가 워버튼 경
과 결혼하여 아름다운 로클리 저택의 안주인이 되는 게 좋지
않을까 생각하게 되었다. 물론 처음에는 이런 생각 자체가 그

녀의 의욕을 자극하진 못했지만, 마담 멀이 그날 오후에 찾아와서 한 말이 불붙기 쉬운 물건 더미에 성냥을 그은 격이 되었다. 이사벨은 불행할 때면 항상 주위로 눈을 돌려 뭔가 적극적으로 노력할 일을 찾았다. 충동적인 행동이지만, 한편으로는 그녀의 평상시 지론이기도 했다. 그녀는 불행이라는 것은 병이나 다름없을뿐더러, 일을 하지 못하게 방해하는 고통이라는 생각을 결코 떨쳐 버릴 수 없었다. 그러므로 뭔가를 '한다'는 것은 그것이 무엇이냐와는 관계없이 도피가 되며, 어느 정도 치료 효과도 있었다. 게다가 그녀는 남편을 만족시키기 위해 모든 수단을 동원했다고 스스로 믿고 싶었다. 아내인 그녀가 간절한 부탁을 받고도 무기력하게 있다는 상상에 시달리는 건 말이 안 된다고 생각했던 것이다. 워버튼 경은 분별 있는 인물이었으므로 팬지가 이 영국 귀족과 결혼하게 되면 남편은 당연히 무척 기뻐할 터였다. 이사벨은 이 결혼이 자신의 의무라고 생각했고, 이 일에 힘을 쏟는다면 좋은 아내 역할을 하는 거라고 보았다. 그녀는 그렇게 하고 싶었고, 자신이 그렇게 할 수 있다는 걸 진심으로 믿었으며, 또한 그것이 입증되기를 원했다. 이 결혼을 추진하는 데는 다른 이점도 있었다. 그녀가 몰두할 일이 생길 뿐만 아니라, 스스로 그런 일을 바랐던 것이다. 심지어 그 일 덕분에 즐거웠고, 그럴 수 있다면 아마도 자신이 구원받을 거라고 느꼈다. 결국 워버튼 경에게 도움이 되기도 하겠지만, 그는 분명 팬지가 무척 마음에 든 기색이었다. 그가 어떤 사람인지를 생각하면 팬지 같은 처녀에게 호감을 갖는다는 게 약간 이상하긴 하지만, 인간이 가지는 그런 느낌은 말로 설명할 수 없는 법이다. 팬지는 매력적인 아가씨이므로, 워버튼 경만 제외하면 누구든 사로잡을 수 있었다. 이사벨은 워버튼 경을 사로잡기에는 팬지가 아직 너무 작고 체구가 가냘프며 심지어 부자연스러운 데가 있다고 생각했을지도 모른다. 물론 팬지에게는 언제나 예쁜 구석이 있었는데, 그것은 워버튼 경이 찾는 것이 아니었다. 그렇지만 남자들이 무엇을 찾는지 말할 수 있는 사람이 어디 있겠는가? 그들은 자신들이 발견한 것을 찾으며, 무엇이 좋은지는 그것을 보았을 때 비로소 아는 법이다. 이런 일에 이론 같은 것은 도움이 되지 않고, 이것저것 다 비슷해서 설명할 수 없다면 그럴 수밖에 없고, 그것이 자연스럽다고 한다면 자연스러운 일이다. 워버튼 경이 이사벨을 사랑했는데 지금은 그녀와 너무나 다른 팬지를 사랑한다는 것이 괴상하게 보일 수도 있겠지만, 그는 자신이 생각했던 것만큼 이사벨을 사랑하지 않았던 것이다. 만일 그가 이사벨을 사랑했다 할지라도 깨끗이 단념하고 말았을 것이다. 그리고 과거 사랑에 실패했기 때문에 전혀 다른 여성이라면 성공할 수 있다고 생각하는 것은 자연스러운 일이었다. 이미 서술한 대로 처음에 이사벨은 열의가 없었지만, 이제는 사정이 달라져 자신이 행복하다는 기분까지 들었다. 남편을 즐겁게 해 준다는 생각 때문에 자신이 아직도 행복을 느낄 수 있다는 데 그녀는 놀라고 말았다. 그러나 에드워드 로지어가 이 계획에 끼어들어 방해가 된 것은 유감스러운 일 아닌가?

이런 생각에 잠기다 보니 그녀의 앞길에 섬광처럼 피어올랐던 빛이 조금 흐릿해지는 것 같았다. 이사벨은 유감스럽게도 팬지가 젊은이들 가운데 로지어를 가장 멋진 남자로 여긴다는 것을 확신했고, 이러한 확신은 마치 이 문제에 대해 팬지와 면담이라도 한 듯한 느낌을 가져다주었다. 자신이 조심스레 확인하지 않았는데도 이런 확신을 해야 된다는 건 무척 피곤한 일이며, 로지어가 그것을 알 거라는 확신과 마찬가지로 피곤한 노릇이었다. 아무리 봐도 로지어는 워버튼 경과 비교할 때 훨씬 뒤처졌다. 재산 차이라기보다 인간으로서의 차이라고나 할까. 사실 이 미국 청년은 보잘것없는 인물이었고, 영국 귀족에 비해 훨씬 더 쓸모없는 유형의 신사였다. 정말이지 팬지가 이 영국 신사와 결혼해야 될 특별한 이유는 없었다. 그러나 만일 영국 신사가 팬지를 흠모한다면 그것은 그의 자유이며, 그녀도 완벽한 귀부인이 될 수 있을 터였다.

독자들은 묘하게도 이사벨이 갑자기 냉소적인 인물이 되었다고 느끼겠지만 그녀는 이런 어려움도 해결될 수 있을 거라고 생각했다. 아무튼 딱한 로지어 때문에 생긴 장애가 위험한 것으로 생각되지는 않았으며, 그처럼 대단치 않은 장애를 제거할 방법은 언제나 있기 마련이었다. 이사벨은 팬지가 얼마나 고집이 센지 자신이 모른다는 사실을 충분히 알고 있었으나 그 고집이 불편할 만큼 크지는 않을 거라고 보았다. 팬지는 분명 항의하는 능력보다 동조하는 능력이 훨씬 더 발달되었기 때문에, 반대를 무릅쓰고 매달리기보다는 제안을 받아들이고 상대를 놓아줄 거라고 생각하고 싶었다. 팬지는 매달려서 떨어지지 않으려고 하겠지만, 무엇에 매달리는지는 사실 그녀에게 대단한 문제는 아니었다. 그 대상이 워버튼 경이라 할지라도 로지어와 마찬가지일 것이다. 특히 팬지는 워버튼 경을 꽤나 좋아하는 눈치였고, 이런 생각을 조금도 숨기지 않고 이사벨에게 말해 주었다. 워버튼 경의 이야기는 무척 재미가 있었는데, 특히 인도에 대해 팬지에게 아낌없이 이야기해 주었다고 했다. 그가 팬지를 대하는 태도는 참으로 적절하고 느긋했다. 이사벨은 그가 팬지의 젊음과 소박함을 상기해 조금도 선심 쓰는 체하지 않으면서도 유행하는 오페라 같은 그녀가 충분히 이해할 수 있는 화제를 꺼내는 것을 보고 워버튼 경의 태도를 짐작했다. 그의 이러한 태도는 음악과 바리톤 가수에 대한 관심으로 확대되었다. 그는 팬지에게 다정하게 대하려고 세심한 노력을 기울였는데, 가든코트에서 가슴 떨려 했던 다른 젊은 여자에게 다정하게 대한 것과 조금도 다름이 없었다. 젊은 여성이 이런 다정한 태도에 마음이 움직이는 건 너무나 당연했다. 이사벨 자신도 무척 마음이 동요되었던 기억을 되살리며, 만일 자신이 팬지처럼 단순하고 순수했더라면 워버튼 경으로부터 받은 인상이 더욱 깊었을 거라고 생각했다. 그의 청혼을 거절했을 때 이사벨의 마음은 순수한 편은 아니었다. 나중에 오스먼드의 청혼을 받아들였을 때만큼이나 복잡했다. 그러나 팬지는 단순한 성격에도 불구하고 워버튼 경이 자신에게 말을 걸고 싶어 한다는 것을 알아차리고 기뻐했다. 워버튼 경이 꺼내는 화제는 그녀의 춤 상대들이나 꽃다발이 아니라, 이탈리아 나라 사정이나 농부들의 상황, 유명한 곡물세, 펠라그라 병,* 로마 사교계에 대한 그의 인상 등이었다. 그녀는 바느질을 하면서 태피스트리 사이로 귀엽고 순종적인 눈길로 그가 있는 쪽을 바라보았다. 그녀가 눈을 아래로 내리뜰 때면 고요한 곁눈질로 상대의 몸매나 팔다리, 의복 등을 보며 상대에 대해 곰곰이 생각하는 듯한 모습이었다. 이사벨은 그가 몸매마저 로지어보다 더 훌륭하다고 팬지에게 말해 주고 싶었다. 그러나 이런 생각이 들 때면 이사벨은 로지어는 지금 어디 있을까 하는 생각에 혼자 잠길 뿐이었다. 그는 팔라초 로카네라에 더 이상 오지 않았다. 이토록 남편을 기쁘게 해 주고 싶다는 생각이 어떻게 그녀 마음을 사로잡았는지 놀라울 정도였다.

놀라울 정도라고 한 데는 여러 이유가 있기 때문인데, 여기서 그것을 이야기하려고 한다. 조금 전에 언급한 날 밤 워버튼 경이 방에 앉아 있는 동안 이사벨은 그를 혼자 놓아두고 나가는 과감한 행동을 하려고 했다. 여기서 과감한 행동이라고 한 것은, 길버트 오스먼드가 아내의 행동을 그런 시각으로 보았다는 뜻이다. 이사벨은 가능한 한 남편과 생각을 같이하려고 애썼기 때문이다. 그녀는 이런 일에 어느 정도 성공했다고 볼 수 있지만, 지금 언급한 일, 즉 워버튼 경을 방에 혼자 놓아두고 나오는 데는 성공하지 못했다. 결국 그녀는 자리에서 일어설 수가 없었다. 무엇인가가 그녀를 붙잡아 뜻을 이루지 못하게 했던 것이다. 그것이 반드시 비열하고 음흉하다고 할 수는 없었다. 여자란 일반적으로 이러한 책략을 조금도 거리낌없이 해치우며, 이사벨은 여성에 공통되는 재능에 본능적으로 충실했기 때문이다. 그녀는 공연히 끼어들었다는 막연한 의

---

* 이탈리아 경작지에서 자주 발생하는 피부병.

구심, 자신도 잘 알 수 없는 느낌이 들었다. 그래서 그녀는 응접실에 그대로 있었으며, 잠시 후 워버튼 경은 파티에 가려고 일어섰다. 팬지에게 내일 그 파티에 대해 자세한 이야기를 들려주겠다고 약속한 참이었다. 워버튼 경이 돌아간 뒤 이사벨은 만일 자기가 십오 분 정도 자리를 비웠더라면 일어났을지도 모를 일이 자기가 그 자리에 있었기 때문에 일어나지 않은 게 아닌가 생각해 보았다. 그런 다음 워버튼 경이 그녀가 방에서 나가 주기를 바랐다면 그것을 알릴 방법은 얼마든지 있었을 거라고 말했다.(항상 마음속으로) 워버튼 경이 떠난 뒤 팬지는 그에 대해 아무 말도 하지 않았고, 이사벨도 그가 자신의 의향을 밝힐 때까지 침묵을 지키기로 마음먹었기 때문에 세심하게 한마디도 하지 않았다. 그가 예전에 이사벨에게 자신의 감정을 표현했던 것에 견주어 본다면 이번에는 의사 표시가 다소 늦은 감이 있었다. 팬지는 잠자리에 들었기 때문에 이사벨은 이제 의붓딸이 무슨 생각을 하는지 짐작할 수 없다는 것을 인정하지 않을 수 없었다. 속이 투명한 아이인데도 지금 이사벨은 그녀 마음을 꿰뚫어볼 수 없었던 것이다.

이사벨은 홀로 앉아 벽난로 불을 바라보았다. 삼십 분쯤 지나 남편이 들어왔다. 그는 잠시 말없이 방 안을 서성거리다가 자리에 앉았다. 그도 이사벨처럼 벽난로 불을 바라보았다. 이사벨은 꺼질 듯 타오르는 난롯불에서 오스먼드의 얼굴 쪽으로 시선을 옮겨 남편이 말없이 앉아 있는 모습을 가만히 바라보았다. 남의 표정을 슬그머니 곁눈질로 관찰하는 것은 이제 그녀의 버릇이 되었다. 자기방어적인 본능과 연결되었다고 해도 과언이 아닌 어떤 본능이 그것을 습관으로 만들어 버린 것이다. 그녀는 가능한 한 남편의 생각을 알고, 그가 무슨 말을 할 것인지 미리 알고 싶어 했다. 그래야 자신의 대답을 미리 준비해 둘 수 있었기 때문이다. 대답을 준비한다는 것은 옛날부터 그녀가 지닌 강점은 아니었고, 이 부분에서 그녀는 시간이 지난 뒤 그렇게 말했더라면 좋았을걸 하고 생각할 따름이었다. 그러나 그녀는 조심성을 배웠고, 남편 표정만 보고서도 어느 정도는 짐작하는 습관을 몸에 익히게 되었다. 그녀는 아마도 피렌체의 빌라 테라스에서 보았던 것과 똑같이 진지한 눈길이지만 통찰력이 좀 떨어진 눈길로 그때와 다름없는 남편 얼굴을 바라보았다. 찬찬히 들여다보니 오스먼드는 결혼한 후로 조금 더 건장해진 모습이었다. 여전히 윤곽이 매우 뚜렷했다.

이윽고 오스먼드가 물었다. "워버튼 경이 왔었소?"

"네, 삼십 분 정도 있었죠."

"팬지를 만났소?"

"네, 그 애 옆에 있는 소파에 앉아 있었는걸요."

"딸과 많은 이야기를 했소?"

"거의 팬지하고만 얘기했어요."

"그가 팬지에게 눈독을 들이는 것 같아. 당신도 그렇게 생각하잖소?"

"무슨 말을 하겠어요." 이사벨이 말했다. "당신이 무슨 말을 할지 기다리고 있었죠."

오스먼드가 잠시 후에 말했다. "평소의 당신답지 않게 사려가 깊은데."

"이번에는 당신이 좋아하는 대로 처신하려고 했어요. 지금까지 몇 번이나 실수했으니까."

오스먼드는 천천히 고개를 돌려 그녀를 쳐다보았다. "지금 나한테 대드는 거요?"

"아니에요, 사이좋게 지내려고 해요."

"그처럼 간단한 게 없지. 난 먼저 싸움을 걸지는 않으니까."

"저를 화나게 한 건 싸움 아닌가요?"

"일부러 그러진 않지. 만일 내가 당신을 화나게 했다면 그것만큼 자연스러운 일도 없겠지. 하지만 지금 나는 전혀 그러지 않아요."

이사벨이 미소를 지었다. "아무래도 좋아요. 두 번 다시 화내지 않기로 결심했으니까요."

"그것 참 훌륭한 결심이로군. 당신은 참을성이 강한 편이 아닌데."

"그래요, 참을성이 없어요." 그녀는 읽고 있던 책을 밀쳐놓고, 팬지가 탁자 위에 두고 간 태피스트리 띠를 집어 들었다.

"내 딸의 이번 일에 대해 당신에게 말하지 않은 것도 이유가 되겠지." 오스먼드는 팬지를 두고 '내 딸'이라고 자주 표현하곤 했다. "반대라도 하지 않을까 걱정했으니까. 당신도 이 문제에 의견이 있을 것 같은데. 로지어 군은 내가 쫓아 버렸소."

"제가 그 사람을 변호할까 봐 걱정했나요? 그에 대해 아무 말도 한 적이 없다는 걸 모르셨어요?"

"내가 한 번도 기회를 주지 않았지. 요즘에는 서로 얘기하는 일이 좀체 없었으니까. 그가 당신의 옛 친구였다는 건 나도 알고 있소."

"그럼요." 이사벨은 로지어에 대해서는 지금 손에 들고 있는 태피스트리 정도로밖에 생각하지 않았다. 하지만 로지어가 옛날부터 친구 사이라는 것과 남편 앞에서 그런 관계를 변명할 생각이 없다는 것도 사실이었다. 그는 아내의 그런 관계를 폄하하는 습관이 있었다. 그러고 보니 지금처럼 그것이 중요하게 생각되지 않는 때에도 그런 관계에 대한 그녀의 충성심은 오히려 더 강해진 느낌이었다. 이사벨은 처녀 시절 추억이라는 이유만으로도 일종의 정열적인 애착을 느낄 때가 이따금 있었다. 잠시 후 그녀가 덧붙였다. "그러나 팬지와의 일에 대해 그를 부추기는 말을 한 적은 없어요."

"그건 잘한 일이오." 오스먼드가 대꾸했다.

"저를 위해 잘한 거라는 뜻이겠죠. 그에게는 별로 신경 쓰지 않을 테니까."

"그 청년에 대한 얘기를 해 봐야 다 헛일이오." 오스먼드가 말했다. "조금 전에도 말했듯이 쫓아 버렸으니까."

"네, 그러나 쫓겨났어도 연인은 언제나 연인이에요. 사정에 따라 연인 이상까지 될 수도 있지만요. 로지어는 아직도 희망을 품고 있어요."

"그런 희망을 품는 건 그의 자유지! 내 딸은 가만히 앉아 있으면 워버튼 경의 아내가 되고 백작부인이 되는 건데."

"그걸 바라나요?" 이사벨은 단순한 마음으로 물었지만 일부러 그렇게 보이려고 한 것은 아니었다. 오스먼드에겐 그녀의 예측을 갑자기 역으로 이용하는 버릇이 있었기 때문에 그녀는 아무것도 예측하지 않기로 결심했다. 오스먼드가 딸을 워버튼 경의 부인으로 만들 마음이 간절했기 때문에 그녀는 요즘 이 문제를 여러모로 깊이 생각했다. 그러나 이것은 어디까지나 그녀 자신의 일이었고, 남편이 말하기 전까지는 아무것도 알 수 없었다. 그녀는 남편이 워버튼 경을 얻기 힘든 존재로 생각하고 오스먼드 집안 사람에게서 쉽게 볼 수 없는 엄청난 노력을 기울일 가치가 있다고 여기는 것이 당연한 일이라고 생각하지 않았다. 언제나 암시하듯 오스먼드는 마음만 먹으면 얻지 못할 것이 없고, 가장 도도한 인사들과 대등하게 교제할 수 있으며, 그의 딸도 주위를 잠깐 둘러보기만 하면 왕자라도 고를 수 있었다. 따라서 오스먼드가 워버튼 경을 점찍어 놓은 마당에 그를 놓치면 그에 필적할 상대는 찾을 수 없을 거라는 말은 지금까지 그가 한 말과 분명히 모순되는 셈이었다. 더욱이 오스먼드는 자신이 결코 모순되는 말을 하지 않는다고 평소에 암시했으니만큼 그것은 또 다른 모순이 되었다. 그는 아내가 이 점만은 모른 체해 주었으면 하는 기색이었다. 그런데 이상하게도 이사벨은 한 시간 전만 해도 남편을 기쁘게 해 줄 방법을 찾고 있었건만 그와 직접 얼굴을 마주하자 남편과 화합할 수 없었을뿐더러 그의 모순을 모른 체하고 싶지도 않았다. 하지만 그녀는 자신이 남편에게 묻는 것이 그의 마음에 어떤 영향을 끼칠지 똑똑히 알고 있었다. 굴욕감을 안겨 줄 테지만 그런 건 상관없는 일이었다. 그는 그녀에게 심한 굴욕감마저 줄 수 있는 인물이었으며, 심한 굴욕을 주기 위한 기회를 엿보았기 때문에 약간의 굴욕감 같은 것에는 설명하기 힘들 만큼 태연한 표정을 짓는 일마저 있었다. 이사벨은 커다란 굴욕감을 스스로 회피해 버린 셈이었기 때문에 굴욕감을 약간 느꼈을지도 모른다.

지금 오스먼드는 의젓한 태도로 응대하고 있었다. "그걸 무척이나 바라오. 정말 훌륭한 결혼이 될 테니까. 워버튼 경에게도 또 다른 이익이 될 테고. 당신 옛 친구가 우리 집안의 일원이 되는 것도 기쁜 일이잖소. 그런데 이상하게도 팬지에게 연정을 품는 남자들은 모두 당신 옛 친구들뿐이군."

"그들이 저를 만나러 오는 건 자연스러운 일이에요. 저를 만나러 왔다가 팬지를 보고, 팬지를 보고 사랑하게 되는 것도 자연스러운 일이고요."

"물론 그렇소. 하지만 반드시 그렇게 생각해야 될 이유는 없지."

"팬지가 워버튼 경과 결혼하면 전 무척 기쁠 거예요." 이사벨이 솔직하게 말을 이었다. "그분은 훌륭한 사람이에요. 그리고 당신은 팬지가 가만히 앉아 있기만 하면 된다고 했지만, 그렇지만은 않을 거예요. 로지어를 잃게 되어 충격을 받을지도 모르거든요!"

오스먼드는 이 말에 별로 주의를 기울이지 않는 표정으로 가만히 불을 보며 앉아 있었다. "팬지는 훌륭한 귀부인이 되고 싶을걸." 잠시 후 그가 다소 부드러운 어조로 말했다. "내 딸은 무엇보다 주위 사람들을 기쁘게 해 주고 싶을 거요."

"아마도 로지어를 기쁘게 해 주고 싶을 거예요."

"아니, 나를 기쁘게 하려고 할걸."

"저도 약간은 기쁘게 해 주려고 할걸요."

"그렇겠지. 당신을 아주 좋게 생각하니. 하지만 그 애는 내 말대로 할 거요."

"그렇게 확신한다면 좋아요."

"그 훌륭한 손님이 입을 열면 좋을 텐데."

"그분은 저에게 벌써 얘기했어요. 팬지가 자기에게 애정을 품게 할 수만 있다면 얼마나 좋을까 하고요."

오스먼드는 급히 얼굴을 돌렸지만 처음에는 아무 말도 하지 않았다. 잠시 후 그는 "왜 그걸 내게 말하지 않았소?"라고 날카롭게 물었다.

"그럴 기회가 없었죠. 요즘 우리가 어떤 식으로 사는지 알잖아요. 이제야 겨우 기회를 갖게 된걸요."

"워버튼 경에게 로지어 얘기를 했소?"

"그럼요, 조금은."

"그런 말은 하지 않는 게 좋은데."

"그분도 아시는 게 좋겠다고 생각했죠. 그렇게 되면, 그렇게 되면……." 이사벨은 말을 잇지 못했다.

"그렇게 되면 어떻다는 거요?"

"그렇게 되면 그분이 적절한 행동을 취하겠죠."

"손을 뗀다는 뜻이오?"

"아니에요, 늦기 전에 적극적으로 나오겠죠."

"지금까지는 그러는 것 같지 않던데."

"인내를 가지고 기다려야죠." 이사벨이 말했다. "영국인들은 수줍음을 잘 타잖아요."

"그 사람은 아니오. 당신에게 청혼했을 때는 그렇지 않았겠지."

그녀는 오스먼드가 이 일을 언급하지 않을까 염려하고 있었다. "무슨 말씀이세요. 그분은 굉장히 수줍어했어요."

오스먼드는 잠시 동안 아무런 대답 없이 책을 집어 들고 책장을 넘겼고, 이사벨은 가만히 앉아서 팬지가 두고 간 태피스트리에 손을 댔다. 오스먼드가 마침내 입을 열었다. "당신은 그 사람에게 틀림없이 영향력을 행사할 수 있잖소. 당신이 마음만 먹으면 그가 일을 성사시키도록 할 수 있는데."

그녀는 이 말이 더욱 거슬렸다. 그러나 이사벨은 남편이 그렇게 말하는 게 지극히 자연스럽다고 느꼈다. 결국 그 말은 그녀 자신이 생각했던 것과 너무나 흡사했으니까. "어째서 그런 영향력을 행사해야 되죠?" 그녀가 물었다. "제가 무슨 일을 했기에 그분에게 부담감을 가져야 하죠?"

"그의 청혼을 거절하지 않았소." 오스먼드는 책에 눈길을 둔 채 말했다.

"그 점에 너무 큰 기대를 걸 순 없어요."

그러자 오스먼드는 책을 집어 던지고 자리에서 일어났다. 그는 뒷짐을 진 채 벽난로 앞에 섰다. "아무튼 그 일은 당신 손에 달렸으니 당신에게 맡기겠소. 조금이라도 마음이 있다면 이 일을 도와줘야 할 거요. 그 점을 잘 생각해 보고 내가 당신을 깊게 믿고 있다는 걸 잊지 마시오." 그는 잠시 기다리며 이사벨이 대답할 여유를 주었다. 그러나 그녀가 아무 대답도 하지 않자 천천히 방을 걸어 나갔다.

42

이사벨이 아무 대답도 하지 않은 건 그의 말을 통해 자신이 처한 상황이 눈앞에 떠올랐기 때문이며, 그것을 생각하느라 정신을 빼앗겼기 때문이다. 그의 말 속에는 그녀 마음에 갑자기 동요를 일으키는 뭔가가 있어서 입을 떼는 것조차 두려웠다. 오스먼드가 가 버린 후 그녀는 의자에 깊숙이 몸을 기대고 눈을 감았다. 그리고 오랫동안 밤늦게까지, 아니, 더 늦게까지 명상에 잠겨 고요히 응접실에 앉아 있었다. 하인이 난롯불을 보기 위해 들어왔지만 그녀는 양초를 새로 가져오라고 한 뒤 잠자리에 들라고 했다. 그녀는 오스먼드로부터 자신이 말한 것을 잘 생각해 보라는 말을 들었다. 이사벨은 그가 말한 것은 물론, 다른 여러 가지 일들도 생각해 보았다. 그녀에게 워버튼 경의 마음을 움직일 수 있는 분명한 힘이 있다는 암시,(이사벨은 자신도 모르게 문득 이것을 깨달았다.) 두 사람 사이에는 그가 팬지에게 사랑을 고백하게 만들 수 있는 방편 같은 것이 있다는 것, 그리고 그가 이사벨의 찬성을 민감하게 받아들일 거라는 것, 즉 그녀를 기쁘게 해 주려는 욕구가 있다는 것이 사실일까? 이사벨은 지금까지 강요받은 일이 없어서 이런 질문을 스스로 해 본 적이 없었다. 그러나 이 문제에 정면으로 부딪히자 그녀는 해답을 알고 두려운 마음이 들었다. 그렇다. 워버튼 경에게도 뭔가 있었던 것이다. 그가 처음 로마에 왔을 때 두 사람을 연결해 주었던 고리가 완전히 끊겼다고 생각했지만, 그것이 아직도 감지할 수 있을 만큼 남아 있다는 것을 이사벨은 조금씩 깨닫게 되었다. 그것은 머리카락만큼이나 가느다랬지만, 가끔 그것이 진동하는 소리가 들리는 것 같았다. 그녀 자신은 아무것도 변하지 않았다. 워버튼 경에 대한 예전 생각은 지금도 그대로였다. 그 생각을 바꿀 필요는 없었고, 사실상 예전보다 더 호감을 느끼는 듯했다. 하지만 그는 어떨까? 그녀가 다른 여성들보다 더 소중하다는 마음을 아직도 품고 있을까? 예전에 두 사람이 친하게 지냈던 얼마 되지 않는 추억을 이용하려고 생각할까? 이사벨은 그의 그런 마음을 얼마간 읽고 있었다. 하지만 워버튼 경에게는 어떤 희망이나 요구가 있는 것일까? 그런 마음이 어떤 식으로 팬지에 대한 분명하고 진실한 애정과 기묘하게 뒤섞이고 있는 것일까? 그는 길버트 오스먼드의 아내를 사랑하는 것일까? 만일 그렇다면 어떤 위안을 얻을 수 있다고 생각하는 것일까? 만일 팬지를 사랑한다면 그녀의 의붓어머니를 사랑하는 건 아닐 테고, 의붓어머니에게 마음이 있다면 팬지를 사랑하는 건 아닐 것이다. 이사벨은 그가 팬지를 위해서가 아니라 그녀를 위해 그렇게 한다는 것을 알기 때문에 그가 팬지에게 구혼하도록 만들기 위해 그녀 자신의 이점을 활용하지 않으면 안 되는 것일까? 이것이 그녀 남편이 한 부탁일까? 아무튼 이것은 워버튼 경이 아직도 자기와 함께 있기를 좋아한다고 스스로 인정한 순간부터 이사벨이 직면한 의무였다. 유쾌한 일이 아니라 정말 못 견딜 일이었다. 워버튼 경이 다른 만족감, 즉 자기와 다시 한 번 친해질 기회를 엿보기 위해 팬지를 사랑하는 체하는 게 아닌가 하는 역겨운 생각까지 들었다. 그러나 그녀는 곧 마음을 다잡으며 워버튼 경이 그렇게 교묘한 속임수를 쓸 리는 없다고 깊은 신념을 갖고 믿고 싶었다. 그러나 팬지에 대한 그의 동경이 착각이라면, 가식보다 별로 나을 게 없었다. 이사벨은 이런 달갑지 않은 가능성들을 생각하며 헤매다 마침내 완전히 길을 잃고 말았다. 그런 가능성들 가운데 어떤 것들이 갑자기 눈앞에 어른거렸지만 결국 달가운 것은 아니었다. 그러다가 급히 미로에서 빠져나와 눈을 비비며, 자신의 상상력이 옳은 것도 아니고 남편의 생각은 오히려 더 못하다고 결론 내렸다. 워버튼 경은 그녀에게 무관심했고, 그녀도 마찬가지였다. 이런 생각이 틀렸다는 것이 입증될 때까지는 안심할 수 있을 것이다. 그녀는 오스먼드의 냉소적 암시보다 더 확실한 증거가 없는 한 이것으로 만족스럽다고 생각했다.

그러나 오늘 밤에는 이러한 결심을 해도 마음의 평온을 얻을 수 없었다. 그녀의 영혼은 틈만 있으면 침입하여 그녀의 생각을 점령해 버리는 두려움에 시달렸기 때문이다. 대체 왜 이렇게 갑자기 두려움이 활발히 작동하는지 그녀도 알 수 없었다. 그날 오후 남편과 마담 멀이 의아스러운 태도로 대화를 나누는 모습에서 받은 기묘한 인상 때문이 틀림없었다. 그 인상이 이따금 되살아났고, 지금까지 한 번도 그런 인상을 받지 않은 것이 이상했다. 이 밖에도 삼십 분 전 남편과 나눈 짧은 대화가 보여 주었듯이 그에게는 자신이 손댄 모든 것을 시들게 하고 눈길을 주는 모든 것을 망쳐 버리는 놀랄 만한 능력이 있었다. 그에게 충실하다는 증거를 보이는 건 좋지만, 실제로는 그가 뭔가를 기대하고 있다는 것을 알기만 해도 그에 대한 의혹이 생겨났다. 마치 그에겐 악마의 눈이 달렸기에 그가 나타나면 어두운 그림자가 비치고, 그의 호의는 불행을 부르는 것 같았다. 이런 결함은 그 자신 속에 있는 것일까, 아니면 그녀가 그에게 품은 깊은 불신 속에 있는 것일까? 이런 불신은 두 사람의 짧은 결혼 생활에서 생겨난 명백한 결과였다. 두 사람 사이에 깊게 파인 골 너머로 서로 마주 보는 시선에는 서로가 배신당하고 있다는 역력한 표시가 나타났던 것이다. 그것은 기묘한 대립, 그녀가 꿈에도 생각한 적 없는, 한편으로는 중대한 신념이고 다른 한편으로는 모욕 대상이 되는 대립이었다. 그것은 이사벨의 잘못이 아니었다. 그녀는 배신하는 행동을 한 적이 없고, 그를 존경하고 믿었을 뿐이다. 처음에 그녀는 그를 진심으로 신뢰했다. 그러다가 갑자기 무한한 가능성이 보였던 끝없는 삶의 대로가 막다른 벽에 봉착한 어둡고 좁은 골목으로 변한 것을 깨달았다. 그 길은 행복의 고지로 연결되어 세상이 아래로 내려다보이기 때문에 사람들을 환희와 유리한 입장에서 굽어보며 그들을 심판하고, 선택하고, 동정할 수 있다고 여겼는데, 오히려 바닥으로 치달아 훨씬 더 편안하고 자유로운 삶을 누리는 다른 사람들의 소리가 위쪽에서 들려 실패를 뼈저리게 느끼게 해 주는 속박과 절망의 구렁텅이로 빠져들게 되었다. 남편에 대한 깊은 불신. 이것이야말로 세상을 온통 어둡게 하지 않았던가. 이런 감정은 지적하기는 쉽지만 설명하기는 쉽지 않으며, 그 성격이 워낙 복잡하기 때문에 오랜 시간을 들여 더욱 많은 고통을 겪지 않는다면 완전한 모습으로 나타날 수 없었다. 이사벨에게 고통이란 능동적 상태였다. 그것은 추위나 마비, 절망이 아니라 열정적인 사고나 사색이며 모든 압박에 대한 반응이었다. 하지만 그녀가 남몰래 설렜던 것은 남편에 대한 신뢰감이 사라지고 있다는 사실을 가슴속에 묻어 두었고, 이것을 눈치챈 사람이 남편 외에는 없다는 점 때문이었다. 그렇다. 그는 분명히 알고 있고, 그가 그 사실을 즐긴다는 생각이 든 적도 여러 번 있었다. 신뢰감의 상실은 천천히 찾아왔다. 처음엔 남들이 부러워할 만큼 친밀한 결혼이었지만, 일 년도 되지 않았을 무렵 그녀는 사태의 흐름에 놀라고 말았다. 그 후부터 그늘은 점점 짙어졌다. 마치 오스먼드가 의도적으로, 거의 악의를 품고 등불을 하나씩 꺼 버린 것 같았다. 그 어둠은 처음엔 흐릿하고 몽롱해서 그녀는 아직 제 갈 길을 확인할 수 있었다. 하지만 점점 더 깊어져서 이따금 어둠이 잠시 걷힐 때에도 그녀 앞에 놓인 길은 도저히 헤쳐 나갈 수 없을 만큼 캄캄했다. 이 그늘이 자신의 마음에서 생겨난 것이 아님을 그녀도 충분히 알고 있었다. 그녀는 정당한 입장을 취하고 자신의 감정을 억제하여 진실만을 보려고 애를 썼다. 그 늘은 남편 존재의 일부분이자 창조물이며 그 결과였다. 이 그 늘은 남편의 악행이나 비열한 행위가 아니었기 때문에 그녀는 그를 비난하지 않았다. 오직 한 가지만 제외하고 그것은 범죄 라고 할 수 없었다. 이사벨은 남편이 저지른 잘못을 알지 못했 다. 그는 난폭하지도, 잔인하지도 않으며, 단지 아내인 자기를 증오한다고 이사벨은 믿었다. 그녀가 그를 비난한 이유는 이 것이 전부였지만, 비참한 것은 정확히 말해 그것이 범죄가 아 니라는 점이었다. 차라리 범죄 행위라면 보상이라도 받을 수 있다. 사실 오스먼드는 이사벨이 다른 사람과 달라 그가 마음 먹은 대로 되지 않는다는 사실을 깨달았던 것이다. 처음에 그 는 이사벨을 변화시킬 수 있을 것으로 생각했고, 그녀도 남편 취향에 맞는 배우자가 되기 위해 최선을 다했다. 하지만 결국 그녀는 그녀일 뿐, 어떻게 할 수 없는 노릇이었다. 그는 이사벨 을 파악하고 이미 마음을 정했기 때문에 가면을 쓰고 연극이 라도 하는 체했지만 이제 별수 없었다. 그녀는 남편을 두려워 하지 않았고, 그로부터 상처를 입게 되리라는 불안감도 없었 다. 그가 그녀에게 품고 있는 악한 감정은 그런 성질의 것이 아 니었기 때문이다. 그는 가급적 이사벨에게 구실을 주지 않으 려 했고, 자신을 불리한 입장으로 몰아넣지도 않았다. 이사벨 은 냉정하고 확고한 시각으로 미래를 내다보며, 남편이 유리 한 입장에 서게 되리라는 것을 알았다. 이사벨이 그에게 많은 구실을 주어 불리한 입장에 처하는 일이 많을 테니까. 이사벨 은 그를 측은하게 생각할 때가 종종 있었다. 비록 그녀가 의도적으로 그를 기만하지는 않았어도 실제로는 완전히 기만한 것을 알고 있었기 때문이다. 그가 처음 이사벨을 알게 되었을 때 그녀는 눈에 띄지 않게끔 처신했고, 자신의 존재를 실제보다 낮추며 스스로 겸손하게 행동했다. 그리고 그녀가 오스먼드의 매력에 완전히 사로잡히자 비로소 그의 편에서 발 벗고 나섰다. 오스먼드는 변한 것이 없었다. 그는 구혼을 할 무렵에도 그녀처럼 본심을 감추지 않았다. 그러나 이사벨은 그의 본성의 반쪽만을 보았으며, 그것은 마치 지구의 그늘 때문에 일부가 가려진 달의 표면을 본 것과 같았다. 그러나 지금 그녀는 만월(滿月), 즉 인간 전체를 보게 된 것이다. 그가 하고 싶은 대로 행동했기 때문에 잠자코 있었지만, 이사벨은 부분을 전체로 잘못 생각했던 것이다.

아! 분명코 이사벨은 그의 매력에 완전히 사로잡혀 있었다! 그 매력은 사라지지 않고 그대로 남아 있었다. 그녀는 오스먼드가 즐거운 기분이 되려고 할 때 그를 즐겁게 만드는 것이 무엇인지 아직도 잘 알고 있었다. 그가 이사벨에게 구혼했을 때는 그녀에게 잘해 주고 싶은 마음이 있었고, 그녀는 그런 태도에 황홀해지고 싶었기 때문에 사실 그의 성공은 조금도 이상하지 않았다. 그는 진지했기 때문에 성공한 것이며, 그가 진지하지 않다는 생각은 지금도 결코 들지 않았다. 그는 이사벨을 찬미했다. 그 이유는, 이미 이야기했지만 그가 만나 본 여성 중에 그녀가 가장 상상력이 뛰어난 인물이었기 때문이다. 이것은 진실로 간주해도 좋을 것이다. 왜냐하면 그 당시 이사벨은 실체를 지니지 않은 무수한 것을 상상했기 때문이다. 또한 그녀는 오스먼드에 대해 더욱 불가사의한 전망을 품고서 황홀감을 키웠던 것이다. 아, 그런 환상에 빠져들다니! 이사벨은 그를 제대로 판단하지 못하고 말았다. 조화를 이룬 듯한 얼굴 형태가 그녀 마음을 움직여, 가장 뛰어난 형상을 보았다는 느낌을 준 것이다. 그는 가난하고 고독하지만 그에겐 어딘가 고귀한 데가 있었고, 그것이 그녀의 관심을 끌었기에 기회를 주려고 했는지도 모른다. 오스먼드에게는(그의 상황과 마음과 얼굴에는) 무한한 아름다움이 감돌았다. 또한 그는 아무도 보살펴 주는 사람이 없어서 무기력하다는 느낌을 주었고, 그런 느낌은 존경심이 활짝 피어나는 애정으로 발전했다. 그는 조류를 기다리며 해변을 거닐고 얼굴은 바다 쪽을 바라보면서도 바다로 나아가지 않는 회의적인 항해자 같았다. 그러는 사이 그녀는 자기가 나설 기회가 왔다고 생각했다. 그녀는 그를 위해 그의 배를 항진시키고, 그를 구원하는 신의 역할을 맡고, 그를 사랑하는 것이 선한 일이 될 거라고 생각했다. 그래서 그를 사랑했고, 염려스러운 점은 있었지만 그에게 열렬한 애정을 쏟았다. 그녀는 오스먼드가 지녔다고 생각한 어떤 것을 사랑했으며, 자신이 뭔가 줄 수 있기 때문에 그 선물을 풍요롭게 할 수 있다고 믿었다. 그 당시 열정을 되돌아보면, 그 열정은 일종의 모성의 경향과 같았다. 이사벨은 마치 기부자처럼 충만한 손길로 찾아온 여성의 행복감을 느꼈다. 그녀가 지금 의식하듯 그녀에게 돈이 없었더라면 그런 짓을 결코 하지 않았을 것이다. 그러자 그녀의 마음은 영국의 잔디 아래 잠든 가련한 터쳇 씨에게로 흘러갔다. 은인이자 무한한 고뇌를 만들어 낸 인물이여! 물론 그것은 부질없는 일이었다. 사실 돈이 그녀의 마음을 짓눌렀기 때문에 그 무거움을 누군가 다른 사람에게, 뭔가 더 잘 준비된 피난처에 넘겨주고 싶다는 생각이 그녀 가슴속에 차올랐던 것이다. 최고의 취향을 가진 남자에게 그것을 양도하는 것만큼 그녀 마음을 가볍게 하는 방법이 과연 있었을까? 병원에 기부라도 했다면 그녀에게 별문제는 없었겠지만, 당시 그녀에게 길버트 오스먼드만큼 관심을 가질 만한 자선 기관은 없었던 것이다. 그는 그녀의 호감을 살 만큼 그녀의 재산을 써 줄 것이며, 예기치 않은 상속이라는 행운에 따르는 어떤 상스러움을 지워 버릴 수 있을 터였다. 7만 파운드를 상속받는 데는 미묘한 문제가 전혀 없었다. 미묘함이 있다고 한다면 바로 터쳇 씨가 그것을 그녀에게 남긴 데 있었다. 하지만 길버트 오스먼드와 결혼하여 그에게 상속받은 재산을 준다는 것, 여기에서 다시 미묘함이 생겨난 것이다. 그러나 오스먼드 쪽에서는 미묘함이 적을 수밖에 없다는 것이 사실이었고, 그것은 그의 문제였다. 그가 이사벨을 사랑한다면 그녀가 부자인 것에 반대하지 않을 것이다. 그리고 그에게는 그녀가 부자여서 기쁘다고 말할 용기가 있지 않았던가?

이사벨은 자신이 뭔가 돈을 훌륭하게 처리하기 위해 의도적인 이유를 만들어 결혼한 게 아닐까 하는 생각에 얼굴을 붉히고 말았다. 하지만 그녀는 곧 이것이 절반에 불과한 설명이라는 결론을 내렸다. 그녀가 결혼한 것은 어떤 열정이 그녀를 사로잡았기 때문이며, 그의 애정이 진지하다는 느낌과 더불어 그의 인간적 자질에 즐거움을 느꼈기 때문이다. 그가 다른 누구보다도 뛰어나다는 절대적 확신이 여러 달 동안 그녀 삶을 채워 주었고, 그 확신은 지금이라도 다른 선택은 할 수 없다고 생각할 만큼 아직도 남아 있었다. 그녀가 지금까지 만난 인물들 가운데 가장 섬세하고(가장 정교하다는 의미에서) 가장 고결한 인물이 그녀 소유가 되었으며, 단지 손을 내밀어 취하기만 하면 된다는 인식은 처음에는 일종의 헌신과도 같은 행위였다. 이사벨은 그의 아름다운 마음을 오해한 적은 없었지만, 지금은 그 마음을 속속들이 깨닫게 되었다. 그녀는 그 마음과 더불어 시간을 보냈고, 거의 그 마음으로 지내 왔기 때문에 그것이 마치 자신의 주거지가 되어 버린 것처럼 생각되었다. 만일 그녀가 포획되었다고 한다면, 오스먼드의 마음이 억센 손길을 내밀어 그녀를 붙잡은 셈이었다. 이런 생각을 해 보는 것은 부질없는 일이 아닐 터였다. 그녀는 지금까지 그렇게 정교하고, 유연하고, 세련되고, 고상한 활동에 잘 적응한 마음과 접촉해 본 적이 없었고, 지금 그녀가 직면해야 되는 것도 바로 이 정교한 기계와도 같은 마음이었다. 오스먼드가 안겨 준 기만이 얼마나 큰지를 생각하자 그녀는 엄청난 실망감에 빠져들었다. 이러한 견지에서 볼 때 그가 더 이상 자신을 미워하지 않는 게 신기했다. 그가 자신을 미워한다는 사실을 처음으로 알았을 때를 그녀는 선명히 기억했다. 그것은 두 사람 삶의 무대에 진정한 연극의 막을 올리는 종소리와 같은 것이었다. 어느 날 그는 이사벨이 너무 많은 생각을 하니 그것을 떨쳐 내지 않으면 안 된다고 말했다. 결혼 전에도 같은 말을 했지만 그때는 주의를 기울이지 않았고, 나중에야 그 말을 상기했다. 그가 정말 그렇게 말했기 때문에 이번에 그녀가 주의를 기울인 건 당연했다. 그 말은 겉으로 보면 아무것도 아닌 듯했지만, 깊은 경험에 비추어 보면 불길하게 생각되었다. 그는 진심으로 그렇게 말한 것이다. 그는 이사벨에게 아름다운 용모 외에는 어떤 독자적인 것도 없기를 바랐다. 그녀는 자신에게 생각이 너무 많다는 것을 알고 있었다. 심지어 오스먼드가 상상했던 이상으로 많았을 뿐만 아니라, 그가 구혼했을 때 그녀가 표현한 것보다 훨씬 더 많았다. 그렇다, 그녀는 위선적이었고, 오스먼드를 너무나 좋아했던 것이다. 그녀는 스스로 너무나 많은 생각을 하고 있었으나, 그것이 결혼을 하는 이유가 되었으며, 그 생각을 누군가와 공유하기 위해 결혼하려 했던 것이다. 물론 생각을 억제한다든가 입에 올리지 않으려고 애를 쓰긴 했지만 송두리째 뽑아 버릴 수는 없었다. 그렇지만 오스먼드가 그 때문에 그녀 의견에 반대하는 건 아니었고, 그런 것은 문제가 되지 않았다. 그녀에겐 어떤 의견도 없었다. 설령 의견이 있다고 해도 스스로 사랑받고 있다는 느낌이 들 만큼 만족한다면 기꺼이 희생할 수 없는 의견은 하나도 없었다. 그가 지적한 것은 그녀 성격, 사물에 대한 느낌이나 판단 방식 같은 전체적인 것이었다. 그녀가 겉으로 드러내지 않고 감추고 있었던 것으로, 말하자면 그는 문이 잠겨 뒤에서 그것과 마주하는 상황에 처할 때까지 그것을 알아차리지 못했던 것이다. 그녀에겐 삶에 대한 분명한 시각이 있었고, 그는 그것을 자신에 대한 모욕으로 간주했다. 적어도 그것이 매우 겸허하고 호의적인 방식이라는 걸 왜 아무도 몰랐던 것일까? 이상한 것은 그녀가 그의 사고방식이 자기와 다르다는 것을 처음부터 깨닫지 못한 일이었다. 이사벨은 그의 사고방식이 매우 웅대하며, 모든 일에 통달한 정직한 남자이자 신사에게 전적으로 잘 어울린다고 생각했다. 그는 자신에겐 미신이라든가 편협한 생각, 신선함이 배제된 선입관 따위가 없다고 그녀를 납득시키지 않았던가? 그는 사소한 일에 무관심했으며, 오직 진실과 지식을 사랑하기에 총명한 두 사람이 함께 그것을 추구해야 하고, 그것을 찾든 못 찾든 간에 적어도 탐구하는 과정에서 어떤 행복을 발견하게 된다고 믿고 드넓은 세상 속을 살아가는 남자의 모습을 모두 갖추지 않았던가? 그는 이사벨에게 인습적인 것을 사랑한다고 말한 적이 있었지만, 그때는 그가 뭔가 숭고한 것을 말하고 있다는 느낌이 들었다. 조화, 질서, 품위 등 인생의 모든 고귀한 임무에 대한 사랑이라는 의미에서 그녀는 그가 살아가는 방식을 진심으로 찬성했기 때문에 그의 경고에서 불길한 조짐을 전혀 읽지 못했다. 그러나 몇 개월이 지나면서 이사벨이 그를 점점 더 따라가고 그가 자신이 사는 집 안으로 그녀를 인도했을 때, 이사벨은 비로소 자신이 어디에 있는지 알게 되었다.

자신이 살게 된 곳의 규모를 살펴보면서 느꼈던 믿기 어려운 공포를 그녀는 다시 한 번 상기했다. 그 후 이사벨은 주위를 둘러싼 벽 속에서 지내 왔는데, 그 벽은 그녀의 남은 생애 동안 그녀를 내내 둘러쌀 것 같았다. 그것은 암흑의 집, 침묵의 집, 질식의 집이었다. 오스먼드의 아름다운 마음은 이 집에 빛도, 바람도 보내 주지 않았고, 작고 높은 창에서 아래를 내려다보며 이사벨을 경멸하는 것 같았다. 물론 그녀는 육체적 고통을 겪고 있는 건 아니었다. 육체적인 고통이라면 극복할 방도가 있었을지도 모른다. 그녀는 마음대로 출입할 수 있고 자유로웠다. 그리고 남편은 그녀를 매우 정중하게 대했다. 그러나 그가 취하는 매우 심각한 태도에는 어딘지 소름 끼치게 하는 데가 있었다. 그의 교양과 영리함과 정중함 속에는, 그의 친절과 유연함과 삶에 대한 지식 속에는 이기심이 꽃밭 속 뱀처럼 숨어 있었다. 이사벨은 그가 심각하다고 생각했지만 그 정도로 심각한 줄은 몰랐다. 오스먼드에 대해 더 잘 알게 되었을 때 그녀는 자신이 어떻게 그런 식으로 생각할 수 있었는지 궁금했다. 이사벨은 오스먼드가 스스로 생각했던 것처럼 그를 유럽의 일류 신사라고 판단했다. 처음에 그렇게 생각했기 때문에 사실 그것이 그와 결혼한 이유였다. 하지만 그것이 암시하는 것을 알게 되자 그녀는 망설였다. 그들의 결합에는 그녀가 이름 붙일 수 없었던 어떤 것들도 포함되어 있었다. 거기에는 오스먼드가 부러워하는 지위 높은 인물 서너 명 정도 외 모든 사람들과 그가 품고 있는 대여섯 가지 아이디어 외에 세상의 모든 것을 더없이 경멸하는 것도 포함되어 있었다. 이런 것은 그래도 좋았다. 그녀에게 힘든 일이긴 해도 이 부분에서도 그를 따르려고 했기 때문이다. 그는 인생의 비열함이나 천박함을 그녀에게 충분히 지적해 주었고 어리석음과 타락과 인간의 무지에 대한 시야도 열어 주었기 때문에, 세상에 존재하는 수많은 저속함에 물들지 않고 처신하는 미덕에는 그녀도 어느 정도 호응하고 있었다. 그러나 이런 비열하고 천박한 세상은 결국 인간이 살아갈 수밖에 없는 세상이라는 생각이 들었다.

그가 세상을 경멸하는 것은 세상을 계발하고 바로잡고 구원하기 위해서가 아니라 자신의 우월성을 인정받기 위해서였다. 그래서 그는 부단히 세상에서 눈을 떼지 않았던 것이다. 한편으로 볼 때 세상은 비열하지만, 다른 한편으로는 하나의 표준을 제공해 준다. 오스먼드는 이사벨에게 자신이 세상 이해관계에 무관심하며 성공에 필요한 도움 없이 느긋한 마음을 가질 수 있다고 말해 주었으며, 이 말은 그녀에게 존경심을 불러일으켰다. 그녀는 이런 그의 태도에 숭고한 무관심과 더할 나위 없는 독립심이 자리 잡고 있다는 생각이 들었다. 그러나 무관심은 사실은 그에게서 거의 찾아볼 수 없는 성품으로, 이사벨은 타인의 일에 그만큼 신경 쓰는 사람을 지금껏 본 적이 없었다. 그녀에게 세상은 항상 흥미로운 곳이었으며, 그녀는 주위 사람들을 관찰하는 일에 끊임없이 정열을 불태웠다. 그러나 자신이 관심을 둔 사람이 자신에게 이득이 된다는 것을 믿게 할 수만 있었다면 그녀는 자신의 사생활을 위해 모든 호기심과 동정심을 기꺼이 단념했을 것이다! 적어도 지금 그녀는 이것을 굳게 믿었으며, 오스먼드처럼 외부에 신경을 쓰는 것보다는 상황이 훨씬 쉬웠을지도 모른다.

오스먼드는 세상과 떨어져 생활할 수 없었으며 실제로 그런 생활을 한 적이 없음을 이사벨은 알고 있었다. 세상을 완전히 초월한 듯한 모습을 보일 때조차 그는 자신의 창을 통해 세상을 바라보았다. 그는 이사벨이 이상을 가지려고 애쓰듯 자신의 이상을 가졌는데, 사람들이 이처럼 다른 방면에서 정당성을 추구하는 것은 이상한 노릇이었다. 그의 이상이란 남다른 영화를 누리고 예절을 지키며 귀족적인 생활을 하는 것이었다. 지금 그녀가 깨닫듯이 오스먼드는 적어도 본질적으로는 언제나 귀족적인 생활을 누리고 있었다. 그는 단 한 시간도 그런 생활에서 벗어난 적이 없었고, 그런 귀족적인 생활을 떠나 살아간다면 창피해서 얼굴을 들지도 못했을 것이다. 이것은 그런대로 좋은 일이었고 이사벨은 이 점에도 동의했지만, 두 사람은 서로 다른 이상과 연상과 소망을 같은 공식에 꿰어 맞추었다. 그녀에게 귀족적인 생활은 고도의 지식과 자유가 결합된 것으로서, 지식은 인간에게 의무감을, 자유는 향락을 준다고 생각했다. 그러나 오스먼드에게 그것은 완전히 형식적인 것이며 의식적으로 계산된 태도였다. 그는 오래된 것, 신성한 것, 계승된 것을 좋아했다. 이사벨도 마찬가지였지만 자신이 선택한 것을 좋아하는 척했을 뿐이다. 그는 전통에 대해 비상한 경의를 품고 있었다. 언젠가 그가 이사벨에게 전통을 갖는 건 누가 뭐래도 좋은 일이지만, 불행히도 전통을 갖고 있지 않을 경우에는 즉시 그것을 만들어야 한다고 말한 적이 있었다. 이 말 속에는 그녀에게는 전통이 없지만 자기에게는 다행히도 있다는 뜻이 담겨 있음을 이사벨은 깨달았다. 다만 그가 어디에서 그 전통을 획득했는지 그녀는 알 길이 없었다. 하지만 그가 전통을 꽤나 많이 수집한 것이 틀림없다는 것을 그녀는 얼마 후에 알기 시작했다. 중요한 건 그 전통에 맞추어 행동하는 것이며, 그것은 그에게만이 아니라 그녀에게도 중요한 일이었다. 이사벨은 전통을 소유한 인물 외에 다른 사람에게 도움이 되려면 그것이 전적으로 탁월해야 한다고 막연히 믿었다. 하지만 그럼에도 자신도 남편의 과거 언제부터인지도 모를 시기로부터 떠내려온 장중한 음악에 맞추어 행진해야 한다는 암시에 동의했다. 과거 그녀는 자유로운 발걸음으로 종잡을 수 없을 만큼 궤도를 이탈하여, 대열에 맞추어 행진하는 것과는 너무나 동떨어진 방향으로 걸어갔던 것이다. 지금 그들 두 사람에게는 하지 않으면 안 될 일, 취하지 않으면 안 될 자세, 반드시 알아야 되거나 알아서는 안 될 사람 등이 정해져 있었다. 마치 그림이 그려진 태피스트리처럼 장식되어 있었다. 이토록 엄격한 체제가 자기 주위를 둘러싸고 있음을 깨닫자, 이미 서술한 암흑과 질식의 집이라는 느낌이 몰려와 이사벨은 썩고 부패한 악취가 진동하는 장소에 갇힌 기분이 들었다. 물론 처음에 그녀는 매우 유머러스하고 풍자적이고 부드럽게 항의했지만, 사태가 점점 심각해지자 호소하듯 진지하고 격렬하게 항의했다. 그녀는 자유와 더불어 그들이 선택한 대로 행동하며, 생활의 겉모습이나 명칭에 구애받지 말자고 주장했다. 이것은 남편과는 다른 본능이나 갈망, 전혀 다른 이상을 주장하는 것이었다.

그러자 지금까지 한 번도 그런 일로 상처를 받지 않은 남편의 개성이 발동하여 이사벨 앞에 우뚝 버티고 선 것이다. 이사벨은 자신이 한 말 때문에 그의 조롱을 받게 되었을 뿐만 아니라, 남편이 이루 말할 수 없을 만큼 자신을 부끄러워한다는 것을 알 수 있었다. 그는 이사벨을 어떻게 생각할까? 저속하고 천박하며 비열하다고 생각할까? 그는 최소한 이사벨에게 아무런 전통도 없다는 것을 알게 되었을 것이다! 오스먼드는 그녀가 그토록 평범할 거라는 예상은 하지 못했을 것이다. 그녀의 의견은 진보적 신문이나 유니테리언* 목사의 말과 견주어도 손색이 없었기 때문이다. 진짜 모욕은 이사벨이 마침내 인식한 것처럼 그녀에게 자신의 생각이 있다는 점이었다. 그녀의 생각은 남편과 같아야 했고, 넓은 사슴 공원에 딸린 작은 정원처럼 그의 생각에 부속되어야 했다. 그는 흙을 가볍게 긁어낸 뒤, 꽃에 물을 주거나 화단의 잡초를 뽑기도 하고 가끔씩 꽃을 꺾어 꽃다발을 만들 수도 있을 것이다. 이미 넓은 토지를 소유한 사람에게 그것은 예쁜 자산이 될지도 모른다. 오스먼드는 자신의 아내가 아둔한 여자이기를 바라지 않았고, 그녀가 영리했기 때문에 마음에 들었다. 하지만 그는 이사벨이 그 영리한 머리를 온전히 자기를 위해 써 줄 것으로 기대했으며, 그녀의 머리가 텅 비어 있기를 바라기는커녕 모든 것을 풍요롭게 수용할 거라고 여겨 스스로 즐거워했다. 그는 아내가 같은 감정으로 자기를 위해 주고, 자신의 견해, 야심, 선택 등에 동참해 주길 기대했다. 이사벨로서는 그것이 재능이 무척 뛰어난 남자이자 적어도 성품이 그처럼 부드러운 남편으로서 부당한 요구는 아니라고 고백하지 않을 수 없었다. 하지만 그녀가 절대로 받아들일 수 없는 일들이 몇 가지 있었다. 우선 몹시 불결한 것을 받아들일 수 없었다. 그녀는 청교도의 딸은 아니었지만 육체적 순결이나 바른 몸가짐 등을 추구했다. 하지만 오스먼드는 그런 덕목과는 거리가 먼 것 같았다. 그의 전통 중 어

---

* 삼위일체설과 그리스도의 신성(神性)을 부정하는 교파.

떤 것은 그녀로 하여금 저항감을 느끼게 했다. 여자들에게는 모두 애인이 있을까? 여자들은 모두 거짓말쟁이이고, 아무리 훌륭한 여자라 해도 매수되는 것일까? 남편을 속이지 않는 여자는 서너 명밖에 되지 않는 것일까? 이런 말을 듣게 되면 이사벨은 동네 모임에서 시답잖은 이야기를 듣는 것보다 더 큰 혐오감(오염된 공기 속에서도 생생하게 유지되는 경멸감)을 느꼈다. 이사벨의 시누이 제미니 백작부인에게도 결함이 있었는데, 그녀의 남편은 단지 제미니 백작부인 기준으로 판단했던 것인가? 제미니 백작부인은 거짓말을 잘했으며, 입으로만 사람을 속이는 게 아니었다. 이런 사실들이 오스먼드의 전통 속에서 당연하게 여겨진다는 걸 아는 것만으로 충분했고, 일반적인 것으로 확대하여 생각할 일은 아니었다. 어쨌든 이사벨은 남편의 그런 사고방식을 경멸했으며, 그것은 결국 그를 고자세로 만들었다. 그가 아내를 몹시 경멸했기에 아내 쪽에서도 남편을 경멸하는 건 당연했다. 그가 세상을 인식하는 데 대하여 아내가 뜨거운 경멸의 눈길을 던진다는 것, 그것은 그가 예상하지 못했던 위험이었다. 그는 아내가 이런 행동을 취하기 전에 그녀의 감정을 통제해야만 한다고 믿었다. 그리고 이사벨은 그가 지나친 자신감을 가진 것을 스스로 깨달았을 때 그의 귀가 얼마나 타 들어갔을지 쉽게 상상할 수 있었다. 어떤 남편이든 아내가 이런 느낌을 줄 경우에는 아내를 미워할 수밖에 없는 것이다.

이 증오심은 처음에는 도피나 기분 전환이었지만, 이제는 그의 삶의 한 부분이자 위안이 되었다고 그녀는 실제로 확신했다. 이 감정은 너무 뿌리가 깊었기 때문에 진지한 느낌마저 가져다주었다. 결국 오스먼드는 그녀가 자신에게 의존하지 않고도 지낼 수 있다는 것을 직관적으로 알게 되었다. 이사벨 자신에게 그런 생각이 놀랄 만한 것이었다면, 또한 그것이 처음으로 일종의 배신인 동시에 타락의 가능성으로 나타났다면, 그것이 그에게 어떤 큰 영향을 끼쳤을지 예상할 수 있지 않겠는가? 문제는 무척 간단했다. 즉 그는 이사벨을 경멸했던 것이다. 이사벨에게는 전통이 없었고, 그녀의 도덕적 시각은 유니테리언 목사와 같았던 것이다. 하지만 안타깝게도 이사벨이 유니테리어니즘이 무엇인지 이해한 적이라도 있었던가! 언제부터인지 모르지만 이사벨은 마음속에서 자라나는 확신을 느꼈다. 앞으로 어떻게 될 것이며, 그 전에는 무슨 일이 있었던가? 이것은 그녀가 자신에게 하는 끊임없는 질문이었다. 그는 무엇을 할 것이며, 그녀는 무엇을 해야만 하는가? 남편이 아내를 미워할 경우 그 미움이 어떻게 발전할 것인가? 이사벨은 그를 미워하지 않았으며, 자기 스스로도 그것을 확신했다. 매순간 그녀는 예고 없이 그를 기쁘게 해 주고 싶은 열정을 느꼈던 것이다. 하지만 그녀는 너무나 자주 걱정에 싸여 앞에서 서술한 대로 혹시 자신이 처음부터 그를 속인 게 아닌가 하는 생각에 사로잡힐 때도 있었다. 아무튼 그들은 불가사의한 결혼을 했고, 생활은 악몽과 같았다. 그날 아침까지 일주일간 오스먼드는 아내와 거의 이야기하지 않았으며, 그의 태도는 꺼져버린 불처럼 냉랭했다. 여기에는 특별한 이유가 있음을 그녀는 알고 있었다. 랠프 터쳇이 로마에 계속 머물러 있다는 사실이 그의 마음에 들지 않았던 것이다. 오스먼드는 이사벨이 사촌 오빠를 너무 자주 만난다고 생각했으며, 일주일 전에도 그녀가 랠프가 묵는 호텔에 가는 것이 정숙하지 못한 행동이라고 말했다. 랠프의 병세가 호전되지 않아서 그를 비난하는 것이 잔인하게 보였으니 망정이지 그러지 않았다면 오스먼드는 그 이상의 말도 했을 것이다. 하고 싶은 말을 참고 있자니 그의 불쾌감은 더욱 깊어졌다. 그리고 이사벨은 시계 문자판을 보고 시각을 알듯 이 모든 것을 알고 있었다. 그녀가 사촌 오빠에게 관심 쏟는 것을 보고 남편이 격노하는 것을 마치 그의 손에 의해 그녀가 침실에 갇히는 것처럼 똑똑히 알 수 있었으며, 그가 이사벨을 가둬 두고 싶어 하는 것도 확신할 수 있었다. 그녀에겐 전반적으로 남편에게 반항하지 않는다는 솔직한 신조가 있었지만 랠프에게 무관심할 수는 없었다. 랠프에게 죽음의 순간이 다가오고 두 번 다시 그를 만날 수 없다고 생각했기 때문에 그에게 지금까지 의식하지 못했던 애정을 품고 있었다. 지금 그녀에게는 아무런 즐거움이 없었다. 인생을 포기했다고 생각하는 여자에게 무슨 즐거움이 남아 있겠는가? 그녀의 마음에는 끝없이 중압감이 더해졌고, 모든 것이 흙빛으로 보였다. 그러나 랠프가 그녀를 방문한 것은 어둠 속 등불과도 같았고, 그와 함께 앉아 있으면 자신의 아픔은 어쩐지 그로 인한 아픔으로 변했다. 오늘 그녀는 랠프가 자신의 친오빠처럼 느껴졌다. 그녀에게 친오빠는 없었지만, 만일 친오빠가 있어서 자신이 고민에 빠진 데다 친오빠가 죽음에 직면했다면, 오빠에게 지금 랠프에게 품은 애정을 느꼈을 것이다. 그렇다. 길버트 오스먼드가 그녀에게 질투심을 품고 있다면 어떤 이유가 있을 것이다. 랠프와 삼십 분 정도 함께 있더라도 오스먼드에게 좋을 리는 없었다. 두 사람은 랠프에 대해 이야기를 하지도 않았고, 그녀가 불평을 늘어놓은 적도 없었다. 랠프의 이름은 두 사람 입에 전혀 오르지 않았다. 문제는 랠프는 관대하지만 그녀의 남편은 그렇지 않다는 것뿐이었다. 랠프의 이야기나 미소나 그가 로마에 있다는 사실만으로도 그녀가 속한 답답한 영역이 훨씬 확대되는 효과가 있었다. 이사벨은 랠프 덕분에 이 세상의 선함과 지금과 다른 삶이 어떤 것인지를 느낄 수 있었다. 랠프는 오스먼드보다 훌륭한 인간이라는 것은 차치하고라도 오스먼드만큼이나 지혜가 뛰어난 인물이었다. 그래서 그녀는 자신의 불행을 숨겨 두는 것이 헌신적인 행위인 양 그것을 교묘히 감추었다. 그녀는 함께 이야기하면서도 끊임없이 장막을 치고 칸막이를 세웠다. 어느 날 아침 피렌체의 정원에서 그가 오스먼드에 대해 그녀에게 경고했던 일이 눈앞에 되살아났다. 그때 일은 그녀 뇌리에서 결코 사라지지 않았다. 눈만 감으면 그 정원이 어른거리고, 그의 목소리가 들리고, 따스하고 감미로운 대기를 느낄 수 있었다. 그는 어떻게 알 수 있었을까? 얼마나 불가사의하고 경이로운 지혜인가! 길버트와 지력이 똑같은 것일까? 아니다. 그런 판단에 도달했으니 랠프의 지력이 훨씬 더 높았다. 길버트는 결코 그만큼 지력이 높지 않았다. 그때 이사벨은 랠프에게 그의 판단이 정당한지 아닌지는 적어도 자기를 통해서는 결코 알 수 없을 거라고 말했다. 그래서 지금 그녀는 그 부분을 조심했다. 그리하여 그녀에게는 할 일이 많았고, 그 속에는 정열과 기쁨과 종교적인 면도 있었다. 여자들은 이따금 묘한 일에 종교적 감정을 느끼는데, 이사벨은 지금 사촌 오빠와 관련해 맡은 역할을 통하여 자신이 그에게 친절한 행위를 베푼다고 생각했다. 그가 한순간이라도 속기 쉬운 남자였다면 그녀의 행위가 그녀 의도대로 받아들여졌을 것이다. 사실 그 친절이라는 것은 랠프가 그녀의 마음에 심한 상처를 입혔던 일 때문에 스스로 부끄러워하지만, 이사벨이 매우 관대하고 그의 병이 무척 깊은 탓에 그녀가 조금도 원한을 품고 있지 않을 뿐더러, 나아가 사려 깊게 그의 면전에서 자신의 행복을 과시하지 않을 거라는 사실을 믿게끔 하는 것이었다. 랠프는 소파에 누운 채 이 거룩한 마음에 혼자서 미소를 지었고, 이사벨이 그를 용서했듯이 그도 이사벨을 용서했다. 그녀는 자신이 불행하다는 것을 알고 그가 괴로워하는 것을 바라지 않았다. 그렇게 되면 큰일이었고, 그런 사실을 알면 그의 판단이 옳았음이 입증된다는 것은 별문제가 되지 않았다.

이사벨은 난롯불이 꺼진 뒤에도 죽은 듯이 고요한 거실에서 머뭇거렸다. 난롯불의 열기에 달아올라 있었으므로 몸이 차가워질 염려는 없었다. 시계가 새벽 1시, 2시를 치고, 잇달아 3시, 4시를 알리는 소리가 들렸지만 그녀는 시간이 흘러가는 것을 잊은 듯 상념에 잠겨 있었다. 그녀의 마음은 여러 환상에 휩싸여 굉장히 활발하게 움직였다. 잠자리에 들었을 때 베갯머리에 환상이 찾아와 잠을 빼앗아 가는 것이나 이렇게 일어나 앉은 자세에서 환상을 맞이하는 것이나 마찬가지였다. 이미 서술한 대로 그녀는 자신이 반항적이지 않다는 것을 믿었다. 밤새워 이곳에서 머무적거리며 마치 우체국에 편지를 보내듯 팬지를 결혼시켜도 나쁠 게 없다고 자신을 달래는 것보다 더 나은 증거가 어디 있겠는가? 시계가 4시를 알리자 그녀는 일어나서 겨우 잠자리에 들려고 했다. 등불은 이미 오래전에 꺼졌고, 촛불도 다 타 버렸다. 그러나 그 순간에도 이사벨은 방 한가운데 다시 멈춰 서서 되살아난 환상의 광경을 응시하고 있었다. 남편과 마담 멀이 넋을 잃고 정답게 함께 있던 광경을.

43

　그날부터 사흘이 지난 밤, 이사벨은 팬지를 데리고 성대한 파티에 갔다. 오스먼드는 무도회에는 절대로 가지 않기 때문에 이번에도 그들을 따라나서지 않았다. 여전히 춤추기를 무척 좋아하는 팬지는 어떤 일이 생기면 보편화하는 성미가 아니어서 사랑의 기쁨에 족쇄가 채워졌어도 그것을 다른 기쁨에까지 확대하지 않았다. 만일 그녀가 기회를 엿본다든가 부친을 교묘히 속이기로 작정했다면 틀림없이 성공할 수 있을 것이다. 그러나 이사벨은 팬지가 그렇게 하지는 않을 거라고 보았다. 팬지는 그저 착한 딸이 되려고 마음먹었다고 보는 편이 훨씬 더 그럴듯했다. 팬지에게는 그런 기회가 한 번도 없었지만 그런 기회를 꽤나 소중히 여겼다. 그녀는 여느 때와 다름없이 신중하게 처신했고, 자기가 입고 있는 엷은 치마에 불안한 시선을 보내며 꽃다발을 꽉 껴안고 한참 동안 꽃송이를 헤아려 보기도 했다. 팬지의 이런 모습을 보니 이사벨은 자신이 나이 든 기분이 들었다. 무도회를 앞두고 안절부절못하던 때가 무척 오래전 일이라는 생각이 들었던 것이다. 팬지는 매우 사랑스러웠기 때문에 항상 춤 상대가 넘쳐났다. 무도회에 도착하자마자 그녀는 춤을 추지 않는 이사벨에게 꽃다발을 맡겼다. 잠시 꽃다발을 들고 있던 이사벨은 곧 에드워드 로지어가 자기 앞에 서 있는 것을 발견했다. 로지어는 이사벨 앞으로 다가섰다. 다정한 미소도 잊어버린 듯한 그의 표정은 군인 같은 결의로 가득 차 있었다. 만일 그녀가 그의 구혼이 성사되기 어렵다고 느끼지 않았더라면 그의 변한 얼굴을 보고 미소를 지었을 것이다. 그에게서는 항상 화약 냄새보다 헬리오트로프 꽃 향기가 훨씬 진하게 풍겼다. 한순간 그는 다소 무서운 눈길로 이사벨을 노려보며 자신이 위험한 인물이라도 되는 척했으나, 곧 그녀가 들고 있는 꽃다발에 시선을 떨구었다. 그는 꽃다발을 유심히 보고 나서 부드러워진 눈길로 말을 건넸다. "온통 팬지 꽃이로군요. 저 사람의 꽃다발이죠!"

이사벨은 다정한 미소를 보냈다. "그럼요, 그 아이 거죠. 나한테 맡기고 갔어요."

"내가 잠시 들고 있어도 될까요, 오스먼드 부인?" 가련한 청년이 물었다.

"아니요, 믿을 수 없어서 어쩌죠. 돌려주지 않을지도 모르고."

"그럴지도 모르죠. 그걸 가지고 이 집을 곧 빠져나갈지도 모르고요. 그렇지만 한 송이 정도는 괜찮겠죠."

이사벨은 약간 머뭇거리다가 여전히 미소를 잃지 않은 채 꽃다발을 건네주었다. "한 송이만 직접 골라요. 당신에게 이런 짓을 한다는 게 두렵네요."

"아, 이 정도 친절은 베푸셔야죠, 오스먼드 부인!" 로지어가 한쪽 눈에 단안경을 대고 조심스럽게 꽃을 고르며 말했다.

"단춧구멍에 꽃을 꽂지 마요." 그녀가 말했다. "그것만은 절대로 안 돼요!"

"저 사람에게 보여 주고 싶어요. 나와 춤추는 건 거절했지만 내가 아직도 그녀를 믿는다는 걸 보여 주고 싶거든요."

"팬지에게 보여 주겠다니 좋아요. 하지만 다른 사람들에게 보여 주는 건 안 돼요. 그 애 아버지가 당신과 춤을 추지 못하게 했답니다."

"그럼 내게 해 줄 수 있는 게 겨우 이것뿐인가요? 나를 위해 좀 더 힘을 써 줄 거라고 생각했어요, 오스먼드 부인." 청년은 교묘하게 일반적인 일을 언급하는 투로 말했다. "우리는 아주 오래전부터 알고 지내는 사이였잖아요. 순진한 어린 시절부터 말이에요."

"나를 나이 든 사람으로 취급하지 마요." 이사벨은 참을성 있게 대답했다. "그런 말을 곧잘 하니 부정하지 않겠어요. 우리가 오랜 친구 사이이긴 하지만 당신이 내게 청혼했다면 그 자리에서 거절했을 거예요."

"아, 그렇다면 나를 좋아하지 않는군요. 그저 빈둥대는 파리 사람 정도로만 생각한다고 당장 말해 보세요!"

"당신을 무척 좋아하지만 사랑하진 않는다는 거예요. 물론 팬지 때문에 사랑하지 않는 거지만."

"좋아요, 알았어요. 단지 나를 불쌍히 여긴다는 거죠." 이렇게 말하고 나서 에드워드 로지어는 엉뚱하게도 단안경을 들고 주위를 둘러보았다. 그는 사람들로부터 호감을 얻지 못한다는 것을 알면서도 그것이 세상의 일반적인 추세라고 여겼으며, 자존심 때문에 그것을 밖으로 드러내지 못했다.

이사벨은 잠시 아무 말도 하지 않았다. 로지어의 태도나 외모에는 심각한 비극의 위엄이 없었다. 그중에서도 단안경은 위엄과 거리가 멀었다. 하지만 그녀는 갑자기 감동했다. 결국 그의 불행이 그녀의 불행과 일맥상통하는 바가 있었기 때문이다. 더욱이 여기에는 낭만적 형태는 아닐지라도 세상에서 가장 동정을 끄는 일, 즉 역경과 싸우는 젊은이의 사랑이 있다는 생각이 전보다 더욱 강하게 그녀를 엄습했다. 이윽고 그녀는 낮은 목소리로 물었다. "정말로 팬지에게 다정하게 대해 줄 수 있어요?"

로지어는 눈을 공손히 아래로 깔고 손가락 사이에 끼고 있던 작은 꽃을 들어 입술에 대고서 이사벨을 바라보았다. "나를 동정하는군요. 하지만 그녀에게도 약간의 동정이 필요하지 않을까요?"

"사실은 모르겠어요. 그 아이는 항상 즐거운 생활을 할 거예요."

"어떻게 사느냐에 달렸겠죠!" 로지어가 적절하게 말을 받았다. "그녀는 고통 받는 걸 즐기지는 않을 겁니다."

"고통 같은 건 없을 거예요."

"그런 말을 들으니 마음이 놓이네요. 어쨌든 그녀는 자신이 무엇을 할지 알아요. 두고 보세요."

"그럴 거라고 생각해요. 그 애는 아버지 말을 결코 거역하지 않아요. 그런데 그 애가 이리로 돌아오고 있네." 이사벨이 로지어에게 말했다. "이 자리를 벗어나 주세요."

로지어는 잠시 그 자리에 있었고, 그사이에 팬지가 춤 상대의 팔에 안기듯이 해서 나타났다. 로지어는 그녀 얼굴을 마주 볼 수 있을 만큼 그곳에 서 있었다. 그러고 나서 머리를 꼿꼿이 들고 걸어 나갔다. 이처럼 쉽게 수긍하고 물러서는 태도를 보고 이사벨은 그가 완전히 사랑의 포로가 되었다는 것을 똑똑히 알 수 있었다.

팬지는 춤출 때 머리카락이 흐트러지는 일이 좀체 없었으며, 춤을 춘 뒤에도 무척이나 상쾌한 얼굴이었다. 그녀는 잠시 기다렸다가 꽃다발을 받아 갔다. 이사벨은 그녀를 지켜보면서 그녀가 꽃 수를 헤아리고 있음을 알았다. 그것을 보고 이사벨은 확실히 자기가 알아차리지 못할 만큼 뿌리 깊은 사랑의 힘이 작용하고 있구나 하고 생각했다. 팬지는 로지어가 자리를 뜨는 것을 보고 있었으나 그에 대해 이사벨에게 한마디도 하지 않았다. 단지 인사를 하고 가 버린 춤 상대와 음악과 마룻바닥과 정말 운 나쁘게도 자신이 입은 드레스의 실밥이 터지고 말았다는 이야기를 늘어놓았을 뿐이다. 하지만 이사벨은 로지어가 꽃 한 송이를 빼 갔다는 것을 팬지가 눈치챈 것이 틀림없다고 생각했다. 그러나 그런 기색과 달리 다음 춤 상대가 와서 춤을 청하자 예의 바르고 우아한 자태로 수락했다. 무척이나 거북한 상황에서도 그녀가 이처럼 상냥함을 드러내는 것은 그녀의 대범한 사고방식 때문이었다. 그녀는 이번에는 꽃다발을 든 채 홍조를 띤 청년 손에 이끌려 다시 무대로 나갔다. 그녀가 자리를 뜨고 얼마 안 있어 이사벨은 워버튼 경이 사람들 사이를 헤치며 앞으로 나오는 모습을 보았다. 그는 금방 다가와 이사벨에게 인사를 했다. 그녀는 어제 이후 그를 만나지 못했다. 그가 주위를 살피며 "아가씨는 어디 있죠?"라고 물었다. 그는 오스먼드 양을 이렇게 불러도 손해 볼 게 없다는 식이었다.

"춤을 추고 있답니다." 이사벨이 말했다. "근처 어디에 있을 거예요."

워버튼 경은 춤추는 사람들을 바라보다가 마침내 팬지와 눈이 마주쳤다. "저 아가씨가 나를 보긴 했는데 알아차리지 못하는군요." 그러다가 말했다. "춤을 추시지 않을 건가요?"

"보시다시피 아무도 청하지 않는군요."

"나하고 추시겠습니까?"

"감사합니다만 팬지와 추시는 게 더 낫겠어요."

"부인과 춤을 춘다고 해서 그녀와 추지 못하라는 법은 없죠. 게다가 저 아가씨는 지금 선약이 있잖아요."

"모든 사람과 선약이 있진 않으니 기다려 주세요. 무척 열심히 추고 있으니 당신에게는 더 나은 셈이죠."

"아주 멋지게 추는군요." 워버튼 경이 팬지의 자태를 눈으로 좇으면서 말했다. "아, 드디어 나에게 웃는 표정을 보여 주었어요." 그가 덧붙였다. 워버튼 경은 잘생기고 느긋하며 침착한 표정으로 서 있었으나, 이사벨은 그의 모습을 보면서 전에도 느낀 것처럼 사회적으로 존경받는 이런 인물이 어린 아가씨에게 흥미를 갖는 것이 이상하다는 생각이 들었다. 아무리 생각해도 대단한 모순이었다. 팬지의 작은 매력도, 그의 친절과 선량함도, 극단적이며 끊임없을 정도로 즐길 것을 찾는 그의 성격까지도 충분히 설명되지 않았다. 잠시 후 그가 이사벨 쪽을 돌아보며 말했다. "부인과 춤추고 싶어요. 하지만 이야기를 나누는 편이 낫겠다는 생각이 드네요."

"그래요, 그게 낫겠어요. 그게 당신 위엄에 더 어울리는 일이에요. 대(大)정치가가 왈츠를 출 수야 없잖아요."

"심한 말씀이군요. 그렇다면 왜 오스먼드 양과 춤을 추라고 했죠?"

"아, 그건 달라요. 저 아이와 추신다면 친절하게 보일 거라는 뜻이에요. 마치 그 아이의 즐거움을 위해 춤을 추는 것처럼 말이에요. 하지만 저와 함께 춤을 추면 당신 자신의 즐거움을 위해 추는 것처럼 보일 테죠."

"그럼 나 자신을 즐겁게 할 권리는 없다는 건가요?"

"그럼요, 대영 제국의 일을 책임지고 계신 한."

"대영 제국이라니! 부인은 늘 그 제국을 비웃고 있잖아요."

"저와 이야기하며 즐거운 시간이나 보내요." 이사벨이 말했다.

"과연 즐거운 시간이 될지 어떨지 궁금해요. 부인은 너무 신랄해요. 난 항상 변명거리만 찾아야 하는 신세죠. 게다가 오늘 밤은 평소보다 더 듣기 벅찬 말만 하시는군요. 정말 춤을 출 수 없어요?"

"전 이곳을 벗어날 수 없는걸요. 팬지가 여기로 올 거예요."

그는 잠시 말이 없었다. 갑자기 그가 말했다. "저 아가씨에게 끔찍이도 친절하군요."

이사벨은 약간 놀라서 미소를 지었다. "저 아이에게 친절하지 않은 사람이 있겠어요?"

"그야 그렇죠. 사람들이 어떻게 그녀에게 매료되는지 알거든요. 그러나 틀림없이 부인이 그녀를 위해 많은 일을 했을 테죠."

"제가 여기에 데리고 왔죠." 이사벨은 여전히 미소를 띠며 말했다. "게다가 옷도 잘 입혔잖아요."

"부인이 저 아가씨와 함께 있었으니 꽤 도움이 되었겠죠. 이야기나 충고를 해 주어 성장에 큰 도움이 되었다는 뜻이에요."

"아, 그렇죠. 저 애는 장미꽃은 아니더라도 그 근처에서 살아온 셈이죠."

이사벨이 웃자 워버튼 경도 따라 웃었다. 하지만 그의 얼굴은 분명 뭔가에 마음을 빼앗겨 마음껏 웃을 수 없는 표정이었다. 잠시 머뭇거린 후 그가 말했다. "우리는 가능한 한 그 근처에서 살려고 애를 쓰지요."

이사벨이 고개를 돌리니 팬지가 그녀 쪽으로 다가오고 있었다. 이사벨은 덕분에 주의를 돌리게 되어 기뻤다. 이미 알고 있는 것처럼 그녀는 워버튼 경을 무척 좋아했지만, 그의 장점이 보증하는 이상으로 그가 유쾌한 남자라는 생각이 들었다. 그의 우정은 일종의 유사시의 자산과 같은 것이었다. 말하자면 그것은 은행에 예치된 거액의 잔고와 같았다. 그가 방에 있으면 그녀의 마음은 즐거웠고, 그의 태도에는 사람을 안심시켜 주는 데가 있었다. 그의 목소리는 자연의 은혜를 생각나게 해 주었다. 그럼에도 그가 너무 가까이 있거나 그가 그녀의 호의를 당연한 듯 생각하는 것이 마음에 걸렸다. 이사벨은 그것이 두려워 스스로 외면했고, 그가 그런 태도를 보여 주지 않으면 좋겠다고 생각했다. 요컨대 그가 너무 가까이 다가오면 그녀는 순간적으로 화를 내며 그러지 말라고 요청할지도 몰랐다. 팬지가 실밥 터진 치맛자락을 안고 이사벨에게 돌아왔다. 팬지는 처음보다 상태가 더 심해진 치맛자락을 이사벨에게 보여 주며 심각한 표정을 지었다. 무도회장에는 제복을 입은 신사들이 많았고, 그들이 신고 있는 구두의 박차가 젊은 숙녀들의 야회복에 흠집을 내기도 했다. 덕분에 여자들의 임기응변이란 끝이 없다는 것이 확인되었다. 이사벨은 팬지의 헝클어진 옷자락에 정신을 집중한 뒤 핀을 찾아 망가진 부분을 수선했다. 그녀는 웃으면서 팬지가 들려주는 이야기에 귀를 기울였다. 그녀의 관심과 동정심이 즉각적으로 발동했으며, 그것은 이런 것과 아무 관계도 없는 느낌(워버튼 경이 자기에게 사랑을 호소할지 아닐지에 대한 추측)과 정비례했다. 이사벨은 팬지의 드레스를 고치면서 이런저런 생각을 했다. 워버튼 경이 말한 것뿐만 아니라, 그와 연관된 일과 지금까지의 그의 행적을 생각해 보았다. 물론 그는 그런 것에 아랑곳하지 않는 태도였고, 자신의 의도를 계산에 넣지 않았다. 하지만 그렇다고 해서 모든 일이 잘 해결되리라는 보장도 없으며, 사태는 더욱 어려워졌다. 워버튼 경이 사태를 빨리 파악할수록 더 좋을 것 같았다. 이윽고 그는 팬지와 이야기를 시작하며, 뚜렷이 이해하기 힘든 해맑은 헌신이 담긴 미소를 지었다. 팬지는 여느 때처럼 진지한 갈망이 밴 듯한 표정으로 그의 말에 응답했다. 워버튼 경은 이야기를 나눌 때 그녀 쪽으로 몸을 많이 구부려야 했고, 팬지는 그가 자신의 몸을 그녀에게 보여 주는 것 같아 그의 건장한 몸을 보통 때처럼 위아래로 쳐다보았다. 그녀는 항상 약간 겁을 먹은 표정이었지만 혐오감을 느낄 만큼 고통스러운 것은 아니었다. 오히려 자신이 그를 좋아한다는 걸 그가 알고 있음을 깨달은 듯 보였다. 이사벨은 잠시 두 사람을 남겨 놓고 근처에 있는 친구에게 걸어가 다음 춤을 알리는 음악이 시작될 때까지 이야기를 나누었고, 이번에도 팬지가 춤출 상대가 예약되어 있음을 알게 되었다. 곧 팬지가 다소 상기된 얼굴로 그녀 곁으로 다가왔다. 이사벨은 팬지가 지나치게 의존심이 많다는 오스먼드의 견해를 세심하게 받아들였기 때문에, 그녀를 소중하긴 해도 일시적으로 대여하는 물품처럼 선약이 되어 있는 춤 상대에게 맡겼다. 이사벨은 이런 일에 대해 나름대로 생각이 많아 혼자 공상에 잠기기도 했다. 팬지가 지나치게 매달린다는 생각이 들 때마다 그녀들 둘 다 어리석다는 느낌이 들었다. 그러나 오스먼드는 자기 딸의 감독자 노릇을 하는 그녀에게 일종의 계획표를 제시해 주었다. 번갈아 가며 우아하게 고삐를 늦추거나 당기는 일이었다. 뿐만 아니라 그의 지시 속에는 문자 그대로 팬지가 복종하고 싶어 하는 것도 있었다. 그중 몇 가지는 그녀가 따를 경우 불합리하게 보일 일도 있었기 때문이다.

팬지가 춤 상대를 따라간 뒤 이사벨은 워버튼 경이 다시 다가오는 것을 보았다. 그녀는 그를 주시하며 그가 무엇을 생각하는지 알아내려고 했다. 하지만 그는 당황하는 기색은 보이지 않았다. "저 아가씨와 나중에 춤추기로 약속했지요." 그가 말했다.

"잘됐네요. 틀림없이 코티용*을 약속했겠죠."

이 말을 듣고 그는 조금 어색한 표정을 지었다. "아니요, 그 춤을 부탁하진 않았어요. 카드리유**입니다."

"딱해라!" 그녀는 화가 난 듯한 어조로 말했다. "당신이 춤을 요청할 경우를 예상해서 코티용을 남겨 두게 했는데."

"아가씨도 딱하죠. 나와 코티용을 추다니!" 워버튼 경은 이렇게 말하고 서슴없이 웃었다. "물론 부인이 좋아한다면 출 거예요."

"제가 좋아한다면요? 오로지 제가 좋아한다는 이유로 당신이 그녀와 춤을 추겠다고요!"

"내가 그녀를 지루하게 할까 봐 겁이 나요. 그녀의 수첩엔 젊은 청년들의 이름이 수두룩한 것 같은데."

이사벨은 눈을 내리깔고 재빨리 생각에 잠겼다. 워버튼 경이 선 채로 그녀를 바라보았고, 그녀는 얼굴에 그의 눈길을 느꼈다. 시선을 돌려 달라고 요청하고 싶은 생각이 간절했다. 하지만 그녀는 그렇게 말하지 않고 잠시 후 눈길을 올리며 단지

---

* 상대를 바꾸어 가며 추는 19세기 프랑스의 사교춤.
** 남녀 네 쌍이 함께 추는 춤.

이렇게만 말했다. "영문을 모르겠네요."

"무엇을 말입니까?"

"열흘 전에 저에게 팬지와 결혼하고 싶다고 하셨어요. 잊진 않으셨겠죠!"

"잊다니요? 오늘 아침에 오스먼드 씨에게 그에 대해 편지를 썼답니다."

"어머, 남편은 당신 편지를 받았다는 얘기를 하지 않던데요."

워버튼 경은 약간 머뭇거렸다. "아, 편지를 보내지 않았거든요."

"깜빡 잊으셨나 보군요."

"그런 게 아니라 편지 내용이 마음에 들지 않아서요. 그런 이야기를 편지로 적는다는 게 얼마나 쑥스러운지. 하지만 오늘 밤에는 보낼 겁니다."

"새벽 3시에요?"

"그보다 좀 뒤에, 내일 중에 보내겠어요."

"좋아요, 그러시다면 저 아이와 결혼하려는 마음엔 변함이 없으신 거예요?"

"그야 물론이죠."

"당신이 저 아이를 싫증 나게 할 것 같지 않아요?" 이 질문에 상대가 눈을 동그랗게 뜨고 바라보자 이사벨은 계속 말했다. "그 아이가 당신을 상대로 삼십 분도 춤을 출 수 없다면 어떻게 평생 동안 당신과 춤을 추겠어요?"

"아." 워버튼 경이 선뜻 대답했다. "다른 사람들과 춤추게 하면 되잖아요! 코티용 말입니다. 사실 내가 생각했던 건 당신이, 당신이…….”

“제가 당신하고 출 거라고 생각하셨나요? 전 그러지 않겠다고 말씀드렸는데.”

“그건 그래요. 그러니까 춤이 계속되는 동안 어디 조용한 구석에 앉아 함께 이야기나 하는 게 낫겠죠.”

“어머, 저를 상당히 배려하시는군요.” 이사벨이 차분한 어조로 말했다.

코티용이 시작되자 팬지가 무척 겸손하게도 워버튼 경이 자기와 춤을 출 마음이 전혀 없을 거라고 생각하고 다른 상대와 약속을 했다는 걸 알 수 있었다. 이사벨은 다른 춤 상대를 찾아보라고 권했으나, 워버튼 경은 이사벨 외 다른 사람과 춤출 생각은 전혀 없다고 말했다. 그러나 이사벨은 이 집 안주인의 요구에도 불구하고 오늘 밤에는 춤추지 않겠다며 다른 제안들도 거부했으므로, 워버튼 경의 청을 예외로 들어줄 수는 없는 처지였다.

“결국 춤에는 관심이 없다고 말해야겠네요.” 그가 말했다. “악의적인 즐거움이 될 테니 차라리 얘기나 하는 편이 훨씬 낫겠어요.” 그러고 나서 그는 자신이 찾던 장소를 발견했다고 넌지시 비쳤다. 그곳은 음악 소리가 나지막이 들려 이야기에 방해가 되지 않는 어느 작은 방의 아늑한 구석이었다. 이사벨은 워버튼 경이 하는 대로 내버려 두고 그의 뜻이 어떤지 확인하고 싶었다. 팬지를 계속 지켜보지 않는 것을 남편이 좋아하지 않는 줄을 알면서도, 그녀는 워버튼 경과 나란히 무도회장을 천천히 걸어 나왔다. 남편 딸의 구혼자와 동행한다. 그렇다면 남편도 반대하지 않을 것이다. 무도회장을 나설 때 그녀는 문지방에 서 있던 에드워드 로지어와 마주쳤다. 그는 팔짱을 낀 채 사람들이 춤추는 광경을 바라보고 있었다. 아무런 환상도 없는 청년의 태도 그대로였다. 이사벨은 잠시 서서 왜 춤추지 않느냐고 그에게 물었다.

"그럴 수야 없죠. 그 아가씨와 춤출 수 없다면."

"그렇다면 돌아가는 편이 나아요." 이사벨은 친절한 조언자 같은 태도로 말했다.

"저 아가씨가 갈 때까지 가지 않겠어요!" 그는 워버튼 경이 지나가도록 길은 비켜 주면서도 쳐다보지는 않았다.

워버튼 경은 이 시무룩한 젊은이를 보고는 이사벨에게 저 음울한 친구가 누구냐고 물었다. 전에 어디서 한 번 본 기억이 난다는 것이었다.

"제가 말했던 바로 그 청년이에요. 팬지를 사랑해요."

"아, 그렇군요. 생각이 나요. 좀 우울해 보이는데요."

"그럼요, 남편이 저 사람 말을 들으려고 하지 않아요."

"문제가 뭔가요?" 워버튼 경이 물었다. "전혀 악의가 없는 것 같은데."

"재산이 넉넉하지 않고 머리도 썩 뛰어나지 않다는 거예요."

워버튼 경은 호기심을 보이며 귀를 기울였으나, 로지어에 관한 이러한 설명에 놀라는 표정이었다. "저런, 성실한 청년 같은데."

“그렇죠. 하지만 남편은 무척 까다롭거든요.”

“그렇겠군요.” 워버튼 경은 잠시 말이 없었다. “대체 재산이 얼마나 되는데요?” 그가 작심하고 물었다.

“연 4만 프랑 정도는 된대요.”

“그럼 1600파운드쯤 되나요? 그 정도면 꽤 괜찮은 편인데.”

“저도 같은 생각이지만 남편은 더 많은 것을 기대해요.”

“그런가요. 바깥양반께서는 상당히 큰 뜻을 품고 계신가 보군요. 그렇다면 정말로 바보인가요, 저 청년이?”

“바보냐고요? 천만의 말씀. 좋은 사람이에요. 저 사람이 열두 살쯤 되었을 때 전 저 사람에게 사랑을 느꼈죠.”

“지금도 그 나이 이상으로 보이지 않는데요.” 워버튼 경이 애매하게 말하더니 주위를 둘러보다 좀 더 진지하게 말했다. “여기 좀 앉으면 어떨까요?”

“좋으실 대로 하세요.” 그 방은 부인의 내실과 흡사한 곳이어서 방 안에 부드러운 장미 빛깔이 가득했다. 두 사람이 들어설 때는 마침 남녀 한 쌍이 방을 나가고 있었다. “로지어 씨에게 그토록 관심을 가지시다니 고마운 일이네요.” 이사벨이 말했다.

“어쩐지 그 청년이 홀대받는 것 같군요. 무척 우울한 표정이었어요. 대체 무슨 까닭이죠.”

“당신은 공정한 분이군요.” 이사벨이 말했다. “경쟁 상대에게도 친절하시니.”

워버튼 경은 갑자기 눈을 크게 뜨고 노려보았다. “경쟁 상대라니! 저 청년이 내 경쟁 상대라는 말입니까?”

"그렇고말고요. 당신들 두 사람은 똑같은 처녀와 결혼하고 싶어 하잖아요."

"그렇긴 하지만 저 사람에게는 희망이 없잖아요!"

"그래도 당신이 저 청년 입장이 되어 주셨으면 해요. 상상해 보시는 거죠."

"그랬으면 좋겠다는 말씀인가요?" 워버튼 경이 그녀에게 의혹의 눈길을 보냈다. "그런 일로 나를 비웃고 싶으신가요."

"그럼요, 약간은. 하지만 다른 사람들이 비웃어도 전 당신이 좋아요."

"좋습니다. 그러면 좀 더 저 사람 입장에 서 보겠어요. 부인은 저 사람을 위해 무엇을 할 수 있다고 생각하세요?"

"저는 당신 상상력을 인정하니 몸소 상상해 보세요." 이사벨이 말했다. "팬지도 그렇게 해 주길 바랄 거예요."

"오스먼드 양 말인가요? 아, 어쩌죠. 그 아가씨는 벌써 날 좋아하는데."

"아무렴요."

그는 조금 주저하면서도 여전히 미심쩍게 이사벨의 얼굴을 바라보았다. "나는 아직 부인의 말을 이해하지 못하겠어요. 팬지 양이 저 청년을 좋아한다는 말은 아니겠죠?"

"그렇다고 분명히 말씀드렸잖아요."

워버튼 경은 갑자기 이마를 붉혔다. "부인은 팬지 양이 부친 뜻에 어긋나는 일은 하지 않을 거라고 했죠. 그래서 나는 그분의 호의를 받을 수 있으리라 생각했는데!" 그는 잠시 말을 끊었다가 '모르시겠어요?'라는 뜻으로 얼굴을 붉혔다.

"그래요. 저 아이는 자기 아버지를 기쁘게 해 주려는 마음이 지극히 강하기 때문에 아마도 그런 마음이 끝까지 갈 거예요."

"경탄할 만한 마음씨로군요."

"그렇고말고요. 아주 훌륭한 마음씨죠." 이사벨은 잠시 침묵을 지켰고 방 안에는 여전히 그들 두 사람뿐이었다. 그들 귀에 들려오는 음악은 중간 방들을 거쳐서 오기 때문에 시끄러운 소리도 희미해진 상태였다. 마침내 그녀가 다시 입을 열었다. "그렇지만 그건 남편이 아내에게 신세를 질 만한 감정이라고 보이지는 않아요."

"잘 모르겠어요. 아내가 착한 여자고, 남편도 아내가 잘하고 있다고 본다면야!"

"그렇겠죠. 당신은 틀림없이 그렇게 생각하실 거예요."

"그럼요, 어쩔 수가 없지요. 물론 부인은 이런 생각이 매우 영국식이라고 생각하시겠죠."

"아니, 그렇진 않아요. 당신과라면 팬지는 정말 훌륭한 결혼을 하는 거예요. 누구보다 당신이 더 잘 아실 텐데요. 하지만 당신은 그 아이를 사랑하진 않잖아요."

"정말로 사랑해요, 오스먼드 부인!"

이사벨은 머리를 흔들었다. "저와 여기에 앉아 있는 동안은 그렇게 생각하고 싶겠죠. 하지만 저는 그런 생각이 들지 않는군요."

"나는 출입구에 있는 저 청년과는 달라요. 그건 인정합니다. 하지만 왜 이렇게 부자연스러울까요? 팬지 양만큼 사랑스러운 아가씨가 이 세상 어디에 있겠어요?"

"아마 없을 거예요. 하지만 사랑은 변명 따위와는 관계가 없어요."

"그 말엔 찬성할 수 없어요. 나에게는 다행히 변명거리가 있으니까요."

"물론 그러시겠죠. 그러나 만일 정말로 사랑하신다면 그런 건 조금도 문제 되지 않을 거예요."

"정말 사랑한다면, 정말 사랑한다면!" 워버튼 경은 팔짱을 끼고 머리를 뒤로 젖히고 나서 몸을 약간 펴며 말했다. "내 나이가 마흔둘이나 되었다는 걸 명심하십시오. 예전처럼 행동하고 싶지는 않아요."

"그렇게 확신하신다면 좋아요."

그는 아무 대답도 하지 않고 머리를 뒤로 젖히고 앉은 채 앞만 응시했다. 그러다 갑자기 자세를 고치더니 이사벨 쪽으로 고개를 돌리며 말했다. "도대체 무슨 이유로 그렇게 마음 내켜하지 않고 회의적인가요?"

이사벨의 눈과 그의 눈이 마주쳤고, 잠시 두 사람은 서로를 가만히 쳐다보았다. 만일 그녀가 근심을 털어놓고 싶은 생각이었다면 뭔가 그럴 만한 구석이 있기 때문일 것이다. 이사벨은 그의 표정에서 그녀 스스로 편치 못한 생각, 즉 자신이 아마도 겁을 먹었다는 생각이 희미하게 비치는 것을 보았다. 희망이 아닌 의구심의 표현이었지만, 아무튼 자신이 알려고 했던 것을 말해 주었다. 워버튼 경이 그녀의 의붓딸과 결혼하려는 생각에는 그녀와 더욱 가까워지려는 뜻이 내포되어 있음을 그녀가 눈치챘다는 것을 그가 조금이라도 알아서는 안 되며,

그런 사실이 드러났을 때 그녀가 그것을 불순하게 생각한다는 것을 알아서도 안 되었다. 그러나 두 사람 사이의 순간적이고 극히 개인적인 시선에는 그들이 이 순간 깨닫고 있는 것 이상의 깊은 뜻이 담겨 있었다.

"워버튼 씨." 이사벨이 웃으며 말했다. "저에 관한 일이라면 무엇이든 말씀하셔도 좋아요."

그녀는 이런 말을 하며 자리에서 일어나 옆방으로 천천히 걸어가, 워버튼 경이 보는 가운데 로마에서 온 저명인사 두 사람을 만났다. 그들은 마치 이사벨을 찾고 있었던 것처럼 다정하게 맞이했다. 그들과 이야기하는 동안 이사벨은 워버튼 경을 내버려 두고 온 것을 후회했다. 게다가 워버튼 경이 그녀를 쫓아오지 않았기 때문에 마치 그녀가 도망을 온 꼴이 되었다. 하지만 이사벨은 그가 오지 않은 편이 좋았다는 생각이 들어 안심했다. 이사벨이 이렇게 안심하고 다시 무도회장으로 들어섰을 때, 로지어는 아직도 문간에 버티고 서 있었다. 그 모습을 본 이사벨은 걸음을 멈추고 그에게 말을 걸었다. "돌아가지 않아 다행이네요. 당신에게 위안거리가 있어요."

"부인이 그분과 무척 다정하게 있는 모습을 보니 무슨 일인지 궁금해요." 청년이 부드러운 어조로 물었다.

"저 사람에 대해서는 아무 말도 하지 마세요. 난 당신을 위해 할 수 있는 일을 할 테니까. 대단한 일은 아니라도 할 수 있는 일은 할 거예요."

로지어는 시무룩하게 곁눈으로 이사벨을 보았다. "왜 갑자기 입장을 바꾸었죠?"

"당신이 문간에 서서 방해가 되고 있다는 생각이 들어서죠!" 이사벨이 그의 곁을 떠나며 웃음을 띠고 대답했다. 삼십 분 뒤 그녀는 팬지와 함께 그곳을 떠나 귀가하는 손님들과 함께 계단 밑에서 잠시 마차를 기다렸다. 마차가 다가오자 워버튼 경이 그 집에서 나와 두 숙녀를 마차가 있는 곳까지 데려다 주었다. 그는 잠시 출입구에 서서 팬지에게 재미 있었느냐고 물었다. 팬지는 그의 질문에 대답한 후 약간 피로한 기색으로 몸을 뒤로 기댔다. 이사벨은 마차 창 너머로 내다보며 손가락으로 신호하여 그를 멈추게 한 뒤 작은 소리로 말했다. "잊지 말고 이 아이 아버지에게 편지를 보내세요!"

44

제미니 백작부인은 너무나 따분하여 자신의 표현대로 따분
해서 죽을 것 같다고 느낄 때가 자주 있었다. 그렇지만 그녀는
죽지 않았고, 자신의 운명과 꽤나 용감하게 싸웠다. 그 운명이
란 자신이 태어난 고향에서 끝까지 살겠다는 완고한 피렌체
남자와 결혼한 일이었다. 그녀의 남편은 트럼프 승부에서 져
주긴 하지만 막상 지고 난 다음에는 언짢아하는 성미라는 평
판이 나 있었다. 제미니 백작은 트럼프에서 그를 이긴 사람들
에게조차 호감을 사지 못했다. 그의 이름은 피렌체 지방에서
는 상당히 명망 있으나, 과거 이탈리아 정부 지방 화폐처럼 이
탈리아 반도의 다른 지역에서는 통하지 않았다. 로마에서 그
는 매우 지루한 피렌체 사람에 불과했으며, 지루한 성격 때문
에 로마를 방문할 경우 상황을 잘 헤쳐 나가기 위해서는 필요
이상으로 자기소개를 해야만 했다. 그러므로 그가 로마를 자

주 방문하기를 꺼려 하는 건 조금도 이상하지 않았다. 반면 백작부인은 항상 로마를 동경하며 살았고, 그곳에 적당한 거처를 마련하지 못하는 것이 삶에서 끊임없는 불만거리였다. 그녀는 로마에 자주 들르지 못한다는 사실이 입에 올리지도 못할 만큼 부끄러웠다. 피렌체 귀족 가운데 로마에 한 번도 가 보지 못한 사람이 있다는 것도 별로 위안이 되지 못했다. 그녀는 기회만 있다면 로마에 갈 수 있었다는 것을 자신의 유일한 자랑거리로 삼았다. 사실 그녀는 로마에 대해 할 말이 많았고 피렌체가 죽도록 싫었기 때문에 로마의 성 베드로 교회 그늘에서 생을 마감하고 싶은 이유를 곧잘 털어놓기도 했다. 하지만 그 이유라는 건 우리들과 그다지 상관없는 것으로, 로마는 영원한 도시이며 피렌체는 다른 지방처럼 약간 아름다운 소도시에 불과하다는 설명으로 요약될 수 있었다. 그녀는 영원이라는 것과 자신의 쾌락을 결합할 필요를 분명히 느끼고 있었다. 특히 로마는, 겨우내 벌어지는 저녁 파티에서 유명인들을 만날 수 있는 기회가 많기 때문에 무척 사교적인 분위기라고 굳게 믿었다. 적어도 피렌체에는 이름을 들어 본 것 같은 유명인은 없었다. 오빠 오스먼드가 결혼하고 나서 그녀의 초조감은 더욱 심해졌다. 올케인 이사벨이 그녀보다 훨씬 더 화려한 생활을 한다고 확신했던 것이다. 그녀는 이사벨만큼 지적이지는 않았지만, 로마를 제대로 평가할 만큼의 지적 수준은 되었다. 그녀가 높이 평가한 것은 폐허가 된 유적이나 지하 묘지가 아니고, 기념비나 박물관이나 교회 의식 그리고 풍경은 더더욱 아니었다. 그러나 그 밖의 모든 것은 바르게 평가했다. 그녀는 이사벨의 소식을 자주 들었고, 이사벨이 아름다운 생활을 하고 있음을 잘 알고 있었다. 딱 한 번 팔라초 로카네라에서 대접을 받았을 때 자신의 눈으로 그들의 생활을 직접 보았던 것이다. 오빠가 결혼하던 첫해 겨울에 일주일 정도 그 집에 머문 적이 있었지만, 그 후에는 묵어 가라는 말을 들은 적이 없어 그 기쁨을 다시 맛볼 수 없었다. 오스먼드는 누이동생의 방문을 원하지 않았고, 그녀도 이 사실을 잘 알았다. 하지만 그녀는 오빠의 의도는 조금도 개의치 않았기 때문에 마음만 있다면 갈 수도 있었을 것이다. 그러나 그녀의 남편이 방문을 허락하지 않았으며, 돈 문제가 늘 성가셨다. 이사벨은 그녀에게 무척 붙임성 있게 굴었고, 처음부터 올케가 마음에 들었던 백작부인은 시새움 때문에 이사벨의 개인적인 미덕을 놓치지는 않았다. 그녀가 자신처럼 어리석은 여자들보다 머리가 좋은 여자들 사이에서 더 인기 있다는 점에 항상 주목했다. 어리석은 여자들은 그녀의 영특함을 결코 이해하지 못했으나, 머리가 좋은 여자들(정말 머리가 좋은 여자들)은 언제나 그녀의 어리석음을 알고 있었던 것이다. 겉모양이나 전체적인 스타일에서 두 사람은 서로 달랐지만, 그녀는 이사벨과 함께 발을 들여놓게 될 약간의 공통점이 어딘가에 있다고 여겼다. 그 공통점이란 별로 큰 것은 아니지만 매우 확고했으므로, 두 사람이 실제로 손을 대기만 한다면 어떤 모습일지 알게 될 터였다. 게다가 그녀는 이사벨과 함께 있을 때면 유쾌하고 놀라운 감화를 받았다. 그녀는 이사벨이 잠시 보류했을 따름이지 언젠가 자신을 '경멸할' 거라고 줄곧 생각했다. 그녀는 불꽃놀이나 사순

절 혹은 오페라 관람을 손꼽아 기다리듯 이사벨이 언제 자기를 경멸하기 시작할지 궁금해했다. 특별히 그 일에 마음을 쏟은 건 아니지만, 무엇 때문에 그것이 미루어지고 있는지 궁금했다. 이사벨은 전과 똑같은 시선으로 백작부인을 대했으며, 백작부인을 경멸하지도, 찬미하지도 않았다. 사실 이사벨은 메뚜기에게 도덕적 판단을 내리듯 그녀를 가볍게 멸시할 수도 있었다. 그러나 이사벨은 시누이에게 무관심하다기보다는 오히려 약간 두려워하는 편이었다. 이사벨은 그녀가 불가사의한 사람이고 무척 별나다고 생각했다. 그녀가 보기에 백작부인에겐 혼이라는 것이 조금도 없는 것 같았고, 흔들면 짤랑거리는 소리가 나는, 반질반질한 껍질에 특이한 분홍빛 입술을 내밀고 있는 진기하고도 영롱한 조개 같았다. 짤랑거리는 소리는 백작부인의 정신적 원리로서, 속이 빈 견과처럼 그녀 몸속에서 이리저리 굴러다니는 것이었다. 그녀는 너무 괴상해서 경멸할 수도 없었고, 다른 사람과 비교하기에는 그녀에겐 너무나 변칙적인 데가 많았다. 사실 이사벨은 그녀를 또 초대할 작정이었다.(백작을 초대하는 일은 별 어려움이 없었다.) 그러나 결혼 후 남편은 자신의 누이동생인 에이미가 천재라도 참기 어려운 바보 중의 바보라고 주저 없이 말했다. 어떤 때는 누이동생이 생각 없다고 하고, 또 어떤 때는 그녀가 자신의 마음을 설탕을 입힌 웨딩 케이크처럼 잘라 사람들에게 모두 나누어 주었다고 덧붙이기도 했다. 초대해 주지 않는다는 사실이 백작부인이 로마를 다시 방문하는 데 장애 요소가 되었지만, 이 이야기를 하고 있는 바로 이 순간, 그녀는 팔라초 로카네라에 와서 몇 주 동안 머물고 가라는 초대를 받은 상태였다. 오스먼드가 직접 초대한 것으로, 그는 매우 얌전히 있을 마음으로 오지 않으면 안 된다는 편지를 누이동생에게 보내왔던 것이다. 이러한 표현 속에 담긴 의도를 그녀가 다 이해했는지는 알 수 없지만, 그녀는 조건 같은 것은 상관하지 않고 초대에 응했다. 게다가 그녀는 호기심이 많았다. 지난번 그 집에 머물렀을 때 받았던 인상 가운데 하나는 오빠가 자신에게 걸맞은 상대를 맞이했다는 것이었다. 결혼 전 그녀는 이사벨을 가엾게 여겼기에 경계 자세를 늦추지 말라고 심각하게 걱정할(그녀의 생각이 여태껏 진지했는지는 몰라도) 정도였다. 하지만 그녀는 이 말을 하지 않았고, 얼마 후에는 스스로 안심했다. 오스먼드는 여전히 거만했지만, 이사벨은 쉽사리 남편의 희생물이 될 정도로 나약한 여자가 아니었기 때문이다. 백작부인의 판단이 그리 정확하지는 않았으나, 만일 이사벨이 자신을 내세운다면 남편보다 나을 거라는 느낌이 들었다. 백작부인은 과연 이사벨이 자신을 내세웠는지 궁금했다. 오스먼드가 위축된 모습을 보는 것은 무척 즐거운 일이 될지도 몰랐다.

백작부인이 로마로 출발하기 며칠 전, 하인이 방문객 명함을 가지고 왔다. '헨리에타 스택폴'이라는 이름만 적힌 명함이었다. 백작부인은 손가락 끝을 이마에 대고 잠시 생각에 잠겼지만 아는 사람 중에 그런 이름을 가진 사람은 생각나지 않았다. 그러자 하인은 백작부인이 이름을 기억하지 못하더라도 만나 보면 누군지 알 수 있을 거라는 방문객의 말을 전했다. 방문객 앞에 모습을 드러내는 순간 그녀는 예전에 터쳇 부인의 집에서 만났던 여성 작가를 떠올렸다. 백작부인은 이미 고인이 된 여류 시인의 딸이지만 그녀는 백작부인이 만난 유일한 현대 여성 작가였다. 백작부인이 헨리에타를 알아볼 수 있었던 것은 그녀가 변한 데가 전혀 없었기 때문이다. 게다가 철저할 만큼 마음이 너그러운 백작부인은 이런 직종의 여성 방문객을 맞이하는 일을 굉장한 일이라도 되는 듯이 생각했다. 그녀는 헨리에타가 미국의 코린으로 불리던 자신의 어머니에 관한 일로 오지 않았을까 하는 생각을 해 보았다. 그녀의 어머니는 헨리에타와는 판이하게 달라서 백작부인은 한눈에 그녀 쪽이 훨씬 더 현대적이라는 느낌과 함께, 여성 작가들의 성격(직업적 성격)이 대체로 먼 나라에서 발전된다는 인상을 받았다. 백작부인의 어머니는 단단히 맨 검은 벨벳(그런 구식 천이라니!)이 살그머니 삐져나온 로마식 스카프를 양 어깨에 걸치고, 윤기가 나는 무성한 곱슬머리 위에 금빛 월계관을 쓰곤 했다. 그녀는 언제나 고백했듯이 크리올* 조상들이 쓰는 억양을 부드럽고도 애매하게 구사했으며 크게 한숨을 짓는 등 적극적인 데가 도무지 없었다. 그러나 백작부인이 보기에 헨리에타는 항상 단추를 꼭 채우고 머리를 촘촘히 땋은 활기찬 외모에 사무적인 데가 있었으며, 태도도 대체로 세심하게 가꾸어져 있었다. 주소도 없이 편지가 배달된다고 상상할 수 없는 것처럼, 그녀가 희미하게나마 한숨을 쉰다는 것은 상상할 수 없었다. 백작부인은 《인터뷰어》의 통신원인 헨리에타가 미국의

---

* 미국 남부 루이지애나 지방에 사는 프랑스계 이민자 후손.

코린보다 훨씬 더 활동적이라고 느끼지 않을 수 없었다. 그녀는 자신이 백작부인을 만나러 온 건 피렌체에 달리 아는 사람도 없을뿐더러, 외국 도시를 방문할 때 겉모습만 보고 돌아다니는 여행객들이 볼 수 없는 뭔가를 보기 위해서라고 설명했다. 그녀는 터챗 부인과 아는 사이였지만, 터챗 부인은 미국에 체류 중이었다. 그러나 헨리에타는 만일 터챗 부인이 피렌체에 있다고 하더라도 그녀에게는 찬미할 만한 점이 없기 때문에 만나지 않을 거라고 했다.

"그렇다면 난 그렇지 않다는 뜻인가요?" 백작부인이 우아하게 물었다.

"그럼요, 터챗 부인보다는 부인 쪽이 더 마음에 드는걸요." 헨리에타가 말했다. "전에 만났을 때 무척 재미있는 분이었다는 걸 잊을 수가 없네요. 그때 우연히 그러셨는지, 아니면 평상시 태도였는지 알 수는 없지만 아무튼 부인 말에 무척 감명 받았어요. 그 후 제가 발표한 글에 부인 말을 인용했죠."

"어머나!" 백작부인은 놀라서 눈을 크게 뜨고 소리쳤다. "내가 무슨 근사한 말을 했다고! 그때 무슨 말을 했더라."

"피렌체에서 여성들의 지위에 관한 거였죠." 헨리에타가 대답했다. "말씀해 주신 덕택에 잘 알게 되었어요."

"여성들의 지위가 무척 불안정하다고 말했던가요? 그걸 써서 발표했어요?" 백작부인이 계속 말했다. "좀 보여 줘요!"

"원하신다면 신문사에 연락해서 글을 보내게 하겠어요." 헨리에타가 말했다. "부인의 이름은 거론하지 않았죠. 단지 신분이 높은 귀부인라고만 밝혔답니다. 부인 의견도 인용했고요."

백작부인은 급히 몸을 뒤로 젖히며 쥐고 있던 두 손을 위로 쳐들었다. "내 이름을 밝히지 않아 유감인 걸 알아요? 내 이름이 신문에 나는 걸 보고 싶었는데. 어떤 의견을 말했는지는 생각나지 않아요. 내겐 의견이 너무나 많거든요! 하지만 난 내 의견을 부끄러워하지 않아요. 난 오빠와 전혀 달라요. 내 오빠를 알겠죠? 오빠는 신문에 이름이 나는 건 불명예라고 생각한답니다. 자신의 말을 인용한다면 오빠는 결코 용서하지 않을 거예요."

"그런 걱정은 하실 필요 없을걸요. 절대로 언급하지 않을 테니까요." 헨리에타는 온화하면서도 매정한 투로 말했다. "그것이 부인을 만나려고 한 또 다른 이유예요." 그녀는 덧붙였다. "오스먼드 씨는 저의 가장 친한 친구와 결혼했거든요."

"아, 그렇군요. 당신은 이사벨의 친구였군요. 당신에 관해 알아보려고 궁리하고 있었답니다."

"이사벨의 친구라는 것만 알아 주시면 돼요." 헨리에타가 말했다. "그러나 부인의 오빠는 저를 그렇게 여기지 않을 거예요. 저와 이사벨 사이를 떼어 놓을 궁리만 했으니까요."

"그런 일은 못 하게 해야죠." 백작부인이 말했다.

"바로 그 말씀을 드리고 싶었어요. 전 로마에 가요."

"나도 갈 건데!" 백작부인이 외쳤다. "함께 가요."

"정말 기뻐요. 이번 여행에 관해 글을 쓸 때 부인 이름을 동행자로 소개할게요."

백작부인은 의자에서 벌떡 일어나 다가오더니 헨리에타 옆 소파에 앉았다. "그 신문을 꼭 보내 줘요! 남편이 좋아하진 않겠지만 그 사람은 신문을 들추는 법이 없어요. 게다가 그 사람은 신문 읽을 줄도 몰라요."

헨리에타의 커다란 눈이 점점 더 커졌다. "읽을 줄 모르다뇨? 편지에 그렇게 써넣어도 될까요?"

"편지라뇨?"

"《인터뷰어》에 말이에요. 제가 글을 쓰는 신문요."

"좋고말고요. 원한다면 남편 이름도 내요. 그런데 이사벨 집에 묵을 작정인가요?"

헨리에타는 머리를 치켜들고 한동안 백작부인을 가만히 응시했다. "묵으라는 요청은 없었어요. 로마를 방문한다고 편지했더니 숙소를 잡아 두겠다는 답장을 보내왔어요. 이유는 말하지 않더군요."

백작부인은 무척 흥미롭게 듣고 있다가 의미심장하게 내뱉었다. "오스먼드 오빠 때문이야."

"이사벨이 저항해야 하는데." 헨리에타가 말했다. "제 친구가 무척 변한 것 같아 걱정이에요. 변할 거라고 저도 말은 했지만."

"유감이군요. 자기 생각대로 할 수 있을 거라고 보았는데. 어째서 오빠는 당신이 마음에 들지 않는 걸까요?" 백작부인이 솔직하게 말했다.

"모르겠어요. 하지만 그런 건 상관없어요. 저를 싫어하는 건 전적으로 그분 자유겠죠. 전 모든 사람에게 호감을 사고 싶은 생각도 없고요. 오히려 사람들이 절 좋아한다면 저 자신을 부끄럽게 여겨야 할 거예요. 기자란 사람들에게 미움을 받을 정도가 아니면 좋은 기사를 쓸 수 없거든요. 기자라는 직업이 바로 그런 거예요. 여기자의 경우도 마찬가지예요. 하지만 이사벨에게 이런 꼴을 당하리라고는 생각조차 하지 않았어요."

"그녀가 당신을 싫어한다는 뜻인가요?"

"모르겠어요. 그걸 제 눈으로 확인하고 싶어요. 그래서 로마에 가는 거지만."

"저런, 난처한 일로 가는군요!" 백작부인이 외쳤다.

"그 친구가 보내는 편지가 예전과 달라요. 다르다는 걸 금방 알 수 있었어요. 부인도 뭔가 아신다면." 헨리에타가 계속 말했다. "미리 알아보고 싶네요. 그러면 제가 취할 태도를 정할 수 있을 테니까."

백작부인은 아랫입술을 삐죽이 내밀고 어깨를 천천히 움츠렸다. "난 아무것도 몰라요. 오스먼드 오빠를 만난 적도, 소식을 들은 적도 거의 없으니까. 오빠는 당신을 마음에 들어 하지 않는 것 같은데, 나 역시 오빠의 호감을 사지 못해요."

"그렇지만 부인은 여기자가 아니잖아요." 헨리에타가 생각에 잠기면서 말했다.

"오빠가 나를 좋아하지 않는 이유는 얼마든지 있죠. 아무튼 그들은 나를 초대했어요. 난 그 집에 머물 거예요!" 백작부인은 거의 열광적인 웃음을 띠고 있었다. 그녀는 즐거움에 도취되어 한동안 스택폴의 실망한 표정은 거들떠보지도 않았다.

헨리에타는 백작부인이 기뻐하는 모습을 매우 담담하게 바라보았다. "하룻밤 묵어 달라는 요청이 있었다 해도 저는 안 갔을 거예요. 가서는 안 된다는 생각 때문이죠. 다행히 제 마음을 결정할 필요는 없네요. 무척 어려운 선택이었을 테죠. 그녀를 두고 돌아서는 것도 쉽지 않고, 그렇다고 그 집에 머무는 것도 즐겁지 않을 테니까요. 제게는 펜션이 좋다고 생각해요. 하지만 그게 전부는 아니잖아요."

"요즘 로마는 정말 좋아요." 백작부인이 말했다. "그곳에는 다양하고 눈부신 사람들이 있거든요. 혹시 워버튼 경에 대해 들은 말이 있나요?"

"무슨 말씀이세요? 전 그분을 잘 알아요. 그분이 훌륭하다고 보세요?" 헨리에타가 물었다.

"난 잘 모르는 사람이지만 대단한 귀족이라고 하더군요. 그 사람이 이사벨에게 사랑을 호소하고 있어요."

"사랑을 호소한다고요?"

"그렇게 들었어요. 자세한 건 모르지만." 백작부인은 대수롭지 않게 말했다. "하지만 이사벨은 꽤 안전하답니다."

헨리에타는 백작부인의 얼굴을 빤히 쳐다보며 잠시 아무 말도 하지 않았다. "언제 로마에 가실 건가요?" 그녀가 느닷없이 물었다.

"일주일 후나 될지 모르겠어요."

"저는 내일 가요." 헨리에타가 말했다. "제가 기다리지 않는 편이 낫겠네요."

"저런, 유감이네요. 난 옷을 맞추어 놓았거든요. 이사벨의 집은 많은 손님들로 북적인다고 들었어요. 그럼 거기서 만나죠. 당신이 묵는 펜션으로 갈게요." 이 말에 헨리에타는 말없이 서 있었다. 그녀는 생각에 잠겨 있었다. 그런데 백작부인이 갑자기 소리쳤다. "아차, 나와 함께 가지 않으면 우리 여정에 관한 기사는 못 쓰겠네!"

헨리에타는 백작부인의 이 말에도 꿈쩍하지 않았다. 그녀는 뭔가 다른 생각을 하다가 곧 입을 열었다. "워버튼 경에 대한 얘기는 아무래도 이해가 안 되네요."

"이해가 안 된다고요? 난 그저 그 사람이 아주 좋은 사람이라는 뜻이었어요. 그뿐이에요."

"결혼한 여자에게 사랑을 호소하는 사람이 좋은 사람일까요?" 헨리에타는 몹시 신기하다는 투로 말했다.

백작부인은 헨리에타를 노려본 후 약간 격렬하게 웃었다. "좋은 남자들은 모두 그런 짓을 한답니다. 당신도 결혼하면 알게 될 텐데!" 그녀가 덧붙였다.

"그런 말을 들으니 결혼하고 싶은 생각이 싹 가시네요." 헨리에타가 말했다. 그녀는 잠시 무슨 말을 할까 궁리하다가 말했다. "저는 저 자신을 위해 남편이 필요하지 다른 사람은 필요 없거든요. 혹시 이사벨이 그런 잘못을 저지르고 있다는 건가요?"

"잘못을 저지른다고요? 설마 그럴 리야 있겠어요. 내 말은 단지 오스먼드 오빠의 형편이 아주 딱하다는 것과, 소문에 따르면 워버튼 경이 너무 자주 그 집에 드나든다는 뜻이에요. 혹시 화낼지 모르지만."

"아니에요, 초조할 뿐이에요."

"저런! 이사벨을 별로 신뢰하지 않는군요. 그럴수록 더 믿어야죠. 그런데." 백작부인이 재빨리 한마디 거들었다. "당신에게 안심이 되는 일이라면 내가 워버튼 경을 떼어 놓겠어요."

헨리에타는 아까보다 더 엄숙한 시선으로 대답했다. "제 마음을 헤아리지 못하시네요." 잠시 후 그녀가 말했다. "제 마음을 짐작하지 못하시는 것 같아요. 저는 그런 일로 이사벨을 걱정하는 게 아니에요. 제가 걱정하는 건 그 친구가 불행해지지 않을까 하는 거죠. 그걸 제 눈으로 확인하고 싶어요."

백작부인은 머리를 좌우로 여러 번 흔들면서 초조한 듯 냉소적인 표정을 지었다. "정말이지 있을 법한 일이에요. 나도 오스먼드 오빠가 불행한지 어떤지 알고 싶어요." 백작부인은 헨리에타를 약간 짜증나는 인물로 보기 시작했다.

"그 친구가 정말 변했다면 불행의 밑바닥에 있는 게 틀림없어요." 헨리에타가 계속 말했다.

"곧 알게 될 거예요. 그녀가 이야기해 주겠죠." 백작부인이 대꾸했다.

"그 친구가 제게 이야기를 하지 않을 수도 있기 때문에 걱정이에요!"

"글쎄요, 오빠가 스스로 즐거움을 느끼지 못한다면(옛날처럼 말이에요.) 난 그걸 알아차릴 수 있을 거라고 자신해요." 백작부인이 응수했다.

"전 그건 상관없어요."

"내게는 보통 문제가 아니에요! 이사벨이 불행하다면 매우 안타까운 일이지만, 나로서도 어떻게 할 수 없는 일이에요. 그 사람에게 내가 충고를 하더라도 결과가 좋지 않을 수도 있고, 그렇다고 위안이 될 만한 어떤 말을 할 수도 없어요. 그러게 그녀는 어째서 오스먼드 오빠와 결혼했을까요? 내 말을 들었다면 오빠를 상대하지도 않았을 텐데. 만일 그녀가 오빠를 배겨나지 못하게 만들었다 해도 용서하겠어요! 만일 오빠에게 경멸이나 받고 있다면 모르긴 해도 그녀를 동정하게 될 테고요. 하지만 그런 일은 없다고 생각해요. 이사벨이 비참하게 지낸다면 그녀는 오빠도 그렇게 만들었을 거예요."

헨리에타는 일어섰다. 그런 사태를 기대한다는 건 당연히 그녀에게는 매우 무서운 일로 생각되었다. 그녀는 솔직히 오스먼드의 불행한 모습을 보고 싶지 않았고, 그로 인해 상상의 날개를 펼 수 없었던 것이다. 대체로 그녀는 백작부인에게 다소 실망했다. 부인은 그녀가 상상했던 것보다 생각의 폭이 훨씬 좁고 어딘지 모르게 상스러운 면도 있었다. "두 사람이 서로 사랑하면 좋을 텐데요." 헨리에타가 충고하는 투로 말했다.

"그러지 못해요. 오빠는 아무도 사랑할 처지가 못 되니까요."

"그럴 거라고 짐작은 했어요. 하지만 그래서 이사벨의 일이 더 걱정스러워요. 기필코 내일 출발해야겠어요."

"확실히 이사벨을 흠모하는 사람들이 있군요." 백작부인은 매우 생기 있게 미소를 띠며 말했다. "그녀를 동정하지 않는 건 아니에요."

"저도 이사벨을 도울 수 없을 것 같아요." 헨리에타가 환상을 품지 않는 것이 좋다는 듯이 말했다.

"힘이 돼 주겠다고 결심할 수는 있어요. 그것만으로도 대단한 거죠. 난 당신이 그것 때문에 미국에서 왔다고 믿어요." 백작부인이 갑자기 덧붙였다.

"그럼요, 전 그녀를 돌봐 주고 싶어요." 헨리에타가 조용히 말했다.

작은 눈이 반짝거리고 코는 진지해 보이는 백작부인은 헨리에타에게 미소를 지으며 서 있었다. 백작부인의 두 뺨이 붉게 물들었다. "아, 정말 아름다운 일이네요. 매우 다정한 마음씨예요! 그게 바로 우정이라는 것 아닌가요?"

"뭔지는 모르겠어요. 다만 여기 오는 게 좋겠다고 생각했죠."

"이사벨은 참 행복하네요. 천만다행이에요." 백작부인이 계속 말했다. "나 말고도 친구가 있으니." 그러다 갑자기 열을 올리며 말했다. "그녀는 나보다 행복해요! 나 역시 불행하다는 점에서는 같지만, 내 남편은 정말 형편없는 사람이거든요. 오빠보다 더 지독해요. 게다가 내겐 친구가 없답니다. 있다고 생각했지만 모두 떠나 버리고 없어요. 당신이 이사벨을 위해 해 주려는 일을 남자고 여자고 아무도 해 주지 않아요."

이 말을 듣고 헨리에타는 마음이 움직였다. 백작부인의 입에서 나온 이 쓰라린 말은 자연스러운 태도의 발로였다. 헨리에타는 백작부인을 잠시 바라보다가 한마디 했다. "저기요, 부인이 바라신다면 무엇이든 하겠어요. 출발을 좀 늦춰 함께 로마에 갈게요."

그러자 백작부인은 갑자기 어조를 바꾸어 대답했다. "상관없어요. 그저 신문에 내 얘기나 꼭 써 줘요!"

그러나 헨리에타는 백작부인 곁을 떠나기 전 로마 여행에 관해 허구를 쓸 수는 없다고 이해시켜야만 했다. 그녀는 사실만을 정확히 보도하는 기자였기 때문이다. 그녀는 백작부인 집을 나와 아르노 강으로 향했다. 황금빛 강의 양지 바른 부두에는 여행객들에게 친숙한, 정면을 화려하게 꾸며 놓은 숙소들이 줄지어 서 있었다. 그녀는 전부터 피렌체 거리를 잘 알고 있었기 때문에(그녀는 이런 일에 직감이 비상했다.) 성(聖) 트리니티 다리*로 통하는 작은 광장을 빠져나와 잰걸음으로 목적지를 찾아갈 수 있었다. 그녀는 왼쪽으로 돌아 베키오 다리**로 향한 뒤 이 멋진 다리를 내려다보는 어느 호텔 앞에서 걸음을 멈추었다. 이곳에서 그녀는 작은 수첩을 펼치고 명함 한 장과 연필을 집어 든 다음, 잠시 생각에 잠겼다가 몇 자를 적어 넣었다. 그녀의 어깨 너머로 엿보는 것은 독자들의 특권일 것이며, 그 특권을 행사하면 다음 내용을 간략히 엿볼 수 있다. "오늘 저녁 매우 중요한 용건이 있는데 잠시 뵐 수 있을까요?" 헨리에타는 내일 로마로 떠난다는 내용도 덧붙였다. 이 짧은 편지를 무기로 하여 그녀는 출입구에 버티고 서 있는 문지기에게 다가가 굿우드 씨가 있느냐고 물었다. 문지기는 그런 인물의 대답이 항상 그렇듯이 그가 이십 분쯤 전에 나갔다고 말했다. 그러자 헨리에타는 명함을 내밀며 그가 돌아오면 전해 달라고 부탁했다. 숙소를 나선 그녀는 부두를 따라 우피치 미술관의 엄숙한 회랑을 지나 이윽고 이 유명한 미술관의 입구에

---

* 피렌체에 있는 세계에서 가장 오래된 아치형 다리.
** 피렌체의 아르노 강 위에 세워진 중세 다리.

도달했다. 그녀는 안으로 들어가서 위층으로 통하는 높은 계단을 올라갔다. 한쪽에는 유리창이 있고, 고대 흉상들로 장식된 긴 복도를 지나면 실내로 들어가게 되어 있었다. 이윽고 밝은 겨울 햇빛이 대리석 바닥 위에 반짝거리는 텅 빈 공간이 나타났다. 미술관은 굉장히 추워서 한겨울 몇 주간은 방문하는 사람이 드문 편이었다. 헨리에타가 지금까지 독자들이 받은 인상과 달리 예술적 아름다움의 추구에 무척 열성을 쏟는 것처럼 보일지 모르지만, 그녀가 선호 혹은 찬미하는 것이 있었다. 그녀가 찬미하는 것 중 하나는 트리뷴이라는 전시실에 전시된 코레조의 소품, 성모 마리아가 밀짚이 담긴 구유에 누워 있는 아기 예수 앞에 꿇어앉아 손뼉을 치고 예수가 즐거운 듯이 웃으며 환호하는 그림이었다. 헨리에타는 이 친숙한 장면이 무척 마음에 들어 세상에서 가장 아름다운 그림이라고 생각했다. 그녀는 뉴욕에서 로마로 가는 도중 피렌체에서 딱 사흘만 머물 생각이었는데, 이 기간 동안 자신이 애호하는 작품을 한 번은 더 보아야겠다고 다짐했었다. 그녀의 미적 감각은 모든 방면에서 남달랐기 때문에 지식인으로서 하지 않으면 안 될 일이 대단히 많았던 것이다. 그녀가 트리뷴 전시실로 막 들어가려고 하는데 안에서 한 신사가 나왔다. 그녀는 약간 놀란 소리를 내며 캐스퍼 굿우드 앞에 걸음을 멈췄다.

"방금 당신을 만나러 호텔에 갔었어요." 그녀가 말했다. "내 명함을 두고 왔죠."

"그것 참 영광이군요." 캐스퍼 굿우드는 정말 그렇다는 투로 말했다.

"당신에게 인사를 하려고 찾아간 건 아니에요. 전에 찾아간 적이 있어서 당신이 달갑지 않게 여긴다는 걸 알죠. 하고 싶은 얘기가 있어서 찾아간 거예요."

그는 그녀가 쓰고 있는 모자의 장식물을 잠시 바라보다가 말했다. "하고 싶은 이야기를 기꺼이 듣겠습니다."

"나와 얘기하는 게 싫은 모양이네요." 헨리에타가 말했다. "하지만 그런 건 상관없어요. 당신을 즐겁게 해 드리려고 하는 얘기가 아니거든요. 내가 묵는 곳으로 찾아오시도록 주소를 적어 두었죠. 그러나 여기서 만났으니 잘됐네요."

"지금 막 나가던 참이었습니다." 굿우드가 말했다. "하지만 시간을 낼 수는 있어요." 그는 정중한 태도였지만 이야기를 꼭 듣고 싶어 하는 것 같지는 않았다.

헨리에타도 그가 선뜻 대화에 응해 줄 거라고 기대하지는 않았다. 그러나 기필코 이야기하고 싶었기 때문에 그가 이야기를 들어 주는 것만으로도 고맙다고 생각했다. 하지만 그녀가 맨 먼저 한 말은 그림을 다 보았느냐는 것이었다.

"보고 싶은 건 전부 봤어요. 여기에 한 시간 동안 있었죠."

"내가 좋아하는 코레조의 그림도 보았나요?" 헨리에타가 물었다. "그 그림을 보려고 일부러 찾아왔어요." 그녀가 트리뷴 전시실로 들어가자 그도 천천히 따라왔다.

"그 그림을 본 것 같습니다만 당신이 좋아하는 그림인 줄은 몰랐어요. 난 그림을 잘 기억하지 못하거든요. 특히 그런 종류의 그림은." 그녀가 자기가 좋아하는 그림을 가리켰다. 그러자 굿우드는 헨리에타가 이야기하고 싶은 것이 코레조의 그림에 대한 것이냐고 물었다.

"아니에요." 헨리에타가 대답했다. "조화가 좀 부족한 어떤 것에 대한 거예요!" 아담하지만 화려한 명화가 진열된 방에는 그들뿐이었고, 경비원 한 사람만 메디치의 비너스상 근처를 배회하고 있었다. "부탁이 있어요." 헨리에타가 불쑥 말했다.

캐스파 굿우드는 얼굴을 약간 찌푸렸지만, 근엄하게 보이기 위해 당황하는 표정은 짓지 않았다. 그의 얼굴은 예전에 비해 더 나이 들어 보였다. "틀림없이 달갑지 않은 일이겠죠." 그가 다소 큰 소리로 말했다.

"그럼요, 달갑지 않을 거예요. 당신이 좋아할 일이라면 부탁하지도 않아요."

"그러면 어디 한번 들어 볼까요." 그는 자신이 꽤나 인내심 있는 사람이라는 투로 말했다.

"내 부탁을 들어줘야만 할 특별한 이유가 없다고 생각하실지도 몰라요. 하지만 나에게도 원칙은 있답니다. 당신이 허락할 경우 부탁을 드린다는 거예요." 그녀의 부드럽고 또렷한 어조에는 억지로 효과를 내려는 의도가 없어서 무척이나 진지한 느낌을 주었다. 굿우드는 다소 딱딱한 표정을 짓고 있긴 했지만 그녀의 태도에 감동하지 않을 수 없었다. 하지만 그는 감동을 받았다고 해서 사람들이 흔히 그러듯 겉으로 드러내는 성미가 아니었다. 그는 얼굴을 붉히지도, 시선을 다른 데로 옮기지도 않았으며, 상대를 의식하는 표정을 짓지도 않았다. 오히려 앞을 더 똑바로 바라보며 마음을 단단히 먹고 주의를 기울이는 듯했다. 헨리에타는 자신이 유리한 입장에 있다고 의식하지 않고 사심 없이 이야기를 계속했다. "이제 말씀드려야겠네요. 사실 지금이야말로 말하기에 적합한 기회인 것 같아요. 내가 당신을 화나게 하더라도(여러 번 그랬다고 생각해요.) 당신에게 실례를 범하는 일이라는 건 알아요. 내가 당신을 난처하게 만든 적이 있죠. 틀림없이. 하지만 당신을 위해 그렇게 했던 거예요."

이 말을 듣고 굿우드는 머뭇거렸다. "지금 입장이 난처하군요."

"그럼요, 약간은. 당신이 로마에 가는 게 대체로 좋은 일인지 아닌지 생각 좀 해 보세요."

"그런 말을 하리라고 짐작했지!" 굿우드는 조금 솔직하게 말해 버렸다.

"그럼 그 점에 대해 생각해 봤어요?"

"물론입니다. 매우 신중하게, 여러 측면으로 이리저리 검토해 보았죠. 그러지 않았다면 이렇게 멀리까지 오진 않았을 겁니다. 그러느라 두 달 동안이나 파리에 머물렀어요. 여러 가지 생각을 했죠."

"만족할 만한 결심을 하셨는지 모르겠네요. 결국 그런 쪽으로 끌렸기 때문에 그것이 가장 낫다고 결정했겠죠."

"누구에게 가장 낫다는 겁니까?"

"글쎄요, 우선 당신 자신에게. 그다음으로는 오스먼드 부인에게겠죠."

"그녀에게는 좋을 일이 없을 겁니다! 그다지 자만하지 않아요."

"혹 그녀에게 나쁜 결과를 초래하지는 않을까요? 그 점이 문제예요."

"어째서 그녀에게 문제가 되는지 모르겠군요. 오스먼드 부인에게 난 미미한 존재에 불과합니다. 하지만 궁금하다면 말해 드리죠. 직접 그녀를 보고 싶긴 해요."

"알겠어요. 그래서 가는 거로군요."

"물론입니다. 달리 이유가 있겠어요?"

"직접 본다고 문제가 해결될까요? 난 그 점이 궁금해요." 헨리에타가 말했다.

"그건 나도 뭐라고 말할 수 없군요. 파리에서 생각한 것도 바로 그 점이었습니다."

"점점 더 불만만 쌓이겠네요."

"어째서 '점점 더'라는 말을 하죠?" 굿우드는 약간 엄격한 어조로 물었다. "그리고 어째서 내가 불만일 거라고 생각해요?"

"글쎄요." 헨리에타는 약간 망설였다. "다른 데 관심이 없는 것처럼 보여서죠."

"내가 무엇에 관심을 갖는지 어떻게 압니까?" 그가 얼굴을 몹시 붉히며 소리쳤다. "난 당장 로마로 가고 싶어요."

헨리에타는 아무 말 없이 그를 바라보며 고통스럽긴 하지만 뭔가 알아차린 듯한 표정을 지었다. 마침내 그녀가 입을 열었다. "글쎄요. 단지 내 생각을 말한 것뿐이에요. 줄곧 염두에 두고 있었거든요. 물론 당신은 쓸데없는 참견이라고 생각할 거예요. 하지만 그렇게 본다면 모든 것이 쓸데없는 참견이 되겠지요."

"친절하시군요. 신경 써 줘서 정말 고마워요." 캐스파 굿우
드가 말했다. "로마에 가겠지만 오스먼드 부인에게 괴로움을
끼치지는 않겠습니다."

"설마 괴로움을 끼치시겠어요. 오히려 그녀를 도와주실 수
있겠죠. 문제는 그거예요."

"그녀에게 도움이 필요할까요?" 그는 상대를 꿰뚫어보는
표정으로 천천히 말했다.

"여자들이란 대개 도움을 필요로 하는 법이죠." 그녀는 세
심하게 핵심을 회피하여 평소보다는 희망을 품지 않고 일반
화하며 대답했다. "로마에 가서 진정으로 좋은 친구가 돼 주세
요. 너무 자신의 일만 생각하시지 말고!" 이 말을 덧붙인 뒤 그
녀는 몸을 돌려 그림을 보기 시작했다.

캐스파 굿우드는 그녀가 그의 곁을 떠나 혼자 전시실 안을
서성거리는 모습을 지켜보며 서 있었다. 그러나 잠시 후 그녀
곁으로 다가가 말했다. "그녀에 대해 여기서 뭔가 들은 것 같
은데." 그가 말을 이었다. "그게 뭔지 알고 싶군요."

헨리에타는 평생 얼버무린 적은 없었지만, 이번 경우에는
그렇게 하는 편이 나을지도 모른다는 느낌이 들어 잠시 생각
에 잠긴 뒤, 피상적이나마 예외를 인정해서는 안 된다고 결심
했다. "그럼요, 듣긴 들었어요." 그녀가 말했다. "그러나 당신
이 로마에 가는 걸 바라지 않기 때문에 얘기하지 않겠어요."

"좋을 대로 하십시오. 내 눈으로 직접 볼 테니." 굿우드가 말
했다. 그러고 나서 앞뒤가 맞지 않는 말을 불쑥 던졌다. "그녀

가 불행하다는 얘길 들었군요!"

"어머, 그런 건 당신이 알 수 없는 건데!" 헨리에타가 큰 소리로 말했다.

"그렇겠죠. 언제 떠날 건가요?"

"내일 저녁 기차를 탈 거예요. 당신은요?"

굿우드는 슬쩍 뒷걸음질을 쳤다. 그는 헨리에타와 함께 로마에 가고 싶지 않았던 것이다. 그가 이런 좋은 기회에 무관심한 것은 길버트 오스먼드의 성격과 다른 점이었지만, 이 순간만큼은 뚜렷한 동질성을 드러냈다. 이런 무관심은 그녀의 결점들을 고려한 것이라기보다는 오히려 그녀의 미덕에 대한 경의의 표시였다. 그는 헨리에타가 매우 뛰어나고 명석하다고 생각했으며, 이론적으로 그녀가 속한 계층에 대한 반감은 없었다. 그는 여성 통신원이라는 것은 진보적인 나라에서 일어나는 당연한 현상이라고 생각했으며, 그런 여성들이 쓰는 통신문을 읽어 본 적은 없어도 어쨌든 그것이 사회 번영에 이바지한다고 보았다. 하지만 그런 여성들의 지위가 높은 만큼 그는 헨리에타가 많은 일들을 속단하지 않으면 좋겠다고 생각했던 것이다. 헨리에타는 그가 언제나 오스먼드 부인에 관한 이야기를 할 준비가 되었다고 여겼다. 그가 유럽에 도착한 지 육주가 되어 두 사람이 파리에서 만났을 때도 그랬고, 그 후에도 기회 있을 때마다 그녀는 오스먼드 부인 이야기를 들고 나왔다. 사실 그는 오스먼드 부인에 대해 언급하고 싶지 않았고, 항상 그녀를 생각하는 것도 아니었다. 그는 이 사실을 분명히 인식하고 있었다. 그만큼 침착하고 과묵한 남자도 드물었지만,

탐색을 좋아하는 이 여성 작가는 고요하고 어두운 그의 영혼에 계속 등불을 비춰 대는 것이었다. 그는 그녀가 자기 일에 지나친 관심을 보이지 않기를 바랐다. 다소 비정한 남자로 보일지 모르지만 그녀가 자기를 내버려 두기를 바랐던 것이다. 하지만 그런 기분에도 불구하고 그는 지금 다른 생각을 하고 있었는데, 사실 이것은 그의 언짢은 기분이 오스먼드의 언짢음과 얼마나 다른지를 잘 보여 주었다. 그는 당장이라도 로마에 가고 싶었다. 그것도 홀로 밤 열차를 타고 가기를 원했다. 그가 유럽의 열차 칸을 싫어한 이유는 창문이라도 열고 싶은 숨막힐 듯한 분위기에 시간이 지나면 반감까지 생기는 외국인들과 무릎이나 코를 맞대고 몇 시간씩 앉아 있어야 되기 때문이었다. 밤 열차가 낮 열차보다 더 심하긴 했지만, 적어도 밤에는 눈을 감고 잠을 청하며 미국의 특별 객차를 꿈꿀 수도 있었다. 그러나 헨리에타가 내일 저녁 기차를 탄다는데 자기 혼자 밤에 떠날 수는 없었다. 동반자가 없는 여성에 대한 모욕이라는 생각이 들었다. 하지만 그는 그렇게 오래 기다릴 인내심이 없었기 때문에 그녀가 그냥 가 버리도록 내버려 두는 것도 무리였고, 다음 날 출발한다고 해도 힘든 노릇이었다. 그녀는 그를 괴롭게 하고 압박감까지 주었기 때문에 그녀와 함께 유럽 열차 칸에서 시간을 보낸다는 건 생각만 해도 지긋지긋했다. 그래도 여자 혼자서 여행하는 것이기에 그녀에게 도움의 손길을 건네는 것이 그의 의무였다. 이 점에는 의문의 여지가 없었으며, 그가 그녀와 동행하지 않으면 안 된다는 것도 엄연한 사실이었다. 그는 얼마 동안 근엄한 표정을 짓고 있다가 숙녀에 대

한 신사의 친절을 과시하는 기색도 없이 극히 또렷한 어조로
말했다. "물론 내일 떠난다면 나도 동행하겠어요. 도움이 될지
도 모르니까."

　"그래요, 굿우드 씨. 나도 그러기를 바라요!" 헨리에타는 침
착하게 대꾸했다.

45

랠프의 로마 체류가 연장되는 것에 대해 남편이 언짢아한다는 걸 이사벨이 알고 있다는 것은 앞에서 이미 밝혔다. 이사벨이 편지를 통해 진심의 증거를 보여 달라고 워버튼 경에게 요구한 이틀날 사촌 오빠의 호텔을 방문했을 때는 남편이 언짢게 여긴다는 사실이 그녀 마음을 무겁게 누르고 있었다. 다른 때와 마찬가지로 그녀는 남편이 무엇 때문에 언짢아하는지 충분히 알고 있었다. 그는 아내가 자유로운 정신을 가져서는 안 된다고 보았고, 랠프가 자유의 사도라는 것을 너무나 잘 알고 있었다. 그가 이사벨이 랠프를 만나러 가는 것을 그녀의 기분 전환으로 여기는 것은 바로 그것 때문이었다. 그녀는 남편의 반대를 무릅쓰고 이런 기분 전환을 자만하듯 신중하게 맛보았던 것이다. 이사벨은 아직 남편 뜻에 정면으로 배치되는 행동을 한 적이 없었고, 남편은 그녀가 스스로 선택하고 받든 인물이었다. 하지만 그녀는 가끔씩 이 사실을 믿을 수 없을 만큼 막연한 느낌으로 응시했다. 그녀는 이런 사실 때문에 고민했지만, 결혼에 따르는 전통적인 품위나 신성한 의무감 같은 것이 그녀의 마음을 떠나지 않았다. 이런 것에 배치되는 행동을 한다고 생각하니 두려움은 물론 부끄러운 생각까지 들었다. 왜냐하면 그녀는 남편의 의도가 자기처럼 관대하다고 믿었고, 설마 자신도 모르게 이런 일이 생기리라고는 생각조차 하지 않았기 때문이다. 하지만 자신이 남편에게 엄숙하게 바친 뭔가를 되찾지 않으면 안 될 날이 빠르게 다가오고 있음을 그녀는 잘 알았다. 그런 일은 혐오스러우면서도 끔찍한 일이 될 것이므로 모른 체하려고 했다. 남편은 먼저 나서서 상황을 수습하지는 않을 테고, 결국 그녀에게 책임을 지울 것이다. 그는 아직 이사벨이 랠프에게 가는 것을 정식으로 막지는 않았으나, 랠프가 곧 로마를 떠나지 않는 한 머지않아 금족령이 내려질 거라고 그녀는 확신했다. 하지만 건강이 악화된 랠프가 어떻게 로마를 떠날 수 있을까? 날씨 때문에 랠프가 로마를 떠난다는 건 아직 어려웠다. 그녀는 남편이 랠프가 로마를 떠나 주기를 바라는 기미를 충분히 눈치챌 수 있었으며, 공정하게 말해 자신이 사촌 오빠와 함께 있는 걸 남편이 좋아할 리 없다고 생각했다. 랠프는 결코 오스먼드를 비난하지 않았지만, 남편의 예민한 무언의 항의에는 여전히 근거가 있었다. 만일 오스먼드가 적극적으로 간섭하여 자신의 권위를 내세운다면 그녀는 결단을 내리지 않으면 안 될 텐데, 그 또한 쉬운 일은 아니었다. 이런 사태는 예상에 불과했지만, 그녀는 심장이 요동치고 뺨까지 달아올랐다. 그녀는 남편과의 공개적 불화를 피하고 싶다는 소망에서 랠프가 건강의 위험을 무릅쓰고라도 로마를 떠나 주었으면 좋겠다는 생각을 이따금 하기도 했다. 이런 생각까지 하게 된 자신의 모습을 언뜻 깨닫자 자신이 나약하고 비겁하다는 생각이 들었지만 별로 도움이 되지 않았다. 그녀가 랠프를 그다지 좋아하지 않는 건 아니었지만, 자신이 인생에서 행한 가장 심각한 행위(단 하나의 신성한 행위)를 파기하지 않기 위해서라면 무슨 일이라도 할 수 있을 것 같았다. 결혼을 파기한다면 그녀의 미래는 온통 어두워질 것이다. 오스먼드와 결별하면 영원히 그렇게 되는 셈이며, 서로의 요구를 받아들일 수 없음을 공공연히 인정한다면 그들의 시도가 모두 실패로 끝났다는 것을 인정하는 셈이 된다. 두 사람이 서로를 용서한다거나, 타협한다거나, 쉽게 잊어버린다거나, 정식으로 관계를 재조정한다는 것은 불가능한 일이었다. 그들이 시도한 것은 단 한 가지였고, 이 한 가지만이라도 잘되어야 했다. 그들의 일이 실패로 끝난다면 달리 어쩔 수가 없지만 그 성공에 견줄 만한 것은 생각조차 할 수 없었다. 그녀는 괜찮다고 생각되는 범위에서 랠프가 묵는 파리 호텔에 몇 번이나 찾아갔다. 사람의 도리는 가치관을 기준으로 삼는데, 도덕성이란 말하자면 제대로 식별하느냐, 식별하지 못하느냐의 문제라는 것이 더할 나위 없는 증거였다. 그런 기준을 적용하는 건 이제 그녀의 자유였다. 왜냐하면 랠프를 혼자 죽게 해서는 안 된다는 기본적 사실 외에 뭔가 중요한 것을 그에게 물어보고 싶었기 때문이다. 사실 이것은 그녀의 일인 동시에 오스먼드의 일이기도 했다.

이윽고 그녀는 하고 싶은 이야기를 꺼냈다. "내 질문에 대답해 줘. 워버튼 경의 일이야."

"무슨 일인지 짐작이 가는데." 랠프는 팔걸이의자에 앉아 가는 다리를 보통 때보다 더 길게 뻗고 대답했다.

"아마 그럴 거야. 그렇다면 대답해 줘."

"그렇다고 대답할 수 있다는 뜻은 아니야."

"오빠는 그분과 친하고 충분히 관찰해 왔잖아."

"그건 사실이야. 하지만 그 사람이 시치미 떼고 있어야만 한다는 걸 생각해 봐!"

"무엇 때문에 그래야만 할까? 그런 분이 아니잖아."

"이런, 사정이 특별하다는 걸 알아야지." 랠프는 혼자 재미있어하는 태도로 말했다.

"어느 정도는 그렇지. 하지만 그분이 정말로 사랑에 빠졌을까?"

"그렇다고 생각해. 난 알 수 있거든."

"세상에!" 이사벨이 냉정한 투로 말했다.

랠프는 그녀를 쳐다보았으나 약간 들뜬 모습 속에 어리둥절한 표정이 섞여 있었다. "실망한 것 같은 말투네."

이사벨은 자리에서 일어나 장갑을 만지작거리며 깊은 생각에 잠겼다. "결국 내가 나설 일이 아닌데."

"넌 너무 현명해졌어." 랠프가 말했다. 그러고 나서 곧 한마디 덧붙였다. "그런데 대체 무슨 얘기를 하는 거야?"

이사벨은 눈을 휘둥그레 떴다. "오빠가 알고 있으리라 생각했어. 워버튼 경은 기필코 팬지와 결혼하고 싶다고 했거든. 오빠는 아무 대답도 해 주지 않지만 전에 내가 말한 적이 있잖아. 오늘 한번 말해 보지 않을래? 그분이 정말 팬지를 좋아한다고 믿어?"

"아, 팬지라고? 아니야!" 랠프가 또렷하게 외쳤다.

"하지만 방금 그렇다고 했잖아."

랠프는 잠시 멈칫했다. "이사벨, 그 사람은 널 좋아했어."

이사벨은 무거운 표정으로 머리를 흔들었다. "말도 안 돼. 오빠도 알잖아."

"물론 말도 안 되는 소리지. 하지만 그건 워버튼 경의 일이고 나와는 상관없어."

"그렇다면 무척 머리가 아프겠네." 그녀는 이렇게 말하면서 자신이 무척 교묘하게 말했다고 자부했다.

"아무래도 너에게 말해야겠어." 랠프가 말을 이었다. "지금은 그런 마음이 아니라고 그 사람이 나에게 말했어."

"두 사람이 그것에 대해 함께 이야기했다니 정말 다행이야! 그분이 팬지를 사랑한다는 말도 오빠에게 했어?"

"팬지를 극찬했지. 아주 정중하게. 그녀가 로클리에서 멋진 삶을 누릴 거라고 본다는 말도 물론 했고."

"정말 그렇게 생각할까?"

"참, 워버튼 경이 정말 생각하는 건!" 랠프가 말했다.

이사벨은 다시 장갑을 만지작거리며 주름을 펴고 있었다. 길고 느슨한 장갑이었기에 그녀는 얼마든지 시간을 벌 수 있었다. 그러나 곧 그녀는 얼굴을 들고는 갑자기 격렬하게 소리쳤다. "랠프 오빠, 오빠는 나를 도와주지 않잖아!"

그녀가 도움이 필요하다는 말을 한 것은 이번이 처음이었지만, 그 말투는 랠프의 마음을 뒤흔들었다. 그는 뭔가 안도와 연민과 애정이 담긴 말을 오래 중얼거렸으며, 두 사람 사이 간격이 최소한 좁아진 느낌이 들었다. 이런 기분으로 잠시 후 그가 말했다. "네 결혼 생활이 순탄치 못한 것 같아!"

그가 이렇게 말하자 이사벨은 평정을 되찾았다. 그녀가 처음 보인 반응은 그의 말을 못 들은 체하는 것이었다. "오빠에게 도움을 청하다니, 내가 바보짓을 했네." 그녀는 재빨리 미소를 지으며 말했다. "집안의 거북스러운 일로 오빠를 괴롭히다니! 문제는 아주 간단해. 워버튼 경은 혼자서 자기 일을 추진해야 돼. 난 그분 일을 끝까지 떠맡을 순 없거든."

"아주 쉽게 성공하겠는데."

이사벨은 심사숙고했다. "그럼. 하지만 그분이라고 언제나 성공하는 건 아니잖아."

"네 말이 맞아. 그래서 난 항상 놀랐지. 오스먼드 양도 우리를 놀라게 할까?"

"우리를 놀라게 할 사람은 오히려 그분일 거야. 결국 손을 떼겠지만."

"명예롭지 않은 일은 절대 하지 않을 사람이지."

"그건 확실해. 그분이 그 애를 그냥 놔두는 것보다 더 명예로운 일은 없을 텐데. 그 애는 다른 남자에게 마음이 쏠려 있으니까. 멋진 제안을 하면서 그 남자를 포기하게 만드는 건 너무 잔인해."

"아마도 다른 사람에게 잔인한 일이겠지. 그녀가 마음에 둔 남자 말이야. 워버튼 경이 신경 쓸 일은 아니야."

"아니, 그 애에게 잔인한 일이야." 이사벨이 말했다. "로지어를 단념하라고 하면 그 애는 무척 불행해질 거야. 이런 얘기하니까 재미있어하는 것 같네. 물론 오빠는 로지어와 사랑에 빠진 게 아니니까. 팬지 입장에서 보면 로지어에겐 그녀를 사랑한다는 유리한 점이 있어. 팬지는 워버튼 경이 자신을 사랑하지 않는다는 걸 대번에 알아차릴 수 있거든."

"그 사람은 그 아가씨에게 잘해 줄 거야."

"벌써 그렇게 하고 있어. 하지만 다행스럽게도 그 애 마음을 산란하게 할 말은 아직 하지 않았어. 그분은 내일이라도 떳떳하게 작별 인사를 할 수 있을 정도야."

"네 남편은 그걸 좋아할까?"

"천만에, 당연히 좋아하지 않겠지. 남편은 자신만 만족하면 되거든."

"그래서 그 일을 너에게 위임하던?" 랠프는 위험을 무릅쓰고 물었다.

"워버튼 경의 옛 친구로서, 말하자면 남편 길버트보다 더 오랜 친구로서 내가 그분 의향에 관심을 갖는 건 당연한 일이야."

"그가 결혼할 뜻을 철회하는 데 관심을 갖고 있겠지."

이 말에 이사벨은 망설이다가 얼굴을 약간 찡그리며 말했다. "잘 모르겠지만 오빠는 그분 주장을 옹호하는 거야?"

"그럴 생각은 조금도 없어. 그 사람이 네 의붓딸의 남편이 되지 않는 게 좋다는 거지. 그렇게 되면 너와는 정말 묘한 관계가 되잖아!" 랠프가 웃으며 말했다. "오히려 걱정이 되는 건

네 남편이 네가 워버튼 경에게 충분히 영향력을 행사하지 않았다고 보지 않을까 하는 거지."

이사벨은 자신도 랠프와 마찬가지로 웃을 수 있음을 깨달았다. "남편은 나를 잘 알기 때문에 내가 영향력을 행사할 거라고 생각하지도 않아. 자기가 영향력을 행사할 생각은 조금도 없을 테고. 자신을 정당화하지 못한다는 걱정 따위는 하지도 않아!" 그녀는 가볍게 말했다.

이사벨은 한순간 자신의 가면을 벗었지만, 다시 원상으로 돌아와 랠프를 무척 실망시키고 말았다. 그는 이사벨의 본래 모습을 얼핏 들여다보았기 때문에 더 자세히 보고 싶은 마음이 솟아올랐던 것이다. 게다가 그에겐 이사벨이 남편에 대한 불만을 털어놓는 것을 듣고 싶은 잔인할 정도의 욕구가 있었고, 워버튼 경이 마음을 바꾸면 그녀가 책임져야 한다는 말도 그는 듣고 싶었다. 랠프는 지금 그녀가 그런 형편에 처했다고 확신했으며, 워버튼 경이 결혼을 철회할 경우 오스먼드가 불만을 터뜨릴 거라는 점도 미리 직감했다. 이럴 때 사람들은 가장 비열하고 잔인한 형태로 처신할 수밖에 없을 것 같았다. 그는 이사벨에게 이런 사태를 경고하고 싶었으며, 자신이 이미 판단해서 알고 있는 것을 그녀가 조금이라도 알기를 원했다. 이사벨이 훨씬 더 잘 알 거라는 점은 별문제가 되지 않았다. 랠프는 그녀를 위한다기보다는 스스로의 만족을 위해 자신이 속고 있지 않다는 것을 그녀에게 보이려고 했다. 그는 이사벨이 오스먼드를 배반하게 하려고 거듭 노력했다. 그러는 가운데 자신이 냉혈하고 잔인하며 몰염치한 인간이라는 생각이 들었지만, 그건 별문제가 아니었다. 그의 시도가 실패로 끝났기 때문이다. 그렇다면 이사벨은 무엇 때문에 왔으며, 무엇 때문에 그들의 암묵적 협약을 파괴할 기회를 주려고 한단 말인가? 그가 자유롭게 대답할 기회도 주지 않으면서 왜 충고를 구했을까? 보다 근본적인 요인들을 언급하지 않으면서 어떻게 난처한 가정 문제(이렇게 지칭하는 것이 그녀를 흡족하게 만들긴 하지만)를 이야기할 수 있었을까? 이런 모순이야말로 그녀의 고뇌를 암시하며, 방금 도움을 요청했던 그녀의 절박한 외침을 그가 외면할 수는 없는 노릇이었다. "그래도 두 사람 의견이 분명히 다르겠지." 잠시 후 그가 말했다. 그런데도 이사벨이 이해할 수 없다는 듯이 아무 대답도 하지 않았기 때문에 그가 다시 입을 열었다. "너희 부부는 서로 생각이 완전히 다르다는 걸 알게 될 거야."

"그런 일은 흔해. 사이가 굉장히 좋은 부부 사이에도!"

이 말을 하며 이사벨은 양산을 집어 들었다. 그가 무슨 이야기를 할지 두려운 나머지 그녀의 마음이 어수선해졌음을 알 수 있었다. "그래도 우리 부부는 이런 일로 좀체 다투지는 않아." 그녀가 덧붙였다. "왜냐하면 이건 전적으로 남편의 관심사거든. 아주 자연스러운 거지. 팬지는 결국 남편 딸이지 내 딸은 아니잖아." 그녀는 이렇게 말하고는 작별을 하기 위해 손을 내밀었다.

랠프는 자신이 모든 사실을 안다고 말하기 전까지는 그녀를 돌려보내선 안 된다고 다짐했다. 이런 좋은 기회를 잃는다는 게 아쉽다는 생각이 들었기 때문이다. "남편이 이 일에 대해 뭐라고 말할지 알아?" 그가 이사벨의 손을 잡으면서 말했다. 그녀는 실망의 빛은 띠지 않았지만 약간 냉정한 태도로 머리를 흔들었다. 그가 다시 입을 열었다. "네 열의가 부족한 건 질투 때문이라고 말할걸." 그는 잠시 말을 중단했다. 그녀의 표정을 보자 걱정이 되었기 때문이다.

"질투라니?"

"팬지 양에 대한 질투."

이 말을 듣고 그녀는 얼굴을 붉히며 머리를 뒤로 젖혔다. "너무 심한 말이네." 그녀는 그가 한 번도 들은 적 없는 목소리로 대들었다.

"너 자신에게 좀 더 솔직해지면 알게 될 거야."

그러나 이사벨은 아무 반응도 보이지 않고, 그가 아직도 잡고 있는 손을 뿌리치듯 빼낸 뒤 급히 방을 빠져나갔다. 그녀는 팬지와 이야기를 하려고 마음먹고 그날 저녁 식사 시간 전을 이용해 팬지의 방에 갔다. 팬지는 벌써 옷을 차려입고 있었다. 팬지는 항상 시간이 되기 전에 모든 준비를 마쳤다. 마치 자신이 빼어난 인내심과 기품 있는 고요함으로 조용히 앉아 기다릴 수 있다는 것을 보여 주는 듯했다. 이번에도 그녀는 새 옷을 입고 침실 난로 앞에 앉아 있었다. 그녀는 몸단장이 끝나면 촛불을 껐다. 절약하는 습관이 몸에 밴 탓이기도 하지만, 그녀는 지금 어느 때보다 더 신중하게 행동했다. 장작불 두 개만 실내를 환히 비추고 있었다. 팔라초 로카네라에는 방이 많았고 모두 널찍한 편이었다. 팬지가 거처하는 내실은 어둡고 육중한 대들보가 있는 꽤나 넓은 방이었다. 체구가 자그마한 여주인이 방 한가운데 앉아 있으니 마치 점 하나처럼 보였다. 그녀가 이사벨을 맞이하기 위해 곧장 공손하게 일어섰기 때문에 이사벨은 어느 때보다 소녀의 수줍은 마음씨에 감동했다. 이사벨은 어려운 일을 맡았으므로 가능한 한 태연하게 처신해야만 했다. 그녀는 괴롭고 속이 상했으나 그런 기분을 드러내지 않으려고 조심했다. 그녀는 너무 진지하거나 딱딱한 모습을 보여서는 안 된다고 생각했으며, 소녀에게 두려움을 안겨 줄까 봐 걱정했다. 팬지는 이사벨이 고해성사를 받는 신부와 같은 자격으로 왔다고 짐작하는 듯했다. 왜냐하면 그녀가 지금까지 앉아 있던 의자를 난로 가까이로 더 끌어당겨 놓고서, 이사벨이 거기에 앉자 자기 앞에 있던 쿠션 위에 무릎을 꿇고 앉아 얼굴을 들어 의붓어머니의 무릎 위에 두 손을 포개어 얹었기 때문이다. 이사벨이 바라는 것은 팬지가 워버튼 경에게 마음이 없다는 것을 그녀 입을 통해 직접 듣는 것이었다. 그러나 이사벨은 그것을 확인하고 싶긴 해도 그것을 말하도록 유도할 자유가 자신에게 있다고는 전혀 생각하지 않았다. 소녀의 아버지가 알면 배신 행위라고 펄쩍 뛸지도 모를 일이었다. 그러므로 사실 이사벨은 팬지가 워버튼 경을 두둔하는 기색을 조금만 비쳐도 자신은 가만히 있는 것이 도리라고 생각했다. 암시하는 기색 없이 심문한다는 건 어려운 노릇이었다. 팬지가 너무나 단순하고, 이사벨이 지금까지 생각했던 것보다 훨씬 더 순진하기 때문에, 아주 가벼운 기분으로 물어보아도 뭔가 훈계하는 분위기가 될 것 같았다. 어둠침침한 난로 불빛을 받으며 무릎을 꿇은 채, 예쁜 옷이 희미하게 빛나는 가운데, 반은 호소하듯 반은 복종하듯 두 손을 맞잡고 이런 상황에서 가장 진지한 태도로 온화한 눈길을 들어 가만히 바라보는 팬지의 모습은 이사벨의 눈에는 산 제물로 바쳐지기 위해 치장하고 나와 그런 운명을 피하려고도 하지 않는 어린 순교자 같았다. 이사벨은 자신이 팬지의 결혼에 관해 어떤 일이 진행되는지 아무 말도 하지 않고 잠자코 있었던 것은 무관심하거나 알고 싶지 않아서가 아니라 팬지가 자유롭게 행동하도록 내버려두고 싶었기 때문이라고 설명했다. 그러자 팬지는 몸을 앞으로 굽히고 점점 더 얼굴을 들고는, 이야기를 계속해 주기를 진심으로 바라니 충고할 것이 있다면 지금 해 달라고 졸라 댔다. 속삭이는 듯한 그녀 목소리는 절실한 갈망을 담고 있었다.

"너에게 충고한다는 건 어려운 일이야." 이사벨이 말을 받았다. "충고 같은 건 할 수 없단다. 그런 일이라면 아빠가 하실 거야. 넌 아빠 충고를 듣고 그대로 따라야 해."

이 말에 팬지는 눈을 아래로 떨구며 잠시 아무 말도 하지 않았다. 이윽고 그녀가 말했다. "아빠의 충고보다 어머니의 충고가 더 좋아요."

"그래선 안 돼." 이사벨이 냉정하게 말했다. "나도 널 무척 사랑하지만 아빠는 너를 더 사랑하셔."

"저에 대한 사랑 때문이 아니라, 같은 여자이기 때문에 충고를 바라는 거예요." 팬지는 꽤나 그럴듯한 말을 한다는 태도로 대답했다. "남자보다는 여자가 나이 어린 소녀에게 충고할 수 있어요."

"그렇다면 나는 아빠의 소원을 최대한 존중해 드리라고 충고할게."

"그럼요." 팬지는 진지하게 말했다. "그렇게 해야죠."

"하지만 지금 네 결혼 문제를 얘기하는 건 너 때문이 아니고 나를 위해서란다." 이사벨이 말을 이었다. "네가 무엇을 기대하고 무엇을 원하는지 알고 그에 따라 행동하려고 말이야."

그러자 팬지는 눈을 동그랗게 뜨고 재빨리 물었다. "제가 원하는 건 뭐든지 해 주실 수 있겠어요?"

"대답하기 전에 그게 뭔지 들어 보기는 해야지."

이윽고 팬지는 로지어와 결혼하는 것만이 자신의 유일한 소망이라고 말했다. 그 청년에게 청혼을 받았고, 아버지가 허락해 주신다면 결혼하겠다고 말해 버린 것이다. 그러나 아버지는 허락하려고 하지 않았다.

"그렇구나. 하지만 불가능한 일이네." 이사벨이 단언했다.

"네, 불가능한 일이에요." 팬지는 한숨조차 쉬지 않고, 맑고 작은 얼굴에 여전히 긴장감을 띠며 말했다.

"그렇다면 뭔가 다른 걸 생각해야만 돼." 이사벨이 말하자 팬지가 이번에는 한숨을 쉬며 그렇게 하려고 했지만 성공을 거두지 못했다고 말했다.

"저를 생각해 주는 사람을 생각해야 돼요." 팬지가 희미한 미소를 지으며 말했다. "로지어 씨가 저를 생각하고 있다는 걸 저는 알거든요."

"그 사람이 그래선 안 되는데." 이사벨이 오만한 투로 말했다. "아빠가 그건 곤란하다고 말씀하셨거든."

"어쩔 수 없는 일이에요. 아빠도 제가 그 사람을 마음에 두고 있다는 걸 아시는걸요."

"그래선 안 돼. 그에게는 뭔가 구실이 있겠지만 너는 그렇지가 못해."

"뭔가 구실을 찾아 주세요." 소녀는 마치 성모 마리아에게 기도하듯이 말했다.

"그걸 시도하면 정말 곤란해지는데." 이사벨이 전에 없이 냉정하게 말했다. "만일 누군가 다른 사람이 너를 생각하고 있다면 그 사람에 대해 생각해 보겠니?"

"아무도 로지어 씨만큼 저를 생각해 줄 수는 없어요. 누구에게도 그럴 권리는 없답니다."

"저런, 나는 로지어가 정당하다고 보지는 않아!" 이사벨은 마음에도 없는 말을 했다.

팬지는 그녀를 바라볼 뿐이었는데 무척 당황한 모습이었다. 이사벨은 그 순간을 놓칠세라 아버지 뜻을 거역하면 비참한 결과가 올 거라고 팬지에게 말했다. 그러자 팬지는 그녀의 말을 가로막으며, 자기는 절대로 그 뜻을 거역하지 않을 것이며, 아빠의 동의 없이는 결코 결혼하지 않겠노라고 단언했다. 그러고는 비록 로지어와 결혼하지 않더라도 그에 대한 생각은 버리지 않을 거라고 침착하고 순진한 어조로 자신의 생각을 피력했다. 그녀는 독신으로 지낼 생각을 하는 것 같았다. 그러나 이사벨은 소녀가 자신이 한 말의 뜻을 잘 모른다고 생각했다. 팬지는 정말 진지하게 그런 생각을 하고 있었기 때문에 연인을 단념할 각오까지 했다. 다른 사람을 받아들이기 위한 중요한 단계이긴 하지만, 팬지가 그런 방향으로 간다는 것은 분명히 불가능했다. 그녀는 아버지에게 원한을 품지 않았다. 그런 마음은 전혀 없었다. 그녀에게는 단지 로지어를 향한 정절을 지키려는 사랑스러운 마음만 있었던 것이다. 더욱이 그녀는 그 청년과 결혼하는 것보다 독신으로 남는 것이 그에 대한 정절을 더 잘 입증할 수 있다는 기묘하고 복잡한 암시를 하는 것 같았다.

"네 아빠는 네가 더 나은 결혼을 하기를 바라셔." 이사벨이 말했다. "로지어의 재산은 별게 아니거든."

"더 낫다는 게 무슨 뜻이죠? 만일 로지어 씨와의 결혼이 충분한 거라면 어떻게 해요? 제게도 돈이 별로 없어요. 그런데 왜 재산을 바라는 결혼을 해야 하죠?"

"너에게 돈이 별로 없으니 재산을 더 바라게 되는 거란다." 이런 말을 하게 되자 이사벨은 방 안이 어둠침침한 것이 고마웠고, 갑자기 얼굴이 화끈거리는 것을 느꼈다. 그녀가 이런 말을 하는 건 오스먼드를 위해서였다. 그를 위하는 일이라면 이런 말을 하지 않을 수 없었다! 그녀의 눈을 응시하고 있는 팬지의 엄숙한 눈초리가 그녀를 당황스럽게 했으며, 팬지가 바라는 것을 자신이 너무 소홀히 다루었다고 생각하니 부끄러움이 앞섰다.

"제가 어떻게 하면 좋을까요?" 팬지가 나직하게 물었다.

무서운 질문이었지만, 이사벨은 애매하게 얼버무리고 말았다. "최선을 다해 아빠를 기쁘게 해 드려야지."

"누군가 다른 사람하고 결혼하란 말씀인가요. 아빠가 그렇게 하라고 시키실까요?"

한순간 이사벨은 얼른 대답이 나오지 않았다. 그러나 팬지가 대답을 기다리며 조용히 있는 것 같아 대답하지 않을 수 없었다. "그럼. 누군가 다른 사람하고 결혼하는 거지."

팬지의 시선은 이사벨의 마음을 꿰뚫어보는 기색이었다. 이사벨은 팬지가 자신의 성실성을 의심한다고 보았으며, 그녀가 자리에서 천천히 일어나는 모습을 보자 그 인상이 더욱 강해졌다. 팬지는 맞잡고 있던 작은 두 손을 풀고 그 자리에 잠시 서 있다가 떨리는 목소리로 말했다. "글쎄요, 아무도 저에게 청혼하지 않았으면 좋겠어요!"

"그건 의심스러워. 누군가 청혼할 사람이 있을 것 같은데."

"그럴 것 같진 않아요."

"그럴 것 같아. 성공할 거라는 자신이 선 남자라면."

"자신이 선다고요? 그렇다면 청혼할 생각이 없을 텐데요!"

이사벨은 팬지의 말이 다소 예리하다고 생각하며 자기도 일어나 잠시 난롯불을 바라보며 서 있었다. "워버튼 경이 너에게 매우 큰 관심을 보여 주셨지." 그녀가 계속 말했다. "물론 나는 그분 경우를 말한 거야." 그녀는 예상과 달리 자신의 주장을 변명하는 위치에 처한 것을 알게 되었다. 그래서 워버튼 경에 대해 처음 생각보다 더 노골적인 이야기를 끄집어낸 것이다.

"그분은 저에게 무척 다정하게 대해 주셨고, 저도 그분이 마음에 들어요. 하지만 그분이 저에게 청혼할 거라면 잘못 생각하신 거예요."

"아마 내가 착각한 걸 수도 있겠지. 하지만 그렇게만 되면 아빠가 무척 기뻐하실 텐데."

팬지는 고개를 저으며 의미심장한 미소를 지었다. "워버튼 경은 단지 아빠를 기쁘게 해 드리려고 청혼하시진 않을 거예요."

"네가 그분 마음을 사로잡아 준다면 아빠가 기뻐하시겠지." 이사벨은 무표정하게 말했다.

"어떻게 하면 그분 마음을 사로잡을 수 있죠?"

"난 알 수 없지. 그건 아빠가 가르쳐 주실 거야."

팬지는 잠시 동안 아무 말도 하지 않고 분명한 확신이 있는 듯 계속 미소를 지을 뿐이었다. "그런 걱정은 없어요. 절대로!" 마침내 그녀가 단언했다.

이 말을 하는 팬지의 말투에는 확신이 가득했다. 그렇게 믿고 매우 즐거워하는 모습이라 이사벨의 입장을 난처하게 만들기에 충분했다. 이사벨은 불성실한 태도를 추궁받는 느낌이 들어 견딜 수 없었다. 그녀는 자존심을 되찾기 위해 워버튼 경으로부터 팬지에 관해 뭔가 걱정되는 점이 있다는 말을 들은 적이 있다고 말할 뻔했다. 그러나 이사벨은 이 말을 입 밖에 내지는 않았고, 당황한 탓에 다소 말이 빗나가긴 했지만 그가 매우 친절하고 다감한 사람이라고만 말했을 뿐이다.

"맞아요, 아주 다정하신 분이에요." 팬지가 말했다. "그분을 좋아하는 건 바로 그것 때문이죠."

"그렇다면 왜 그렇게 힘들게 생각하지?"

"조금 전에 어떻게 하라고 하셨죠? 그분 마음을 사로잡으라고 하셨죠. 하지만 제가 그런 일을 하고 싶어 하지 않는다는 걸 그분도 아실 거라고 저는 확신해요. 제가 그분과 결혼하길 원치 않는다는 것도 아시고, 따라서 자신이 저에게 고통을 주려고 하지 않는다는 걸 제가 알아주기를 바라고 계세요. 그분이 친절하다는 건 그런 이유에서랍니다. 그건 마치 '난 당신이 매우 좋지만 그게 당신에게 즐거운 일이 아니라면 두 번 다시 그런 말을 하지 않겠소.'라는 말과 같은 거죠. 이런 태도는 정말 자상하고 너무나 고상하다고 생각해요." 팬지는 점점 더 자신 있는 어조로 계속 말했다. "우리가 서로 이야기한 건 이것뿐이에요. 게다가 그분이 저를 많이 좋아하신 것도 아니에요. 정말 아무 걱정도 없답니다."

이사벨은 이 온순한 처녀에게 깊은 분별력이 있는 것에 놀라고 감동했다. 팬지의 지혜에 두려움을 느끼고 뒷걸음치기 시작했다고 해도 될 정도였다. "그 사실을 아빠에게 말씀드려야 해." 이사벨이 조심스레 말했다.

"왠지 그러고 싶지 않아요." 팬지가 숨김없이 대답했다.

"아빠가 잘못된 희망을 품게 해선 안 돼."

"그럴지도 모르겠네요. 하지만 이렇게 내버려 두는 편이 저에게는 나을 것 같아요. 아빠는 조금 전에 말씀하신 일을 워버튼 경께서 할 거라고 믿는 동안 다른 사람과의 결혼 얘기는 꺼내지도 않을 거예요. 그렇게 되면 제게는 다행이잖아요." 팬지는 무척 명료하게 말했다.

팬지의 명쾌한 논리에는 뭔가 신선한 데가 있어서 이사벨은 안도의 한숨을 쉬었다. 덕분에 무거운 책임감에서 벗어나게 된 것이다. 팬지는 자신의 일에 대한 사리 판단에 충분한 안목이 있었기 때문에 이사벨은 이제 그녀 문제에 끼어들 필요가 없다고 생각했다. 그렇지만 남편의 뜻을 따라야 된다는 생각과 그의 딸과 이렇게 대화하는 것이 자신의 명예와 결부된다는 생각이 뇌리에서 떠나지 않았다. 이런 기분에 싸여 그녀는 팬지의 방을 나가기 전에 불쑥 다른 말을 했다. 그녀로서는 최선을 다한 것 같은 말이었다. "아빠는 최소한 네가 당연히 귀족과 결혼할 거라고 여기실걸."

팬지는 열린 문에 서 있었으나, 이사벨이 지나갈 수 있도록 커튼을 끌어당겼다. 그리고 매우 엄숙한 어조로 말했다. "로지어 씨는 귀족이나 마찬가지예요!"

46

워버튼 경은 며칠 동안 오스먼드 부인의 응접실에 모습을 드러내지 않았다. 남편은 그 백작에게 편지를 받았는지에 대해 이사벨에게 한마디도 언급하지 않았다. 뿐만 아니라 편지를 기다린다는 것도, 그런 마음을 겉으로 드러내는 것도 싫어하면서 워버튼 경이 너무 오래 기다리게 한다고 여겼다. 남편의 그런 생각을 이사벨은 분명히 짐작하고 있었다. 나흘째 되던 날에도 워버튼 경이 오지 않자 오스먼드는 한마디 했다.

"워버튼 경은 어떻게 된 거요? 사람을 빚쟁이로 취급하나?"

"전 아무것도 몰라요." 이사벨이 말했다. "지난주 금요일 독일 사람이 주최한 무도회에서 그 사람을 봤어요. 그때는 당신에게 곧 편지를 보내겠다고 하던데."

"내게 편지를 보내지 않았는데."

"저도 그런가 보다 생각하고 있었어요. 당신이 편지 이야기를 하지 않기에.”

“괴상한 남자로군.” 오스먼드는 못마땅하다는 투로 말했다. 이사벨이 아무 반응이 없자, 그는 워버튼 경은 편지 한 장 쓰는데 오 일이나 걸리느냐고 물었다. “그렇게 힘들여 글을 쓰는 건가?”

“전 모르는 일이에요.” 이사벨은 이렇게라도 대답하지 않을 수 없었다. “저도 편지를 받은 적이 없어요.”

“받은 일이 없다고? 한때는 친밀하게 편지를 주고받았을 거라고 짐작했는데.”

이사벨은 그런 일이 없었다고 잘라 말하고 이 이야기는 이대로 끝내고 말았다. 그러나 남편은 이튿날 오후 늦게 응접실로 들어와 어제의 편지 건을 다시 화제에 올렸다.

“워버튼 경이 편지를 쓰겠다고 했을 때 당신은 뭐라고 말했소?”

이 말에 이사벨은 잠시 멈칫했다. “잊지 말라고 말했던 것 같아요.”

“그럴 염려가 있다고 봐요?”

“당신 말대로 참 괴상한 사람이네요.”

“아무래도 잊어버린 것 같아.” 오스먼드가 말했다. “잊지 않도록 다시 일깨워 주시오.”

“그런 일로 편지를 쓰는 게 괜찮을까요?”

“어쨌든 난 반대하진 않겠소.”

“당신은 저에게 너무 많은 걸 바라는군요.”

“아무렴, 많은 걸 바라고말고.”

"당신을 실망시키지나 않을까 걱정이에요."

"실망은 많이 했지만 아직 기대를 버리지 않았소."

"물론 알죠. 하지만 저 역시 자신에게 실망했다는 걸 알아주세요! 당신이 워버튼 경을 정말 붙잡을 생각이라면 직접 나서야 해요."

오스먼드는 이삼 분 동안 아무 대답이 없다가 한마디 했다. "그건 쉽지 않을 거요. 당신이 중간에 들어서서 방해하는 한."

이사벨은 놀라서 온몸이 떨리기 시작했다. 그는 반쯤 눈을 감고 이사벨을 지그시 바라보고 있었다. 그녀를 생각하면서도 눈으로 보지 않는 듯한 그의 태도에는 놀랄 만큼 잔인한 의도가 있는 것처럼 보였다. 그는 그녀를 불쾌하면서도 필요한 관계로 인정하지만 당장은 자기 앞에 존재하는 인물로 보지 않는 듯했다. 지금처럼 그의 시선에 그런 기색이 분명하게 드러난 적도 없었다. "제가 뭔가 떳떳하지 못한 짓을 한다고 탓하시는 건가요." 그녀가 대꾸했다.

"믿을 수 없다는 점에서 탓하는 거요. 결국 그 사람이 나서지 않는다면 당신이 그렇게 만든 거나 다름없잖소. 그게 비열한 일인지 아닌지 나는 알 수 없지만, 여자들은 그런 짓을 해도 괜찮다고 생각하거든. 당신은 틀림없이 훌륭한 짓이라고 생각할 테지."

"제가 할 수 있는 일은 하겠다고 말했어요."

"맞아. 그것으로 시간은 번 셈이지."

그의 말을 듣고 이사벨은 남편이 아름다운 사람이라고 생각했던 것을 떠올렸다. 곧이어 그녀가 말했다. "당신은 그 사람을 붙잡으려고 무척 애를 쓰는군요!"

이 말을 해 버린 뒤 그녀는 말하는 순간에는 의식하지 못했던, 자신의 말이 끼친 영향을 금방 알아차렸다. 그녀의 말은 자신과 오스먼드의 차이를 분명히 했던 것이다. 그녀는 갈망하던 보물을 손에 쥔 채 그것을 놓쳐도 아깝지 않을 만큼 충족감을 느꼈던 예전 일을 상기했다. 순간 환희가 그녀를 사로잡았다. 그의 얼굴에서 자신의 말이 준 타격의 흔적을 읽을 수 있었기 때문에 이사벨은 그에게 상처를 준 것에 대해 끔찍한 기쁨을 느꼈다. 그러나 오스먼드는 달리 아무 말도 하지 않고 있다가 "그렇소, 난 그걸 무척이나 바란다오."라고 대꾸했다.

그 순간 하인이 손님을 안내하며 들어왔고, 곧이어 모습을 드러낸 워버튼 경은 오스먼드를 보고 놀라서 멈칫했다. 그는 집주인으로부터 안주인에게로 급히 시선을 옮겼다. 그 동작은 방해하고 싶지 않다는 표시 같기도 했고 그 자리의 분위기가 이상하다는 표시 같기도 했다. 영국인다운 태도로 앞으로 나선 그의 모습에서는 어쩐지 겸연쩍은 기색이 보였다. 그 모습은 그의 본바탕이 선량하다는 것을 보여 주었으며, 그의 유일한 결함이 그런 태도를 쉽사리 바꾸지 못하는 것이라는 사실도 보여 주었다. 오스먼드는 당황해서 아무 말도 하지 못했으나, 이사벨은 즉각 워버튼 경의 이야기를 하고 있던 참이라고 말했다. 이 말을 듣고 오스먼드는 워버튼 경이 어떻게 된 걸까, 벌써 로마에서 떠나고 없는 게 아닐까 하고 둘이서 궁금해했다는 말을 덧붙였다. "아닙니다." 워버튼 경이 오스먼드 쪽을 보고 미소를 지으며 말했다. "이제 곧 로마를 떠나게 되었습니다." 그러고 나서 그는 갑자기 영국으로 호출당했다고 설명하고는 이튿날이나 그다음 날에 출발해야 한다고 말했다. "터쳇을 놔두고 가는 게 마음에 걸려요!" 마침내 그가 말했다.

오스먼드 내외는 잠시 동안 아무 말도 하지 않았다. 오스먼드는 의자에 등을 기대고 앉아 듣고만 있었다. 이사벨은 남편 쪽에 시선을 두지 않았으나 그가 어떤 표정일지 쉽게 짐작할 수 있었다. 그녀는 워버튼 경 쪽으로 눈길을 돌렸다. 워버튼 경이 그녀의 시선을 조심스럽게 피하고 있었으므로 그녀는 더 자유롭게 그쪽으로 시선을 보낼 수 있었다. 이사벨은 만약 자신의 눈길이 워버튼 경의 눈길과 마주치면 워버튼 경의 눈에 깊은 의미가 나타날 게 틀림없다고 생각했다. 그녀는 잠시 후 남편이 아무렇지도 않게 내뱉는 말을 들었다. "터쳇 씨를 데리고 가시는 편이 좋겠습니다."

"따뜻해질 때까지 머물게 하는 게 좋을 것 같아요. 지금은 여행을 권하고 싶지 않습니다." 워버튼 경이 대답했다.

그는 십오 분 정도 그곳에 앉아 당분간은 만날 수 없다는 듯이 이야기를 했다. 그러나 이사벨 내외가 영국으로 오면 만날 수 있으니 꼭 와 달라고 부탁했다. 두 사람이 가을에 함께 영국으로 오면 어떨까? 워버튼 경은 이 방법이 가장 좋다고 생각했다. 그러면 두 사람에게 도움을 줄 수 있고, 또한 자기 집에 와서 한 달가량 머문다면 자기로서는 큰 즐거움이 될 거라고 했다. 오스먼드의 말로는 영국에 한 번밖에 가 보지 않았다고 했는데, 생활에 여유가 있고 지성을 갖춘 사람에게 그건 좀 너무했으며, 영국이 그에게 정말 적합한 나라이므로 틀림없이 잘 지내게 될 거라는 등의 말을 장황하게 늘어놓았다. 그러고 나서 워버튼 경은 이사벨에게 영국에서 보낸 즐거웠던 시간을 기억하는지, 다시 가 보고 싶은 생각은 없는지, 그리고 가든코트를 한 번 더 보고 싶지 않은지 물었다. 가든코트는 정말 좋은 곳으로, 터쳇 씨가 제대로 손질하진 않지만 그런 장소는 그대로 방치해 두어도 엉망이 될 일은 좀처럼 없다고 했다. 터쳇 씨를 방문하는 것도 좋을 거라고 했다. 터쳇 씨가 분명히 초대했을 거라면서, 만일 그러지 않았다면 정말 예의에 벗어나는 일이라고 했다. 워버튼 경은 가든코트 주인에게 한마디 해 두겠다고 약속했다. 물론 깜빡 잊었을 수도 있지만 터쳇 씨는 두 사람을 기꺼이 초대할 것이다, 그러니 그 집에 한 달 정도, 그리고 자신의 집에 한 달 정도 머물면서 거기서 만나야 될 모든 사람들을 보게 되면 영국 방문도 그다지 나쁘지 않을 거라고 했다. 그런 여행은 팬지 양에게도 즐거울 것이며, 그녀가 아직 한 번도 영국에 가 본 적이 없다고 하기에 영국이 방문해 볼 만한 나라라고 자신이 장담해 두었다는 말도 덧붙였다. 물론 찬사를 받기 위해서라면 구태여 영국까지 갈 필요가 없을 것이다, 그녀라면 어디에 가든 찬사를 받을 수 있기 때문이다라는 말도 덧붙였다. 그러나 영국에 오면 엄청난 찬사를 받을 테니 조금이라도 권유한다면 반드시 성공할 거라고 했다. 그는 작별 인사를 하고 싶다며 팬지 양이 지금 집에 있느냐고 물었다. 자신은 그런 걸 좋아하지 않고, 이런 일에 적극적이지도 못해 예전에 영국을 떠날 때는 누구에게도 그런 인사를 하지 않았다고 했다. 로마를 떠나게 된 지금도 이사벨에게 심려를 끼칠까 봐 작별 인사를 하지 말까 하고 생각했다고 했다. 그런 일로 사람을 방문하는 것보다 더 쓸쓸한 기분이 들 때가 있을까? 자신은 그런 경우 하고 싶은 말을 제대로 한 적이 없으며, 한 시간만 지나면 이런 말을 했더라면 좋았을걸 하는 후회에 빠지기도 한다는 것이었다. 반면 어떤 말을 해야만 된다는 심정에서 대개 해서는 안 될 말을 많이 해 버리게 되면 마음이 괴로워 기분이 엉망이 된다고 했다. 지금 자신의 기분이 바로 그러하며, 만일 이사벨에게 자기 이야기가 이상하게 들린다면 그것은 자신이 침착하지 못한 탓으로 여겨야 한다는 것이었다. 이사벨과 작별 인사 하는 것은 부담스러운 일이지만, 떠나지 않으면 안 된다는 것이 정말 유감스럽다고 했다. 이렇게 방문하지 않고 편지를 보내려는 생각도 했는데, 이곳을 떠나는 순간 분명히 마음속에 떠오르게 될 많은 일들을 알려 드리기 위해 어쨌든 편지를 하겠노라고 했다. 그리고 두 사람이 자기 집을 방문하는 일을 진지하게 고려해야만 한다고 덧붙였다.

워버튼 경이 이 집을 방문하게 된 사정이나 영국으로 돌아가겠다는 말에는 어딘가 난처한 점이 있긴 했지만 겉으로 드러나지는 않았다. 그는 입으로는 안절부절못하겠다고 말했지만 실제로 그런 모습은 아니었다. 이사벨은 그가 귀국을 결정했기 때문에 정중한 태도로 작별 인사를 하는 줄 알았다. 그의 결정을 듣고 그녀는 무척 반가웠다. 자신의 일을 헤쳐 나갈 수 있다는 인상을 보여 주기를 바랄 만큼 이사벨은 그에게 무척 호감을 가졌다. 워버튼 경은 어떤 경우에도 그런 모습을 보여 줄 수 있을 것이며, 그것은 몰염치한 성격에서 나오는 것이 아니라 언제나 차질 없이 일을 해결하는 습성 때문이었다. 이사벨은 이런 재능을 굴복시키는 건 자기 남편의 힘으로 되지 않는다고 생각했다. 그 자리에 앉아 있는 이사벨의 머릿속으로 복잡한 감정이 밀려왔다. 한편으로 그녀는 방문객의 말에 귀를 기울이며 적절한 대구를 했다. 이사벨은 그가 하고 있는 말에 숨겨진 뜻을 자신이 얼마나 이해하며, 만일 이 자리에 자기 말고 아무도 없다면 그가 무슨 말을 했을지 궁금했다. 다른 한편으로는 남편의 감정을 손에 쥔 듯 의식하며 그가 측은하다고 생각했다. 그는 워버튼 경과 딸의 결혼이 이루어지지 않을 것 같아 심한 고통을 받으면서도 저주로 마음을 달랠 수도 없었던 것이다. 그는 커다란 희망을 품었지만 이제는 그것이 허망하게 끝나는 것을 지켜보면서 그저 자리에 앉아 미소를 지으며 엄지손가락을 만지작거릴 수밖에 없었다. 그렇다고는 해도 애써 밝은 미소를 짓지는 못했고, 영리한 남자가 쉽게 지을 수 있는 무표정한 얼굴로 워버튼 경을 바라보기만 했다. 그가 전혀 체면이 상하지 않은 것 같은 표정을 지을 수 있는 것도 사실 머리가 비상하기 때문이었다. 그러나 지금 오스먼드는 실망하고 있다는 속마음을 솔직하게 드러낸 것은 아니고, 뭔가에 진정으로 몰두할수록 무표정해지는 습관을 드러낸 것에 불과했다. 그는 처음부터 워버튼 경을 붙잡으려고 했지만 그런 속셈을 자신의 섬세한 얼굴에 드러내지는 않았다. 장차 자신의 사위가 될지도 모를 인물을 다른 사람들과 똑같이 대했다. 길버트 오스먼드는 대체로 자신에게 필요한 것을 이미 모두 갖춘 사람답게 자신의 이익 때문이 아니라 상대방 이익 때문에 관심을 갖는다는 태도를 드러낸 것이다. 워버튼 경을 붙잡아야겠다는 희망이 사라져서 속이 끓어오르지만, 그런 감정을 당장 밖으로 드러내는 것은 아무리 보잘것없는 표현 방법일지라도 그가 지금 취할 방법은 아니었다. 이사벨은 이것만은 확신할 수 있었다. 그녀가 이 점에서 만족을 느낀다면. 묘하게도, 정말 묘하게도 그것은 만족스러웠다. 그녀는 워버튼 경이 자신의 남편 앞에서 승리하기를 바랐고, 그와 동시에 남편이 워버튼 경 앞에서 탁월한 남자라는 것을 보여 주기를 바라는 마음이었다. 오스먼드는 나름대로 칭찬할 만했고, 워버튼 경과 마찬가지로 그에겐 몸에 밴 좋은 습관이 있었던 것이다. 워버튼 경처럼 훌륭한 습관은 아니었지만 그에 거의 뒤지지 않는, 즉 뭔가를 얻으려고 무리하게 시도하지 않는 습관이었다. 그는 의자 등받이에 기댄 채 워버튼 경의 자상한 요청과 감정을 배제한 설명에 막연히 귀를 기울이고, 그것이 자기 아내를 염두에 두고 하는 이야기라고 여기는 게 당연하다는 태도를 취하고 있었다. 그는 적어도 두 사람 이야기에 직접 끼어들지 않는 편이 좋겠다고 생각했으며(우선은 그것 외에는 다른 방도가 없었다.) 시종일관 변함없이 무관심한 태도를 보였다. 떠나는 사람이 어떤 행동을 하든 자신의 마음과는 아무 관계 없는 양 보일 수 있다는 건 대단한 일이었다. 방문객도 분명 의연하게 처신했지만, 오스먼드의 행동에는 본질적으로 훨씬 더 세련된 데가 있었다. 결국 워버튼 경의 입장은 편했고, 그가 로마를 떠나지 못할 특별한 이유는 없었다. 그는 호의적인 태도를 취했지만 결실을 이룰 정도는 아니었다. 그는 약속을 한 것도 아니며, 그것이 그의 명예에 관련되는 일도 아니었다. 오스먼드는 영국을 방문해 그의 집에 머물러 달라는 요청이나 그들이 영국에 오게 되면 팬지가 좋아할 거라는 워버튼 경의 암시적인 말에 소극적인 반응밖에 보이지 않았다. 그는 중얼거리듯 고맙다고 말하고는 사정을 잘 고려해야 될 문제이므로 이사벨에게 맡기겠다고 했다. 이사벨은 이런 말을 하는 남편의 마음속에 갑자기 드넓은 풍경이 펼쳐지고 그 한가운데를 아담한 팬지가 거니는 모습을 바라보는 느낌을 받았다.

워버튼 경은 팬지를 만나 작별 인사를 하게 해 달라고 부탁했지만, 이사벨도 오스먼드도 사람을 보내 팬지를 불러오게 할 기색은 보이지 않았다. 그는 당장이라도 그냥 돌아갈 것 같은 모습으로 작은 의자에 앉아 잠깐 동안이라는 듯 모자에서 손을 떼지 않고 있었다. 하지만 돌아가지 않고 오랫동안 기다리고 있었다. 이사벨은 그가 대체 무엇을 기다리는 걸까 궁금하게 여겼다. 이사벨은 그가 팬지를 만나려고 하는 게 아니라고 믿었다. 그가 팬지를 만나고 싶어 하지 않는다는 인상을 받았다. 물론 그는 이사벨이 혼자 남기를 기다리고 있었다. 그에게는 뭔가 할 말이 있었는데, 이사벨은 그 말을 듣고 싶은 생각이 별로 없었다. 그가 자신의 행동을 설명하려고 하지 않을까 두려웠고, 그 설명을 들을 필요가 전혀 없었던 것이다. 오스먼드는 양식을 갖춘 남자처럼 곧 자리에서 일어났다. 워버튼 경이 지금까지 자주 찾아오던 방문객이니 여자들에게 마지막으로 할 말이 있을 거라는 생각이 들었던 것이다. "나는 식사 전에 쓸 편지가 있어서 먼저 실례하겠습니다." 그가 말했다. "딸애가 여유가 있는지 알아보고, 괜찮다면 당신이 와 계시다는 말을 전하지요. 물론 로마에 오시거든 언제든지 들러 주십시오. 영국 여행 건은 아내가 말씀드릴 겁니다. 이런 일은 모두 아내가 결정하니까요."

오스먼드는 악수 대신 가볍게 목례를 하고 말을 끊었다. 인사치고는 다소 가벼울 수도 있지만 대체로 그 자리에 어울리는 인사였다. 그가 방을 나가자 이사벨은 워버튼 경이 "남편이 무척 화가 난 것 같군요."라는 말을 할 구실을 찾을 필요가 없겠다는 생각이 들었다. 그가 그런 말을 했다면 그녀는 무척 불쾌했겠지만, 그럼에도 그녀는 이렇게 대답했을지도 모른다. "그런 걱정은 하지 마세요. 남편은 당신을 미워하지 않아요. 남편이 미워하는 사람은 바로 저예요!"

그들 둘만 남게 되자 워버튼 경은 어딘가 약간 난처해하며 다른 의자에 앉아 가까이 있던 몇 가지 물건을 계속 만지작거렸다. 마침내 그가 입을 열었다. "남편께서 팬지 양을 이곳에 오게 해 주면 좋겠어요. 꼭 만나고 싶군요."

"이번이 마지막이라니 저는 기뻐요."

"나도 그래요. 그런데 그 아가씨는 아무래도 나를 좋아하지 않는 모양이군요."

"맞아요, 당신을 좋아하지 않아요."

"무리도 아니죠." 그는 이렇게 말하고 나서 곧 아무 상관 없는 말을 덧붙였다. "영국에 오실 거죠?"

"가지 않는 편이 좋을 것 같네요."

"아니요, 꼭 한번 찾아오실 의무가 있습니다. 언젠가 로클리에 오기로 했는데 결국 오지 못했던 것 기억하시겠죠?"

"그 이후로 모든 게 많이 변해 버렸답니다."

"나쁜 쪽으로 변한 건 아닙니다. 우리 사이에 그런 건 없어요. 내 거처에서 당신을 만나면." 그는 잠시 주저하다가 한마디 덧붙였다. "정말 큰 만족이 될 텐데."

그녀는 설명을 두려워했지만 이것이 유일한 설명이었다. 그들이 랠프의 일을 화제에 올렸을 때 팬지가 들어왔다. 그녀는 저녁 식사를 위해 벌써 옷을 차려입었고, 양 뺨에는 곱게 화장까지 하고 있었다. 그녀는 워버튼 경과 악수를 하고는 또렷한 미소를 지으며 그의 얼굴을 쳐다보았다. 워버튼 경은 아마도 그 미소에 담긴 뜻을 짐작하지 못했겠지만, 팬지가 거의 울음을 터뜨리기 직전의 심정임을 이사벨은 알고 있었다.

"나 영국으로 돌아가요." 그가 말했다. "작별 인사라도 하고 싶었어요."

"안녕히 가세요, 워버튼 님." 팬지는 눈에 띄게 떨리는 목소리로 말했다.

"그리고 당신 행복을 진심으로 빈다는 것도 말해 주고 싶군요."

"고마워요, 워버튼 님."

그는 잠시 서 있다가 이사벨 쪽으로 시선을 돌렸다. "당신은 틀림없이 아주 행복할 거예요. 수호천사가 있으니."

"꼭 행복할 거라고 생각해요." 항상 즐거움을 확신하는 사람의 어조로 팬지가 말했다.

"그런 확신이 있으니 안심이군요. 하지만 혹시라도 일이 잘

안 되거든 나를 기억해 주십시오." 워버튼 경의 목소리는 약간
떨렸다. "가끔씩 나를 생각해 주세요!" 그는 애매한 미소를 지
으며 말했다. 그리고 말없이 이사벨과 악수를 하고 이내 떠나
버렸다.

그가 방을 떠나자 이사벨은 팬지의 눈에서 눈물이 쏟아질
거라고 생각했지만 기대에 어긋나고 말았다.

"어머니가 제 수호천사예요!" 팬지는 매우 다정하게 소리
쳤다.

이사벨은 그렇지 않다는 듯 고개를 저었다. "나는 천사가 아
니야. 그저 좋은 친구일 뿐이야."

"맞아요, 아주 좋은 친구예요. 저를 부드럽게 대해 주라고
아빠에게 부탁드렸으니까요."

"난 그런 부탁을 한 적이 없는데." 이사벨은 의아하게 생각
하며 말했다.

"방금 저를 응접실에 불러 다정하게 입맞춤까지 해 주신걸
요."

"아, 그건 전적으로 아빠 스스로 생각하신 일이야!"

이사벨은 그의 생각을 완벽하게 깨달았다. 과연 그다운 생
각이었고, 앞으로 그녀는 더욱더 그런 태도를 볼 수밖에 없을
것이다. 오스먼드는 팬지에게마저 조금이라도 잘못된 모습을
보여 주고 싶어 하지 않았다. 그들은 그날 외식을 했으며, 저녁
식사 후 다른 여흥도 있었기 때문에 밤늦게야 단둘이 있게 되
었다. 팬지가 잠자리에 들기 전 아버지에게 밤 인사를 하자 그
는 어느 때보다 더 정답게 딸을 안아 주었다. 이사벨은 그것이

자신의 딸이 의붓어머니의 계략에 상처 받았음을 암시하기 위한 것이 아닌지 궁금했다. 아무튼 그런 태도는 그가 아직도 아내에게 기대하는 바가 있다는 것을 조금이라도 나타내는 행동이었다. 이사벨이 팬지의 뒤를 따라가려 하자 오스먼드가 할 말이 있으니 조금 더 있어 달라고 했다. 그가 응접실을 잠시 거니는 동안 그녀는 망토를 입은 채 기다리고 서 있었다.

이윽고 그가 입을 열었다. "당신이 바라는 게 뭔지 알 수가 없소. 난 그걸 알고 싶소. 그래야 내가 어떻게 행동해야 할지 알 수 있을 테니."

"저는 자러 가고 싶을 뿐이에요. 너무 피곤해서요."

"앉아서 쉬어요. 오래 붙들지는 않을 테니. 거기 말고 편한 곳에 앉아요." 이렇게 말하고 그는 널찍한 긴 의자 위에 눈에 띄도록 마구 흩어져 있는 수많은 쿠션들을 가지런히 정리했다. 그러나 이사벨은 긴 의자에 앉지 않고 가장 가까이 있는 의자에 주저앉았다. 난롯불은 꺼졌으며, 넓은 실내에는 등불 몇 개만 켜져 있었다. 그녀는 추위를 느끼고 망토를 여몄다. "당신은 내게 창피를 줄 작정이군." 그가 계속 말했다. "하지만 그건 아주 어리석은 짓이오."

"무슨 뜻인지 전혀 모르겠군요." 이사벨이 대꾸했다.

"대단한 계략을 꾸몄잖소. 당신은 아주 멋지게 해치웠어."

"제가 무슨 일을 꾸몄다는 거죠?"

"완전히 결말을 본 건 아니지. 그 남자는 또 만날 수 있을 테니까." 그는 이사벨 앞에 멈춰 서서 두 손을 호주머니에 넣은 채 평소와 다름없이 생각에 잠기며 그녀를 내려다보았다. 그 눈길은 그녀가 생각의 대상이 아니라 불쾌한 생각의 결과라고 알려 주는 것 같았다.

"워버튼 경이 다시 돌아올 거라고 보신다면 잘못 보신 거예요." 이사벨이 말했다. "그분에게 그럴 의무는 전혀 없답니다."

"그게 바로 내 불만이오. 하지만 그가 다시 이곳을 방문할 거라고 말한 건 의무감에서 오겠다는 얘기는 아니었소."

"의무가 없다면 또 오지 않을 거예요. 로마는 속속들이 보았으니까요."

"아니, 그건 서투른 판단이지. 로마를 어떻게 다 볼 수 있겠소." 이 말을 하고 오스먼드는 다시 방 안을 서성거리기 시작했다. "하지만 아마도 서둘 건 없겠지." 그가 덧붙였다. "우리에게 영국으로 오라고 한 건 꽤 마음에 들더군. 당신이 거기서 사촌 오빠를 만날 염려만 없다면 내가 가자고 조를 텐데."

"그럴 염려는 없을 거예요."

"난 그걸 확실하게 하고 싶은 거요. 어쨌든 가능한 한 확실해지겠지. 기왕 가는 김에 그의 집도 한번 보고 싶군. 당신이 그렇게 좋은 집이라고 말했던 바로 거기 말이오. 뭐라고 했더라? 가든코트던가? 훌륭한 집이겠지. 게다가 나는 작고하신 당신 이모부를 존경하는 마음까지 있으니. 당신 덕분에 그분이 좋아진 거요. 그토록 오래 사시다가 돌아가셨다는 그 집이 보고 싶군. 하지만 사실 그런 건 작은 문제지. 당신 친구 말대로요. 팬지는 영국에 꼭 가 봐야 돼."

"그 애는 틀림없이 영국이 마음에 들 거예요."

"그러나 시간은 아직 많소. 내년 가을이라면 한참 기다려야지."오스먼드가 계속 말했다. "그 전에 우리가 더 관심을 둘 일이 몇 가지 있소. 내가 그렇게도 자존심이 강하다고 생각하오?" 갑자기 그가 물었다.

"많이 달라졌다고 생각해요."

"나를 잘 모르는 소리군."

"그럼요, 절 모욕할 때도요."

"모욕 같은 건 한 적 없소. 난 그런 걸 할 수 없소. 있는 사실만 말할 뿐이오. 그런데 그게 당신에게 상처가 된다면 그건 내 잘못이 아니지. 이 문제가 전적으로 당신 손에 달렸다는 건 확실한 사실이니까."

"또 워버튼 경 얘길 하시는 건가요?" 이사벨이 다그쳐 물었다. "이제 그 얘기라면 질렸어요."

"우리가 이 일을 완전히 처리할 때까지 당신은 그 얘기를 다시 들어야 할 텐데."

그녀는 오스먼드에게 모욕을 받았다고 말한 셈이지만 갑자기 그 모욕이 고통스럽지 않다는 느낌이 들었다. 오스먼드는 점점 추락하고 있었던 것이다. 그가 이처럼 추락하는 것을 보자 그녀는 현기증이 날 지경이었고 고통스러웠다. 그가 너무나 이상하고 너무나 다르게 보여 그녀의 가슴에 와 닿지 않았던 것이다. 그의 병적인 열정이 이상하게 작용했기 때문에 이사벨은 그가 어떤 기준에서 자신을 정당화하는지 호기심이 생겼다. 그녀는 잠시 후 대답했다. "당신 말은 들을 만한 가치가 전혀 없다는 판단이 드네요. 그러나 아마 제가 잘못 생각한 것일 수도 있죠. 꼭 들어야 할 말이 한 가지 있긴 해요. 당신이 무슨 일로 저를 질책하는지 분명하게 말해 주세요."

"팬지가 워버튼 경과 결혼하는 걸 방해했기 때문이오. 이렇게 말하면 분명히 알겠소?"

"그 반대랍니다. 전 오히려 그 일에 상당히 관심 있어요. 이미 말씀드렸잖아요. 당신이 절 믿는다고 했을 때 저는 당신이 한 말을 생각하고 그 일을 제 의무로 받아들였죠. 바보 같은 짓이지만 그렇게 했답니다."

"하는 시늉만 했지. 게다가 내가 당신을 더욱 신뢰하는지라 당신은 마음이 내키지 않는 척했소. 그런 후엔 그 남자를 쫓아내기 위해 교묘하게 책동한 거고."

"무슨 뜻인지 알겠네요."

"그 남자가 나에게 썼다는 편지는 어디 있소?" 오스먼드가 따지고 들었다.

"전혀 모르는 일이에요. 물어보지 않았어요."

"당신이 중간에 끼어들어 편지를 보내지 못하게 했겠지."

이사벨은 천천히 자리에서 일어났다. 발끝까지 내려오는 하얀 망토를 걸치고 선 그녀는 연민의 천사와 매우 가까운 경멸의 천사 역을 맡아도 좋을 것 같았다. "세상에, 당신은 너무나 좋은 사람이었는데!" 그녀는 중얼거리듯 소리쳤다.

"당신만큼 좋은 사람은 아니었지. 당신은 하고 싶은 일은 모조리 하고야 말거든. 당신은 전혀 표시도 내지 않고 저 남자를 쫓아 버렸어. 게다가 당신이 바라던 대로 나를 곤경에 빠뜨렸지. 나를 귀족에게 딸을 시집보내려다 우스꽝스럽게 실패한 남자로 만들었소."

"팬지는 그분을 마음에 두고 있지 않아요. 그분이 가 버린 걸 무척이나 기뻐해요."

"그것과는 아무 상관 없는 일이오."

"뿐만 아니라 그분도 팬지를 마음에 두고 있지 않아요."

"그런 말을 해도 소용없는 일이오. 그 남자가 마음을 품고 있다고 말한 건 당신이니까. 당신이 왜 이렇게 만족하는지 모르겠구려." 오스먼드가 계속 말했다. "달리 만족할 일이 생긴 건 아닌지 모르겠소. 내가 주제넘은 짓을 했다고 생각하진 않소. 그건 너무나 당연한 일이었소. 난 그 일에 매우 신중하고 조용하게 임했소. 처음부터 내가 주도해서 한 일도 아니었고, 내가 생각도 하기 전에 그 남자가 먼저 팬지를 좋아하는 기미를 보였으니까. 그래서 모든 걸 당신에게 맡긴 거요."

"그랬죠. 당신은 모든 걸 기꺼이 저한테 맡겨 주셨어요. 하지만 앞으로 그런 일은 당신이 직접 하세요."

그는 잠시 이사벨을 보다가 고개를 돌리고 말았다. "당신이 내 딸을 무척 좋아한다고 생각했는데."

"그 애정을 오늘만큼 강하게 느낀 적도 없답니다."

"당신 애정에는 큰 한계가 있어요. 그것도 무리는 아니겠지만."

"저에게 하고 싶다는 얘기는 그것뿐인가요?" 탁자 위에 놓였던 촛불을 집어 들며 이사벨이 물었다.

"이제 만족한 셈이오? 내가 많이 실망한 것 같소?"

"전반적으로 봤을 때 당신이 실망한 것 같진 않아요. 저를 괴롭힐 이유를 하나 더 찾았잖아요."

"그런 건 아니오. 오히려 팬지에게 더 많은 기대를 할 수 있다는 게 증명된 셈이니까."

"팬지가 불쌍하군요!" 촛불을 들고 나가면서 이사벨이 말했다.

47

이사벨은 헨리에타 스택폴로부터 캐스파 굿우드가 로마에
왔다는 소식을 들었다. 그가 온 건 워버튼 경이 로마를 떠난 지
사흘이 되던 날이었다. 워버튼 경이 출발하기 전 이사벨에게
다소 중요한 사건이 있었다. 마담 멀이 다시 한 번 로마를 잠시
비우고 포실리포*에 근사한 빌라를 소유한 친구를 방문하기
위하여 나폴리로 떠난 것이다. 마담 멀은 이미 이사벨의 행복
에 관여하는 것을 그만둔 처지였지만, 이사벨은 매우 사려 깊
은 이 여자가 예상치 못하게 가장 위험한 인물이 될 수도 있지
않을까 하는 궁금증을 품었다. 가끔 한밤중이면 기묘한 광경
이 그녀 눈앞에 어른거리곤 했다. 그녀의 남편과, 자기 친구이
자 남편 친구인 인물이 서로 구별할 수 없을 만큼 한 몸이 되어

---

* 나폴리 남쪽에 있는 곳.

있는 모습이 어렴풋이 보이는 듯한 생각에 빠져들었다. 마담 멀과의 일이 아직 끝난 것이 아니며, 그녀가 뭔가를 숨기고 있다는 느낌이 들었다. 이사벨은 걷잡을 수 없는 이런 점을 해명하려고 상상력을 발동시켰으나 이따금 말로 표현하기 힘든 두려움 때문에 그만두고 말았다. 그래서 마담 멀이 로마를 벗어나 있는 동안 숨을 돌릴 것 같은 기분이 들었다. 이사벨은 이미 헨리에타를 통해 캐스파 굿우드가 유럽에 왔다는 것을 알고 있었다. 헨리에타가 파리에서 그를 만난 직후 편지로 알려 왔다. 굿우드는 결코 이사벨에게 편지하지 않았기 때문에 그가 유럽에 왔어도 그녀를 만날 생각은 하지 않았을지도 모른다고 그녀는 생각했다. 그녀가 결혼하기 전 마지막으로 만났을 때 그들 사이는 완전히 결렬된 것이나 다름없었다. 그녀의 기억이 틀리지 않는다면 그는 마지막으로 한 번 더 그녀를 보고 싶다고 분명히 말했다. 그 후 그는 이사벨이 결혼하기 전에 알았던 사람들 중 가장 마음에 걸리는 존재였고, 사실은 영원히 고통을 안겨 주는 유일한 존재였다. 그날 아침 그는 큰 충격을 받았다는 느낌을 안고 떠났는데, 그것은 마치 선박 두 척이 밝은 대낮에 충돌한 것 같은 느낌이었다. 안개는 전혀 없었고, 구실이 될 만한 조류도 없었고, 그녀는 오직 멋지게 키를 잡으려는 마음뿐이었다. 그런데 그녀가 아직 키를 잡고 있는 도중에 그가 그녀의 뱃머리에 세차게 충돌해 온 것이다. 그리고 비유를 더하자면 그것은 가벼운 선체를 뒤흔들어 놓아 아직까지도 이따금 삐걱거리는 소리를 내게 만들었던 것이다. 그를 만나는 건 괴로운 일이었다. 이사벨이 생각하기로는 그 사람이야말로 자신이 이 세상에서 심각한 상처를 입힌 유일한 사람이자 그녀에게 불만스러운 요구를 하는 유일한 인물이었다. 이사벨은 그를 불행하게 만들어 버렸지만 그녀로선 어쩔 수 없었고, 게다가 그의 불행은 엄연한 현실이었다. 그가 떠나 버린 후 그녀는 왈칵 울음을 터뜨렸지만, 무엇 때문에 울었는지는 알 수 없었다. 그녀는 아마도 그의 생각이 깊지 못했기 때문이라고 생각해 버렸다. 그는 그녀의 행복이 완성되었을 때 자기의 불행을 손에 들고 찾아왔던 것이다. 순결하게 빛나는 광선을 어둡게 하려고 스스로 최선을 다한 셈이었다. 그는 난폭하지는 않았지만 그와 비슷한 데가 있었다. 어쨌든 어딘가 난폭한 구석이 있었고, 그녀가 갑자기 흐느낀 뒤 그런 기분이 사나흘 동안이나 계속되었던 건 아마도 그 때문이었는지도 모른다.

캐스파 굿우드의 마지막 호소가 끼친 영향도 곧 사라졌으며, 그 후 오 년간의 결혼 생활 동안 그녀 수첩에서 그의 이름은 지워지고 말았다. 그의 이름이 거론되는 것조차 싫었다. 자신에 대해 분노하고, 우울해하고, 게다가 그런 감정을 이쪽에서 덜어 줄 수도 없는 사람을 생각하는 것은 유쾌한 일이 아니었다. 그녀가 워버튼 경의 태도를 의심한 것처럼 그의 완강한 태도에 대해 조금이라도 의심할 수만 있었다면 사정은 달라졌을 것이다. 그러나 딱하게도 그가 완강하다는 것은 의심할 나위가 없었으며, 그것이 공격적이고 비타협적인 모습으로 나타났기 때문에 더욱 반감을 주었다. 영국인 구혼자 워버튼 경의 경우처럼 캐스파 굿우드의 경우도 고난은 겪었지만 보상이 있었다고 말할 수는 없었다. 그녀는 굿우드에게 보상이 될 만한 것이 있다고 믿지 않았으며, 그런 보상을 소중히 여길 생각도 없었다. 그가 소유한 방직 공장은 이사벨과 결혼하지 못한 것에 대한 보상이 전혀 되지 않았다. 더욱이 그녀는 그의 고유 특성 외에 그가 무엇을 갖추었는지 몰랐다. 사실 그는 고유 특성을 충분히 갖추었기 때문에 그녀는 그가 겉으로만 인위적인 도움을 청하는 거라고 생각하지 않았다. 만일 그가 사업을 확장했다면(그녀가 생각하는 한 그가 할 수 있는 유일한 노력의 일부였다.) 그가 진취적이었거나 사업상 좋은 일이기 때문이었다. 과거를 잊으려는 생각에서 그렇게 한 건 결코 아닐 것이다. 그리하여 그의 모습은 초라하고 쓸쓸해 보였으며, 그녀가 상념이나 걱정에 잠겨 있을 때 그런 모습을 떠올리면 특별한 충격을 안겨 주기도 했다. 그것은 문명이 고도로 발달한 시대에 인간들이 날카롭게 부딪히는 것을 감싸 주는 사교 포장술에서도 부적합했다. 게다가 그는 철저히 침묵을 지키는 데다 소식도 없었고, 사람들의 입에 이름이 오르내린 적도 거의 없었기 때문에 외롭게 지내고 있다는 인상이 더욱 깊어졌다. 때때로 이사벨은 릴리언 언니에게 그의 소식을 물어보았지만, 언니는 보스턴 소식을 전혀 몰랐다. 언니의 상상력은 동부의 뉴욕 메디슨 가를 벗어나지 못했다. 시간이 흐름에 따라 이사벨은 그의 일을 생각할 때가 많아졌지만 구속받는 일은 점차 적어졌다. 그녀는 여러 번 그에게 편지라도 써 볼까 하고 생각했다. 물론 그녀는 굿우드의 일을 남편에게 이야기한 적이 없고, 그가 자신을 찾아 피렌체에 온 사실도 알리지 않았다. 결혼 초에 오스먼드를 믿지 못했던 탓은 아니고, 캐스파 굿우드가 실망한 것은 그녀의 비밀이 아니라 그 남자 자신의 비밀이라고 믿은 데서 온 자제심 때문이었다. 그녀는 그것을 다른 사람에게 이야기하는 건 좋지 않은 일이라고 믿었으며, 굿우드 씨의 일들은 오스먼드에게 별로 흥미로운 일도 아니었던 것이다. 막상 그에게 편지를 쓰려니 한 줄도 생각나지 않았다. 그의 슬픔을 생각하면 그냥 놔두는 것이 자신이 할 수 있는 최선의 방법으로 생각되었다. 그럼에도 이사벨은 얼마간 그와 가까워지기를 원했을지도 모른다. 그와 결혼했더라면 좋았을 거라는 생각 때문은 아니었다. 실제로 결혼의 결과가 또렷한 모습으로 다가온 후에도 그녀는 여러 상념에 잠기긴 했지만 그런 특별한 생각을 한 적은 없었다. 그러나 자신이 괴로워하고 있음을 깨닫자 굿우드는 그녀의 정당성을 주장하는 순환적 요소들의 일부가 되었다. 그녀가 불행을 자신의 잘못으로 여기지 않으려고 얼마나 애썼는지는 이미 서술한 바 있다. 그사이 죽고 싶다는 생각을 하지는 않았지만 그녀는 세상과 화해하며 자신의 정신을 질서 정연한 상태로 만들고 싶었다. 가끔씩 캐스파 굿우드와의 일이 아직 결말이 나지 않았다는 생각이 들었고, 이제는 그와의 일을 전보다 더 이해하기 쉬운 말로 끝낼 수 있다는 느낌이 들었다. 하지만 그가 로마에 온다는 소식을 듣자 두려운 생각이 앞섰다. 그녀가 내적으로 혼란스럽다는 것을 알게 되면 그의 마음은 다른 누구보다 편치 않을 터였다. 왜냐하면 그는 엉터리 계산서나 그것과 비슷한 일처럼 그것을 쉽게 알아차릴 것이기 때문이었다. 다른 사람들은 그녀의 행복을 위해 자신의 일부만을 바쳤지만 그는 모든 것을 바쳤다는 것을 이사벨은 마음속 깊이 새기고 있었다. 그는 그녀가 중압감을 숨기지 않으면 안 될 또 다른 사람이었다. 하지만 그가 로마에 도착한 뒤 그녀는 마음을 놓았다. 그가 며칠이 지나도록 그녀를 만나러 오지 않았기 때문이다.

헨리에타 스택폴은 쉽게 상상할 수 있듯이 훨씬 시간을 잘 지켰고, 이사벨은 헨리에타와 함께 많은 시간을 보냈다. 이사벨은 마음을 열고 환영했고, 기필코 양심을 고수하겠다고 결심했기 때문에 헨리에타와의 만남은 자신이 피상적인 여자가 아니라는 것을 입증할 수 있는 하나의 방법이었다. 더욱이 세월이 흐르는 사이 헨리에타의 특징들은 시들기는커녕 더욱 풍요로워졌으며, 아직도 변치 않은 마음이 영웅적 자질을 풍기기에 충분했다. 사람들은 이사벨만큼이나 그녀에게 관심을 쏟지 않으면서도 장난 삼아 그녀를 비판했지만, 그녀는 여전히 예리하고 민첩하고 생기 있었으며, 청결하고 밝고 아름다웠다. 그녀의 활짝 열린 눈은 유리로 둘러싸인 거대한 기차역처럼 밝아 자신의 마음을 그대로 드러냈다. 의복은 여전히 깔끔하고, 의견에는 미국적 색채가 조금도 없었다. 그러나 헨리에타는 결코 변하지 않은 건 아니었고, 이사벨은 그녀의 사고가 점점 흐릿해진다는 인상을 받았다. 예전에 그녀는 그렇지 않았으며, 한꺼번에 많은 질문을 받아도 꼬박꼬박 대답하며 요점을 챙기곤 했다. 그녀가 하는 일에는 모두 이유가 있고 동기도 패나 충분했다. 전에 그녀가 유럽에 왔을 때는 직접 현장을 보고 싶어 했지만, 이제는 다 보았기 때문에 이렇다 할 구실이 없었다. 그녀는 기울어 가는 유럽 문화를 음미하려는 욕구가 자신이 현재 하는 일과 어떤 관계가 있다는 내색을 한순간도 하지 않았다. 그녀의 여행은 이제는 구세계에 대한 의무감이라기보다는 오히려 구세계에서 독립하려는 입장을 표명하는 것이었다. 그녀는 이사벨에게 말했다. "유럽에 오는 게 대단한 일은 아니야. 그러니까 여러 가지 이유를 늘어놓을 필요는 없다고 생각해. 자기 나라에 있다는 건 의미 있는 일이지. 고국에 있는 게 훨씬 중요해." 따라서 그녀가 다시 로마로 순례 여행을 온 것은 뭔가 중요한 일을 하려는 목적 때문은 아니었다. 그녀는 전에 로마에 와서 세심히 관찰한 적이 있기 때문에, 이번에 체류하는 것은 그런 친숙함과 함께 자신은 모든 것을 알고 있으므로 누구 못지않게 로마에 체류할 권리가 있음을 표시하는 행위였다. 사실 그것으로 충분한 셈이지만 헨리에타는 침착성이 부족했다. 그러나 침착성이 없다는 것을 문제로 삼는다면 그녀는 침착성을 잃을 충분한 권리가 있었다. 그녀는 로마에 별로 관심이 없는 것은 아니고, 더 훌륭한 이유 때문에 온 셈이었다. 이사벨은 그것을 쉽게 알아차렸고, 헨리에타가 지닌 충성심의 가치도 알았다. 그녀는 이사벨이 쓸쓸하다고 상상했기 때문에 한겨울에 폭풍우가 치는 대서양을 건너온 것이다. 헨리에타는 상상이 특기였지만, 이번만큼 적절한 상상을 한 적도 없었다. 지금 이사벨의 행복감은 매우 적었지만, 설령 행복할 여지가 더 있다 할지라도 자신이 항상 헨리에타를 소중히 여긴 것이 옳았다는 생각에 어떤 개인적인 기쁨을 느낄 여지가 있었을 것이다. 이사벨은 헨리에타에게 많이 양보하는 입장이었고, 결점은 있지만 헨리에타가 매우 가치 있는 사람이라고 생각했다. 이사벨이 즐거움을 느낀 것은 자신이 헨리에타를 잘 보았다는 것 때문이 아니라, 자신의 상태가 편치 않다는 것을 이 절친한 친구이자 속마음을 보여 줄 수 있는 가장 가까운 인물에게 털어놓을 수 있어서 마음이 가벼웠기 때문이었다. 헨리에타는 조금도 지체하지 않고 이 문제를 꺼내고는 이사벨이 불행하다고 대놓고 비난했다. 헨리에타는 여자인데다 자매 같았고 랠프나 워버튼 경이나 캐스파 굿우드와는 사뭇 달랐기 때문에 이사벨은 수월하게 이야기할 수 있는 처지였다.

"맞아, 난 행복한 편은 아니야." 이사벨이 매우 솔직하게 말했다. 자신이 그런 말을 하게 된 것이 싫었지만 가능한 한 공정하게 말하려고 노력했다.

"그 사람이 너를 어떻게 대하는데?" 헨리에타는 마치 엉터리 의사가 한 수술에 대해 묻는 것처럼 얼굴을 찌푸리면서 물었다.

"별다른 건 없어. 하지만 나를 좋아하진 않아."

"성미가 퍽 까다로운 모양이네!" 헨리에타가 소리쳤다. "그런데 왜 그 사람과 헤어지지 못해?"

"난 그런 식으로 변할 수는 없어."

"왜 그런지 물어봐도 될까? 물론 넌 네가 잘못했다는 사실을 털어놓지 않을 테지. 자존심이 너무 세니까."

"자존심이 센지 아닌지는 잘 모르겠지만, 내 과오를 널리 알리고 싶진 않아. 그건 조심성이 부족한 일이지. 차라리 죽는 편이 더 나을걸."

"항상 그런 식으로 생각하진 않겠지."

"큰 불행을 당하면 어떻게 될지 모르지만, 난 항상 부끄러운 생각이 들어. 자기가 한 일은 스스로 책임져야 하니까. 난 모든 사람이 보는 앞에서 그 사람과 결혼했고, 완전히 자유로운 입장이었어. 그리고 그보다 더 신중하게 행동할 수는 없었어. 그러니 그런 식으로 변할 수는 없어." 이사벨이 되풀이했다.

"변할 수 없다고 말하지만 넌 변했어. 설마 저 사람을 좋아한다고 하지는 않겠지."

이 말에 이사벨은 심사숙고했다. "그래, 좋아하지는 않아. 그건 너에게 말할 수 있어. 이젠 비밀로 해 두는 데 질렸으니까. 하지만 그걸로 충분해. 지붕 꼭대기에 올라가 세상에 알릴 수는 없는 노릇이잖아."

헨리에타는 깔깔 웃었다. "너 동정심이 조금 지나치다고 생각하지 않아?"

"저 사람에 대해 동정심을 느끼는 게 아니라, 나 자신에게 느끼는 거야!"

길버트 오스먼드가 헨리에타를 달갑지 않게 여긴다는 건 놀랄 일이 아니었다. 그의 아내에게 그와 함께 사는 집을 뛰쳐나오라고 권유하는 젊은 여자에게 그가 본능적으로 반감을 가지는 것은 당연했다. 헨리에타가 로마에 도착했을 때 오스먼드는 이사벨에게 친구인 여기자와 어울리지 말았으면 좋겠다고 말했다. 이 말에 이사벨은 적어도 그가 헨리에타의 일로 걱정하지 않아도 된다는 반응을 보였다. 그녀는 남편이 반대하기 때문에 식사에는 초대할 수 없다고 헨리에타에게 말했지만,

두 사람은 식사 시간 외에는 언제든 서로 만날 수 있었다. 이사벨은 헨리에타를 거실로 자유로이 불러들였고, 몇 번이나 그녀와 함께 마차를 타고 나갔다. 마차 안에서는 팬지가 건너편 자리에 얼굴을 맞대고 앉아 몸을 약간 앞으로 숙인 채 유명한 여기자를 경의의 눈길로 바라보았기 때문에 헨리에타는 이따금 마음이 편치 못했다. 헨리에타는 이사벨에게 오스먼드 양은 사람이 말하는 걸 모두 기억하는 듯한 표정이라고 불평을 늘어놓았다. 헨리에타는 선언하듯 말했다. "난 그런 식으로 기억되고 싶진 않아. 내 이야기는 조간 신문처럼 지금 이 순간에 관한 거니까. 하지만 네 의붓딸은 헌 잡지를 몽땅 모아 언젠가 내게 불리한 것을 찾아 펼칠 기세로 마차에 앉아 있더라고." 헨리에타는 아무리 노력해도 팬지를 호의적으로 생각할 수 없었고, 팬지에게 적극적인 태도와 대화, 개인적 주장이 부족한 것은 스무 살 처녀로서 자연스럽지 못하고 괴이한 일이라고까지 생각했다. 남편이 헨리에타를 다소 변호하고 집에 맞아들이자고 주장하게 되면 그의 입장이 난처해질 거라고 이사벨은 생각했다. 처음에 그녀가 그의 반대를 곧장 받아들이는 바람에 그가 아주 나쁜 사람이 되고 말았던 것이다. 요컨대 경멸감을 드러내 불리한 것 가운데 하나는 동정심을 표할 자격도 누리지 못한다는 것이다. 오스먼드로서는 자신의 신용을 떨어뜨리지 않는 동시에 헨리에타에 대한 반대 의사도 지켜야 되므로 그런 태도들을 양립하기 어려웠던 것이다. 좋은 방법은 헨리에타가 팔라초 로카네라에서 한두 차례라도 식사하는 일이었을 것이다. 그러면 헨리에타도 언제나 그렇듯이 그가 겉으로는 무척 정중하지만 조금도 기뻐하지 않는다는 것을 스스로 판단하게 될 테니까. 그러나 두 여자 모두 말을 듣지 않는다면 오스먼드로서는 헨리에타가 돌아가기를 바라는 수밖에 없었다. 아내의 친구들로부터 조금도 만족을 느낄 수 없다는 건 이상한 노릇이었다. 언젠가 그는 이 사실을 이사벨에게 환기했다.

"당신은 정말 친구 복이 없군. 아무래도 새 친구들을 사귀는 게 좋을 것 같소." 그는 어느 날 아침에 이런 말을 했는데, 당장 뭔가를 염두에 두고 내뱉은 말이 아니라 충분히 생각한 끝에 나온 말이었다. "나와 공통점이 전혀 없는 사람들을 일부러 선택한 것 같아. 특히 당신 사촌 오빠는 콧대 센 어리석은 남자라고 줄곧 생각했소. 그렇게 못생긴 남자를 본 적도 없고. 그를 만나 이런 말을 하지 못하는 게 견딜 수 없을 만큼 답답할 정도요. 그의 건강이 좋지 못한데 어떻게 그런 말을 할 수 있겠소. 그는 건강이 좋지 못해 득을 본 셈이고 다른 누구도 누리지 못한 특권을 가졌단 말이오. 그가 그 정도로 중태라면 그걸 입증하는 방법은 단 하나 있지만, 그럴 의향은 없는 것 같소. 의젓한 워버튼 경의 경우는 마땅히 할 말은 없지만, 사실 생각해 보니 그 사람의 태연하고 뻔뻔스러운 수법은 과연 대단했소! 마치 아파트를 보러 오듯이 남의 딸을 보러 왔으니 말이오. 문손잡이를 돌려 보기도 하고, 창밖 경치를 보며 벽을 두드려 본 후에야 겨우 방을 빌리려고 했지. '실례합니다만 계약서를 써 주겠습니까?'라고 말이오. 그러고 나서는 방이 너무 좁아 3층에서 살 수는 없다고 생각하고 아래층에 있는 방으로 눈을 돌리지. 그렇게 좁은 아파트에서 한 달가량 무료로 지낸 뒤 그냥 가버린 셈이지. 그러나 헨리에타는 그야말로 당신 친구들 중 가장 압권이야. 내게는 괴물 같은 사람이지. 그녀만 보면 온몸의 신경이 요동친단 말이오. 그 사람을 여자로 인정해 본 적은 없지만 그녀를 보면 무슨 생각이 나는지 아오? 새로 나온 강철 펜 생각이 나지. 세상에서 가장 흉측한 것 말이오. 그녀의 말버릇은 마치 강철 펜으로 글을 쓰는 듯하오. 그런데 그녀 자신은 줄친 종이에 글을 쓸 정도로 융통성이 없지 않소? 생각하는 것도, 몸을 움직이는 것도 얘기할 때와 똑같은 모습이지. 당신은 내가 그녀를 보지 않으면 된다고 말할지 모르지만, 보지 않아도 목소리가 들리는 거요. 하루 종일 쟁쟁대니까. 그 목소리가 내 귀에 붙어 떨어지지 않는 거요. 나는 그녀가 무슨 말을 할지 알고, 말할 때 억양 하나하나까지도 알고 있소. 그녀가 나에 대해 퍽 좋은 말을 해서 당신에게 큰 위안이 되겠지. 그녀가 나에 대해 얘기를 한다고 생각하면 몸서리가 쳐지오. 하인이 내 모자를 쓰고 있을 때 드는 그런 기분이란 말이오."

이사벨은 헨리에타가 그에 대해 그가 생각하는 만큼 많이 이야기하지는 않는다는 점을 남편에게 납득시켰다. 헨리에타에겐 다른 화제가 많았지만, 그중에서도 두 가지에 대해서는 독자들이 흥미를 가지리라고 본다. 그녀는 이사벨에게 캐스퍼 굿우드가 이사벨이 불행하다는 걸 간파했다고 알려 주었다. 그러나 그가 로마에 와서도 아직 이사벨을 찾아오지 않는데 어떻게 그녀를 위로하려고 하는지 헨리에타의 재간으로는 말할 도리가 없었다. 두 사람은 길에서 두 번이나 굿우드를 만났지만 그는 그들을 보았다는 기색을 하지 않았다. 두 사람은 마차를 타고 있었는데, 그는 한 번에 하나씩만 수용하겠다는 듯 습관적으로 앞만 똑바로 바라보고 있었다. 이사벨은 마치 하루 전날 그를 만난 것 같은 생각마저 들었다. 마지막으로 그를 만나고 헤어지던 순간 그가 터쳇 부인의 집을 걸어 나갔을 때와 거의 비슷한 표정과 걸음걸이였다. 복장도 그날과 같았다. 이사벨은 그가 맨 넥타이의 색깔까지 기억했다. 그런데 전과 다르지 않은 모습에도 불구하고 그의 모습에는 이상한 데가 있어서 그가 로마에 왔다는 사실이 슬며시 두려워졌다. 그의 키는 예전보다 훨씬 더 커 보였지만, 그는 과거에도 분명히 키가 꽤나 컸다. 그와 스쳐 지나간 사람들이 뒤를 돌아보았지만, 그는 2월 하늘처럼 얼굴을 쳐들고 앞만 바라보며 걸어갔다.

헨리에타의 또 다른 화제는 전혀 다른 것으로, 다름 아닌 밴틀링에 관한 최근 소식이었다. 그는 지난해에 미국으로 갔으며, 자신이 그에게 지극히 관심을 쏟을 수 있어서 다행이었다고 했다. 그런 관심을 받고 그가 얼마나 기뻐했는지는 알 수 없지만, 헨리에타는 그것이 그에게 도움이 되었다고 단언했다. 그가 미국을 떠날 때는 올 때와는 완전히 다른 사람이 되어 있었기 때문이다. 미국 방문 덕분에 시야가 넓어져, 이 세상에서 영국이 전부가 아니라는 사실을 깨달았다는 것이다. 밴틀링은 미국 여러 장소에 굉장한 호감을 느꼈고, 미국이라는 나라가 영국인들이 흔히 상상하는 것보다 훨씬 더 소박하다고 생각했다. 그가 그런 점에 영향을 받았다고 생각하는 사람들도 있었지만, 그녀는 그의 소박함이 겉으로만 그런 척하는 것인지 아닌지 알 수 없었다. 밴틀링의 질문은 때때로 큰 실망감을 주기도 했다. 그는 가정부들은 모두 농부의 딸이라고 생각하거나 농부의 딸은 모두 가정부라고 생각했는데, 둘 중 무엇이었는지는 잘 기억나지 않는다고 했다. 그는 미국의 훌륭한 학교 제도가 아무래도 이해가 안 된다는 눈치였는데, 사실 그것은 그에게 대단히 어려운 문제였다. 대체로 그는 볼 것이 너무 많은 것처럼 처신했지만, 그 많은 것 가운데서 일부분밖에 이해할 수 없다는 눈치였다. 그가 이해할 수 있었던 것은 미국 호텔 조직과 강을 따라 항해하는 것이었다. 그는 정말이지 호텔에 매료되어 자신이 묵었던 호텔들의 사진을 모두 지니고 있었다. 그러나 강을 지나다니는 증기선이 그의 최대 관심사였고, 가장 큰 소망은 큰 배를 타고 여행하는 것이었다. 그와 헨리에타는 뉴욕에서 밀워키*까지 함께 여행하며 도중에 흥미로운 도시들을 방문했는데, 다시 출발할 때마다 그는 기선을 이용할 수 있는지 알고 싶어 했다. 그는 지리에 관해 별로 지식이 없는 듯 볼티모어가 서부에 있는 도시라고 생각하고 미시시피 강에 언제 도착하는지 손꼽아 기다리곤 했다. 그는 미국의 강이라면 미시시피 강 외에는 들은 적이 없었기 때문에 허드슨 강**의 존재를 인정하려 들지도 않다가 결국 이 강이 독일 라인 강에 버금갈 만큼 크다는 사실을 인정하지 않을 수 없었다. 그들은 호화 열차 칸에서 몇 시간이나 즐거운 시간을 보냈다. 열차

---

* 미국 위스콘신 주의 도시.
** 미국 뉴욕 주의 강.

안에서 그는 항상 흑인에게 아이스크림을 주문했다. 열차에서 아이스크림을 살 수 있다니, 그가 상상도 할 수 없던 일이었다. 영국 열차 칸에서는 아이스크림은 물론 부채나 사탕, 그 어느 것도 살 수 없지 않은가! 그는 더위에 완전히 손을 들고 말았지만, 헨리에타는 아마도 그가 경험한 최고의 더위였을 거라고 한술 더 떠 말했다. 밴틀링은 지금 영국에서 사냥을 즐기는데, 헨리에타에 의하면 '전리품을 찾아다니고' 있다고 했다. 그것은 미국 인디언들의 오락이며, 우리는 오래전에 사냥의 즐거움을 잊어버렸다. 영국에서는 미국인들이 토마호크*를 사용하고 깃털을 덮어쓰는 것으로 대개 믿는 것 같았다. 그러나 도끼나 깃털은 영국 풍속에 더 잘 어울릴지도 모른다. 밴틀링은 바빠서 이탈리아에서는 헨리에타를 만날 수 없었지만, 그녀가 다시 파리에 들를 때 만나기로 되어 있었다. 그는 프랑스 혁명 전 권력자들을 좋아했기 때문에 베르사유 궁전을 기필코 한 번 더 보려고 했다. 두 사람은 이 시절에 대해 의견이 달랐다. 그녀는 구제도가 완전히 사라졌기 때문에 베르사유를 마음에 들어 했던 것이다. 지금은 그곳에서 공작이나 후작이 사라졌고, 그와 반대로 그녀는 어느 날 미국인 가족 다섯 쌍이 베르사유 여기저기를 기웃거리며 걷는 광경을 보았다. 밴틀링은 그녀가 다시 영국에 관한 기사를 신문에 써 주기를 고대했고, 만일 쓴다면 이번에는 더 잘하리라 생각했다. 영국도 이삼년 사이에 무척 변했기 때문이다. 그는 이번에 그녀가 영국에

---

* 북미 원주민이 쓰는 손도끼.

오면 펜실 부인을 꼭 만나 보게 하려고 작정했고, 이번에는 초대장이 직접 전달되게 할 생각이었다. 그것에 대해 궁금한 점은 더 이상 설명하지 않았다.

캐스파 굿우드는 마침내 팔라초 로카네라를 방문했다. 그가 이사벨에게 방문 허가를 요청하는 편지를 미리 보내왔고, 그녀는 곧 허락하는 답장을 보냈다. 그날 오후 6시에 집에서 기다리기로 했다. 그녀는 하루 종일 대체 그가 무슨 일로, 무엇을 기대하고 찾아오는지 궁금하게 여겼다. 지금까지 그는 만날 때마다 타협이라곤 전혀 하지 않았다. 자신의 요구를 받아들이라고 요구하거나, 아니면 아무것도 받아들이지 않으려는 태도였다. 그러나 이사벨은 그를 접대하려는 생각에서 아무 질문도 하지 않았고, 자신이 정말로 행복한 것처럼 보이므로 그를 속이는 것이 그렇게 어려운 일이 아니라고 생각했다. 적어도 그녀는 정말로 행복한 것처럼 보여서 상대로 하여금 뭔가 오해했다는 것을 깨닫게 해야겠다고 단단히 마음먹고 있었다. 그러나 다른 사람이라면 틀림없이 실망하겠지만, 그는 실망 같은 것을 모르는 사람이라는 것도 그녀는 알고 있었다. 그는 어떤 기회를 찾기 위해 로마에 온 건 아니었다. 그녀는 그가 무슨 이유로 로마에 왔는지 이유를 알 수 없었으며, 그도 그것을 전혀 언급하지 않았다. 그녀를 만나고 싶다는 것 말고는 구체적 설명이 전혀 없었다. 아마도 자신의 즐거움을 위해 온 것이 틀림없었다. 이사벨은 이렇게 열심히 추론하며 이 신사의 과거 원한을 달랠 방법을 찾은 것에 기뻐했다. 그가 자신의 즐거움을 위해 로마에 왔다면 그것이야말로 그녀가 바라던 것이었다. 그가 즐거움을 찾고 있다면 마음의 상처를 극복한 셈이며, 만일 그렇게 된다면 그녀의 책임도 이제 끝난 거나 다름없었다. 굿우드가 기분 전환을 다소 밋밋하게 하는 것은 사실이지만, 그는 융통성이 부족하고 자신의 감정을 그대로 노출하는 성격이 아니므로, 이사벨은 그가 자신이 본 것에 대단히 만족한다고 믿었다. 헨리에타는 그에게 무엇이나 털어놓았던 반면, 그는 그녀에게 자신의 속마음을 잘 말하지 않았기 때문에 이사벨은 그의 마음을 설명해 줄 만한 말을 들을 수 없었다. 그는 세상사에 대해서도 별로 말하지 않았다. 그녀는 몇 년 전 자신이 그에게 "굿우드 씨는 말은 많이 하지만 이야기는 별로 하지 않잖아요."라고 말했던 것을 떠올렸다. 그는 말은 많이 한 셈이지만, 로마에 대해 이야기할 것이 많을 텐데도 여전히 별로 이야기가 없었다. 이사벨은 그가 왔다는 사실이 그저 자신과 남편의 관계를 단순화하는 거라고 보지는 않았다. 오스먼드가 아내의 친구들을 좋아하지 않는다 하더라도 굿우드는 그녀의 친구들 중 가장 오랜 친구 가운데 한 사람이라는 것 외에는 콕 집어서 남편의 신경을 건드릴 만한 소지가 없었기 때문이다. 그녀가 오스먼드에게 말할 수 있는 것은 단지 그가 가장 오랜 친구라는 것뿐이었다. 따라서 종합해 보면 재미는 없어지지만, 이것으로 오스먼드가 오해할 수도 있는 부분은 다 설명한 셈이 된다. 이사벨은 남편에게 굿우드를 소개해야 할 것 같아 그를 저녁 만찬이나 매주 정기적으로 여는 목요일 저녁 파티에 초대하지 않을 수 없었다. 사람들을 초대하기 위해서라기보다는 초대하지 않을 사람을 만들기 위해 남편이 아직도 여는 그 파티에 그녀는 점차 염증이 났다.

굿우드는 매주 목요일 저녁 파티에 빠짐없이 엄숙한 태도로 다소 일찍 모습을 드러냈다. 그 모임을 매우 진지하게 생각하는 눈치였다. 이사벨은 가끔 화가 날 때도 있었고, 그에게 융통성이라고는 조금도 없는 것 같아 자신이 그를 어떻게 대해야 할지 모른다는 사실을 그가 알아 주면 좋겠다고 생각했다. 그렇다고 그를 멍청하다고 할 수도 없었다. 그는 멍청한 것과는 거리가 멀었으며, 그저 너무 정직한 것이 흠이었다. 그 정도로 지나치게 정직한 사람은 대부분의 사람들과는 완전히 달라, 그를 상대할 때는 그에 뒤지지 않을 만큼 정직해야 했다. 이사벨이 이런 생각을 할 때는 자기만큼 유쾌한 여자가 없다는 식의 이야기로 그를 설득했다고 생각해 마음이 고무될 때였다. 그는 이 점에 대해 조금도 의문을 갖지 않았으며, 그녀에게 개인적인 문제를 묻지도 않았다. 그는 생각했던 것보다 오스먼드와의 사이를 원만하게 진행하고 있었다. 오스먼드는 다른 사람이 자기에게 기대를 거는 것을 무척 싫어했고, 기대를 걸면 걸수록 상대방을 실망시켰다. 인간관계가 이런 식이었기 때문에 그는 자신이 당연히 냉대할 것으로 생각했던, 보스턴에서 온 키가 훌쩍 큰 인물에게 호의를 베풀고는 스스로 즐거워했다. 그는 아내에게 굿우드가 혹시 구혼하지 않았느냐고 묻고는 그를 선택하지 않은 건 놀라운 일이라고 말했다. 그와의 결혼은 마치 높다란 종루 밑에 느긋이 사는 것처럼 멋진 일일 것이며, 높다란 공중에서 매번 종소리가 기묘하게 울려 퍼질 거라는 것이었다. 오스먼드는 이토록 훌륭한 굿우드와 이야기를 나누는 게 즐겁다고 말했다. 그건 종루 꼭대기까지 길고 험한 계단을 올라가는 것처럼 처음에는 힘들지만, 꼭대기에 도달하면 시원한 전망과 함께 상쾌한 미풍을 느끼는 것과 같다는 것이었다. 오스먼드는 이미 알려진 대로 손님을 잘 다루는 장점도 있어서, 캐스파 굿우드에게 있는 그대로의 친절을 베풀었다. 이사벨은 지금까지 생각과 달리 굿우드가 그녀 남편에게 호감을 품고 있음을 알았다. 그녀가 그런 생각을 했던 이유는 피렌체에서 만난 그날 아침, 그가 이사벨에게 좋은 것과는 거리가 먼 인상을 주었기 때문이었다. 오스먼드는 여러 차례 그를 만찬에 초대하고 함께 담배도 즐겼다. 굿우드에게 자신이 수집한 물건들을 보여 주고 싶다고 할 정도였다. 오스먼드는 아내에게 굿우드의 개성이 무척 강하며, 영국제 가방처럼 아주 튼튼하고 감각이 있다고 말했다. 오스먼드는 잘 닳지 않는 수많은 가죽 혁대와 버클과 커다란 특허 자물쇠 따위를 가지고 있었다. 캐스파 굿우드는 캄파냐 언덕에서 승마를 하는 데 많은 시간을 할애했기 때문에 이사벨이 그를 만날 수 있는 건 주로 저녁 시간뿐이었다. 그녀는 어느 날 싫지 않다면 자기를 도와 달라고 그에게 부탁하고 싶은 마음이 생겼다. 그리고 그녀는 미소를 띠며 덧붙여 말했다.

"그렇지만 당신에게 부탁할 권리가 내게 있다고 생각하진 않아요."

"당신만큼 그런 권리가 있는 사람도 없지요." 그가 대답했다. "내가 당신에게 말한 걸 당신이 다른 누구에게도 말하지 않았다고 나는 자신 있게 말할 수 있어요."

그녀의 부탁은 로마의 파리 호텔에서 혼자 앓고 있는 사촌 오빠 랠프를 만나 될 수 있는 대로 다정하게 대해 달라는 것이었다. 굿우드는 그를 만난 적은 없지만 그녀의 기억이 틀림없다면 랠프가 언젠가 한 번 그를 가든코트에 초대한 적이 있기 때문에 그는 불쌍한 랠프가 어떤 사람인지 알 것 같았다. 굿우드는 그때의 초대를 기억했고, 자신이 상상력 풍부한 남자라고 생각하지는 않았지만, 로마의 호텔에 병든 몸으로 누워 있는 랠프의 입장을 충분히 이해할 수 있을 것 같았다. 그가 호텔을 찾아가 랠프가 있는 방으로 안내되어 들어가자 그의 소파 옆에 헨리에타가 앉아 있었다. 사실인즉 이 미국 처녀와 랠프 터쳇과의 관계에 이상한 변화가 생기고 있었던 것이다. 그녀는 이사벨로부터 사촌 오빠를 찾아가 달라는 부탁을 받지는 않았지만, 그의 병세가 너무 심해 외출조차 하지 못한다는 소식을 듣고 곧바로 자진해서 찾아왔던 것이다. 그 후 그녀는 거의 매일 찾아왔지만, 그들이 도저히 잘 지낼 수 없다고 항상 굳게 믿었다. "맞아요, 우리는 사이좋은 원수지간이에요." 랠프는 곧잘 이렇게 말했으며, 그녀가 너무 자주 찾아와 자기를 못살게 군다며 유머를 잃지 않을 만큼 상대를 마음껏 비난했다. 사실 두 사람은 좋은 친구가 되었으며, 헨리에타는 예전에는 어째서 그를 좋아하지 않았을까 하는 의구심마저 들었다. 반면 랠프는 예전과 다름없이 헨리에타를 좋아했고 그녀가 멋진 친구라는 것을 조금도 의심하지 않았다. 두 사람은 모든 일에 대해 의논하긴 했으나 언제나 의견 일치를 보지는 못했다. 모든 일이라고 해도 이사벨에 관한 문제는 예외였고, 화제가 그녀에게 가 닿으면 랠프는 언제나 가느다란 집게손가락을 입에 대고 말문을 닫곤 했다. 한편 밴틀링에 관한 화제는 무궁무진해서 랠프는 헨리에타와 더불어 몇 시간이고 그에 관해 이야기할 수 있었다. 물론 이 토의는 두 사람 사이의 피할 수 없는 의견 차이 때문에 열기가 더했다. 랠프는 예전에 근위병이었던 성격 좋은 그 친구가 진정한 모사꾼이라는 입장을 고수하며 스스로 즐거워했다. 캐스파 굿우드는 이 논쟁에 끼어들 수 없었지만, 랠프와 단둘이 남자 두 사람이 함께 이야기할 수 있는 화제가 많다는 것을 알았다. 그러나 방금 이야기를 하고 돌아간 아가씨가 화젯거리는 아니었음을 인정해야 했다. 굿우드는 헨리에타의 장점은 모두 인정했지만 그녀 일은 입에 올리지 않았다. 그리고 오스먼드 부인에 관한 일도 처음에만 조금 화제에 올랐을 뿐 상세한 이야기는 하지 않았다. 랠프와 마찬가지로 굿우드 역시 그 화제를 입에 올리면 위험 부담이 크다는 걸 눈치채고 있었다. 그는 쉽게 분류할 수 없는 인물인 랠프가 무척 측은하다는 생각이 들었고, 좀 괴상하긴 하지만 그토록 명쾌하던 그가 이제 손을 쓸 수 없게 된 것을 차마 눈뜨고 볼 수 없었다. 굿우드는 할 일을 거의 마무리 지었으므로 몇 번이고 되풀이해서 파리 호텔을 방문했다. 이사벨은 자기가 굉장한 수를 썼다는 생각이 들었다. 그녀는 시간이 남아도는 굿우드를 교묘하게 이용한 셈이고, 그에게 일거리를 주어 랠프의 보호자가 되게 한 것이다. 그녀는 날씨가 풀리면 곧장 사촌 오빠를 그와 함께 영국으로 보낼 계획을 세워 두었다. 로마에 올 때는 워버튼 경이 데리고 왔지만, 갈 때는 굿우드가 데려가야 했다. 멋지게 잘 꾸며진 계획이었고, 그녀는 당장이라도 랠프를 로마에서 떠나보내고 싶었다. 이사벨은 랠프가 그녀 눈앞에서 숨을 거두지나 않을까 줄곧 두려워했다. 랠프가 좀처럼 찾아오지 않았던 그녀의 집 옆 숙소에서 세상을 떠날 수도 있다는 공포를 느꼈다. 그가 죽음을 맞이해야 할 곳은 깊고 어두운 가든코트의 방으로, 창문 모서리에 무성한 담쟁이덩굴이 햇빛을 받아 반짝이는 곳이었다. 그곳이 랠프가 마지막 휴식을 위해 돌아가야 할 곳이었다. 그 무렵 이사벨은 가든코트에 뭔가 신성한 면이 있으며, 자신의 과거 가운데 그곳에서 보냈던 시기만큼 완전히 되돌릴 수 없는 장소는 없다는 생각이 들었다. 가든코트에서 보낸 몇 달간의 일을 생각하자 눈물이 솟구쳤다. 이사벨은 멋진 착상을 했다고 속으로 만족했지만, 자신이 직면하고 도전받은 몇 가지 사건이 생겼기 때문에 창의력을 총동원할 필요가 있었다. 피렌체에서 도착한 제미니 백작부인은 트렁크와 의상과 수다스러움, 분별없는 거짓말, 경박함, 그리고 이상한 일들과 자기 연인들에 대한 야릇한 일화들을 함께 가져왔다. 지금껏 어디엔가 가 있었던 에드워드 로지어(어디에 있었는지 팬지조차 몰랐다.)가 로마에 다시 나타나긴 편지를 써 보내기 시작했지만 그녀는 답장을 하지 않았다. 게다가 마담 멀이 나폴리에서 돌아와 이상한 미소를 지으며 말을 건넸다. "대체 당신 워버튼 경에게 무슨 짓을 했죠?" 그녀가 이런 말을 할 이유가 조금이라도 있다는 것일까!

48

2월이 끝나 갈 무렵의 어느 날, 랠프 터칫은 영국에 돌아가기로 결심했다. 그가 이런 결심을 하게 된 데는 나름의 이유가 있었지만, 그것을 사람들에게 말해야 할 의무는 없었다. 하지만 그의 결심을 들은 헨리에타 스택폴은 나름대로 그 이유를 짐작할 수 있다고 자신했다. 하지만 그녀는 그에 대해 언급하지 않았고, 잠시 후 그의 소파 옆에 자리를 잡고 앉아 이렇게 말했다. "당신 혼자서 돌아갈 수는 없다는 걸 알 텐데요?"

"혼자서 갈 생각은 없어요." 랠프가 대답했다. "함께 갈 사람들이 있겠죠."

"'사람들'이라니, 무슨 뜻이죠? 돈을 주고 하인을 고용한다는 건가요?"

"맞아요, 어쨌든 하인도 사람들이니까." 랠프가 익살스럽게 대답했다.

"그 하인들 중에 여자도 있나요?" 헨리에타는 몹시 궁금해 했다.

"마치 내가 상당히 많은 하인들을 부리는 것처럼 말하네요! 아니에요, 솔직히 말해 고용인 중에 하녀는 한 사람도 없어요."

"그렇군요." 헨리에타가 침착하게 말했다. "하지만 그런 식으로 영국에 돌아갈 순 없어요. 여자의 보호를 받아야 돼요."

"지난 이 주간 당신 간호를 많이 받았으니 당분간은 괜찮을 거예요."

"아직 충분치 않아요. 내가 함께 갈게요."

"나와 동행하겠다고요?" 랠프가 소파에서 천천히 몸을 일으켰다.

"그럼요. 날 좋아하지 않는 건 알지만 그래도 함께 가겠어요. 그리고 몸도 불편한데 다시 눕는 게 좋겠네요."

랠프는 그녀 쪽을 잠시 쳐다본 후에 다시 천천히 소파에 누웠다. 그는 잠시 후 말했다. "당신이 아주 마음에 들어요."

이 말을 듣고 헨리에타는 그녀답지 않게 웃었다. "그런 말로 매수할 수 있다고 생각하지 마세요. 그래도 함께 갈 거예요. 간호도 할 거고요."

"당신은 정말 좋은 여자예요."

"그런 말은 내가 당신을 무사히 귀국시킨 다음에 해 주세요. 쉽지는 않겠지만 그래도 당신은 돌아가는 편이 낫겠어요."

그녀가 자리를 뜨기 전 랠프가 물었다. "진정으로 나를 보살펴 줄 생각인가요?"

"그럼요, 한번 해 볼 작정이랍니다."

"그렇다면 명령에 따르죠. 예, 그렇게 하겠습니다!" 헨리에 타가 랠프를 혼자 두고 나간 지 몇 분 후 그가 큰 소리로 웃음을 터뜨린 건 아마도 그녀 뜻에 따르겠다는 표시였을 것이다. 그가 그녀의 감독 아래 유럽을 횡단하는 여행길에 오른다는 건 그의 예상을 빗나가는 일이며, 그가 모든 힘을 포기하고 모든 노력을 단념했다는 결정적인 증거처럼 보였다. 그런데 정말 이상한 것은 여행에 대한 기대감이 그를 들뜨게 해서 그가 스스로 감사하며 그녀의 요구에 느긋하게 따랐다는 점이었다. 사실 그는 집을 꿈에도 그렸기 때문에 당장 떠나고 싶어 못 견딜 지경이었다. 죽음이 바로 가까이에 다가와 있어서 팔을 뻗기만 하면 목적지에 닿을 것 같은 생각이 들었다. 하지만 그는 자기 집에서 죽고 싶었다. 이것은 그에게 남겨진 유일한 소원이었다. 아버지가 숨을 거둔 크고 조용한 방에 몸을 눕힌 채 여름날 동이 틀 무렵 눈을 감았으면 하고 바랐다.

캐스파 굿우드가 문병 온 날, 랠프는 헨리에타가 자기를 데리고 영국에 돌아가기로 했다고 말했다. "아, 그러면 난 필요 없게 되었군요. 실은 오스먼드 부인 부탁으로 당신과 함께 가겠다고 약속을 했습니다만."

"맙소사, 이런 호시절이 오다니! 당신들 모두 너무나 친절하군요."

"내가 베푸는 친절은 오스먼드 부인을 위한 거랍니다. 당신을 위한 것이 아니라."

"그렇더라도 그녀는 친절하군요." 랠프는 웃으며 대답했다.

"내게 당신과 동행해 달라고 부탁한 것 말인가요? 맞아요, 그것도 일종의 친절이죠." 굿우드는 농담으로 빠져들지 않고 대답했다. "그렇지만 나는 당신이 스택폴 양과 둘이서 여행하는 것보다 셋이 가는 게 훨씬 나을 거라는 생각이 들어요." 그가 덧붙였다.

"그러느니 여기 그대로 머무는 게 좋겠군요." 랠프가 말했다. "정말이지 당신까지 함께 갈 필요는 없어요. 헨리에타가 그 일에 아주 적격이니까."

"그렇다고 생각하긴 하지만 오스먼드 부인과 약속한 게 있는걸요."

"약속을 했더라도 쉽게 이해시킬 수 있을 겁니다."

"그녀는 절대로 받아들이지 않을 거예요. 나한테 당신을 보살펴 달라고 부탁하긴 했지만, 그게 주된 목적은 아니랍니다. 그녀는 내가 로마를 떠나길 원해요."

"저런, 너무 지나친 의미를 두는군요." 랠프가 넌지시 말했다.

"그녀는 나를 지겨워해요." 굿우드가 계속 말했다. "이제 나와 할 말도 없으니 그런 생각을 해낸 거죠."

잠시 후 랠프가 말했다. "그렇게 하는 게 그녀에게 편하다면 당신과 함께 가도록 하죠. 그게 왜 편한지는 모르겠지만."

"글쎄요." 캐스파 굿우드가 가볍게 말했다. "그녀는 내가 자신을 감시한다고 생각하나 봐요."

"감시하다니요?"

"그녀가 행복한지 알아보려고 한다는 뜻이죠."

314

"그걸 알아보는 건 쉬운 일인데." 랠프가 말했다. "그녀는 내가 아는 여자 중 가장 행복하게 보인다는 뜻입니다."

"그렇죠. 그 점은 만족해요." 굿우드는 무뚝뚝하게 말했지만 아직 할 말이 남아 있었다. "사실 난 그 사람을 감시해 왔습니다. 오랜 친구이기 때문에 그럴 권리는 있다고 봐요. 그런데 그녀는 마치 그것이 자신의 의무인 양 행복한 척하고 있어요. 나는 그 결과가 어떻게 될지 직접 보고 싶었고 마침내 보고야 말았죠." 그는 거칠게 울리는 목소리로 말을 이었다. "이제는 더 보고 싶지 않아요. 이제 떠날 준비가 됐습니다."

"이제 떠날 시간이 됐다는 걸 안다는 건가요?" 랠프가 대꾸했다. 두 사람이 이사벨 오스먼드에 관해 이야기한 건 이것뿐이었다.

헨리에타는 출발 준비를 하고 있었으며, 준비의 하나로 제미니 백작부인에게 몇 마디 해 둘 작정이었다. 부인은 피렌체에서 헨리에타가 그녀의 집을 방문한 답례로 그녀의 펜션을 찾아왔던 것이다.

헨리에타는 백작부인에게 말했다. "워버튼 경에 대해 잘못 알고 계시더군요. 아셔야 될 것 같아서 말씀드려요."

"그 사람이 이사벨을 사랑한다는 걸 말하는 거죠? 하루에 세 번씩이나 찾아오기도 했대요. 그 사람이 다녀간 흔적이 뚜렷해요!" 백작부인이 소리쳤다.

"그분은 부인 조카딸과 결혼하기를 원했어요. 부인의 오빠 집을 자주 찾은 건 그것 때문이랍니다."

백작부인은 눈을 휘둥그레 뜨더니 가볍게 웃으며 말했다.

"이사벨이 그런 말을 하던가요? 그런 일이라면 나쁘지 않네요. 내 조카딸과 결혼하고 싶었다면 왜 그렇게 하지 않았을까? 아마 결혼반지를 사러 갔나 보군요. 내가 떠난 후 다음 달쯤 반지를 가지고 돌아올 모양이로군."

"아니요, 돌아오지 않을 거예요. 팬지 양은 그 사람과 결혼하길 원치 않거든요."

"조카딸이 제법 배려심이 있는걸! 그 애가 이사벨을 좋아하는 건 알았지만 그렇게 극진히 생각하는 줄은 미처 몰랐네."

"무슨 말씀인지 모르겠네요." 헨리에타는 냉정하게 대꾸하며 백작부인이 기분 나쁠 정도로 심술궂다고 생각했다. "사실 제가 말씀드리고 싶은 건 이거예요. 이사벨은 절대로 워버튼 경의 관심을 끌려고 한 적이 없답니다."

"이봐요, 당신이나 나나 그것에 대해 뭘 알겠어요? 우리는 그저 내 오빠가 무슨 일이든 할 수 있다는 사실만 알 뿐이에요."

"그분이 무슨 일을 할 수 있는지 전 몰라요." 헨리에타가 엄숙하게 말했다.

"나는 이사벨이 워버튼 경의 관심을 끌려고 해서가 아니라, 그를 쫓아낸 것 때문에 불만스러운 거예요. 난 그 사람을 꼭 만나고 싶었는데. 그를 나한테 빼앗길 거라고 생각했기 때문일까요?" 백작부인은 대담하게 계속 말을 늘어놓았다. "그러나 이사벨이 그 사람을 붙잡고 있다는 건 누구라도 느낄 수 있어요. 그 집은 그 사람 여운으로 가득 차 있어요. 그럼요, 그가 남긴 흔적이 그대로 있죠. 언젠가는 꼭 만날 수 있으리라 생각하지만.”

잠시 후 헨리에타는 《인터뷰어》에 글을 실어 크게 성공했던 영감으로 말했다. “글쎄요, 그분은 아마 이사벨보다 부인과의 일에 더 성공을 거둘 것 같네요!”

헨리에타가 함께 영국에 돌아가자고 랠프에게 제의했다고 말하자 이사벨은 더할 나위 없이 고마워했다. 이사벨은 랠프와 헨리에타가 서로 이해할 거라고 항상 마음속으로 믿었던 것이다. “그가 나를 이해하든 안 하든 개의치 않아.” 헨리에타가 말했다. “중요한 건 그가 영국으로 돌아가는 기차 안에서 숨을 거두어선 안 된다는 거지.”

“그런 일은 없을 거야.” 이사벨은 절대로 그런 일이 있어서는 안 된다는 듯이 고개를 저으며 말했다.

“내가 잘 보살피면 그런 일은 없을 거야. 너는 우리 모두가 로마를 떠나 주기를 바라겠지. 네가 원하는 게 무엇인지 잘 모르겠어.”

“난 혼자 있고 싶어.”

“집에 손님을 잔뜩 초대해 놓고 혼자 있을 수야 없지.”

“글쎄, 저 사람들은 희극의 일부이고, 너와 다른 사람들은 관객이라고 볼 수 있지.”

“그걸 희극이라고 생각해, 이사벨 아처?” 헨리에타는 다소 음울한 어조로 물었다.

“그렇다면 비극이라고 할까. 모두들 나만 바라보잖아. 그래서 마음이 편치 않아.”

헨리에타는 잠시 동안 자신의 행동에 몰입하듯 가만히 있었다. "넌 마치 깊숙한 그늘을 찾는 상처 입은 사슴 같아. 뭔가 무력감이 느껴진다고나 할까!" 그녀가 갑자기 소리쳤다.

"나는 전혀 무력하지 않아. 계획하고 있는 일이 많거든."

"네가 아니라 나를 말하는 거야. 일부러 찾아왔는데 아무것도 도와주지 못하고 떠나다니."

"그렇지 않아. 덕분에 기분이 상쾌해졌어."

"약간의 상쾌함인가. 시큼한 레모네이드 같은 거겠지? 나한테 약속 하나 해 줘."

"지킬 수 없어. 이제 두 번 다시 약속 같은 건 하지 않을 거야. 사 년 전에 그토록 엄숙하게 약속했지만 지키는 데 실패한걸."

"그때는 용기가 없었잖아. 이번에는 내가 온 힘을 다해 도와줄게. 최악의 사태가 오기 전에 남편과 헤어져. 이게 내가 바라는 약속이야."

"최악의 사태라니? 무엇이 최악인데?"

"네 성격이 망가지는 걸 볼 순 없어."

"내 성격이 망가진다고? 그럴 일은 없을 거야." 이사벨이 미소를 지으며 대답했다. "난 아주 잘하고 있어. 여자가 남편과 헤어지는 일을 그런 식으로 경솔하게 이야기하다니 정말 놀랐어. 네게 남편이 없다는 걸 금방 알겠구나!" 이사벨은 고개를 돌리며 덧붙였다.

"글쎄." 헨리에타는 논쟁을 시작하려는 듯이 말했다. "미국 서부에선 이혼이 흔한 일이지. 앞으로 우리가 기대하는 건 결국 그런 곳이 아닐까." 하지만 그녀의 논쟁은 이 이야기와 관계 없었으며, 이 이야기에는 풀지 않으면 안 될 실타래가 얽혀 있었다. 헨리에타는 랠프 터챗에게 로마를 떠날 준비가 되었으니 기차 시간을 정해 주면 언제든 출발하겠다고 했고, 랠프도 즉각 기운을 차리고 출발 준비를 했다. 이사벨이 마지막으로 문병 갔을 때, 랠프는 헨리에타가 한 말과 똑같은 말을 했다. 즉 이사벨이 자기 일행을 쫓아 버린 것에 몹시 기뻐한다는 인상을 받았다는 것이었다.

그러나 이사벨은 이 말에 대답이라도 하듯 부드럽게 그의 손 위에 자기 손을 얹고 생긋 미소를 지으며 낮은 목소리로 "랠프 오빠!"라고 말할 뿐이었다. 그것으로 충분한 대답이 되어 그는 무척 만족했지만, 여전히 익살스럽고 솔직한 투로 계속 말했다. "기대했던 것보다 너를 자주 보지 못했어. 전혀 못 보는 것보다 나은 일이긴 했지만. 그래도 너에 관한 얘기는 많이 들었지."

"이런 곳에 갇혀 지내는데 누구한테 들었는지 궁금해."

"소문으로 들은 거지! 누구한테 들은 게 아니고. 난 누구한테도 네 안부를 물어보지 않았어. 모두들 네가 '매력적'이라고 했지. 그런데 그런 칭찬은 너무 진부하단 말이야."

"정말이지 오빠를 좀 더 자주 만났어야 하는 건데." 이사벨이 말했다. "하지만 결혼을 하면 할 일이 너무 많은 법이야."

"다행히 난 결혼 같은 건 하지 않았어. 네가 영국에 나를 보러 오면 독신자의 자유를 마음껏 발휘해 즐겁게 해 줄 수 있어." 그는 두 사람이 다시 만나게 되는 것이 확실한 듯 이야기를 계속하며 그런 예측이 실현될 것처럼 간주했다. 자신의 죽음이 임박했고, 여름을 넘길 수 없을지도 모른다는 말은 일체 입에 올리지 않았다. 그가 그렇게 하는 것을 좋아한다면 이사벨도 구태여 그런 이야기를 입에 올리고 싶지 않았다. 그런 말을 굳이 언급할 필요도 없이 현실은 너무나 명백했기 때문이다. 예전에는 그래도 괜찮았다. 다른 일과 마찬가지로 이런 일에서도 랠프는 결코 자기중심적이 된 적은 없었다. 이사벨은 그의 여행에 관해, 여행을 몇 단계로 나누어야 할 거라는 것과 그가 지켜야 될 주의 사항에 대해 이야기했다. "헨리에타가 있으니 걱정할 것 없을 거야." 그는 계속 말했다. "그 여자는 마음씨가 고상하거든."

"그 애는 정말 성실하게 보살필 거야."

"보살필 거라고? 이미 여태껏 나를 보살펴 왔어! 단지 나와 동행하는 게 자신의 의무라고 생각하기 때문이야. 그녀는 너에 대한 책임감이 있거든."

"맞아, 훌륭한 책임감이야." 이사벨이 말했다. "그렇게 말하니까 참 부끄러워지네. 당연히 내가 해야 될 일인데."

"네 남편이 싫어하겠지."

"그래, 싫어할 거야. 그래도 가고 싶어."

"너의 대담한 생각에 놀랐는걸. 내가 너희 부부 사이에 불화의 요인이 되다니!"

"그래서 못 가는 거야." 이사벨이 간단히 말했지만, 그 의미는 썩 명료하지 않았다.

그러나 랠프는 그 의미를 충분히 이해할 수 있었다. "그야 그렇지. 네 말대로 할 일이 많을 테니까."

"그것 때문이 아니야. 난 두려워." 이사벨이 말했다. 잠시 후 그녀는 두렵다는 말을 반복했지만, 마치 그에게 하기보다는 자기 자신에게 하는 말 같았다.

랠프는 그녀의 어조가 무슨 뜻인지 알 수 없었다. 이상하리만큼 심사숙고하는 어조였지만, 표면에는 어떤 감정도 나타나지 않았기 때문이다. 그녀는 자신이 저지르지도 않은 잘못을 공개적으로 속죄하고 싶은 걸까? 아니면 단순히 자신의 문제를 꿰뚫고 자기 분석을 시도해서 두렵다는 말을 하는 것일까? 어쨌든 랠프는 절호의 기회를 놓칠 수 없어서 한마디 했다. "남편이 두려워?"

"나 자신이 두려워!" 이사벨이 일어서며 말했다. 그녀는 잠시 서 있다가 덧붙였다. "남편이 두려운 건 내 의무일 뿐이야. 여자는 남편을 두려워해야 하는 법이니까."

"그야 그렇지." 랠프는 웃으며 말했다. "하지만 그걸 보완하기 위해 여자를 무척 두려워하는 남자가 반드시 있기 마련이지!"

이사벨은 이 농담에 대꾸하지 않고 갑자기 화제를 바꾸었다. "헨리에타가 일행의 우두머리가 되면 굿우드 씨는 할 일이 없겠는데."

"아, 이사벨." 랠프가 대답했다. "그는 그런 일에 익숙하지 않아. 그러니까 굿우드 씨가 할 일은 아무것도 없어."

이 말을 듣고 이사벨은 얼굴을 붉히며 돌아가야겠다고 서둘러 말했다. 두 사람은 잠시 그대로 서서 손을 마주 잡았다. "오빠는 내게 좋은 친구였어."

"내가 원했던 건, 살기를 원했던 건 바로 널 위해서였어. 그러나 너에게 아무 도움이 되지 못했어."

그러자 이제 다시는 그를 보지 못할 것 같은 통렬한 느낌이 이사벨에게 몰려왔다. 그녀는 그런 사실을 받아들일 수 없었으며, 이대로 그와 헤어질 수도 없었다. 마침내 그녀가 말했다. "오빠가 영국에 돌아가서 날 부르면 갈게."

"남편이 승낙하지 않을 텐데."

"할 거야. 어떻게든 되겠지."

"그걸 내 마지막 기쁨으로 간직할게!"

이 말에 대한 응답으로 이사벨은 그에게 가볍게 입맞춤을 했다. 그날은 목요일이었으며, 저녁이 되자 캐스파 굿우드가 팔라초 로카네라에 왔다. 그는 초대한 사람들 가운데 가장 먼저 도착해 길버트 오스먼드와 잠시 얘기를 나누었다. 대체로 아내가 손님을 접견할 때 모습을 드러내는 오스먼드는 그와 함께 앉았다. 오스먼드는 수다스럽게 말이 많았고, 기분이 좋은 탓인지 일종의 지적 즐거움에 젖은 모습이었다. 그는 의자 깊숙이 등을 기대고 다리를 꼬고 앉아 느긋하게 말을 걸고 있었지만, 굿우드는 오히려 불편해하며 전혀 활기찬 기색이 아니었다. 그가 손에 들고 있는 모자를 만지작거리며 자세를 고쳐 앉자, 앉아 있던 작은 소파가 삐걱대는 소리를 냈다. 오스먼드의 얼굴에 날카롭고 위압적인 미소가 떠올랐다. 그는 즐거운 소식에 기분 좋아하는 듯한 표정을 짓고 있었다. 그는 굿우드에게 헤어지게 되어 정말 유감이라고 말하며 그가 보고 싶을 거라고 했다. 그는 총명한 남자들을 별로 보지 못했고, 로마에는 그런 인물들이 놀라울 만큼 드물다고도 했다. 다시 로마를 방문하여, 자기처럼 오래 머물고 있는 사람이 외부에서 온 사람과 이야기를 나누어 신선함을 느끼도록 해 달라는 이야기도 했다.

"난 로마가 정말로 좋아요." 오스먼드가 말했다. "그러나 로마에 대해 미신을 갖고 있지 않은 사람들을 만나는 것보다 더 좋은 건 없어요. 결국 현대 세계는 참으로 좋은 곳이죠. 그런데 당신은 철저히 현대적이면서도 평범한 면이 조금도 없소. 우리가 보고 있는 현대인의 상당수는 참으로 한심한 족속이죠. 그들이 미래를 책임질 젊은이들이라면 차라리 젊은 나이에 죽는 게 더 낫다는 생각이 들어요. 물론 옛날 사람들 중에도 고루한 사람이 있기는 하지만 말이오. 아내나 나는 새로운 거라면 다 좋아해요. 하지만 겉만 번드르르한 새로움은 질색이랍니다. 불행하게도 무지와 어리석음에는 새로운 게 아무것도 없어요. 진보나 광명이라는 치장을 하고 나타나는 무지나 어리석음을 얼마든지 볼 수 있지요. 그건 정말 속된 거랍니다! 속되다고 말했지만 그중에는 정말 눈뜨고 볼 수 없는 새로운 것도 있습니다. 예전에는 이런 것이 없었다고 생각해요. 사실 금세기 전에는 속된 것이 전혀 없었어요. 전 세기에도 어렴풋이 이런저런 위협이 있긴 했지만, 오늘날에는 속된 분위기가 너무 강해 섬세한 것이 전혀 인정되지 않아요. 그런데 우리 부부는 당신이 마음에 들었소!" 이 대목에서 오스먼드는 조금 망설이더니 굿우드의 무릎 위에 슬며시 손을 얹으며 자신감과 당혹감이 뒤섞인 미소를 지었다. "내가 지금 이야기하려는 건 매우 거슬리고 주제넘은 것이지만 반드시 들어 주시오. 우리가 당신을 좋아했던 건 당신 덕분에 다소나마 미래 시대에 접근했기 때문이오. 당신 같은 사람이 많아지면 좋겠소. 아시다시피 이건 내 마음을 피력한 거고, 아내 생각도 같아요. 아내가 나를 대변해 주는데 내가 아내의 생각을 대변하지 못할 까닭이 없지요. 말하자면 우리는 일심동체라고나 할까, 그런 관계거든요. 당신이 하는 일이 상업 같은 거라고 말한다면 지나칠까요? 상업이라는 건 위험이 따르는데 당신이 그걸 피했다는 게 우리를 감탄하게 만들어요. 이런 찬사가 형편없었다면 용서해요. 다행히 아내는 이 이야기를 듣고 있지 않아요. 내가 하고 싶은 말은 당신이 방금 내가 언급한 그런 위험에 처하지 않았다는 거죠. 미국 전체가 공모해서 당신을 그렇게 만들려고 했지만 당신은 잘 견뎌 냈고, 자신을 구하는 요령도 터득했어요. 게다가 당신은 아주 현대적이오. 우리가 아는 사람 중에 가장 현대적이죠! 다시 만나게 되면 우린 항상 즐거울 거요."

오스먼드의 기분이 좋았다고 이미 서술했지만, 이 말이 그 사실을 충분히 증명해 줄 것이다. 그의 말은 평소와 달리 지독히 개인적이었는데, 굿우드가 오스먼드의 말에 좀 더 귀를 기울였다면 다소 기묘한 사람이 섬세한 것을 옹호한다고 생각했을 것이다. 그러나 오스먼드는 자기가 무엇을 하는지 잘 알아서, 상스러움을 배제하고 은인인 체하는 어조만 구사하면 합당하지 않은 변명을 얼마든지 할 수 있었다. 굿우드는 상대가 왠지 과장한다고 어렴풋이 느꼈지만, 어째서 그런 짓을 하는지 알 수 없었다. 사실 그는 오스먼드가 무슨 말을 하는지 제대로 알 수 없었고, 이사벨과 둘이서만 이야기하고 싶어 견딜 수 없었다. 이런 생각만 하고 있었기 때문에 목청을 돋운 오스먼드의 목소리가 그의 귀에 들어오지 않았다. 그는 이사벨이 다른 사람들과 얘기하는 모습을 가만히 지켜보면서 언제쯤 그녀가 시간이 날까, 그녀에게 다른 방으로 가자고 말해도 좋을까 하는 생각만 했다. 그의 기분은 오스먼드만큼 좋은 편이 아니었고, 자신이 처한 입장을 의식하여 막연하게나마 불만 같은 것을 느끼고 있었다. 그는 여태껏 개인적으로 오스먼드를 싫어하진 않았다. 오스먼드는 견문이 넓고 친절한 사람으로 이사벨 아처가 결혼할 만한 남자라고, 즉 자신이 지금까지 생각했던 이상으로 보고 있었다. 오스먼드는 당당하게 승리하여 그를 능가했던 것이다. 굿우드는 공정한 경기를 좋아했기 때문에 그런 일로 상대를 낮추어 보지 않았다. 그렇다고 오스먼드를 좋아하려고 의도적인 노력을 하지도 않았다. 그것은 번득이는 감상적인 박애로서, 그가 이사벨의 결혼을 인정하고 그녀를 포기할 마음이 생겼을 때조차도 그런 마음을 품을 수는 없었다. 그는 오스먼드가 미숙하긴 하지만 비상한 인물이며, 풍족한 여가에 고민하면서도 세련된 대화로 기분 전환을 하며 즐거움을 누린다고 생각했다. 하지만 그는 오스먼드를 절반 정도밖에 믿지 않았으며, 대체 무엇 때문에 그가 자기처럼 잘 모르는 사람에게 이것저것 아낌없이 정을 쏟는지 알 수 없었다. 그는 상대가 이런 일을 통해 남몰래 즐거움을 누리는 게 아닐까 하는 의문과 함께, 자신을 이기고 승리한 경쟁자의 성격에 괴팍한 구석이 있다는 인상을 강하게 받았다. 사실 그는 오스먼드에겐 자기를 해칠 이유가 없다는 걸 알았고, 그를 두려워할 아무런 근거도 없었다. 오스먼드는 유리한 입장이었기 때문에 모든 것을 잃어버린 굿우드에게 친절하게 대할 마음이 생긴 것이다. 가끔 음울할 때면 굿우드는 오스먼드가 죽어 버렸으면 좋겠다고 생각했으며, 또한 죽이고 싶다고 마음먹은 적도 있었다. 그러나 오스먼드는 그의 이런 마음을 알 리 없었다. 굿우드는 노력을 통해 과격한 감정과 거리를 두는 기술을 완전히 터득했기 때문이다. 그가 이런 기술을 연마한 건 자신을 위장하기 위해서였지만 자기보다 먼저 남에게 사용하게 되었고, 게다가 그 기술이 크게 성공을 거두지도 못했다. 오스먼드가 마치 자신이 책임지게 되었다는 듯이 아내의 감정을 이야기하는 걸 들었을 때, 굿우드의 마음속에는 말 못할 깊은 분노가 들끓었다고 해도 과언이 아니었다.

이것이 그날 저녁 오스먼드가 한 이야기에서 굿우드가 경청한 내용의 전부였다. 그는 오스먼드가 팔라초 로카네라에서 영위하는 부부의 화합을 보통 때보다 더 강조하는 것을 의식했다. 오스먼드는 여느 때보다 더욱 세심하게 그들 부부 사이가 더할 나위 없이 좋은 것처럼 이야기했으며, 그들 부부에게는 '우리'라는 말이 '나'라는 말만큼이나 자연스러웠다. 그 말투에는 보스턴에서 온 이 가련한 남자를 은연중에 당황하게 하고 화나게 할 의도가 엿보였지만, 그는 오스먼드 부인과 남편 관계가 어떻든 자신이 상관할 바 아니라고 자위하는 것이 고작이었다. 그는 이사벨의 남편이 아내의 처지를 잘못 전달하고 있다는 어떤 증거도 찾을 수 없었으며, 겉으로 판단할 때 그녀가 결혼 생활을 즐기고 있다고 믿을 수밖에 없었다. 그녀는 굿우드에게 자신의 불만을 조금도 드러내지 않았다. 헨리에타는 그에게 이사벨이 결혼 생활에 대한 환상을 버렸다는 말을 전해 주었으나, 그녀는 신문에 글을 쓰는 탓에 과장이 심한 편이었다. 헨리에타는 새로운 소식을 너무 좋아했다. 게다가 로마에 도착한 후 모든 일에 무척 조심했던 그녀는 그의 앞에 등불을 비추며 사실을 밝혀 보려는 시도를 깡그리 멈추었다. 그녀를 위해 말해 두지만, 사실 그것은 그녀 양심에 반하는 일이었다. 이사벨이 직면한 현실을 그대로 알게 된 것은 그녀를 신중하게 만든 요인이 되었다. 상황을 향상시키는 방법이 무엇이든, 이사벨의 옛 연인들에게 그녀가 겪는 부당한 상황을 알려 주어 자극해 봤자 도움이 되지는 않기 때문이었다. 헨리에타는 굿우드의 감정 상태에 여전히 관심이 깊었지만, 지금은 미국 잡지에 실린 재미있는 이야기나 그 밖의 유익한 기사를 선별해 그에게 보내 주는 일이 고작이었다. 그녀는 우편을 통해 늘 몇 가지 잡지를 받았으며, 항상 손에 가위를 들고 그것을 숙독하는 형편이었다. 그녀는 오려 낸 기사를 '굿우드 씨 앞'이라고 쓴 봉투에 넣어 그가 묵는 호텔에 직접 놓고 왔다. 굿우드는 이사벨에 관한 것은 결코 묻지 않았다. 그녀를 직접 보려고 8000킬로미터나 되는 거리를 달려온 게 아니었던가? 그는 오스먼드 부인이 불행하다는 걸 조금도 인정하지 않았지만, 인정할 근거가 없다는 사실 때문에 화가 났다. 그는 이사벨의 일이라면 이제 손을 들었다고 생각했지만, 그녀에 관해 앞으로 자신에게 아무런 희망도 없다는 것을 인정하자 쓰라린 마음을 가눌 수 없었다. 그는 진실을 알아내는 만족감도 느끼지 못했고, 설령 이사벨이 불행하더라도 그녀에게 동정심을 보일 생각도 없었다. 그는 희망 없고 무력하고 불필요한 존재였다. 그가 불필요한 존재라는 것을 알게 된 건 이사벨이 그를 로마에서 쫓아내려고 한 교묘한 계획 때문이었다. 그녀의 사촌 오빠를 위해 할 수 있는 일이라면 그는 아무런 반대도 하지 않았다. 하지만 그에게 할 수 있는 온갖 부탁 가운데 하필이면 왜 그런 일을 간곡하게 부탁했는지를 생각하니 치가 떨리지 않을 수 없었다. 이사벨이 그를 로마에 머물게 하는 것은 그리 위험한 선택이 아닌데 말이다.

오늘 밤 그가 주로 생각한 것은 내일이면 그녀를 떠나야 한다는 것과 로마까지 와서 얻은 것이 아무것도 없다는 것 그리고 자신이 여전히 불필요한 존재라는 사실이었다. 그는 이사벨에 대해 아무것도 아는 바가 없었다. 그녀는 침착하고 불가사의하여 속마음을 꿰뚫어보기가 힘들었다. 그는 삼키려고 애썼던 예전 고통이 다시 목까지 차오르는 것을 느꼈고, 살아 있는 동안 이 실망감이 지속될 거라는 걸 알 수 있었다. 오스먼드는 쉬지 않고 말을 했으며, 그가 아내와 매우 사이가 좋다는 사실을 다시 언급한다는 걸 굿우드는 어렴풋이 짐작할 수 있었다. 그 순간 그는 오스먼드에게 악마적인 상상력이 있는 것처럼 여겨졌다. 그런 악의 없이 이런 별난 화제를 입에 올리지는 못할 것이다. 그러나 결국 오스먼드가 악마적이든 아니든, 아내가 그를 사랑하든 미워하든 상관없는 일 아닌가? 그녀가 남편을 죽도록 미워할지라도 타자인 굿우드는 아무런 이득도 얻지 못할 것이다. "곧 랠프 터챗 씨와 함께 떠나실 거죠." 오스먼드가 말했다. "그러면 좀 느긋한 여행을 하게 됩니까?"

"모르겠습니다. 그 사람이 원하는 대로 하겠어요."

"상당히 친절하군요. 우리는 정말 감사하고 있습니다. 이 말은 분명히 해야 되니까요. 아내가 우리 마음을 전했을 것으로 생각하지만, 터챗 씨 일은 겨울 내내 우리 마음에 걸렸어요. 혹시나 로마를 떠나지 못하지 않을까 염려되었기 때문이죠. 그 사람은 이곳에 오지 말았어야 해요. 그런 상태로 여행한다는 건 참으로 경솔한 행동이라 할 수 있죠. 철없는 짓이나 다름없어요. 나로선 터챗 씨가 우리에게 신세를 졌다고 해서 그 사람에게 신세 질 생각은 추호도 없어요. 여러 사람들이 불가피하게 그를 돌봐 주어야겠지만, 모든 사람들이 당신만큼 친절하진 않아요."

"전 달리 할 일도 없습니다." 굿우드가 무뚝뚝하게 말했다.

오스먼드는 곁눈으로 잠시 그를 보았다. "당신도 결혼해야 돼요. 그러면 얼마든지 할 일이 생기니까! 그렇게 되면 지금처럼 자비를 베풀 수 없게 되죠."

"결혼하면 할 일이 그렇게 많아집니까?" 캐스파는 기계적으로 물었다.

"그래요. 결혼 자체가 일이거든요. 항상 능동적인 것은 아니고, 수동적이어야 할 때도 이따금 있어요. 그런데 그게 오히려 주의를 필요로 한다는 거죠. 그래서 우리 부부는 여러 가지 일을 함께 한답니다. 독서와 연구를 하고, 음악 연주, 산책, 나들이를 즐기며, 처음 서로를 알았을 때와 똑같이 대화도 많이 하죠. 지금까지도 아내와 대화를 즐겨요. 인생이 따분하고 지루하다면 내 충고를 받아들여 결혼을 해요. 그런 경우 부인이 당신을 무척 지루하게 할 때도 있겠지만, 당신 자신이 싫증 나는 법은 없거든요. 늘 자신에게 뭔가 할 말이 생기죠. 항상 반성거리가 있으니까."

"따분하지는 않아요." 굿우드가 말했다. "혼자 생각하고 말할 게 많으니까요."

"다른 사람에게 할 말보다는 많겠죠!" 오스먼드는 가벼운 미소를 지으며 소리쳤다. "다음에는 어디로 갈 건가요? 터쳇 씨를 마땅히 돌보아야 될 사람에게 넘겨준 다음을 두고 하는 말이오. 그 사람 어머니가 귀국하여 돌봐 주실 테죠. 그 부인은 정말 대단해요. 자신의 임무를 태만히 하는 데는 그만이거든! 아마 당신은 영국에서 여름을 보내겠죠?"

"글쎄요, 아직 이렇다 할 계획이 없어요."

"부럽소이다! 다소 외로운 기분이 들겠지만 매우 자유로울 거요."

"맞아요, 아주 자유롭죠."

"언제든 로마로 돌아오시오." 오스먼드는 방으로 들어오는 새로운 방문객들을 보면서 말했다. "틀림없이 올 거라고 믿어요!"

굿우드는 조금 일찍 떠나려고 했지만 몇몇 동료들과 이야기를 한 것 말고는 이사벨에게 말도 걸지 못한 채 저녁 시간이 다 지나가고 말았다. 그를 피하는 이사벨의 태도에는 뭔가 끈질긴 고집스러움이 있었다. 그는 억누를 수 없는 노여움을 느끼며 그녀에게 분명 겉으로 드러나지 않는 의도가 있다고 생각했다. 이사벨은 그와 눈이 마주치면 환영의 미소를 보냈지만, 그 미소는 마치 손님들을 접대하는 자기를 도와 달라는 부탁 같았다. 그러나 그는 이런 제안에 반감을 느꼈고, 더 이상 참을 수가 없어 이곳저곳 돌아다니며 이사벨을 기다렸다. 그는 몇몇 아는 사람들에게 말을 걸었으나, 그들은 처음으로 굿우드가 약간 자기모순에 빠졌다고 생각했다. 굿우드가 다른 사람 말에 반박하는 일은 종종 있었지만 좀체 없는 일이었다. 팔라초 로카네라에서는 자주 음악이 연주되었고 대개 훌륭한 음악이었다. 그는 이 음악을 듣고 핑계 삼아 겨우 자신을 회복했으나, 파티가 끝날 무렵 손님들이 돌아가기 시작하자 이사벨에게 슬쩍 다가가 낮은 목소리로 옆방이 비어 있는 것을 방금 확인했으니 거기서 이야기를 나눌 수 없겠느냐고 물었다. 이사벨은 그렇게 하겠다는 듯 미소를 보냈으나 아무래도 그럴 수는 없었다. "그럴 수 없을 것 같아요. 손님들이 작별 인사를 하니 문간에 서서 배웅을 해야죠."

"그러면 손님들이 다 돌아갈 때까지 기다리겠습니다."

이 말에 이사벨은 잠시 머뭇거렸다. "어머, 그렇게 해 준다면 더없이 고마운 일이죠!" 그녀는 큰 소리로 말했다.

그렇게 시간이 오래 흘렀고, 굿우드는 기다리고 있었다. 양탄자에 발이 묶인 듯 마지막 몇 사람이 아직도 가지 않고 있었다. 파티에 한밤중까지 머문 적이 없다고 말하곤 했던 제미니 백작부인이 여흥이 끝난 것을 의식하지 못하고 아직도 벽난로 앞에서 몇몇 신사들을 상대하고 있었고, 그들은 이따금씩 함께 껄껄 웃기도 했다. 오스먼드의 모습은 이제 보이지 않았다. 그는 손님들이 돌아갈 때 작별 인사를 하는 법이 없었다. 그리고 백작부인은 늘 하던 버릇대로 주위에 사람들을 더 모으고 있었기 때문에 이사벨은 팬지를 잠자리에 들게 했다. 이사벨은 조금 떨어진 곳에 앉아 시누이가 목소리를 좀 낮추고 마지막 손님들을 조용히 보냈으면 좋겠다는 표정을 지었다.

이윽고 굿우드가 이사벨에게 요청했다. "지금 한마디 나눌 수 있을까요?"

그녀는 금방 자리에서 일어나 미소를 지으며 말했다. "좋아요. 괜찮다면 다른 방으로 가요." 두 사람은 백작부인 일행을 그대로 남겨 둔 채 함께 나갔고, 문지방을 건너면서 누구도 먼저 말을 꺼내지 않았다. 이사벨은 앉지 않고 방 한가운데 서서 천천히 부채질을 하며 평소와 다름없는 낯익은 태도로 그를 대했다. 그녀는 상대가 말을 꺼내기를 기다리는 눈치였다. 일단 그녀와 단둘이 있게 되자 한 번도 억제해 본 적 없는 뜨거운 정열이 파도처럼 밀려왔다. 마침내 정열이 그의 눈에까지 차오르며 물체가 빙빙 도는 느낌이 들었다. 밝고 인기척 없던 방이 점차 희미하고 흐릿해지기 시작했다. 이사벨이 눈동자를 반짝이며 입술을 벌린 채 그의 앞을 어른거리는 모습이 너울거리는 베일을 통해 느껴지는 것 같았다. 만일 그가 좀 더 자세히 보았다면 그녀의 미소가 경직되고 조금 부자연스러운 것을, 그의 표정을 보고 겁먹고 있음을 알았을 것이다. "이제 작별 인사를 하려는 거죠?" 그녀가 말했다.

"맞아요. 하지만 그러고 싶지 않아요. 로마를 떠나고 싶지 않으니까." 그는 애처로울 만큼 솔직하게 대답했다.

"심정은 충분히 짐작이 가요. 너무나 감사한 일이에요. 당신이 너무나 친절하다는 건 말할 필요도 없고요."

잠시 동안 그는 아무 말도 하지 않았다. "그런 몇 마디로 나를 떠나보내려고 하는군요."

"언젠가 꼭 다시 와 주세요." 이사벨이 밝게 대답했다.

"언젠가라니요? 될 수 있으면 '오랜 시간이 지난 후'라는 뜻이로군요."

"아니, 그런 뜻이 아니에요."

"그러면 무슨 뜻인가요? 이해가 되지 않아요! 하지만 간다고 한 이상 꼭 갑니다." 굿우드가 덧붙였다.

"언제든 좋을 때 오세요." 이사벨이 가벼운 어조로 대답했다.

"난 당신 사촌 오빠에게는 한 치의 관심도 없어요!" 굿우드가 불쑥 말했다.

"그게 당신이 하고 싶었던 말인가요?"

"아니요, 내가 꼭 하고 싶은 말 같은 건 없어요. 물어보고 싶은 게 있지." 그는 잠시 말을 중단했다가 낮고 빠른 목소리로 말했다. "대체 당신의 삶이 어떻게 된 것인가 하는 겁니다." 그는 다시 말을 멈추고 대답을 기다렸지만 그녀가 아무 대답이 없자 계속 말했다. "난 알 수가 없습니다. 당신 마음을 꿰뚫어 볼 수가 없으니! 대체 무엇을 믿어야 할까요. 내가 어떻게 생각해 주길 바라죠?" 그녀는 여전히 아무 말이 없었다. 이제는 애써 태연한 척하지도 않았고, 서서 그를 바라보기만 했다. "당신이 불행하다는 소문을 들었어요. 그게 사실이라면 나도 알고 싶군요. 그것만으로도 의미가 있으니까. 그러나 당신은 스스로 행복하다고 말하면서 어쩐지 너무나 침착하고 느긋하고 완강한 태도를 보여요. 당신은 너무 변했어요. 모든 걸 숨기고 있어서 가까이 가기가 힘들어요."

"당신은 무척 가까이 온걸요." 이사벨은 온화하지만 경고하는 어조로 말했다.

"그래도 당신 마음을 모르겠습니다! 난 진실을 알고 싶어요. 결혼 생활은 괜찮아요?"

"너무 지나치네요."

"맞아요, 난 항상 그래요. 물론 당신은 대답하지 않겠죠. 당신이 원한다면 난 모르는 채로 있겠어. 게다가 나와 직접 상관없는 일이기도 하고." 굿우드는 분별력을 상실한 마음에 분별력을 불어넣기 위해 스스로를 자제하려고 안간힘을 쓰며 말했다. 그러나 자신에게는 이번이 마지막 기회며, 그녀를 사랑하면서도 잃어버렸고, 자신이 무슨 말을 해도 그녀가 자신을 바보로 여긴다는 느낌이 들자 갑자기 스스로에게 심한 비난을 퍼붓고 싶은 심정이 되었으며 나지막한 목소리에 전율이 더해 갔다. "당신이 정말 불가사의하고 뭔가 숨기고 있다는 생각이 들어요. 나는 당신 사촌 오빠를 싫어하는 건 아니지만 그 사람에 관해서는 조금도 상관하지 않습니다. 내 말은, 함께 여행하는 건 그 사람이 좋아서가 아니라는 거예요. 설령 그가 멍청이라 해도 당신 부탁이라면 난 가겠어요. 당신이 요구하면 내일 당장 시베리아에라도 가겠어요. 대체 무엇 때문에 내가 이곳을 떠나길 바라죠? 뭔가 이유가 있을 테죠. 당신이 겉으로 보이는 것처럼 현재 생활에 만족한다면 내가 여기 있든 말든 상관하지 않을 텐데 말이에요. 여기까지 와서 아무것도 얻지 못하는 것보다는 진실이 참담할지라도 당신에 관한 진실을 아는 게 더 나을 것 같군요. 그러나 내가 온 건 그것 때문이 아니에요. 당신 일에 관여해선 안 된다고 생각하니까. 내가 여기에 온 건 더 이상 당신을 생각할 필요가 없다는 걸 확인하고 싶었기 때문이에요. 다른 생각을 한 건 아니지만, 당신이 내가 여길 떠나 주었으면 하고 바라는 것도 전혀 잘못은 아니에요. 그러나 내가 꼭 떠나야 한다면 잠시 동안이라도 마음속에 있는 걸 털어놓아도 나쁘진 않겠지요? 당신이 정말 상처를 받았다면, 그가 당신에게 상처를 주었다면, 나는 어떤 말로도 당신에게 상처를 입히진 않을 겁니다. 내가 여기에 온 이유는 당신을 사랑하기 때문이었을 겁니다. 뭔가 다른 이유가 있었을 거라는 생각은 들지만, 아마 그 때문이었을 거예요. 두 번 다시 당신을 만날 수 없다고 생각하지 않는다면 이런 말은 하지도 않을 테죠. 이번이 마지막이니 내 고백을 추억의 꽃송이로 삼아 줘요! 내겐 이런 말을 할 권리조차 없다는 걸 난 알고 있어요. 당신 역시 귀 기울일 필요도 없을 테고. 그래요, 당신은 귀를 기울이지 않았고, 그럴 마음도 없고, 항상 다른 생각만 하고 있었어요. 이런 말을 한 이상 난 가야만 해요. 적어도 한 가지 이유는 생겼네요. 당신이 부탁한 것은 이유가 안 돼요. 진짜 이유가 아니니까. 난 당신 남편 태도를 보고 판단할 수가 없어요." 그는 화제를 바꾸어 앞뒤가 맞지 않는 이야기를 늘어놓기 시작했다. "당신 남편을 이해할 수 없어요. 두 사람이 서로 깊이 사랑한다고 말하지만, 왜 나에게 그런 말을 할까요? 나와 무슨 상관이 있죠? 이런 말을 하면 당신은 알 수 없다는 표정을 지어요. 하지만 당신은 늘 그런 표정이죠. 맞아요, 당신은 뭔가 숨기고 있어요. 그건 나와 상관없는 일이라고요? 그렇죠. 하지만 난 당신을 사랑해요."

그가 이 말을 하는 동안 이사벨은 알 수 없다는 표정을 지었다. 그녀는 두 사람이 조금 전에 들어왔던 문 쪽으로 시선을 돌리며 마치 경고라도 하듯 부채를 위로 들었다. "지금까지 무척 예의 바르셨는데, 그걸 무너뜨리지 마세요." 그녀는 부드럽게 말했다.

"아무도 듣지 않아요. 당신이 날 쫓아내려고 한 방법은 놀라웠어요. 지금까지와 비교하지 못할 정도로 당신을 사랑해요."

"그건 알아요. 랠프 오빠와 동행하겠다고 했을 때 바로 알았죠."

"물론 당신은 어쩔 수 없었겠죠. 할 수 있다면 했겠지만 불행히도 당신은 할 수가 없어요. 불행이라는 건 나를 두고 하는 말입니다. 나는 아무것도 바라지 않아요. 정말 아무것도 바라서는 안 되죠. 하지만 소원 하나만 들어줘요. 당신으로부터 듣고 싶은 말이 있어요. 듣고 싶은 말이!"

"무슨 말을 듣고 싶으세요?"

"내가 당신을 불쌍히 여겨도 되는지를요."

"그러고 싶으세요?" 이사벨은 웃으려고 애를 쓰며 물었다.

"당신을 불쌍히 여길까요? 그렇다면 틀림없는 일이에요! 최소한 뭔가 한 셈이 되니까. 평생 동안 그것에 매달리겠습니다."

이사벨이 손에 들고 있던 부채를 얼굴로 가져갔기 때문에 그녀의 눈 외 다른 곳은 모두 가리고 말았다. 그녀는 잠시 그의 눈을 바라보았다. "평생 그것에 매달리진 마세요. 그저 가끔씩 생각해 주세요." 이렇게 말하고 이사벨은 제미니 백작부인에게 돌아갔다.

49

앞의 몇 가지 사건이 일어난 목요일 저녁, 마담 멀은 팔라초 로카네라에 모습을 드러내지 않았다. 하지만 이사벨은 부인이 오지 않은 걸 알고도 놀라지 않았다. 두 사람 관계에 영향을 끼치지 않은 몇 가지 일들이 있었지만, 그것을 이해하기 위해서는 시간을 좀 더 거슬러 올라갈 필요가 있다. 마담 멀은 워버튼 경이 로마를 떠난 후 곧장 나폴리에서 돌아와 이사벨을 처음 만나(그녀를 위해 한마디 해 둔다면, 멀은 신속히 이사벨을 찾아왔다.) 워버튼 경의 행방에 대해 먼저 이야기를 꺼냈다. 사태의 책임이 이사벨에게 있다고 생각했기 때문이다.

"제발 그 사람에 대한 얘기는 꺼내지 마세요." 이사벨이 말했다. "최근 그분에 대한 이야기를 너무 많이 들었거든요."

마담 멀은 그 말에 반대라도 하듯 머리를 한쪽으로 약간 기울이고 입술 왼쪽으로 슬며시 웃으며 말했다. "맞아요, 당신은 들었겠죠. 하지만 난 나폴리에 있었기 때문에 듣지 못했다는 걸 잊지 마세요. 난 이곳에서 그분을 만나고 팬지에게 축하 인사를 할 수 있길 바랐어요."

"아직도 축하 인사는 할 수 있어요. 워버튼 경과의 결혼에 대한 축하 인사는 아니겠지만요."

"어떻게 그런 말을! 내가 그 결혼에 얼마나 관심을 쏟았는 지 몰라요?" 마담 멀은 흥분해서 물었으나 그래도 명랑한 말투를 유지했다.

이사벨은 침착함을 잃었지만 유쾌한 태도를 유지하기로 결심했다. "그렇다면 부인은 나폴리에 가지 말았어야 해요. 여기머물며 일의 경과를 지켜봤어야죠."

"당신을 너무 믿었네요. 그럼 이제 너무 늦은 건가요?"

"팬지에게 물어보시는 편이 낫겠네요."

"당신이 그 애에게 무슨 말을 했는지 물어보고 싶군요."

멀의 태도가 비판적이었기 때문에 이사벨은 방어적인 충동을 느꼈다. 알다시피 마담 멀은 지금까지 매우 신중한 태도를 유지해 왔다. 그녀는 결코 사람들을 비판하지 않았고, 사람들 사이에 끼어들어 간섭하는 일을 눈에 띄게 꺼려했다. 그러나지금 멀의 눈빛에는 위험스러운 조급함이 나타나 있었으며, 경탄할 만한 느긋함조차 무너뜨리는 짜증스러운 기미가 있었다. 그럼에도 자제하고 있음이 분명했다. 그녀가 이처럼 실망하고 있다는 사실에 이사벨은 무척 놀랐다. 마담 멀이 팬지의 결혼에 보이는 지나친 관심을 그녀는 알지 못했기 때문이다. 멀은 자신의 속마음을 드러냄으로써 이사벨을 놀라게 한 것이다. 어디서 오는지는 알 수 없지만 예전보다 더 분명하게 그녀를 감싸는, 어둠침침하고 공허한 곳에서 울려 퍼지는 차갑고 조소하는 듯한 목소리가 이사벨에게 들려왔다. 그 목소리는 총명하고 힘차고 단호하며 세속적인 이 여자(노련함과 인간적 친밀감의 화신 같은 여자)가 이사벨의 운명을 강력히 지배하고 있다고 말해 주었다. 이사벨은 지금까지 알았던 것보다 마담 멀이 더 가깝게 느껴졌고, 그 가까움이 오랫동안 생각해 온 것처럼 달가운 일이 아니라는 사실을 깨달았다. 사실 요전 날 이사벨이 우연히도 마담 멀과 남편이 은밀히 함께 앉아 있는 모습을 본 순간, 그녀의 마음속에는 우연이라는 느낌이 사라져 버렸다. 뭔가 확고한 의구심이 생긴 건 아니었지만 이 부인을 지금까지와는 다른 시각으로 보기에 충분했고, 과거 그녀의 행동에 그 당시 이사벨이 미처 생각지도 못했던 의도가 숨겨져 있었을 거라는 생각도 들었다. 맞아, 무슨 의도가 분명히 있었던 거야. 이사벨은 혼잣말을 했다. 마치 긴 악몽에서 깨어난 듯했다. 마담 멀의 의도가 호의적이지 않았다는 생각이 어떻게 떠올랐을까? 최근 마음속에 의구심이 피어올랐는데, 마담 멀이 가여운 팬지 편에 서서 이사벨을 비난하자 그녀가 느낀 놀라움이 그것과 결합된 것이다. 이런 비난은 이사벨의 마음에 어떤 도전 의식을 가져다주었고, 이사벨은 지금까지 섬세하고 신중했던 마담 멀의 태도에서 볼 수 없었던 알 수 없는 활기를 눈치챘다. 지금껏 마담 멀은 자신이 간섭할 일이 아닌 한 굳이 개입하려 들지 않았다. 독자들은 이사벨이 단순한 의구심 때문에 몇 년에 걸쳐 호의로 입증된 사실을 의심하는 것이 성급하다고 느낄지도 모른다. 그녀가 재빨리 이런저런 생각을 하자 이상한 진실이 그녀의 영혼 속에 스며든 것은 사실이었다. 마담 멀의 관심은 오스먼드의 관심과 같았고, 그것만으로도 충분했다. "팬지가 부인을 더 자극할 만한 이야기는 하지 않을 거예요." 이사벨은 마담 멀의 질문에 대한 대답으로 이렇게 말했다.

"난 화 같은 건 내지 않아요. 단지 상황을 회복시키고 싶을 따름이죠. 워버튼 경이 두 번 다시 찾아오지 않을 거라 생각하세요?"

"그건 말할 수 없군요. 부인을 이해할 수 없어요. 이제 모두 끝났으니 제발 그만하세요. 남편이 그 얘길 무수히 했기 때문에 더 이상 할 말도, 들을 말도 없어요. 의심의 여지도 없고요." 이사벨은 이렇게 말하고 한마디 덧붙였다. "남편이 부인과 이 문제를 의논하고 싶어 한다는 사실 말이에요."

"그분 생각은 알아요. 엊저녁에 나를 찾아왔더군요."

"부인이 도착하자마자요? 그렇다면 사정을 모두 아실 텐데, 정보를 캐내려고 제게 관심을 쏟을 필요는 없어요."

"내가 원하는 건 정보를 캐내는 게 아니라 공감이에요. 난 그 결혼이 성사되길 간절히 원했어요. 그래서 해야 할 일을 몇 가지 생각해 뒀죠. 그건 내 상상력에 만족을 주었고요."

"부인 상상력에는 그럴 테지만, 당사자들에겐 그렇지 않아요."

"나는 당사자가 아니라는 거겠죠. 직접적인 관계가 없으니까요. 하지만 나처럼 오랜 기간 친구로 지내다 보면 그런 일을 그냥 내버려 둘 수는 없어요. 내가 얼마나 오랫동안 팬지를 알아 왔는지 잊은 모양이군요. 물론 당신은." 마담 멀이 덧붙였다. "당신이 당사자 중 한 사람이라고 생각하겠죠."

"아니에요, 절대 그렇게 생각하지 않아요. 이제 그 일이라면 지긋지긋해요."

마담 멀이 잠시 머뭇거리다가 말했다. "맞아요, 당신이 할 일은 이제 끝났어요."

"말씀이 지나치군요." 이사벨이 매우 엄숙하게 말했다.

"오, 알겠어요. 물론 신경을 가장 안 쓰는 것처럼 보일 때가 가장 신경을 쓰는 때일지도 모르죠. 하지만 당신 남편이 당신을 신랄하게 나무라더군요."

이사벨은 잠시 동안 이 말에 대꾸를 하지 않았지만, 마음이 쓰라려 숨이 막힐 것 같았다. 이사벨이 놀란 건 남편이 그녀 몰래 마담 멀에게 한 이야기를 마담 멀이 그녀에게 전해 준 무례함 때문이 아니었다. 이사벨은 즉시 그것이 무례하다고 생각하지는 않았고, 마담 멀은 꽤나 정당한 상황이 아니라면 무례하게 행동한 적이 거의 없었다. 하지만 지금은 정당한 상황이 아니었다. 적어도 지금까지는. 드러난 상처에 떨어진 한 방울의 독약처럼 이사벨의 마음을 아프게 한 건 남편이 생각뿐만 아니라 말로도 그녀에게 치욕감을 주었기 때문이다. 마침내 이사벨이 입을 열었다. "제가 남편을 어떻게 보는지 알고 싶으세요?"

그러자 마담 멀이 대답했다. "아니에요, 당신은 내게 그런 말을 하지 않을 거예요. 게다가 그걸 알면 나도 괴로울 테고."

두 사람 사이에 잠시 침묵이 흘렀다. 이사벨은 마담 멀을 안이래 처음으로 그녀를 언짢게 생각하며 이제 그만 돌아가 주면 좋겠다고 생각했다. "팬지가 얼마나 매력적인지 잊지 말고, 절망에 빠지지 마세요." 그녀는 이제 대화는 그만두었으면 하고 잘라 말했다.

그러나 마담 멀은 여전히 기세등등했다. 그녀가 몸에 걸친 망토를 여미고 몸을 움직이자 은은하고 기분 좋은 향기가 주위에 퍼졌다. "난 절망하기보다 오히려 용기를 얻고 있어요. 그리고 당신을 나무라기 위해 온 게 아니라, 가능한 한 진실을 알고 싶어서 왔어요. 내가 물으면 진실을 말해 줄 거라고 생각했어요. 그런 걸 기대할 수 있다는 건 당신에게도 큰 축복이에요. 아니, 내가 얼마나 위안을 얻는지 당신은 모를 거예요."

"진실이라니 무엇을 말하는 거죠?" 이사벨은 궁금해져서 물었다.

"내가 알고 싶은 진실이란 바로 이거죠. 워버튼 경이 정말 스스로 마음을 바꾼 건지, 아니면 당신이 권유해서 그런 건지. 다시 말해 그분 자신을 기쁘게 하는 결정인지, 아니면 당신을 기쁘게 하는 결정인지. 이런 질문을 하는 건!" 마담 멀은 미소를 띠며 계속 말했다. "비록 신뢰가 조금 무너지긴 했어도 당신에 대한 내 믿음이 아직 남았기 때문이라는 걸 생각하세요." 그녀는 이 말에 대한 반응을 살피려고 이사벨을 바라보며 앉아 있다가 말을 이었다. "이제 너무 용감하게 행동하려고도, 무분별하게 행동하려고도, 화를 내려고도 하지 마세요. 난 당신을 위해 이런 말을 하는 거예요. 내가 이런 말을 할 사람은 당신 말고는 없어요. 다른 여자는 내게 진실을 말해 주리라고 생각되지 않아요. 당신 남편이 진실을 안다면 얼마나 좋겠어요? 하지만 당신 남편에겐 진실을 알아낼 만한 수완이 없는 것 같네요. 그분은 근거 없는 추측에 빠졌어요. 설사 실제로 어떤 일이 있었는지 확실히 안다고 해도 팬지의 장래에 대한 생각을 바꿀 것 같지 않아요. 워버튼 경이 단지 그 아이에게 싫증이 난 거라면 유감스럽긴 해도 그것으로 그만이에요. 하지만 그 사람이 당신을 기쁘게 하려고 그 아이를 단념한 거라면 그건 다른 문제예요. 유감스러운 건 마찬가지지만 문제가 달라요. 후자의 경우, 당신은 마음에 들지 않더라도 묵묵히 참고 의붓딸이 결혼하는 걸 보고 있어야 할 거예요. 이제 당신은 그 사람에게서 손을 떼요. 이 일은 우리한테 맡겨요!"

마담 멀은 이사벨을 지켜보며 매우 신중하게 말을 늘어놓았다. 이야기를 계속해도 좋다고 생각하는 것 같았다. 그녀가 말을 계속하자 이사벨은 안색이 점점 더 창백해져 무릎 위에 올린 손을 더욱 굳게 쥐었다. 그것은 방문객이 무례한 태도를 취했기 때문은 아니었고, 그런 태도가 분명히 나타나지도 않았다. 그런 것보다 더 심한 공포가 몰려왔기 때문이다. "당신은 누군가요? 어떤 사람인가요?" 이사벨이 중얼거리듯 말했다. "내 남편과 어떤 관계죠?" 그녀가 한순간이라도 마치 남편을 사랑하는 것처럼 처신한 건 묘한 일이었다.

"그렇다면 용감하게 싸울 작정이로군요! 정말 유감이네요. 하지만 나도 똑같이 처신할 거라고는 생각하지 마세요."

"당신이 나와 무슨 관계죠?"

마담 멀은 머플러를 만지면서 천천히 자리에서 일어났지만 이사벨의 얼굴에서 시선을 떼지 않았다. "모든 일에 관계가 있죠!"

이사벨은 일어서지 않고 그대로 앉아 마담 멀을 바라보았다. 그녀의 얼굴은 진실을 알고 싶은 마음으로 가득했지만 마담 멀의 눈빛에는 어둠만 존재할 뿐이었다. "아, 정말 못 견디겠어!" 마침내 이사벨이 탄식했다. 이윽고 그녀는 두 손으로 얼굴을 감싸고 의자 등에 몸을 기댔다. 터챗 부인이 옳았다는 생각이 높게 일렁거리는 파도처럼 그녀 마음을 덮쳐 왔다. 마담 멀이 그녀를 오스먼드와 결혼시킨 것이다. 그녀가 얼굴에서 다시 손을 떼기도 전에 마담 멀은 이미 방을 나가고 없었다.

그날 오후 이사벨은 혼자 마차를 타고 외출했다. 드높은 하늘 아래 멀리 나가 마차에서 내려 데이지 꽃 무리 속을 거닐고 싶었던 것이다. 오래전부터 그녀가 고도(古都) 로마에 자기 속을 털어놓았던 까닭은 이 도시의 폐허 속에서는 폐허가 된 자신의 행복이 그나마 덜 잔인하게 느껴졌기 때문이다. 그녀는 몇 세기에 걸쳐 쇠락하면서도 아직도 그대로 우뚝 서 있는 폐허에 몸을 의지하고 위안을 얻으며 한적한 장소의 침묵 속에 자신의 은밀한 슬픔을 토로했다. 그런 장소에 있으니 자신의 슬픔이 지극히 최근의 일이라는 이유로 그것을 실제와 동떨어져 객관적으로 바라볼 수 있었다. 겨울날의 햇빛이 따사롭게 비치는 모서리에 앉기도 하고, 방문객도 없는 퀴퀴한 교회에 서서 자신의 슬픔에 미소를 짓기도 하며 그 슬픔이 얼마나 사소한가 하는 생각을 할 수 있었다. 아득한 로마의 역사에 비해 그녀의 슬픔은 확실히 작았지만, 인간의 운명은 계속 이어지고 있다는 생각이 마음에서 떠나지 않았기 때문에 그녀의 생각은 작은 것에서 큰 것으로 쉽게 옮겨 갔다. 로마와 깊고 부드럽게 친숙해지자 그녀의 격정이 점차 진정되었다. 하지만 그녀는 로마를 주로 사람들이 고통을 받았던 곳으로 생각했다. 황량한 교회 안에서 그녀가 느낀 것도 이런 것이었다. 이교도의 폐허에서 옮겨 온 대리석 기둥은 고통받는 자의 벗이 되어, 퀴퀴한 냄새도 오랫동안 성취하지 못한 기도의 혼합물처럼 생각되었다. 이사벨만큼 온화하고 지조 있는 이교도는 없었다. 진실한 신앙을 가진 신자라 할지라도 어두컴컴한 제단의 성화나 줄지어 놓인 촛불을 바라보며 이런 것들의 암시적인 힘을 그녀만큼 절실히 느낄 수 없거니와, 이런 영적인 강림을 더 강하게 느낄 수도 없었다. 알다시피 팬지는 거의 언제나 이사벨과 동행했고, 최근에는 제미니 백작부인이 분홍색 양산을 받쳐 들고 그들이 탄 마차에 화려한 색채를 더했다. 하지만 이사벨은 혼자 있고 싶을 때나 어떤 장소에 혼자 가는 편이 나을 때는 아직도 가끔씩 혼자서 외출했다. 그럴 때 그녀가 자주 가는 곳이 몇 군데 있었는데, 그중에서 가장 가기 쉬운 곳은 낮은 성벽의 난간에 위치한 곳이었다. 그곳은 차가운 느낌을 주는 높다란 성 요한 라테란 교회* 정면 앞 널따란 풀밭 끝이었다. 그곳에서 캄파냐 고원 너머로 눈길을 돌리면 저 멀리 쭉 이어진

---

* 4세기에 로마 황제 콘스탄티누스가 세운 교회.

알바니 산의 윤곽과 그사이에 있는 거대한 평원에 아직도 많이 남은 유적들이 보였다. 사촌 오빠와 일행들이 로마를 떠나자 이사벨은 평소보다 더 자주 산책을 나갔으며, 낯익은 성지를 우울한 마음으로 여기저기 옮겨 다녔다. 팬지와 백작부인이 동행할 때조차 그녀는 사라진 세계의 감촉을 느꼈다. 로마 성벽을 뒤로 하고 떠나는 마차는 야생 인동덩굴이 산울타리를 기어올라 서로 엉키는 좁은 통로를 지나거나 들판 가까운 한적한 곳에서 이사벨을 기다렸고, 그동안 그녀는 어지럽게 꽃이 핀 잔디 위를 마음대로 돌아다니거나 예전에 건물 일부였던 돌 위에 앉아 보기도 하면서 찬란한 슬픔이 자신의 개인적 슬픔이라는 베일을 통해 비쳐드는 광경을 가만히 바라보았다. 자욱하면서도 따스한 햇빛, 거리가 멀어짐에 따라 점점 더 옅어지는 색채, 꼼짝도 않고 쓸쓸히 양을 돌보는 목동, 구름이 그림자를 드리우면 아련한 붉은빛으로 바뀌는 언덕의 풍경이었다.

이날 오후 이사벨은 마담 멀에 대한 생각은 하지 않기로 결심했지만, 그녀의 모습이 계속 머릿속을 맴돌았기 때문에 그 결심은 물거품이 되고 말았다. 이사벨은 마치 어린아이처럼 두려운 가정을 하면서 몇 년간이나 교제했던 이 친한 친구에게 역사적으로 큰 의미를 지니는 '사악한'이라는 형용사를 적용해도 좋을지 스스로에게 물어보았다. 그녀는 '사악한'이라는 형용사의 의미를 성서나 문학 작품을 통해 알고 있을 뿐이며, 그녀가 믿는 한 '사악함'이라는 말과 개인적으로 전혀 친숙하지 않았다. 그녀는 인간의 삶과 친숙하기를 소망했고, 어느 정도 성공을 거두었다고 스스로 믿고 우쭐했지만, 악을 안다는 기본적인 특권은 거부했다. 마담 멀의 행위는 역사적 의미에서 철저히 그릇된 악은 아닐지 모르지만, 정말이지 주도면밀했다. 이사벨의 이모 터챗 부인은 이 점을 오래전에 간파하고 조카딸에게 말해 주었지만, 당시 그녀는 완고한 이치를 따지는 이모보다는 자기 쪽이 자발적인 체험과 사물에 대한 기품 있는 해석에 훨씬 더 풍부한 견해를 가졌다고 자만했던 것이다. 마담 멀은 자신이 원했던 대로 일을 처리하여 두 친구를 결혼시켰던 것이다. 곰곰이 생각해 보면 자신이 그런 일을 그토록 갈망했다는 게 신기하지 않을 수 없었다. 세상에는 책략을 위한 책략에 몰두하는 사람들처럼 중매에 열을 올리는 사람들도 있기 마련이었다. 그러나 마담 멀은 훌륭한 책략가라고 할 수는 있어도 그런 일에 열중하는 사람은 아니었다. 그녀는 결혼을 좋게 생각하지 않았고, 인생조차 좋게 생각하지 않았다. 그녀는 이사벨과 오스먼드의 결혼을 성사시키려고 애를 썼지만 다른 사람들의 결혼에는 그렇지 않았다. 다시 말해 마담 멀은 그들의 결혼에서 뭔가 이득을 얻는다고 생각한 것이다. 이사벨은 대체 그녀가 무슨 이득을 얻었는지 자문했다. 당연히 이사벨이 그것을 알아내는 데는 오랜 시간이 걸렸지만 만족스러운 해답은 아니었다. 돌이켜 보면 마담 멀은 가든코트에서 처음 만날 때부터 그녀를 좋아하긴 했지만, 터챗 씨가 죽고 이사벨이 그 선량한 노인에게 큰 은혜를 입었다는 사실을 알고 난 뒤부터 두 배나 애정을 보였다. 그녀는 이사벨로부터 돈을 빌리는 것 같은 천박한 발상이 아니라, 미숙하고 천진

난만하게 재산을 얻은 젊은 여자를 절친한 인물에게 소개하는 보다 세련된 발상으로 이득을 취했다. 그녀는 당연히 자신과 가장 친한 사람을 선택했으며, 오스먼드가 그 생각을 받아들였다는 것은 더할 나위 없이 명백했다. 이렇게 해서 이사벨은 세상에서 가장 탐욕이 없는 사람이라고 생각했던 남자가 속된 사기꾼처럼 돈 때문에 그녀와 결혼했을 거라는 확신에 직면했다. 이상하게도 그녀는 한 번도 이런 생각을 해 보지 않았다. 오스먼드에게 상당한 해를 끼친다고 생각했다면 그녀는 그에게 이런 짓을 하지도 않았을 것이다. 이것은 그녀가 생각할 수 있는 최악의 일이었지만, 그녀는 지금부터 더 나쁜 사태가 일어날 수도 있다고 줄곧 생각했다. 남자가 여자의 돈을 노리고 결혼하는 건 흔한 일이지만, 최소한 상대편 여자에게 그것을 알려 주어야만 한다. 오스먼드가 그녀의 돈을 원했다면, 그것이 그에게 만족감을 주었는지 어땠는지 이사벨은 궁금했다. 그는 그녀의 돈만 취하고 그녀를 자유롭게 보내 줄까? 이모부가 친절하게도 유산을 남겨 준 것이 오늘날에 와서 그녀를 살리게 된다면 정말 고마운 노릇이었다! 마담 멀이 길버트 오스먼드에게 호의를 베풀었다 해도 오스먼드가 그 은혜에 감사하는 마음은 이미 식어 버렸다는 생각이 이사벨의 머리에 떠올랐다. 자신에게 그토록 힘을 써 준 여자에게 그는 지금 무슨 감정을 갖고 있으며, 오스먼드 같은 냉소의 대가는 그런 감정을 어떻게 표현했을까? 마차를 타고 조용히 집에 돌아오기 전 이사벨은 갑자기 침묵을 깨고 "가련한 마담 멀!" 하고 작게 탄성을 질렀다. 기이한 일이긴 했으나 그녀다운 행동이었다.

같은 날 오후, 마담 멀의 흥미로운 작은 응접실을 장식하고 있는 빛바랜 다마스크 천의 값비싼 커튼 뒤에 이사벨이 숨어 있었다면, 마담 멀에 대한 그녀의 동정심은 아마도 적중했을 것이다. 독자들은 신중한 로지어와 함께 단정하게 정돈된 이 방을 방문한 적이 있을 것이다. 6시경, 길버트 오스먼드가 이 방에 앉아 있었고 마담 멀이 그 앞에 서 있었는데, 그것은 언젠가 이사벨이 본 적이 있는 장면과 비슷했다. 그 장면은 표면적인 특징보다는 그것이 갖는 실질적 중요성 때문에 예사로운 일이 아닌 사건으로 기억되고 있었다.

　　"난 당신이 불행하다고 생각하지는 않아요. 즐기고 있다고 봐요." 마담 멀이 말했다.

　　"내가 언제 불행하다고 했소?" 오스먼드는 이렇게 말했으나 얼굴은 불행하다고 생각될 만큼 수심이 가득했다.

　　"그래도 행복하다는 말은 하지 않았죠. 보통은 감사의 뜻에서 그렇게 말하는 게 당연해요."

　　"그런 말은 하지 마요." 그는 무뚝뚝하게 말하고 나서 한마디 덧붙였다. "나를 화나게 하지 말고."

　　마담 멀은 천천히 자리에 앉아 팔짱을 끼고 하얀 두 손 가운데 한 손을 받침대로 삼아 다른 손을 장식처럼 들고 있었다. 그녀는 더할 나위 없이 고요한 표정을 지었으나 슬픈 표정이 역력했다. "나를 두렵게 하지 마세요. 당신이 내 생각을 조금이라도 아는지 궁금해요."

　　"가능한 한 그런 건 생각하지 않으려고 하지. 나 자신의 생각만으로도 충분하니까."

"그 생각이 꽤 즐겁기 때문이겠죠."

오스먼드는 의자 등받이에 머리를 얹고서 피곤한 표정이 밴 냉소적인 눈빛으로 상대방을 똑바로 응시했다. "당신은 나를 화나게 하고 있어." 잠시 후 그가 덧붙였다. "난 정말 피곤해."

"그럼 내 기분은 어떻겠어요!" 마담 멀이 대들었다.

"당신은 자신을 피곤하게 만들고 있지. 하지만 그건 내 잘못이 아니야."

"내가 자신을 피곤하게 하는 건 당신을 위해서죠. 난 당신에게 흥밋거리를 제공했어요. 대단한 선물이죠."

"그게 흥밋거리라고 생각하오?" 오스먼드는 초연한 듯이 물었다.

"분명 그렇죠. 당신이 시간을 보내는 데 한몫하잖아요."

"이번 겨울만큼 시간이 길다고 생각한 적이 없소."

"당신이 지금처럼 좋아 보인 적도 없죠. 이만큼 유쾌하고 찬란한 적도 없고요."

"찬란하다니!" 그는 생각에 잠기며 중얼거렸다. "당신이 나를 얼마나 안다고!"

"그렇다면 난 아무것도 아는 게 없는 셈이네요." 마담 멀이 웃으며 말했다. "완벽하게 성공했다고 느끼고 있군요."

"아니지. 당신이 나에 대한 비판을 그만둘 때까지는 그렇게 느낄 수 없을 거요."

"그런 비판은 오래전에 그만뒀어요. 나는 옛날과 비교해서 얘기하는 거예요. 하지만 당신 말은 좀 지나치군요."

이 말을 듣고 오스먼드는 약간 머뭇거렸다. "함부로 말하지 마요!"

"침묵을 지키고 가만히 있으란 말인가요? 난 결코 수다쟁이가 아니라는 사실을 기억하세요. 그건 그렇다 치고, 우선 얘기해 두고 싶은 게 서너 가지 있어요. 당신 아내는 지금 어떻게 해야 할지를 몰라요." 그녀가 어조를 바꾸어 말했다.

"무슨 말이오? 그 사람은 완벽하게 아는데. 분명하게 선을 긋고 있어요. 자신의 생각을 실천하려 하고 있고."

"지금 그녀의 생각은 뭔가 다르겠군요."

"그렇지. 예전보다 훨씬 더."

"오늘 아침엔 그렇지 않더군요." 마담 멀이 말했다. "그녀는 그냥 멍해 보였어요. 어찌할 바를 전혀 모르고 있었다고요."

"가련하다고 말하는 편이 좋겠지."

"아니에요, 당신을 지나치게 북돋워 줄 생각은 없어요."

오스먼드는 여전히 머리를 의자 등받이에 기댄 채 한쪽 발의 발목을 다른 쪽 다리의 무릎 위에 얹고 있었다. 그는 이런 자세로 한동안 잠잠하게 있었다. 마침내 그가 입을 열었다. "그게 당신과 무슨 상관인지 알고 싶소."

"아무래도…… 아무래도!" 마담 멀은 차마 말을 끝내지 못하고 멈춰 버렸다. 그러고는 갑자기 격정을 억누르지 못한 나머지 맑은 하늘에 여름 천둥이 치듯 소리를 지르며 계속 말했다. "울 수라도 있으면 얼마나 좋을까 생각하지만, 난 울 수도 없어요!"

"우는 게 무슨 도움이 될까?"

"당신을 알기 전에 내가 느꼈던 심정이 되겠죠."

"내가 당신 눈물을 마르게 했다면 그건 대단한 일인데. 하지만 당신이 우는 모습을 본 적은 있지."

"지금도 당신은 나를 그렇게 만들 수 있을 거예요. 늑대처럼 울부짖게 할 수 있다는 말이죠. 나에겐 큰 소망이, 울고 싶다는 소망이 있어요. 오늘 아침에 난 비열했어요. 지독했죠."

"당신 말처럼 이사벨이 멍해 있었다면 아마 그런 일은 눈치채지 못했을 거요." 오스먼드가 대꾸했다.

"일을 그렇게 만든 건 내가 무모했기 때문이에요. 어쩔 수 없었어요. 내 마음이 나쁜 생각으로 가득 차 있었으니까요. 아마도 좋은 건지도 모르죠. 당신은 내 눈물뿐만 아니라 영혼마저 말려 버렸어요."

"그렇다면 지금 내 아내의 상태가 내 책임이라고 할 수는 없겠지." 오스먼드가 말했다. "아내에 대한 당신의 영향력 덕분에 내가 이득을 취할 수 있다면 기쁜 일이고. 당신은 영혼불멸이라는 말을 모르오? 영혼이 어떻게 변한단 말이오?"

"나는 영혼불멸 같은 건 믿지 않아요. 영혼은 완전히 파멸될 수 있으니까요. 나에게 그런 일이 일어났죠. 처음엔 아주 훌륭한 영혼이었답니다. 모두 당신 덕택이죠. 당신은 정말 나쁜 인간이에요." 마담 멀이 엄숙하게 강조하며 말했다.

"우리는 이런 식으로 끝나는 건가?" 오스먼드가 여전히 면밀하고 냉담한 투로 물었다.

"우리가 어떻게 끝내야 될지 모르겠어요. 알면 좋겠는데! 나쁜 인간들은 어떤 식으로 끝내는 걸까요? 특히 함께 지은 죄과에 대해 말이에요. 당신은 나를 당신처럼 나쁜 인간으로 만들어 버렸어요."

"이해가 안 되는걸. 나는 당신이 아주 착한 사람이라고 생각하는데." 오스먼드가 말했다. 의도적으로 무관심한 태도가 이 말에 극적인 효과를 주었다.

마담 멀은 오스먼드와 정반대로 점차 침착성을 잃었고, 지금까지 그녀를 만난 적이 있는 독자들도 그 이유를 알 수 없을 정도였다. 빛나던 눈빛이 침울해지더니, 그녀가 억지로 미소를 지으려고 했다. "착한 사람이니 스스로 단념하란 뜻인가요?"

"매력적일 정도로 항상 착하지!" 오스먼드가 웃으며 외쳤다.

"세상에!" 그녀가 낮은 목소리로 말했다. 그녀는 여자로서 한창때가 지났는데도 신선함을 간직한 채 그곳에 앉아 그날 아침 자신이 이사벨에게 취하게 한 것과 똑같은 몸짓으로 고개를 숙이고 두 손으로 얼굴을 감쌌다.

"당신 결국 울려는 거요?" 오스먼드가 물었다. 그러나 그녀가 꼼짝도 하지 않자 계속 말했다. "내가 언제 당신에게 불평한 적이 있었소?"

이 말을 듣고 그녀는 재빨리 손을 내렸다. "아니요, 당신은 다른 방법으로 복수했죠. 그녀에게 복수한 거예요."

오스먼드는 머리를 뒤로 더 젖히며 잠시 천장을 응시했다. 바른 자세는 아니지만 마치 신에게 호소하는 듯했다. "참, 여자의 상상력이란! 여자의 상상력은 정말이지 언제나 저속하거든. 당신이 말하는 복수는 마치 삼류 소설 같군."

"물론 당신은 불평하지 않았죠. 자신의 승리를 지나치게 즐기고 있었으니."

"오히려 난 당신이 말하는 승리가 무엇인지 알고 싶군."

"당신 아내가 당신을 두려워하도록 만들었잖아요."

오스먼드는 자세를 고쳐 앉으며 몸을 앞으로 숙이더니, 두 팔꿈치를 무릎 위에 얹고 발밑에 깔린 낡고 아름다운 페르시아 양탄자를 잠시 바라보았다. 그에겐 무슨 일이든 다른 사람의 평가(심지어 그 순간에 내린 것까지도)를 받아들이지 않고 자신이 내린 평가만을 고집하는 버릇이, 자신과 이야기하는 상대를 이따금 화나게 하는 독특한 버릇이 있었다. 마침내 그가 한마디 했다. "이사벨은 날 두려워하지 않소. 그런 건 내가 바라는 바도 아니고. 그런 말로 나를 화나게 만들어 뭘 어쩔 셈이오?"

"당신이 나에게 끼칠 수 있는 해악을 두루 생각해 봤어요." 마담 멀이 대답했다. "당신 아내는 오늘 아침에 나를 두려워했어요. 하지만 그녀가 겁먹고 있는 대상은 사실 당신이에요."

"당신은 무척 저속한 말을 하는구려. 그건 내 책임은 아니오. 당신이 내 아내를 만날 필요도 전혀 없고. 당신은 내 아내 없이도 훌륭하게 행동할 수 있거든. 그리고 난 당신이 나를 두려워하게 만들지 않았소." 그가 계속 말했다. "그런데 내가 어떻게 아내를 그렇게 만들었겠소? 당신은 적어도 내 아내만큼 용기가 있지. 당신이 어째서 그런 쓸데없는 생각을 하게 되었는지 모르겠소. 이제는 당신이 나를 안다고 생각했는데." 그는 이렇게 말하며 자리에서 일어나 벽난로까지 걸어가 선반 위에 놓인 섬세하고 진기한 도자기 견본들을 마치 처음 보는 듯 굽어보며 잠시 서 있었다. 그는 한 손으로 작은 컵 하나를 집어든 다음 그대로 팔을 선반 위로 올리고 계속 말했다. "당신은 매사를 너무 심각하게 생각하오. 너무 과장해서 보기 때문에 현실을 제대로 보지 못한단 말이오. 난 당신이 생각하는 것보다 훨씬 단순해."

"나도 당신이 무척 단순하다고 생각해요." 이렇게 말한 뒤 마담 멀은 자신의 찻잔에 눈을 고정했다. "시간이 흐른 뒤 그걸 알게 되었죠. 예전에는 조금 전에 말한 대로 당신을 비판했지만요. 하지만 당신이 결혼한 후에야 당신이라는 사람을 비로소 바로 알게 되었답니다. 당신이 내게 어떤 사람이었는지보다 아내에게 어떤 사람인지 더 잘 알게 되었으니까요. 제발 그 소중한 물건을 조심해서 다뤄요."

"벌써 조금 금이 가 있는걸." 오스먼드는 찻잔을 내려놓으며 냉담하게 말했다. "결혼 전에 나라는 남자를 몰랐다면 나를 그런 틀에 집어넣은 당신이 몹시 경솔했던 거지. 그러나 난 스스로 '나'라는 틀이 좋아졌고, 내 몸에 딱 들어맞을 거라고 생각했소. 난 요구 같은 건 별로 없었지. 그저 아내가 나를 좋아하게 했으니까."

"아내가 당신을 너무나 좋아하도록 말이죠!"

"물론이지. 이런 경우에는 최대한의 것을 요구하게 돼 있으니까. 나를 흠모하는 일이라고 해도 좋지. 맞소, 그게 내가 원했던 거요."

"난 결코 당신을 흠모하진 않았어요." 마담 멀이 말했다.

"하지만 그런 시늉은 했지!"

"적어도 당신은 딱 맞는다고 나를 나무란 적은 없죠." 마담 멀이 계속 말했다.

"이젠 아내의 관심이 시들어 버렸소. 어떤 일에나 마찬가지지." 오스먼드가 말했다. "당신은 비극으로 삼으려고 하지만 그녀에겐 좀체 비극이 아니오."

"내게는 비극이에요!" 마담 멀은 이렇게 소리치고는 길고 낮은 한숨을 내쉬며 일어섰다. 그러나 동시에 그녀는 난로 선반에 놓인 물건에 잠시 눈길을 보냈다. "잘못된 입장에 놓이면 어떤 피해를 입게 되는지 뼈저리게 배웠죠."

"교과서 같은 말을 하는구먼. 어쨌든 가능성이 있는 데서 위안을 구해야지. 아내는 나를 좋아하지 않더라도, 적어도 딸은 좋아하오. 난 팬지에게서 보상을 받을 거요. 다행히 그 애한테는 나무랄 게 없으니까."

"정말 자식이라도 있으면 좋겠네요!" 마담 멀이 나직이 말했다.

오스먼드는 잠시 기다리다가 사무적인 투로 대꾸했다. "다른 사람의 자식들은 꽤 흥미롭겠지!"

"당신은 나보다 더 교과서 같은 말을 하는군요. 결국 우리를 떨어지지 못하게 하는 뭔가가 있어요."

"내가 당신에게 해를 끼칠지도 모른다는 게 그거였소?" 오스먼드가 물었다.

"아니에요. 내가 당신에게 도움을 줄지도 모른다는 생각이 었어요." 마담 멀이 말했다. "그래서 이사벨에게 몹시 질투를 느끼죠. 당신에게 도움이 될 만한 일을 하고 싶어요." 마담 멀은 딱딱하고 엄숙한 표정을 바꾸어 평상시의 부드러운 표정을 짓고 덧붙였다.

오스먼드는 모자와 우산을 집어 들고 모자를 외투 소매로 가볍게 몇 번 문지르고 나서 말했다. "여러 상황을 고려해 볼 때 내게 맡겨 두는 편이 낫겠소."

오스먼드가 나가자 마담 멀은 곧장 벽난로 곁으로 가서, 그가 금이 갔다고 했던, 이미 값어치가 떨어진 커피 잔을 선반에서 집어 들고 다소 넋을 잃은 표정으로 바라보았다. "아무 소득도 없는데 내가 왜 그런 짓을 했을까?" 그녀는 나지막이 한탄했다.

50

  제미니 백작부인은 로마 시대 유적에 대해 잘 모르기 때문에 이사벨은 가끔 그 흥미로운 유물들에 대한 안내를 자청해 오후에 마차를 타고 유적지 순례를 했다. 백작부인은 이사벨의 지식이 비범하다는 것을 인정했기 때문에, 아무런 반대 없이 로마 시대 벽돌 더미를 최신 직물을 몽땅 쌓아 둔 것인 양 세심히 바라보곤 했다. 백작부인은 어떤 방면에 대해서는 곧잘 일화를 언급하기도 하고 변명을 늘어놓기도 했지만, 역사적인 감각은 없었다. 그러나 로마에 머무는 것이 너무 즐거웠기 때문에 묵묵히 분위기를 따르려고 했다. 그녀는 팔라초 로카네라에 남기 위해서라면 티투스 황제*가 지은 습기 차고 어두컴컴한 목욕탕에서 매일 한 시간을 보내라고 해도 기꺼이

---

* 1세기 로마의 황제.

그렇게 했을 것이다. 그러나 이사벨은 엄격한 의미에서 안내원이 아니었으며, 그녀가 폐허를 곧잘 방문한 이유는 그들의 화제가 피렌체에 살고 있는 여인네들의 연애담에 이르면 백작부인의 수다가 언제 끝날지 모르기 때문에 다른 이야기를 할 구실을 마련하려는 것이 주된 이유였다. 유적지를 방문하는 동안 백작부인은 마차에 앉아서 모든 것이 매우 흥미롭다고 탄성을 지르기만 할 뿐, 적극적으로 나서서 답사하는 일은 전혀 없었다는 것을 덧붙여 두어야겠다. 백작부인은 지금까지 이런 방식으로 콜로세움을 구경했고, 그것은 그녀 조카딸에게 확실히 유감스러운 일이었다. 자신의 고모이므로 존중하지 않을 수 없었지만, 팬지는 제미니 부인이 마차에서 내려 건물 안으로 들어가지 않는 이유를 알 수 없었다. 팬지는 산책할 기회가 적었기 때문에 마차에서 내려 걸어 다니고 싶은 생각이 없지 않았다. 팬지는 일단 콜로세움 안에 들어서기만 하면 고모도 위층에 올라가 볼 호기심이 생길지도 모른다는 은밀한 소망을 갖고 있었다고 보아야 할 것이다. 백작부인이 자발적으로 콜로세움에 올라가겠다는 말을 꺼낸 날이 마침내 왔다. 3월은 바람이 많은 달이지만, 이따금 불던 봄바람이 그날 오후따라 따스하게 불었다. 세 사람은 함께 콜로세움에 들어갔지만, 이사벨은 두 사람과 떨어져 혼자 내부를 돌아다녔다. 그녀는 로마의 군중이 박수갈채를 보내곤 했지만, 지금 같은 계절에는 깊은 틈새 사이로 틈만 나면 들꽃들이 피어나는 황량한 바위층까지 가끔 올라갔다. 그러나 오늘은 어쩐지 피로를 느꼈기 때문에 파괴된 투기장*에 앉아 있고 싶었다. 그러면 상대방

이야기는 제대로 듣지 않으면서 자신의 이야기만 귀담아듣도록 요구하는 백작부인을 피해 조금이나마 휴식을 취할 수 있었고, 조카딸과 함께 있으면 백작부인이 옛날 아르노 강가 사람들의 추문에 대한 이야기를 잠시라도 중단할 거라고 믿었다. 팬지가 감상력 없는 고모를 가파른 벽돌 층계로 안내하고 아래쪽에 있던 문지기가 높다란 나무 문의 자물쇠를 열어 주는 동안, 이사벨은 그냥 그 아래에 남아 있었다. 이 거대한 원형 경기장에는 반쯤 그늘이 드리워 있었고, 석양이 거대한 온천 침전물 덩어리처럼 엷고 붉은 빛을 내뿜고 있었다. 이 불그스름한 빛만이 거대한 폐허에서 유일하게 살아 움직이는 요소였다. 촌부와 여행자가 여기저기에서 걸어 다녔으며, 그들은 멀리 보이는 맑게 갠 고요한 하늘에 수많은 제비들이 선회하거나 급강하하는 모습을 쳐다보았다. 이윽고 이사벨은 투기장 한가운데 서 있는 다른 방문객들 중 한 사람이 그녀 쪽으로 시선을 돌리고 머리를 약간 갸우뚱하며 그녀를 바라보고 있는 것을 눈치챘다. 이런 행동은 어떻게 해야 할지는 모르지만 그래도 절대 포기하지 않겠다는 의도를 보여 준다는 것을 그녀는 이미 몇 주 전에 알게 되었다. 이런 태도를 취하는 인물은 에드워드 로지어일 수밖에 없었고, 사실 그는 이사벨에게 말을 걸지 말지 궁리하고 있었다. 이사벨에게 일행이 없다는 것을 확신하자 그는 이사벨에게 다가와, 비록 이사벨이 자신이 보낸 편지에 회답을 하지는 않았지만 직접 호소하는 말까지

---

* 콜로세움 중앙에 위치한 부분.

못 들은 척할 수는 없을 거라고 말했다. 이사벨은 팬지가 가까이 있어서 오 분 정도밖에 이야기할 수 없다고 대답했다. 이 말을 듣고 그는 시계를 꺼내 들더니 무너져 내린 돌 더미 위에 앉았다.

"얘긴 금방 끝나요." 에드워드 로지어가 말했다. "난 골동품들을 모두 팔아 버렸어요!" 이사벨은 본능적으로 무서운 생각이 들어서 소리를 지르고 말았다. 그것은 마치 그가 치아를 모두 뽑았다고 얘기하는 것과 같았다. "드루오 경매장에서 팔아 버렸답니다." 그는 계속 말했다. "사흘 전에 경매가 있었는데, 내게 그 결과를 전보로 알려 왔어요. 대단했죠."

"잘한 것 같군요. 하지만 그 아까운 물건들을 갖고 있었더라면 더 좋았을 텐데."

"대신에 돈을 쥐게 되었죠. 5만 달러랍니다. 이제 오스먼드 씨는 나를 꽤 부자라고 생각해 주실까요?"

"그것 때문에 그랬나요?" 이사벨이 다정하게 물었다.

"그 외에 달리 무슨 이유가 있겠어요? 내가 생각하는 건 그것뿐인데요. 파리에 가서 처리했어요. 경매하는 곳에 들를 수는 없었지요. 물건이 팔리는 걸 차마 눈으로 볼 수 없었어요. 그러면 미쳐 버리겠지요. 하지만 그 물건들은 좋은 사람들에게 갔고, 그들은 높은 가격을 쳐 주었어요. 법랑 세공품들은 팔지 않았지만요. 지금 내 주머니에 돈이 두둑하니 오스먼드 씨는 나를 가난하다고 할 수 없을 겁니다!" 젊은 청년은 거만하게 외쳤다.

"그분은 이제 당신이 현명하지 못하다고 하겠죠." 이사벨은 마치 길버트 오스먼드가 전에는 한 번도 그런 말을 한 적이 없는 것처럼 말했다.

로지어가 그녀를 노려보았다. "이제 골동품도 없으니 난 아무것도 아니란 말이에요? 그 골동품들이 내가 가진 최고의 자산이었다는 거예요? 파리에서도 그런 말을 들었어요. 그 사람들은 매우 솔직하긴 했지만 팬지를 본 적이 없잖아요!"

"정말 당신 소망이 이루어져야 하는 건데." 이사벨이 무척 온순하게 말했다.

"그렇게 슬픈 투로 말하니까 정말로 이루어질 수 없는 것 같네요."

이사벨의 반응을 살피는 그의 눈에 불안감이 역력히 엿보였다. 그의 태도는 지난 일주일 동안 자신이 파리에서 화젯거리가 되었고, 그 결과 자신의 위상이 무척 높아졌음을 아는 사람 같았다. 그러나 이처럼 위상이 높아졌는데도 한두 명은 여전히 고집스럽게도 자신을 부족하게 여길 거라는 생각에 고통스러워하는 모습도 보였다. "내가 없는 동안 여기서 무슨 일이 일어났는지 알고 있어요." 그가 계속 말했다. "팬지가 워버튼 경을 거절했는데 오스먼드 씨는 무엇을 기대하시죠?"

이사벨이 생각에 잠기며 대답했다. "다른 귀족과 결혼하는 거겠죠."

"다른 귀족이라뇨?"

"남편이 누군가 찾아낼 거예요."

로지어는 천천히 일어나 시계를 조끼 호주머니에 집어넣었다. "누군가를 비웃고 있군요. 그러나 이번에는 나를 비웃을 순 없을 거예요."

"비웃을 생각은 없어요." 이사벨이 말했다. "난 쉽게 다른 사람을 비웃진 않아요. 지금은 당신이 떠나는 게 좋겠네요."

"난 괜찮아요!" 로지어가 꼼짝도 하지 않고 단언했다. 그가 다소 큰 목소리로 말을 했기 때문에 더 그렇게 느껴졌을 것이다. 그는 약간 만족한 듯 발끝으로 몸의 균형을 잡고는, 마치 청중이 가득 차 있는 것처럼 콜로세움을 둘러보았다. 이사벨은 그의 안색이 갑자기 변하는 것을 보았다. 그가 상상했던 것보다 더 많은 청중이 있었다. 그녀는 고개를 돌렸고, 백작부인과 팬지가 답사를 마치고 돌아온 것을 알았다. "당신은 정말 가야 돼요." 이사벨이 서둘러 말했다.

"부인, 나를 불쌍히 여겨 주십시오!" 에드워드 로지어가 앞서 했던 말에는 이상할 정도로 일치되지 않는 목소리로 중얼거렸다. 그러고는 불행한 가운데서도 행복한 생각에 사로잡힌 남자처럼 간절한 마음으로 덧붙였다. "저분이 제미니 백작부인인가요? 나를 저분에게 제발 소개해 주세요."

이사벨은 잠시 그를 바라보았다. "저분이 무슨 말을 해도 남편은 끄떡도 하지 않을 거예요."

"아, 부인은 남편을 괴물로 매도하는군요!" 로지어는 백작부인을 보며 이렇게 말했다. 백작부인은 이사벨이 매우 잘생긴 청년과 대화하고 있는 걸 눈치채고는 팬지 앞으로 힘차게 걸어 나왔다.

"당신이 법랑 세공품을 팔지 않았다니 기뻐요!" 이사벨은 그를 떠나 이렇게 외치며 곧장 팬지에게 갔다. 팬지는 에드워드 로지어를 보자마자 갑자기 멈춰 서서 발밑을 내려다보았다. "우리는 마차로 돌아갈 거야." 이사벨이 다정하게 말했다.

"네, 좀 늦었네요." 팬지는 여전히 상냥하게 대답했다. 그러고는 멈칫하거나 뒤를 돌아보지 않고 조용히 걸어갔다.

그러나 이사벨은 백작부인과 로지어가 잠시 틈을 내어 즉각 만나는 걸 알게 되었다. 로지어는 모자를 벗고 인사하면서 미소를 지었다. 그가 자신을 분명하게 소개하자 백작부인이 우아하게 몸을 굽혀 인사하는 뒷모습이 이사벨의 눈에 들어왔다. 하지만 이사벨과 팬지가 마차 안의 그들 자리로 돌아왔기 때문에 이러한 모습은 곧 시야에서 벗어났다. 팬지는 이사벨을 마주 보다가 무릎에 시선을 고정하고는 다시 시선을 들어 이사벨의 눈을 바라보았다. 그녀의 두 눈이 다소 우울한 빛을 띠고 있었다. 소심하지만 열정적인 눈빛이 이사벨을 깊이 감동시켰다. 동시에 팬지의 가슴 졸이는 갈망과 명확한 이상을 자신의 무미건조한 절망감과 비교하자 부러움이 마구 솟구쳤다. "불쌍한 팬지!" 이사벨은 다정하게 말했다.

"걱정하지 마세요!" 팬지는 진심으로 미안해하는 투로 대답했다.

그런 다음 침묵이 흘렀고, 백작부인은 오랫동안 돌아오지 않았다. 이사벨이 마침내 입을 열었다. "고모에게 전부 보여 드렸어? 좋아하시던?"

"네, 그렇게 했죠. 고모도 무척 기뻐하셨을 거예요."

"네가 피곤하지 않았으면 좋겠다."

"그렇지 않아요, 고마워요. 피곤하진 않아요."

백작부인이 여전히 뒤에 남겨져 있어서 이사벨은 하인에게 콜로세움 안에 들어가 그들이 기다리고 있다고 말해 달라고 했다. 하인은 곧 돌아와서 백작부인이 기다리지 말고 먼저 가라고 말했다고 전했다. 그녀는 따로 마차를 타고 오겠다는 것이다!

백작부인이 로지어에게 갑자기 동정심을 갖게 된 지 일주일쯤 지났을 때, 이사벨은 저녁 식사를 위해 서둘러 옷을 갈아입으러 가다가 자신의 방에 팬지가 앉아 있는 모습을 보았다. 그녀는 이사벨을 기다리고 있는 것처럼 보였다. 팬지는 나지막한 의자에서 일어나 작은 목소리로 말했다. "함부로 들어와서 죄송해요. 한동안 못 뵐 것 같아서요."

팬지의 목소리는 이상했고, 눈을 동그랗게 뜨고 있는 모습이 흥분하고 두려워하는 것처럼 보였다. "설마 어디로 가려는 건 아니겠지!" 이사벨이 외쳤다.

"전 수녀원으로 가요."

"수녀원으로 가다니?"

팬지는 가까이 다가와 두 팔로 이사벨을 안고는 자신의 머리를 이사벨의 어깨에 기댔다. 그녀는 꼼짝도 하지 않고 그런 자세로 잠시 서 있었지만, 이사벨은 팬지가 떨고 있다는 걸 느낄 수 있었다. 자그마한 몸의 떨림은 자신의 입으로 도저히 말할 수 없는 모든 것을 표현하고 있었다. 그래도 이사벨은 팬지를 다그쳤다. "왜 수녀원으로 가니?"

"아빠가 그게 최선이라고 생각하셨기 때문이에요. 젊은 처녀는 때로는 세상을 약간 벗어나 있는 게 좋다고 말씀하셨어요. 세상은 젊은 처녀에게 언제나 몹시 나쁘다는 거죠. 사람들에게서 잠시 벗어나 반성하는 기회를 갖는 거예요." 팬지는 마음을 주체하지 못하는 듯 짧게 띄엄띄엄 말했다. 그러고 나서는 마음을 정리하고 다시 입을 열었다. "전 아빠가 옳다고 생각해요. 이번 겨울에는 세상에 너무 많이 나와 있었거든요."

팬지의 말은 이사벨에게 이상한 영향을 끼쳤다. 그것은 팬지 자신이 아는 것보다 더 큰 의미를 담고 있는 것 같았다. "언제 결정된 거니?" 이사벨이 물었다. "난 전혀 들은 적이 없는데."

"아빠가 삼십 분 전에 말씀하셨어요. 미리 너무 많이 얘기하지 않는 게 나을 거라고 생각하셨대요. 캐서린 수녀님이 7시 15분경에 오시기로 했고, 전 옷 두 벌만 가져갈 거예요. 몇 주 동안만 있을 거니까요. 잘 지낼 거라고 봐요. 제게 무척 친절하게 대해 주신 수녀님들을 모두 만나고, 그곳에서 교육을 받고 있는 어린 소녀들도 보게 될 테니까요. 그 아이들이 참 좋아요." 팬지는 다소 위엄이 밴 어투로 말했다. "그리고 전 캐서린 수녀님도 무척 좋아해요. 조용히 지내면서 많은 걸 생각할 거예요."

이사벨은 숨을 죽인 채 팬지의 말을 들었고, 두려운 느낌이 들었다. "가끔 나를 생각해 주렴."

"곧 만나러 와 주세요!" 팬지가 울먹였다. 그 울음은 조금 전 당당하게 말하던 태도와는 딴판이었다.

이사벨은 더 이상 아무 말도 할 수 없었다. 아무것도 이해할 수 없었고, 자신이 남편에 대해 아직도 얼마나 아는 게 없는지를 느낄 뿐이었다. 이사벨은 길고 부드러운 입맞춤으로 남편의 딸에게 인사했다.

삼십 분 후 이사벨은 캐서린 수녀가 마차로 도착해 다시 팬지와 함께 출발했다는 소식을 하녀로부터 들었다. 이사벨이 저녁 식사 전에 응접실로 가자 제미니 백작부인이 혼자 있었다. 그녀는 멋지게 머리를 젖히며 이번 일의 성격에 대해 프랑스어로 "정말 가식적이야!"라고 외쳤다. 그러나 이 일에 가식적인 면이 있다 해도, 남편이 무엇을 가장하고 싶었는지 이사벨은 알 수가 없었다. 남편이 자신이 상상하는 것보다 좀 더 인습적이라는 것을 어렴풋이 알 수 있을 뿐이었다. 이사벨은 남편에게 말할 때 매우 신중을 기하는 습관을 갖게 되어, 이상하게 보일지는 몰라도 그가 들어온 후에도 몇 분 동안 주저하며 팬지가 갑작스레 떠난 일을 언급하지 못했다. 그들이 식탁에 앉은 후에야 비로소 이사벨은 말을 꺼낼 수 있었다. 하지만 그녀는 오스먼드에게 뭔가 직접 묻는 것을 피해 왔기 때문에 할 수 있는 일이라곤 사실을 매우 자연스럽게 말하는 것뿐이었다. "팬지가 보고 싶을 거예요."

남편은 고개를 약간 기울여 식탁 중앙에 있는 꽃바구니를 한동안 쳐다보았다. 이윽고 그가 말했다. "물론 그렇지. 생각해 봤는데 당신이 가서 딸애를 만나야 할 거요. 하지만 너무 자주 가지는 마시오. 팬지를 수녀들에게 보낸 이유가 궁금하겠지만 당신이 이해할 수 있을지 의심스럽소. 별일 아니니 신경 쓰지 마시오. 그래서 당신한테 말하지 않았던 거요. 당신이 공감할 거라고 생각하지 않았소. 하지만 나는 항상 그런 생각을 해 왔고, 그게 딸아이 교육의 일부라고 여기오. 딸아이란 생기 발랄하고 예뻐야 돼. 순수하고 상냥해야 하고. 하지만 팬지는 세상 풍습 때문에 생기를 잃고 뒤틀렸지. 그 애는 생기가 없어 지고 마음이 흐트러졌어. 너무 많이 법석을 떨었지. 이렇게 부 산스럽고 오합지졸들이 떠들어 대는 걸 두고 사교계라 부르지 만. 가끔씩 여기서 그 애를 떼어 놓아야 돼요. 수녀원은 매우 조용하고 편리하며 건강에 좋은 곳이오. 나는 팬지가 오래된 정원과 건물 아치 아래에서 미덕을 갖춘 평온한 여성들과 함 께 지내는 게 좋다고 봐요. 그들 대다수는 정숙한 여성으로 태 어났고, 몇몇 여성들은 고귀하기까지 하거든. 팬지는 책을 읽 거나 그림을 그릴 거고, 피아노도 칠 거요. 내가 충분한 자유 를 주었으니까 금욕적인 생활을 하지는 않겠지. 조금 격리되 었다는 느낌은 들겠지만 말이오. 팬지는 생각할 시간을 가지 게 될 거고, 난 내 딸이 그렇게 되기를 바라오." 오스먼드는 신 중하면서도 합리적인 어조로 말했지만, 마치 꽃바구니를 보고 있는 듯 여전히 머리를 다른 쪽으로 돌리고 있었다. 그의 말투 는 설명을 한다기보다는 말 속에 뭔가를 (거의 그림에 가깝게) 담으려는 듯했고, 그것이 어떤 모습인지 몸소 보려는 것 같았 다. 그는 잠시 자신이 만들어 낸 그림을 떠올려 보았고, 그것 에 꽤 만족하는 것 같았다. 그런 다음 그가 말을 이었다. "가톨 릭교도들은 매우 현명한 셈이오. 수녀원도 훌륭하고 꼭 필요 한 기관이며 가정과 사회에서 가장 필요로 하는 요구에 부응 하거든. 예의범절과 정숙함을 가르치는 곳이지. 오, 나는 내 딸 을 세상으로부터 격리하고 싶진 않소." 그가 덧붙였다. "팬지의 생각을 다른 곳에 고정하고 싶진 않으니까. 이 세상은 아주 좋은 곳이오. 그 애는 어차피 여기서 살아야 하니 원하는 만큼 세상에 대해 생각해 볼 수 있겠지. 물론 옳은 방향으로 생각해야겠지만."

이사벨은 이 짧은 이야기에 꽤 주의를 기울였고, 이 이야기가 매우 흥미롭다고 생각했다. 이 이야기는 효율적으로 일을 처리하고자 하는 남편의 욕망이 어디까지 갈 수 있는지(섬세한 자기 딸의 생명에 이론적인 계략을 가하는 지경까지)를 보여 주는 듯했다. 남편의 속셈이 전적으로 이해되지는 않았다. 그러나 남편이 사용한 모든 방법이 정교한 속임수였고 그것이 그녀를 겨냥해 그녀의 상상력을 억눌렀다고 확신하게 되었다는 점에서 이사벨은 남편이 생각하고 의도한 것을 훨씬 잘 이해하게 되었다. 그는 갑자기 뭔가 독단적이고 예기치 않게 세련된 행동으로 그의 마음과 아내의 마음이 얼마나 다른지 분명히 구분하기를 원했다. 또한 그가 자신의 딸을 귀중한 예술품으로 간주한다면 마지막 마무리에 더욱 신중을 기하는 것이 당연한 노릇임을 보여 주고 싶어 했다. 만일 그가 어떤 효과를 노리고 있었다면 이 일이 이사벨의 간담을 서늘하게 했으므로 결과적으로는 성공한 셈이었다. 팬지는 어릴 때부터 수녀원을 잘 알고 있었고, 그곳을 즐거운 가정쯤으로 생각했다. 그녀는 수녀들을 좋아했고, 그들도 팬지를 무척 좋아했기에 한동안 그곳에서 힘들 일은 분명히 없었다. 그래도 팬지가 두려움을 느꼈기 때문에 오스먼드가 의도한 영향력은 분명코 매우 강렬했다. 한편 이사벨은 수녀원에 반감을 품었던 옛 청교도들의 전통을 자신의 상상 속에서 결코 지울 수 없었다. 이렇게 뛰어난 남편의 독단적인 행위를 생각하노라면(남편처럼 그녀도 꽃바구니를 보고 있다.) 팬지가 비극의 여주인공이 된 것 같았다. 오스먼드는 조금도 물러나지 않겠다는 뜻을 인식시키려고 했고, 아내인 이사벨은 차려진 식사에 손대는 시늉도 하기 어렵다는 걸 알게 되었다. 시누이의 높고 부자연스러운 목소리를 듣는 게 차라리 편안했다. 백작부인 역시 이 일에 대해 곰곰이 생각해 보았으나 이사벨과는 다른 결론에 도달했다.

"오빠, 불쌍한 팬지를 쫓아내려고 이런저런 구실을 생각해 내다니 너무 어리석은 일 같아요." 백작부인이 말했다. "차라리 그 아이를 내 앞에 어른거리게 하지 않겠다고 대놓고 말하지 그래요? 내가 로지어를 아주 좋게 생각하는 걸 모르세요? 사실 말이지 그 청년은 정말 훌륭하게 보여요. 내게 진정한 사랑이 뭔지 알게 해 주었거든요. 예전에는 정말 몰랐는데! 물론 오빠는 이런 확신 때문에 내가 팬지와 함께 있으면 큰일이 날 거라고 짐작했겠죠."

오스먼드는 유리잔에 담긴 포도주를 한 모금 들이켜더니 무척 기분 좋은 얼굴을 했다. "이것 봐, 에이미." 그는 뭔가 용맹스러운 말을 하는 듯 미소를 보내며 말했다. "네가 말하는 확신이 무엇인지 모르겠지만, 그것 때문에 내 생각이 방해를 받는다면 널 내쫓는 편이 훨씬 낫겠어."

51

백작부인은 쫓겨나지 않았지만 오빠 집에 머무를 수 있는 기간이 불확실하다고 느끼고 있었다. 이 일이 있고 일주일이 지난 후 이사벨은 가든코트의 터쳇 부인 이름으로 영국에서 온 전보를 받았다. 전보문은 다음과 같았다. "랠프가 더 이상 버틸 수 없을 것 같음. 사정이 허락되면 너를 보고 싶어 함. 특별한 일이 없다면 오기 바람. 네가 전에 너의 의무에 대해 많은 얘길 하면서도 그게 뭔지 몰랐는데, 이제 알게 되었는지 궁금함. 랠프는 사경을 헤매고 있으며 주위에 다른 사람이 없음." 이사벨은 이러한 소식을 받을 거라고 마음의 준비를 하고 있었다. 헨리에타 스택폴이 감사의 마음을 품은 환자를 데리고 영국에 갔던 이야기를 자세히 전해 주었기 때문이다. 영국에 도착했을 때 랠프는 거의 빈사 상태에 가까웠고, 아무튼 헨리에타는 가까스로 가든코트까지 데려가 그를 침대에 눕혔다.

그러나 그녀가 편지에 적었듯이 그는 결코 병상에서 일어날 수 없을 것이 분명했다. 그녀는 사실상 한 명이 아니라 두 명의 환자와 함께 여행했다고 덧붙였다. 굿우드 씨가 전혀 도움이 되지 않았고, 그 역시 물론 정신적인 면에서지만 랠프만큼이나 힘든 상황이었기 때문이다. 나중에 보낸 편지에 따르면, 헨리에타는 자신의 임무를 미국에서 막 돌아온 터챗 부인에게 넘겨줘야 했는데, 터챗 부인은 가든코트에서는 어떤 면담도 원하지 않는다는 뜻을 즉각 전달했다고 했다. 이사벨은 랠프가 로마에 오고 곧바로 편지로 이모에게 랠프 오빠의 병세가 심각하다는 사실을 알리며 당장 유럽으로 돌아오시라고 제안했다. 터챗 부인은 이런 충고에 대해 전보로 고마움을 전했는데, 그 후 이사벨이 터챗 부인에게서 받은 유일한 소식은 방금 소개한 두 번째 전보뿐이었다.

이사벨은 잠시 전보를 보며 서 있다가 주머니에 집어넣고 곧장 남편의 서재 입구로 갔다. 그녀는 잠시 멈춰 섰다가 문을 열고 안으로 들어갔다. 오스먼드는 책 더미에 기댄 채 2절판 책을 앞에 놓고 창문 가까운 곳 탁자에 앉아 있었다. 책은 색채가 약간 가미된 도판이 있는 면에 펼쳐져 있었으며, 이사벨은 그가 고대 주화의 그림을 베끼고 있다는 것을 금방 알아차렸다. 오스먼드 앞에는 수채화 물감 한 통과 가는 붓들이 놓여 있었고, 깨끗한 종이에는 섬세하고 깔끔하게 색칠된 원반 모양이 벌써 옮겨져 있었다. 그는 문에 등을 돌리고 있었지만 돌아보지 않고도 아내라는 걸 알았다.

"방해해서 미안해요."

"내가 당신 방에 들어갈 때는 항상 노크를 하잖소." 작업을 계속하면서 그가 대답했다.

"깜빡 잊었어요. 다른 생각을 하고 있었거든요. 사촌 오빠가 위독하대요."

"저런, 그런 말은 믿을 수가 없는걸." 확대경을 통해 그림을 보면서 오스먼드가 말했다. "그는 우리가 결혼할 무렵부터 죽어 가고 있었지만, 결국엔 우리보다 오래 살 거요."

이사벨은 이렇게 애써 빈정대는 남편의 말을 이해할 여유가 없었고 이해할 생각도 하지 않았다. 그저 자신의 의사를 전할 생각에 급히 말을 이었다. "이모님이 전보를 보냈어요. 가든코트에 가 봐야 할 것 같아요."

"당신이 왜 거기에 가야 하지?" 오스먼드가 무심한 호기심이 밴 어조로 물었다.

"죽기 전에 랠프 오빠를 만나기 위해서죠."

이 말을 들은 오스먼드는 아무 반응도 보이지 않은 채 자신의 일에만 계속 관심을 기울였다. 그는 주화의 그림 그리는 작업에 집중하고 있었기 때문에 작업을 게을리할 수 없었던 것이다. 이윽고 그가 말했다. "그럴 필요는 없을 것 같은데. 그 사람은 이곳으로 당신을 보러 왔잖소. 난 그런 점이 마음에 들지 않았단 말이오. 그가 로마에 머무른 건 큰 잘못이었지. 하지만 내가 참았던 이유는 그게 당신이 그 사람을 볼 마지막 기회일 거라고 생각했기 때문이오. 그런데도 당신은 그 만남으로 끝내지 않을 작정이군. 정말 배은망덕해!"

"당신이 제게 무슨 큰 은혜를 베푸셨나요?"

길버트 오스먼드는 작은 화구를 내려놓고 천천히 일어나 자신이 그린 그림의 찌꺼기를 털면서 그제서야 아내를 바라보았다. "그가 여기 머문 동안 내가 간섭하지 않은 것을 말하는 거요."

"그 부분에 대해서는 고맙게 생각해요. 당신이 좋아하지 않는다는 사실을 분명히 깨우쳐 주었기 때문에 확실하게 기억해요. 그래서 오빠가 떠났을 때 전 무척 기뻤죠."

"그럼 그 사람을 내버려 두시오. 쫓아가지 말고."

이사벨은 눈길을 돌려 오스먼드가 그린 조그마한 그림을 바라보았다. "전 영국에 가야 해요." 이렇게 말하면서 그녀는 자신의 어조가 신경질적인 사람에게는 완고하게 고집 피우는 것처럼 들릴지도 모른다고 짐작했다.

"당신이 가면 내가 싫어할 텐데." 오스먼드가 대꾸했다.

"왜 그걸 신경 써야 하죠? 제가 가지 않더라도 당신은 상관하지 않을 텐데요. 가든 가지 않든 마찬가지잖아요. 제가 거짓말을 한다고 생각할 테니까요."

오스먼드는 얼굴빛이 약간 창백해지면서 차가운 미소를 지었다. "그게 당신이 기필코 가야 하는 이유요? 사촌 오빠를 만나러 가는 게 아니라 내게 복수를 하려고?"

"전 복수 같은 건 몰라요."

"난 알지." 오스먼드가 말했다. "내게 복수 같은 건 하지 마시오."

"당신은 복수할 기회를 열심히 찾고 있어요. 제가 뭔가 엉뚱한 짓을 하길 굉장히 바라죠."

"그렇다면 당신이 내 명령을 어기면 감사해야겠는걸."

"명령을 어긴다고요?" 이사벨은 부드러운 기미를 띤 낮은 목소리로 말했다.

"분명히 말해 두지. 만일 당신이 오늘 로마를 떠난다면 그건 나에 대한 다분히 고의적이고 계산된 반대라는 걸 말이오."

"어떻게 계산된 거라고 말할 수 있어요? 저는 불과 삼 분 전에 이모님에게 전보를 받았는데요."

"당신에겐 재빨리 계산하는 훌륭한 재주가 있거든. 왜 우리가 이 얘기를 계속해야 하는지 모르겠군. 당신은 내가 원하는 것을 알잖소." 오스먼드는 이렇게 말하고는 이사벨이 나가기를 바라는 것처럼 서 있었다.

그러나 이사벨은 꼼짝도 하지 않았다. 이상하게 보일지 모르지만 그녀는 움직일 수 없었고, 자신의 행동이 합당하다는 것을 증명하고 싶었다. 오스먼드에겐 그녀로 하여금 이런 마음이 들게 하는 비상한 힘이 있었다. 이사벨의 상상력 속에서 그는 항상 그녀의 판단에 대해 뭔가를 호소했다. "당신이 그걸 원하는 데는 어떤 이유도 없어요." 이사벨이 말했다. "하지만 저에겐 가야만 하는 분명한 이유가 있어요. 저에 대한 당신 감정이 얼마나 부당한지 말할 수는 없지만, 당신은 알고 있으리라 짐작해요. 계산된 것은 당신의 반대예요. 거기엔 악의가 있죠."

이사벨은 남편에게 심한 말을 한 적이 없었기 때문에, 이 말을 들은 오스먼드의 기분은 분명 새로웠다. 하지만 그는 놀라는 기색이 없었다. 그가 이렇게 냉정한 태도를 유지하고 있는 이유는 본심을 털어놓도록 교묘히 유도하면 아내가 계속 버티지 못할 거라고 믿었기 때문이다. "악의가 있다는 건 심한 말인데." 그가 대꾸했다. 그리고 마치 그녀에게 충고하듯 상냥하게 덧붙였다. "이건 굉장히 중요한 문제라오." 이사벨은 그의 의도를 알아차리며 사태의 심각성을 충분히 의식했다. 그녀는 그들 둘 사이에 위기가 왔다는 걸 직감했다. 그것은 중대한 문제였기에 그녀는 신중한 태도로 아무 말도 하지 않았지만 오스먼드는 계속 말했다. "내게 아무 이유가 없다고? 그렇지 않소. 정말 중요한 이유가 있지. 난 당신이 하려는 짓을 진심으로 싫어해. 그건 명예롭지 못하고 야비한 행동이며 점잖지 못해. 당신 사촌은 나와 생판 남이니 난 그에게 양보할 어떤 의무도 없소. 난 할 만큼 했소. 그가 여기 머무는 동안 둘이서 한 짓은 내가 보기에 불안하기 짝이 없었지. 그러나 언젠가는 그가 떠날 거라고 생각했기에 못 본 척했소. 난 결코 그를 좋아한 적이 없고, 그도 나를 좋아한 적이 없어. 그게 당신이 그를 좋아하는 이유지. 그가 나를 미워하니까." 오스먼드의 목소리에서 거의 감지되지 않을 만큼 재빠른 전율이 전해졌다. "난 내 아내가 해야 할 일과 하지 말아야 할 일을 구별하는 이상적인 기준을 가져 왔소. 다른 남자의 침대 머리에 앉으려고 내 진정한 소망을 거스르며 혼자 유럽을 건너 여행을 해서는 안 되지. 사촌 일은 당신에게 아무것도 아니고, 우리에게도 아무것도 아니오. 내가 우리라는 단어를 말할 때 당신은 아주 드러나게 미소를 짓는군. 그런데 오스먼드 부인, 나는 '우리'라는 말이 내가 아는 전부라고 장담하오. 나는 우리의 결혼을 진지하게 생각하지만 당신은 그렇게 하지 않는 방법을 찾은 것 같군. 우리는 이혼하거나 별거한 상태가 아니오. 우리는 단단히 결합돼 있어요. 당신은 어떤 사람보다 내게 더 가까이 있고, 나도 당신에게 가까이 있소. 아마 이런 가까운 관계가 못마땅할 수도 있겠지. 그래도 어쨌든 우리 스스로 신중히 결정한 일이오. 당신은 그걸 상기하고 싶지 않겠지. 하지만 나는 기꺼이 그러고 싶거든. 왜냐하면, 왜냐하면…….” 오스먼드는 정말 핵심이 되는 말을 하려는 듯 잠시 말을 멈추었다. “왜냐하면 난 우리가 우리 행동의 결과를 받아들여야 한다고 보거든. 내가 인생에서 가장 가치를 두는 건 바로 그런 명예라오!”

오스먼드는 엄숙하면서도 온화하게 말했고, 어조에 비꼬는 투는 없었다. 그의 엄숙한 말투는 아내의 성급한 마음을 진정시켜, 그 방에 들어섰을 때 했던 이사벨의 결심은 결국 실타래처럼 엉키고 말았다. 그의 마지막 말은 명령이 아니라 일종의 호소에 가까웠다. 이사벨은 남편이 보여 준 존경심이라는 것도 세련된 이기심에 지나지 않는다고 느꼈지만, 그의 말은 십자가 표시나 국기처럼 초월적이고 절대적인 어떤 것을 나타냈다. 그는 신성하고 소중한 것, 즉 숭고한 결혼 서약의 준수를 명분으로 말하고 있었던 것이다. 그들은 환멸을 느끼게 된 연인들처럼 감정적으로 완전히 멀어졌으나 아직 행동 면에서 갈라선 것은 아니었다. 이사벨은 변하지 않았고, 정의에 대한 오래된 열정이 여전히 그녀에게 내재해 있었던 것이다. 그리하여 지금 남편의 모독적인 궤변을 듣는 동안 그것이 잠시 그의 승리를 약속하는 선율로 고동치기 시작했다. 체면을 지키려는 남편의 소망은 결국 진지한 것이었고, 그런 점에서 가치 있는 것이라는 생각이 들었다. 십 분 전만 해도 그녀는 충동적인 행동이 가져온 모든 기쁨(자신이 너무 오랫동안 잊고 있던 기쁨)을 느꼈지만, 그 행동은 갑자기 누그러져 오스먼드의 손길이 닿은 그림자에 의해 변형되었다. 하지만 이사벨은 만일 단념해야 하더라도 자신이 속았기 때문이 아니라 희생했기 때문임을 남편이 알게 해 주고 싶었다. "당신이 조롱하는 기술의 명수라는 걸 알아요." 이사벨이 말했다. "어떻게 감히 우리가 단단히 결합돼 있다고, 당신이 만족하고 있다고 말할 수 있죠? 당신이 저를 거짓으로 몰아넣은 마당에 우리의 결합이라는 게 대체 어디 있나요? 당신 가슴속에 흉측한 의심만 차 있는데 어떻게 만족하고 있다고 할 수 있죠?"

"그런 결함에도 우리는 함께 점잖게 살아가잖소."

"우리는 점잖게 살고 있는 게 아니에요!" 이사벨이 소리쳤다.

"당신이 영국으로 간다면 그렇지는 않겠지."

"그건 사소한 일이에요. 아무것도 아니죠. 전 훨씬 더 엄청난 일을 할지도 몰라요."

그가 눈썹을 치켜세우자 어깨까지 약간 올라갔다. 이탈리아에 오래 살면서 몸에 밴 버릇이었다. "이런, 당신이 나를 위협한다면 난 그림을 그리는 편이 낫겠는걸." 오스먼드는 탁자로 걸어가 작업하던 종이를 들고 세심히 들여다보았다.

"제가 간다면 다시 돌아올 거라는 기대는 하지 않겠지요."

그가 신속히 몸을 돌렸고, 이사벨은 그 움직임이 의도적인 것은 아님을 알 수 있었다. 그는 잠시 이사벨을 바라본 다음 "정신이 나갔소?"라고 물었다.

"그게 결별이 아니면 뭐죠?" 그녀가 계속 말했다. "특히 당신이 말하는 모든 것이 진실이라면 말이에요." 이사벨은 그것을 결별이라고 볼 수밖에 없었고, 그 밖에 달리 어떻게 해석할 수 있을지 정말 알고 싶었다.

오스먼드는 탁자 앞에 앉았다. "당신이 나에게 이런 식으로 반항하면 정말 당신과 논쟁할 수가 없소." 그는 이렇게 말한 뒤 다시 작은 붓 하나를 집어 들었다.

이사벨은 잠시 그대로 머뭇거렸다. 그녀는 의도적으로 무관심한 척했으며, 감정을 그대로 드러내고 있는 남편의 모습을 한참 동안 보다가 방을 나왔다. 그녀의 재능과 에너지와 열정이 다시 사라져 버렸고, 차갑고 어두운 안개가 자신을 감싸는 것처럼 느껴졌다. 오스먼드에겐 사람의 약점을 들추어내는 최고의 기술이 있었던 것이다. 이사벨은 자신의 방으로 돌아오다가 잡다한 책들이 꽂힌 작은 응접실 입구에 서 있는 제미니 백작부인을 만났다. 그녀는 손에 책을 펼쳐 들고 있었지만 흥미를 느끼지 못한 듯 책장을 건성으로 내려다보고 있다가 이사벨의 발자국 소리에 머리를 들었다.

"이봐요!" 그녀가 말했다. "당신은 무척 문학적이니까 내가 읽어 볼 만한 책을 말해 봐요! 여기 있는 책들은 모두 따분해! 이 책이 내게 도움이 될 것 같아요?"

이사벨은 그녀가 내민 책의 제목을 흘깃 보았지만 제대로 보이지 않아 무슨 책인지 알 수 없었다. "조언을 해 드릴 수 없을 것 같네요. 제게 나쁜 소식이 있거든요. 사촌인 랠프 터칫 오빠가 죽어 가요."

백작부인은 책을 바닥에 던져 버렸다. "세상에, 무척 호감 가는 사람인데 정말 안됐네요."

"조금 전 일을 아신다면 절 더 가엾게 여길 거예요."

"더 알아야 할 게 뭔가요? 얼굴이 안 좋아 보이는데." 백작 부인이 덧붙여 말했다. "오스먼드 오빠와 함께 있었나 보군 요."

삼십 분 전에 누가 자신이 시누이로부터 동정을 받을 거라 고 암시했다면 이사벨은 차가운 반응을 보였을 것이다. 그러 나 지금 그녀는 당황한 나머지 시누이의 요란한 관심에 매달 리다시피 할 지경이었다. "남편과 있었죠." 이사벨이 말하는 동안 백작부인은 눈빛을 번득이며 그녀를 응시했다.

"그렇다면 오빠가 분명히 불쾌한 짓을 했겠죠!" 백작부인 이 소리쳤다. "불쌍한 터칫 씨가 위독해서 다행이라고 하던가 요?"

"제가 영국으로 가면 안 된다고 했어요."

백작부인은 자신의 이해관계가 달린 일이라면 매우 민첩했 으므로 앞으로 더 이상 즐겁게 로마를 방문하지 못할 것으로 예상했다. 랠프 터칫은 죽을 테고, 이사벨은 상을 당할 테고, 그러면 더 이상 저녁 파티는 없을 것이다. 이러한 예상으로 인 해 그녀의 표정은 잠시 잔뜩 찌푸려졌지만, 이처럼 기민하고 별난 표정의 유희는 자신의 실망감을 드러내는 것에 불과했 다. 결국 돌이켜보면 게임은 거의 끝난 셈이었고, 그녀는 벌써 초대받은 기간보다 더 오래 머물렀던 것이다. 게다가 이사벨의 고통이 너무 걱정되어 자신의 고통은 거의 잊어버릴 정도로 이사벨의 고통이 심하다는 것을 알 수 있었다. 그것은 단순히 사촌의 죽음보다 더 심각한 일이었으며, 백작부인은 이사벨의 표정과 화가 난 오빠를 관련짓는 데 주저함이 없었다. 기쁨에 찬 기대로 그녀의 심장이 두근거렸다. 오스먼드가 당하는 모습을 보고 싶다면 지금이 절호의 기회였기 때문이다. 이사벨이 영국으로 간다면, 그녀 또한 오빠와 함께 남아 있고 싶은 생각이 전혀 없으므로 팔라초 로카네라를 즉시 떠날 것이다. 그럼에도 그녀는 이사벨이 영국에 갈 거라는 말을 몹시 듣고 싶었다. "당신에게 불가능한 일은 없어요." 백작부인은 위로하듯 말했다. "당신은 부유하고 총명한 데다 좋은 사람이잖아요?"

"왜 그렇죠? 저는 멍하고 나약해진 것 같아요."

"오빠가 불가능하다고 말한 이유가 대체 뭐죠?" 백작부인은 도저히 상상할 수 없다는 투로 물었다.

그 순간부터 백작부인은 이사벨에게 질문을 던지기 시작했으나 이사벨은 뒤로 물러서서 백작부인이 다정하게 잡고 있던 손을 놓아 버렸다. 그녀는 백작부인의 질문에 쓰라린 마음으로 대답했다. "우리는 이 주일조차도 서로 떨어질 수 없을 만큼 너무나 행복하기 때문이래요."

"세상에." 이사벨이 고개를 돌려 버리자 백작부인이 외쳤다. "내가 여행을 하고 싶다고 하면 내 남편은 돈이 없다고만 하는데!"

이사벨은 자기 방으로 가서 한 시간이나 서성거렸다. 몇몇 독자들은 이사벨이 스스로를 너무 괴롭힌다고 생각할 수도 있겠지만, 그녀가 혈기 왕성한 여성으로서 자신을 쉽게 억제하는 것은 확실했다. 그녀는 지금에야 결혼이라는 위대한 서약을 완전히 파악한 것처럼 보였다. 결혼이란 지금과 같이 선택을 해야 될 경우 당연히 남편을 선택해야 한다는 걸 의미했다. "두려워, 정말 두려워." 그녀는 걸음을 잠시 멈추며 몇 번인가 중얼거렸다. 그러나 이사벨이 두려워하는 건 자신의 남편이 느끼는 불쾌함, 증오, 복수가 아니었다. 자신의 행동에 대해 나중에 스스로 내리게 될 판단(가끔씩 그녀의 행동을 억제하는 요소인)이 두려운 것도 아니었다. 그녀가 두려워하는 것은 그녀가 남아 주기를 오스먼드가 바랐을 때 전해져 오던 난폭함이었다. 그들 사이에는 극복할 수 없는 차이가 있었지만 그럼에도 그는 이사벨이 머물기를 원했고, 그녀가 떠나는 건 그에게 끔찍한 일이었다. 이사벨은 남편이 지나칠 만큼 예민하게 반대한다는 걸 알았다. 그녀는 그가 그녀를 어떻게 생각하는지 알고 있었고, 그녀에게 어떤 말을 할 수 있을지 느꼈다. 그럼에도 그들은 결혼한 사이였고, 결혼이란 한 여자가 중대한 서약을 읊조리며 제단에 함께 선 남자와 계속 지내야 한다는 걸 의미했다. 마침내 그녀는 소파에 털썩 주저앉아 쿠션 더미 속에 머리를 파묻었다.

이사벨이 다시 머리를 들자 제미니 백작부인의 모습이 그녀 앞에 어른거렸다. 살며시 들어온 백작부인은 얇은 입술에 야릇한 미소를 띠고 있었다. 한 시간 만에 뭔가 할 말이라도 생긴 듯 얼굴 전체가 번득거렸다. 그녀는 지금까지는 마음을 열지 않고 살아왔지만 지금은 마음의 문을 활짝 열고 있었다. "노크를 했어요." 백작부인이 말했다. "그런데 당신이 대답하지 않기에 안으로 들어왔죠. 오 분 동안 당신을 쳐다보고 있었는데 매우 불행해 보여요."

"맞아요, 하지만 저를 위로해 주실 순 없을 거예요."

"한번 해 볼까요?" 백작부인은 이렇게 말하고는 옆에 있는 소파에 앉아 계속 미소를 지으며 뭔가 말하고 싶은 듯 의기양양한 기색을 했다. 할 말이 상당히 많은 듯했기에 이사벨은 자신의 시누이가 뭔가 인간적인 말을 할 거라는 생각이 처음으로 들었다. 백작부인의 번득이는 눈에는 유쾌하지 못한 매혹이 담겨 있었다. "결국." 그녀가 곧 입을 열었다. "내가 당신 마음을 이해하지 못한다고 먼저 말해야겠군요. 당신은 정말 많은 망설임과 이유와 속박 속에 있는 것 같아요. 십 년 전 내가 남편이 가장 바라는 것이 나를 비참하게 만드는 것이라는 걸 알았을 때(요즘은 나를 혼자 내버려 두지만요.) 나는 그것을 아주 단순한 일로 여겼죠! 하지만 불쌍한 이사벨, 당신은 그렇게 단순해 보이지가 않네요."

"맞아요, 전 단순해질 수 없어요."

"당신이 알았으면 하는 게 있어요." 백작부인이 말했다. "왜냐하면 당신이 알아야만 한다고 생각하니까요. 아마 알고 있을 거예요. 이미 추측했겠죠. 그런데 만일 그렇다면 왜 당신이 하고 싶은 대로 하지 않는 건지 이해할 수가 없어요."

"제가 뭘 알기를 바라시는데요?" 이사벨은 심장을 더욱 빠르게 고동치게 하는 예감을 느꼈다. 백작부인은 자신을 합리화할 태세였고, 왠지 불길한 마음이 들었다.

백작부인은 이사벨에게 약간이나마 마음을 열고 싶었다. "내가 당신이라면 오래전부터 짐작했을지도 몰라요. 정말 한 번도 의심해 본 적이 없어요?"

"아무것도 짐작하지 못했어요. 제가 뭘 의심해야 하죠? 도무지 무슨 말씀인지 모르겠군요."

"바로 그래서 당신이 지독히 순진하다는 거예요. 난 당신처럼 순진한 여자를 본 적이 없어요!" 백작부인이 소리쳤다.

이사벨은 천천히 일어났다. "뭔가 무서운 말씀을 하시려는 거죠."

"뭐라고 해도 좋아요!" 백작부인은 이렇게 말한 뒤 괴팍한 감정이 점점 더 뚜렷해지고 사나워지면서 자리에서 일어났다. 그녀는 어떤 의도가 담긴 눈빛으로 잠시 서 있었고, 그 눈빛은 그 순간에도 이사벨에게 곱게 보이지 않았다. 이윽고 백작부인이 말했다. "첫 새언니에겐 아이가 없었어요."

이 말이 전혀 뜻밖이었기 때문에 이사벨은 그녀를 다시 응시했다. "첫 새언니라고요?"

"오스먼드 오빠가 전에 결혼한 적이 있다는 사실을 누군가 말해 줬다면 당신도 알 거예요. 나는 첫 새언니에 대해 한 번도 당신에게 언급하지 않았죠. 별로 점잖지도 훌륭하지도 못한 일이라고 생각했어요. 하지만 그래도 누군가는 말해 줬어야 하는 일이죠. 불쌍한 새언니는 거의 삼 년밖에 살지 못했고 자식도 없이 죽었답니다. 그녀가 죽은 후 팬지가 태어났고요."

이사벨은 눈살을 찌푸렸다. 막연하고 희미한 놀라움 때문에 입을 다물 수 없었다. 그녀는 시누이가 한 말의 의미를 파악하려 했지만, 그 말엔 자신이 알 수 있는 것 이상의 의미가 담겨 있었다. "그러면 팬지는 남편의 아이가 아닌가요?"

"당신 남편의 아이죠. 완벽하게! 다른 누구의 남편도 아니고. 동시에 다른 사람 아내의 아이죠. 아, 이사벨." 백작부인이 소리쳤다. "당신과 이야기하려면 하나부터 열까지 다 설명해 줘야겠군요!"

"전 이해할 수 없어요. 도대체 누구의 아내를 말하는 거죠?" 이사벨이 물었다.

"세상을 떠난 징글맞은 스위스 남자의 아내예요. 얼마나 됐지? 십이 년, 십오 년, 그보다 더 오래되었죠. 그 사람은 결코 팬지를 인정하지 않았죠. 자신이 무엇을 하려고 하는지 알았더라도 할 말도 없었을 거예요. 그래야 할 이유가 없었으니까요. 오빠는 어떻게 해야 할지 알고 있었고, 잘된 일이었죠. 비록 장황한 이야기를 나중에 모두 짜 맞춰야 했지만요. 아내가 출산 도중 사망했고, 슬픔과 고통 때문에 아이를 가능한 한 오래 보이지 않는 곳에 데려다 두었고, 나중에 유모에게서 아이를 집으로 데리고 왔다고 말이에요. 사실 아내가 죽은 건 맞지만 전혀 다른 문제로, 전혀 다른 곳에서 죽었죠. 어느 해 8월, 그들은 함께 피에몬테* 지방의 산에 갔죠. 몸이 아픈 새언니에

---

* 이탈리아 북서부의 주(州). 북쪽으로는 스위스, 서쪽으로는 프랑스와 국경을 접한다.

게 신선한 공기가 필요했기 때문이죠. 그런데 그곳에서 새언니의 몸이 갑자기 악화되었죠. 건강이 회복되기 어려울 지경이었어요. 물론 이 이야기는 곧 잊혔고, 어느 누구도 신경을 쓰지 않아 마음에 새겨 두지 않은 한 겉으로 드러나진 않았죠. 하지만 나는 분명히 알아요. 조사해 보지는 않았지만." 백작부인은 명료하게 이야기를 진행했다. "물론 당신은 이해할 거예요. 우리 사이에 아무런 말도 없었지만요. 난 오빠와 나 사이를 말하는 거랍니다. 당신은 오빠가 날 주시하고 있다고 느끼지 않았나요? 조용히 억누르려고, 내가 어떤 말을 하지 않도록 나를 억압하기 위해서죠. 하여튼 난 누구에게도 말하지 않았어요. 절대 얘기하지 않았죠. 내 말을 믿어요. 난 지금 내 명예를 걸고 당신에게 말하는 거예요. 오늘에 이르기까지 한 번도 발설한 적이 없어요. 나는 처음부터 그 애가 내 조카라는 것만으로, 그 애가 오빠 딸이라는 것만으로 충분했어요. 사실 그 애 생모는!" 하지만 팬지의 놀라운 고모는 이 말과 함께 이사벨의 표정을 보고는 자기도 모르게 말을 멈췄다. 이사벨이 어느 때보다도 강렬한 시선으로 자신을 쳐다보는 것 같았기 때문이다.

백작부인은 이름을 대지는 않았지만 이사벨은 그녀 입술에서 울리는 무언의 메아리처럼 그 이름을 알 수 있었다. 이사벨은 머리를 떨어뜨리며 다시 주저앉았다. 그녀는 백작부인이 거의 알아듣지 못할 목소리로 말했다. "왜 저에게 이런 말씀을 하시는 거죠?"

"당신이 모르는 게 지긋지긋하기 때문이에요. 솔직히 당신에게 말해 주지 않은 것에 진저리가 났어요. 그래서 이번에는 바보처럼 모든 걸 말해 버렸어요! 이미 내 손을 벗어났거든요. 이런 말을 해도 좋을지 모르지만 당신은 주변 모든 것들을 눈치채지 못했을 거예요. 내가 항상 어설프게 굴었던 것도 다소 도움은 되었겠죠. 순수하게 아무것도 모르는 것에 대한 도움 말이에요. 이런 관계는 오빠를 위해서도 입을 다물어야 하지만, 아무튼 내 미덕이 드디어 바닥난 거죠. 이건 거짓말이 아니에요, 당신도 알잖아요." 백작부인이 독특한 어투로 덧붙였다. "내가 한 이야기는 정확해요."

"전 아무것도 몰랐어요." 이사벨이 즉시 말했다. 그녀는 이런 고백이 어리석다는 걸 확인이라도 하듯 백작부인을 쳐다보았다.

"그래서 난 믿기 어렵지만 믿었어요. 오빠가 육칠 년 동안 그녀의 애인이었다는 걸 정말 눈치채지 못했어요?"

"모르겠어요. 사실 눈치챌 만한 일이 있었죠. 그들이 의미했던 것이 아마 그거였나 봐요."

"그녀는 엄청나게 머리가 좋아요. 특히 팬지에 대해선 굉장하죠!" 이 모든 사실 앞에서 백작부인이 외쳤다.

"아, 전 생각도 못 했네요." 이사벨이 말했다. "그런 적이 분명히 있었던 것 같아요." 그녀는 그런 적이 있었는지 없었는지 스스로 납득하려는 듯 보였다. "사실 전 이해할 수 없어요."

이사벨은 고통스럽고 당황한 얼굴로 말했다. 가련한 백작부인은 자신이 발설한 이야기가 기대한 만큼의 효과를 가져오지 못한 것을 깨달은 듯했다. 백작부인은 불꽃이 활활 타오르기를 기대했지만 실제로는 간신히 불을 지핀 정도였다. 이사벨은 상상력을 인정받는 젊은 여성이지만, 숨겨진 사실이 괴이하게 밝혀졌음에도 큰 충격을 받은 것처럼 보이지는 않았다. "당신은 그 아이가 그녀 남편의 딸이 아니라는 걸 눈치채지 못했어요? 멀 씨를 두고 하는 말이에요." 백작부인이 계속 말했다. "멀 씨 부부는 아이를 갖기에는 너무 오랫동안 떨어져 있었어요. 멀 씨가 먼 나라로 가 버렸죠. 남아메리카였을 거예요. 만일 마담 멀에게 아이가 있었다 해도(확신할 수는 없지만) 잃어버렸을 거예요. 그런 상태에서 중압감을 받아(어설픈 위기였다는 뜻이죠.) 오빠가 그 아이를 딸로 인정해야 했던 거랍니다. 첫 아내가 죽은 건 사실이에요. 하지만 그녀는 날짜 조정을 할 수 없을 만큼 일찍 죽은 건 아니었어요. 그래서 의심이 생기지 않았어요. 마담 멀과 오빠가 신경을 써 왔다는 얘기죠. 세상과 떨어져 사소한 일에 신경 쓰지 않았던 불쌍한 오스먼드 부인이 그 가엾은 아이, 즉 그녀의 목숨을 앗아 간 짧았던 행복의 약속을 남기고 떠났다는 것보다 더 자연스러운 이야기가 있겠어요? 주거지를 바꿈으로써(새언니와 둘이서 알프스에 머물 무렵, 오빠는 나폴리에서 그녀와 함께 살고 있었죠. 그리고 적당한 때에 영원히 그곳을 떠났어요.) 모든 과거가 성공적으로 정리되었죠. 죽은 아내는 무덤에서도 어쩔 수 없었어요. 그리고 진짜 엄마는 위기에서 무사히 빠져나오기 위해 아이에 대한 표면상의 권리를 모두 포기했답니다."

"아, 가엾고 불쌍한 여인!" 이사벨은 이렇게 외치며 갑자기 눈물을 흘렸다. 정말 오랜만에 흘리는 눈물이었기에 울고 난 후 그녀는 상당한 후유증을 느꼈다. 그러나 그녀는 우선 흠뻑 눈물을 흘렸고, 제미니 백작부인은 다시금 당혹스러울 뿐이었다.

"그녀를 가엾게 여기다니 정말 순수하네요!" 백작부인이 거슬린다는 듯이 웃었다. "그래요, 당신에겐 자기만의 방식이 있어요!"

"남편은 아내에게 성실하지 못했겠네요. 그것도 아주 일찍감치!" 이사벨이 갑작스럽게 눈물을 멈추며 말했다.

"바로 그게 부족한 부분이죠. 당신이 이어 가야 할 부분이기도 하고요!" 백작부인이 계속 말했다. "난 당신 의견에 꽤 동의해요. 여하튼 그건 너무 이른 행동이었죠."

"하지만 저에게는, 저에게는 어땠죠?" 이사벨은 마치 듣지 못한 것처럼, 그리고 그 질문이 자기 자신을 두고 하는 질문인 것처럼(그녀의 눈에 그 의미가 충분히 담겨 있었지만) 머뭇거렸다.

"오빠가 당신에게 충실했느냐고요? 글쎄요, 그건 당신이 충실하다는 것을 어떻게 보느냐에 달렸죠. 당신과 결혼했을 때 오빠는 다른 여자의 연인이 아니었어요. 관계가 지속되는 동안 위험하고 조심스럽게 지내 왔던 그 연인 말이에요! 애정 관계가 끝나 버렸거든요. 그 부인이 후회했거나 아니면 자신을 위해 물러났겠죠. 그 부인은 항상 체면을 너무 생각해서 오빠도 지겨워했어요. 어땠을지 한번 상상해 봐요. 마음이 편치 않게 되자 오빠는 관계를 정리하기로 마음먹었죠! 그러나 과거는 그들 사이에 남아 있는 셈이에요."

"맞아요." 이사벨이 기계적으로 되뇌었다. "모든 과거가 그들 사이에 남아 있겠죠."

"최근 일은 아무것도 아니에요. 내가 말했듯이 그들은 육칠 년 동안 연인 사이였죠."

이사벨은 잠시 말이 없었다. "그렇다면 왜 그녀는 그 사람을 저와 결혼시키려 했을까요?"

"아, 이사벨, 바로 그게 그녀의 탁월한 점이죠! 당신에겐 돈이 있고, 팬지에게 잘해 줄 거라고 믿었기 때문이죠."

"가엾은 여자. 게다가 팬지는 그녀를 좋아하지 않아요!" 이사벨이 외쳤다.

"그래서 그녀는 팬지가 좋아할 만한 누군가를 찾았던 거죠. 그녀는 그걸 알아요. 모든 걸 알죠."

"당신이 저에게 이런 말을 한 걸 그녀가 알까요?"

"그건 당신이 그녀에게 얘기할지 안 할지에 달렸죠. 마담 멀은 그걸 준비하고 있어요. 자신을 변호하려고 머릿속에 계산을 하고 있다고요. 내가 거짓말을 한다고 당신이 믿게끔요. 아마 당신은 그렇게 믿을 거예요. 그걸 숨기려고 불편하게 행동하지는 마요. 하지만 난 이번만큼은 거짓말을 하지 않았어요. 물론 바보 같은 사소한 거짓말을 많이 하기도 했죠. 그러나 그로 인해 상처 받은 사람은 나 자신 말고는 아무도 없었어요."

이사벨은 방랑하는 집시가 발깔개 위에 이상한 물건들을 풀어 헤치는 것을 바라보듯 백작부인의 이야기를 들으며 앉아 있었다. "남편은 왜 마담 멀과 결혼하지 않았어요?" 마침내 그녀가 물었다.

"그녀에게는 돈이 없었거든요." 백작부인은 모든 답을 알고 있었기에 마음만 먹는다면 훌륭한 거짓말을 할 수도 있었다.

"그녀가 무엇으로 생활하는지, 어떻게 그런 아름다운 물건들을 가지게 되었는지는 지금도 그렇지만 예전에도 아무도 아는 사람이 없었어요. 오스먼드 오빠도 모르는 것 같아요. 게다가 그녀도 오빠와 결혼할 뜻은 없었을 테고."

"그럼 어떻게 오스먼드를 사랑할 수 있었죠?"

"그런 식으로 사랑하진 않았어요. 처음엔 그렇게 사랑했죠. 그때였다면 그녀도 결혼하려고 했을 거예요. 그러나 그땐 남편이 살아 있었죠. 멀 씨가 세상을 뜰 때쯤(그가 조상의 대열에 들어갔다고 말하지는 않을래요. 그에겐 조상이 없었으니까요.) 오빠와의 관계가 변하자 그녀는 더 큰 야심을 가졌죠. 게다가 그녀는 오빠에 대해 절대 그렇게 생각하지 않았어요." 이 말을 듣고 이사벨이 너무나 슬프게 움츠리는데도 백작부인이 계속 말했다. "소위 말해 오빠에 대해 그 어떤 지적 환상도 가진 적이 없어요. 그녀는 훌륭한 사람과 결혼하길 항상 원했거든요. 그녀는 기다리며 찾아보았고, 음모를 꾸몄고, 기도했지만 성공하지 못했어요. 난 마담 멀이 성공했다고 보지 않아요. 그녀가 성공할지는 모르지만 지금은 보여 줄 만한 게 거의 없죠. 그녀가 이뤄 낸 것 가운데 눈에 띄는 유일한 성과(모든 사람을 알고 지내고, 아무것도 지불하지 않고 남들 집에 머무르는 걸 제외하면 말이에요.)는 당신과 오빠를 결혼시킨 것이죠. 오, 정말이지 그녀가 한 짓이에요. 당신 믿을 수 없다는 표정을 지을 필요는 없어요. 난 그들을 오랫동안 보아 왔어요. 그래서 모든 걸 알아요, 모든 걸. 사람들은 내 머리가 비었다고들 하지만, 그들 두 사람 일을 추적할 수 있는 머리는 충분히 있어요. 그녀는 나를 미워하면서도 항상 나를 위해 주는 척하며 증오를 드러내죠. 사람들이 내게 애인이 열다섯 명 있었다고 하면, 끔찍하다는 얼굴로 그 가운데 절반은 증거가 없다고 대꾸하기도 해요. 그녀는 오랫동안 나를 두려워했고, 사람들이 나에 대해 악의에 찬 소문을 퍼뜨리면 크게 위안을 느끼죠. 내가 자기 정체를 폭로할까 봐 두려워하는 거예요. 오빠가 당신에게 구애하기 시작한 어느 날 그녀가 나를 위협했답니다. 피렌체의 오빠 집에서였어요. 그녀가 당신을 데려와 우리가 함께 정원에서 차를 마시던 오후를 기억해요? 그때 만일 내가 입을 열면 두 사람이 계략을 세울 거라고 알려 주더군요. 그녀보다 나에게 훨씬 더 많은 이야깃거리가 있다는 듯이 말이에요. 물론 흥미로운 비교가 될지도 몰라요! 하지만 난 그녀가 말하는 건 조금도 신경쓰지 않아요. 당신도 신경 쓰지 않겠지만요. 이미 나한테 신경을 쓰고 있는데 그 이상 당신 머리를 어지럽힐 수는 없겠죠. 아무튼 마담 멀은 마음먹은 대로 복수를 할지도 모르죠. 그녀가 당신을 엄청나게 겁먹게 만든다고 보지는 않아요. 한 점의 오점조차 남기지 않으려는 게 그녀의 진짜 생각이니까요. 그녀는 활짝 핀 백합, 교양의 화신 같아요. 항상 그런 신을 숭배해왔죠. 알다시피 카이사르의 아내에게 추문이란 있을 수 없죠. 그리고 내가 말했듯이 그녀는 항상 카이사르 같은 인물과 결혼하기를 원해요. 그게 바로 내 오빠와 결혼하지 않는 한 가지 이유예요. 자신이 팬지와 함께 있는 모습을 보는 순간 사람들이 둘의 닮은 점을 찾아낼지도 모른다고 두려워하거든요. 그녀는 모성애 때문에 자신의 정체가 탄로 나지 않을까 두려워했어요. 굉장히 조심해 왔지만 모성애는 그런 게 아니죠."

"맞아요, 모성애예요." 이 모든 얘기를 듣고 있던 이사벨이 점점 더 창백한 얼굴로 말했다. "그녀가 일전에 저에게 모성애를 드러낸 적이 있어요. 그때는 제가 알아차리지 못했지만요. 팬지가 훌륭한 결혼을 할 기회가 있었는데 그게 성사되지 않자 실망감 때문에 가면을 벗어 버릴 뻔했어요."

"어쩜, 그런 데서 골탕을 먹었군요!" 백작부인이 외쳤다. "자신이 끔찍하게 실패했기 때문에 자기 딸은 성공하게 만들겠다고 마음먹었겠죠."

이사벨은 '자기 딸'이라는 말에 멈칫했지만, 백작부인은 아주 익숙하게 그렇게 말했다. "그건 정말 놀랄 만하네요." 이사벨이 중얼거렸다. 너무 당황한 나머지 자신이 그 이야기에 감동을 받았다는 느낌조차 없었다.

"가엾고 아무 죄도 없는 저 아이에게 등을 돌리지 마요!" 백작부인이 계속 말했다. "가엾게 태어났지만 정말 좋은 아이랍니다. 내가 팬지를 좋아하게 된 건 그 여자의 자식이기 때문이 아니라, 당신이 돌봐야 할 아이가 되었기 때문이에요."

"맞아요, 그 애는 제 딸이 되었어요. 그런데 그 불쌍한 여인은 저를 보면서 얼마나 고통을 받았을까요!" 이사벨은 그 생각으로 얼굴을 붉히며 소리쳤다.

"고통받지는 않았을 거예요. 오히려 즐거웠겠죠. 오빠의 결혼이 자기 딸에게 큰 도움이 되었으니까요. 예전에 그 애는 형편없이 살았거든요. 그 애 엄마가 무슨 생각을 하는지 알아요? 당신이 팬지를 너무나 좋아하니까 그 애에게 뭔가 해 줄 거라고 생각해요. 물론 오빠는 딸에게 절대 지참금을 주지 않을 거예요. 오빠는 정말 가난하거든요. 당신도 모든 걸 알겠죠. 아, 이사벨." 백작부인이 소리쳤다. "당신은 왜 돈을 상속받았어요?" 백작부인은 이사벨의 얼굴에서 뭔가 기묘한 것을 본 것처럼 잠시 말을 멈추었다. "당신이 그 아이에게 지참금을 주겠다고 말하진 마요. 당신은 그럴 수 있을지 몰라도 난 믿지 않겠어요. 너무 착하게 굴려고 애쓰지 마요. 좀 편하고 자연스럽게, 심술궂게 지내요. 한 번쯤은 인생을 편하게 지내기 위해 조금 사악해져 봐요!"

"퍽 이상한 말씀을 하시네요. 전 알아야만 한다고 생각해요. 하지만 유감이에요." 이사벨이 말했다. "당신에겐 무척 고맙게 생각해요."

"그래요, 그런 것 같군요!" 백작부인이 비웃듯이 말했다. "하지만 그렇지 않을지도 모르죠. 당신은 내가 생각했던 것만큼 받아들이지는 못하니까."

"그걸 어떻게 받아들여야 하는데요?"

"글쎄요, 자신이 이용당했다고 생각하는 여자처럼 말해야겠죠." 이사벨은 이 말에 대답하지 않았다. 그녀는 듣기만 했고 백작부인이 계속 말했다. "그 두 사람은 관계를 지속해 왔어요. 그녀가 떠난 후에도 그랬고요. 아니면 오빠가 떠났든가요. 그러나 오빠에게 그녀가 소중했다기보다는 그녀에게 오빠가 더 소중했어요. 연인 관계가 끝났을 때 두 사람은 서로에게 완벽한 자유를 주기로 합의했어요. 그러나 서로 도울 수 있는 일은 모두 돕기로 했죠. 당신은 내가 그걸 어떻게 아느냐고 물을지 모르지만, 난 두 사람 행동만 봐도 알 수 있어요. 하지만 지금 상황을 보면 남자보다 여자가 더 많이 애를 썼죠! 그녀는 오빠를 위해 좋은 배필을 찾아 줬지만, 오빠는 그녀를 위해 작은 것도 해 준 것이 없거든요. 그녀는 오빠를 위해 일하고, 음모를 꾸미고, 고통을 받아 왔죠. 심지어 오빠를 위해 여러 번 돈을 마련하기도 했어요. 그런데도 끝내 오빠가 싫증을 낸 거죠. 그녀와 관련된 낡은 습성 같은 것이 있는지라 오빠가 그녀를 필요로 할 때도 있어요. 그러나 그녀가 떠나 간다 해도 오빠는 아쉬워하지 않을 거예요. 게다가 그녀가 그 사실을 알고 있어요. 그러니 당신이 질투할 필요는 없을 거예요!" 백작부인은 익살스럽게 덧붙였다.

이사벨은 다시 소파에서 일어났지만, 상처를 받아서인지 숨을 쉬는 것조차 힘들었다. 새로운 사실을 듣게 되자 머리가 어지러웠다. "정말 고마워요." 그녀는 한 번 더 고맙다는 인사를 한 뒤 갑자기 어조를 바꾸어 한마디 던졌다. "어떻게 이 모든 걸 아셨나요?"

이사벨의 감사의 말에 흐뭇해하던 것도 잠시, 백작부인은 이 질문을 받고 당황한 듯 보였다. 그녀는 이사벨을 빤히 노려보다가 소리쳤다. "모두 내가 꾸며 낸 얘기라고 할까요!" 하지만 그녀는 이사벨의 팔에 손을 얹고는 날카롭고 밝은 미소를 지으면서 갑자기 어조를 바꿔 말했다. "이제 여행을 포기할 건가요?"

이사벨은 약간 놀라서 돌아섰다. 하지만 기운이 빠져서 벽난로 선반에 팔을 짚고 잠시 몸을 지탱해야 했다. 그녀는 그렇게 잠시 서 있다가 어지러움을 느껴 머리를 팔에 대고 눈을 감았다. 그녀의 입술이 창백했다.

"내가 말을 잘못한 것 같네요. 당신을 아프게 했어요!" 백작 부인이 외쳤다.

"전 사촌 오빠를 만나야 돼요!" 이사벨은 눈물을 흘리며 말했다. 그것은 분노가 아니었고, 백작부인이 기대했던 성급한 열정도 아니었다. 마음속 깊이 와 닿는 끝없는 슬픔의 색조였다.

52

그날 저녁 토리노*를 거쳐 파리로 가는 기차가 있었다. 이사벨은 백작부인이 떠난 뒤 신중하고 헌신적이며 적극적인 하녀와 서둘러 의논을 했다. 그러고 나서 그녀는 여행에 관한 일은 제쳐 두고 한 가지만을 생각했다. 바로 팬지를 보러 가는 일이었다. 그녀는 팬지를 저버릴 수 없었던 것이다. 오스먼드가 팬지를 만나는 건 아직 이르다고 일러 두었기 때문에 그녀는 아직 팬지를 만나지 않고 있었다. 이사벨은 5시에 나보나 광장의 좁은 골목에 있는 높다란 출입문으로 마차를 타고 가 수녀원 문지기인 듯한 상냥하고 고분고분한 여자의 안내를 받았다. 이사벨은 예전에 수녀들을 만나러 팬지와 함께 이 수녀원에 온 적이 있었다. 수녀들은 좋은 사람들이었고, 커다란 방들

---

* 이탈리아 북부의 상업 및 문화 중심지.

은 깨끗하고 쾌적하며, 자주 이용하는 정원은 겨울에는 햇빛이 들고 봄에는 그늘이 졌다. 그러나 이사벨은 왠지 이곳이 마음에 들지 않았다. 보고 있노라면 속이 꽉 막힌 기분에 두려운 느낌이 들어 이곳에서 단 하룻밤도 보낼 생각이 없었다. 오늘은 예전보다 더 잘 꾸며진 교도소 같은 인상이 풍겨 팬지가 여기서 자유롭게 빠져나가기란 불가능하다는 느낌이 들었다. 이사벨은 새롭고 강렬한 시각으로 이 순진한 처녀를 바라보았지만, 백작부인의 폭로가 미친 영향은 이사벨로 하여금 팬지 쪽으로 손을 뻗게 하는 것이었다.

문지기 수녀는 이사벨을 수녀원 응접실에서 기다리게 한 뒤 팬지에게 손님이 와 있다고 알려 주었다. 응접실은 넓고 썰렁했으며, 가구는 새것처럼 깨끗해 보였다. 흰 자기로 된 크고 깨끗한 난로에는 불이 피워져 있지 않았고, 창문 아래에는 밀랍으로 만든 조화(造花)가 놓여 있었으며, 벽에는 종교 판화가 줄지어 걸려 있었다. 예전에 왔을 때 이사벨은 이곳이 로마라기보다 필라델피아 같다고 생각했지만, 오늘은 아무런 생각도 들지 않았고, 텅 빈 방이 죽은 듯 고요하다는 생각만 들었다. 문지기 수녀는 오 분쯤 뒤에 또 다른 사람을 데리고 돌아왔다. 이사벨은 수녀 한 분이 오셨을 거라 기대하며 자리에서 일어섰지만, 정말 놀랍게도 그녀 앞에는 마담 멀이 서 있었다. 줄곧 뇌리에서 그녀를 생각하고 있어서인지 막상 그녀가 나타나자 채색한 그림이 움직이는 것을 보는 것처럼 갑작스럽고도 다소 두려운 느낌이 들었다. 이사벨은 온종일 그녀의 배신, 뻔뻔함, 수완, 그리고 그녀가 겪고 있을 고통에 대해 생각했고, 그녀가 실내로 들어오자 이러한 어두운 생각들이 섬광처럼 번득이는 것 같았다. 그녀가 이곳에 있다는 것만으로도 법정에 제출하는 추한 증거품, 육필 서류, 불경스러운 유품, 소름 끼치는 물건들을 보는 것만 같았다. 이사벨은 현기증을 느껴 도저히 한마디도 할 수 없을 지경이었다. 사실 마담 멀에게 반드시 할 말도 없는 기분이 들어서 말을 꼭 해야 할 필요를 느끼지 못했다. 사실 이런 여성과 관계를 가질 때는 무엇이든 절대적인 선을 그을 필요는 없는 법이다. 이런 여성은 자신뿐만 아니라 다른 사람들의 결함도 잘 받아넘기는 태도를 지녔기 때문이다. 하지만 그녀는 여느 때와 달랐다. 자신을 안내하는 수녀 뒤를 따라 천천히 들어오는 그녀를 보고 이사벨은 그녀가 평소의 재능을 발휘하지 못할 거라는 것을 금방 알아차렸다. 이번 경우는 그녀로서도 너무 뜻밖의 일이어서 자리의 정황에 따라 대처하려 했기 때문에 표정이 이상할 정도로 무거웠고 웃음기조차 사라져 있었다. 이사벨은 마담 멀이 다른 때보다 더 능숙하게 연극을 하고 있다는 것을 알았고, 이 놀라운 여인이 지금까지 이토록 자연스러운 태도를 취한 적이 없다는 생각이 들었다. 그녀는 이사벨을 머리끝에서 발끝까지 찬찬히 보고 있었지만, 그 눈빛에는 거친 데도, 반항적인 데도 없었다. 오히려 침착하고 온화한 면이 엿보였고, 지난번 만남을 상기시키는 기색은 전혀 보이지 않았다. 그때는 화를 냈지만, 지금은 화해하려 한다는 걸 뚜렷이 보여 주는 듯한 태도였다.

"이제 나가셔도 돼요." 마담 멀이 문지기 수녀에게 말했다. "오 분쯤 지나면 이 숙녀가 당신을 찾는 종을 칠 거예요." 그러고 나서 그녀는 이사벨에게 몸을 돌렸고, 이사벨은 방금 그녀가 한 말을 못 들은 척하며 멀리 방 끝까지 눈을 돌렸다. 그녀는 두 번 다시 마담 멀을 보고 싶은 생각이 없었다. "이곳에서 나를 만나 무척 놀랐겠네요. 언짢은 기분이 들지는 않았겠죠." 마담 멀이 계속 말했다. "내가 무엇 때문에 여기 왔는지 모를 거예요. 마치 여기서 당신을 기다린 꼴이 되어 버렸지만요. 내가 다소 경솔했다는 생각이 드네요. 당신에게 먼저 사정을 물어보아야 했는데." 간접적으로 비꼬는 투는 전혀 없었고, 솔직하고 차분한 어조였다. 그러나 이사벨은 놀라움과 고통의 바다 위에 멀리 떠내려간 듯한 기분이 들었으므로 그녀가 무슨 의도로 이런 말을 하는지 알 수가 없었다. "하지만 오래 앉아 있지는 않았어요." 마담 멀이 말을 이었다. "팬지와 함께 오래 있지 않았다는 뜻이에요. 오늘 오후에 그 애가 다소 외로울 것 같고 약간은 비참할 수도 있겠다는 생각이 문득 들어서 보러 온 거랍니다. 어린 소녀에게 좋을지도 모르죠. 난 소녀들의 심정은 잘 모르기 때문에 알 수가 없네요. 어쨌든 약간은 음산한 곳이죠. 그래서 찾아왔어요. 어쩌면 위안이 될 것 같아서요. 물론 당신이 올 거라는 건 알고 있었어요. 아가씨의 아버지도요. 다른 사람은 면회 금지라는 말은 아직 듣지 못했어요. 저분, 이름이 뭐랬지? 아, 캐서린 수녀님. 그분은 아무런 반대도 하지 않았어요. 난 팬지와 이십 분가량 함께 머물렀어요. 아담한 방이었어요. 수녀원 같은 분위기가 전혀 아니고, 피아노와 꽃도 있더군요. 방도 예쁘게 정리했고요. 감각이 아주 좋은 것 같아요. 물론 이런 일은 나와 직접 관계는 없지만 그 애를 만나 매우 즐거웠어요. 그 애가 원한다면 하녀를 둘 수도 있겠죠. 옷을 차려입을 일은 없겠지만, 지금은 까만 원피스를 입고 있는데 퍽 우아해 보였어요. 그 후 캐서린 수녀님을 만나러 갔는데, 그분 방도 무척 근사했어요. 정말 수녀님들은 수녀원에서 생활하는 티가 전혀 나지 않더군요. 캐서린 수녀님은 예쁜 화장대는 물론이고, 오데코롱 병을 닮은 이상하게 생긴 물건도 갖고 있었어요. 팬지에 대해선 아주 호평이었고, 수녀원에 보내 준 것을 아주 고마워했어요. 그 애는 천상의 꼬마 성녀 같고, 그 또래에서 최고 연장자로서 모범을 보인다고 하더군요. 캐서린 수녀님 방에서 막 나오려는데, 팬지를 만나러 온 숙녀가 있다고 문지기 수녀가 알려 주더군요. 물론 당신일 거라는 생각이 들어 수녀님을 대신해 당신을 맞이하러 가겠다고 했죠. 수녀님은 크게 난색을 표하셨어요. 정말이에요. 그러고는 원장 수녀님께 먼저 알리는 것이 자신의 임무라고 했어요. 당신을 정중하게 맞이한다는 건 그만큼 중대한 일이었거든요. 난 원장 수녀님께 아무 말씀도 드리지 말라고 부탁한 뒤, 당신을 어떻게 영접해야 될지 물어보았죠!"

대화술의 대가인 마담 멀의 능란한 달변이 오랫동안 계속되었다. 하지만 그녀의 이야기는 여러 단계를 거치며 점진적으로 변화했는데, 비록 이사벨이 그녀의 얼굴을 쳐다보고 있지는 않았지만, 그런 변화는 하나도 빠짐없이 그녀의 귀에 들어왔다. 마담 멀이 이야기를 더 이어 가기 전에 이사벨은 그녀의 목소리가 갑자기 끊겨 더듬거리고 있음을 알았다. 그것만으로도 무척 극적인 장면이었다. 이 미묘한 변화는 중대한 발견이었다. 마담 멀이 자신의 말을 듣고 있는 이사벨의 태도가 완전히 달라졌다는 걸 알아차린 것이다. 마담 멀은 순간적으로 두 사람 사이가 모두 끝났다고 생각했지만, 다음 순간 그 이유를 짐작했다. 그녀 앞에 서 있는 인물은 지금껏 그녀가 보아 온 인물이 아니라 엄청나게 바뀐 인물이며 상대방의 비밀까지 알고 있었다. 이 발견은 엄청난 것이었고, 이런 발견을 한 순간 능수능란한 수완을 가진 마담 멀도 당황하여 용기를 잃었던 것이다. 그러나 이것도 일순간의 일이었고, 화술에 능한 그녀는 잠시 후 다시 정신을 차려 거침없이 끝까지 말을 쏟아 냈다. 그녀는 자신의 운명이 다되었다는 걸 알았기 때문에 그렇게 할 수가 있었고, 몸이 떨릴 지경이 되자 동요를 억제하기 위해 경각심이 몹시 필요했다. 그녀의 유일한 보호책은 자신을 노출하지 않는 것이었다. 그녀는 안간힘을 쏟았지만 목소리에 놀란 기색이 가시지 않았고(어쩔 수 없는 일이었다.), 자신도 모르게 뭔가 중얼거리고 말았다. 그녀가 갖고 있던 자신감이라는 바닷물이 썰물처럼 빠져나갔고, 그녀가 탄 배는 바닥을 스치듯 겨우 항구에 접어들었다.

이사벨은 깨끗한 대형 유리에 반사되는 것처럼 모든 것을 명확하게 알 수 있었다. 승리의 기회가 왔으므로 그녀에게는 중요한 순간일 수도 있었다. 마담 멀이 용기를 잃고 눈앞에서 자신의 정체가 폭로되는 환영(幻影)을 보았다는 것만으로도 복수를 한 셈이며, 그것만으로도 희망의 날이 기약된다고 할 수 있었다. 이사벨은 잠시 창밖을 보는 자세로 확고히 서서 반쯤 등을 돌린 채 마담 멀의 마음을 헤아리고 있었다. 창문 건너편에 수녀원의 정원이 있었으나 이사벨은 보지 않았다. 새싹이 막 돋아난 초목이나 오후의 밝은 햇살이 조금도 눈에 들어오지 않았다. 그녀는 이미 자신의 체험의 일부가 되어 버린 그런 조야한 사실과 그것을 자신에게 제공해 준 인물이 가진 근본적 약점이 이야기에 본래의 값어치를 더해 주었다는 점에서 자신이 실용적이고 자루가 달린 장식 연장처럼, 단순한 목재나 쇠 모양 연장처럼 무감각하고 편리하게 이용되었다는 냉엄한 사실을 깨닫게 되었다. 모든 진상을 알자 그녀의 마음에 쓰라림이 다시금 치밀어 올라왔다. 입가에 치욕감이 떠오르는 기분이었다. 그 순간 그녀가 뒤돌아서서 무슨 말을 했다면 채찍 소리 같은 격렬한 말을 내뱉었을지도 몰랐다. 그러나 두 눈을 감자 보기 싫은 광경도 사라졌고, 남은 것은 세상에서 가장 영리한 여자가 바로 가까이에서 가장 비열한 사람처럼 어떻게 해야 할지 모르고 서 있다는 것뿐이었다. 이사벨이 할 수 있는 유일한 복수는 계속 침묵을 지키며 전례가 없는 난처한 상황 속에 상대방을 그대로 세워 두는 일이었다. 이사벨은 너무 오랫동안이라고 생각할 정도로 마담 멀을 그대로 놓아두었다. 마침내 그녀가 자리에 앉았다. 몸짓으로 보아 자신도 어쩔 수 없다는 점을 고백하는 것 같았다. 이사벨은 천천히 시선을 옮겨 마담 멀을 내려다보았고, 마담 멀은 무척 창백한 표정으로 이사벨의 얼굴을 쳐다보았다. 자신이 어떻게 해야 할지 아는 듯했지만 그녀의 위기는 이제 사라져 버렸다. 이사벨이 결코 상대를 탓하거나 비난하지 않은 것은 아마도 상대방에게 자신의 입장을 변명할 기회를 주지 않으려고 했기 때문일 것이다.

이윽고 이사벨이 입을 열었다. "팬지에게 작별 인사를 하러 왔어요. 전 오늘 밤 영국으로 가요."

"뭐라고요!" 마담 멀이 자리에 앉은 채 그녀를 쳐다보며 말했다.

"가든코트로 가요. 랠프 터챗이 위독하대요."

"저런, 걱정되겠네요." 마담 멀은 정신을 차리고 동정심을 표했다. "혼자서 가요?"

"네, 남편은 가지 않아요."

마담 멀은 슬픈 일을 수긍한다는 투의 나지막한 목소리로 중얼거렸다. "터챗 씨는 나를 좋아하지 않았지만 위독하다니 안타깝네요. 그분 어머니도 만날 건가요?"

"네, 미국에서 돌아오셨대요."

"그분은 내게 무척 잘해 주셨지만 지금은 변했어요. 다른 사람들도 변했지만." 마담 멀은 고요하고 웅장한 비애감에 젖어서 말했다. 그녀는 잠시 말을 멈추더니 다시 덧붙였다. "그러면 정겨운 옛 가든코트를 다시 보겠군요!"

"썩 즐겁지는 않을 것 같아요." 이사벨이 대답했다.

"당연히 그렇죠. 슬픔에 잠겼으니까. 하지만 내가 아는 많은 집들 가운데(난 많은 곳을 알죠.) 가장 살고 싶은 곳이 바로 그 집이에요. 거기 사는 사람들에게 안부를 전해 달라고 말하긴 민망하지만 그 집에는 인사를 하고 싶네요."

이사벨은 몸을 돌렸다. "이제 팬지에게 가 봐야겠어요. 전 시간이 많지 않아요."

이사벨이 출구를 찾으려고 주위를 두리번거리는 사이 문이 열리며 수녀원에 사는 한 여자가 신중하게 미소를 지으며 들어왔다. 그녀는 길고 느슨한 소매 아래에서 포동포동한 흰 손을 가만히 비비면서 앞으로 다가왔다. 이사벨은 전에 만난 적이 있기 때문에 캐서린 수녀를 알아보았고, 곧 팬지를 만나게 해 달라고 부탁했다. 캐서린 수녀는 신중한 표정이었지만 무척 다정하게 미소를 지으며 말했다. "만나 보는 게 낫겠죠. 제가 직접 안내할게요." 그런 다음 그녀는 마담 멀에게 호감 어린 눈빛을 보였다.

"이곳에 조금 더 머무를까요?" 마담 멀이 말했다. "여기 있는 게 너무 좋아요."

"원하신다면 언제까지라도 머무셔도 돼요!" 수녀는 뭔가 알 듯한 미소를 보냈다.

그녀는 이사벨을 안내해서 방을 나온 뒤 여러 개의 복도를 지나 긴 계단을 올라갔다. 모든 곳이 견고했고 아무 장식도 없이 밝고 청결한 느낌을 주었기 때문에 이사벨은 그곳이 커다란 형무소 같다는 생각이 들었다. 캐서린 수녀는 팬지가 있는 방의 문을 조용히 열고 손님을 안으로 안내한 후, 두 사람이 만나 포옹하는 동안 팔짱을 끼고 미소를 지으며 서 있었다.

"당신을 만나니 무척 반가운가 보네요." 수녀는 되풀이해서 말했다. "그 애에게 정말 도움이 될 거예요." 그러고 나서 가장 좋은 의자를 조심스럽게 이사벨 쪽으로 내밀었다. 그러나 이사벨은 앉고 싶은 마음이 없었고, 오히려 뒤로 물러날 기색이었다. 수녀는 잠시 서성거리며 이사벨에게 물었다. "이 아이의 모습이 어때요?"

"좀 창백한 것 같네요."

"당신을 만나 기뻐서 그래요. 그 애는 무척 행복하답니다. 이곳을 환히 밝혀 주지요." 수녀가 말했다.

팬지는 마담 멀이 말한 대로 검은 옷을 입었기 때문에 얼굴이 창백하게 보였을지도 모른다. 팬지는 평소처럼 애교 있게 외쳤다. "모두들 저를 잘 대해 줘요. 모든 걸 생각해 주고요!"

"우리는 항상 아가씨를 염두에 둬요. 부모님이 맡기신 소중한 보물이니까." 캐서린 수녀는 이렇게 말했다. 그것은 자애로운 태도가 몸에 배어 어떤 일도 마다하지 않고 그대로 받아들여야 한다고 생각하는 사람의 어조였다. 납덩이처럼 무겁게 울린 이 말은 이사벨의 귀에는 개성의 포기이자 교회의 권위를 나타내는 것처럼 인식되었다.

캐서린 수녀가 방을 나가고 둘만 남게 되자, 팬지는 무릎을 꿇고 의붓어머니의 무릎에 머리를 파묻었다. 잠시 그런 자세로 있는 동안 이사벨은 팬지의 머리를 다정하게 쓰다듬었다. 잠시 후 팬지는 일어나서 얼굴을 돌리고는 방을 둘러보았다. "방을 잘 꾸며 놓았다는 생각이 들지 않으세요? 집에 있던 것들이 다 있어요."

"무척 예쁘구나. 네가 아주 편안하겠는데." 이사벨은 무슨 말을 해야 좋을지 알 수 없었다. 팬지가 측은해서 찾아왔다고 할 수도 없었고, 그렇다고 함께 기뻐하는 것도 어색한 노릇이었다. 그래서 그녀는 잠시 후 한마디만 했다. "너에게 작별 인사를 하러 왔어. 난 영국에 간단다."

팬지의 하얀 얼굴이 붉게 물들었다. "영국에요! 그럼 돌아오시지 않나요?"

"언제 돌아올지 몰라."

"어머나, 슬픈 일이네요." 팬지는 숨이 막힐 듯이 말했다. 자신에겐 비판할 권리가 없다는 듯한 기색이었지만, 말투에는 실망의 빛이 역력했다.

"내 사촌 오빠인 터쳇 씨가 몹시 위독해. 아마도 세상을 떠날 것 같아. 그를 만나고 싶어."

"네, 그렇군요. 돌아가실지도 모른다고 하셨잖아요. 당연히 가 보셔야죠. 그런데 아빠도 함께 가세요?"

"아니, 나 혼자 갈 거야."

팬지는 잠시 말이 없었다. 이사벨은 이 아이가 자기 아버지와 그녀 사이를 어떻게 생각하는지 궁금할 때가 많았지만, 눈빛이나 암시를 통해 그들이 다정한 관계가 아니라는 걸 눈치채게 한 적은 없었다. 그러나 팬지가 나름 생각을 하고 있다는 걸 이사벨도 잘 알았다. 팬지는 자신의 부모보다 더 다정한 관계를 유지하는 부부가 얼마든지 있다고 믿는 것이 틀림없었다. 그러나 팬지는 속으로 생각할 때조차 신중하지 않을 때가 없었으며, 훌륭한 아버지를 비판할 마음이 없듯이 성미가 고운 의붓어머니를 함부로 비판하려고 하지 않았다. 그런 마음을 품는다면 수녀원 예배당에 걸린 거대한 그림 속 두 성자가 과장된 머리를 돌려 서로에게 고개를 흔들어 대는 것을 본 것처럼 그녀의 심장이 덜컥 멈추어 버렸을 것이다. 그러나 후자의 경우처럼 그녀는 (사태가 정말 엄숙하므로) 이런 무서운 현상을 입 밖에 꺼내지 않았기 때문에 자신이 감당할 수 없는 사람

들의 비밀에 관한 것은 무엇이 되었든 아는 체하지 않았다. 이
윽고 팬지가 입을 열었다. "무척 멀리 가시네요."

"그래 멀리 간단다. 하지만 그건 대단한 게 아니지." 이사벨
이 설명해 주었다. "네가 이곳에 있는 이상 너와 멀리 떨어져
있는 셈이잖아."

"네, 그렇지만 여기라면 만나러 오실 수 있잖아요. 자주 오
신 편은 아니지만요."

"네 아빠가 반대해서 올 수 없었어. 오늘은 가지고 온 게 없
어서 널 즐겁게 해 주지 못하겠구나."

"그러시면 안 돼요. 그건 아빠가 바라시는 게 아니거든요."

"그렇다면 내가 로마에 있든 영국에 있든 별로 상관 없겠네."

"기분이 좋지 않으신가 봐요."

"별로 좋지는 않아. 하지만 상관없단다."

"제 느낌도 그래요. 무슨 상관이 있겠어요? 하지만 저는 이
곳을 나가고 싶어요."

"정말 그러면 좋겠는데."

"저를 여기 두고 가지 마세요." 팬지가 부드럽게 말했다.

잠시 동안 이사벨은 아무 말도 하지 않았지만 심장이 요란
스럽게 뛰었다. "지금 나와 함께 나가지 않을래?"

팬지는 호소하듯 이사벨을 바라보고 있었다. "아빠가 데려
오라고 하셨나요?"

"아니, 단지 내 생각일 뿐이야."

"그러시다면 전 기다리는 편이 낫겠어요. 아빠가 무슨 말씀
하시지 않았어요?"

"내가 여기에 온 걸 모르셔."

"아빠는 제가 아직 충분하지 못하다고 생각하세요." 팬지가 말했다. "하지만 전 충분해요. 이곳 수녀님들이 무척 다정히 대해 주시고, 친구들도 자주 놀러 와요. 아주 어린 애들도 있는데 정말 귀여워요. 뿐만 아니라 제 방은, 보신 그대로지만 아주 쾌적해요. 이것으로 충분하답니다. 아빠는 제가 조금 생각해 보기를 원하셨죠. 그래서 무척 많이 생각해 봤어요."

"무엇을 생각했는데?"

"글쎄요, 아빠를 언짢게 해서는 안 된다는 거죠."

"그건 전에도 알고 있었잖아."

"맞아요. 하지만 좀 더 잘 알게 되었어요. 저는 어떤 일이라도 할 거예요. 어떤 일이라도." 팬지가 말했다. 그런 다음 자신이 한 말을 생각하며 순진하게 얼굴을 붉혔다. 이사벨은 그 표정을 읽을 수 있었다. 가련하게도 그녀가 아버지의 명령에 굴복했다는 걸 알 수 있었다. 에드워드 로지어가 법랑 도자기를 팔아 치우지 않은 건 얼마나 다행스러운 일인가! 이사벨은 팬지의 눈을 들여다보았고, 제발 관대하게 봐 달라는 기도가 그 속에 뚜렷이 스며 있음을 알았다. 이사벨은 자신이 예전과 똑같이 팬지를 다정하게 대하고 있음을 알리려는 듯 팬지의 손에 자신의 손을 포갰다. 이 아이의 일시적 저항(비록 말없는 공손한 행동이었지만)이 좌절되었다는 것은 세상사의 진실을 스스로 존중한 것에 지나지 않았기 때문이다. 그녀는 엄연한 사실을 알았기 때문에 다른 사람을 비난하려고 하지 않았지만 자기 자신은 비난했다. 그녀는 다른 사람들이 만든 계략과 싸위 나갈 소질이 없었고, 자신이 추방되었다는 엄숙한 사실에 압도당했다. 그녀는 권위를 향해 아담한 머리를 숙이며 오직 자비를 바라는 심정이었다. 그렇다면 에드워드 로지어가 미술품 몇 점을 남겨 둔 건 얼마나 다행스러운 일인가!

떠날 시간이 다가오자 이사벨은 자리에서 일어섰다. "그럼 잘 있어. 난 오늘 밤 로마를 떠나야 해."

팬지는 갑자기 안색이 변하며 이사벨의 옷깃을 잡았다. "어머니는 이상하게 보이네요. 무서워요."

"오, 너에게 해를 입히진 않아."

"돌아오시지 않으려는 거죠?"

"그럴지도 몰라. 하지만 그걸 말할 순 없어."

"저를 버리시면 안 돼요!"

이제 이사벨은 팬지가 모든 것을 짐작하고 있음을 깨달았다. "얘야, 내가 널 위해 무엇을 하면 좋겠니?"

"모르겠어요. 하지만 새엄마를 생각하면 즐거운걸요."

"항상 나를 생각하렴."

"이제 멀리 가시니까 그것도 할 수 없겠네요. 조금 겁이 나요."

"무엇이 겁나니?"

"아빠요. 조금은요. 그리고 멀 아줌마죠. 방금 저를 보러 다녀가셨어요."

"그런 말을 해선 안 돼."

"전 그분들이 원하는 건 다 해 드릴 거예요. 새엄마가 여기에 계셔 주시면 일이 더 쉬워질 텐데요."

이사벨은 곰곰이 생각했다. 마침내 그녀가 말했다. "나는 널 버리지 않을 거야. 잘 있어, 팬지."

그들은 친자매처럼 잠시 동안 서로를 조용히 껴안고 있었다. 팬지는 이사벨과 함께 긴 복도를 걸어 나와 계단 위까지 갔다. "멀 아줌마가 여기 다녀가셨어요." 함께 걸어가면서 팬지가 말했다. 그러나 이사벨이 별 반응을 보이지 않자 갑자기 "전 그분이 싫어요!" 하고 말했다.

이사벨은 멈칫하며 걸음을 멈추었다. "그런 말을 하면 못 써. 멀 아줌마가 싫다니."

팬지는 이상하다는 듯이 이사벨을 쳐다보았다. 그러나 팬지에게 그런 마음이 생긴 것이 반항의 이유가 되는 것은 결코 아니었다. "다시 그런 말을 하지 않을게요." 팬지가 무척 고분고분하게 말했다. 두 사람은 계단 위에서 헤어져야만 했다. 계단 아래로 내려가서는 안 된다는 것은 팬지가 생활하는 이 수녀원의 관대하지만 지극히 엄격한 규율의 일부 같았다. 이사벨이 아래로 내려가 계단 아래에 도착했을 때에도 팬지는 위에 그대로 서 있었다. 팬지는 이사벨이 나중에야 기억했던 목소리로 외쳤다. "돌아오실 거죠?"

"그럼, 돌아올 거야."

캐서린 수녀가 아래에서 이사벨을 만나 응접실 문간까지 안내했고, 두 사람은 문간에서 잠시 이야기를 나누었다. "저는 안에 들어가지 않을 거예요." 수녀가 말했다. "안에서 부인이 기다리신답니다."

이 말을 들은 이사벨은 섬뜩한 느낌이 들어서 수녀원을 빠져나가는 다른 출입구가 없느냐고 물어볼 뻔했다. 그러나 얼 핏 생각해 보니 팬지의 또 다른 방문객을 피하고 싶어 하는 마 음을 착한 수녀에게 드러내지 않는 것이 좋겠다는 생각이 들 었다. 수녀는 매우 다정하게 이사벨의 팔을 잡고, 사려 깊고 자 애로운 눈으로 잠시 쳐다보며 프랑스어로 익숙하게 말했다. "그런데 부인, 부인은 어떻게 생각하세요?"

"제 의붓딸 말씀이세요? 아, 말씀드리자면 꽤 길어요."

"저희들은 아가씨의 교육은 이제 충분하다고 봐요." 캐서린 수녀는 뚜렷하게 말하고 응접실 문을 열었다.

마담 멀은 이사벨이 이 방을 나갔을 때와 똑같은 모습으로 앉아 있었다. 깊은 사색에 잠겨 손가락 하나 까딱하지 않고 있 었다. 캐서린 수녀가 문을 닫자 마담 멀이 자리에서 일어섰다. 이사벨이 보기에 그녀는 어떤 목적을 두고 사색에 잠겨 있었 다. 마음의 평정을 되찾아 자신의 수완을 충분히 발휘하고 있 었던 것이다. 그녀는 세련된 매너를 되살려 말했다. "당신을 기다려야겠다는 생각이 들었어요. 하지만 팬지에 대한 얘길 하려는 건 아니에요."

이사벨은 마담 멀이 대체 무슨 이야기를 할지 궁금했지만 곧이어 대꾸했다. "캐서린 수녀님 말씀이 이제 팬지의 교육은 충분하대요."

"그럼요, 나도 충분하다고 생각해요. 그런데 가엾은 터쳇 씨 에 대해 한마디 물어봐야겠네요. 정말 그분이 이제 마지막이 라고 생각해요?"

"저는 전보로 받은 소식 외에는 아는 게 없어요. 그리고 유감스럽게도 그런 추측이 확실할 것 같네요."

"이상한 질문 하나 할까요." 마담 멀이 말했다. "사촌 오빠가 그렇게도 좋아요?" 마담 멀은 질문만큼이나 야릇한 미소를 지었다.

"그럼요, 아주 좋아요. 그런 질문을 하는 게 이해가 되지 않네요."

마담 멀은 순간적으로 주춤했다. "이유를 설명하기는 어려워요. 당신은 눈치채지 못했는지 모르지만 난 뭔가 알아차린 게 있거든요. 그래서 알려 주고 싶어요. 당신 사촌 오빠가 당신에게 엄청난 호의를 베푼 적이 있어요. 이래도 짐작이 안 가요?"

"오빠는 제게 많은 호의를 베풀었죠."

"맞아요. 그러나 한 가지는 다른 호의와 달랐어요. 그 사람은 당신을 부자로 만들어 주었죠."

"저를요?"

마담 멀은 의기양양한 모습으로 더욱 승리감에 도취되어 계속 말했다. "당신을 매력 있는 신부로 만들기 위해 필요한 여분의 광택을 보탠 거예요. 당신이 마음속으로 감사해야 될 인물은 바로 그 사람이에요." 그녀가 말을 멈추었다. 이사벨의 눈빛이 변했기 때문이다.

"무슨 말인지 이해가 되지 않네요. 저는 이모부의 돈을 상속받은 거예요."

"그렇죠. 그건 맞지만 사촌 오빠의 생각이었어요. 아버지를 설득해서 그렇게 하게 만든 거죠. 아, 정말 엄청난 액수였어요!"

이사벨은 눈을 동그랗게 뜨고 서 있었다. 오늘 그녀는 무시무시한 섬광이 번쩍거리는 세계에 살고 있다는 느낌이 들었다. "왜 그런 말을 하시는지 알 수 없군요. 부인이 알고 있는 걸전 모르고 있었네요."

"나 역시 추측한 것일 뿐이에요. 하지만 짐작하고 있었죠."

이사벨은 출입구 쪽으로 걸어가 문을 열고 문고리를 잡은채 잠시 서 있었다. 그런 다음 말했다. 그것은 그녀의 유일한복수였다. "제가 감사해야 할 사람은 바로 부인이라고 봐요!"

마담 멀은 눈을 아래로 떨구며 도도한 후회의 태도로 그곳에 서 있었다. 마담 멀이 말했다. "당신이 정말 불행한 건 알아요. 그렇지만 난 더 불행한걸요."

"맞아요. 저도 믿을 수 있어요. 이제 두 번 다시 당신을 만나고 싶지 않아요."

마담 멀이 눈을 들었다. "난 미국으로 가요." 그녀가 나직이말하는 사이 이사벨은 그곳을 빠져나갔다.

53

상황이 달랐다면 상당히 즐거운 결과를 가져올 수도 있었지만, 이사벨이 파리에서 출발하여 차링 크로스 역*에 도착한 급행 우편열차에서 내려 헨리에타 스택폴에게 달려가 팔(손이라고 할 수도 있지만)을 움켜잡은 건 놀라운 일이 아니었다. 이사벨은 토리노에서 헨리에타에게 전보를 보냈고, 헨리에타가 반드시 마중 나오리라는 기대는 없었지만 전보가 뭔가 도움이 될 거라고 생각했던 것이다. 로마에서 출발해 긴 기차 여행을 하는 동안 그녀의 머리는 멍한 상태가 되어 앞날은 생각조차 할 수 없었다. 여행을 하면서 아무것도 눈에 들어오지 않았고, 신선한 봄의 풍요로움에 묻힌 고장들을 통과했지만 즐거움은 조금도 없었다. 그녀의 마음은 눈앞에 보이는 것과는 다른 고

───────────

*런던 중심부의 기차역.

장들(이상하게 보이고 어둠침침하고 길도 없는 땅, 계절의 변화가 없는, 그저 끝없이 황량한 겨울 같은 땅)을 따라가고 있었던 것이다. 그녀는 생각할 것이 많았으나, 가슴을 가득 채운 것은 지나간 일도 아니고, 앞으로 무엇을 할 것인지도 아니었다. 서로 관련 없는 장면들이 마음속을 스쳐 가고, 과거의 기억과 미래에 대한 기대감이 갑작스레 희미한 빛을 뿜고 있었다. 과거와 미래가 마구 꿈틀거렸지만 그녀는 이 두 가지를 변덕스러운 이미지로만 보았고, 그것은 나름의 어떤 논리에 좌우되었다. 그녀가 떠올린 건 정말 이상한 것들뿐이었다. 비밀을 알게 된 데다, 자신과 많이 관련된 뭔가를 알게 되었다. 그것이 사라진다면 인생이 마치 불완전한 카드 패를 가지고 조용히 카드놀이를 시도하는 것과 같다는 걸 알게 되었기 때문에, 세상사의 진실과 그것들 사이의 상호관계, 그 의미, 그리고 그것이 주는 두려움이 자신 앞에 거대한 건물처럼 버티고 선 것 같았다. 많고 많은 사소한 일들을 상기하자 그녀는 자기도 모르게 오싹한 느낌이 들었다. 당시에는 사소한 일이라고 생각했으나, 지금은 그것이 납덩이 같은 무게로 그녀의 몸을 짓눌렀다. 그러나 지금까지도 그건 역시 사소한 일들이었다. 무게가 있다고 해 보았자 그녀에게 무슨 도움이 될 것인가? 이제는 아무것도 그녀에게 도움이 되지 않았다. 모든 목적, 모든 의도가 일순간 정지되었으며, 단단히 둘러싸인 피난처에 도달하려는 유일한 소망을 수호하기 위해 다른 모든 소망이 정지되고 말았다. 가든 코트는 그녀의 출발점이었고, 그 고요한 처소에 다시 돌아간다는 것은 적어도 일시적인 해결책이었다. 그녀는 거기서 힘차게 출발했지만, 지금은 지칠 대로 지쳐 돌아온 것이다. 예전에 그곳이 그녀에게 휴식처였다면, 지금은 은신처가 될 터였다. 그녀는 임종이 가까운 랠프를 부러워했다. 휴식을 생각하는 사람에게 죽음은 무엇보다 완전한 휴식이기 때문이다. 완전히 손을 떼고 모든 것을 단념하며 더 이상 아무것도 알려고 하지 않는 것. 그것은 열대 지방에서 어두운 실내 대리석 욕조 속에서 시원하게 목욕하는 광경만큼이나 기분 좋은 생각이었다.

사실 로마에서 시작된 여행 도중 이사벨은 죽은 것이나 다름없는 순간들을 경험했다. 그녀는 기차 한쪽 구석에 앉아 꼼짝도 하지 않은 채 그저 기차에 실려 가고 있다는 수동적인 느낌을 받았을 뿐이다. 그녀는 희망도 후회도 모두 버렸기 때문에 스스로 납골당에 웅크리고 있는 에트루리아인* 가운데 한 사람을 연상시켰다. 이제 와서 후회되는 건 아무것도 없었다. 모든 후회는 끝났다. 어리석은 시간은 물론 후회의 시간도 멀리 사라졌고, 후회해야 할 유일한 것이 있다면 마담 멀이 그토록 알 수 없는 존재였다는 점이었다. 이런 생각을 하자 마담 멀이 어떤 인물이었는지를 문자 그대로 표현할 수가 없어서 그녀는 생각을 중단했다. 마담 멀이 어떤 인물이었든 그녀는 자기 일을 스스로 후회할 테고, 이미 공언했듯이 자신이 가게 될 미국에서 후회할 것이다. 이사벨로서는 더 이상 아무것에도

---

* 기원전 8세기 소아시아의 류디아 지방으로부터 지금의 이탈리아 중앙부인 에트루리아에 상륙해 초기 로마인에게 큰 영향을 준 민족.

연관되지 않고 두 번 다시 마담 멀을 만날 일이 없을 거라는 생각만 들 뿐이었다. 그런 마음으로 앞날의 일에 생각이 미치자, 그녀는 이따금 완전하지 못한 추측을 하게 되었다. 그녀는 긴 세월이 흐른 뒤의 자신의 모습에서 아직도 살아가려고 발버둥 치는 여자의 모습을 보았으며, 이런 예상은 지금의 심정과 상반되었다. 정말이지 먼 곳으로 떠나는 것이, 작고 짙은 초록빛 영국을 멀리멀리 벗어나는 것이 바람직한 일일지 모르지만, 그런 특권은 분명 그녀에게 부여되지 않았다. 마음속 깊은 곳에서는(죄다 포기해 버리고 싶은 욕구보다 더욱 깊은 곳에서는) 살아가는 일이 앞으로 오랜 기간 자신의 의무가 될 거라는 느낌이 들었다. 때로는 이런 확신에 고무되어 마음이 들뜨기도 했다. 그것은 그녀에게 아직 힘이 남아 있으며, 언젠가 다시 행복해질 수 있다는 증거였다. 고통만을 위해 산다는 건 있을 수 없는 일이며, 어쨌든 그녀는 아직 젊고 아직 많은 일이 생길 수 있었다. 고통만을 위해 살기에는,(인생의 상처가 되풀이되어 더욱 확대되는 것만을 느끼기에는) 그런 것을 겪기에는 자신이 너무나 소중한 존재이고 능력 있는 인물이라는 생각이 들었다. 그러자 그녀는 스스로에게 호감을 가진다는 것은 허망하고 어리석은 일이 아닐까 하는 궁금증이 들었다. 그것이 그녀의 존귀함을 보증해 준 적이 있었던가? 실로 모든 역사는 소중한 것들의 파괴로 충만해 있지 않을까? 훌륭한 인물일수록 고뇌의 가능성이 훨씬 더 많아지는 게 아닌가? 그렇다면 인간에게는 어떤 거친 면이 있다는 점을 시인해야 할지도 모르지만, 이사벨은 먼 앞날의 희미한 그림자가 재빨리 눈앞을 지나가는 것을 깨달았다. 그녀는 도피해서는 안 될 것이며 끝까지 견뎌야 했다. 그러자 흘러간 세월이 다시 그녀를 감싸고 무관심이라는 회색 커튼이 그녀를 둘러싸 버리고 말았다.

헨리에타는 이사벨을 보자 여느 때처럼 입맞춤을 했지만, 그런 짓을 하는 걸 들키기라도 하면 큰일이라는 듯한 태도였다. 이사벨은 군중 속에 서서 두리번거리며 하인을 찾았다. 주위 사람들에게 전혀 물어보지 않고 기다리고 싶었지만 도움이 필요하다는 걸 갑자기 알아차렸다. 그녀는 헨리에타가 나와 준 걸 기쁘게 생각했지만, 런던에 도착하고 보니 어떤 두려움이 생겼다. 어두컴컴하고 뿌연 아치 모양의 역 천장, 이상하고 검푸른 빛, 그리고 대합실에 가득 들어선 군중의 혼잡한 모습 등을 보노라니 너무나 겁이 나서 그녀는 친구에게 다가가 팔짱을 끼고 말았다. 그녀는 자신이 한때 이런 것들을 좋아했음을 상기했고, 이런 거대한 광경에서 자신을 감동시키는 뭔가를 느꼈던 것이다. 그녀는 오 년 전 겨울 해 질 무렵 유스턴 역을 빠져나와 복잡한 거리를 걸어 다녔던 일을 상기했다. 지금은 도저히 그런 짓을 할 수 없었고, 그런 짓은 다른 사람이나 할 행동 같았다.

"이곳에 올 수 있다니 너무 다행스러워." 헨리에타는 자신의 말이 이사벨의 마음을 상하게 할지도 모른다는 생각에 그녀를 힐끗 쳐다보며 말했다. "만일 네가 올 수 없었다면…… 만일 그렇게 되었다면, 글쎄, 나는 무슨 짓을 저질렀을지 몰라." 헨리에타는 정말 그렇다면 가만히 놔두지 않겠다는 듯이 말했다.

이사벨은 주위를 둘러보았으나 하녀의 모습은 보이지 않았다. 그녀의 눈이 낯선 인물에게서 멈추었다. 아무래도 전에 본 것 같은 생각이 들었다. 이윽고 그녀는 그가 바로 인상 좋은 밴틀링 씨라는 것을 깨달았다. 그는 약간 떨어져 있었는데, 아무리 군중이 밀려와도 한 발자국도 떼지 않겠다는 듯이 서서 두 여자가 포옹하는 동안 신중한 자세로 바라보고 있었다.

"밴틀링 씨가 와 있었네." 하녀를 찾고 있던 이사벨이 이제 자신의 일은 잊은 채 다정하면서도 겸연쩍게 말했다.

"맞아, 그 사람은 어디나 나와 함께 다니거든. 이리 와요, 밴틀링 씨!" 헨리에타가 소리쳤다. 그러자 여성에게 상냥한 그 독신 남자는 미소를 지으며 다가섰지만, 그것은 무거운 분위기에 어울리는 미소였다. "이사벨이 와 주니 천만다행 아니에요?" 헨리에타가 이렇게 묻고 나서 덧붙였다. "이 사람은 모든 사정을 알고 있어. 둘이서 상당한 토론을 벌였지. 이 사람은 네가 오지 않을 거라고 말했지만 난 올 거라고 했지."

"난 당신들의 의견은 항상 일치할 거라고 생각했어." 이사벨이 미소를 띠며 응답했다. 그녀는 이제 스스로 미소를 지을 수 있다고 느꼈으며, 밴틀링의 용감한 눈을 보고 그가 반가운 소식을 전하려 한다는 걸 금방 알아차렸다. 그의 눈은 자신이 그녀의 사촌 오빠의 옛 친구라는 사실을 상기시키려는 듯했고, 그가 이해하고 있으니 걱정할 필요가 없다고 말하는 것 같았다. 이사벨은 손을 내밀며, 정말 터무니없게도 그가 비난할 구석이 하나도 없는 멋진 기사 같다고 생각했다.

"오, 나는 항상 동의해요." 밴틀링이 말했다. "하지만 헨리에타가 뜻을 달리하는 거랍니다."

"하녀는 귀찮은 존재라고 내가 말하지 않았어?" 헨리에타
가 물었다. "네 하녀는 아마도 칼레*에 남아 있을 거야."

"상관없어." 이렇게 말하며 이사벨은 예전에는 이토록 흥미
로운 사람이라고 생각해 보지 않았던 밴틀링을 바라보았다.

"잠시 가 보고 올 테니 이 사람과 함께 있어 줘요." 헨리에타
는 이 말을 하고는 잠시 두 사람을 남겨 두고 가 버렸다.

처음에 그들은 말없이 서 있었고, 드디어 밴틀링이 이사벨
에게 해협은 어떻게 건너왔느냐고 물었다.

"정말 좋았어요. 아니, 좀 거칠었다고 생각해요." 그녀가 말
하자 상대방은 아주 놀란 기색이었다. 그러자 그녀가 물었다.
"가든코트에 가 보셨군요."

"그걸 어떻게 알았죠?"

"설명할 순 없지만 거기 다녀오신 표정이에요."

"제가 정말 슬픈 표정을 짓고 있나요? 그곳은 무척 슬픈 분
위기였어요."

"당신이 그렇게 슬픈 표정을 지을 이유는 없는데. 무척 다정
하시네요." 이사벨은 아주 자연스러운 심정으로 말했다. 그녀
는 두 번 다시 무턱대고 당황할 일은 없을 것 같았지만, 가엾게
도 밴틀링은 아직도 쓸데없이 당황하고 있었다. 그는 얼굴을
무척 붉히고 웃음을 지으며, 자기는 울적한 마음이 자주 생기
는데 그럴 때면 성격이 매우 난폭해진다고 말했다. "헨리에타

---

*도버 해협에 위치한 프랑스의 도시.

에게 물어봐도 좋아요. 저는 이틀 전에 가든코트에 갔었어요."

"제 사촌을 만나 보셨나요?"

"겨우 얼마 동안이었죠. 하지만 그 친구는 아직도 사람들을 만나고 있더군요. 어제는 워버튼 경이 거기에 왔고요. 터쳇 씨는 평소와 같았고 거의 누워 있는 상태였습니다. 안색이 매우 좋지 않고, 말도 잘 못하는 형편이랍니다." 밴틀링이 계속 말했다. "그래도 즐겁고 유쾌한 기분을 잃지 않았고, 여전히 영리하더군요. 정말 안타까운 일이에요."

사람들로 북적거리는 소란한 역 대합실에서도 이 단순한 서술이 너무나 생생했다. "그날 오후의 일이었나요?"

"네, 일부러 늦게 갔습니다. 당신이 상황을 알고 싶어 할 거라고 생각했기 때문이죠."

"정말 감사해요. 오늘 밤에 내려가면 어떨까요?"

"그런데 저 사람이 허락하지 않을걸요." 밴틀링이 말했다. "오늘 밤은 함께 투숙해 주기를 바라던데요. 터쳇 씨의 하인이 오늘 제게 전보를 보내기로 했는데, 한 시간 전쯤 클럽에 전보가 와 있더군요. "고요하고 편안함"이라는 내용이고 오늘 2시에 친 것이었어요. 그러니 내일까지 기다리셔도 괜찮을 거예요. 당신은 무척 피곤하실 테니까."

"네, 무척 피곤해요. 여러 가지로 감사해요."

"괜찮아요. 당신이 이 전보에 대해 알고 싶어 할 거라고 우리는 확신했어요." 밴틀링이 말했다. 이 말을 듣고 이사벨은 결국 그와 헨리에타의 의견이 일치한 거라고 어렴풋이 짐작했다. 이사벨의 하녀를 데리고 돌아온 헨리에타는 하녀가 자신의 직분을 충실히 수행하는 모습을 지켜보았다. 이 훌륭한 여자는 혼잡한 역 구내에서 길을 잃기는커녕 이사벨의 짐을 찾는 데만 열중했기 때문에, 이사벨은 홀가분하게 역을 빠져나올 수 있었다. "오늘 밤 곧바로 가든코트로 가지 않아도 돼." 헨리에타가 이사벨에게 말했다. "그곳으로 가는 기차가 있든 없든 문제가 아니야. 윔폴 가*에 있는 내 숙소로 곧장 갈 테니까. 런던에 머물 방이 아무 데도 없었지만, 그래도 네게 줄 방 하나는 준비해 두었지. 로마의 대저택과는 다르지만 하룻밤 지내기엔 괜찮을 거야."

"무엇이든 네가 원하는 대로 할게."

"내가 궁금해하는 몇 가지 점에 대해 대답해 줘. 그게 내가 바라는 거야."

"저녁 식사에 대해선 아무 말도 하지 않는군. 그렇죠, 오스먼드 부인?" 밴틀링이 농담조로 말했다.

헨리에타는 생각에 잠긴 시선으로 잠시 그를 쳐다보다가 말했다. "당신은 식사를 하고 싶어서 무척 서두르는군요. 패딩턴 역**으로 내일 아침 10시까지 와 주세요."

"밴틀링 씨, 저 때문에 꼭 오시지 않아도 돼요."

"그 사람은 날 위해 오는 거야." 헨리에타가 이렇게 외치며 그녀를 마차에 태웠다. 얼마 후 헨리에타는 윔폴 가의 넓고 어두한 호텔 객실에서 저녁 식사를 잘 마친 뒤 역에서 언급한 질

---

* 런던의 중심 거리.
** 런던 중심부에 있는 국철과 지하철 역.

문들을 했다. "여기 오는 일로 네 남편이 소동을 벌였어?" 헨리에타는 맨 먼저 이것을 물었다.

"아니, 소동이라고까지 말할 수는 없어."

"그럼 그 사람이 반대하지 않았어?"

"아무렴, 크게 반대했지. 하지만 네가 말하는 그런 소동은 아니었어."

"그럼 뭔데?"

"아주 조용하게 얘기를 했지."

헨리에타는 잠시 친구를 가만히 바라보았다. "끔찍한 대화였겠지." 이사벨은 이 말을 부정하지 않았다. 하지만 그녀는 헨리에타의 질문에 대답만 하려고 했고, 그 질문은 꽤 분명했기 때문에 대답하기는 쉬웠다. 그녀는 헨리에타에게 새로운 정보는 아무것도 주지 않았다. 이윽고 헨리에타가 입을 열었다. "글쎄, 한 가지 비판할 게 있어. 네가 팬지에게 돌아갈 거라는 약속을 왜 했는지 모르겠어."

"지금은 나도 모르겠어." 이사벨이 대답했다. "그때는 알고 있었는데."

"네가 그 이유를 잊어버렸다면 아마도 돌아가지 않겠지."

이사벨은 잠시 기다렸다가 말했다. "아마 나는 또 다른 이유를 찾을 거야."

"넌 결코 좋은 이유를 찾지 못할걸."

"더 좋은 이유가 없다면 내가 약속한 것만으로도 충분해." 이사벨이 말했다.

"그렇다니까. 난 너의 그런 점이 싫어."

"지금 그 이야기는 그만둬. 아직 시간이 있잖아. 오기도 힘들었지만 돌아가는 건 어떨지."

"결국 네 남편이 소동을 피우지는 않을 거라는 걸 기억해야 돼!" 헨리에타는 상당히 의도적으로 말했다.

"그렇지는 않을 거야." 이사벨이 무겁게 대답했다. "한순간에 끝날 일이 아니고, 평생 동안 계속될 테니까."

두 사람은 잠시 앞으로 닥칠 일을 생각하면서 앉아 있었다. 잠시 후 헨리에타는 이사벨의 요구에 따라 화제를 바꾸어 "난 지금 펜실 부인 집에 머물고 있어!"라고 불쑥 말했다.

"어머, 드디어 초대 편지가 왔구나!"

"그럼, 오 년이나 걸렸지. 이번에는 나를 만나고 싶어 했어."

"당연한 일이지."

"네가 알고 있다고 생각하는 것보다 더 당연했어." 헨리에타는 이 말을 하며 먼 곳을 응시했다. 그런 다음 갑자기 몸을 돌려 한마디 덧붙였다. "이사벨 아처, 용서해 줘. 이유를 모르겠어? 난 널 비판하면서도 그 이상의 일을 저지르고 말았어. 오스먼드 씨는 적어도 대서양 건너편에서 태어난 사람인데!"

잠시 후 이사벨은 그녀의 의중을 파악했다. 헨리에타는 무척 겸손했고, 적어도 무척 교묘하게 베일에 가려져 있었기 때문이다. 지금 이사벨은 사태의 희극성을 깊이 느낄 수는 없었지만 상대방의 말뜻을 알고 갑자기 웃어 버렸다. 하지만 금방 제정신으로 돌아와 정색을 하고 물어보았다. "헨리에타 스택폴, 조국을 버릴 작정이야?"

"그럼, 이사벨. 그 말을 부정하고 싶진 않아. 난 현실을 직시하고 있으니까. 난 밴틀링 씨와 결혼해서 이곳 런던에서 살 거야."

"정말 이상하네." 이사벨은 이제야 웃으며 말했다.

"아무렴, 그럴 것 같아. 어떻게 하다 보니 이렇게 되었어. 내가 무슨 짓을 하려는지 알고 있지만 설명할 수는 없어."

"결혼은 설명할 수 없는 법이야." 이사벨이 대답했다. "그러니 네 결혼에 대해서도 설명할 필요 없어. 밴틀링 씨는 수수께끼 같은 사람은 아니거든."

"맞아. 그는 말장난도 제법 하고 미국식 유머가 넘쳐날 정도지. 게다가 성격도 좋고." 헨리에타가 계속 말했다. "난 몇 년간 그 사람을 연구했기 때문에 그의 모든 걸 꿰뚫고 있어. 그의 인간 됨됨이는 훌륭한 사업 설명서처럼 뚜렷해. 그는 지성적인 사람은 아니지만 지성을 높이 평가해. 반면에 지성을 갖추었다고 과장하지는 않아. 우리 미국인들은 과장하는 편이라는 생각이 들 때가 있거든."

"어머, 너 참 많이 변했구나! 네가 고국에 대해 좋지 않은 말을 하는 건 처음 들었는걸."

"난 단지 미국인들이 지력(知力)에만 빠져 있다고 말하는 거야. 그건 결국 저속한 결함은 아니야. 하지만 난 변했어. 여자는 결혼을 위해 변해야 하니까."

"정말 행복하길 바란다. 넌 여기서 드디어 영국의 숨은 모습을 보게 될 거야."

헨리에타는 약간은 의미심장한 한숨을 쉬었다. "결혼은 수수께끼를 푸는 열쇠라고 생각해. 더 이상 따돌림을 받고 싶진 않아. 나도 이제 남들만큼이나 훌륭한 권리를 갖게 되었잖아!"그녀는 순진할 정도로 자랑스러워하며 말했다.

이사벨은 딴청을 피웠지만, 그녀에게는 분명 우울한 기분이 감돌았다. 헨리에타도 결국 인간이고 여성이었다. 이사벨은 그런 그녀를 지금까지 밝고 예리한 불길 같고 현실에서 벗어난 목소리를 가진 사람이라고 생각했던 것이다. 그런데 그녀에게도 개인적인 감수성이 있고 보통 사람처럼 열정에 얽매이며, 또한 밴틀링과의 교제가 그다지 신비롭지 않다는 것을 알게 되자 오히려 실망스러웠다. 헨리에타가 그와 결혼하려고 결심한 것에는 신선함이 부족했으며, 어딘지 모르게 어리석은 데가 있었다. 그래서 잠시 동안 이사벨의 기분에는 세상의 황량함이 더욱 짙게 드리웠다. 잠시 후 그녀는 밴틀링에게도 어쨌든 신비로운 데가 있다고 생각했지만, 헨리에타가 조국을 버리려는 이유를 알 수 없었다. 이사벨 자신도 조국에 대한 끈을 늦추고 있지만, 헨리에타의 경우와는 전혀 달랐다. 이윽고 그녀는 헨리에타에게 펜실 부인을 방문한 일이 재미있었는지 물어보았다.

"아, 그럼."헨리에타가 대답했다."그녀는 나를 어떻게 대해야 할지 알 수 없어 했어."

"그게 무척 재미있었어?"

"그렇고말고. 그녀는 재능이 매우 풍부한 사람이거든. 무엇이든 다 안다고 생각하지만, 나처럼 현대적인 여성은 이해하지 못해. 내가 조금이라도 선량했거나 속악했더라면 이해하기가 훨씬 더 쉬웠겠지. 그녀는 사정을 속속들이 모르기 때문에 뭔가 부도덕한 일을 저지르는 게 내 임무라고 생각한 것 같았어. 내가 자신의 동생과 결혼하는 것도 부도덕하다고 생각해. 이런 건 부도덕과는 거리가 먼 일이지만, 그녀는 결코 날 이해하지 못할 거야. 절대로!"

"그렇다면 그녀는 동생보다는 머리가 좋지 않은가 보네." 이사벨이 말했다. "밴틀링 씨는 이해력이 있는 것 같았는데."

"아니, 그렇지 않아!" 헨리에타가 단호하게 말했다. "사실 밴틀링은 그래서 나와 결혼하는 거라고 난 생각해. 결혼의 불가사의와 균형이 뭔지 알아보려고. 그건 고정관념이고 일종의 매혹이라고나 할까."

"그것에 맞장구를 치다니 넌 대단해."

"글쎄." 헨리에타가 말했다. "나 역시 알아보고 싶은 게 있어!" 이사벨은 헨리에타가 고국에 대한 충성을 모두 포기한 게 아니라 공격을 획책하고 있음을 알게 되었다. 결국 그녀는 진지하게 영국과 한판 겨루어 보려는 작정이었다.

그러나 다음 날 아침 10시에 패딩턴 역에서 헨리에타와 밴틀링 세 사람이 함께 만났을 때 이사벨은 이 신사가 어려움에 부닥쳐도 쉽게 헤치고 나갈 사람이라는 것을 알았다. 비록 그가 모든 것을 찾아내지는 못했을지라도 적어도 중요한 점, 즉 헨리에타에게 진취적 기상이 부족하지 않다는 것을 발견했던 것이다. 그가 아내를 선택할 때 이런 결점이 있는 여자는 피하려고 주의했던 것만은 확실했다.

"헨리에타에게서 들었어요. 정말 잘하셨어요." 이사벨은 그에게 손을 내밀며 말했다.

"무척이나 별난 결혼이라고 생각하실 것 같군요." 밴틀링은 산뜻한 우산에 몸을 의지하면서 말했다.

"네, 전 그렇게 생각해요."

"당신이 저만큼이나 별난 결혼이라고 생각하진 않겠지요. 하지만 전 항상 새로운 생각을 만들어 내는 걸 좋아해요." 밴틀링은 매우 침착하게 말했다.

54

이사벨의 두 번째 가든코트 도착은 첫 번째 도착보다 더 조용했다. 랠프 터쳇이 집 안에서 일하는 사람들의 규모를 줄였으므로 새로 온 하인들은 오스먼드 부인을 낯설어 했다. 그래서 이사벨은 자기 방으로 바로 가지 못하고 차갑게 응접실로 안내되어 이모에게 그녀의 이름이 전달될 때까지 기다려야만 했다. 꽤 오랫동안 기다렸으나 터쳇 부인은 서둘러 내려오는 기색이 전혀 없었다. 마침내 이사벨은 참을 수 없게 되고 신경이 예민해졌다. 주위의 사물들이 기괴하게 찡그린 모습으로 그녀의 고통을 지켜보면서 본색을 드러내는 것처럼 두려움을 느끼게 되었다. 그날은 음산하고 추워서 넓은 갈색 방들의 구석구석에 짙은 어둠이 깔려 있었다. 집 안이 쥐 죽은 듯 고요했으며, 이모부가 돌아가시기 전 며칠 동안 감돌던 잊을 수 없는 정적으로 가득 차 있었다. 그녀는 응접실을 나와 천천히 걸으며 서재에도 들어가 보고 화랑을 걸어 보기도 했다. 깊은 적막 속에서 그녀의 발소리가 요란하게 울려 퍼졌다. 변한 것은 아무것도 없었다. 그녀는 몇 년 전에 본 모든 것을 그대로 기억했고, 바로 어제 이 자리에 서 있었던 것처럼 느꼈다. 그녀는 값비싼 '골동품'이 풍기는 안정감을 부럽게 생각했다. 그 주인은 젊음도 행복도 아름다움도 서서히 잃어 가고 있지만, 그 물건들은 한 치의 변화도 없이 가치만 더해 갈 뿐이었다. 이모가 그녀를 만나러 올버니에 오던 날 그랬던 것처럼 지금 이사벨도 집 안 곳곳을 돌아다니고 있었다. 그 후 그녀는 완전히 변해 버렸지만, 그것이 시작이 되었던 것 같았다. 만일 리디아 이모가 그날 그런 식으로 혼자 있는 그녀를 찾아오지 않았다면 모든 것이 달라졌을지도 모른다는 생각이 갑자기 들었다. 이사벨은 지금과는 다른 삶을 살면서 보다 축복받는 여자가 되었을지도 몰랐다. 그녀는 화랑에 걸린 소품인 보닝턴*의 고상한 그림 앞에 걸음을 멈추고 오랫동안 시선을 고정했다. 하지만 그녀는 그림을 보는 게 아니었고, 만일 그날 이모가 올버니에 오지 않았다면 자신은 캐스파 굿우드와 결혼하지 않았을까 하는 생각을 했다.

이사벨이 아무도 없는 널찍한 응접실로 돌아왔을 때, 마침내 터쳇 부인이 나타났다. 이모는 무척 늙어 보였지만 눈은 여전히 빛났고, 머리는 꼿꼿했으며, 엷은 입술은 숨겨진 생각을 잔뜩 품은 듯 보였다. 이모는 정말 허술한 모양의 엷은 회색 옷

---

* 19세기 초 영국의 풍경화가.

을 입고 있었다. 이사벨은 맨 처음에 생각했던 것처럼 이 비범한 이모가 섭정 왕비의 모습을 닮았을까, 아니면 교도소의 여자 교도관을 닮았을까 하고 생각했다. 그녀의 입술은 이사벨의 뜨거운 뺨 위에 아주 엷게 느껴졌다.

"내가 랠프 옆을 지키느라 널 오래 기다리게 했구나." 터쳇 부인이 말했다. "간호사가 점심 먹으러 가서 내가 대신 간호해야 했거든. 랠프를 시중드는 남자가 있긴 하지만 별로 도움이 되진 않아. 항상 창밖만 보고 있으니까. 뭔가 볼거리라도 있는 듯이 말이야! 랠프가 잠드는 참인 것 같아 자리를 뜨고 싶지 않았어. 움직이는 소리가 방해될 것 같기도 했고. 그래서 간호사가 돌아올 때까지 기다렸던 거야. 넌 이 집을 잘 안다고 생각하는데."

"생각했던 것보다 잘 알고 있는 것 같아요. 집 안을 두루 돌아다녔어요." 이사벨이 대답했다. 그러고 나서 랠프는 잘 자고 있는지 물었다.

"눈을 감고 꼼짝 않고 누워 있단다. 그런데 항상 자는 건지는 모르겠구나."

"저를 만나 줄까요? 저와 이야기를 할 수 있을까요?"

터쳇 부인은 약간 망설이다가 "어쨌든 만나 보렴." 하고 말했을 뿐 그 이상의 말은 없었다. 그러고 나서 이사벨을 그녀가 쓸 방으로 안내해 주었다. "하인들이 너를 저 방으로 안내했을 거라고 생각했지. 하지만 이곳은 내 집이 아니고 랠프 소유라서 하인들이 어떤 일을 하는지 나는 잘 몰라. 아무튼 네 짐은 옮겨 놓았을 거야. 짐을 많이 가지고 오진 않았겠지. 아무래도 상관없지만. 틀림없이 전에 왔을 때와 같은 방으로 안내했을 거야. 네가 온다는 말을 듣고 랠프가 저 방을 네가 쓸 수 있게 해 놓았거든."

"다른 얘기는 없었나요?"

"아, 그게 말이야. 그 애는 예전처럼 말을 많이 하지 않아!" 터쳇 부인은 조카딸보다 앞장서서 계단을 오르면서 외쳤다.

방은 예전과 같았다. 이사벨이 사용한 뒤로 아무도 그 방에서 잠을 잔 사람이 없는 것 같은 느낌이 들었다. 그리 많지도 않은 그녀의 짐이 방 안에 놓여 있었다. 터쳇 부인은 잠시 동안 앉아 짐 꾸러미에 눈길을 주었다. "정말로 가망이 없나요?" 이사벨이 이모 앞에 선 채로 물었다.

"전혀 가망이 없을 것 같아. 지금까지도 없었지만. 성공적은 삶은 아니었지."

"그래요. 하지만 아름다운 삶이었어요." 이사벨은 이모의 의견에 벌써 반박하고 있었다. 이모의 무덤덤한 말투에 속이 상했다.

"그 말이 무슨 뜻인지 모르겠구나. 건강 없이 아름다운 삶이란 없어. 그런데 여행하기에는 꽤나 이상한 복장이구나."

이사벨은 자기 옷을 내려다보았다. "로마를 떠나기 전에 한 시간밖에 여유가 없어서 손에 잡히는 대로 옷을 걸치고 나왔거든요."

"미국에 있는 네 언니들은 네가 어떤 옷을 입는지 궁금해하던데. 그게 가장 관심이 가는 모양이더라. 알려 주지 않았는데도 잘 아는 눈치야. 넌 검은 무늬 옷이 아니면 절대로 입지 않는다면서.”

“언니들은 제가 실제보다 훨씬 더 사치한다고 생각하고 있네요. 언니들에게 사실을 말하기가 꺼려져요.” 이사벨이 말했다. “이모님과 함께 식사했다는 소식을 릴리 언니가 편지로 알려 주었어요.”

“네 번이나 초대해 줬지만 한 번밖에 못 갔어. 두 번째부터는 초대해 주지 말았으면 했지. 정말 훌륭한 식사였어. 비용이 꽤 들었을걸. 하지만 네 언니 남편은 예절이 형편없었어. 미국 여행이 재미있었느냐고? 무엇 때문에 그래야 되지? 즐기려고 간 것도 아니었는데.”

이런 이야기도 흥밋거리였지만 터쳇 부인은 곧 조카딸의 방을 나갔으며, 삼십 분 뒤 점심 식사 시간에 자리를 함께했다. 두 여자는 음울한 주방의 간결해진 식탁에 마주 앉았다. 얼마 후 이사벨은 겉보기와 달리 이모의 감정이 메마르지 않았다는 걸 깨달았고, 무표정하고 후회나 실망을 모르는 이모의 태도 때문에 가졌던 예전의 동정심이 되살아났다. 패배든 실패든, 한두 가지 치욕이든 지금 이모가 그것을 느낄 수만 있다면 틀림없이 축복이 될 것이다. 이사벨은 이모가 혹시라도 의식을 풍부하게 만들지 못한 것을 한탄하고 그것을 얻으려고 남모르게 애쓰고 있지는 않은지, 그리고 인생의 뒷맛, 만찬의 치다꺼리, 고통의 증거 혹은 후회라는 냉엄한 분풀이를 하려고 손을 뻗고 있는 것은 아닌지 하는 생각이 들었다. 아마도 이모는 두려웠을 테고, 후회하기 시작한다면 자신을 집어삼킬지도 몰랐다. 그러나 이사벨은 이모가 뭔가 실패한 것이 있고, 장차 자기 자신을 추억거리도 없는 노파의 모습으로 볼지도 모른다는 생각을 했다. 이모의 작고 날카로운 얼굴은 비극적으로 보였다. 그녀가 이사벨에게 랠프는 아직 몸을 움직이지 않고 있지만 아마 저녁 식사 전에는 만날 수 있을 거라고 말했다. 그러고는 곧 랠프가 전날 워버튼 경을 만났다는 말을 덧붙여 이사벨을 약간 놀라게 만들었지만, 워버튼 경이 가까운 이웃인지라 두 사람이 자리를 함께할 수도 있다는 암시를 던진 것이었다. 이사벨은 워버튼 경과 다시 논쟁을 벌이려고 영국에 온 게 아니었기 때문에 그런 일은 기쁘지 않을 것 같았다. 그럼에도 곧이어 이모에게 그가 로마에서 랠프에게 매우 친절하게 대해 주는 것을 자신이 목격했다고 말했다.

"그 사람에겐 지금 다른 생각이 있는 것 같아." 터쳇 부인이 대꾸했다. 그러고 나서 날카로운 시선을 보내며 잠시 말을 끊었다.

이사벨은 이모의 말에 뭔가 의미가 담겨 있다는 걸 깨닫고 금방 그 의미를 추측했다. 하지만 이어질 이모의 말은 이사벨이 추측한 것을 감추고 있었기 때문에 이사벨의 가슴은 더 빠르게 두근거렸고 자신이 시간을 벌어야겠다고 생각했다. "그야 그렇겠죠. 상원의 일 같은 것들이 있을 테죠."

"그는 귀족이 아니라 숙녀들을 생각하고 있어. 적어도 그들 가운데 한 아가씨를 생각하고 있는 것 같단 말이지. 랠프에게 약혼했다는 얘길 했대."

"어머, 결혼을 한다고요!" 이사벨이 나직이 외쳤다.

"파혼만 하지 않는다면야. 그 사람은 랠프가 알고 싶어 할 거라고 생각한 것 같아. 가엾게도 랠프는 결혼식에 참석할 수도 없겠지만. 곧 할 모양이던데."

"대체 상대 여자는 누군데요?"

"귀족의 딸이라던데. 플로라? 펠리시아? 뭐 그런 이름 같았어."

"정말 잘됐네요." 이사벨이 말했다. "갑자기 결정되었겠죠."

"그런 것 같아. 삼 주 정도 구혼을 했다더라. 아주 최근에 공개적으로 알려진 사실이야."

"정말 잘됐네요." 이사벨은 아까보다 더 강한 어조로 반복해서 말했다. 그녀는 이모가 자기를 지켜보며 울화가 치밀어 오를 구실을 찾고 있다는 사실을 깨달았다. 그래서 그녀는 이모가 그런 기분을 꿰뚫어보지 않게끔 재빨리 만족한 어조(거의 안심할 만한 어조)로 말했다. 물론 터쳇 부인은 숙녀들이, 심지어 이미 결혼한 부인들까지도 예전에 사귀던 남자가 결혼하면 모욕적인 일이 된다는 고루한 생각을 따르고 있었다. 그러므로 이사벨이 먼저 해야 될 일은 일반적인 풍조는 그렇다 해도 자신은 모욕감을 느끼지 않는다는 걸 보여 주는 것이었다. 하지만 그렇더라도 앞에서 말한 것처럼 이사벨의 가슴은 더욱 두근거렸다. 그녀가 잠시 생각에 잠겨 있긴 했지만(터쳇 부인이 자기를 관찰하고 있다는 것은 금세 잊어버렸다.) 자기를 흠모하던 남자를 잃었기 때문은 아니었다. 그녀의 생각은 유럽의 절반을 가로질러 헐떡이듯 떨면서 로마에서 멈췄다. 그녀는 워버튼 경이 곧 결혼한다는 사실을 남편에게 보고하는 자신의 모습을 머릿속에 그리고 있었다. 그리고 이런 지적 노력을 하는 동안 자신이 얼마나 해쓱한 표정을 지었는지는 물론 알지 못했다. 그러다가 마침내 제정신이 돌아오자 그녀는 이모에게 말했다. "워버튼 경은 언젠가 반드시 결혼할 분이었어요."

터챗 부인은 잠자코 있다가 날카롭게 머리를 가로저었다. "넌 도대체 감당할 수가 없구나!" 그녀가 갑자기 소리쳤다. 그들은 말없이 점심 식사를 계속했으며, 이사벨은 마치 워버튼 경의 부음을 들은 것 같은 기분이었다. 그녀는 그를 단지 자기에게 구혼한 남자로만 기억했는데, 이제 모든 것이 끝난 셈이었다. 그는 불쌍한 팬지에게는 죽은 사람과 다름없었지만, 팬지와 결혼했더라면 살아 있는 존재가 되었을지도 몰랐다. 하인이 근처를 서성거리자, 터챗 부인은 이제 됐으니 물러가라고 말했다. 부인은 식사를 끝낸 뒤 식탁 가장자리에 손을 얹고 앉았다. 그녀는 하인이 물러나자 입을 열었다. "너에게 묻고 싶은 것이 세 가지 있어."

"세 가지라니 꽤 많네요."

"생각해 봤는데 그 이하로는 안 되겠더구나. 모두 좋은 질문이란다."

"그게 두려워요. 좋은 질문이란 가장 곤란한 질문이죠." 이사벨이 대답했다. 터챗 부인은 의자를 뒤로 밀어냈고, 이사벨은 식탁에서 일어나 다소 의식적인 몸짓으로 안쪽 창문을 향해 걸어가면서 이모의 시선이 자신을 뒤쫓고 있음을 느꼈다.

"워버튼 경과 결혼하지 않은 걸 아쉽게 생각한 적이 있니?" 터챗 부인이 물었다.

이사벨은 천천히, 그러나 심하지 않을 만큼 머리를 가로저었다. "아뇨, 이모님."

"그렇다면 좋아. 미리 말해 두는데, 나는 네가 한 말을 믿고 싶은 심정이야."

"절 믿어 주신다니 대단한 유혹이 될 것 같아요." 그녀는 여전히 미소를 띠며 말했다.

"거짓말을 하게 하는 유혹 말이냐? 그런 짓은 하지 않는 게 좋을 거야. 틀린 말을 들으면 독약 먹은 쥐처럼 위험해지는 게 내 성격이지. 난 너한테 거드름 피울 생각은 없어."

"남편하고 사이가 좋지 않은 건 사실이에요."

"그러지 말라고 그 사람에게 말했건만. 그렇다고 너한테 거드름을 피울 생각은 없다." 터쳇 부인이 말을 이었다. "마담 멀을 아직도 좋아하니?"

"예전만큼 좋아하지는 않아요. 하지만 그게 무슨 상관이죠. 그 사람은 미국에 간걸요."

"뭐라고? 미국에 갔어? 그 여자가 아주 나쁜 짓을 했나 보구나."

"네, 무척 나쁜 일이죠."

"무슨 일인지 말해 줄래?"

"그 여자는 저를 마음껏 이용했어요."

"세상에." 터쳇 부인이 외쳤다. "나도 이용당했는데! 그 여자는 누구든 이용하는구나."

"아마 미국도 마음대로 할 거예요." 이사벨은 다시 미소 지으며 말했으며, 이모의 질문이 끝난 것을 기뻐했다.

이사벨은 저녁이 될 때까지 랠프를 만날 수 없었다. 그는 하루 종일 잠을 잤던 것이다. 그는 아무것도 모른 채 누워 있었고, 의사가 와 있었지만 얼마 후 돌아갔다. 이 근처의 의사로, 랠프는 그가 부친을 돌본 적이 있기 때문에 마음에 들어 했다. 의사는 하루에 서너 차례 와 주었고 환자에게 깊은 관심을 기울였다. 랠프는 원래 매튜 호프 경에게 치료를 받았으나 그 유명한 의사에게 싫증이 나서 어머니에게 자기는 이제 죽은 거나 다름없으니 더 이상 진료받을 필요가 없다는 말을 전하게 했다. 그래서 터쳇 부인은 간단하게나마 자신의 아들이 싫어한다는 내용의 편지를 매튜 경에게 썼다. 이미 서술한 대로 이사벨이 도착하던 날 랠프는 몇 시간이고 꼼짝도 하지 않았지만, 저녁이 되자 몸을 일으켜 그녀가 와 있는 걸 안다고 말했다. 환자를 흥분시켜서는 안 된다는 생각에 아무도 그 소식을 알리지 않았기 때문에 그가 그것을 어떻게 알게 되었는지는 분명치 않았다. 이사벨은 방으로 들어가 희미한 불빛이 비치는 그의 침대 옆에 앉았다. 방의 한쪽 구석에는 갓을 씌운 촛불만 있었다. 그녀는 간호사에게 돌아가도 좋다고 말하고, 나머지 시간은 자기가 지키겠노라고 했다. 랠프는 눈을 뜨고 그녀를 알아보고는 손을 움직였지만, 그 손은 힘없이 축 늘어져 이사벨이 잡아 주기를 기다리는 듯했다. 하지만 그는 이야기를 할 수 없었으며, 다시 눈을 감고 꼼짝도 하지 않은 채 그녀의 손만 잡고 있을 뿐이었다. 그녀는 간호사가 다시 올 때까지 오랫동안 그의 곁에 앉아 있었지만 그는 더 이상 움직이는 기색이 없었다. 이러다가 그녀가 지켜보는 사이에 숨을 거둘지도 모른다는 생각이 들었다. 그의 얼굴에는 이미 사색이 드러나 있었다. 로마에서도 병세가 무척 심했지만, 이번에는 훨씬 더 심각했다. 지금으로서는 상태가 악화되면 죽음밖에 남은 것이 없었다. 그의 얼굴에는 이상한 정적이 감돌았고, 상자 뚜껑 같은 고요함이 배어 있었다. 모습은 산송장이나 다름없었고, 그가 눈을 뜨고 인사했을 때 그녀는 마치 끝없는 공허를 들여다보는 느낌이 들었다. 간호사는 한밤중이 되어서야 돌아왔지만, 그때까지의 시간은 이사벨에게 그다지 길게 생각되지 않았다. 그녀가 여기까지 온 건 바로 이것 때문이었다. 가만히 기다리기 위해서 왔다면 그럴 기회는 충분히 있었다. 그는 사흘간 감사의 마음을 드러내는 듯한 침묵 속에서 잠을 자고 있었기 때문이다. 그는 이사벨이 온 것을 알고 가끔씩 이야기를 하고 싶은 듯했으나 목소리가 나오지 않았다. 그래서 다시 눈을 감았고, 뭔가가 찾아오기를 기다리는 듯했다. 그가 너무나 고요했기 때문에 이사벨에게는 이미 올 것이 온 것처럼 느껴졌지만, 두 사람이 아직 함께 있다는 느낌에는 결코 변함이 없었다. 하지만 그들은 늘 함께 있지는 않았다. 그녀가 텅 빈 집 안을 이리저리 돌아다니며 랠프 아닌 다른 사람의 목소리가 들려오지 않나 하고 귀를 기울일 때도 있었다. 남편이 편지를 보낼 거라고 생각했기 때문에 항상 마음이 불안했지만 이사벨은 가만히 머물러 있었다. 아직까지는 피렌체에 사는 제미니 백작부인으로부터 편지 한 통을 받은 것이 전부였다. 랠프는 이사벨이 도착한 지 사흘째 되던 저녁에 비로소 입을 열었다.

"오늘 저녁엔 기분이 훨씬 좋아." 고요한 어둠 속에서 이사벨이 잠들지 않고 간호하는 사이 갑자기 그가 중얼거렸다. "말을 좀 할 수 있을 것 같아." 이사벨은 베갯머리 옆에 무릎을 꿇고 앉아 그의 야윈 손을 잡고 제발 무리하지 말라고, 공연히 몸을 피로하게 하지 말라고 애원했다. 그는 심각할 수밖에 없었고, 근육을 움직여 웃는 것조차 힘이 들었다. 그렇지만 그 얼굴의 주인은 그런 부조화에 대한 인식을 상실하지 않고 있었다. "앞으로 영원히 휴식을 취할 텐데 피로한 게 무슨 대수겠어? 이것이 진정 최후라면 무리를 해도 탈이 없을 거야. 사람은 죽기 직전에는 언제나 기분이 좋아지는 게 아닐까? 그런 얘길 종종 들은 적이 있어서 그걸 기다리고 있어. 네가 여기 온 후 그런 때가 올 거라고 줄곧 생각했어. 두세 번 시도해 보기도 했지. 그런데 거기 앉아 있으면 피곤할 텐데." 그는 천천히 말하며 괴로운 듯이 말을 끊기도 하고, 오랫동안 잠잠하기도 했다. 그의 목소리는 먼 곳에서 들려오는 듯했다. 그는 이야기를 멈추고는 이사벨 쪽으로 고개를 돌려 커다란 눈을 깜빡거리지도 않고 그녀의 눈을 응시했다. "와 줘서 정말 고마워." 그는 말을 이었다. "와 줄 거라고 생각했지만 확신할 수는 없었어."

"나도 여기 올 때까지 그랬어."

"너는 내 침대 옆의 천사 같아. 사람들이 죽음의 천사에 대해 얘기하는데, 천사 중에서도 가장 아름답대. 넌 마치 나를 기다리는 천사 같아."

"오빠의 죽음을 기다렸던 건 아니야. 내가 기다렸던 건 지금 이 순간이야. 랠프 오빠, 지금은 죽을 때가 아니잖아."

"네게는 그렇겠지. 다른 사람이 죽는 걸 보는 것만큼 자기가 살아 있다고 느끼게 해 주는 건 없어. 그건 생명감이라는 것으로, 우리가 살아 있다는 느낌일 거야. 내게도 그런 경험이 있어. 내게도 말이야. 그러나 지금은 다른 사람에게 그런 느낌을 주는 역할밖에 할 수 없어. 내 운명도 이제 끝인가 봐." 이 말을 하고 나서 그는 말을 끊었다. 이사벨은 더욱 머리를 숙였기 때문에 랠프의 손을 쥐고 있던 자신의 두 손에 머리를 얹어 버린 셈이 되었다. 이제 그의 얼굴은 보이지 않았지만, 멀리서 들려오는 듯한 그의 목소리가 그녀의 귓가에 와 닿았다. "이사벨." 그가 갑자기 말을 시작했다. "네게도 모든 게 끝났으면 좋겠어." 그녀는 얼굴을 묻은 채 격정적으로 흐느끼며 아무 대답도 하지 않았다. 그는 그녀의 흐느낌을 들으며 조용히 누워 있다가 마침내 긴 신음 소리를 내며 말했다. "아, 넌 네게 많은 것을 해 주었지."

"오빠가 내게 해 준 건 어떻고?" 그녀는 외치듯 말했고, 이제 극도로 동요된 마음도 그녀의 자세 때문에 반쯤 묻혀 버렸다. 그녀는 부끄러움도, 사실을 감춰야겠다는 결심도 모두 잊어버렸다. 이렇게 터놓고 이야기하자 두 사람은 하나가 되었고, 그는 아무런 고통도 느끼지 않았다. "나를 위해 뭔가 한 적이 있잖아. 아, 랠프 오빠, 오빠는 나의 전부야! 대체 내가 한 일이 무엇이고, 이제 무슨 일을 할 수 있을까? 오빠 대신 내가 죽을 수만 있다면. 그러나 오빠가 살아 주기를 바라진 않을게. 오빠와 헤어지지 않도록 나도 죽고 싶어." 그녀의 목소리는 눈물과 고뇌로 뒤범벅되어 그의 목소리처럼 간간이 끊어졌다.

"나하고 헤어지는 일은 없을 거야. 너는 나를 붙잡고 있을 테니까. 네 마음속에 나를 간직해 두렴. 나는 지금까지보다 너와 더 가까이 있을 거야. 이사벨, 살아 있는 게 더 좋아. 살아 있는 동안에는 사랑이 있으니까. 죽음도 좋지만, 죽음에는 사랑이 없어."

"난 한 번도 고맙다는 말을 한 적이 없어. 언급한 적도 없고. 마땅히 감사해야 할 일에 한 번도 감사한 적이 없었어!" 이사벨은 계속 말했다. 그녀는 큰 소리를 내며 자신을 책망하고, 슬픔에 잠겨 몸을 가눌 수 없게 될 만큼 절실한 필요를 느꼈다. 그녀의 모든 걱정은 일순간 하나가 되어 지금의 고뇌 속에 녹아 버렸다. "오빠는 날 어떻게 생각했어? 그렇지만 내가 그걸 어떻게 알 수 있었겠어? 까마득히 몰랐지만 이제야 알게 된 건 내가 어느 누구보다 어리석었기 때문이야."

"세상 사람들을 의식할 건 없어." 랠프가 말했다. "이제 그들 곁을 떠나게 되니 기쁘군."

그녀는 머리와 그의 손을 움켜쥔 손을 들어 올리고는 잠시 그에게 간청하는 듯한 기색을 보였다. "정말 그래? 정말이야?" 그녀가 물었다.

"네가 어리석었다는 게 정말이냐고? 아, 그건 아니야." 랠프는 현명하게 기지를 발휘해서 대꾸했다.

"오빠 덕분에 내가 부자가 된 거지? 내가 가진 것은 전부 오빠가 준 거지?"

그는 머리를 옆으로 돌리고는 잠시 동안 아무 말도 하지 않았다. 이윽고 그가 겨우 입을 열었다. "아, 그 일에 대해서는 아무 말도 하지 마. 좋은 일이 아니었어." 그는 천천히 이사벨 쪽으로 다시 얼굴을 돌렸고, 두 사람은 다시 한 번 마주 보았다. "그 일만 없었다면…… 그 일만 없었다면!" 그는 잠시 말을 멈추었다. "내가 널 파멸시켰어." 그가 울부짖었다.

이사벨은 그가 벌써 고통 없는 세상으로 가 버렸다는 느낌으로 가득 찼다. 그는 이미 이 세상 사람이라고 볼 수 없었다. 설령 그녀가 그런 느낌을 받지 않았더라도 그렇게 말했을 것이다. 지금으로서는 순수한 고뇌가 아니라 하나의 사실(두 사람이 함께 진실을 안다는 것)이 문제였기 때문이다. "남편은 돈 때문에 나와 결혼했던 거야." 그녀가 말했다. 그녀는 모든 걸 다 말해 버리고 싶었지만, 그러기 전에 그가 죽어 버릴까 봐 두려웠다.

랠프는 잠시 이사벨을 바라보다가 처음으로 그녀를 응시하던 눈을 감았다. 하지만 잠시 후 다시 눈을 뜬 뒤 "그 사람은 널 무척 사랑했는데."라고 대답했다.

"그래, 그건 사실이었어. 하지만 내게 돈이 없었다면 결혼하지 않았을 거야. 이런 얘기로 오빠 마음에 상처를 주려는 건 아니야. 어떻게 그럴 수 있겠어? 단지 날 이해해 주면 좋겠어. 난 항상 오빠가 나를 이해하지 못하게 했어. 그것도 이젠 끝났지만."

"난 늘 이해했어."

"그럴 거라고 짐작했어. 그리고 그게 싫었지. 하지만 지금은 달라."

"네가 내 마음에 상처를 준 건 아니야. 난 너 때문에 무척 행복했으니까." 이런 말을 하는 랠프의 목소리에는 무한한 기쁨이 담겨 있었다. 이사벨은 다시 머리를 숙여 그의 손등에 입맞춤을 했다. "나는 언제나 이해했어." 그가 계속 말했다. "비록 이상하고 측은하긴 했지만. 넌 너 자신의 눈으로 세상을 보려고 했지만 그게 허락되지 않았지. 너의 소망 때문에 벌을 받은 거야. 인습이라는 바퀴에 깔리고 만 셈이지!"

"맞아, 벌을 받은 거야." 이사벨이 흐느끼며 말했다.

그는 잠시 그녀의 흐느낌을 듣다가 말을 이었다. "그 사람은 네가 여기 오는 걸 무척 반대했겠지?"

"정말 심하게 반대했어. 하지만 신경 쓰지 않아."

"그러면 둘 사이는 전부 끝난 거야?"

"아니, 아무것도 끝나지 않았어."

"그 사람 곁으로 돌아가려고?" 랠프가 숨 찬 어조로 물었다.

"모르겠어. 어떻게 해야 할지. 일단은 머물 수 있는 만큼 여기 머물 작정이고, 다른 건 생각하고 싶지 않아. 생각할 필요도 없겠지만. 오빠 외에는 아무것도 신경 쓰고 싶지 않아. 지금은 그걸로 충분해. 이 순간이 좀 더 지속되겠지. 이렇게 내가 꿇어 앉아 있고 오빠가 내 팔에 안겨 죽으려 하는 지금, 나는 실로 오랜만에 행복을 느껴. 오빠도 그래야 돼. 슬픈 생각 따위는 하지 말고, 오직 내가 곁에서 사랑하고 있다는 것만 느끼도록 해. 괴로움 같은 건 무엇 때문에 있을까? 지금 같은 순간에 괴로움 같은 게 무슨 상관 있겠어? 가장 심각한 건 괴로움이 아니야. 뭔가 더 심각한 것이 있을 거야."

랠프는 말하는 것을 시시각각 더 고통스러워했고, 마음을 가다듬는 데 더 시간이 걸렸다. 처음에 그는 이사벨이 한 말에 대답하지 않으려는 듯 시간을 끌다가 마침내 짧게 중얼거렸다. "네가 여기 있어 줘야겠어."

"당연히 그래야 된다고 생각해."

"당연하다고? 그렇게 생각해?" 그는 이사벨의 말을 되풀이했다. "그래, 넌 그것에 대해 많이 생각하는구나."

"생각하지 않으면 안 될 일이지. 오빠 지금 많이 피곤한 것 같은데."

"정말 피곤해. 너는 괴로움이 가장 심각한 건 아니라고 방금 말했지. 그렇지, 맞아. 하지만 굉장히 심각한 거야. 만일 내가 살아 있다면……."

"내게 오빠는 항상 이곳에 있는걸." 그녀는 조용히 그의 말을 가로막았다. 그것은 쉬운 일이었다.

그러나 얼마 후 그가 말을 이었다. "결국 가 버리는 거지. 지금 떠나려는 거야. 하지만 사랑은 남겠지. 우리가 왜 이토록 괴로워해야 하는지 모르겠어. 아마 곧 알게 되겠지. 인생에는 여러 가지 일들이 있고, 넌 아직 젊어."

"정말 나이가 든 기분인걸."

"넌 다시 젊어질 거야. 나는 믿지 않아. 믿을 수가 없어……." 하지만 그는 다시 말을 멈췄다. 이야기 할 힘이 없었던 것이다.

그녀는 이제 아무 말도 하지 말라고 애원했다. "우리가 서로 이해하기 위해 꼭 이야기를 할 필요는 없어." 그녀가 말했다.

"난 네가 저지른 흔한 실수로 네가 계속 마음의 상처를 받을 거라고 믿지 않아."

"오, 랠프 오빠, 난 지금 무척 행복해." 그녀는 눈물을 흘리며 외쳤다.

"그리고 네가 잊지 말아야 할 게 있어." 그는 말을 이었다. "비록 네가 미움을 받았다 해도 사랑받기도 했다는 것 말이야. 아, 이사벨, 사랑해!" 그는 들릴 듯 말 듯 숨을 몰아쉬었다.

"아, 오빠!" 그녀가 아까보다 더욱 깊게 몸을 숙이며 외쳤다.

55

이사벨이 가든코트에 온 첫날 저녁 랠프는 충분한 고통을 겪을 만큼 살아야 오래된 집에 반드시 있게 마련인 유령을 볼 수 있다고 말했었다. 이사벨은 유령을 보는 데 필요한 조건들을 충족했다. 다음 날 차갑고 어슴푸레한 새벽에 침대 옆에 유령이 서 있는 것을 알았기 때문이다. 랠프가 밤을 넘기지 못할 거라는 생각에 그녀는 옷을 입은 채로 누워 있었다. 잠을 자려고 하지는 않고 기다리고 있었다. 그런 식으로 기다리게 되니 잠을 잘 수도 없었다. 그녀는 눈을 감은 채, 밤이 깊어지면 틀림없이 문 두드리는 소리가 들릴 거라고 생각했다. 문 두드리는 소리는 들리지 않았지만, 밤의 어둠이 희미하게 회색으로 바뀔 무렵, 그녀는 누군가 깨운 것처럼 황급히 일어났다. 그 순간 방 안의 흐릿한 어둠 속에 어떤 형상이 서서 희미하게 어른거리는 것 같았다. 그녀는 순간적으로 눈을 크게 떴고 하얀 얼굴과 온화한 눈을 보았으나, 다음 순간에는 아무것도 보이지 않았다. 두렵지는 않았다. 그저 랠프가 죽은 거라고 확신할 뿐이었다. 방을 나선 그녀는 틀림없이 그럴 거라고 믿으며 어두운 복도를 지나 현관 창문을 통해 빛이 희미하게 비치는 떡갈나무 계단을 내려갔다. 그녀는 랠프의 방문 밖에서 잠시 걸음을 멈추고 귀를 기울였지만, 방 안을 채우고 있는 침묵밖에 느껴지지 않았다. 그래서 마치 죽은 자의 얼굴에서 베일을 벗겨 내듯 살며시 손으로 문을 열어 보니 터챗 부인이 아들의 손을 잡은 채 꼼짝도 하지 않고 꼿꼿한 자세로 침상 옆에 앉아 있었다. 의사는 건너편에 앉아 진맥을 하기 위해 불쌍한 랠프의 긴 손목을 손가락으로 누르고 있었다. 두 사람 사이의 발치에는 간호사가 두 명 있었다. 터챗 부인은 이사벨이 들어온 것을 몰랐지만, 의사는 이사벨을 매우 유심히 바라보더니 랠프의 손을 자기 바로 옆 적당한 위치에 가만히 놓았다. 간호사들도 아무 말 없이 그녀를 매우 유심히 쳐다보았다. 그러나 이사벨은 자신이 보러 온 것을 볼 뿐이었다. 랠프는 살아 있을 때보다 더 청아했고, 육 년 전 그녀가 보았던, 같은 베개를 베고 누워 있던 그의 부친과 이상할 정도로 닮은 모습이었다. 이사벨은 이모 곁으로 가서 팔로 껴안았다. 터챗 부인은 대체로 포옹을 청하지도 즐기지도 않는 성미였지만 이번만은 포옹을 받겠다는 듯 자리에서 일어섰다. 하지만 몸이 굳고 눈물도 메말랐으며, 날카로운 하얀 얼굴은 무서운 느낌을 주었다.

"리디아 이모님." 이사벨이 낮은 목소리로 말했다.

"네게 자식이 없다는 걸 신에게 감사하렴." 터챗 부인이 몸을 일으키며 말했다.

그로부터 사흘 뒤, 런던 사교계가 한창 바쁜 시기인데도 많은 사람들이 시간을 내어 아침 열차를 타고 버크셔*의 한적한 역에 내린 다음, 걸어서 갈 수 있는 거리에 있는 작은 회색 교회에서 삼십 분 남짓한 시간을 보냈다. 터쳇 부인은 이 교회 건물의 초록빛 묘지에 자신의 아들을 묻었다. 그녀가 묘지 끄트머리에 서자 이사벨도 그 옆으로 다가갔다. 교회지기라도 현장을 보고 슬퍼했을 테지만, 터쳇 부인은 담담한 표정이었다. 매장은 엄숙했지만 가혹하거나 무겁지는 않았고, 장례식 분위기도 퍽 밝은 편이었다. 날씨가 청명했다. 변덕스러운 5월의 끝 무렵이었던 그날은 따스하고 바람도 잔잔했으며, 산사나무 향기와 검은 새의 노랫소리로 대기가 빛나고 있었다. 랠프의 일을 생각하면 슬픈 마음이 그지없지만, 그의 죽음이 급작스러운 것이 아니었기에 못 견딜 정도로 슬프진 않았다. 랠프는 오랫동안 병마에 시달려 왔기 때문에 그 자신은 물론 모든 사람들이 마음의 준비가 되어 있었다. 이사벨은 눈에 눈물이 가득했지만, 앞을 못 볼 지경은 아니었다. 그녀는 눈물을 통해 아름다운 날, 빛나는 자연, 오래된 영국 교회 묘지의 향기, 애도하는 친구들의 모습 등을 보았다. 워버튼 경이 참석했고, 그녀에게 낯선 여러 신사들도 있었다. 나중에 알았지만 그 가운데 몇 사람은 은행 관계자들이었다. 그녀가 아는 사람들도 와 있었다. 헨리에타는 맨 앞줄에 있었고, 성실한 밴틀링 씨가 그 옆

---

* 영국 남부의 주.

에 자리하고 있었다. 캐스파 굿우드는 다른 사람들보다 머리를 더 치켜들었다가 고개를 약간 숙였다. 장례식이 진행되는 동안 이사벨은 굿우드의 시선을 자주 의식했다. 다른 사람들이 모두 묘지 잔디를 묵묵히 보고 있는 동안, 굿우드는 보통 때 사람들 속에서 그녀를 볼 때와 달리 다소 무겁게 그녀를 바라보았다. 하지만 이사벨은 자신이 그를 보고 있다는 걸 그가 눈치채지 못하게 했으며, 그가 아직도 영국에 머물러 있다는 사실을 믿을 수 없었다. 당연히 그가 랠프를 가든코트에 데려다준 다음 미국으로 돌아갔을 거라고 생각했을 뿐만 아니라, 그가 영국을 좋아하지 않는다는 것도 기억했다. 그런데 그는 분명히 이곳에 와 있었고, 그의 태도는 뭔가 복잡한 의도가 있는 것처럼 보였다. 그의 눈에는 분명 동정하는 빛이 엿보였지만 이사벨은 그 눈길을 피했으며, 그의 모습은 그녀를 다소 불안하게 만들었다. 몇몇 참석자들이 자리를 떴을 때 그도 모습을 감추었고, 이사벨에게 말을 걸어 오는 사람(터쳇 부인에게 말을 건넨 사람들도 있었다.)은 헨리에타 스택폴뿐이었다. 그녀는 울고 있었다.

랠프가 가든코트에 머물러 주기를 바란다고 말했기 때문에, 이사벨은 금방 이곳을 떠나겠다는 의사를 표시하지 않았다. 이모와 잠시 머물러 주는 것이 정리(情理)에 맞겠다고 생각했다. 그녀에게 이런 좋은 규범이 있다는 건 다행이었다. 그렇지 않았다면 그녀는 그런 규범을 크게 필요로 했을 것이다. 그녀의 책무는 끝났고, 남편이 하도록 남겨 두었던 일을 처리한 셈이었다. 그녀에게는 외국 도시에서 그녀가 집을 비운 날짜를 헤아리는 남편이 있었고, 그 경우 한쪽에게는 아주 그럴듯한 동기가 필요했다. 그는 최고의 남편이라고 할 수 없지만, 그렇다 하더라도 사정은 변하지 않았다. 결혼이라는 것 자체에는 어떤 의무가 포함되며, 그것은 결혼에서 얻을 수 있는 기쁨의 크고 작음과는 별개이다. 이사벨은 가능한 한 남편에 대해 생각하지 않으려고 했지만, 이렇게 떨어져 그 마력으로부터 벗어나 있으니 로마에 대해 정신적 전율 같은 것을 느끼게 되었다. 그러자 가슴속까지 떨려 와 가든코트의 가장 어두운 그늘 속으로 틀어박혔다. 그녀는 다음 날, 그다음 날에도 귀환을 미루며 눈을 감고 생각하지 않으려고 했다. 결정해야 된다는 건 알고 있었지만 아무 결정도 하지 않았다. 여기에 와 있는 것도 스스로 결정한 일은 아니었다. 당시 그냥 이곳으로 출발한 것뿐이었다. 오스먼드로부터는 아무 소식도 없었고, 지금으로서는 아무 소식도 없을 것이 분명했다. 그는 모든 것을 그녀에게 맡길 것이다. 팬지로부터도 아무런 소식이 없었지만, 그 이유는 매우 간단했다. 그녀의 아버지가 편지를 쓰지 못하게 한 것이다.

터쳇 부인은 이사벨이 함께 있는 걸 받아들였지만 그녀에게 도움의 손길을 뻗지는 않았다. 터쳇 부인은 자신의 처지가 가져다주는 새로운 편리함을 열성적으로는 아니지만 매우 뚜렷하게 인식하고 그것에 몰두하고 있는 것처럼 보였다. 그녀는 낙천적인 성격은 아니지만 고통스러운 사건에서조차 신기하게도 돌파구를 찾아냈다. 결국 그런 일은 타인에게 일어난 일이지 자기에게 일어난 일이 아니라고 생각했기 때문이다. 죽

음이란 언짢은 일이긴 하지만 이 경우 죽은 건 아들이지 그녀
자신은 아니었고, 자신의 죽음이 다른 사람들에게 언짢은 일
이 될 거라고 우쭐하지도 않았다. 그녀는 온갖 재화와 증권을
남기고 죽은 불쌍한 랠프보다 훨씬 행복했다. 터쳇 부인이 생
각할 때 죽은 다음 가장 좋지 않은 건 그것으로 인해 남에게 이
용당하는 것이었기 때문이다. 다행히 그녀는 살아남았고, 이
보다 더 좋을 수는 없었다. 아들의 장례식을 치른 날 저녁 그녀
는 정색을 하고 랠프의 유언 약정에 대한 몇 가지 사실을 이사
벨에게 알려 주었다. 랠프는 어머니에게 모든 것을 말하고 조
언을 구했던 것이다. 그는 자기 어머니에게 현금을 남기지 않
았고, 사실 그녀에게 돈은 필요 없었다. 그가 남긴 것은 가든
코트의 가구로, 그림과 서적은 여기에 포함되지 않았으며, 집
또한 일 년간 사용한 후에는 매각해야 했다. 집을 매각해서 생
기는 돈은 그의 생명을 앗아 간 병에 걸린 불쌍한 사람들을 위
한 병원 설립 기금으로 사용할 예정이었으며, 이 일을 집행할
사람으로는 워버튼 경이 지명되었다. 남은 재산은 은행에서
인출하여 여러 사람들에게 유산으로 나눠 주기로 했는데, 그
중에는 이미 그의 아버지부터 충분한 배려를 받은, 버몬트에
사는 사촌들의 몫도 있었다. 그 밖에 적은 양의 유산도 꽤 있
었다.

"유언 중에는 매우 별난 것도 있었지." 터쳇 부인이 말했다.
"내가 들어 본 적도 없는 사람들에게 상당한 액수를 남겼거든.
랠프가 목록을 만들어서 주기에 물어보았더니, 그들이 자기에
게 여러 차례 호의를 베풀었다는 거야. 그런데 말이다. 넌 그

애에게 호의를 베풀지 않았는지 단 한 푼도 남겨 놓지 않았어. 그 아이 의견에 따르면, 넌 그 애 아버지로부터 이미 상당한 배려를 받았다는 거야. 나 역시 그렇게 생각한다고 말해야겠지. 하지만 그 애가 불평을 늘어놓는 걸 들은 적은 없어. 그림들은 분산하기로 했단다. 그 애는 그림들을 추억을 위한 유물로 하나하나 사람들에게 나누어 줬어. 가장 값비싼 건 워버튼 경에게 주었지. 서재의 책들은 어떻게 처리했다고 생각하니? 마치 장난 같았어. 네 친구 헨리에타에게 주었거든. 그녀의 '문학상의 공헌을 인정한다'는 뜻에서 말이야. 그녀가 로마에서부터 따라와 줘서 그랬을까? 그게 문학상의 공헌인 거야? 그중에는 희귀하고 값비싼 책들이 많았어. 그런데 그녀는 그 책들을 여행 가방에 넣어 세상을 떠돌아다니기 힘들기 때문에, 랠프는 그것을 경매에 넘기라고 권고했어. 물론 그녀는 그 책들을 크리스티 경매소에서 팔아 치우고, 그 이익금으로 신문사를 세우겠지. 그게 문학상의 공헌이 될까?"

이사벨은 이 질문의 대답을 뒤로 미루었다. 그녀가 가든코트에 도착했을 때 대답해야 했던 간단한 질문들의 한계를 넘어섰기 때문이다. 더욱이 그녀는 터쳇 부인이 얘기한 값비싼 희귀본을 선반에서 우연히 꺼냈을 때 이제 자신이 예전만큼 문학에 흥미가 없다는 것을 알았다. 책을 전혀 읽을 수가 없었고, 마음먹은 대로 주의를 기울이기가 이토록 힘든 적도 없었다. 장례식을 마치고 일주일이 지난 어느 날 오후, 그녀는 서재에서 한동안 주의를 집중해 보려고 했지만, 눈은 손에 들고 있는 책보다는 길게 난 도로를 굽어보고 있는 열린 창문 쪽으로

쏠리는 일이 많았다. 미끈한 마차 한 대가 현관 쪽에 서 있고, 워버튼 경이 구석 자리에 다소 불편한 자세로 앉아 있는 것이 보였다. 그는 항상 예절을 중시했기 때문에, 이러한 상황에서 일부러 런던에서 터쳇 부인을 방문하러 내려온 건 특별한 일이 아니었다. 그가 만나러 온 사람은 물론 터쳇 부인이지 오스먼드 부인은 아니었고, 이사벨은 이 생각이 틀리지 않는다는 점을 자신에게 납득시키려고 곧 집을 빠져나와 공원으로 걸어갔다. 가든코트에 온 이후 그녀는 좀체 바깥에 나가지 않았고, 공원을 찾기에는 날씨가 좋지 않았다. 그러나 그날 저녁에는 날씨가 맑아져 처음에는 바깥에 나오길 잘했다는 생각이 들었다. 이 생각은 지극히 당연했으나, 안정을 찾지 못한 채 서성거리는 이사벨의 모습을 본 사람이 있다면 그녀에게 뭔가 양심에 걸리는 일이 있다고 생각했을 것이다. 십오 분쯤 지난 뒤 집 쪽을 바라보니 터쳇 부인이 손님을 데리고 현관에서 나오는 모습이 보여서 그녀는 마음이 진정되지 않았다. 이모가 워버튼 경에게 그녀를 찾으러 가자고 한 게 분명했다. 이사벨은 방문객을 만날 기분이 아니었고, 할 수만 있었다면 큰 나무 아래 숨어 버렸을 것이다. 그러나 자신이 그들의 눈에 띈 것을 알았기 때문에 앞으로 나갈 수밖에 없었다. 가든코트의 잔디밭은 무척 넓어서 그들이 가까워지기까지는 다소 시간이 걸렸다. 그사이 이모와 나란히 걷고 있던 워버튼 경이 다소 딱딱한 몸짓으로 두 손을 뒤로 돌리고 땅을 내려다보는 모습이 보였다. 두 사람은 분명 말이 없었지만, 터쳇 부인의 가늘고 작은 눈매가 이사벨 쪽으로 향하자, 마치 그녀가 멀리서도 날카롭게 비웃는 표정을 지으며 이렇게 말하는 것 같았다. "이 멋진 귀족이야말로 네가 결혼할 수도 있었던 남자란다!" 그러나 워버튼 경이 눈길을 들었을 때 그는 "참 어색하게 되었네요. 그러니 도와주십시오."라고 말하는 듯했다. 워버튼 경은 무척 엄숙하고 점잖을 부리는 편이었지만, 이사벨이 그를 안 후 처음으로 웃지도 않고 인사했다. 그는 비탄에 잠겨 있을 때조차도 항상 웃으며 인사했지만, 지금은 자신을 강하게 의식하는 것 같았다.

"워버튼 경이 친절하게도 나를 보러 왔구나." 터챗 부인이 말했다. "네가 아직 이곳에 머물고 있다는 사실을 몰랐나 봐. 네게는 옛 친구가 되는 셈인데, 네가 집에 없다기에 내가 직접 데리고 나왔지."

"아, 6시 40분에 출발하는 기차가 있습니다. 그걸 타고 돌아가면 저녁 식사에 알맞은 시각이죠." 워버튼 경이 엉뚱한 설명을 늘어놓았다. "아직 여기 계시다니 다행입니다."

"오래 있진 않을 거예요." 이사벨이 진지한 투로 말했다.

"그러시겠죠. 그래도 몇 주 동안은 계실 것 같은데. 생각했던 것보다 일찍 영국에 오신 거겠죠?"

"그래요. 정말 갑자기 오게 됐어요."

터챗 부인은 고개를 돌려 바닥이 어떤지 보는 듯했는데, 사실 바닥 손질이 제대로 되어 있지 않았다. 그사이 워버튼 경은 약간 망설이고 있었다. 이사벨은 그가 남편에 대한 것을 물으려다가 다소 혼란스러워서 그만두려고 한다고 생각했다. 그가 여전히 딱할 정도로 엄숙한 태도를 보인 이유는 얼마 전 장례를 치른 집 분위기에 어울린다는 생각에서든지, 아니면 좀 더 개인적인 이유에서든지 둘 중 하나였을 것이다. 만약 그가 개인적인 이유를 의식했다면 막 장례를 치른 집에 와 있다는 사실을 구실로 삼을 수 있어서 정말 다행이었다. 그는 억지로 그런 이유를 이용할 수도 있었던 것이다. 이사벨은 이 모든 것을 염두에 두었다. 그의 얼굴이 슬프게 보이지는 않았고 그것은 별개의 문제였지만, 그는 이상할 정도로 무표정했다.

"당신이 아직 이곳에 있다는 걸 여동생들이 알았더라면, 그리고 그들을 만나 주실 걸로 생각했다면 정말 기쁘게 여기에 왔을 겁니다." 워버튼 경은 계속 말했다. "영국을 떠나기 전에 여동생들을 한번 만나 주십시오."

"만날 수 있다면 대단히 기쁜 일이죠. 즐거웠던 일을 소중히 기억하고 있답니다."

"하루나 이틀 정도 로클리로 와 주실 수 있는지요? 예전에 한 약속을 잊지 않으셨겠죠." 그는 이렇게 말하며 얼굴을 약간 붉혔고, 그래서 더욱 낯익은 인상을 풍겼다. "지금 이런 말씀을 드려서 안됐지만 물론 당신은 방문하실 생각이 없겠지요. 그런데 방문이라고까지는 하지 않더라도, 내 동생들이 성령 강림절 기간에 오 일 정도 로클리에 머물 텐데 그때 오시면 어떨까요. 영국에 오래 머물지 않으신다니, 다른 손님은 절대 없게 하겠습니다."

이사벨은 그의 약혼녀도 모친과 함께 로클리에 오지 않을까 궁금했다. 그러나 이 말을 따로 하지는 않았다. 그녀는 만족스러운 표정으로 말했다. "정말 감사해요. 그런데 저는 성령 강림절에 대해 잘 모르니 어떡하죠."

"그래도 약속해 주시겠지요? 언젠가는 오시겠다고."

이 말에는 의문의 뜻이 담겨 있었지만 이사벨은 대답하지 않았다. 그녀는 상대방을 잠시 쳐다보았고, 그 결과 전에도 그랬던 것처럼 그가 딱하다고 느꼈다. "기차 시간에 늦지 않도록 하세요." 그녀는 이렇게 말한 다음 한마디 덧붙였다. "부디 행복하세요."

그는 다시 아까보다 더 얼굴을 붉히고 시계를 보았다. "그래요. 6시 40분 기차입니다. 시간이 충분치는 않지만 현관 앞에다 마차를 대기시켜 놓았어요. 대단히 감사합니다." 감사하다는 말이 기차 시간에 늦지 말라는 그녀의 언급에 대한 답례인지, 아니면 행복을 바란다는 감상적 인사에 대한 답례인지는 분명치 않았다. "안녕히 계십시오, 오스먼드 부인. 안녕히." 그는 이사벨의 눈을 쳐다보지도 않은 채 악수를 한 뒤 두 사람이 있는 쪽으로 돌아온 터쳇 부인에게 다가갔다. 그는 터쳇 부인과도 똑같이 짧은 작별 인사를 나누었다. 그러고 나서 두 여자는 잔디 위를 성큼성큼 걸어가는 그의 모습을 바라보았다.

"저분 정말 결혼하세요?" 이사벨이 이모에게 물었다.

"그건 본인이 가장 잘 알겠지만 사실인 것 같아. 내가 축하의 말을 했을 때 고맙다고 했으니."

"아, 정말 모르겠어!" 터쳇 부인이 손님의 방문 때문에 중단했던 일을 다시 하기 위해 집으로 들어가자 이사벨이 말했다.

이사벨은 알 수 없는 일이라며 단념했지만, 그래도 그 생각을 버리지는 않았다. 넓은 잔디 위에 긴 그림자를 드리운 커다란 떡갈나무 밑을 다시 걸어가면서 그녀는 또다시 그 생각을 했다. 잠시 후 그녀는 통나무 벤치 가까이 와 있었고, 그것을 보자마자 낯익은 물건이라는 생각이 떠올랐다. 단지 예전에 본 적이 있다든가, 앉아 본 적이 있다든가 하는 이유 때문이 아니라, 이곳에서 그녀에게 중대한 일이 일어났고 그 추억을 상기시켜 주는 듯한 장소였기 때문이다. 그녀가 육 년 전 이곳에 앉아 있었을 때 하인이 집으로부터 캐스파 굿우드의 편지를 가져다주었고, 그 편지에 그가 그녀를 쫓아 유럽에 와 있다는 내용이 담겨 있었던 것이 기억났다. 또한 편지를 다 읽고 눈을 들자 워버튼 경이 그녀와 결혼하고 싶다는 말을 꺼냈던 것이다. 실로 역사적이고 흥미로운 벤치였다. 그녀는 그 벤치가 자기에게 뭔가 말을 걸어 올 것 같은 생각이 들어 발길을 멈추어 보았다. 지금은 조금 무서운 생각이 들었기 때문에 거기에 앉고 싶은 생각이 없었고, 다만 그 앞에 서 있을 뿐이었다. 그러는 동안 감수성 예민한 사람들이 이따금 경험하는 격정의 파도를 타고 과거가 그녀의 마음속에 되살아났다. 마음에 이런 동요가 생기자 그녀는 갑자기 심한 피로감을 느낀 나머지 조금 전의 망설임을 잊고 통나무 벤치에 주저앉고 말았다. 이미 서술한 대로 그녀는 마음이 산란하여 한 가지 일에 전념할 수가 없었다. 산란하다는 말이 적절한지 어떤지는 차치하고라도, 지금 그녀가 앉아 있는 모습을 본 사람이 있다면 적어도 이 순간 그녀가 멍하니 무료한 시간을 보내고 있다고밖에 생각할 수 없었을 것이다. 그녀의 태도에는 이상할 만큼 목표 의식이 부족했다. 옆에 내려놓은 손은 검은 옷자락의 주름 속에 가려졌고, 눈은 멍하니 앞을 바라보고 있었다. 그녀를 집으로 불러들일 일은 아무것도 없었다. 집에 틀어박힌 두 여자는 일찍 아침 식사를 마쳤고, 일정치 않은 시간에 차를 마셨다. 그렇게 얼마나 오랫동안 벤치에 앉아 있었는지 그녀도 알 수 없었으나, 자신이 그곳에 혼자 있는 것이 아니라는 것을 깨달았을 때는 벌써 황혼이 짙어 갈 무렵이었다. 그녀는 황급히 자세를 고쳐 앉고 주위를 둘러보다가 자신의 고독에 무슨 일이 생겼는지 깨달았다. 그녀는 약간 떨어진 곳에서 그녀를 바라보며 서 있는 캐스파 굿우드와 고독을 함께하고 있었던 것이다. 그가 잔디 위를 가만히 걸어왔기 때문에 발자국 소리는 듣지 못했다. 이런 와중에 그녀는 예전에 워버튼 경이 갑자기 나타나 자신을 놀라게 했던 것과 정황이 일치한다는 생각을 했다.

이사벨은 곧 일어섰다. 이사벨이 자신의 모습을 발견한 것을 알자 그가 금방 앞쪽으로 걸어왔다. 그리고 이사벨이 일어나자마자 뭐라고 해야 좋을지 모를 난폭한 힘으로 그녀의 손목을 붙잡아 다시 벤치에 주저앉혔다. 그녀는 눈을 감았다. 그는 이사벨에게 아픔을 주지는 않았고 건드렸을 뿐이며, 그녀는 그것에 복종했다. 하지만 그의 표정에는 상대가 자기를 보고 싶어 하지 않는다는 것을 아는 듯한 기색이 담겨 있었다. 전날 묘지에서 그녀를 바라볼 때도 그랬지만 지금은 더 심했다. 처음에 그는 아무 말도 하지 않았고, 그녀는 벤치 위에 앉아 있는 자기 옆에 그가 몸을 돌린 채 밀착되어 압박하듯 앉아 있는 것만 느낄 뿐이었다. 그녀 옆에 이토록 가까이 있었던 사람은 아무도 없다는 생각이 들었다. 그러나 이 모든 것은 순식간의 일이었다. 그녀는 곧 손목을 빼내고 자신을 찾아온 방문객에게 눈길을 돌렸다. "깜짝 놀랐네요." 그녀가 말했다.

"그럴 생각은 없었지만, 나 때문에 다소 놀랐다고 해도 문제될 건 없겠죠." 그가 대꾸했다. "조금 전 런던에서 기차로 왔는데 곧바로 올 수는 없었어요. 역에서 내 앞에 내린 남자가 거기서 빌린 마차를 탔는데, 마부에게 말한 행선지가 바로 이곳이었죠. 누군지 모르지만 함께 오기는 싫었어요. 당신 혼자 있을 때 방문하고 싶었거든요. 그래서 기다리기도 하고 이곳저곳걸어 다니기도 했죠. 집에 도착하자마자 여기서 당신을 보게되었네요. 문지기인지도 모를 누군가를 만났지만 아무 문제도없었어요. 당신 사촌과 이곳에 왔을 때 안면을 텄기 때문이죠. 그 신사는 돌아갔나요? 정말 혼자 있는 거예요? 이야기를 좀하고 싶은데." 굿우드는 너무나 빠르게 말했고, 로마에서 그들이 작별했을 때처럼 흥분하고 있었다. 이사벨은 그의 흥분이가라앉기를 바랐지만, 그가 오히려 점점 더 흥분하는 것을 알고 뒷걸음질을 쳤다. 새로운 감흥이 일었고, 그로부터 이런 느낌을 받은 게 처음이어서 위험하다는 느낌마저 들었다. 실로그의 결단력에는 무서운 데가 있었다. 그녀는 앞을 똑바로 응시했고, 그는 양 무릎에 손을 얹은 채 몸을 앞으로 숙이며 상대방의 얼굴을 뚫어지게 바라보았다. 두 사람을 감싸고 있는 황혼이 더욱 깊어진 것 같았다. "이야기를 하고 싶어요." 그가 되풀이해 말했다. "특별히 하고 싶은 이야기가 있어요. 일전에로마에서 그랬던 것처럼 괴로움을 안겨 주고 싶은 생각은 없어요. 그건 헛수고였죠. 당신을 괴롭히기만 했을 뿐이니까. 나도 어쩔 수 없었어요. 내 잘못을 압니다. 그러나 지금은 잘못이 없으니 내 잘못이라고 하지 마세요." 계속 말하는 가운데 딱딱하고 깊숙한 목소리가 일순간 간청하는 투로 변했다. "오늘 온 건 목적이 있기 때문입니다. 그때와 전혀 다른 목적이에요. 그때는 당신에게 말해도 허사였지만, 지금은 힘이 될 수 있어요."

이사벨은 자신이 두려워하는 건지, 아니면 어둠 속에서 들리는 그의 목소리가 은혜로 생각되는 건지 알 수 없었다. 하지만 한 번도 그런 적이 없을 정도로 그의 말에 귀를 기울였다. 그의 말이 그녀의 깊숙한 곳까지 도달했던 것이다. 그의 말은 그녀의 온 존재 안에 적막감을 만들었기 때문에 잠시 후 그녀는 대답을 하는 데 무척 애를 먹었다. "어떻게 힘이 되어 줄 건데요?" 그녀는 그가 한 말을 진지하게 받아들였고 그의 간청을 신뢰하는 것처럼 목소리를 낮추어 말했다.

"나를 믿으면 돼요. 이제야 알게 되었어요. 오늘에서야. 로마에서 내가 간청했던 일을 기억해요? 그때는 정말 앞날이 보이지 않았어요. 그러나 오늘은 확실히 알게 되었습니다. 모든 것이 분명하니까. 나에게 사촌 오빠를 데리고 떠나라고 한 건 잘한 일이었어요. 그는 좋은 사람이었죠. 정말 훌륭한 사람이었어요. 당신이 처한 형편이 어떤지 말해 주더군요. 사정을 잘 설명하며 내 심정을 헤아려 주었어요. 그는 당신 집안의 한 사람으로서 당신이 영국에 머무는 동안 당신을 내게 맡긴다고 했어요." 굿우드는 자신의 주장이 정당하다는 걸 입증이라도 하듯 말했다. "마지막으로 만났을 때 그가 내게 무슨 말을 했는지 알아요? 죽음을 앞두고 누워 있을 때 말입니다. 내게 이렇게 말하더군요. '내 사촌 동생을 위해 할 수 있는 모든 일을 해 주시오. 그녀가 바라는 모든 것을.'"

이사벨은 벌떡 일어섰다. "내 문제를 두고 이러쿵저러쿵 얘기할 권리는 없어요!"

"어째서, 어째서 안 된다는 건가요? 우리가 당신 문제를 두고 얘기해선 안 되는 이유가 뭐예요?" 그는 다그치며 그녀의 말꼬리를 물고 늘어졌다. "게다가 그는 죽음을 앞두고 있었어요. 사람이 죽게 되면 사정이 달라져요." 이사벨은 그를 떠나려던 발걸음을 멈추었다. 그녀는 여느 때보다 더 귀를 기울였고, 그가 지난번과 다르다는 것을 알았다. 그때의 정열은 공허하고 무익했지만, 지금은 그에게 어떤 생각이 떠올랐다는 걸 온몸으로 감지했다. "하지만 그런 것은 문제가 아닙니다!" 그는 이렇게 외치며 이사벨 곁으로 바싹 다가왔으나, 이번에는 그녀의 옷자락 끝도 만지지 않았다. "터쳇 씨가 말하지 않았어도 난 알아야 했어요. 난 그분의 장례식 날 가서 보기만 하고도 당신 사정을 짐작할 수 있었어요. 이제 더 이상 나를 속일 수 없어요. 당신에게 그토록 솔직하게 대한 남자에게 제발 솔직해져 봐요. 당신은 세상에서 가장 불행한 사람이에요. 당신 남편이 악마 중의 악마니까."

이사벨은 그가 지독한 말을 했다는 듯이 그를 향해 돌아서서 소리쳤다. "지금 제정신인가요?"

"지금처럼 정신이 멀쩡한 적도 없어요. 이제 모든 걸 알았으니까. 남편을 변호할 생각은 하지 마요. 그러나 당신 남편에 대한 비난은 더 이상 하지 않겠어요. 당신 일만 얘기할 겁니다." 굿우드가 재빨리 덧붙였다. "당신은 상처를 받고서도 어떻게 이렇게 태연할 수 있어요? 당신은 어떻게 하면 좋을지, 어느 방향을 택해야 할지 모르고 있을 겁니다. 연극을 해 보았자 늦었어요. 그런 건 죄다 로마에 두고 오지 않았나요? 터쳇 씨는 다 알고 있었고, 나도 알고 있어요. 당신이 이곳에 오기 위해 어떤 대가를 치렀는지 말이에요. 목숨을 잃을 뻔하지 않았어요? 그랬다고 말해 봐요." 그는 울분을 토해 내듯 말했다. "진심 어린 말 한마디만 해 봐요! 내가 그런 끔찍한 사실을 알고 있는데 당신을 구해야겠다는 생각을 어떻게 포기할 수 있겠어요? 보복이 기다리고 있는데 당신이 돌아가는 걸 그저 방관만 한다면 당신이 나를 어떻게 생각하겠어요? '그녀가 어떤 대가를 치러야 할지 생각하면 끔찍합니다!'라고 터쳇 씨가 말했어요. 당신에게 이런 말을 해도 괜찮겠죠? 아주 가까운 친척이니까!" 굿우드는 이상하리만큼 냉혹하게 자신의 의견을 펼치며 외쳤다. "다른 사람이 내게 그런 얘길 하는 것보다 차라리 내가 먼저 하는 게 낫죠. 하지만 그 사람은 달랐어요. 그럴 권리가 있는 것처럼 보였으니까. 그 사람이 그런 말을 한 건 집으로 돌아온 다음이었죠. 자신의 죽음이 가까워 온다는 걸 알았을 때였고, 나도 그걸 알고 있었어요. 난 모든 걸 압니다. 당신은 로마로 돌아가는 걸 두려워해요. 당신은 무척 외롭고, 어디로 가야 할지도 몰라요. 어디에도 갈 수 없다는 걸 분명히 알죠. 그러니 이제 정말 나에 대해 생각해 봐요."

"'당신'에 대해 생각하다뇨?" 이사벨은 이렇게 말하며 어둠 속에서 그의 앞에 섰다. 조금 전에 언뜻 떠올랐던 생각이 지금 그녀의 눈앞에 크게 다가왔다. 그녀는 머리를 약간 뒤로 젖히고, 마치 하늘을 지나가는 혜성을 보는 것처럼 그것을 가만히 바라보았다.

"당신은 지금 어디로 가야 될지 몰라요. 그러니 내게 와 줘요. 나를 믿어 달라고 설득하고 싶군요." 굿우드는 계속 말하다가 눈빛을 반짝거리며 말을 중단했다. "무슨 이유로 돌아가야만 하죠? 어째서 저 무서운 속박 속에서 고통을 겪어야만 합니까?"

"당신으로부터 벗어나기 위해서죠!" 이사벨이 대답했다. 그러나 이 말은 그녀가 느낀 것의 일부였을 뿐이며, 그 밖에 그녀가 느낀 것은 자기가 지금까지 결코 사랑받지 못했다는 것이었다. 그녀는 그렇게 믿고 있었지만 이번에는 좀 달랐다. 정원의 감미로운 공기와도 같은 사막의 뜨거운 바람이 일렁이자 다른 모든 것이 스러져 버렸다. 그것은 주위를 감싼 뒤 그녀의 발을 들어 올리는 것 같았고, 맛을 보기만 해도 드세고 쓰디쓴 이상한 것을 맛볼 때처럼 악물었던 치아가 억지로 열리는 느낌이었다.

처음에 이사벨은 자신이 내뱉은 말에 대해 그가 더 격렬한 말로 대구하지 않을까 생각했다. 그러나 잠시 후 그는 완전히 침묵에 잠겼는데, 그것은 그가 정신이 나가서가 아니고 모든 일을 심사숙고하고 있음을 입증하고 싶어 했기 때문이다. "난 그런 일이 생기지 않도록 하고 싶소. 한 번만이라도 내 말을 들어준다면 가능해요. 그런 비참한 생활에 다시 빠져들어 독기가 퍼진 공기를 마실 생각을 하다니, 너무 비참한 일입니다. 제

정신이 아닌 사람은 바로 당신이에요. 당신을 돌보는 일이 내게 맡겨졌다고 생각하고 날 믿어 줘요. 왜 우리는 행복해선 안되죠? 행복이 눈앞에 있고 손에 넣을 수 있는데도? 난 영원히 당신 사람입니다. 언제까지나 영원히. 나는 바위처럼 굳건히 서 있어요. 무엇 때문에 걱정하는 거예요? 당신에겐 자식도 없잖아요. 그건 장애가 될지도 몰라요. 하지만 자식이 없으니 아무것도 걱정할 필요가 없죠. 가급적 당신의 인생을 지켜야 돼요. 일부분을 잃었다는 이유만으로 전체까지 잃어선 안 돼요. 겉으로 보이는 상황, 세상 사람들이 하는 말, 세상의 형편없고 우둔한 짓거리 따위를 걱정하는 건 당신 자신에 대한 모독입니다. 우리는 이런 모든 것과 전혀 관계가 없으니 염려할 것 없어요. 사물을 있는 그대로 보고 있으니까요. 당신이 떠나온 건 대단한 결단이었소. 다음의 선택은 별게 아니고, 그저 자연스럽게 행동하면 돼요. 다른 사람에 의해 의도적으로 고통을 겪은 여자는 인생에서 무슨 일을 하더라도 정당화된다고 이 자리에서 단언해요. 본인에게 도움이 된다면 매춘부가 되어도 좋아요! 난 당신이 얼마나 괴로운지 알고, 그래서 여기 온 겁니다. 우리는 마음먹은 대로 무엇이든 할 수 있어요. 대체 왜 우리가 남의 눈치를 봐야 하죠? 우리를 가로막고 있는 게 뭐죠? 이런 문제에 간섭할 권리를 손톱만큼이라도 가진 사람이 대체 누구인가요? 이 문제는 우리만의 일이에요. 이렇게 말하면 문제가 해결된 셈이지만! 우리는 비참하게 썩어 버리기 위해 태어났나요? 두려움을 가지기 위해 태어났나요? 당신이 두려워하고 있다는 걸 난 몰랐어요! 하지만 나를 믿어만 준다면 실망할 건 거의 없어요! 세상은 우리 앞에 펼쳐져 있고 무척 넓어요. 난 세상을 어느 정도 알고 있답니다."

이사벨은 고통받는 동물처럼 중얼거렸다. 그의 강요에 마음이 상한 것 같았다. "세상은 너무 좁아요." 저항하려는 듯 보여야겠다는 강렬한 마음 때문에 그녀는 두서없이 말했다. 이렇게 두서없이 말한 건 뭔가 말을 하고 싶었기 때문이지만 본심이 아니었다. 실제로 그녀에게 세상이 이토록 넓게 보인 적은 없었다. 그것은 넓게 퍼져 그녀를 완전히 둘러싸는 거대한 바다의 형태가 되었고, 자신이 깊이를 알 수 없는 바다를 떠다니는 기분이 들었다. 그리고 그녀가 도움을 필요로 할 때 격류를 타고 도움의 손길이 다가온 것이다. 그녀가 상대방이 말한 것을 모두 믿었는지는 알 수 없지만, 바로 그때 그의 두 팔에 안기는 건 자신이 죽음 다음으로 바라는 일이라고 믿었다. 이런 믿음은 잠시 동안 일종의 환희가 되었고, 그녀의 몸이 그 속으로 점점 가라앉는 것 같았다. 그러자 자신이 어딘가 발 디딜 곳을 찾으려고 허우적대는 느낌이 들었다.

"아, 내가 당신 소유이듯 당신도 내 소유가 돼 줘요!" 이사벨은 상대방이 이렇게 외치는 소리를 들었다. 그가 갑자기 논쟁을 중단하자, 그의 목소리는 좀 더 희미하고 혼란스러운 소리를 통해 거칠고 격렬하게 들려오는 것 같았다.

그렇지만 그것은 형이상학자들이 말하듯 주관적인 사실일 뿐이었다. 혼란이나 바닷물 소리, 그 밖의 모든 것은 그녀의 머릿속에서 춤추는 것들일 뿐이었다. 이윽고 그녀는 그것을 깨달았다. 그녀는 숨을 헐떡이며 말했다. "정말 부탁드려요. 제발 그만 돌아가 주세요!"

"나를 죽게 할 작정이라면 그런 말은 하지 마요!" 그가 소리 쳤다.

그녀는 두 손을 움켜쥐었고, 눈에는 눈물이 글썽거렸다. "나를 불쌍히 여기시는 만큼, 그리고 나를 사랑하신다면, 제발 혼자 있게 해 주세요!"

그는 어둠 속에서 잠시 이사벨을 노려보았고, 다음 순간 그녀는 그가 자신을 껴안고 입맞춤하는 것을 느꼈다. 하얀 번개와도 같은 그의 입맞춤은 눈앞에서 계속 펼쳐지다가 머무르는 섬광 같은 느낌을 주었다. 그리고 그가 입맞춤을 하는 동안 이상하게도 그녀를 불편하게 만들었던 그의 억센 남성적 성격과 공격적인 얼굴, 몸매, 그의 존재 요소 하나하나가 강렬한 주체성을 정당화하여 이런 소유 행위와 일체감을 이루는 느낌이 들었다. 난파를 당해 물속에 빠진 사람들이 가라앉기 전에 연속적인 영상들을 본다는 얘기를 들은 적이 있었다. 그러나 다시 어둠이 다가오자 그녀는 자유로워졌다. 그녀는 주위를 돌아보지 않고 그 자리에서 뛰쳐나왔다. 집의 창문 안에 불이 밝혀져 있어 그 불빛이 잔디밭 너머까지 비쳤다. 상당한 거리이긴 했지만 그녀는 얼마 되지 않는 시간 동안 아무것도 보지 않고 어둠 속을 달려가 출입구에 당도했다. 그녀는 그곳에 비로소 멈추어 서서 주위를 둘러보고 약간 귀를 기울인 다음 빗장에 손을 얹었다. 그녀는 어디로 발길을 돌려야 할지 몰랐지만 이제는 알 수 있었다. 그녀 앞에 똑바른 길이 보였던 것이다.

이틀 후 캐스퍼 굿우드는 헨리에타 스택폴이 가구가 딸린

방을 빌려 쓰고 있는 윔폴 가 집의 현관문을 두드렸다. 그가 문고리에서 손을 떼자마자 문이 열리고 헨리에타가 그의 앞에 우뚝 섰다. 그녀는 모자를 쓰고 웃옷을 걸친 뒤 외출하려는 참이었다. 그가 말했다. "안녕하십니까? 오스먼드 부인이 계실 것 같아 찾아왔습니다."

헨리에타는 금방 대답하지 않고 그를 기다리게 한 뒤 입을 열지 않고 착잡한 표정을 지었다. "왜 여기 있을 거라고 생각하셨나요?"

"오늘 아침에 가든코트에 찾아갔어요. 그랬더니 하인이 그녀가 런던에 갔다고 알려 주더군요. 그 하인은 그녀가 당신한테 갔을 거라고 했어요."

헨리에타는 다시금 더할 나위 없는 친절을 베풀려는 의도로 그의 마음을 졸이게 했다. "어제 이곳에 와서 하룻밤 묵었죠. 하지만 오늘 아침 로마로 출발했어요."

캐스파 굿우드는 그녀를 바라보지 않았다. 그의 눈길이 현관 계단에 고정되었다. "저런, 출발을 하다뇨?" 그는 말을 더듬거렸다. 그는 말을 끝맺거나 위를 쳐다보지 않고 뻣뻣하게 외면했고, 결국 몸을 돌려 나오지 않을 수 없었다.

헨리에타가 밖으로 나와 문을 닫고 바로 손을 내밀어 그의 팔을 잡았다. 그녀가 말했다. "이봐요, 굿우드 씨, 잠깐 기다려 봐요!"

이 말을 듣고 굿우드는 눈을 들어 헨리에타를 바라보았지만, 그녀의 얼굴에 감도는 감정적 동요가 그는 젊다는 사실을 암시한다는 것을 짐작할 뿐이었다. 그녀는 그렇게 그에게 위

로의 손길을 건네며 서 있었고, 그것은 그의 인생에 당장 서른
해를 추가하는 느낌이었다. 마치 그녀가 방금 그에게 인내의
열쇠를 건네준 것처럼 둘은 함께 걸어 나갔다.

작품 해설

　『여인의 초상』은 작가 헨리 제임스가 38세가 되던 1881년에 출간되었다. 이 소설은 출간되기 전 영국의 《맥밀런 매거진》과 미국의 《애틀랜틱 먼슬리》에 동시에 연재되었으며, 제임스의 작품 활동에서 중기에 해당하는 시기에 나왔다. 이 소설은 실제 출판에 앞서 제임스가 십여 년에 걸쳐 구상하고 준비한 것으로, 출간 이후 상당한 수정과 함께 서문을 덧붙여 1908년 뉴욕판으로 알려진 개정판으로 다시 출간되어 널리 보급되었다. 1879년에 발표되어 제임스에게 최초의 명성을 가져다준 『데이지 밀러』에 뒤이어 나온 이 소설은 이후 『나사의 회전』에 뒤이어 나온 후기 걸작들보다 이십 년 정도 앞서 나온 작품이지만 제임스의 작가적 기량이 유감없이 발휘된 작품으로 평가되고 있다. 『여인의 초상』은 많은 비평가들이 인정하듯 제임스의 소설 중 "의심할 나위 없는 최고의 걸작"으로 간주되며, 특히 중심인물 이사벨 아처에 대한 묘사와 그녀의 내면 심리 전개는 소설가들로부터 인물 묘사의 전범으로 거론된다. 오늘날 미국 문학에서 이 소설은 호손의 『주홍글자』와 멜빌의 『모비 딕』과 더불어 19세기를 대표하는 미국 소설의 반열에 올라 있다.

또한 제임스는 『여인의 초상』에서 이사벨의 의식이 확대되어 가는 과정을 세밀히 묘사함으로써 남성 작가로서 영미 소설에서 뚜렷이 기억될 만한 여성 인물을 창조하는 데 성공했다. 제임스는 흡인력 있는 스토리를 기반으로 하여 중심인물에 심층적으로 접근하고 등장인물들 사이의 갈등을 밀도 있게 전개하는 가운데, 유럽에서 젊은 미국 여성이 겪는 체험을 통해 자신의 운명에 맞서는 여인의 초상을 제시한다. 작품의 제목인 '여인의 초상'이 암시하듯, 이 소설은 처음부터 끝까지 중심인물의 내면의식 탐색에 초점이 맞추어져 있으며, 순수한 미국 여성이 유럽 체험을 통해 의식의 확장을 이루어 가는 과정을 세밀히 보여 준다. 그러나 제임스가 그려 낸 이사벨의 초상이 강렬한 이유는 그녀의 존재에 생동하는 인물의 자태가 부여되었기 때문이며, 이사벨의 초상은 순수 예술이 아닌 인간에 대한 초상이 된다. 이사벨의 생동하는 모습과 풍부한 상상력이 이처럼 미학적 정지 상태에 머물지 않고 살아 움직이는 인간의 초상이 됨으로써 독자들은 그녀를 통하여 제임스가 의도하는 바를 파악하게 된다. 주목할 만한 사실은 이사벨의 사고에 내재된 결함과 현실에서의 잘못된 판단과 선택에도 불구하고 독자와 비평가 들은 이 소설에서 그녀를 비판하기가 어렵다는 점이다. 그 이유는 제임스가 창조한 인물인 이사벨의 여러 가지 자질들이 단지 객관적이고 과학적인 기준에 따라 그녀를 판단할 수는 없게 만들기 때문이다. 제임스는 인생에 대해 낭만적 견해를 가진 인물을 등장시켜, 이상이 높고 상상력이 깊으며 자신감 강한 미국 여성이 새롭게 전개되는 세계에서 스스로 설정한 삶의 구도를 어떻게 펼치는지를 묻고 있는 것이다.

그러므로 이 소설의 전개는 철저히 이사벨 아처의 초상이 되며, 보다 직접적으로는 그녀의 성격적 특질을 포착하는 과정이 된다. 소설에 등장하는 모든 인물들에게 이사벨의 존재는 매력적인 인물로서 찬미되거나 아름다운 예술품처럼 수집되는 대상이지만 그녀의 존재는 언제나 작품의 구심점에 놓이며, 모든 인물들이 이사벨의 초상을 완성하는 데 기여한다. 미국의 토양에서 자라난 자유로운 기질과 커다란 잠재력, 외부 세계에 대한 강한 호기심과 우호적인 시각, 그리고 자유와 독립의 추구는 미국 여성으로 이사벨이 가진 특성을 말한다. 이사벨의 초상을 만들어 가는 과정에서 제임스는 그녀의 자기중심적 혹은 자기애적 태도를 부각하며, 이것이 낭만적 성향과 결합하여 현실에 대한 제한적 인식을 가져왔다고 규정했다. 제임스는 겉으로 드러나지 않는 외부 세계의 계략이 개인에게 품는 적대감과 함께 악에 대한 근원적 무지를 일깨우는 한편, 개인의 자유 의지를 거부하는 현실에 내재된 원시적이고 난폭한 힘을 주지시킨다. 이런 측면에서 이사벨이 겪는 일련의 체험은 자신의 무지를 자각하며 점진적으로 의식을 확대해 가는 정신적 오디세이아가 되는 것이다. 이 소설의 종국적 의미가 되는 이사벨의 초상은 그녀의 모습이 고정된 틀 속에 머물지 않고 현실 세계와 직접 대면함으로써 자신의 존재를 변화시키는 가운데 생동감 있는 초상으로 완성되는 것이다.

한편 『여인의 초상』은 제임스 문학의 주요 소재가 되는 신구 문화의 비교, 즉 대서양을 사이에 둔 미국과 유럽의 문화와 사고 양식의 차이를 다루는, 이른바 '국제 주제(international theme)'를 다루는 작품이다. 일찍이 미국을 벗어나 유럽에서 작가 수업을 했던 제임스는 미국과 유럽이 만나는 곳에서는 순수와 경험 혹은 미국의 단순함과 유럽의 복합적 가치가 서로 부딪친다고 보았다. 제임스 소설의 근간이 되는 이러한 주제는 미국의 순수성과 유럽의 복합성을 비교하는 데 있으며, 이것은 그의 문학의 핵심적 소재를 이루는 미국 여성이 유럽에서 겪는 체험을 중심으로 구체화되어 있다. 제임스에게 경험과 현실의 세계는 유럽으로 대변되며, 이사벨은 강한 호기심과 자신감을 품고 유럽으로 떠난 제임스 소설의 수많은 인물들처럼 뉴욕 주 올버니의 집으로 상징되는 고립된 환경과 폐쇄적 공간에서 축적된 지식이 외부 세계에 대한 인식에 제약을 가져왔다는 점을 자각하게 된다. 제임스는 이 소설에서 이사벨을 통하여 대조적인 두 종류의 삶, 즉 관찰하는 삶과 실제로 영위하는 삶 사이의 극명한 차이를 보여 준다. 이 소설에서 보듯이 이사벨에겐 지식에 대한 엄청난 욕구가 있지만 그녀가 얻은 지식은 현실 체험에 의하여 검증되지 않고 관념적 사고에 의해 단련된 지식에 지나지 않는다. 결과적으로 유럽 체험은 많은 이론을 구비한 이사벨로 하여금 자신이 받은 교육이 빈약했을 뿐 아니라, 역사와 문화의 양면성을 파악하지 못하게 만들었음을 깨닫게 한다.

이 소설에서 중심인물 이사벨에 대한 선명한 이미지는 맨 처음 그녀가 잠긴 문에 의해 바깥 거리와 차단된 방에 홀로 있는 모습에서 나타난다. 의도적으로 현실을 회피하는 이사벨에게 가장 가치 있는 지식은 독서와 사색에서 나오며, 그러한 지식은 자체의 가치와 관계없이 변화와 수정의 여지를 남겨 두게 된다. 이사벨의 모순은 세상에 대해 호기심을 가지면서도 자신의 낭만적 이상인 자유와 독립이 부과하는 결과를 인식하지 못한다는 점이다. 현실 세계와의 관련은 사촌인 랠프에 의해 이루어진다. 이사벨에게 호감을 품은 랠프는 자신의 아버지에게 그녀를 부유하게 만들어 주고 싶다는 소망을 피력한다. 그는 자신이 상속받게 될 재산의 일부를 이사벨에게 양도하여 그녀가 보다 순조롭게 세상을 항진할 수 있게 해 준다. 랠프의 이러한 동기는 재산의 결핍이 현실에서 그녀의 행동을 제한하게 되는 것에 기인하지만, 이러한 인식에는 다분히 낙관적인 면이 있다. 랠프는 세상을 직접 체험하지 않고 단지 관찰자 입장에 서서 이사벨이 자신의 이상을 어떻게 실현하는가를 보려고 자기 몫 재산을 나누어 주었지만, 이사벨의 삶에 큰 도움을 줄 것으로 믿었던 재산이 결과적으로 그녀를 낯선 상황으로 몰아넣게 될 거라는 것을 예상하지 못한 것이다.

재산의 양도와 함께 이사벨에게 대두된 문제는 그녀에게 다가온 구혼자들이었다. 제임스는 이사벨의 구혼자인 캐스파 굿우드와 워버튼 경을 등장시키면서 이들 사고의 단순성을 독자들에게 부각한다. 영국으로 건너온 직후 만나게 된 워버튼 경이 결혼을 제의할 때 이사벨은 자신의 운명이 자유 의지를 따를 것으로 믿고 신중히 거절한다. 이사벨은 이 영국 귀족이 안정된 지위와 구세계의 모든 외형적 조건을 완벽하게 구비하고 있음을 알았지만, 워버튼 경이야말로 귀족 세계의 틀과 고정된 체제를 대표하므로 그가 표방하는 삶은 그녀의 이상과 공존할 수 없다고 확신한다. 워버튼 경은 실로 오랜 역사와 문명이 만들어 낸 인물이며, 그의 존재는 이사벨로 하여금 인생이 그의 외형적 특권이 약속하듯 단순하지 않다고 보게 만들었다. 워버튼 경은 자신의 실체가 지위, 재산, 명예 등과 같은 외형적 특질에 의존하고 있음을 당연하게 여기지만, 사실 삶에 대한 그의 견해는 단일하다. 이사벨은 워버튼 경의 청혼에 대하여 거듭 자유 의지를 내세우며 자신이 고수한 삶의 행로를 굽히지 않는다.

미국인 구혼자 캐스파 굿우드에 대한 이사벨의 태도도 워버튼 경에게 보여 준 행동과 같은 관점에서 이해될 수 있다. 굿우드는 이사벨에 대한 청혼을 통해 물질적이고 남성적인 기질을 강하게 드러냈기 때문에, 이사벨은 자신이 그로부터 자유는 물론 여성으로서의 독립성을 유지할 수 없다고 판단했다. 미국에서 사업을 통해 많은 재산을 모은 굿우드는 자신의 능력을 과시하며 이사벨로 하여금 물질적 안정에 기초를 둔 안락한 미래를 믿게 한다. 그러나 굿우드의 완강한 의지에 나타난 것은 워버튼 경의 경우에서 본 것과 같은 삶에 대한 단일한 시각, 즉 자신이 의도하는 대로 삶을 영위해 갈 수 있다는 자신 감이었다. 이러한 태도는 사업에서의 성공과 결부되며, 그에게는 무엇보다 자신의 의지와 경제적 힘이 모든 것을 해결하는 수단이 된다. 그는 자신이 설정한 인생의 목표에 모든 것을 종속시키며, 삶이란 개인이 원하는 대로 이루어질 수 있다고 믿고 안이하고 보호된 장래를 이사벨에게 약속하지만, 그녀는 이런 제안에 강한 거부감을 느낀다. 결국 이사벨은 이 두 구혼자의 청혼을 거절하고 최상의 취향을 가진 인물로 인식한 길버트 오스먼드를 선택하게 된다.

이사벨이 오스먼드를 선택하는 과정에는 두 가지 요인이 작용한다. 먼저 이사벨은 랠프로부터 양도받은 재산이 자신의 자유를 더욱 공고히 만든다고 생각했으며, 다음에는 오스먼드와 결혼할지라도 자신의 이상인 자유와 독립이 그대로 유지될 수 있다고 확신했다. 이사벨은 자신의 재산이 현실을 더욱 순조롭게 만들어 오스먼드와의 결혼이 풍요로워질 수 있다고 상상한다. 그러나 고귀한 삶을 누리고 있다고 믿었던 오스먼드는 그녀를 그 스스로 표방한 예술가적 취향과 요구에 따라 자신이 수집한 예술품 목록에 추가할 대상으로 보았던 것이다. 다시 말해 그는 자신의 소장품에 정교한 미(美)를 더하기 위해 결혼을 하며, 이사벨의 재산은 그녀를 더욱 수집 가치 있는 존재로 만들었을 뿐이다.

오스먼드를 선택할 때 이사벨은 자신의 결정이 자유 의지에 따른 것이라고 믿었지만, 실제로 그녀 재산이 결혼을 가능하게 했다는 점에서 그 선택은 상대적이었다. 결혼을 앞두고 주위 사람들이 오스먼드에 관한 의문을 제기할 때 이사벨은 그에게 뚜렷한 외형적 실체가 없기 때문에 그를 선택했다고 주장한다. 이사벨은 오스먼드의 고매한 정신을 더욱 높인다는 전제에서 자신의 재산을 적절하게 사용하는 길은 바로 그를 도와주는 것이라고 믿었던 것이다. 이사벨은 오스먼드가 영위하는 고답적 삶이 현실에서 벗어나 있으므로 그녀의 재산이 결혼에서 그의 존재를 더욱 돋보이게 만든다고 생각했을 뿐만 아니라, 나아가 그를 자신이 통제할 수 있는 대상으로 간주했다. 따라서 오스먼드와의 결혼이 차원 높은 삶에 대한 그녀의 목표에 부합한다고 보았지만, 오스먼드에게 중요한 것은 자신이 세운 삶의 틀을 고수하고 그 밖의 모든 것과의 관련을 거부하는 것이었다. 이사벨의 선택은 이처럼 전체적인 맥락에서 현실을 판단하지 못하는 행동과 일치하는데, 이는 무엇보다 다른 인물들이 가진 생각이 자신의 이상과 일치하지 않는다는 현실 원리를 간과한 데서 비롯된 것이다.

이사벨의 통렬한 자각은 이 소설의 압권인 42장에서 그대로 나타난다. 난롯가에서 밤을 새우는 동안 이사벨은 자신의 낭만적 이상이 얼마나 그릇되었으며, 동시에 그녀가 오스먼드가 대표하는 인습의 사슬에 얼마나 철저히 예속되었는지를 깨닫게 된다. 이사벨은 스스로 세상을 보기를 원했으나 아이러니하게도 자유에 대한 물질적 상징인 재산 때문에 넓은 세상을 보지 못하게 된 것이다. 이런 점에서 어떤 외부 자극도 자신이 영위하는 폐쇄적 삶과 결부하기를 거부하는 오스먼드의 실체는 이사벨이 가졌던 현실 인식의 오류를 자각하게 만들었다는 점에서 중요하다. 이사벨과 결혼하는 과정에서 오스먼드는 자신의 실체를 위장했지만, 이사벨은 그의 허구성을 깨닫지 못한 것이다. 스스로를 인습 자체라고 표현한 오스먼드의 말은 그가 영위하는 삶이 극히 부정적임을 드러내지만 이사벨은 이것을 다르게 해석한다. 그는 자신에게 최고의 기준이자 가치 척도가 되는 취향만을 추구하며, 이에 반하는 모든 것을 배척한다. 오스먼드는 주위의 상황을 있는 그대로 수용하기를 거부하는 정체적 태도로 자신의 삶을 예술적으로 만들려고 하며, 이러한 욕망은 특히 어린 딸 팬지에 대한 태도에서 잘 드러난다. 그는 수집가의 자세로 이사벨과 재산을 손에 넣었기 때문에, 그녀는 한갓 예술품의 이미지로서 그가 소유한 소장품들 속에서만 존재감을 발할 수 있는 것이다. 이사벨은 결혼과 더불어 오스먼드가 영위하고 있던 폐쇄된 세계를 발견하고 자신의 의지로 선택한 결혼이 결과적으로 "암흑의 집, 침묵의 집, 질식의 집"으로 그녀를 인도했음을 깨닫는다.

이 소설의 마지막 부분은 자각에 따른 이사벨의 행동에 초점을 맞추는데, 여기서 이사벨은 삶에 대한 낭만적 견해와 자신에 대한 절대적 믿음이 가져온 결과를 냉엄히 인식한다. 제임스는 이사벨이 최종 판단을 내리기 전 그녀가 선택할 수 있는 모든 길을 제시한다. 랠프의 임종을 보기 위해 가든코트에 머무르는 동안 이사벨은 주위 사람들로부터 로마로 돌아가지 말라고 권유받는다. 그러나 가든코트를 안식처로 제공하는 랠프의 제안이나 물질적으로 보호된 미래를 약속하는 굿우드의 웅변적 유혹도 이사벨의 결정을 바꾸지 못하는데, 그 까닭은 이런 제안들이 삶의 실체와 유리된 것으로 여겨지기 때문이다. 오스먼드가 있는 곳으로 다시 돌아가려는 이사벨의 결정은 자신의 생각에 따라 현실을 조정할 수 있다고 믿었던 자기자신의 잘못을 인정하는 것이며, 이는 현실에서 벗어난 추상적 이상이 진정한 가치를 갖지 못함을 시사한다. 이사벨의 이러한 변화는 소설에 처음 등장했던 모습과 크게 대조되며, 그녀의 이상이었던 자유와 독립이라는 명제는 현실 속에서 검증됨으로써 그 의미가 발견된다. 그러므로 소설의 결말은 정신적 조망이 확대된 이사벨의 변화를 여실히 보여 준다. 이것은 자신의 행동에 대한 책임과 고통을 감수함으로써 성숙된 자아에 도달하게 만들어 줄 뿐만 아니라, 자신의 진정한 초상이 완성되는 길인 것이다.

작가 연보

1843년	4월 15일 미국 뉴욕에서 출생.
1845~1855년	어린 시절을 뉴욕에서 보냄.
1856~1858년	제네바, 런던, 파리 등지에서 보냄.
1860년	로드아일랜드 주 뉴포트에 거주.
1861년	남북전쟁 시작. 화재로 척추 부상.
1862~1863년	하버드 입학 후 작가 수업을 위해 중퇴.
1864년	보스턴으로 이사. 첫 단편 「실수의 비극(A Tragedy of Error)」 발표.
1869~1870년	영국, 프랑스, 스위스, 이탈리아 등지로 여행. 사촌 미니 템플 사망.
1871년	첫 소설 『파수꾼(Watch and Ward)』 발표.
1875년	파리에서 투르게네프, 플로베르, 졸라, 도데 등을 만남. 『열정적 순례자(A Passionate

Pilgrim)』, 『대서양 횡단 스케치(Transatlantic Sketches)』 발표.

1877년	『미국인(The American)』 발표.
1878년	『유럽인들(The Europeans)』, 『프랑스 문인들(French Poets and Novelists)』 발표.
1879년	『데이지 밀러(Daisy Miller)』, 『호손 평전(Hawthorne)』 발표.
1880년	『워싱턴 광장(Washington Square)』 발표.
1881년	『여인의 초상(The Portrait of a Lady)』 발표.
1882~1883년	양친 별세.
1884년	『프랑스 탐방(A Little Tour in France)』 발표.
1886년	『보스턴 사람들(The Bostonians)』, 『카사마시마 공주(The Princess Casamassima)』 발표.
1888년	『애스펀 문서(The Aspern Papers)』 발표.
1890년	『비극의 뮤즈(The Tragic Muse)』 발표.
1892년	여동생 앨리스 사망.
1897년	『포인턴의 소장품(The Spoils of Poynton)』, 『메이지의 자각(What Maisie Knew)』 발표.
1898년	『나사의 회전(The Turn of the Screw)』 발표. 영국 라이에 램 하우스를 매입하여 거주.
1899년	『사춘기(The Awkward Age)』 발표.
1901년	『성자의 샘(The Sacred Fount)』 발표.
1902년	『비둘기 날개(The Wings of the Dove)』 발표.
1903년	『사자(使者)들(The Ambassadors)』, 『윌리엄

웨트모어 스토리와 그의 친구들(William Wetmore Story and His Friends)』 발표.

1904년	이십일 년 만에 미국으로 돌아옴.『황금 주발(The Golden Bowl)』발표.
1905년	뉴욕, 필라델피아, 워싱턴, 플로리다, 시카고, 캘리포니아 등을 방문.『발자크의 교훈(The Lesson of Balzac)』,『영국 기행(English Hours)』발표.
1907년	『미국 기행(The American Scene)』발표. 뉴욕판 작품 선집에 착수.
1909년	『이탈리아 기행(Italian Hours)』발표.
1910년	형 윌리엄 사망.
1911년	하버드 대학교에서 명예 박사 학위 수여.
1912년	옥스퍼드 대학교에서 명예 박사 학위 수여.
1915년	영국으로 귀화.
1916년	영국 국왕 조지 5세로부터 명예 훈장을 받음. 2월 28일 런던의 첼시에서 73세를 일기로 별세. 첼시 교회에서 장례식이 거행되고 유해는 미국 매사추세츠 주 케임브리지 가족 묘지에 안장.
1917년	미완성 유작『상아탑(The Ivory Tower)』,『과거의 감각(The Sense of the Past)』,『중년기(The Middle Years)』발간.

세계문학전집 **298**

여인의 초상 2

1판 1쇄 펴냄 2012년 10월 26일
1판 12쇄 펴냄 2022년 8월 8일

지은이 헨리 제임스
옮긴이 최경도
발행인 박근섭, 박상준
펴낸곳 (주)민음사

출판등록 1966. 5. 19. (제 16-490호)
서울특별시 강남구 도산대로1길 62(신사동) 강남출판문화센터 5층 (우편번호 06027)
대표전화 02-515-2000 팩시밀리 02-515-2007
www.minumsa.com

ISBN 978-89-374-6298-6 04800
ISBN 978-89-374-6000-5 (세트)

세계문학전집 목록

세계문학전집은 계속 간행됩니다.